MIROSŁAW
M. BUJKO

O TREM DE OURO

Tradução de
TOMASZ BARCINSKI

EDITORA RECORD
RIO DE JANEIRO • SÃO PAULO
2007

CIP-Brasil. Catalogação-na-fonte
Sindicato Nacional dos Editores de Livros, RJ.

Bujko, Mirosław, 1951-
B93t O trem de ouro / Mirosław Bujko; tradução Tomasz Barcinski. – Rio de Janeiro: Record, 2007.

Tradução de: Złoty Pociąg

ISBN 978-85-01-07807-0

1. Ficção polonesa. I. Barcinski, Tomasz. II. Título.

07-1906 CDD – 891.853
CDU – 821.162.1-3

Título original polonês:
ZŁOTY POCIĄG

Capa: Necas

Direitos exclusivos de publicação em língua portuguesa somente para o Brasil adquiridos pela
EDITORA RECORD LTDA.
Rua Argentina 171 – 20921-380 – Rio de Janeiro, RJ – Tel.: 2585-2000
que se reserva a propriedade literária desta tradução

Impresso no Brasil

ISBN 978-85-01-07807-0

PEDIDOS PELO REEMBOLSO POSTAL
Caixa Postal 23.052
Rio de Janeiro, RJ – 20922-970

Oh, mísero mundo! Mutável e desaforado!
Cego é aquele que acredita em ti
e se refugia na traição.

Francesco Petrarca

É preciso transformar tudo. Arrumar de tal modo que tudo se torne novo; para que a nossa vida mentirosa, suja, tediosa, repugnante, se torne justa, limpa, alegre e linda.

Aleksandr Blok

Desgraçado — terás aquilo que quisestes.

Platão

UM BREVE COMENTÁRIO DO TRADUTOR

O *trem de ouro* é um romance de ação, cuja história se passa na Rússia, logo após a Revolução de 1917. Em função disso, a trama envolve, além de personagens fictícios, diversos personagens históricos, muitos deles desconhecidos da maioria dos leitores brasileiros.

Na Polônia, país vizinho da Rússia e que passou a segunda metade do século XX sob o jugo da ex-União Soviética, seus nomes e biografias são conhecidos em grande parte pelos poloneses e, nos casos dos nomes menos relevantes, o autor adotou o sistema de notas de rodapé. A quantidade excessiva dessas notas (ainda maior do que no original, já que teria que incluir nomes menos conhecidos no Brasil) poluiria o texto e desviaria a atenção do leitor. Diante disso, resolvi adotar uma abordagem diferente: coloquei um asterisco após cada nome de um personagem histórico e, no fim do livro, incluí um anexo com seus nomes completos (em ordem alfabética do sobrenome) e uma breve nota biográfica.

Cabe aqui mais uma observação, referente à grafia dos nomes. Nos casos de poloneses ou tchecos, cujas línguas usam o alfabeto latino, mantive-os como estão no original, eliminando apenas os acentos agudos em consoantes e as cedilhas em vogais tão comuns em línguas eslavas e, em alguns casos, substituindo o "w" por "v". Quanto aos russos ou japoneses, cujo alfabeto é diferente, adotei a grafia que consta nas enciclopédias em português. Procedi da mesma forma com os nomes de cidades, rios, montanhas e outros acidentes geográficos, exceto aqueles que já têm um correspondente em português (Moscou, por exemplo).

A adoção da sistemática exposta acima não evitará o aparecimento de notas de rodapé; algumas, do tradutor (N. do T.) e outras, do próprio autor (N. do A.).

Um segundo ponto a ser abordado é a questão dos pronomes pessoais e a conseqüente conjugação dos verbos quando uma pessoa se dirige a outra. Na Europa, em particular, o tratamento é muito formal, a ponto de os franceses, por exemplo, em muitos casos usarem "vous" em vez de "*tu*", mesmo quando estão se dirigindo aos próprios filhos. O tratamento na segunda pessoa no singular é adotado exclusivamente quando o relacionamento entre os interlocutores for extremamente íntimo. Isso não ocorre com o português usado no Brasil, que tem a característica de usar sempre a terceira pessoa dos pronomes, substituindo-os por "você" e "vocês" — derivados de Vossa Mercê —, e abandonando por completo a segunda ("tu" e "vós"). O problema na tradução desses tratamentos não seria tão grave não fosse o caso de a Revolução Russa ter adaptado a fórmula usada na Revolução Francesa (obviamente, substituindo "cidadão" por "camarada"), quando o tratamento passou a ser exclusivamente no da segunda pessoa, mais freqüentemente na sua forma do plural — "vós". Ou seja, ao indagar a um camarada se ele desejava um chá, um revolucionário russo lhe perguntaria: "Aceitais um chá?", ao qual o outro responderia, também no plural: "Sim, aceitamos."

Evidentemente, tal linguajar soaria falso, razão pela qual tomei a liberdade de adaptá-lo ao português dos nossos dias, mas esforçando-me para não alterar radicalmente seu formato original. Assim, no exemplo hipotético acima, em vez da forma coloquial "Você aceita um chá?" e "Sim, aceito", eu adotaria uma forma intermediária, como por exemplo: "O camarada aceita um chá?" e "Sim, aceito". Essa problemática na tradução aparece com maior destaque nos diálogos entre Ivan e Wanda, no capítulo 11, Ivan e Salomea, no capítulo 16, e no tratamento de "vós" dispensado pelo almirante Kolchak na carta dirigida a Lênin, no capítulo 26.

Finalmente, os agradecimentos.

O *trem de ouro* me foi enviado pela Editora WAB logo após a sua publicação, quando me encontrava num encontro de tradutores em Cracóvia. Achei-o tão interessante que entrei em contato com o seu autor, Miroslaw Bujko, viajando até Varsóvia para me encontrar com ele. O Sr. Bujko não só esclareceu uma série de dúvidas, como concordou com algumas alterações que eu pretendia introduzir na versão brasileira, como a substituição das notas de rodapé por um índice alfabético dos personagens históricos no final do livro e a eliminação de certas passagens de interesse exclusivo de leitores poloneses. Ao longo do trabalho de tradução, consultei-o por diversas vezes, tendo sempre recebido respostas claras, objetivas e encorajadoras. Por isso, o meu primeiro agradecimento é dirigido a ele.

O Sr. Bujko é uma pessoa extremamente eclética (além de escritor, é doutor em estudos humanísticos, jornalista e musicólogo, sendo também mestre em *iaido* — a tradicional arte de espadas japonesas) e detalhista no que refere às descrições dos mais diversos maquinários. Isso fez com que eu tivesse de buscar ajuda de pessoas entendidas em trens, armas, aviões e, principalmente... espadas japonesas.

Por sorte, os trens despertam paixões, e pude encontrar três engenheiros ferroviários fascinados pelo seu *métier*: Carlos Alberto Joppert, João Bosco Setti e Gerson Toller. Graças a eles, pude traduzir as detalhadas especificações de locomotivas, locotratores, tênderes, vagões etc. Desejo registrar aqui o meu reconhecimento pela sua inestimável ajuda.

No que se refere a espadas japonesas, tive a sorte de contar, no rol dos meus amigos de juventude, com Carlos E. C. Magalhães, faixa preta Segundo Dan de judô e praticante de *iaido*. Foi ele quem me ajudou (e muito) na compreensão das detalhadas descrições da confecção daquelas armas milenares e da sofisticada arte do seu uso. Além dele, pude ainda contar com a inestimável ajuda de um fabricante brasileiro de espadas japonesas, Adriano Sensei, o qual, embora se considere modestamente como um *tosho*, ou seja, um artesão, na verdade é um autêntico *Kaji*, ou seja, mestre.

Tomasz Barcinski

PRÓLOGO

Ekaterinburgo, porão da casa de Ipatiev,*
17 de julho de 1918, 2h03

> *Decreto do Comitê Executivo Uraliano: Diante da notícia de que bandos tchecos estão tentando ameaçar a capital dos Urais, Ekaterinburgo, bem como diante do fato de o carrasco coroado poder evadir-se e escapar do tribunal popular, o Comitê Executivo, acatando o desejo do povo, tomou a decisão de executar o ex-tsar Nicolau Romanov...*

"Neste momento, a nossa mente se detém em coisas estranhas e não se ocupa, o que é de se estranhar, com pensamentos sobre coisas definitivas ou com a nossa unificação com Deus. Mas com que Deus? Que unificação? Não há Deus. Neste momento, deus é o presidente do tribunal popular, Jakow Jurowski, enquanto a sentença divina é a irrevogável — conforme parece — ordem lida por ele. O que posso fazer? Nada. Posso não perder a dignidade, a qual, de qualquer forma, já não mais possuo. Posso encará-los e, com todas as minhas forças, mostrar-lhes que não estou com medo. Mas a verdade é que estou com medo. Não posso deixar de olhar para o Mauzer do substituto de Jurowski, Piotr Jermakow, para o comprido cano da Browning americana, seguro quase negligentemente sob a sua axila, para o representante local da Tcheka,[1] Michail Miediediaw-Kudin, para os fuzis do resto desse bando aglomerado e apertado no vão da porta que, forrada de madeira caiada, é muito pequena. Na certa, eles escolheram este hor-

---

[1]Força de Segurança Soviética, antecessora da afamada KGB. (*N. do T.*)

rendo quarto apertado para evitar ricochetes. Conheço o suficiente sobre armas de fogo para notar que já estão destravadas. Esse soturno palhaço judeu de barbas negras não poderia ter tomado uma decisão dessas por si próprio. Ele não tem nem forças nem coragem para isso. Aquilo deve ter sido decidido por alguém lá de cima, do topo. E eu... Não teria eu, também, me revelado demasiado fraco e medroso? Isso não seria a conseqüência dos meus atos, ou melhor, da falta deles? É uma pena que um momento tão definitivo como este, sob o teto de um porão imundo e fedorento e à luz de uma lâmpada empoeirada, não pudesse ter sido experimentado antes em algum momento no meio das nossas vidas. Mas apenas experimentar e, depois, retornar à vida enriquecido por essa lição. Essa cena, como uma dramática reviravolta no segundo ato de uma tragédia grega, traz às coisas e aos valores o seu verdadeiro significado e lugar, faz com que possamos perceber a total irrelevância do poder terrestre, mando, riqueza. Pois quem sou eu, nesse momento de juízo final e irrevogável, no qual de nada servem a verve dos advogados e a, até agora, não acusatória opinião, mas apenas os feitos atirados sobre o prato da balança que definem o veredicto — o que, volto a perguntar, é aquilo tudo que tive e aquilo que fui, diante do implacável olhar dos meus carrascos? Estão nervosos porque, até agora, nunca tiveram a oportunidade de matar um tsar. Vocês já verão como é ser o assassino de um monarca."

Abriu os olhos semicerrados e olhou diretamente para Jurowski, parado diretamente em frente dele e atento como se temesse que o tsar, num ato desesperado, fosse levantar-se de um pulo da cadeira e atirar-se sobre ele. Nicolau meneou a cabeça e, com os cantos dos olhos, absorveu a visão da sua família, distribuída à sua esquerda e à sua direita, um pouco atrás, pois a sua cadeira, para dar maior efeito à cena, fora colocada estrategicamente à frente das demais. De seu lado direito, pálida como um fantasma sob a luz da lâmpada, estava sentada sua esposa, do lado esquerdo encolhia-se o semi-adormecido Aleksei. As filhas — Olga, Anastácia, Tatiana e Maria — mantinham-se atrás. Embora virasse a cabeça, não conseguia enxergar o Dr. Botkin e os tres serviçais, que se encontravam num canto. Folgou o incomodativo colarinho da blusa militar e resolveu ajudar Jurowski, que, claramente, precisava de um sinal. Indagou:

— O quê? Favor repetir.

Jurowski olhou novamente para o pedaço de papel que tinha na mão. Esforçando-se para evitar o olhar de Nicolau, disse:

— Como os parentes do senhor não cessaram de atacar a União Soviética, o Comitê Popular dos Urais decidiu condená-lo à morte...

Nicolau compreendeu que chegara a hora. Colocou a mão no ombro do filho e, olhando em frente, disse categoricamente, dando-se conta de que mais uma vez, após algumas dezenas de segundos de vacilação, voltou a crer naquele que renegara:

— Que Deus nos dê o reino celeste...

Jurowski ainda estava enfiando no bolso o papel com a sentença, quando Piotr Jermakov tirou o seu Mauzer do coldre. Mas Michail Miedwiediew foi ainda mais rápido. Sua Browning estava destravada. Bastou apertar o gatilho.

1

Petrogrado, subsolo do tesouro do tsar no Palácio de Inverno, novembro de 1917, meia-noite

VENTOS SONOLENTOS SOPRAM pela espaçosa ante-sala do tesouro. Os soldados do corpo de guarda daquele lugar são extremamente bem-vestidos e armados. Cada um deles, além de um leve fuzil Lee-Enfeld, tem um revólver num coldre e uma granada enfiada por trás do cinto. E, como se isso não bastasse, no centro do recinto cheio de ecos há ainda, armada sobre um tripé, uma pesada metralhadora alemã.

Caso os guardas, que se revezam a cada quatro horas, pudessem atravessar com seus olhos as portas blindadas do tesouro principal, se defrontariam com uma visão extraordinária: à luz de lâmpadas protegidas por azulados abajures feitos de malha de aço e esparsamente espalhadas sobre um gigantesco salão cujo teto era amparado por colunas, brilhavam pirâmides de barras de ouro lavradas com cinzel. Ao lado, erguiam-se pilhas de milhares de caixas com moedas de ouro e prata e, mais longe ainda, no canto do salão, se podiam ver pirâmides de barras de platina. No entanto, o blindado piso de concreto do tesouro, com a espessura superior a meio metro debaixo do qual havia somente uma camada isolante e solo rochoso, não sentia o peso daquela montanha de meio milhão de toneladas de metal precioso. O ouro dormia, assim como dorme qualquer tesouro cuja existência é conhecida por poucos. Um tesouro daquela magnitude só desperta da sua letargia e começa ter vida própria, uma vida cheia de forças misteriosas e poderosas, quando as pessoas tomam conhecimento da sua existência e passam a querer despertar aquelas forças e usufruí-las.

Então, o tesouro, como um possante eletromagneto, se enrola em fios que se saciam e se reforçam com a cobiça humana — e torna-se capaz de, pelo poder de uma misteriosa ressonância, aumentar e reforçar aquela cobiça. O Velo Dourado fica à espera dos argonautas.

2

Ivan Viktorovitch Kazedub, 24 anos, oficial da seção moscovita da Tcheka, Moscou, início de março de 1918, 7h30

AQUELA MANHÃ DE MARÇO estava muito agradável. Fazia um frio seco e não ventava. O ar tinha aquele agradável frescor do frio moscovita. O céu sem uma nuvem, e o calor proveniente dos raios solares podia ser facilmente sentido no rosto e nas mãos. Para tudo estar completo, faltavam apenas duas coisas: um pouco de neve, graças à qual a cinzenta e maltratada cidade teria uma aparência mais agradável — e um pouco de alegria nos olhares dos transeuntes. Quando cruzava olhos com eles, pareciam-lhe apáticos e, às vezes, assustados e preocupados. A razão pela qual estavam preocupados não era um segredo para ele: as reservas de mantimentos estavam acabando, não havia com que aquecer as estufas, das coisas com as quais se poderiam comprar os próximos dias e semanas da vida sobraram apenas as alianças e os pequenos pingentes de ouro com retratos sépias guardados, no fundo de uma gaveta, como o derradeiro recurso.

No entanto, ele achava — não, estava convencido disso — que eles deveriam ter mais otimismo; afinal, todos estavam passando pelas mesmas dificuldades, e esse luto nacional fazia com que a situação ficasse ainda pior. Ele também não tinha os seus problemas? É verdade que as questões mais básicas não o afetavam tanto quanto a eles. Tinha os seus cartões de racionamento — de comida e de carvão —, cupons para o uniforme e para poder comprar, com relativa facilidade e a um preço razoável, produtos com os quais a maioria da população nem podia sonhar. Além disso, desde alguns dias, obtivera das autoridades algo que era uma preocupação constante para os demais moradores de Moscou: um pequeno apartamento no beco Ryzewski, onde, nos seus três simpáticos quartinhos no segundo andar do prédio número 7, podia ter a certeza de que ninguém mais seria aquartelado. Naqueles tempos, isso era realmente muito. É preciso acrescentar que naquele apartamentinho, do qual fora expulso um certo procurador de um banco, havia um magnífico banheiro, com uma banheira verde-escura, comprida o bastante para alguém tão alto quanto ele e tão funda que era possível deitar-se nela, ficar sonhando, deixar um braço caindo para fora, como um Marat antes do assassinato, deixando a cabeça cheia de problemas cotidianos apoiada num nicho especialmente desenhado para essa finalidade. Dispunha de carvão à vontade e, diante disso, podia diariamente fazer algo que espantaria qualquer moscovita médio: aquecer a estufa do banheiro e deleitar-se numa banheira cheia d'água que, embora um tanto marrom por causa da ferrugem dos canos, não deixava de aquecer deliciosamente a barriga e os quadris. Portanto, não era de se estranhar que a volta para casa lhe causasse um grande prazer. Agradava-lhe o som da chave virando na fechadura niquelada, provavelmente instalada por aquele infeliz procurador, a quem — antes de expulsarem assim como estava, vestido apenas com um ridículo roupão de veludo — obrigaram a entregar todas os molhos de chaves. Entregara dois, cada um preso a uma argola com a figura de um urso de pé sobre as patas traseiras. Para deixar tudo claro, é preciso acrescentar que as argolas com as chaves estavam presas aos ursinhos por furos nos seus focinhos. Além da chave da fechadura niquelada, a argola continha pequenas chaves da caixa do correio e da área para secar roupa, localizada no sótão. Logo no primeiro dia fora até lá, não se sabe por quê, talvez movido pela costumeira curiosidade dos jovens. Todo o prédio já fora esvaziado dos procuradores de bancos, advogados e médicos, violinistas da Filarmônica de Moscou, almirantes e capitães, conselheiros municipais (efetivos ou não), bem como de costumeiros novos-ricos moscovitas. Reconheceu imediatamente as roupas que pertenceram ao procurador que morara no seu apartamento e que fora o último a ser expulso. As camisas e as roupas de baixo não combinavam com as demais roupas postas para secar. Tinham etiquetas das melhores lojas londrinas, punhos e colarinhos em perfeito estado de conservação — e eram tão chiques e caras que Ivan, sem mais pensar, se apossou de todas. Depois, ficou experimentando as camisas diante de um espelho que decorava a ante-sala, tendo de admitir que aquela atividade era acompanhada por uma sensação agradável e excitante. Não se sentia incomodado pelo fato de aquelas camisas terem antes vestido outra pessoa, que o sabão com o qual foram lavados seus colarinhos e mangas tinha um cheiro diferente, estéril e um tanto acre; não dava importância ao fato de o monograma, cuidadosamente bordado com uma linha de seda em cada uma das peças — um belo WD — não ter nenhuma ligação com o seu nome. Fez um esforço mental e conseguiu lembrar-se do nome e sobrenome do procurador posto no olho da rua gravados numa brilhante placa de bronze. Vira-a havia pouco, antes que fosse arrancada com baioneta por um dos soldados que o acompanhava e que a guardou — não se sabe para quê — no bolso do seu casacão.

"Acho que era Wadim. Sim, Wadim, mas o sobrenome era bastante complicado. Daromylkin? Dargomylkin? Que droga! Ah, já sei" — passou pela sua mente tão bem treinada para prestar atenção aos mínimos detalhes. "É isto mesmo: Wadim Z. Dargomyzki." — Sorriu contente, encantando com a perfeição da sua memória. "Mas que diabos pode significar o tal Z?" — Ficou brincando de inventar um nome para o pai de Wadim,[2] enquanto se contorcia experimentando uma camisa de fraque. "Zachar? Não, aquele era um nome campesino demais. Mas que nomes começavam com Z? Já sei! Poderia ser Zinowij. Seria apropriado. Se ele era apropriado para o próprio comandante-em-chefe da Esquadra do Báltico, aquela mesma que levara uma surra do almirante Togo, seria mais do que adequado ao papai de um insignificante procurador, não só de um banco, mas até de uma repartição importante. Portanto, prezado senhor Wadim Zinowijovitch, tenho que admitir que o senhor tinha um apartamento e tanto...

---

[2]Os russos costumam adotar o primeiro nome do pai (acrescido do sufixo "ovitch", ou simplesmente "tch") como o seu nome do meio. Assim, quando alguém se chama Ivan Viktorovitch Kazedub, quer dizer que o primeiro nome do seu pai é Viktor. (*N. do T.*)

Para um solteirão, três quartos como estes, ainda num ponto tão conveniente, eram mais do que suficientes."

A pequena sala, que era, também, a sala de jantar, era ligada por uma envidraçada porta deslizante a um aconchegante quarto de dormir, cuja única janela dava para um gigantesco castanheiro, desnudo nessa época do ano.

"Até nisso o apartamento é maravilhoso: uma cama de casal, com roupa de cama de seda pura, cheia de travesseiros, almofadas grandes e pequenas. Obviamente, era aqui que o senhor procurador costumava receber visitas femininas. Aliás, ainda dá para sentir o sutil cheiro de intimidade no meio destas sedas todas. Não entendo muito de literatura, mas dá para perceber que Wadim Zinowijovitch era um conhecedor e tanto." Toda a parede em frente de uma enorme escrivaninha de muitas gavetas era ocupada por livros, arrumados pedantemente conforme o seu assunto: poesia separada de prosa, enciclopédias nas prateleiras inferiores, junto com livros profissionais do procurador. Nenhuma capa rasgada, nenhuma lombada rota — e ainda mais uma prateleira cheia de revistas russas e francesas, estas últimas repletas de ilustrações frívolas. "O senhor não se entediava, senhor Wadim Zinowijovitch, enquanto aguardava as suas coquetes. Vamos deixar o exame da escrivaninha para mais tarde, quando tivermos tempo livre. Vai ser preciso forçar algumas fechaduras. Vou me ocupar disso de forma metódica, como costumo fazer. Vou precisar de uma garrafa de conhaque e algo para beliscar. Sentarei à moda turca num espesso tapete e examinarei tudo, gaveta por gaveta. Na certa, vou encontrar algumas fotografias, talvez até atas, talvez ache ainda um par de calcinhas de renda, caso o senhor procurador tivesse uma queda por fetichismo, e quem sabe se não encontrarei documentos comprometedores indicando que a atividade bancária não fora o único crime de Wadim Zinowijovitch? Talvez ele fizesse parte de uma conspiração. Nesse caso, não me seria mais fácil desfrutar, sem quaisquer escrúpulos, o ninho de Wadim? Não poderia ter encontrado um lugar melhor, e tenho a impressão de que poderia passar aqui o resto dos meus dias."

O som de uma buzina interrompeu os seus devaneios sobre os três quartinhos. Quase foi atropelado por um caminhão cheio de marinheiros, que freara tão bruscamente que os seus ocupantes, com casacos pretos abertos no peito apesar do frio, foram atirados sobre a cabine. O motorista debruçou-se sobre a janela, querendo dizer alguns palavrões para Ivan, mas, ao defrontar-se com o seu olhar, recuou a cabeça imediatamente e, fazendo uma careta, engatou a primeira marcha, e o caminhão, roncando com seu diferencial, seguiu em frente. Isso começou a acontecer desde algum tempo. Ivan tinha a impressão de que as pessoas passaram a temer o seu olhar. Estariam pressentindo algo específico? Sorriu para si mesmo, ajeitou o cahececol, pois o frio de março conseguia atravessar o seu casaco de couro forrado com pele de carneiro, seguindo em frente já mais atento e observando, com prazer, as pessoas e as ruas.

"Então, Wadim Zinowijovitch, em que ponto interrompemos nossas reflexões sociais, quando os pensamentos nos transportaram ao nosso apartamentinho? Ah, sim — na falta de otimismo. Queridos cidadãos! Não devemos nos esquecer de que, muito em breve, todos estaremos com a vida ganha. Vai ser preciso esperar, persistir e se mobilizar, o que será muito mais fácil com um sorriso no rosto. Para que se preocupar tanto? Não adianta chorar pelo leite derramado. O sistema desabou e já não poderá mais ser ressuscitado. Agora, bola para a frente, construir um mundo novo, uma nova vida. Mas, para conseguir isso, vocês terão que, assim como eu, afastar-se do que se foi, daquilo que se foi. Livrar-se das amarras, daquelas teias de aranha, daquela satisfação e daquele beato sentimento de que tudo é imutável e de que as coisas não podem ser alteradas. Vocês se acostumaram àquilo? Muito bem, agora terão que se desacostumar, e, quando tiverem aprendido a se desacostumar, nós os ensinaremos a fazer as mudanças. Vocês não estão sentindo que o ar cheira de uma forma diferente, que já estamos num outro mundo, numa outra fase da história? Não estão sentindo isso?"

Atravessou uma ponte sobre o rio Moskva e apertou ainda mais o seu cachecol de lã. A grossa camada de gelo que cobria a superfície do rio cintilava. Junto de buracos laboriosamente furados na crosta de gelo, grupos de pessoas aguardavam pacientemente por uma refeição gratuita conseguida pelos pescadores. Estavam organizados. Alguns deles haviam trazido tonéis com carvão (certamente obtido no mercado negro), sobre cujas chamas aqueciam as suas mãos congeladas pela longa espera segurando varas de pesca.

"Da próxima vez, vou tomar um caminho mais longo; trarei também uma vara e atravessarei o rio a pé. Vou parar perto deles, oferecer-lhes um cigarro, conversar com eles e escutar o que têm a dizer. Talvez obtenha uma informação importante. Por enquanto, vou deixá-los em paz; que pesquem e aqueçam as suas mãozinhas, que adquiram confiança uns nos outros, que se conheçam e passem a se gostar. Existe um tempo adequado para tudo." — Sorriu contente consigo mesmo e, mais uma vez, teve a certeza de que aquilo que fazia lhe dava um enorme prazer. Aquilo devia estar no seu sangue. E como poderia não estar, sendo ele filho de um funcionário de *Ohranka*?[3] — "Sim, sim, meus prezados senhores, daquela mesma, a tão odiada e desprezada. Mas as *ohrankas* são necessárias em qualquer tempo. O fato de determos o poder não significa que devemos ficar desatentos. Pelo contrário, devemos ainda redobrar a nossa vigilância, pois só o diabo sabe o que pode acontecer. Vivemos em tempos nos quais todos são suspeitos, cada um é um potencial inimigo da nossa incipiente "nova ordem", sendo que é muito fácil fingir ser seu apoiador. Basta uma braçadeira vermelha na manga e um falso entusiasmo pelos novos detentores do poder. Ninguém mais, em sã consciência, anda por aí com as dragonas dos uniformes do exército tsarista, nem em suspeitos trajes elegantes. Todos se tornaram estranhamente parecidos, com seus casacões deformados e casacos de couro ou pele de ovelha. Como por encanto, desapareceram por completo os chapeuzinhos chiques, as polidas luvas de couro. Para que chamar a atenção para si?"

A bem da verdade, era ele quem se destacava. Ivan deu-se conta disso com certa preocupação. Só de olhar para ele, podia-se perceber que se tratava de alguém importante, sendo que os seus trajes despertavam fáceis e claras ilações. Para seu pai, isso havia sido muito mais fácil. Sua aparência era a de um bem-vestido funcionário. Naquele tempo, ninguém se espantava com sapatos lustrosos, calças com vincos impecáveis, colarinhos e punhos de camisa brancos como a neve, cabelos bem cortados e barba

[3]A polícia secreta do tsar. Pode ser a polícia em si ou um dos seus departamentos, quando então é possível usá-la no plural (*ohrankas*, de forma aportuguesada), com o significado de "departamentos de polícia secreta". (*N. do T.*)

cuidadosamente aparada. Além disso, o pai de Ivan — com seus olhos azul-celeste, bochechas rosadas e uma expressão benigna e suave no rosto — mais lembrava um empregado de uma inocente instituição, algo do tipo protetor de viúvas de soldados mortos em combate ou, mais ainda, um guarda-livros de um estabelecimento comercial. Essa aparência, evidentemente, era um disfarce, pois, na realidade, Viktor Francovitch Kazedub era um dos mais destacados e admirados, pela sua eficiência, agentes da *Ohranka*, principalmente quando se tratava de vigilância de grupos e ambientes organizados. Era a ele que a *Ohranka* devia o desmantelamento do mais poderoso e do mais bem organizado grupo localizado atrás da Cordilheira do Cáucaso, muito embora tivesse viajado para Tbilisi na qualidade de engenheiro hidráulico, que ele era de formação — e muito bom, de acordo com a opinião dos professores do Instituto Técnico. Viktor Francovitch poderia estar, até os dias de hoje, projetando alguns filtros ou sistemas de fluxo d'água, não fosse seu imenso tédio com esses assuntos. E é de todo provável que foi essa sua aversão à hidráulica que permitiu que fosse tão rapidamente convencido a trabalhar para a *Ohranka*. E podemos afirmar com sinceridade que ele escolheu esse caminho bem cedo. Ao entrar para a polícia secreta do tsar, não tinha completado ainda 30 anos, e um longo caminho de promoções estava aberto para ele. Tudo era possível. Ele poderia, caso se revelasse capaz, tornar-se chefe de um dos departamentos, talvez até daquele que zelava pela segurança da pessoa mais importante do país. Ou — quem sabe? — o comandante geral do Serviço Secreto. Naqueles tempos, tudo era possível. Infelizmente, a revolução varrera Viktor Francovitch daquele caminho que levava a uma carreira tão promissora, já tendo sido condecorado com a Grã-Cruz de Méritos Especiais. Seus companheiros de Tbilisi — obviamente aqueles que conseguiram escapar com vida do expurgo tão diligentemente preparado por Viktor Francovitch — jamais se esqueceram do simpático engenheiro de olhos azul-celeste e, por anos, se empenharam em encontrar o agente provocador. "Jamais esquecerei, papai, o seu olhar cheio de amargura, quando, empurrado por revólveres e pelas coronhas dos fuzis, o arrastavam pelo ecoante corredor das escadarias. Aquela foi a nossa última troca de olhares. Na verdade, nunca tive a coragem de tentar descobrir o que fizeram com você. Prefiro pensar que o deportaram para algum lugar distante de onde, por enquanto, você está proibido de escrever cartas. Não quero imaginar que lhe deram um tiro na cabeça, ou que você ficou agitando as pernas numa infrutífera e desesperada fuga da inevitável corda de uma forca improvisada."

Nesse ponto, é preciso salientar que Ivan nutria uma verdadeira veneração pelo pai. Adorava estar em sua companhia. Viktor Francovitch, acima de tudo, era uma pessoa divertida, que tratava Ivan como alguém também divertido — apenas menor. Em todos os momentos em que tinham a oportunidade de estar juntos, aquele tradicional relacionamento pai/filho parecia desaparecer — e isso era exclusivamente por mérito de Viktor Francovitch; ou, dizendo de outra forma, aquela relação, por acordo mútuo, ficava em suspenso. Viviam brincando, inventando coisas mais absorventes possíveis. Uma das preferidas — principalmente nos dias de chuva, quando não era possível viajar para a dacha do casal fora de Moscou — era a de desenhar. Viktor Francovitch tinha um extraordinário talento para o desenho, sendo até de estranhar que jamais pensasse em aproveitar este seu dom. Sua especialidade era desenhar máquinas, construções, veículos e navios — e ninguém conseguiu persuadi-lo a fazer um retrato de alguém próximo ou pintar algum ser vivo. Ivan também desenhava máquinas e veículos, mas às vezes — quando estava sozinho — tentava pintar mulheres nuas, lançando mão da imaginação para suprir a falta de sistemáticos estudos de anatomia. Freqüentemente, usava para isso imagens de inocentes cartões-postais, copiando silhuetas de corpos femininos. Obviamente, a característica principal desse sistema estava na necessidade de afastar-se do original naqueles lugares onde os principais detalhes estavam cobertos por saias ou blusas. Tendo executado laboriosamente o "presumível" — como uma chapa de raios X — contorno, Ivan, mordendo a língua em concentração, esforçava-se em traçar aquilo que imaginava ser um desnudo seio ou traseiro feminino. Sua maior dificuldade residia nos pés, já que nos cartões-postais estes estavam quase sempre cobertos por saias ou sapatos.

Os efeitos artísticos daqueles esforços deixavam a desejar, mas a emoção sentida durante a sua execução compensava completamente o esforço despendido e a ardência da língua mordida, muito embora máquinas e, sobretudo, locomotivas e navios lhe saíssem muito melhor do que aquelas obras ingênuas e imitativas. Além disso, seus desenhos técnicos não eram cópias, mas frutos da sua incrível e quase fotográfica memória. Assim, quando num daqueles dias chuvosos, Ivan concluía o desenho de alguma locomotiva, chegava a hora do pai que, de uma forma mágica, conseguia transformar aquele imperfeito e ingênuo produto de um menino de sete anos em desenho absolutamente perfeito — tanto do ponto de vista técnico quanto do artístico, e que poderia, com grande sucesso, figurar numa enciclopédia ilustrada. Quando o pai lhe entregava o desenho concluído, Ivan passava horas olhando para ele, esforçando-se para descobrir o âmago da arte de desenhar, através da qual acontecia o mistério da transformação de um singelo rabisco em uma definitiva e incontestável perfeição.

Com o passar do tempo, Viktor Francovitch conseguiu transmitir a Ivan a maior parte dos conceitos básicos da técnica do desenho, mas, a partir daí, o processo das suas etapas de criação deixou de ser tão claro e surpreendente, já que Ivan, tendo travado conhecimento com a adequada técnica, conseguia resultados tão bons que a correção paterna parecia quase desnecessária. Diante disso, pai e filho passaram a ocupar-se com montagem de miniaturas. A do encouraçado *Cesarevitch*, que, naquela época, lhe parecera o máximo em tecnologia, proporcionava a eles a maior satisfação. Hoje, quando singram sobre os oceanos velozes navios de cruzeiro britânicos, os menos de 18 nós daquele encouraçado construído pelos franceses representam uma deplorável conquista quando comparados aos quase trinta nós de um *Tiger*, que, por sinal, foi o navio de menor poder de fogo da frota britânica na Batalha de Jutlândia. Ivan, tanto naqueles dias quanto agora, era fanático por tecnologia: podia passar horas contemplando um mecanismo, absorto em sua perfeição. Às vezes, quando estava entediado no seu escritório — algo que, é preciso admitir, ocorria muito raramente —, abria uma gaveta da sua escrivaninha onde, numa caixa especial, guardava os utensílios para limpar armas. Tinha uma fraqueza toda especial por um Mauzer de 8 mm de cano duplo, guardado num coldre de madeira. O coldre em questão podia ser transformado numa coronha através de um encaixe especial, transformando a pistola num fuzil semi-automático com o qual, após o devido treinamento e a adaptação de uma mira, se podia acertar uma pessoa a cem metros de distância. Era uma arma perigosa e eficiente, mas, como pistola, muito desconfortável, já que era muito pesada e a tal coronha dura batia no quadril e no traseiro a cada passo. No entanto, o ato de limpar o seu mecanismo era puro prazer; era tão complexo e tão inteligentemente desenhado e, no entanto, quase nunca falhava. Para o uso diário, muito embora a maioria dos oficiais preferisse o modelo militar do nagã M.1895, Ivan portava o americano Colt M.1911 automático, "herdado" de um preso — e provavelmente fuzilado — coronel de hussardos, muito embora a sua munição, de 0,45 polegadas, dificilmente fosse encontrada. Em compensação, desde que fosse bem cuidada, era uma arma extremamente bem balanceada, precisa e infalível, sem mencionar o seu extraordinário poder de fogo. Ivan podia passar horas limpando, polindo e lubrificando as diversas peças das suas pistolas. Chegava a ponto de polir e lubrificar cada uma das balas retiradas dos seus carregadores; depois, arrumando-as sobre a escrivaninha, como soldados numa parada, se agachava no tapete e olhava para elas com admiração.

Gostava de arrumar, alinhar e nivelar, mas fazia isso mais pelo prazer da arrumação do que por uma inata necessidade de ordem à sua volta. Nisso, assemelhava-se àqueles generais maníacos, que ordenavam paradas militares não para treinar a tropa, mas para uma incompreensível satisfação pela arrumação e alinhamento. Sua necessidade de simetria era visível até na forma pela qual pendurava as toalhas no banheiro ou arrumava os papéis sobre a escrivaninha. Paralelamente à sua mania de arrumar tudo que estava visível, era capaz de manter, por meses e sem quaisquer remorsos, uma desordem total nas gavetas da cômoda ou nas prateleiras do armário, ocupando-se com a sua arrumação só quando a bagunça atingia tal ponto que impedia a abertura, ou o fechamento, dos móveis em questão.

Agora, sentia o agradável peso do Colt, enfiado num coldre elegante, embora já gasto, pendurado em presilhas de latão a um cinturão de couro novo em folha que cingia a sua túnica militar, fechada até o pescoço à moda de Tolstói. Naquela manhã, ele era um dos muitos homens armados que andavam pela rua. No entanto, podia-se notar, o que ele fez com um pedantismo profissional, que apenas uma parte dos homens armados portava os seus instrumentos de morte de uma forma tão visível quanto ele. Embora ele portasse o seu Colt debaixo do casaco de couro, não precisava escondê-lo de quem quer que fosse. Os soldados vermelhos,[4] formados em pelotões de oito, carregavam os seus Mauzers com as baionetas caladas com o mesmo desleixo com que, alguns meses atrás, certamente carregavam feixes de lenha dos seus amos e senhores. Constatou que eles não tinham aquele orgulho que caracterizava um homem armado, ciente do seu poder. Quanto a ele, com a arma na cintura, sentia-se como um cavaleiro da Idade Média. Caminhava de forma diferente, bem como olhava de uma forma mais desafiadora e com mais soberba para as pessoas. Aprendera isso desde a infância, desfilando orgulhosamente com espadas de madeira entalhadas por Viktor Francovitch, para os anuais bailes de fantasia na escola, cujas empunhaduras o detalhista pai cobria com folhas de papel aluminizado dos chocolates Suchard. Excitado pelas suspeitas inerentes à profissão, desconfiava de que muitas pessoas com as quais cruzava também estivessem armadas. Estas, por motivos mais do que óbvios, não podiam demonstrar a sua índole cavalheiresca, mas tinha quase certeza de que, caso pudesse observar atentamente algumas delas, sua intuição lhe diria quem deveria ser preso imediatamente e fuzilado por porte ilegal de arma de fogo.

Chegou a pensar se não cabia tomar essa decisão — aqui e agora —, e conduzir uma experiência dessas, mas, no mesmo instante, bem à sua frente, um caminhão verde-oliva com o toldo perfurado por balas freou violentamente. A freada foi tão brusca que as rodas traseiras do caminhão deslizaram sobre o gelo e uma das suas rodas quase passou por cima das pontas das suas botas laboriosamente lustradas. Recuou instintivamente e, também de forma instintiva, afastou as abas do casaco para puxar o seu Colt. No entanto, refreou o gesto ao ver saltar da cabine do caminhão um soldado da central que, tendo feito uma continência militar, pareceu ladrar debaixo dos seus bigodes cobertos de gelo:

[4]O termo "vermelhos", associado a soldados ou exércitos, foi usado, desde a Revolução de 1917 até o colapso da União Soviética, para definir "soviéticos" ou "comunistas". Em compensação, o termo "brancos" referia-se aos opositores da Revolução, até o momento em que ela se tornou incontestável. (*N. do T.*)

— Camarada! O camarada está sendo convocado para apresentar-se imediatamente na central. A ordem foi dada pelo camarada... — Kazedub conseguiu abafar o resto da frase do soldado, cobrindo a boca do tagarela com sua mão enluvada e passando-lhe uma descompostura.

— Não precisa gritar para ser ouvido por todo o quarteirão. Sei muito bem quem deu a ordem! Virem este caminhão de merda, e vamos para a central.

Entrou na cabine do caminhão, espremendo-se entre o motorista e um outro soldado que, vestido dos pés à cabeça com uma roupa de couro, se deliciava com um cigarro fedorento. Por sorte, a cabine era desprovida de vidros, de modo que a quantidade de ar fresco era até excessiva. Dispararam ao som do barulhento motor que, soltando nuvens de fumaça, engasgava por causa da lastimável gasolina e do ainda mais suspeito óleo lubrificante, buzinando sem cessar e derrapando perigosamente nas curvas das ruas congeladas, a ponto de Ivan quase perder a ponta da sua língua mordida pelos incontáveis sustos.

"É surpreendente como eles conseguiram me achar com tanta facilidade; na verdade, como ELE me achou... Acabei de me mudar para esse apartamento e ele já sabe exatamente o caminho que faço a pé quando não chamo o carro de serviço! É bom saber como eles se preocupam comigo e querem saber tudo que faço, mas, por outro lado, isso não é tão agradável assim. Preferiria ter um pouco de privacidade, fazer coisas exclusivamente minhas, nem que fossem esses meus passeios matinais tão cheios de reflexões. Acho que tenho direito a isso e, caso eu encontrasse uma jovem atraente e dedicada à causa e conseguisse convencê-la a visitar o meu ninho feito sob medida para jovens dedicadas à causa, já posso imaginar quando, no meio das nossas carícias sobre aqueles deliciosos lençóis e travesseiros, sai de dentro do armário este brutamontes: 'Camarada, largue esta camarada e apresente-se...'. Por outro lado, se não fosse a satânica intuição daquele que agora está me convocando, certamente as coisas teriam se passado de uma forma diferente. Nem sei se ainda estaria vivo e, caso estivesse, onde? O adorado filhinho do melhor agente da *Ohranka*, cujo pai, ainda por cima, emigrara para cá da Polônia. Aqueles três semestres que passei no Corpo de Junkers... as avaliações positivas... os quatro anos de impecáveis serviços na linha de frente... a seqüência de promoções, de cabo até capitão, duas medalhas de bravura de São Jorge e, como se isso tudo não bastasse, as conexões cáucaso-principescas por parte da mãe. É um milagre que eu esteja vivo — e a vida que levo!"

Gabinete de Feliks Edmundovitch Dzierzynski,* Moscou, março de 1918, 8h15

"Meu Deus, como ele é inacreditavelmente bem-apessoado! Bem-apessoado, não, simplesmente belo. Um autêntico galã. Não dá para desgrudar os olhos dele. Se ele fosse apenas lindo, se tivesse aquele rosto de boneca deslumbrante, seria insuportável, mas seu rosto tem algumas pequenas assimetrias, sendo que aquelas minúsculas, quase imperceptíveis, falhas de perfeição criam exatamente a sua perfeição. Além disso, a sua beleza comprova a teoria do efeito positivo da miscigenação de raças e sangue. Seus olhos são azul-celeste, iguais aos do pai. A regularidade dos seus traços provém do seu sangue polonês, mas a tez escura, as maçãs de rosto salientes e, acima de tudo, os negros, quase azul-marinho cabelos cuidadosamente penteados para trás, ele deve ter herdado da mãe caucasiana e dos seus antepassados de sangue nobre. Era esta, provavelmente, a aparência de Jasão no mercado de Iolco. Só que ele estaria de sandálias, em vez das lustrosas botas de couro de um oficial, e teria apenas um rude pano grosso atirado sobre o torso, em vez de uma camisa primorosamente passada e fechada até o queixo. O seu traseiro estaria coberto por uns calções de couro, em vez de calças cor de areia, confeccionadas com a melhor lã de Lodz.[5] Presa à sua cintura, uma simples garrafa de barro com um pouco de água, no lugar de um elegante coldre, neste momento vazio, já que tivera que deixar seu adorado Colt com o oficial da guarda. Neste gabinete, o único que pode ter uma arma sou eu — provavelmente, até o dia em que ele for invadido por um bando com fuzis, quando todos os meus revólve-

---

[5]Cidade da Polônia, centro de indústria têxtil daquele país e, por causa disso, apelidada de "a Manchester polonesa". (*N. do T.*)

res não terão nenhuma serventia. Mas vamos deixar esses pensamentos de lado. Por enquanto, devemos nos concentrar na missão. Foi para isso que convoquei este bonitão."

— Sente-se, Ivan, e escute-me com atenção, porque não quero nenhum mal-entendido — disse Feliks Edmundovitch.

Kazedub afastou uma elegante cadeira forrada de couro que, junto com mais oito, cercava a grande mesa de conferência do gabinete do chefe, e sentou-se, tendo o cuidado de puxar para cima o vinco da calça. Dzierzynski ficou olhando com prazer para o seu recente, mas já predileto, funcionário. Admirava as proporções ideais da silhueta, a harmonia e o militar automatismo dos gestos. Em seguida, levantou-se pesadamente da mesa e, tendo enfiado as mãos nos bolsos do uniforme, começou a andar pelo gabinete. Ivan acompanhava seus passos com olhos cheios de respeito e prontidão, mas se passaram ainda algumas dezenas de segundos até Dzierzynski afastar uma das oito cadeiras e sentar-se ao seu lado, colocando suas bem cuidadas mãos sobre o polido tampo da carvalho. Começou a falar baixinho, sem olhar para o atento Ivan. Os pequenos movimentos dos seus dedos sublinhavam, de uma forma surpreendente, o significado das suas palavras.

— Você sabe o que aconteceu no início de março do ano passado?

Ivan ergueu as sobrancelhas num fingido gesto de espanto. Sabia muito bem o que ocorrera, mas, como nunca fora informado disso oficialmente, achou que não deveria saber. Pensou um pouco e respondeu:

— Não consigo me lembrar de nenhum fato relevante.

Dzierzynski sentiu uma grande satisfação ao ver confirmada a sua intuição, mas seu rosto não demonstrou outro sinal a não ser a aceitação da tática adotada por Ivan.

"Tenho certeza de que você sabe, assim como todos aqui", pensou. "Agrada-me o fato de você representar tão bem o papel de alguém em quem se pode confiar. O dom de adivinhar o que os outros estão pensando e o que esperam de você é uma qualidade que confirma o acerto da minha decisão. Imagino que você, ao me abençoar, freqüentemente se espanta por não estar há meses jogado numa floresta com uma bala enferrujando na sua cabeça e com formigas fazendo uma dacha do seu crânio. Mas, embora jamais venha a lhe dizer isso, a razão é muito simples. Você herdou todos os talentos do seu pai, o saudoso e inesquecível Viktor Francovitch — que arda para sempre nas brasas do inferno —, só que, diferentemente dele, você é muito mais fácil de ser manipulado, enquanto ele sempre foi uma constante fonte de preocupação. Tinha engenho demais e ideologia de menos. Sempre foi frio e totalmente apartidário. Tudo que fazia, o fazia por dever de ofício; apenas isso. Para ele, não fazia diferença para quem trabalhava e contra quem conspirava. As únicas coisas que o interessavam eram desmascarar, prender ou liquidar. Tivesse ele nascido um controlador de pragas, certamente, e com a mesma graça e prazer, estaria exterminando baratas e formigas dos faraós. Não fosse esse seu profissionalismo exagerado, é muito provável que, hoje, vocês pudessem cruzar nestes corredores, como companheiros de trabalho, mas aquela capacidade dele de impregnar sua própria personalidade costuma ser perigosa. Você é diferente. Pode-se, sem dificuldade, convencê-lo de que está trabalhando para o bem comum. Pode-se moldá-lo e programar as suas emoções, algo que me dá uma enorme satisfação — e é bem possível que seja por isso que eu gosto tanto de você, à minha maneira. Mas o que mais me agrada, é que você, apesar de tudo, está se esforçando para ser mais esperto do que eu. Portanto, continuemos a brincar dessa forma."

— Há um ano, no dia 2 de março, a famosa dinastia dos Romanov, que reinou sobre este país desde 1613, terminou o seu não muito misericordioso mando e, há mais de um ano, toda a família está detida numa prisão em Tobolsk, uma idéia não muito feliz de Kerenski.* Em minha opinião, eles todos deveriam ter sido executados assim que Kerenski fugiu. Com isso, teríamos lhes prestado um favor: o de evitar a humilhação de ficar implorando pelas diversas cortes da Europa. — Dzierzynski olhou atentamente para Ivan, analisando a reação do seu subordinado. — Vejo que você gostaria de expressar uma opinião diversa da minha, mas quero lembrar-lhe que cada revolução demanda vítimas provenientes da ordem anterior. Isso não é uma questão de culpa ou castigo, mas de respeito pelos bem-sucedidos mecanismos adotados em situações semelhantes. Pode-se dizer: uma questão de um certo estilo revolucionário. — Dzierzynski, pela primeira vez durante o encontro, deu um sorriso debaixo do seu bem cuidado bigodinho. — Em um ponto, eles tiveram sorte: a guilhotina jamais desfrutou popularidade entre nós. É forçoso admitir que aquela é uma morte horrível.

Ivan, lealmente, também sorriu. Em seguida, ousou perguntar:

— E quanto a eles? O que aconteceu a ele e à sua família?

Dzierzynski juntou dois dedos da mão direita em forma de cano de uma pistola, apontou para um vaso de flores no centro da mesa e respondeu — embora Ivan ainda não estivesse totalmente seguro de aquilo ser uma resposta clara, ou ainda uma brincadeira.

— Pelo que eu conheço de Lênin* e do seu caráter, trata-se apenas de uma questão de tempo. Pif-paf, e tudo acabado. — Olhou novamente para Ivan, mas dessa vez atentamente e sem sorrir.

Kazedub ficou um tanto confuso, mas fixou o olhar no vaso de flores e meneou a cabeça de forma compreensiva:

— Por certo.

— Além disso, eles não poderão reivindicar o que era deles.

Ivan adivinhava do que se tratava, mas, novamente, se fez de desentendido. Dzierzynski não lhe deu muito tempo para matutar.

— Obviamente, todas as propriedades, imóveis, terras, de acordo com o decreto de nacionalização, passam para o Tesouro Nacional, ou seja, o povo. Quanto às bijuterias, algumas jóias, como as condecorações tsaristas, elas serão entregues, no seu devido tempo, aos museus. No entanto, Ivan, há outro item: 526 toneladas de ouro, em barras e moedas, além de platina e prata; uma parte desse tesouro já está aqui; o resto permanece em Tambow.

Kazedub sentiu seu corpo ficar pesado e que algo o empurrava para o fundo da poltrona. Tentou imaginar 526 toneladas de ouro, mas não conseguia. Dzerzynski parecia aguardar pelo efeito das suas palavras, mas, diante do silêncio de Ivan, continuou:

— Provavelmente, você não está em condições de imaginar o que são 526 toneladas de ouro, não é verdade? — Ivan apenas meneou a cabeça, o que tanto podia significar "sim" como "não".

"Então eu lhe direi, porque as carregamos em vagões ferroviários. Você tem idéia de quantos vagões são? — Dessa vez, Ivan indicou claramente com a cabeça que "não", e o fez de tal forma que parecia estar com torcicolo. Dzierzynski juntou as mãos, como se fosse rezar para um deus de ouro, sobre o qual falara com tanta naturalidade. — São, mais ou menos, vinte toneladas em cada vagãozinho. Você sabe quanto vale cada um desses vagões? — Kazedub engoliu em seco e voltou a menear a cabeça, enquanto Feliks Edmundovitch esfregou as mãos e estendeu-as como um padre anunciando boas-novas às suas ovelhas:

"Um encouraçado, como o *Imperatriz Maria*, que, parece, agora mudou o nome para *Marat*, custa em torno de 13 toneladas de ouro. Portanto, imagine que com um vagão desses se pode construir um encouraçado e, na certa, mais um cruzador.

Aquela comparação parecia ser feita sob medida para Ivan, um profundo conhecedor dos detalhes de um navio de guerra. Sabia também, pois lera algo sobre isso, que pelo preço de um projétil de um canhão de 12 milímetros se podia comprar uma vaca leiteira. Não se sabe exatamente por quê, mas era muito provável que fosse pela associação com a tal vaca que ele começou a imaginar quantas famílias — e por quanto tempo — poderiam ser alimentadas pelo valor de um encouraçado e um cruzador. Mas como nenhuma resposta vinha à sua cabeça, parou de pensar em coisas tão fabulosas e continuou escutando.

— Em outras palavras, Ivan, é uma montanha de dinheiro. Caso fôssemos usar todo esse ouro para construir encouraçados, teríamos a maior frota do mundo ou, na pior das hipóteses, a segunda, logo depois da inglesa.[6] Você deve estar se perguntando por que estou lhe contando tudo isso, não é? — Dzierzynski fez uma pausa, pois gostava de ganchos efetivos e retóricos. — Conto-lhe isso porque quero, aliás, nós queremos... eu e Vladimir Ilitch... confiar esse ouro a você.

[6]O contrato com o estaleiro inglês Armstrong, assinado em 1913, para a construção de um moderno encouraçado para a Turquia (ex-*Rio de Janeiro*, transformado em *Sultan Osman I*) foi de 2,25 milhões de libras esterlinas — o equivalente, à época, a 16,5 toneladas de ouro puro. (*N. do A.*)

3

Wanda Laudowska, 26 anos, Suíça, dezembro de 1917

AQUELE, SEM DÚVIDA ALGUMA, era o momento mais agradável de todos: pouco antes de acordar. Uma ligação do sonho com a realidade. A volúpia quase material e palpável, enquanto a consciência ainda não é uma consciência e ainda não se sabe se já é a realidade ou a continuação do sonho. Em todo o corpo, dos pés até a raiz dos cabelos, um nebuloso prenúncio de algo agradável e há muito aguardado. Um discreto deslocamento do cotovelo sob a cabeça ainda pesada de sono, um esticar dos membros e aquele delicioso ato de se espreguiçar como um gato. O corpo humano é algo extraordinário, quase tão extraordinário quanto a mente. O sono é algo maravilhoso, mas o ato de acordar é divino. Permitiu-se ainda alguns momentos, aqueles mais deliciosos de todos, nos quais se podem relembrar as melhores recordações daquela noite, lembranças que provocavam um formigamento excitante em todo o corpo. Abriu os olhos e a claridade solar, penetrando por entre as cortinas fechadas com desleixo, lhe trouxe uma agradável surpresa.

— Foi bom — disse com voz ainda sonolenta, dirigindo-se ao homem que ocupava a outra metade da enorme cama. Deitada de costas, apoiou-se sobre os cotovelos e acrescentou, mais baixo e mais para si mesma: — Mas — pensou um pouco, tirando os pés de debaixo do cobertor — nada revelador.

Nua em pêlo, tendo como traje apenas uma cruzinha dourada pendurada numa corrente de ouro e sentindo um leve arrepio nas costas por causa do frio que fazia no quarto, foi para a ante-sala e tirou o fone do gancho:

— Recepção? Boooooom dia — abafou um incontrolável bocejo, tentando, sem sucesso, coçar um ponto nas costas —, por favor, tragam-me um grande bule de café bem forte e quente. Como? Não, preto, sem leite e com algumas colheres de mel. Como? Não, em separado, num pires. E não imediatamente, mas daqui a alguns minutos. A porta vai estar aberta.

Entrou no banheiro, que, para o seu gosto, também era demasiadamente frio, e abriu a torneira de água quente. Enrolou-se rapidamente numa grande e áspera toalha de banho. Parou na porta do quarto de dormir e, vendo que seu parceiro abrira os olhos, decretou:

— Tenente, quando chegar o café, tenha a bondade de trazê-lo para junto da banheira; e traga, também, as instruções. Vamos revê-las mais uma vez. Ainda tenho algumas dúvidas.

Antes que ele pudesse responder, girou sobre os calcanhares e correu para a banheira, na qual jorrava água quente.

Quando, minutos depois, ele entrou com a bandeja, Wanda estava deitada confortavelmente na banheira, com a cabeça apoiada na sua cabeceira. Prendera os seus cabelos curtos e encharcados e, adornada por aquele elmo molhado e brilhante, lhe pareceu ainda mais sedutora do que antes. Wanda olhou para ele com benevolência e estendeu a mão para pegar a xícara. Quanto a ele, sentou-se na beirada do bidê e perguntou:

— Por que esse tom tão oficial? Você sabe muito bem como me chamo. Ou será que sonhei com o que se passou durante a noite?

Wanda respondeu por entre goles do café, que cheirava divinamente:

— A noite já está atrás de nós. Agora, temos pela frente coisas muito importantes a tratar, e peço ao senhor para não voltar a tocar naquele assunto. Vamos repassar os pontos mais relevantes.

O tenente, antes de abrir a agenda que trouxera junto com a bandeja, permitiu-se lançar ainda mais um olhar, enquanto ela — com visível satisfação — deixou-se admirar por bastante tempo. Voltou a mergulhar até o queixo, mas a transparência da água, levemente azulada pelo esmalte da banheira, permitiu que ele visse o que queria ver. Diante dele, jazia um arquipélago sonhado por qualquer navegador sobre os mares de amor físico. Wanda Laudowska, na plenitude dos seus 26 anos, era uma mulher que, em qualquer época, poderia ser descrita como "eletrizante". Não era perfeita, mas a maioria dos homens interessava-se por ela em si e não pela sua beleza. Seu rosto poderia pertencer tanto a uma mulher de 26 anos quanto a um lindo garoto, daqueles que tias avançadas em anos colocam no colo para poder acariciá-lo e cobrir seu rosto com beijos de bocas pintadas e enrugadas. Naquele seu aspecto de garoto travesso havia uma surpreendente e indescritível regularidade, começando pelos enormes olhos verde-escuros que olhavam para o mundo com um traço de calma e ironia, passando por uma boca talvez larga demais, mas lindamente delineada, narinas delicadas de um nariz reto e também, para ser sincero, um pouco comprido demais e que terminava num queixo desafiador com uma quase invisível — mas excitante — covinha. A esse conjunto, devemos acrescentar um par de orelhas um pouco afastadas da cabeça (mas sem exagero), mas, em compensação, com um formato que parecia esculpido pela natureza com a graça praticada por milhões de anos na arte de formar as mais belas conchas marinhas. Um pescoço comprido ligava o que acabamos de descrever a um corpo esguio e esportivo, cujas curvas e reentrâncias davam a impressão de terem sido feitas exclusivamente para que o Criador pudesse instalar naquela base um par de pernas delgadas e de seios — um pouco cheios demais para uma silhueta tão adolescente — adornados por bicos minúsculos. A perfeição daquele corpo residia no fato de não haver nele um só detalhe que pudesse ser criticado. Seus pés eram delgados e os seus dedos, assim como os das mãos, eram enfeitados por unhas tão perfeitas e regulares que poderiam ser fotografadas para anunciar uma marca de esmalte. Caso mandássemos Wanda virar de bruços, veríamos a perfeição do seu reverso, muito embora os apreciadores de bundas volumosas pudessem criticar esse seu atributo, já que ela era pequena, parecendo pertencer a uma garotinha de uns 15 anos, e dura como uma bola de futebol. A textura da sua pele era um dos detalhes dignos de admiração: tinha a cor e o brilho de um pêssego, poros quase invisíveis, e exalava um aroma de óleo de patchuli esfregado no corpo numa fresca manhã primaveril. A posse daquele corpo escultural era algo muito agradável, mas Wanda jamais caiu na tentação do narcisismo. Tinha plena consciência do efeito que causava nos homens que tiveram o privilégio de possuí-la ocasionalmente, mas, se dependesse dela, teria gostado de fazer várias alterações na sua anatomia. Não se achava feminina o bastante, talvez por seus mais primordiais conceitos de feminilidade terem se moldado na figura da sua mãe — uma mulher de grande doçura e sensibilidade, mas ingênua e imatura na parte sentimental —, muito embora tivesse trazido ao mundo três crianças bem-sucedidas: duas meninas e um menino.

Wanda era a filha do meio, o que a protegeu dos erros cometidos, em mesmo grau, na educação do primogênito e da caçula. Veio ao mundo numa família abastada, cujo calmo e feliz sustento fora assegurado por uma pequena rede de oficinas que, de certa forma, poderiam ser chamadas de manufaturas. Fazendo uso de já testadas e não complexas tecnologias, fabricavam carroças, fiacres e todo tipo de veículos puxados por cavalos, desde os mais simples até os usados pelos bombeiros. Seu pai, o conde Janusz Kozic-Laudowski, embora descendente da alta nobreza rural, perdera todas as propriedades durante o desmembramento da Polônia,[7] acabando por se estabelecer num dos subúrbios de Varsóvia. Foi ali que construiu a sua primeira oficina, empreendimento no qual foi ajudado pelo irmão da sua mãe, Jaroslaw, um viúvo sem filhos, formado em engenharia por uma das mais renomadas escolas técnicas de Berlim. Os primeiros anos do novo século foram de grande desenvolvimento para a Indústria Laudowski & Kozielski, já que o Ministério da Guerra do tsar a contratou para produzir uma série de furgões destinados ao transporte de feridos. Depois, o negócio prosperou com consertos de veículos dos proprietários rurais das cercanias, bem como devido às necessidades de transporte das pequenas manufaturas locais.

Graças a essa situação financeira, Wanda teve tudo o que era preciso: os melhores professores, o melhor ginásio feminino e, aos 18 anos de idade, foi enviada para Paris, onde, sem maior dificuldade, conseguiu matri-

[7]A Polônia, ao longo da sua história, sofreu diversos desmembramentos, sendo o último em 1795, quando o seu território foi dividido entre Áustria, Prússia e Rússia, tendo recuperado a sua independência somente em 1919, após a Primeira Guerra Mundial. (*N. do T.*)

cular-se no Conservatório de Música. Tal fato não era de se estranhar, já que Wanda, desde a mais tenra idade, demonstrara grande talento musical, algo que fora imediatamente percebido pelo pai, ele mesmo um pianista bissexto. Já desde o sexto ano de vida, Wanda teve aulas regulares de piano, ministradas com grande entusiasmo por um jovem professor do Conservatório de Varsóvia, Jurek Zuravlew, excelente músico, mas homem extremamente tímido que, além de música, não tinha muito a dizer. No entanto, seu método de ensino (inovador, àquela época), baseado na ênfase no desenvolvimento do talento técnico junto com a compreensão da forma de interpretação, trouxe resultados excelentes, a ponto de Wanda, ao completar 16 anos, dispor de um vasto e variado repertório, que compreendia desde os compositores tradicionais do romantismo até os cânones das obras clássicas, inclusive as últimas sonatas de Beethoven. No decurso de quase dez anos de convívio com Zuravlew, Wanda chegou a enamorar-se dele, mas fizera-o mais por achar que aquilo era algo romântico do que por uma real demanda do coração. Ele, por sua vez, letrado nos mais modernos métodos de ensino musical, mas desajeitado e tímido, a tratava de forma carinhosa, mas exclusivamente como seu professor de música. O coitado não se dera conta de que bastaria tão pouco — nem mesmo por iniciativa própria, mas por um simples consentimento — para a adolescente entregar seu corpo a ele, nem que fosse para testar as suas garras num objeto tão oportuno, já que estava com ele duas vezes por semana. Para grande sorte do jovem pedagogo, Wanda só iria aprimorar a sua arte de provocar homens anos depois. Sendo uma criança excepcionalmente sensata, ela nunca defrontara seus pais com problemas e dramas tão freqüentes na adolescência, nem com exageradas demandas de ordem material, razão pela qual estes a deixavam completamente livre, sobretudo em função das suas excelentes notas escolares e dos evidentes avanços na sua performance musical, atestada nos diversos concertos com freqüência realizados na sua casa ou nas casas dos vizinhos. Wanda, antes de tudo, estava concentrada nela mesma e nos seus planos, que, a essa altura, eram bastante imprecisos e baseados no mote "hei de me tornar uma artista de fama mundial", o que, na sua dispersa imaginação, significava ter uma vida sem problemas, cheia de esplendor e de reconhecimento público — e, é claro, repleta de homens que, invariavelmente, jazeriam aos seus pés. Nas suas horas livres, poucas por causa da escola e do piano, Wanda costumava andar a cavalo ou vagar pelos bosques das cercanias com uma arma de caça e praticando tiro ao alvo. Gostava muito dessas duas atividades e, tendo tido excelentes professores nas pessoas do pai (na arte de montar) e do tio Jaroslaw (na de atirar), adquiriu grande experiência em ambas, certamente por gostar de montar e disparar. É preciso acrescentar que ela jamais atirava em seres vivos, provavelmente porque ninguém da sua família tinha queda por caça e a sua casa viver cheia de cães e gatos, considerados quase como pessoas da família. Sendo assim, tratava as aves silvestres e os esquilos de forma amistosa, enquanto estes não fugiam dela, mesmo armada com uma espingarda. A idéia de estudar em Paris partira dela, sendo que seus pais não fizeram objeção, já que a capital musical do mundo poderia abrir-lhe portas inacessíveis em Varsóvia. O governo tsarista também não criou dificuldades em conceder-lhe um passaporte, provavelmente por não pesarem sobre os Laudowski quaisquer suspeitas de envolvimento em conspirações polono-patrióticas e, também, pelo fato de, depois dos movimentos nacionalistas entre 1904 e 1907, olharem com mais leniência para essas peregrinações dos leais e pagantes de impostos súditos de Nicolau II.

Em Paris, aonde chegou no início da primavera de 1911, Wanda sentiu-se em casa. Agradava-lhe o agitado estilo da cidade e dos seus habitantes e, embora na Polônia jamais tivesse sofrido nenhum tipo de limitação, estava encantada com a possibilidade de levar uma vida de liberdade total e de decidir quanto e em que gastar a mesada regularmente recebida dos pais. Seus estudos de música iam de vento em popa, principalmente por ter decidido mudar de instrumento. Inscreveu-se no curso de cravo,[8] ministrado pelo adorado pelos estudantes professor Ladislav Klos, com quem — provavelmente por causa das suas raízes eslavas — ela manteve laços de amizade. A possibilidade de comprar barato um instrumento em bom es-

[8]O fato de o autor ter dado o nome de Wanda Laudowska à sua personagem não é fortuito. Como musicólogo e polonês, ele quis render uma homenagem a Wanda Landowska (1879-1959), a famosa cravista polonesa, responsável pelo resgate da importância desse instrumento no século XX. (*N. do T.*)

tado, e exercitar-se nele num simpático apartamento alugado próximo do Conservatório, fez com que ela dispusesse de bastante tempo livre, que, de acordo com a sua inata energia, ela aproveitou de formas as mais diversas, as quais, além de lhe proporcionarem prazer, também foram de grande proveito. Matriculou-se na Faculdade de Filosofia de Sorbonne, bem como na escola de esgrima (onde escolheu o florete, que lhe pareceu ser o mais elegante e o que menos enrijecia as articulações). Seu professor, um espanhol já de certa idade, mas muito bem-apessoado e com um refinado e culto senso de humor, afirmara-lhe que a forma correta de segurar a arma teria uma influência positiva no conjunto osteomuscular do seu braço e dos seus ombros, adicionando-lhe mobilidade e força dos dedos, desde que ela se exercitasse, tanto no florete quanto no cravo, com o mesmo afinco e regularidade. Com o passar do tempo, Wanda constatou que, de fato, o florete aumentara a força e a infalibilidade dos seus golpes, além da agilidade dos dedos, mas o que mais lhe agradou foram os efeitos da esgrima na sua psique. Melhorara sua concentração, algo com que tivera problemas antes, sendo que os exaustivos treinos, com suas incessantes repetições de seqüências, fintas e golpes, fizeram com que forçasse sua mente, a qual, a partir de então, podia dominar como se fosse um cavalo adestrado. Parou de exaltar-se durante discussões, concentrando-se mais na preparação de certeiros e surpreendentes argumentos; passou a sorrir com mais freqüência, achando que, de certo modo, o mundo assemelhava-se ao tablado da esgrima, sobre o qual é muito mais fácil treinar e lutar quando se tem mais habilidade técnica e confiança em si mesmo.

Cabe aqui mencionar um incidente engraçado que ocorrera menos de duas semanas após sua chegada a Paris. O táxi no qual retornava para casa após uma agradável visita a um casal de amigos recém-conhecidos e que moravam nas cercanias de Paris atropelara um ciclista. O taxista, um jovem esperto com a aparência de um atraente dançarino de aluguel, estava mais do que claramente interessado na sua passageira, aproveitando qualquer pretexto para olhar para ela no seu espelho retrovisor. Chegou ao ponto de virar o espelho externo do seu Peugeot para poder ver o reflexo do seu rosto. Ao mesmo tempo, fazia grandes esforços para manter uma conversação, não parecendo incomodar-se com o fato de Wanda responder apenas por monossílabos. O trânsito não era intenso, mas, mesmo assim, quando ultrapassavam outros veículos, Wanda tinha a impressão de que o insistente chofer acabaria caindo com o táxi na vala ao longo da estrada. Num determinado momento, quando o taxista se virou mais uma vez para ela, segurando de forma negligente o volante com a ponta dos dedos, ela gritou: "Faitez attention!", mas era tarde demais: o pára-lama direito do táxi acertou um ciclista que, naquele exato momento, ultrapassava um caminhão carregado de carvão. O acidente pareceu sério, pois o ciclista, atirado para fora do selim, deu um salto mortal, mas — como se revelou mais tarde — ele não ficou ferido. O taxista não quis parar, mas Wanda ameaçou chamar a polícia, sacudindo-o tão violentamente que a sua cabeça ficou balançando de lado a lado, como se ele fosse um boneco de pano.

— Favor parar imediatamente e não tente fugir, porque guardei na memória o número da sua placa! — gritou Wanda e, quando o taxista, tendo notado a sua determinação, encostou o carro na beira da estrada, saltou e correu em direção do ciclista caído. Seu inato senso de justiça dizia-lhe de que ela tinha uma parcela de culpa, mais exatamente a sua beleza, que distraíra o motorista.

"O senhor está bem? — perguntou, mas logo começou a rir, pois a visão do ciclista era muito engraçada.

— Maldito buraco! — resmungou ele, num francês suave e correto, mas com o inconfundível sotaque russo.

— Ele fez um buraco no senhor? Nós não estávamos indo muito depressa...

— Não. Estou dizendo que esta cidade é um buraco maldito. Sempre achei que era, e eis uma comprovação disso. Vocês poderiam ter-me matado.

Wanda tentou desculpar-se da melhor forma possível, pois, por uma razão desconhecida, não queria que aquele homem guardasse mágoa dela.

— Não nós, meu prezado senhor, mas ele — apontou com o dedo para o chofer apoiado no táxi e com a cara mais inocente do mundo. — Eu sou apenas a passageira deste táxi, mas é bom que o senhor saiba que, caso eu não o tivesse forçado, ele não teria parado para socorrê-lo.

— Ah, é? — interessou-se o ciclista. — Nesse caso, tenho um favor a pedir à senhora. Eu gostaria de processar este... como mesmo se diz em francês...

— Imagino que a palavra que o senhor procura seja "pirata". Mas podemos falar em russo, pois dá para identificar imediatamente onde o senhor nasceu.

O ciclista olhou para ela com mais simpatia, cobrindo a sua careca com um boné de pala curta que levantara anteriormente do chão. Tinha as maçãs de rosto salientes e algo de tártaro — mas também de muito simpático — no seu semblante. Talvez fosse o conjunto dos seus olhos com as sobrancelhas?

— Quer dizer que a senhora é russa. É sempre bom encontrar um conterrâneo. Permita que me apresente: Vladimir Ilitch Ulianov[9] — e inclinou-se com grande dignidade que, diante da sua pouca altura e diminuto tamanho, pareceu a Wanda um pouco exagerada e até engraçada. Diante disso, ela sorriu mais uma vez e ele retribuiu o sorriso.

— Não exatamente russa, mas uma súdita de Nicolau II.

— Nesse caso — concluiu —, a senhora só pode ser polonesa. Aliás, basta olhar para a sua estonteante beleza, pois somente as polonesas podem ter tanto encanto. Além disso, vou fazer-lhe uma confidência: considero as polonesas as mais fantásticas mulheres de todo o mundo.

Wanda voltou a rir, achando Ulianov extremamente simpático, e disse:

— Vamos deixar de lado essa questão de beleza, se não poderemos ter um novo acidente. Ele atropelou o senhor porque não parava de olhar para mim.

Ulianov ficou sério inesperadamente.

— Isso até que poderíamos lhe perdoar, como um reconhecimento à beleza da senhora, mas aquilo que a senhora disse, de que ele não pretendia parar, jamais lhe perdoaremos. A senhora concordaria em ser minha testemunha? Quero processá-lo e exigir uma indenização.

Wanda assentiu, sem um momento de hesitação:

— Mas é lógico que sim; é o mínimo que posso fazer pelo senhor.

---

[9]O verdadeiro sobrenome de Lênin. (*N. do T.*)

Agradeceu-lhe com uma reverência e propôs:

— Nesse caso, eu lhe ficaria grato se a senhora pudesse levar-me, junto com o que restou da bicicleta.

No dia seguinte, o advogado de Ulianov tomou o depoimento de Wanda e, alguns dias depois, o próprio Ulianov lhe telefonou para agradecer. Ganhara o processo de indenização, o que pareceu dar-lhe um enorme prazer. Aquele estranho encontro culminou com um belo buquê de flores com um cartãozinho contendo agradecimentos adicionais. Diante disso, Wanda respondeu com uma breve carta, na qual expressava sua satisfação por ter cumprido com a sua obrigação e prestado ajuda ao próximo. Nos meses seguintes, trocaram ainda alguns cartões eventuais, todos simpáticos e carinhosos — com o que o episódio poderia ter-se encerrado.

As já mencionadas inúmeras atividades de Wanda fizeram com que ela travasse conhecimento com duas pessoas inesperadas. Durante um intervalo na universidade, sentou-se junto dela um simpático sueco, com um — totalmente inesperado numa figura com a aparência de um *viking* — encabulado rubor no rosto, chamado Sven Qualquer Coisa (Wanda, durante várias semanas, não conseguia lembrar-se como soava o seu sobrenome) e, na aula de esgrima — de uma forma totalmente natural, pois lhes coube se enfrentarem no tablado — um americano de 30 anos chamado Ernest e que, ao contrário de Sven, que fazia um enorme esforço para formar-se em engenharia no Instituto Técnico, parecia estar vagando a esmo e tentando (sem grande convencimento) justificar a gastança do dinheiro recebido dos seus pais num projeto de um romance. Por um certo período, Wanda encontrava-se com eles alternadamente, manobrando de tal forma que um não soubesse da existência do outro. Para qualquer jovem de bom senso de 19 anos, Sven teria sido o protótipo de um namorado ideal e sério candidato a marido. No entanto, Wanda se irritava com aquele afã de atender a todos os seus caprichos. Não podia negar que lhe agradava o seu aspecto saudável e viril, razão pela qual permitia que ele a beijasse ocasionalmente, mas impacientava-a e, às vezes, dava-lhe vontade de rir — embora nunca demonstrasse isso a ele — a forma quase de adoração com a qual fazia os seus avanços amorosos. Queria entregar-se a ela de corpo e alma, sem quaisquer questionamentos, dúvidas ou exigências. Isso não convinha a Wanda, sendo que, cada passo dado por Sven na abordagem brevemente descrita anteriormente, reforçava sua convicção da falta de uma perspectiva promissora com aquela simpática figura. E foi por esse motivo que ela passou a encontrar-se cada vez mais com Ernest, que, embora não a atraísse fisicamente, a intrigava com a imprevisibilidade dos seus atos.

Um dia, ele dava a impressão de estar profundamente apaixonado, escutando com atenção tudo que ela dizia e procurando com insistência olhar nos seus olhos; no outro, comportava-se como um amigo desinteressado, desprovido de interesse amoroso. No entanto, sempre a tratava sem o menor sinal de chauvinismo, de igual para igual nas suas discussões, nas quais — como Wanda tinha certeza — ele sempre poderia sair como vencedor. Era extremamente versado e — como ela teve a oportunidade de constatar — seu conhecimento abrangia diversos campos: podia discutir animadamente sobre literatura e música (que, como compositor formado durante sua primeira estada em Paris, conhecia a fundo) para, logo em seguida e com toda a seriedade de um perito no assunto, enumerar as vantagens de um novíssimo Renault AX que acabara de passar, sendo que a sua fenomenal capacidade de se lembrar dos detalhes técnicos lidos num folheto de propaganda — referentes a um novo tipo de carburador, engrenagens de um diferencial recém-lançado, caixa de mudanças de quatro marchas e molas helicoidais — levava Wanda ao êxtase de admiração pelas possibilidades do seu intelecto. Em função disso, via-o cada vez mais, o que, como era de se esperar, teve o efeito de esfriar seu relacionamento com Sven. Este, por sua vez, começou a ficar insuportavelmente sentimental, além de falar demais, desfiando por horas planos idílicos da vida conjugal.

No início, ela até se esforçava para demonstrar interesse pelos seus monólogos, ditos num francês que, embora perfeito do ponto do vista da construção gramatical, era duro e até engraçado. Com o tempo, começou a ficar entediada e chegou a dar por si pensando em Ernest durante o falatório de Sven. Apesar disso, o rompimento com Sven foi tão doloroso para ela que, ao voltar para casa, teve um acesso de choro, provavelmente mais por pena de Sven do que dela mesma, e por aquilo que lhe parecia ter sido uma crueldade da sua parte. Com grande espanto, descobriu que a única pessoa com a qual poderia compartilhar suas dúvidas sem correr o perigo de ser ridicularizada pela infantilidade das suas aflições seria o cínico Ernest. Pensou ainda que sentiria falta das aulas de filosofia, às quais já se acostumara após tantos meses, mas não se sentia capaz de suportar os olhares cheios de repreensão de Sven, que, certamente, contava com a esperança de ter pelo menos aquele contato com a sua deusa perdida.

O toque do telefone assustou-a. Pensou que fosse Sven que, num gesto magnânimo, iria perdoá-la, algo a que ela não conseguiria sobreviver. No entanto, resolveu atender, acreditando no princípio que as coisas acontecem contrariamente ao que se teme. Por sorte, era Ernest, que imediatamente percebeu seu estado de espírito.

— Ah, dá para notar que você andou chorando. Por quê? Não negue, o seu nariz está entupido.

— Não é nada disso; é que eu...

— Não minta, pelo menos não para mim. Ele rompeu com você?

Wanda ficou muda. Como ele podia saber que ela se encontrava com um outro? Mas ele não a deixou espantar-se por muito tempo:

— Ah! Não foi ele que rompeu com você, mas você com ele. Está tudo claro. Mas, então, por que andou chorando?

Wanda não tinha a menor idéia do que responder, mas não teve que se preocupar com isso, já que Ernest adivinhara tudo. Diante disso, disse apenas:

— Estou me sentindo triste.

— Enquanto isso, o dia está lindo. Sabe de uma coisa? Vista uma roupa que faça com que todos os homens se virem ao vê-la na rua, vamos dar um passeio e tomar um café bem forte. Estarei aí dentro de vinte minutos.

Não lhe deu tempo para desculpas e, simplesmente, desligou. Como era diferente de tudo a que Sven a acostumara, o qual teria ficado ainda por cinco minutos indagando se ela estava com vontade de sair e se ele deveria vir realmente e, no fim, demandaria algumas palavras amorosas e — caso não as recebesse — começaria com as suas. Ainda bem que terminara com ele! A idéia de passear com Ernest excitou-a a tal ponto que ficou pronta em poucos minutos. Desceu e ficou esperando na calçada por dez minutos, já que ele, como sempre, apareceu com pontualidade britânica. Veio de táxi e levou-a para um simpático barzinho, onde o café era de fato excelente e o conhaque, ainda melhor, graças a que Wanda pôde abrir a sua alma.

— Como que você sabia que eu me encontrava com um outro?

— Não sabia, mas desconfiava. Depois, fiquei observando você falar.

— Você não quis dizer "escutava"? — interrompeu-o, mas ele apenas sorriu.

— Se você fosse lésbica e seduzisse mulheres, eu lhe teria aconselhado que é mais produtivo olhar como as mulheres falam do que analisar o que dizem. Em suma, embora isso possa parecer paradoxal, a forma pela qual uma mulher se expressa contém mais informações do que o conteúdo da sua fala. Aliás, isso também ocorre com boa parte dos homens.

— E você se inclui entre eles?

Pela primeira vez Ernest pareceu ficar levemente encabulado.

— Quando alguém sabe observar e tirar conclusões...

— Você vai me ensinar isso? — perguntou Wanda de forma sedutora, enquanto ele sentiu, não pela primeira vez durante a sua convivência, um doce arrepio de expectativa e respondeu:

— Se você faz tanta questão de conhecer as minhas intenções, então será melhor que eu as exponha diretamente. Aliás, há muito tempo que eu pretendia fazer isso, mas fiquei à espera de que o campo ficasse livre, se é que posso me exprimir dessa forma.

Wanda permaneceu calada, mas seu olhar verde-escuro denotava sua curiosidade. Diante disso, ele continuou:

— Você deve ter notado que sinto uma profunda atração por você, bem como que não sou um tipo de homem que se deixa levar por uma coleira. Não tenho paciência para fazer a corte, suspirar pelas esquinas e outros tipos de coisas semelhantes; aquilo me divertiu quando eu tinha a sua idade.

— E agora — interrompeu-o —, o que o diverte?

— Agora — respondeu — me diverte o fato de conseguir pôr uma mulher numa situação sem saída.

— Sem saída?

— O que quer dizer que ela não tem como escapar, ou, melhor dizendo, não está em condições de usar aqueles truquezinhos do tipo "serei tão simpática ao senhor quanto o senhor fizer por merecer" etc. De qualquer modo, você deve saber exatamente do que estou falando e já deve ter tido a oportunidade de testar as suas garras num coitado qualquer.

— Mas se, apesar de tudo, a jovem em questão decidir aplicar aqueles truquezinhos que você menciona, o que acontece?

— Aí, ela passará a ser a única espectadora de um espetáculo dirigido por ela mesma.

Wanda apoiou a cabeça nos punhos, enquanto ele ficou olhando com prazer para os seus braços bronzeados pelo sol, sobre os quais ela dobrara as mangas do blazer branco de lã.

— Oh, oh! — replicou alegremente. — Quer dizer que você estaria disposto a desperdiçar vários meses se esforçando para obter as minhas graças?

Ernest ajeitou-se confortavelmente na poltrona e enfiou as mãos nos bolsos do seu casaco de tweed.

— Vou explicar-lhe algumas coisas. Em primeiro lugar, lembre-se de uma vez por todas: não existe tempo desperdiçado. Tudo o que fazemos conduz a algo ou a alguém. Tudo tem alguma serventia. Mesmo se você decidir ficar apenas se revirando na cama por meio ano, isso acabará servindo para algo...

Ao notar a expressão de espanto no rosto de Wanda, ele esclareceu:

— Nem que seja para se dar conta da inutilidade dessa sua ação. Em segundo lugar, eu nunca "me esforcei", como você disse, para conseguir suas atenções. Gosto muito da sua companhia, você me atrai bastante e, nesses últimos meses, procurei... e esse foi o meu único esforço... mostrar-lhe como sou, esperando que aquilo que você via lhe agradasse.

— Bem — meneou a cabeça —, de acordo com a sua teoria, o seu tempo não foi desperdiçado, e tudo indica que isso vai resultar em algo, mas em quê?

— Você está interessada no futuro próximo ou numa perspectiva mais a longo prazo?

Wanda achou que deveria adotar um desvio, pois a conversa — embora excitante — estava tomando um rumo demasiadamente concreto para o seu gosto, mas, ao mesmo tempo, estava interessada — aliás, interessadíssima — em descobrir as intenções de Ernest e, antes que pudesse arquitetar algo, alguém de dentro dela — pois não poderia ter sido ela mesma — disparou:

— Em ambos.

Centelhas de triunfo brilharam nos olhos de Ernest, e ele achou que uma sensação semelhante a essa só poderia ser percebida por um caçador que, após horas de espera, visse diante de si um cervo real. Quanto a ela, arrependeu-se imediatamente por ter dito aquilo, mas era tarde demais. Seu rosto enrubesceu e, para o deleite do homem à sua frente, tentou desviar seu olhar do dele, dirigido diretamente aos seus olhos. Ernest sabia que estava jogando uma cartada definitiva e, por causa disso, resolveu acompanhar o sentido categórico das suas palavras com um gesto de carinho. Tirou as mãos dos bolsos e pegou as dela.

— No que se refere ao futuro próximo, as perspectivas são muito boas. Vou pagar a conta, ajudarei você a vestir o seu casaco e vamos passear pela alameda margeada de castanheiros. Durante o passeio, tentaremos nos beijar, pois nunca tentamos isso antes e tenho a suspeita de que ambos, tanto você quanto eu, temos vontade de fazer isso. — Apertou as mãos dela com um pouco mais de força. — Não, não me interrompa agora, pois estou inspirado. Numa perspectiva mais distante... acho que isso levaria uma a duas semanas, talvez um mês... começaremos a dormir juntos, muito embora isso não deva ser tão fácil para você, já que suspeito que seja virgem.

Parou nesse ponto e fixou nela um olhar insolente. Wanda arrancou impulsivamente suas mãos das dele e sentiu que enrubescia. Tinha apenas duas opções. Poderia levantar-se, vestir o casaco e, sem dizer uma palavra sequer, ir embora, mas algo lhe dizia que ele não sairia correndo atrás dela, implorando pelo seu perdão. Poderia, também, dizer em tom ofendido algo do tipo "como ousa dizer uma coisa dessas?", mas, novamente nesse caso, não esperava dele nenhuma reação típica para esse tipo de situação, nem mesmo desculpas. Algo lhe dizia que, caso optasse pela segunda alternativa, faria papel de idiota. Não sabia como se comportar e, ao mesmo tempo, não conseguia deixar de admirá-lo. "Ele é um craque. O fato é que eu estou sem saída. A única coisa que posso fazer é sorrir bobamente e, o que é mais espantoso, não me sinto nem um pouco machucada ou ofendida. A sensação dominante é..." — pensou um pouco — "meu Deus!... é a de estar extremamente excitada. Meu coração bate em disparada e nem sei se não desabarei no chão quando tivermos que sair daqui."

Ernest deve ter percebido o seu estado, pois, assim que se levantaram, ofereceu-lhe — com cavalheirismo até exagerado — o seu braço.

O tempo, do lado de fora, estava maravilhoso, e Wanda logo se sentiu melhor. O leitor, na certa, deve conhecer aqueles simples momentos de felicidade resultantes de um somatório de diversos detalhes que parecem banais, mas que não deixam de ser reais, como por exemplo o fato de estarmos vestidos exatamente como deveríamos — nem com roupas pesadas nem com roupas leves demais; de que quase não há vento, mas apenas uma brisa fresca; de termos na cabeça um chapeuzinho que combina tão bem com o nosso rosto que o nosso parceiro não pode reter um sorriso de aceitação a cada vez que olha debaixo da sua aba e encontra o nosso olhar carinhoso.

"Pensei que fôssemos nos beijar assim que saíssemos do bar ou quando estivéssemos a sós, mas eis que já caminhamos por mais de um quilômetro e ele continua falando sobre um cretino — um funcionário do Ministério da Educação —, e eu fico morrendo de rir, porque ele o faz com muita graça, imitando a forma de falar daquele idiota ministerial. Mas, que diabo, quando ele vai me beijar? Será que a sua extraordinária intuição masculina não lhe diz que estou aguardando ansiosamente por isso?"

Ernest estava mais do que ciente da predisposição de Wanda, mas a sua intuição masculina lhe dizia que se conseguisse prosseguir por mais algum tempo com o pé no freio, aquela extraordinária jovem permitiria ser esmagada como uma massa de moldar. Chutou com a ponta do sapato uma castanha, fazendo com que a bolinha marrom voasse sobre uma cerca viva. De repente parou, girou e, de surpresa, encontrou-se exatamente em frente a ela, dando a impressão de que para girar daquela maneira deve ter tido aulas de dança de salão ou algo nesse estilo. Pegou as lapelas do casaco de Wanda como se quisesse levantar a sua gola, mas tratava-se apenas de uma tática para imobilizar o seu rosto. Quanto a ela, passou-lhe pela cabeça o pensamento de que tinham a mesma altura, já que estava com sapatos de saltos baixos. Fechou os olhos e entreabriu os lábios, assim como havia praticado com Sven. Esperava que Ernest, a exemplo de Sven, fosse enfiar a língua na sua boca e começasse a sugá-la avidamente, como um cão que saliva diante da visão de um pedaço de presunto. No entanto, sentiu apenas um leve toque nos seus lábios, delicado e seco e de forma alguma insistente. De repente, afastou-a de si e ela, espantada, abriu os olhos. Ernest, continuando a segurar as lapelas do casaco dela, disse, em tom professoral:

— Desse jeito não vai dar. Relaxe, pelo amor de Deus.

Quis ficar indignada, mas ele pegou o seu rosto com as mãos e, mais uma vez, encostou delicadamente seus lábios nas beiradas dos dela. Seu cheiro era agradável, de uma água-de-colônia e de mais algo, fresco e, ao mesmo tempo, animalesco. Teve a impressão de que o seu cheiro lembrava o de um cavalo extremamente limpo e bem cuidado. Dessa vez, não conseguiu se controlar e, sentindo uma onda úmida e formigante abaixo do ventre, enfiou a pontinha da língua na sua boca, que ele abriu com prazer. Seus dentes eram lisos e agradáveis ao toque e a sua língua — fresca. Ernest retribuiu o beijo deslizando a sua língua delicadamente sobre a dela, sobre seus dentes e suas gengivas. Aquilo a excitou ainda mais. Agarrou-o pelo pescoço e pôs-se a beijá-lo com tanto afinco que o chapeuzinho caiu da sua cabeça. Quando finalmente pararam, ele sorriu e disse:

— Está vendo? Assim é muito mais prazeroso. É preciso querer de verdade e não apenas permitir ou fingir que é agradável. Quando alguém sente que quer amar, o amor tem um gosto totalmente diferente. Não lhe parece?

Cavalheirescamente, entregou-lhe o chapéu, enquanto ela olhava para dentro dos seus olhos e, com o rosto em brasas, perguntava:

— Você é sempre tão seguro de si mesmo?

— Não é o caso de estar seguro ou não, nem de ser convencido. Você tem que compreender que entre as pessoas, durante o processo de conhecimento mútuo, se criam certas relações claramente definidas. Não é sempre uma questão de hierarquia, ou seja, de quem, no nosso caso, assume a posição dominante, quem toma as decisões, quem dá as ordens e quem as executa. Isto é uma questão de traços de caráter ou, como costumam dizer os entendidos em psicologia, de força de vontade. Muitas vezes, é possível ser relativamente mais fraco e, assim mesmo, dominar a outra parte.

— Como? — indagou Wanda, de fato interessada.

— Planejando a estratégia adequada e aplicando-a em ações concretas.

— E o fato de eu beijar você com tanto ânimo é exatamente o resultado disso que você está dizendo?

— Sim.

Wanda enfiou seus dedos na sua mão e virando para ele o seu rosto resplandecente após a sessão de beijos, perguntou quase implorando:

— E você vai me ensinar tudo isso?

— Pretendo ensinar-lhe isso e muitas outras coisas que lhe serão indispensáveis, mas antes peço que passe com louvor nos exames do fim de ano e que se concentre nisso; quando a senhorita tiver feito isso...

— Então?

— Então, iremos para as montanhas. Para a Áustria por exemplo, que tal?

Áustria, Zell-am-See, março de 1912

O início da primavera de 1912 em Zell-am-See foi excepcionalmente quente e agradável. Embora fosse ainda o mês de março, quando era preciso vestir pesados casacos de flanela em Paris, ali o tempo já estava quente. Bastava uma camisa de lã e um pulôver, mesmo sem mangas, para ir passear. As partes mais elevadas das montanhas estavam, obviamente, ainda cobertas de neve, mas ali, no vale, podia-se passar horas no terraço de um café e sorver lentamente copos de excelente cerveja austríaca. Assim que desceram do trem, Wanda achou — mais ainda, teve a certeza — que as duas semanas nas montanhas que tinha diante de si seriam bem-sucedidas. Quando concordara com aquelas férias a dois, ainda tivera dúvidas e receios, já que, desde aquele passeio pela alameda de carvalhos, se passaram algumas semanas, durante as quais se encontrara com Ernest apenas esporadicamente e, mesmo assim, em reuniões sociais. Embora tivesse estado muito ocupada com os estudos e com a preparação para o recital-exame de cravo no meio do ano, teve diversos momentos livres nos quais se fazia muitas perguntas, para as quais não encontrava respostas. Ernest não se comportava como um homem apaixonado — pelo menos, na sua maneira de ver as coisas. Não fazia nenhum tipo de declaração, não tecia planos nos quais ela tivesse um papel relevante e não tentava nenhum avanço, fosse de natureza psíquica ou física. É verdade que, ao acompanhá-la até a casa após um jantar protocolar, beijava a sua mão e, logo depois, rapidamente e sem enfiar a língua — os seus lábios. Era cordial, sincero e, como sempre, irradiando o seu humor sarcástico — mas não passava disso. Wanda não tinha o que reclamar dele, pois como se queixar de alguém por ser tratada como uma amiga dileta? Além disso, ela mesma não estava certa dos sentimentos que nutria por ele. Adorava a sua companhia porque se sentia muito bem na sua presença. Quanto a ele, jamais lhe fez a corte — como costumam fazer os outros homens —, nunca demandou demonstrações de afeto e, o mais importante de tudo, tratava-a de igual para igual, sem quaisquer reduções de tarifa em função do seu sexo e da sua beleza. Era bem provável que fosse exatamente essa forma de se comportar que mais agradava Wanda. Quando lhe perguntou o que ele achara da sua performance no recital-exame para o qual o convidara, ele respondeu, sem hesitação:

— Vou lhe dizer o que achei. Você possui um grande talento e recursos técnicos quase inacreditáveis. É como se a natureza a tivesse projetado para tocar cravo. Pode-se perceber que quem a ensinou a interpretar música era muito competente, mas também é possível perceber outras coisas.

— Quais, por exemplo, seu espertalhão? O que Vossa Excelência percebeu? — perguntou-lhe com curiosidade, pois tivera a impressão de que se saíra muito bem, o que fora confirmado pelos gentis cumprimentos do seu pedagogo.

— Peguemos, por exemplo, aquela peça de Saint-Colombe. Você nem deve ter percebido que tocou apenas uma transcrição, já que ela foi composta originalmente para viola de gamba.

Não permitiu que ele concluísse:

— E daí? Música é música e notas são notas.

Foi a vez dele de interrompê-la:

— Pois é isso. Você já tentou tocar viola? Não, mas eu, já. É um instrumento extremamente difícil de se tocar, mas lindo e cheio de expressão. Ela é silenciosa e, quando é preciso tocar nela *piano*, mal dá para ser ouvida, como se o seu som nascesse do silêncio. Está claro que você, tocando cravo, não tem essa possibilidade, já que a iniciação do som é diferente. Nesses casos, você tem que começar com uma batida forte...

Interrompeu-o novamente, agora de forma impaciente, já que achava estar acima das suas teorizações:

— E então? Por acaso você queria que eu me esforçasse para obter a mesma dinâmica de uma viola?

— É lógico que não — respondeu. — Mas você tem que manter a proporção da sonoridade. Além disso, há uma outra coisa que, em minha opinião, lhe falta: a compreensão e a função do tema.

— Muito bem, muito bem... não fique constrangido, estou achando tudo isso muito interessante — conseguiu soar irônica, mas se deu conta de que não gostava de ouvir críticas, mesmo as vindas de uma boca tão profissional. Quanto a ele, não lhe deu a mínima importância e continuou a sua preleção:

— Quando você toca, freqüentemente o tema já foi tocado, mas, na verdade, ele ainda nem começou.

— Mas que bobagem! Isso não faz sentido — conseguiu interrompê-lo, embora começasse a achar que ele podia ter razão.

Ernest fez um gesto brusco com a mão, mas continuou, sem elevar a voz:

— Permita que eu termine. O que eu quero dizer é que você, antes de apresentar o tema, precisa delineá-lo na sua mente... toda a sua plástica, sua construção e dramaturgia. Caso contrário, você irá simplesmente tocá-lo, mas ele não cumprirá a função para a qual foi criado. Estou convencido de que Bach concordaria comigo.

— Deixe Bach em paz. Você está falando de coisas que nem dá para imaginar, quanto mais realizar. Estou começando a achar que você está querendo apenas se pavonear. Admita que tudo isso não passa de meras especulações.

Ernest coçou a testa e ficou esfregando o seu cabelo cortado rente, como se quisesse fazer o sangue correr mais rapidamente na sua cabeça.

— Vejo que estou desperdiçando o meu tempo, pois em você até as observações mais sensatas escorrem como água sobre as penas de uma pata.

Wanda calou-se e ficou pensando que Sven teria que passar uma semana rondando em torno dela, como um gato em volta de um prato com leite, até que ela o perdoasse. Mas Ernest, com a sua típica capacidade de passar de um assunto para outro, começou a falar de outras coisas, dando a impressão de que esquecera por completo as deficiências interpretativas musicais da amiga. E foi em função disso que Wanda, ao concordar em partir com ele para a Áustria, estava cheia de dúvidas e sem saber em que condição faria companhia àquele americano tão especial. Além disso, estava muito bem lembrada do seu tom declaratório na questão da sua virgindade, mas, ao mesmo tempo, sabia também que era ele quem dava as cartas, pelo menos até ela virar aquela mais importante de todas. Chegou a imaginar — semi-adormecida e olhando distraidamente a paisagem deslizante por trás da janela do trem — como seria quando ele, finalmente, tirasse a máscara e revelasse tudo (ou seja, que não conseguia mais agüentar de tanto desejo) e tentasse realizar o seu sonho, enquanto ela... Pois é, o que fará ela? Uma resposta clara a essa pergunta não queria apresentar-se na sua imaginação.

Chegaram ao cair da tarde, sendo que tiveram que viajar mais meia hora de fiacre até chegarem à pensão Adler, localizada bem acima do centro da cidade. A vista das janelas do apartamento de dois quartos era bastante sinfônica, sendo que a disposição de anfiteatro do terraço teria certamente satisfeito Richard Strauss, que poderia ter composto ali — e não em Garmisch — a sua *Alpensinfonie*. Ao desfazer sua mala, Wanda notou, não sem certa preocupação, que apenas um dos quartos era de dormir, com uma enorme cama de casal, sendo que o outro fora arrumado como uma espécie de sala de estar, com apenas duas poltronas confortáveis, uma mesinha com tampo de mármore e uma pseudogótica lareira, já guarnecida de lenha.

Por via das dúvidas, perguntou a Ernest, que, sentado na cama, examinava seus pertences soltando palavrões ao notar que se esquecera da sua água-de-colônia preferida:

— O que vamos fazer? Tenho que admitir que estou cansada.

— Então descanse.

— E você? — perguntou com voz insegura e, involuntariamente, coquete.

— É preciso que você saiba que eu, ao chegar, desfazer a minha mala e constatar o que me esqueci, preciso beber algo forte, o que pretendo fazer agora. Quando passamos pelo bar, vi uma imponente coleção, capaz de satisfazer tanto a *conoisseurs* quanto a alcoólatras em potencial. E você?

Wanda, embora também estivesse com muita vontade de beber algo, especialmente em sua companhia, já que nunca tivera essa chance além dos ocasionais drinques em reuniões sociais, não conseguiu — por uma razão desconhecida — ser sincera:

— Eu? Acho que não quero beber, mas não se importe comigo. De qualquer forma, eu não seria uma boa companhia porque não estou acostumada a beber.

Ernest ergueu as sobrancelhas:

— Quer dizer que você nunca tomou um pileque?

— Não exatamente. Há muito tempo, tomei uma garrafa inteira de um vinho doce e fiquei de cama por dois dias.

— Diante disso, vamos incluir a arte de se embriagar na relação das coisas que você tem de aprender, sendo que o seminário começará amanhã. E agora, tchau! — Beijou a sua bochecha. — Farei de tudo para retornar o mais silenciosamente possível.

O dia seguinte passou em caminhadas pela cidade e suas cercanias. O sol brilhava intensamente, e Wanda pôde sentir os seus raios no rosto e nos braços desnudos, já que, por causa do calor, teve que tirar o casaco e arregaçar as mangas do blazer. Comeram um almoço tardio e ela notou, pela primeira vez, que Ernest não comia carne, mas apenas peixe. Embora ela não costumasse comer muito, achava que um almoço sem carne ou frios não era uma refeição de verdade. Voltaram para a pensão calmamente, com Ernest levando debaixo do braço uma garrafa de conhaque de melhor qualidade adquirido pelo caminho. Caminhavam calados, pois Wanda, graças ao instinto natural de uma jovem prestes a ser iniciada, pressentia que a noite traria reais mudanças na sua vida e na forma de pensar sobre si mesma. De repente, sentiu pânico e quis adiar aquilo e fugir. Diante disso, disse:

— Vamos entrar nesta ruazinha; gostaria de andar mais um pouco.

Ernest respondeu de uma forma estranhamente enfática e agarrou-a pelo braço:

— Nada disso. Vamos voltar para casa. Basta de passeios.

A lareira do apartamento estava acesa. Evidentemente, Ernest dera ordens naquele sentido. Encheu dois cálices com conhaque e, quando ela mal havia tomado dois goles, tirou o cálice da sua mão, ergueu-a da poltrona e começou a despi-la. Aquilo fora tão inesperado que ela não conseguiu pensar em algo que pudesse diminuir a sua vergonha. No entanto descobriu, para seu grande espanto, que não estava nem um pouco envergonhada, assim como não estivera de manhã cedo, quando desfilara diante do seu olhar divertido trajando apenas uma curta e transparente camisola. Assim mesmo, quando o seu rosto estava ainda encoberto pela gola do blazer que Ernest tirava dela por cima da cabeça, perguntou:

— Por que está fazendo isso?

Ernest dobrou cuidadosamente o blazer e respondeu:

— Para acostumar você com a sua nudez diante de um homem. Já vou despir-me também, para facilitar as coisas para você.

E foi exatamente o que fez, tirando o paletó e a camisa. Wanda pôde constatar que a gorducha silhueta coberta pela roupa era apenas uma ilusão externa, pois o seu largo e fortemente assentado esqueleto era coberto por um corpo realmente farto, mas rijo, com agradáveis contornos de músculos e belo tom de pele escura. Inesperada e rapidamente, encontrou-se junto dela. Beijaram-se por bastante tempo e com paixão, brincando com avanços e recuos das suas línguas. Vestida apenas com uma engraçada camiseta decorada com bolinhas vermelhas que mal chegava ao seu umbigo e um par de quentes meias de lã que cobriam suas pernas e metade das coxas, sentiu que aquela sensação de nudez lhe proporcionava uma satisfação que nunca antes havia sentido, na qual o prazer de tocar era equivalente ao de ser tocada.

— Nunca imaginei que isso pudesse ser tão gostoso — disse baixinho.

— Bem, agora você já sabe — respondeu com satisfação na voz e enfiou suas mãos quentes e secas por baixo das ridículas bolinhas vermelhas.

Wanda sentiu que mal conseguia manter-se de pé e sentou-se, deixando Ernest deliciar-se com o formato dos seus seios, tocando-os como um escultor que, apenas com as mãos e sem enxergar, quer localizar todas as imperfeições de um modelo de barro. Para sua grande decepção, ele abaixou as mãos e pegou os cálices com conhaque.

— Por ora, basta — determinou. — Acho que a convenci o suficiente para você, agora, tomar um banho.

— E você?

— Eu também tomarei um, logo em seguida.

Depois, ficou deitada esperando por ele, sem poder decidir se deveria ficar totalmente nua ou manter a camiseta. A escolha era ainda dificultada pelo fato de ela não estar de modo algum segura de que queria aquilo que estava por acontecer. Pelo contrário, em vários momentos estava quase convencida de que não. Achou que Ernest estava demorando demais no banheiro e, diante disso, saltou da cama e bebeu o resto do conhaque que ficara no cálice e depois voltou a deitar-se confortavelmente entre os lençóis, adotando uma pose meditativa com a cabeça apoiada no cotovelo. Por fim ele saiu, enrolado numa toalha, sendo que Wanda ficou grata por não desfilar diante dela totalmente nu. Para seu grande espanto, não foi ter com ela, mas sentou-se na poltrona diante da lareira, com o cálice de conhaque numa das mãos e o atiçador do fogo na outra. Aquilo a deixou despreparada para quaisquer evasivas.

Enquanto isso, ele continuava calado diante do fogo, não lhe restando nada a não ser pedir, com voz entrecortada:

— Será que você... não poderia finalmente vir até aqui... e bater papo comigo? Não adianta fingir... porque sei que você deseja muito isso.

Ernest ergueu o rosto, sobre o qual o reflexo das labaredas desenhava sombras agitadas, lembrando a Wanda a imagem de um simpático — e de modo algum diabólico — Mefisto, que vira numa edição russa de *Fausto*.

— Estou sentado aqui, embora sabendo quanto anseio por isso, mas continuo sentado exatamente para que você se decida de uma vez por todas. Mas nesse negócio algo já aconteceu, não é verdade?

Wanda semicerrou os olhos, fez um sinal afirmativo com a cabeça e respondeu com toda a seriedade:

— Nesse negócio de bater papo? Não sei.

Em seguida, ajoelhou-se na cama e, espantando-se com a sua própria determinação, despiu a já totalmente desnecessária camiseta de bolinhas vermelhas.

* * *

Abriu os olhos. Ficou surpresa com a realidade do banheiro do hotel e do fato de aqueles acontecimentos ocorridos há muitos anos terem vindo à sua mente com tanta clareza. O oficial do Serviço Secreto continuava sentado junto da banheira olhando para o seu rosto e o seu corpo e ela pensou consigo mesma: "Que pena que essas lembranças não foram até o fim; tenho-as guardadas perfeitamente. Quando dispuser de algum tempo livre, vou relembrá-las nos seus mínimos detalhes; afinal, elas são as mais preciosas de todas."

— Muito bem, tenente. Vamos analisar o plano, ponto por ponto. O senhor acha que, se eu conseguir reatar aquela minha relação com Ulianov...

O oficial interrompeu-a, sem qualquer cerimônia:

— Hoje, ele prefere o seu pseudônimo que, em sua opinião, entusiasma as massas.

— Ah, sim... Lênin. Deve ter alguma relação com o rio Lena. Não posso dizer que me agrade; tem um caráter muito pouco guerreiro. Sabe de uma coisa, tenente? Não posso imaginá-lo como um novo Boris Godunov, pois me lembro dele tateando o seu traseiro naquela estrada e a forma como praguejava contra Paris.

— Não contra Paris, mas contra seus adversários políticos residentes naquela cidade. Mas, se a senhora não pode imaginá-lo como um assassino de um monarca e promotor de terror diante do qual o de Robespierre parece ter sido o cúmulo de bondade e justiça, tanto melhor.

— O que o senhor quer dizer com isso?

— Se a senhora conseguir chegar até ele, será melhor simular ser ingênua e tratá-lo como um pobre coitado com o traseiro machucado. Com isso, a senhora certamente será recebida melhor do que uma Mata Hari traída por seus conterrâneos. De qualquer modo, a forma de abordagem é algo que a senhora terá que decidir por si própria. O que é preciso é conquistar a sua confiança. Sabemos que ele gosta de poloneses, pelos quais passou a nutrir simpatia durante sua estada na Polônia, mas sabemos também que escolhe os seus colaboradores com muito cuidado, até demais, baseando-se nas suas convicções ideológicas e na sua capacidade de executar tarefas em condições adversas. É verdade que, agora, a situação é extremamente mutável, de modo que eles não estarão em condições de verificar a tudo e a todos. Além disso nós, também, não temos condições de prever tudo. Pelo que me contou Ernest, os ingleses treinaram a senhora muito bem, sendo que à noite...

— Então, tenente, o que tem "à noite"? — interrompeu-o Wanda, puxando um dos joelhos até a ponta do queixo, enquanto o jovem oficial de contra-espionagem sentia um formigueiro percorrendo a sua coluna vertebral.

— À noite, tive a oportunidade de me convencer de que o seu intelecto e a sua beleza são capazes de esmagar qualquer adversário de sexo masculino.

— E o que o faz pensar, prezado tenente, que lá, para onde o senhor está me enviando, não haverá outras mulheres?

4

Salomea Szlifersztajn, 21 anos, Moscou, escritório de Natan Szlifersztajn, fevereiro de 1918, meio-dia

"COMO É POSSÍVEL FAZER NEGÓCIOS, se tudo está de cabeça para baixo? Quem sabe se não seria melhor se todas as formas de se ganhar dinheiro fossem levadas pelos diabos?" — matutava o ex-fornecedor do batalhão moscovita do exército do tsar, Natan Szlifersztajn, balançando-se perigosamente sobre uma das gastas cadeiras que, junto com uma escrivaninha antiquada, uma série de armários com portas de correr e repletos de pastas ameaçadoras, além de uma estufa de azulejos, formavam todo o mobiliário do acanhado escritório no porão da casa número 18 do beco Giergowski. A empresa chamava-se Szlifersztajn & Partners, mas, na realidade, sobrara apenas ele, já que todos os funcionários que ocupavam um belo escritório na rua Znamienna haviam sido varridos aos quatro ventos em outubro último.

"Não seria mais adequado livrar-se de toda esta documentação que atesta a prosperidade da — ainda há pouco — respeitadíssima firma Szlifersztajn & Partners? A qualquer momento podem adentrar aqui os incontáveis bandos que assumiram o poder 'em nome do povo'. Deles, pode-se esperar qualquer coisa, muito embora esse novo poder não tenha declarado nada que signifique inimizade contra o povo escolhido. Só que escolhido para o quê?", pensava. "Só se for para ser a eterna vítima em todas as épocas e em todos os pontos deste infeliz planeta. Senhor, nos estais submetendo a grandes provas, mas, se conseguirmos passar por elas, talvez consigamos reviver das chamas como uma salamandra e aí, nenhuma praga, nem mesmo esses bolcheviques, será capaz de nos derrotar. No regime anterior, as coisas também não eram róseas, mas quem tivesse uma boa cabeça nos ombros poderia viver melhor neste país do que em qualquer outro lugar do mundo... exceto na América. Quanto às perseguições aos pequenos comerciantes e aos demais vagabundos, lá nas províncias... que o Senhor se apiede das suas almas! Para um povo escolhido, faz bem levar algumas bordoadas de vez em quando. Quanto a estas pastas, é preciso começar a queimá-las ainda hoje. É necessário e útil, ao mesmo tempo."

Natan Salomonovitch levantou o seu pesado traseiro da cadeira e endireitou as costas com dificuldade (sendo um homem forçado a uma vida sedentária, tinha problemas de coluna) e dirigiu-se para o primeiro dos armários. Pegou aleatoriamente uma das pastas, mas, antes de decidir-se pela sua cremação, abriu-a, mais movido por costume do que por necessidade.

"Vejam", matutava, umedecendo com saliva a ponta de um dedo e folheando as páginas. "Por favor, olhem como se vivia durante a guerra. Dois vagões de carne enlatada, duzentos tambores de graxa, coturnos... quatro mil pares, feno para cavalos, carvão, bandagens. Tudo pago à vista e em espécie, sem delongas nem complicações. E agora, nem pensar. A gente tem medo de despachar qualquer mercadoria; na verdade, tem medo de admitir que tem uma mercadoria. Qualquer um desse bando, desde que tenha um fuzil ou um revólver, pode lançar sobre o senhor, senhor Natan Salomonovitch, uma denúncia caluniosa. Denúncia de quê? Como, de quê? Meus queridos, não sejam ingênuos! Para fazer uma denúncia nos dias de hoje não é preciso ter justificativa. A justificativa é levada debaixo do braço ou presa à cintura!"

Agachou-se diante da portinhola da estufa e puxou a pasta. No mesmo instante, quase lhe provocando palpitações ou um derrame cerebral, a porta do escritório foi aberta com grande estrondo e adentrou, como um furacão, uma jovem de brilhantes cabelos negros e traços de uma princesa fenícia ou assíria (pelo menos, eram essas as conotações que Natan fazia da sua beleza).

— Pelo amor de Deus, Salcia, você quer que seu pai bata as botas antes do tempo? Como pode entrar aqui como uma bomba e, ainda por cima, numa época dessas?

Salomea sapecou um beijo no rosto do pai e ajudou-o a levantar-se, uma vez que o assustado Natan caíra no chão.

— Agora, diga-me logo o que aconteceu e o motivo para você assustar seu pai dessa maneira. Na certa, foi algo ruim... você foi expulsa daquele curso de código Morse? Vamos, confesse logo.

Lamuriava-se, mas, ao mesmo tempo, se deleitava com uma visão que alegraria qualquer pai diante de um rebento tão extraordinariamente belo. De fato, Salomea Szlifersztajn, na plenitude dos seus 27 anos, era linda. Natan nunca soube definir claramente o tipo exótico da beleza da filha única, que, desde a morte de Galina, mãe de Salomea, era o foco principal dos seus esforços e planos para o futuro — o principal, mas não o único, pois Natan, embora à primeira vista parecesse um homem limitado a questões puramente práticas e materialistas, era um homem cheio de grandes ideais, com detalhados planos e aspirações. Sua aparência de um jovial e bonachão comerciante servia apenas como camuflagem diante da polícia e de pessoas com as quais não mantinha laços de amizade, o que lhe servira muito bem até então. Encantado e, como sempre, meio atordoado pela agitação da filha, olhava para ela com ternura, enquanto ela, sem conseguir tirar facilmente as suas botas de cano alto, sentava sem cerimônia no chão e ficava lutando.

"De quem ela herdou esses castanhos olhos egípcios, adornados por sobrancelhas espessas e quase juntadas no centro, bem como este nariz reto e orgulhoso e com narinas tão delicadas que parecem transparentes? Isso sem falar dos seus cabelos, que mais parecem fios elétricos que ela arruma, de acordo com a moda universal de certos círculos artísticos de Moscou, como se fosse um pajem? É como se alguém tivesse enfiado uma panela na sua cabeça e, com uma tesoura de alfaiate, cortasse todos os cabelos que dela emergissem", pensou Natan. "Não pode ter sido da mãe, pois Galina tinha uma cabeleira dourada, típica de uma jovem ucraniana, que de fato fora ao se casar com um jovem comerciante judeu e aceitar a sua fé. Na certa, algum dos meus antepassados foi um aristocrata egípcio.

Nada é impossível. Além disso, meu pai não foi um simples alfaiate, mas uma espécie de diplomata."

Para deixar as coisas claras, é preciso acrescentar que Natan era filho ilegítimo, o que não o impedia de desenvolver as mais mirabolante teses sobre a sua árvore genealógica, cujas raízes gostaria de ver nos profetas do Antigo Testamento.

— Por que está tirando as botas?

— Porque está fazendo um frio infernal — respondeu, olhando para ele com carinho e esfregando seus finos dedos dos pés cobertos por grossas meias de lã preta, sendo que Natan notou, com horror, que ela cerzira um furo nelas com uma brilhante linha amarela. — Não dá para sentir os pés. Foi por isso que vim para cá, antes de ir diretamente para casa. Além disso, há mais um outro motivo, que vou lhe contar assim que você preparar um chá com limão.

— Minha filha, onde eu vou encontrar um limão? Em que mundo você vive? E o chá também está acabando... mas sabe de uma coisa? Tenho ainda um pote de geléia de amoras...

Começou a andar pelo escritório, fazendo uma barulheira infernal com canecos metálicos e penetrando nas profundezas do seu reino à procura da geléia e de uma colher. Finalmente, completou tudo e sentou-se junto da filha, que, fazendo um biquinho com a boca, se pôs a sorver o chá, queimando os lábios na borda do caneco de metal.

"Que menina fantástica!", pensou mais uma vez, olhando com adoração para o objeto do seu amor. "Pena que suas panturrilhas sejam um pouco grossas demais, ou será que é apenas uma impressão minha? Suas pernas são longas e bem torneadas, os quadris estreitos e os ombros largos — exatamente como daquelas sacerdotisas egípcias cujas imagens vimos no museu Ermitage."

Salomea apoiou o caneco num dos joelhos das suas pernas cruzadas e, aquecendo nele suas mãos, anunciou em tom solene.

— O papai na certa se esqueceu de que hoje teve o exame naquele curso que o papai fez tanta questão de que eu fizesse.

Natan, obviamente, lembrava-se daquele prazo, assim como de todos os prazos em toda a sua vida, mas interrompeu-a rudemente:

— E você, minha filha, não me diz nada? Isso só pode significar uma coisa: que você não passou!

— É isso o que o papai acha? — provocou-o Salomea. — E o que papai faria caso eu não passasse?

Natan, aliviado, compreendeu que ela passara. A inscrição dela num curso conduzido pelos especialistas do Estado-Maior e exclusivo para militares e membros da Tcheka custara-lhe muito esforço e dinheiro. Aceitou o seu jogo e adotou uma expressão marcial.

— Se Salcia não passasse naquele curso de Morse, Salcia levaria tal surra com o cinto das calças do pai que iria lembrar-se dela pelo resto da sua vida.

— Então é melhor o papai não tirar esse cinto, porque papai poderá deixar cair as calças. Não só passei, como fui a melhor da minha turma. Melhor do que muitos oficiais e comandantes e, caso o papai ainda duvide, pode pegar o certificado no bolso do meu casaco.

Salomea e Natan, quando estavam a sós, gostavam de brincar adotando o modo judaico de falar. Jamais lhes ocorrera adotar esse procedimento fora do círculo de amigos judeus, a título de chiste, meio sério e meio divertido. Nos salões, usavam o russo literário e, caso isso fosse necessário — um francês perfeito. Além disso, ambos falavam um alemão razoável, já que Salomea o aprendera no ginásio, enquanto Natan passara alguns anos da juventude fazendo um estágio numa empresa exportadora cuja sede ficava em Hamburgo.

— Então que Salcia mostre um pouco de respeito à minha gordura e me traga o documento.

Salomea correu até o casaco atirado no chão junto da porta e, momentos depois, Natan descerrava diante dos seus olhos encantados um documento datilografado num papel de péssima qualidade:

"A Comissão Examinadora convocada pelo Primeiro Comando de Moscou... etc. etc.... após uma exaustiva... etc. etc.... decidiu conferir a presente licença de operador de instalações de comunicação...". Seguia-se uma série de assinaturas e um carimbo, até muito bem-feito, mas, por uma razão desconhecida — em cor verde.

— Tudo indica que acabou o seu estoque de tinta preta — resmungou Natan, enquanto Salomea, que lera orgulhosamente o documento por cima do ombro do pai, perguntou:

— O que o papai está resmungando? O papai não gostou do "diploma"? Agora, eles são assim; não mais com capa de couro vermelho, mas apenas pedaços de papel. Por outro lado, tenho que admitir que o curso foi interessante e muito bem conduzido.

Natan ergueu as sobrancelhas numa pergunta silenciosa.

— Todos os instrutores eram oficiais do exército, especializados em comunicações. Agora, por favor, me diga o motivo pelo qual você me matriculou nesse curso. Não imagino que tenha sido apenas a título de divertimento.

Natan sorriu:

— Você sempre preferiu soldadinhos de chumbo e carrinhos de bombeiros a bonecas; além disso, suas notas de matemática e física sempre vinham acompanhadas de fitinhas douradas nos boletins.

— Papai! — exclamou Salomea. — Não me trate mais como uma criança! Tenho 27 anos... completos! — acrescentou, para maior efeito.

— Sei disso, filhinha. Você precisa fazer algo para mim, e saiba que não me é fácil pedir isso, porque poderá ser perigoso, mas como hoje em dia tudo é perigoso, não sinto tanto peso na consciência.

Salomea sentou-se nos seus joelhos, como nos bons tempos de outrora, e acariciou a cabeça dele, sobre a qual a idade deixara apenas alguns fios esbranquiçados.

— Você precisa fazer algo por mim, mas não somente por mim, pois também para você, para os nossos irmãos daqui e, talvez, também de outros lugares. Você terá que embarcar num certo trem.

Interrompeu a sua fala, pois uma onda de amor paternal o agarrara pela garganta. Achou que iria chorar e, em função disso, resolveu que seria uma boa idéia adotar a jocosa forma de se expressar que haviam previamente usado.

— E então, a Salcia não vai perguntar de que trem se trata?

Salomea ajeitou-se no colo do pai e perguntou:

— Então que o papai diga logo que trem é esse que eu tenho que pegar para enfrentar os perigos dos quais papai falou.

— Bem, não se trata do Orient Express. Mas ele leva tanto dinheiro que todos os judeus de Moscou juntos jamais viram e jamais verão, sendo que eu, Natan Szlifersztajn, preciso saber para onde esse dinheiro vai e quem vai roubá-lo. Porque com aquele dinheiro, Salcia, talvez possamos um dia comprar um país só para nós, uma pátria na qual ninguém vai atirar pedras nas vitrines das nossas lojas e, se não der certo... De qualquer forma, ainda é cedo para tecermos esse tipo de planos.

Fez com que ela descesse dos seus joelhos, pois o seu peso começou a ficar demasiado — o que o fez se dar conta da rapidez com que envelhecia.

Salomea dobrou cuidadosamente o papel com o carimbo verde.

— E eu devo, assim, sem mais nem menos, embarcar nesse trem como uma radiotelegrafista?

Natan balançou a cabeça numa reprimenda.

— Você enlouqueceu? Assim, direto, sem mais nada? Você jamais conseguiria. Pode deixar isso por minha conta. Você me conhece... desde criancinha.

Ambos explodiram numa gargalhada, e Salomea demandou maiores detalhes. Natan colocou uma outra pasta na estufa e, mexendo nela com o atiçador, explicou:

— Você vai se apresentar com o seu sobrenome verdadeiro e com os seus documentos, porque foi recomendada oficialmente para essa função. Se alguém lhe perguntar, mostre o documento e mande-o para aquele lugar. Por sorte, tenho amigos importantes que me devem muito e sobre os quais sei muita coisa...

— Mas papai! — quis interrompê-lo Salomea, mas ele não permitiu.

— Ainda não é tudo. Pelo que sei, estará lá um outro radiotelegrafista, vindo direto do exército, provavelmente para observar e delatar o que o outro anda fazendo, mas estou certo de que você conseguirá dar um jeito nele, desde que não queira saber demais logo de início. Além disso, você deverá aclimatar-se rapidamente com o ambiente, já que os ideais dessa revolução não lhe são tão desagradáveis.

— Papai — conseguiu interrompê-lo finalmente. — Ideais são ideais e o trem não será vigiado por ideais mas por vermelhos, o que, me parece, são coisas totalmente diferentes. Seria melhor que você me explicasse a forma pela qual deverei passar as informações para você e como receberei as suas instruções, já que imagino que é isso que você quer de mim.

Natan aproximou a cadeira da qual estava com preguiça de levantar.

— É muito simples. Você deverá enviar e receber telegramas, transmitindo-os a quem de direito. Todos serão recebidos pela central. Caso você tenha que enviar algo confidencial, só para nós, então despache o telegrama anterior duas vezes, como se fosse para ter certeza de que será recebido. Se alguém perguntar, diga que houve uma avaria no seu transmissor ou algo semelhante. Depois, exatamente 12 horas mais tarde, você enviará o telegrama confidencial, codificado da forma que lhe ensinarei mais tarde. Teremos um homem nosso na central exatamente 12 horas depois de você ter enviado dois telegramas idênticos seguidos. O mesmo vale para o reverso: se você receber o mesmo telegrama duas vezes, terá que estar junto do receptor exatamente 12 horas depois para receber a nossa mensagem codificada. Se, por acaso, ela for recebida por outra pessoa, parecerá um amontoado de letras sem significado causado por um defeito de transmissão. Nesse caso, envie o próximo telegrama oficial duas vezes. Além disso, haverá no trem gente nossa, mas é melhor que você não saiba quem são. Caso surja uma necessidade imperiosa de entrar em contato direto com eles, você deverá usar a seguinte frase como senha: "Camarada, será que é preciso repetir-lhe tudo duas vezes?" Guarde-a bem na memória.

— Você não está preocupado comigo, papai? Afinal, você está me transformando em uma espiã e isso, durante uma guerra, é punido com morte.

Natan coçou a cabeça.

— Algo me diz que você dará conta do recado. Afinal, a viagem não é tão longa assim... somente até Kazan, onde você estará muito mais segura do que em Moscou.

Salomea mexeu seus ombros egípcios.

— Se o papai não teme por mim, por que eu deveria ficar com medo?

5

Pátio interno do templo de Tofuku-ji, Kioto, final de novembro de 1917

O TENENTE-GENERAL AKASHI MOTOJIRO* não estava irritado com seus superiores hierárquicos por lhe terem interrompido suas curtas férias no sul do país e lhe ordenado que se apresentasse, o mais rapidamente possível, em Kioto. Pelo contrário, era-lhes grato — e isso, por vários motivos. O mais importante deles era por poder, pelo menos por alguns momentos, retornar aos assuntos que tanto o haviam ocupado nos últimos anos e, em segundo lugar, por ter a oportunidade de rever um homem cuja personalidade, habilidades e carreira ele moldara pessoalmente, com as limitações que um homem tem para moldar um outro; na realidade, só é possível indicar os diversos caminhos não vistos por ele até então e de cuja existência não tinha a mínima idéia. O local do encontro foi deixado à escolha do general, sendo que ele não hesitou nem por um segundo em indicar o jardim de pedras de Tofuku-ji que, agora, em toda a beleza do calmo dia de novembro, tinha diante de si. Nós o chamávamos de "jardim", muito embora em toda a sua área — de aproximadamente mil metros quadrados e cercada pelos baixos pavilhões do templo — não houvesse flores, arbusto e árvores, nem pegadas. O jardineiro responsável pela sua manutenção vinha somente quando não havia visitantes, sendo que a sua vinda tinha por fim apenas varrer as eventuais folhas ressecadas trazidas pelo vento e, usando um longo ancinho de madeira, arrumar cuidadosamente as trilhas de areia pisadas apenas por pássaros, cujas "ondas" orlavam ilhas de escuras pedras de basalto e de granito, distribuídas numa aparentemente desarmônica falta de simetria. Ao terminar a sua tarefa, o jardineiro, andando de costas, apagava suas pegadas na areia, de modo a não deixar nenhum indício da sua passagem. Portanto, o jardim de pedra estava deserto de pessoas, mas elas estavam lá permanentemente, presentes na imaginação das que o contemplavam: no posicionamento das pedras e nos rastos deixados pelos dentes do ancinho.

Motojiro, como era de se esperar, estava à paisana, trajando uma larga saia-calça marrom-escura denominada *hakama* e um casaco de lã com o emblema da família chamado *montsuki* sobre um quimono branco, também de lã. Com os pés enfiados em quentes *tabi* de lã preta, sentia-se extremamente confortável. Ajeitou as pernas da *hakama* de tal forma que as suas dobras, caídas sobre o piso de madeira da varanda, estivessem simetricamente dispostas em relação aos seus joelhos, e enfiou as mãos nas mangas do quimono. O calor do seu corpo as aqueceu imediatamente e já não lhe faltava mais nada para atingir o estado em que poderia concentrar sua mente. Lembrou-se da sua máxima preferida:

Quando anda, fique contente pelo fato de estar andando
Quando está sentado, fique contente por estar sentado
Mas, acima de tudo, não hesites!

"Até agora, a adesão do Império à guerra do lado da *Entente* revelou-se um lance genial, apesar que, logo no início, tivemos que aceitar uma série de limitações, indignas de um autêntico aliado da Inglaterra, França e Rússia. No entanto soubemos ceder, assegurando aos nossos aliados que a nossa participação tinha um caráter limitado e regional, sem qualquer relação (nesse ponto Motojiro sorriu para si mesmo e para seus pensamentos) com planos de expansão territorial, nem com o desejo de reforçar nossa influência na Ásia e expansão dos nossos interesses coloniais. Cedemos para assegurar a aliança. Aliás, em muito pouco tempo recebemos boas cartas — mais precisamente, foram os ingleses que não as receberam, ao constatarem que a esquadra do almirante Von Spee e mais 3.500 homens armados estavam em Tsingtao, prontos para defender a cidade. Ficaram preocupados com as suas linhas de abastecimento. Obviamente prometemos ajudá-los, mas, antes que o cruzador *Kongo*, aliás construído por eles, pudesse dispersar por completo a esquadra do Kaiser, os alemães fugiram para as Carolinas e, de lá, para casa, deixando para nós a Conchinchina, as Ilhas Marshall e as Marianas totalmente indefesas! Eis um exemplo do que significa saber ceder para avançar! Quando começamos a guerra, tínhamos uma dívida de 1,5 bilhão de ienes junto a bancos estrangeiros. Hoje, apenas três anos depois, pode parecer incrível, mas o fato é que temos um superávit de 2 bilhões, obtido a um custo desprezível. Pode-se dizer que vencemos sem desembainhar a espada. Os deuses zelaram por nós, evitando que enviássemos nossos homens para as trincheiras da Bélgica e da França, sendo que as nossas únicas baixas foram algumas dezenas de marinheiros dos destróieres enviados para o Mediterrâneo e que foram afogados, junto com os seus navios, pelos submarinos alemães."

As divagações sobre as vantagens daquela estranha guerra, que ninguém queria, mas que ninguém conseguira evitar, foram interrompidas pelo som de passos sobre o piso da varanda. Não virou a cabeça, pois sabia exatamente de quem eram os passos e até, como lhe pareceu, reconhecia o seu inimitável ritmo. Olhou para o rosto do recém-chegado somente quando este parou ao lado dele, em posição de sentido e após uma profunda reverência cheia de respeito. Exceto por alguns fios prateados nos seus cabelos puxados para trás e amarrados em rabo-de-cavalo, parecia que o tempo não tivera nenhum efeito no rosto daquele homem, a quem não via fazia mais de dez anos. Durante seus estudos em Estocolmo, o aluno predileto de Motojiro vestia-se à européia, portava um bigodinho atrevido e um penteado curto e repartido ao meio e, em vez do tradicional traje japonês, um terno bem cortado e um colete. Nesses trajes, tinha a aparência de um funcionário de uma loja qualquer, ou auxiliar de barbeiro. Os trajes nipônicos, sem dúvida alguma, assentavam muito melhor no seu rosto diminuto com olhos penetrantes e em sua esbelta silhueta esportiva.

Motojiro virou-se na direção do recém-chegado e perguntou gentilmente:

— Não é impressionante a tranqüilidade e o sossego deste lugar, capitão? Para o senhor, que sempre está em movimento, um lugar excepcional como este deve ter um efeito ainda maior...

— E tem, general. Chega a zumbir nos meus ouvidos, e teria que ficar aqui por mais tempo para poder apreciá-lo em toda a sua magnitude. Chego a sentir uma coceira nas mãos para pegar esse ancinho e modificar a posição de alguma dessas pedras, mas certamente isso deve ser uma questão de gosto individual.

Motojiro deu um sorriso de compreensão.

— Infelizmente, capitão, eu o convoquei para lhe confiar uma nova missão que, pelo aspecto, só poderá ser concluída com sucesso por alguém com o seu perfil. Gostaria que o senhor soubesse que me desagrada muitíssimo privá-lo, nem que seja por alguns dias, de um merecido descanso no solo pátrio, mas o caso é urgente.

Trocaram um olhar cúmplice, e, apesar de tantos anos sem um contato pessoal (nos últimos dez anos haviam se visto apenas algumas vezes), compreendiam-se mutuamente tão bem que ambos reconheceram que a fase de gentilezas introdutórias já terminara.

Motojiro pensou: "Ele é muito inteligente e eficaz. Já era assim antes e estou certo de que aqueles dez anos desde os seus estudos em Estocolmo não foram desperdiçados. Estudou, agiu, aperfeiçoou o corpo, a alma, a tática e a estratégia. Tudo indica que, agora, ele se transformou numa ferramenta mortal e, se soubermos aproveitá-lo de forma adequada, ele poderá nos trazer resultados inesperados. Naqueles anos em Estocolmo, ele era, acima de tudo, um jovem ansioso por conhecimento e, na qualidade de filho de diplomata, acostumado o bastante com a Europa para não se maravilhar tanto com ela, mas olhá-la de forma fria e analítica. Em outras palavras — um excelente material para ser um agente secreto e, provavelmente, a mais preciosa descoberta de Fukushima,* que era, por sua vez, alguém que sabia à perfeição como conduzir um jovem e suas aspirações. E tem mais: para ser um agente secreto não basta ter apenas aspirações e habilidades. É preciso, por mais paradoxal que isso possa parecer, gostar das pessoas. Paradoxal, porque haverá momentos em que será preciso eliminá-las sem deixar de gostar delas. São poucas as pessoas capazes de compreender essa necessidade e aceitar os métodos internos, sem os quais nenhum serviço secreto pode funcionar adequadamente. E ele? Ele compreendeu isso desde o começo, como a sua folha de serviço pode atestar. A única parte triste dessa história é que um espião será um espião para sempre. Não se pode tirar essa carga, como um casaco quando se chega em casa. A arte de espionar penetra na alma e se alimenta com um lento, porém inexorável, fogo, sempre à procura de mais alimento."

Motojiro ergueu-se do chão.

— Fiquei perdido nos meus pensamentos. Perdoe-me, capitão, mas os encontros com o senhor sempre foram uma excelente oportunidade para reflexões... — não concluiu a frase, querendo que o capitão o fizesse por ele. Não se enganara.

— Para reflexões sobre a condição humana ou a condição deste mundo, general?

A formulação da pergunta fora exatamente como Motojiro esperava e, sendo assim, passou a falar com maior desenvoltura. Estavam caminhando de modo lento e prazeroso pelo piso da varanda, lado a lado e quase intimamente.

— O senhor deve estar sabendo, capitão, que vivemos em tempos extremamente violentos, que têm em si algo como resultados definitivos. — Olhou para o rosto do companheiro e, de acordo com as suas expectativas, viu nele um tenso e atento desejo de compreender o que lhe estava sendo dito. — Nesse sentido, em qual fração de segundo se define o resultado de um longo duelo? Os contendedores se preparam por muito tempo, estudando as possibilidades, o terreno, a força do adversário e o nível da sua determinação, mudando várias vezes de tática e posição, desferindo golpes que têm por finalidade provocá-lo a mostrar as suas cartas. Suspeito, caro capitão... aliás não suspeito, mas tenho certeza de que o mundo que nós conhecemos até agora deixará de ser como era. Certas coisas e certos processos amadureceram o suficiente para que o mundo mude.

— O general está pensando na Revolução Russa? — indagou o capitão.

— Evidentemente, meu caro. Espero poder me referir assim ao senhor. Afinal, conhecemo-nos há tantos anos... — O general lançou um olhar interrogativo para o seu interlocutor, querendo, no fundo da sua alma, que sua proposta causasse uma satisfação ao jovem capitão.

— Isso seria uma honra para mim, a qual não mereço — respondeu este, usando palavras tradicionalmente adotadas em tais ocasiões, mas o tom da sua voz e o calor do seu olhar demonstravam com clareza o quanto ficara feliz com a proposta do general de passarem a tratar-se de uma forma menos formal.

— Tenho certeza — continuou Motojiro — de que a situação da Europa, no seu contexto geral, já é conhecida pelo senhor. No entanto, gostaria que o senhor analisasse certas idéias minhas quanto ao seu desenvolvimento... — Olhou para o capitão, encontrando novamente no seu semblante uma determinada predisposição para registrar aquilo que viria em seguida. — A tomada do poder pelas forças antimonárquicas já é um fato, e o novo tipo de governo na Rússia, apesar dos prognósticos dos políticos europeus, permanece ou, melhor dizendo, está se formando. A despeito de o novo governo conseguir manter-se no poder ou cair, as coisas na Rússia nunca mais voltarão a ser como eram... e isso é um ponto que tem que ser levado em consideração para traçarmos o caminho das nossas ações futuras. Pelo que sei dos dados obtidos pelo nosso serviço de contra-espionagem, a Rússia está numa situação dramática e, mesmo que consiga negociar um tratado em separado com as Potências Centrais, o que nós sabemos estar tentando obter, não podemos deixar de considerar a possibilidade de uma guerra civil. No entanto, ainda não estamos completamente seguros quanto a que tipos de forças estão nascendo por lá e quem mais sonha em assumir o poder. Temos que estar preparados para qualquer eventualidade, para poder tirar dela o melhor proveito para nós. Está claro que, em caso de uma guerra civil, prestaremos todo o apoio possível aos inimigos da revolução, pois o senhor há de concordar que é melhor ter aliados como vizinhos do que inimigos.

— Inimigos, general? — perguntou o capitão. — Pelo que sei, os partidários da nova ordem jamais declararam qualquer hostilidade ao Japão.

— Meu caro senhor — respondeu Motijoro com um sorriso —, é verdade que não declararam, mas para qualquer pessoa que conheça um mínimo da história do Império russo, está mais do que claro que, caso vençam e consolidem as suas forças, imediatamente se virarão para o oeste e o leste, como sempre fizeram por séculos. O senhor sabia, capitão, que durante o reinado do Ivan, o Terrível, o território da Rússia aumentava mais do que 120 quilômetros quadrados por dia? Por dia! O senhor pode imaginar uma coisa dessas? De acordo com os relatórios do nosso Serviço Secreto, já há na Rússia pessoas que planejam espalhar a semente revolucionária por toda a Europa. E eles pensam nisso num momento em que o seu solo pátrio está em chamas sob os seus pés!

— Muito bem. — O capitão olhou para a areia do jardim de pedras, como se quisesse encontrar nela uma resposta. — Mas, se houver uma guerra civil e as negociações com a Alemanha não derem certo, o que vai acontecer?

O general também parou e apoiou as mãos na balaustrada.

— Se isso ocorrer... se a revolução fracassar... a situação voltará a ficar complicada.

— Como o senhor entende isso, general?

— Os atuais aliados na luta contra-revolucionária começarão, imediatamente, a brigar entre si. Isso por causa da incompatibilidade política dessa coalizão. Haverá um caos ainda maior que o de agora e, como essa coalizão será formada, em grande parte, com o dinheiro dos impérios europeus, e até dos Estados Unidos, é óbvio que, após a vitória, cada um desses impérios vai querer o pedaço mais suculento da carne assada naquele fogo. O Japão também já investiu na derrota dessas idéias perigosas, de modo que não podemos ficar para trás, além de não podermos deixar de pensar, desde já, na preservação dos nossos interesses na China, na Coréia e, evidentemente, na Manchúria. Mas tratemos de coisas concretas: pelo que sei, o senhor trabalhou na China, não é verdade?

— Sim, no início, como agente comercial em Harbin, mas como essa função limitava os meus contatos, consegui um emprego de projetista.

O general ficou claramente interessado nessa informação e, erguendo as sobrancelhas de forma indagativa, repetiu:

— Projetista?

— Sim. Imagine o senhor... em estradas de ferro. Tenho que admitir que fui muito ajudado nisso pelo nosso cônsul de então, o senhor Kawakami, o qual tinha muitos contatos em Harbin. Graças a ele, fui contratado como projetista de novas linhas férreas. Embora fossem apenas linhas locais, tive a oportunidade de travar contato com funcionários e autoridades, bem como com operários, ou seja, com gente simples. Como eu gostaria que o senhor general pudesse ter visto como era esse trabalho! Sua base era: traçar o caminho mais curto possível, para que o material (que era roubado constantemente) fosse suficiente para concluir a obra e para que a ferrovia não desabasse. Não consigo imaginar como eles construíram a tal Muralha da China. Mas gosto muito dos chineses, desde que tenha que lidar com um de cada vez e não em bando. Aproveitei a ocasião para aprender o dialeto local, aliás até bem.

O general, no entanto, estava interessado num outro aspecto:

— E como eles toleravam um japonês?

— Eu não passava por japonês. Graças ao inestimável senhor cônsul, eu era meio-coreano e meio-russo. Falo russo perfeitamente e tive a sorte de lá não haver coreanos autênticos.

— E se um deles aparecesse?

— Eu diria que nasci na Rússia, onde conclui os meus estudos.

— Compreendo... E depois?

— Depois, fui transferido para a Rússia, onde trabalhei por três anos nas estradas de ferro russas. Tive a oportunidade de conhecer vários trechos da ferrovia Transiberiana, assim como muitos homens excepcionais, principalmente poloneses. O senhor sabia, general, que uma grande porcentagem das mais destacadas pessoas da administração e dos engenheiros da ferrovia Transiberiana é formada por poloneses? Trata-se de um povo muito capaz e diligente.

Sons de passos obrigaram-nos a interromper a conversa. Aproximava-se deles uma jovem, trajando um quimono cor de cereja cingido por uma faixa amarela e com os pezinhos cobertos por um par de *tabi* de seda branca. Munida de um pára-sol, mais por enfeite que por necessidade, parecia ter saído diretamente de uma aquarela. Ao passar diante eles, inclinou-se respeitosamente, cumprimento ao qual ambos responderam de uma forma curta, militar. A jovem não resistiu à curiosidade e ergueu o rosto para poder vê-los. Era tão linda que ambos perderam a fala. Seu rosto infantil era formado por um par de deslumbrantes olhos negros, longos cílios virados para cima, uma boquinha perfeita e uma pele branca como o marfim. Quando se afastou, os dois oficiais a seguiram com os olhos por um bom tempo e, quando ela desapareceu no interior do pavilhão oposto àquele no qual se encontravam, trocaram um olhar cúmplice e suspiraram em uníssono. Mas, naquela manifestação de tristeza por algo que já passara, havia mais conformidade do que pesar.

— Quer dizer, capitão, que o senhor teve a oportunidade de travar conhecimento com poloneses? — falou o general, mais em tom de afirmação que de pergunta. — Isso é ótimo, pois é preciso que o senhor saiba que os poloneses são objeto da nossa maior atenção, principalmente depois de Fukushima ter despertado neles amizade e simpatia por nós. Pelo que sei, trata-se de um povo estranho, cheio de contradições, ilógico no seu comportamento e nos seus ideais, exageradamente romântico e, ao mesmo tempo, excepcionalmente guerreiro. Para eles, a honra e o sacrifício merecem o maior respeito, misturado com maldade e falta de quaisquer bases morais. A grande maioria dos poloneses está farta do jugo russo, o que, aos nossos olhos, compensa os seus defeitos. Eles são, como o senhor já deve ter notado, um pouco parecidos conosco no que se refere à sua dedicação a um ideal, mas falta-lhes... algo que o senhor também certamente notou... a capacidade de transformar a teoria em prática.

— Parece que muitos deles, apesar de serem súditos do tsar, tiveram uma participação direta na derrubada do seu mando — observou o capitão.

— Em cada cesta de maçãs pode-se encontrar algumas que são podres, mas não é por elas que se avalia todo o conteúdo. Além disso, se formos olhar para a Revolução Russa do ponto de vista puramente das idéias divulgadas pelos seus realizadores, ela pode parecer promissora para boa parte dos poloneses, sobretudo por serem muito chegados a uma utopia. De qualquer forma, seus contatos com eles ser-lhe-ão de grande valia, pois o senhor vai voltar para a Rússia, mas não para a Sibéria. O assunto é urgente e o senhor deverá partir ainda hoje, já que o trajeto vai lhe custar umas três semanas. O que queremos é que o senhor fique o mais próximo possível do poder central, portanto deverá começar por Petrogrado. Além disso, queremos que o senhor comece imediatamente a armar a sua própria rede de espiões, que seja independente daquela que é subordinada a Fukushima.

— E qual é a principal finalidade dessa missão? — indagou o capitão, a quem a perspectiva de novas aventuras já excitava. Havia, naquela expectativa, algo semelhante aos preparativos para o primeiro encontro com uma mulher longamente desejada.

— Não há uma finalidade específica. O senhor deverá ficar atento a todos os atos dos novos detentores do poder, informando-nos deles em primeira mão. Tudo que o senhor achar importante, ou pelo menos interessante, para o nosso império deverá ser reportado diretamente a mim e, caso surja algo que, na sua opinião, deva ser feito de imediato, sem o tempo necessário para obter o meu consentimento prévio, autorizo-o a agir logo e tentarei assumir a responsabilidade pelos seus atos. E agora — Motojiro pegou amigavelmente o jovem oficial pelo braço —, diga-me com toda a sinceridade de que, além dos fundos e dos contatos, sendo que estes últimos o senhor parece ter de sobra, o senhor ainda precisa.

— Com toda a sinceridade, general?

— Pode falar sem medo, conhecemo-nos há tanto tempo...

— Espero que o senhor general não fique zangado, mas aquilo que eu mais precisaria nessa missão, o senhor, mesmo com todo o apoio do Estado-Maior, não teria condições de me proporcionar.

— E o que seria, capitão? A espada mágica do deus Hachiman?

— Quase, meu general — respondeu o capitão. — Trata-se de arroz.

O general ergueu os cenhos numa não fingida expressão de espanto.

— Arroz? — perguntou.

— Pois é — respondeu o capitão, meio encabulado. — A vida sem arroz é triste e cinzenta e, pelo que sei, na Rússia de hoje ele é muito difícil de ser encontrado.

6

S3/6, 2'CI (231), dez anos de idade, desvio do pátio de carga da estação ferroviária de Moscou, dezembro de 1917, 1h

TEM 13,5 METROS DE COMPRIMENTO (sem contar os vários metros do tênder), mais de quatro metros de distância entre os eixos, superfície de aquecimento da caldeira de quase duzentos metros quadrados, área da grelha de 4,5 metros quadrados, pressão de vapor na caldeira acima de 15 atmosferas, quase dois metros de diâmetro das rodas motoras, sendo que o seu peso (sem o do tênder) chega a quase noventa toneladas. O tal 2'CI (ou o sufixo 231)[10] significa que os seus dois primeiros eixos são de guia, seguidos por três eixos tratores ligados ao chassi. Mais atrás, debaixo da fornalha, há mais um eixo de apoio.

Essa maravilha da técnica nasceu em 1908, sendo seus pais as Indústrias Maffei Bayerische St.B. Sua principal característica reside na sua caldeira, com uma enorme fornalha e superaquecedor de vapor. Seus quatro cilindros são alimentados de forma dosada por um excelente e infalível mecanismo marca Heusinger, que direciona o vapor tanto para os pistões de

[10]As classificações 2'C1 ou 2-3-1 referem-se a eixos e são usadas basicamente na Europa. No Brasil é utilizada a classificação White, que leva em consideração as rodas e não os eixos. Portanto, a tradução correta da classificação da S3/6 seria 4-6-2, conhecida como "Pacific". (*N. do T.*)

baixa pressão que ficam nos cilindros externos quanto aos internos, de alta pressão.

Em curvas fechadas, o truque dianteiro tem a tendência de balançar, razão pela qual foi construído sobre molas. Os eixos principais são presos a um apoio especial, sendo que o mancal do eixo motor é reforçado com o intuito de garantir maior estabilidade e evitar trepidações excessivas. Não fosse a sua chaminé fina demais e o pesado tênder, a máquina poderia ser considerada bela.

Para chegar à sua árvore genealógica, é preciso recuar até a década de 1860 e transportar-se para os trilhos que cortavam a América do Norte, sobre os quais reinavam locomotivas movidas pela queima de lenha, construídas por um certo Rogers. Tinham dois eixos tratores bastante distantes um do outro, o que lhes permitia terem uma caldeira de grandes dimensões. Depois, ao final daquele século, passaram a utilizar por anos a configuração 2-3-1, ou seja, para usar o termo profissional, 2C1.

No início da guerra, quando a locomotiva em questão puxava trens militares austro-húngaros, a sua atraente cor verde-oliva foi recoberta por uma horrenda camuflagem cheia de manchas acinzentadas. Conquistada pelos russos, ela foi pintada de preto, mas a qualidade da tinta usada era péssima e, agora, a S3/6 parecia ter passado por uma violenta sessão de descascamento. Os engenheiros alemães projetaram-na de uma forma extremamente sólida, e a desleixada aparência exterior não refletia a sua veemente predisposição ao trabalho, sendo preciso acrescentar que a S3/6 podia realizar feitos extraordinários. Era capaz, por exemplo, de puxar uma carga de quase quinhentas toneladas a cem quilômetros por hora, sem mesmo se importar com aclives de até dois graus. Podia ser alimentada com qualquer tipo de combustível, e lhe era indiferente queimar o excelente carvão de Cardiff, briquetes de qualidade duvidosa, pó de carvão misturado com lodo ou ainda toras de madeira ainda úmidas. Exigia apenas lubrificação, tripulação devidamente treinada e manutenção regular.

Agora, estava parada num desvio — silenciosa, com a fornalha apagada e o tênder vazio. À luz das estrelas daquela noite gélida, suas partes brilhavam como membros de um gigantesco inseto blindado, cujo criador, por um capricho, guarneceu de rodas em vez de braços e garras. Sua cabine, pequenina em comparação ao gigantismo da caldeira, parecia aconchegante, e seus três degraus convidavam para subir, entrar e dar vida ao seu mecanismo adormecido.

7

Wanda Laudowska, trem alemão especial Varsóvia—Vilnius, começo de janeiro de 1918, 23h15

"GOSTO DE VIAJAR À NOITE. Gosto de imaginar as mais diversas coisas do outro lado das janelas do vagão. Gosto de ver o contorno das árvores que passam, iluminadas pela luz proveniente da cabine. Gosto do barulho da locomotiva e daquela visão que surge quando o trem completa o arco de uma curva, quando seus faróis iluminam somente aquilo que o maquinista vê, como se o trem levasse diante de si duas esferas de luz amarelada. Ainda bem que estou viajando sozinha na cabine, pensando nos detalhes da minha missão e apoiando os pés no assento em frente ao meu, desocupado e coberto de veludo gasto. Finalmente, posso fazer o que bem entender, uma vez que o sonolento condutor, tendo se certificado de que eu não precisava de nada, não deverá reaparecer antes da madrugada. Sim, Inessa Armand* fora uma excelente idéia, e uma recomendação dela não deverá despertar suspeitas em Lênin. Como poderia não confiar nela? E quanto a ela? Deve ter lá os seus motivos para manter certa cautela. Sempre lhe coube o papel de uma concubina, boa para a cama, mas não para ter acesso a assuntos importantes e informações precisas. Além disso, ultimamente andaram divergindo em questões políticas. Parece que Inessa, assim como a maior parte dos quadros bolcheviques, não estava contente com o curso internacional adotado por Lênin. Mas ninguém exigia dela que traísse Ulianov — algo que ela certamente jamais faria. As mulheres são seres muito estranhos: mesmo não mais amadas e descartadas, são capazes de manter seus sentimentos para com homens indignos de tal dedicação e arrebatamento."

Espreguiçou-se languidamente, deslizando sua mão para baixo, por entre as coxas.

"Que pena que Ernest não esteja aqui. Não precisaria ficar me tocando sozinha e poderia pedir-lhe que avaliasse as chances dessa mascarada. No caso de Ulianov, há duas coisas em meu favor: o fato de tê-lo ajudado a limpar os fundilhos das calças naquela estrada e a recomendação da amante, que é uma fanática defensora da religião vermelha. Pelo que sei, Ulianov sempre gostou de se cercar de pessoas de total lealdade. Se ele perguntar o motivo pelo qual desejo trabalhar para os bolcheviques, responderei... Pois é, o que responderei? Que me desiludi com a Polônia, onde a minha família está sendo boicotada por supostas tendências comunistas? Não creio que isso funcionaria. Terei que inventar um motivo convincente e baseado em ideais — afinal, não são poucos os poloneses que trabalham para ele. Tenho ainda alguns dias para inventar algo nesse sentido, pois, quanto à possibilidade de ele me receber, disto não tenho dúvida alguma... afinal, ele tem um débito comigo", sorriu para si mesma. "Foi graças a mim que ele recebeu a indenização daquele cretino, e já me disseram que ele é rancoroso e teimoso. Ainda em Paris, Inessa me contou a seguinte história..."

Wanda recostou-se ainda mais confortavelmente e ficou imaginando como aquilo se passara.

Em 1890, Ulianov e seu cunhado fizeram uma excursão para Sizrania, uma cidadezinha perto de Simbirsk, onde nascera. Para chegar até lá, era preciso atravessar o rio Volga, que, naquele lugar, era muito largo. O monopólio dessa travessia (ilegal, mas aceito por todos os habitantes da região) era de um comerciante local, chamado Arefiev, dono de uma barcaça a vapor. Apesar disso, Ulianov alugou um barco à vela com um marinheiro. O resto da história se desenvolveu de uma forma engraçada, mas também dramática. Quando Ulianov, o cunhado e o marinheiro se encontravam no meio do rio, a barcaça de Arefiev (que, ao que tudo indica, apenas ficava de tocaia à espera de incautos como eles) abordou-os e levou-os à força para o seu convés.

"Posso imaginar aquele homenzinho de olhos tártaros agitando seus punhos diante do capitão da barcaça pirata e dizendo friamente: 'O fato de Arefiev ter se apossado do monopólio da travessia não tem nada a ver com o que está acontecendo aqui, prezado capitão. É um assunto dele e não nosso, mas ele não dá direito a ele — e muito menos ainda ao senhor, capitão — de raptar pessoas no meio do rio...'. Nesse ponto, ele deve ter estufado suas bochechas mongóis e enfiado os polegares nos bolsos do colete de algodão. De acordo com o que contou Inessa, ele ignorou completamente a presença do Arefiev no convés, tirou uma caderneta do bolso do paletó e anotou escrupulosamente os nomes do capitão corsário e de toda a tripulação."

Wanda voltou a sorrir, não podendo deixar de admirar a sua atitude. Um outro qualquer, estando no seu lugar, teria esquecido o incidente, mas Ulianov estudara direito e estava se preparando para o exame final na Universidade de Petersburgo. Portanto, apesar de Arefiev ter muita influência na região, ele o levou às barras do tribunal. Arefiev atrasava os procedimentos subornando os oficiais de justiça, mas Ulianov persistiu, ganhando a causa e conseguindo que Arefiev fosse condenado a um mês de prisão, o que foi uma clara demonstração do bom funcionamento do sistema judicial russo.

"Sim, não é recomendável provocar a sua ira. Tenho que estar bem preparada. Além disso, preciso estar atenta a quaisquer complicações na fronteira, muito embora tenha um passaporte suíço e esteja viajando na qualidade de representante daquele país numa missão humanitária. Ainda bem que a guerra está como está — nem guerra, nem paz —, mas vamos deixar essa questão para ser analisada durante o dia."

Ajeitou-se novamente no assento. Como viera parar ali? O que acontecera para que ela, uma jovem bem-comportada, estudante exemplar que sonhava com uma carreira internacional, estivesse viajando para um encontro com o ditador de um país inimigo e para oferecer-lhe seus serviços? Parecia enredo de um romance policial, mas, na verdade, o culpado de tudo fora aquele maldito Ernest. Wanda semicerrou os olhos. Sua mão, entre as coxas, encontrara o alvo da sua exploração e permaneceu ali, ajudando-a a volver seus pensamentos para aquela noite em Zell-am-See.

O gabinete de Lênin em Smolensk, janeiro de 1918

— Peço desculpas por tê-la feito esperar tanto, mas tenho realmente muito trabalho — disse, levantando-se da escrivaninha, vindo ao seu encontro e pegando-a pelas mãos para vê-la melhor. — Não posso dizer que a senhora cresceu, pois a senhora já era adulta quando nos vimos pela última vez, mas direi que ainda está mais bela do que então, quando os bons espíritos a puseram no meu caminho. A senhora sabia que o proprietário daquela empresa de táxis era um conde autêntico, com brasão e tudo? Sim, sim...

Vladimir Ilitch acompanhou-a ao seu aconchegante gabinete, cheio de poltronas e tapetes, sentando-a no mais confortável dos sofás e puxando uma cadeira para si. Depois, pegou novamente suas mãos nas dele.

— A senhora sabia que com o dinheiro daquela indenização obtida graças à sua ajuda comprei uma bicicleta muito mais moderna? A mais cara que havia na loja Garmont. Uma maravilha! E com marchas! A senhora consegue imaginar? Pode-se subir trilhas inclinadas sem se cansar. É uma pena não poder ter trazido aquela bicicleta para cá. Eu a adorava... mas ela me foi roubada. Dá para imaginar uma coisa dessas? Roubaram-na apesar de eu ter pago dez *centimes* à *concierge* para guardá-la. E a senhora sabe o que ela me respondeu? Que o pagamento era apenas pelo lugar da bicicleta e não para zelar por ela!

Enquanto ele, com evidente prazer, relembrava os tempos de Paris, Wanda ficou observando-o e registrando todos os detalhes dos seus trajes e do seu comportamento. Podia-se dizer que era elegante. O terno, embora parecesse um tanto folgado sobre a sua diminuta figura, era de lã de primeiríssima qualidade — na certa, inglesa —, o que era confirmado pela falta de quaisquer amassamentos e deformações no pano. Seu tom azul-marinho combinava perfeitamente com a gravata de seda cor de cereja com discretas bolinhas brancas e com o colete, em cujo bolsinho se ocultava um relógio com uma modesta corrente de prata. Os sapatos estavam cuidadosamente engraxados e, apesar de um salto um pouco torto, causavam uma impressão favorável. Seu rosto era escanhoado e as unhas das suas pequenas mãos eram limpas e cuidadosamente aparadas, como se tivessem sido entregues aos cuidados de uma competente manicure. Seus cabelos — algo a que Wanda dava uma importância especial na aparência dos homens — eram bem aparados e penteados, sem tufos desordenados. Em suma, era um homem com quem se podia ir para cama sem o menor constrangimento. Sua aparente fragilidade física era compensada pela determinação e teimosia, qualidades que acabaram elevando-o ao ponto mais alto de poder daquela nação gigantesca.

— E então, senhorita Wanda... ou não seria já "senhora Wanda"? —, perguntou, com seus olhos tártaros brilhando maliciosamente.

— Continuo "senhorita", e nada indica que isso possa mudar tão cedo.

— Só não me diga que não houve pretendentes, com a sua beleza e inteligência...

— Os homens, Vladimir Ilitch, não morrem de amores por mulheres inteligentes. Eles preferem que a sua inteligência... — Wanda hesitou por um instante, mas concluiu que a postura de uma mulher liberada de preconceitos poderia agradar-lhe mais e até excitá-lo a ponto de diminuir a sua guarda — não se revele aqui — mostrou a testa —, mas abaixo da cintura.

Vladimir Ilitch olhou para ela com atenção e respondeu, num tom já mais sério.

— Vejo que Inessa tinha razão ao descrever a senhora como uma mulher especial... e ela tem um bom nariz para coisas especiais. Além disso, ela é uma das poucas mulheres que conseguem compreender que amor e parceria são uma coisa, enquanto prazeres e excitações são algo diverso. Isso que Inessa compreendeu, deveriam compreender todos os homens que desejam realizar planos duradouros. A equalização desses dois sentimentos, assim como a sua idealização, leva de modo inexorável à apatia e à falta de ação — ficou teorizando, evidentemente satisfeito com as suas palavras, enquanto Wanda pensou em Inessa Armand e nos seus sentimentos que ela compreendera realmente, mas o que não queria dizer que os aceitara e que, por certo, um dia haveria de se vingar de Vladimir Ilitch.

— A senhora tem que me desculpar. Às vezes, eu me entusiasmo demais e fico divagando. Deve ser por ter que discursar freqüentemente para multidões e isso entrou no meu sangue. No entanto, a senhora nem pode imaginar como é excitante falar para multidões; até o último instante não se sabe se ela vai aplaudir e nos carregar nos braços ou irá atirar-se contra nós e pisar sobre os nossos restos. A multidão é maravilhosa, capaz de nos excitar como a mais bela e a mais rara das mulheres.

Calou-se e acariciou as mãos de Wanda, sem qualquer conotação erótica. Wanda recebeu o gesto como um agrado de um pai ou de um amigo querido.

— Já vão nos trazer chá e algo para beliscar. A senhora deve estar com fome... aliás, quando a senhora sair, peça ao oficial do dia para que lhe forneça cartões de racionamento, pois sem eles a senhora não sobreviverá.

— Isso quer dizer, Vladimir Ilitch, que já devo retirar-me? — perguntou ela, ao que ele se levantou de um pulo e agitou os braços.

— Mas que bobagem é essa? Peço que considere essa minha observação como fruto de falta de boas maneiras da minha parte, mas é preciso que a senhora entenda que não lido mais com pessoas refinadas, já que a maior parte dos meus colaboradores é gente simples e, em sua maioria, sem educação... O que, obviamente, não significa que eu não os respeite e aprecie, mas... como a senhora mesma há de compreender... as conversas com eles não fluem com facilidade e, após certo tempo, acaba-se adquirindo os seus hábitos e... — coçou a sua ampla testa, procurando uma palavra adequada e, quando a achou na sua mente organizada, pegou-a com vivacidade — ... a sua direitura! A senhora teve a oportunidade de conviver com a simples gente do povo? Pelo que sei, a senhora descende de uma família nobre, não é verdade?

— E foi exatamente por isso que tive várias dessas oportunidades.

— A senhora se refere aos serviçais? Não creio que isto possa ser chamado de convívio propriamente dito — interrompeu-a, mas ela não se deixou ser levada para aquele caminho.

— Nem eu. Estava me referindo a pessoas simples, pobres e cuja educação se limita a alguns anos numa escola paroquial. Sempre gostei da companhia dessas pessoas, independentemente de estarem a nosso serviço ou de serem simples habitantes das cercanias. E o senhor sabe de uma coisa, Vladimir Ilitch? Conversando com eles aprendi uma coisa muito importante que, talvez, possa ser-lhe útil nos seus contatos com a sua... simples gente do povo.

— Não diga — interessou-se sinceramente. — Por favor, compartilhe comigo as suas observações. Sempre notei que as mulheres são muito melhores observadoras do caráter das pessoas do que os homens.

— Isso não depende deles, mas de nós. Durante muito tempo fiquei matutando por que esses nosso amigos... talvez "amigos" seja uma palavra forte demais... digamos, conhecidos nossos, como os que trabalhavam na nossa casa ou nas nossas oficinas, sempre trataram meu pai com uma certa reserva e com uma grande dose de desconfiança, embora ele tivesse sido sempre muito cordial e vários deles lhe devessem ser gratos. No entanto, apesar de todos os seus esforços nesse sentido, não conseguiu conquistar a confiança deles.

Lênin voltou a sentar-se na cadeira junto dela e Wanda notou nos seus olhos um vivo interesse pelo que ela dizia. Isso lhe causou uma grande satisfação, de modo que voltou a falar, com mais veemência ainda:

— Era óbvio que eles eram gratos a ele, demonstravam reconhecimento e cordialidade, mas nunca... e estou certa disso... nenhum deles adquiriu confiança nele. Enquanto isso eu, ao contrário do meu pai, jamais tentei imitar o jeito deles de falar, porque aquilo soava ridículo. Não lhes contava piadas vulgares... algo que meu pai insistia em fazer. Nunca tentei compreender a sua filosofia simples da vida, pois esta era totalmente estranha para mim. Não dava tapinhas nas suas costas, nem dava motivos para que eles me tocassem. Jamais escondi o fato de ser diferente deles e de que eles não tinham... e jamais teriam... a menor idéia dos assuntos que poderiam me interessar. Só queria que eles respeitassem isso, quando então eu poderia respeitá-los em troca.

— E quais foram os efeitos?

— Quando eles compreenderam isso e viram que eu não pretendia fingir ser uma deles, que não tentaria convencê-los de que penso e sinto exatamente como eles, começaram a confiar em mim. Houve ocasiões em que me confidenciaram coisas íntimas e secretas, que não teriam contado aos mais próximos membros do seu círculo social. Aquilo facilitou os contatos entre nós, sendo que eles passaram a ter uma inocente satisfação de conviver com uma pessoa de estrato social mais elevado e acho que se orgulhassem disto, além de adquirir consciência do seu próprio valor.

Lênin esfregou as mãos e fez um sinal afirmativo com a cabeça.

— Devo considerar isso como uma lição, minha cara?

— Se isso trouxe algo de novo para o senhor e lhe for útil no futuro, ficarei feliz por lhe ter sugerido essa idéia, que, garanto ao senhor, é extremamente eficaz.

Interromperam a conversa por um instante, pois o ajudante-de-ordens, com uma blusa engomada e botas de cano alto e cinto polidos, serviu-lhes chá e torradas com geléia de ameixa. Ulianov acomodou-se numa das poltronas confortáveis e, mexendo com a colher no copo com chá, perguntou:

— A senhora sabia que eu mesmo provenho da nobreza rural?

— Não sabia, e imagino que o senhor não faça questão de que isso seja espalhado aos quatro ventos.

— Obviamente — sorriu para ela —, mas asseguro-lhe que pensarei seriamente em tudo que a senhora falou, porque preciso confessar que gosto de estar na companhia de gente simples e gosto de dar e receber tapinhas nas costas. *À propos*, notei que a senhora ficou observando atentamente o meu terno. Há algo nele que lhe desagrada?

Wanda ficou encabulada, não supondo que ele fosse tão observador.

— Não é que haja algo que me desagrade, mas não consigo compreender certos detalhes. Ontem, por exemplo, vi o senhor dentro de um carro oficial, acenando para a multidão.

— E...? — interrompeu-a.

— E cheguei à conclusão de que o senhor não tem a aparência de um político atual ou um chefe de Estado, nem que seja pela falta de um chapéu-coco, nem mesmo... — interrompeu-se, enquanto ele erguia as sobrancelhas num divertido sinal de indagação — ... nem mesmo parece ser um deles, como um deles — corrigiu-se, sentindo a gafe.

Lênin ergueu ainda mais as sobrancelhas.

— O que quero dizer — corrigiu-se Wanda como um cavaleiro na sela após um salto desastrado —, quero dizer que, em minha opinião, o senhor não aparenta ser alguém que o povo possa considerar um deles. Tomemos, por exemplo, este horrendo boné... — interrompeu-se novamente, achando que fora longe demais. Estava preparada para qualquer tipo de reação, menos a de ele soltar uma sonora gargalhada. Ficou rindo por muito tempo, tendo que limpar a garganta com um gole de chá.

— A senhora é realmente incrível, mas é preciso que saiba que o tal boné é o resultado de uma profunda reflexão. Estes bonés, que, pelo que me dizem, já são chamados de "bonés de Lênin", eram usados pelos artistas no passado, e eu fiquei matutando por muito tempo em como evitar um chapéu-coco ou um daqueles gorros russos com orelheiras. Acabei optando por algo que a senhora imediatamente chamou de horrendo. Antes de julgá-lo assim, a senhora deveria — nesse ponto voltou a engasgar de riso — imaginar-me com um chapéu-coco e uma bengala. Mas a senhora sabe o que eu consegui graças a este boné e a este terno de três peças de lã inglesa? — fez a pergunta de forma tão teatral que, dessa vez, foi Wanda quem olhou para ele de forma indagativa. — Adquiri uma inacreditável autoconfiança, como se tivesse vestido um costume num palco, um costume com propriedades mágicas, como uma armadura que não pode ser atravessada por nenhuma lança ou espada, sendo que... e isso certamente a senhora não sabe... eu passei por uma fase de pânico diante de multidões, a ponto de ter havido ocasiões em que cheguei a implorar àquela vaca da minha secretária para que discursasse em meu lugar.

— E agora?

— Agora, senhora Wanda, qualquer aparição pública, mesmo quando se trata de questões desagradáveis e problemáticas, me enche de prazer. A senhora pode não acreditar, mas o gozo sexual, comparado ao gozo de conduzir as mentes das pessoas, não passa de uma brincadeira de criança.

Wanda tentou fazer uma expressão no rosto que demonstrasse a sua incredulidade, mas não conseguiu, pois ele não lhe prestava a mínima atenção e continuava a se gabar:

— Para o conhecimento da senhora, quero lhe dizer que até os meus inimigos, ou pessoas que, por princípio, se mantêm longe da política, reconhecem que... aliás, vou lhe citar uma opinião que me deixou profundamente impressionado. Um dos meus oponentes no partido confidenciou a um colega: "Esse novo Lênin é realmente encantador e consegue prender a atenção dos seus ouvintes mais do que qualquer outro." E aí, o que a senhora tem a dizer sobre isso?

Wanda não quis provocá-lo, mas respondeu:

— Sem querer ofendê-lo, andam comentando por aí que o senhor é um espião e agente alemão.

— E continuarão dizendo isso — interrompeu-a —, a despeito do que eu estiver usando na minha cabeça. Em política, cara senhora, não importa quem a senhora é realmente e quais são as suas reais intenções, mas como essas coisas são percebidas pelas multidões e como a senhora mesma é percebida. A senhora acha que, além de um comício ou uma entrevista com a imprensa, eu seria capaz de usar uma prosa como esta? — Procurou no meio de umas pastas espalhadas sobre a escrivaninha e entregou-lhe uma folha mimeografada. — É um texto antigo, um dos primeiros. Leia-o, por favor. Melhor ainda, leia em voz alta.

Wanda pegou a folha de papel com furos na margem e leu:

> *A bancarrota é inevitável. A catástrofe está próxima. Os capitalistas levaram todos os países à beira da destruição total e continuam conduzindo-os na mesma direção. A única salvação reside na disciplina revolucionária, na marcha revolucionária da revolucionária classe proletária e semiproletária, na passagem de todo o poder para as mãos dessa classe, a única que, realmente, estará em condições de assumi-la e conduzir efetivamente a luta contra os parasitas...*

Devolveu-lhe o papel (que ele colocou cuidadosamente de volta dentro da pasta) e, sem saber o que dizer, ficou olhando para ele.

— E então, o que a senhora achou? Mas seja sincera!

— Queira me desculpar, mas isso não passa de um amontoado de evasivas e indecentes ganchos de retórica — respondeu, sem saber até que ponto poderia avançar na sua sinceridade. Mas ele nem permitiu que ela concluísse:

— É isso mesmo! A senhora está coberta de razão. Se formos analisar este texto do ponto de vista da lógica, só os imbecis não notarão que ele não passa de conversa fiada. Não quer dizer nada, mas como soa convincente e intelectual! — Olhou para ela de uma forma tão travessa que Wanda teve que sorrir, enquanto ele finalizava: — E como ele funciona! A multidão fica encantada e explode em aplausos. Mas tenho certeza de que a senhora não acha que eu me identifico com esse estilo. Eu apenas o inventei, inclusive aquela infeliz expressão "classe proletária e semiproletária", para servir como uma imagem da minha revolução, pois cheguei à conclusão de que é exatamente com esse tipo de linguagem que se deve falar às pessoas que desejamos conduzir numa determinada direção... mas vejo pelo seu olhar que a senhora gostaria de me perguntar algo; por favor, faça-o sem medo.

Wanda achou que, tendo permitido que a conversa atingisse esse nível, dificilmente ele mandaria fuzilá-la pelas perguntas seguintes e as inevitáveis conclusões. Além disso, a forma do seu comportamento indicava com clareza que confiava nela, a não ser que estivesse brincando com ela de uma forma extremamente cruel. Diante disso, resolveu arriscar, ciente de que, caso recuasse agora e não perguntasse aquilo que precisava perguntar, teria recuado à posição anterior, da qual não poderia mais fazer um ataque efetivo.

— Muito bem — disse. — Foi o senhor mesmo que pediu. Diante de tudo o que o senhor falou, não fica evidente que o senhor é um cínico que deseja fazer carreira à custa das massas?

Vladimir Ilitch pareceu ter ficado satisfeito com a sua pergunta, e olhou para ela com admiração. "Eis uma mulher inteligente e perspicaz", pensou. "Ela não só consegue atingir os seus objetivos apresentando-se como uma pessoa aberta e sincera, como ainda dá a impressão de uma certa... uma certa...", ficou procurando por uma palavra adequada, "insegurança ou desamparo. Além disso, é linda, e o seu corpo, mesmo agora, no inverno e debaixo de tantas roupas de baixo e este pesado costume de lã, tem aquela agradável elasticidade felina, sem falar do seu rosto de garoto travesso e, ao mesmo tempo, excitante e misterioso. Era ideal. Mesmo que ela tenha sido enviada aqui por alguém, não se deve perder a chance de aproveitá-la para os nossos fins. Isso mesmo. Para os fins dela e os nossos. Vai ser preciso investigá-la e, uma vez concluída a investigação, cooptá-la para nós. Isso poderá vir a ser não só proveitoso, como ainda por cima excitante."

— Pois saiba que não — respondeu finalmente. — Embora eu possa parecer cínico aos olhos da senhora, o meu cinismo é limitado exclusivamente aos meus métodos, que, como a senhora mesma pôde constatar, são realmente cínicos. Mas, se a senhora me perguntar sobre as minhas intenções, lhe responderei que elas não têm um pingo de cinismo. Peço que acredite que tive e tenho motivos para destruir as bases do sistema anterior. É verdade que não tenho motivos reais para amar o povo, mas acredito que será possível, num futuro próximo, organizar este país de tal forma que este povo sofrido possa levar uma vida baseada em conceitos sociais e econômicos muito mais sólidos do que antes e, para ser absolutamente sincero, embora odeie essas constantes referências a obrigações e patriotismo, estou convencido de que, sobre as minhas bases, será possível construir uma Rússia muito mais forte.

— E o ideário bolchevique? — interrompeu-o.

— O ideário bolchevique servirá para nos livrarmos dos que ainda apóiam a ordem anterior e, depois disso, será fundamental para conquistarmos seguidores dessas idéias na Europa e no resto do mundo e, nesse sentido... embora isso possa parecer paradoxal... não deixo de ser um patriota russo... aliás — inesperadamente interrompeu aquele jogo de pôquer para ver as cartas de Wanda —, gostaria que a senhora me respondesse com toda a sinceridade: por que a senhora, uma patriota polonesa, pediu este encontro comigo?

— E quem lhe disse, Vladimir Ilitch — respondeu Wanda a pergunta com uma outra pergunta —, que eu sou uma patriota?

8

Oficina de manutenção da estação ferroviária de Kazan em Moscou, começo de março de 1918, 16h

— ZELDYYYYYYBIN! ZELDYYYYYYYBIN!

— O que foi? — A pergunta, de forma mais gentil possível para um chefe de manutenção, foi dirigida ao homem que gritava da cabine de uma gigantesca plataforma rotatória, mais conhecida como "rotunda" ou "girador".

— Venha ver por si mesmo! Levante a bunda da cadeira do seu escritório, seu mecânico-chefe de merda! Você não presta para porra nenhuma!

Intrigados por uma troca de opiniões tão promissora, os demais trabalhadores da oficina abandonaram seus afazeres e ficaram atentos. Zeldybin reconheceu a impossibilidade de não se envolver na solução de mais um problema na oficina e, dobrando o jornal e enfiando-o no bolso do macacão coberto de graxa, dirigiu-se para a plataforma.

"Maldito o dia em que concordei em ser o chefe desta oficina. Devia ter ficado quieto no meu canto. Aí, não estaria agora exposto aos olhares desta gentalha", pensou.

"Aquela gentalha" era formada, em sua maioria, pelos ex-colegas do chefe de manutenção, quando ele era apenas um graxeiro cujo único conhecimento técnico consistia em saber em qual buraco enfiar a ponta da almotolia para engraxar uma determinada parte do mecanismo do trem.

Agora, todos olhavam para ele com indisfarçável desprezo e felizes por poderem presenciar uma nova humilhação do seu superior hierárquico, que obtivera aquela posição por ter sido o primeiro a agitar o rabo diante dos bolcheviques quando estes vieram à oficina algumas semanas antes. Na verdade, nenhum deles demonstrara interesse nessa função, sendo que o seu ocupante anterior, o idoso engenheiro Jegorov, tendo pressentido o que estava por vir, limpara cuidadosamente as mãos num lenço limpo que sempre mantinha no bolso do seu também impecavelmente limpo macacão e declarara que partia para o seu vilarejo natal, onde iria morar com a neta. O seu ato não causou espanto nos seus subordinados, já que não recebiam salários havia várias semanas, e a oficina funcionava exclusivamente por um estranho ímpeto, cujo motivo poderia ser o sentimento do dever dos seus funcionários, há anos obrigados a trabalhar sem reclamar.

— E então? Qual é o problema?

— Veja você mesmo. O desgraçado emperrou de novo.

Nachimov, o operador do girador, um homem gigantesco com rosto de garoto, nesse momento tão coberto de graxa que parecia o de um diabinho de uma peça infantil, apontou para o girador sobre o qual repousava um locotrator[11] alemão T12 que, em função de mais de vinte anos de serviços prestados, já deveria estar num museu, mas que continuava trabalhando como um boi de carga nas linhas ferroviárias russas.

— E onde emperrou? — perguntou hesitantemente Zeldybin, a quem os malvados operários da oficina apelidaram, logo no dia seguinte à sua promoção, de "engenheiro graxeiro".

— Onde? — respondeu Nachimov, encolhendo os ombros. — Em todos os lugares. Não trocamos os rolamentos desde o início da guerra. A pouca graxa que recebemos serve para cus de vacas, não para rolamentos, que têm que suportar tanto peso. Temos uma centena de rolamentos e você é o chefe. É a você que o pessoal da Tcheka vai perguntar onde, quando for se explicar.

[11]Minilocomotiva de três a quatro eixos, também chamada de "máquina de manobra", usada apenas para movimentar vagões nos pátios das ferrovias ou transportar cargas por pequenas distâncias. (*N. do T.*)

— E eles estão lá interessados onde? — observou um engraçadinho. — Eles vão mandá-lo carregar o locotrator nos ombros; talvez assim você aprenda algo de mecânica.

Uma sonora gargalhada soou na oficina.

Zeldybin lançou um olhar cheio de repreensão para seus subordinados, mas não encontrou nos seus rostos nenhuma expressão que não a de gozação e desprezo. "Nenhum deles gosta da mim", ficou matutando, "e este girador vai acabar comigo. Não tenho outra alternativa a não ser descer até lá e, pelo menos, fingir que tenho alguma idéia de como fazê-lo funcionar."

Olhou mais uma vez para os seus algozes e, sem tirar os olhos deles, começou a descer os degraus da escada de mão encostada no vão debaixo do girador. Em pouco tempo se encontrou na base do eixo, localizada mais de dois andares abaixo do nível dos trilhos e, sem saber o que fazer, ficou olhando para a grossa coluna fracamente iluminada por algumas lâmpadas protegidas por arames. O locotrator bufava pesadamente sobre a sua cabeça, e ele sentiu seu sopro quente.

— E então, Zeldybin, conseguiu descobrir o defeito? — Ouviu vozes vindo de cima, sendo que uma delas acrescentou: — Quer um estetoscópio ou uma lupa?

"Nem vai dar para recuar o locotrator, porque o girador emperrou no meio do caminho, de modo que os seus trilhos estão a mais de meio metro de distância dos trilhos pelos quais entrou", pensou. "Não há saída, já que não poderemos empurrá-lo com as mãos. Sem dúvida serei fuzilado, terminando assim a minha breve carreira de chefe de oficina."

Voltou a subir a escada, sendo que, num determinado momento, notou que as zombarias vindas de cima cessaram. Quando seu rosto chegou ao nível dos trilhos, notou um par de pés enfiados em botas gastas, porém lustrosas, com grossas solas e bicos cobertos por placas de metal que protegem os pés de golpes de objetos pesados. Era o tipo de botas usadas por mineiros e maquinistas. Ergueu a vista e, para a sua surpresa, constatou que o proprietário das botas e das pesadas calças enfiadas em grossas meias era um asiano magro, com um rosto pequeno e adornado por um fino bigodinho, e que, naquele momento, sorria para ele e estendia-lhe a mão para ajudá-lo a sair do buraco. Zeldybin ignorou o nobre gesto e saiu do vão. Quando, finalmente, ficou diante do recém-chegado, notou que aquele homem estranho tinha longos cabelos negros com alguns fios prateados cuidadosamente arrumados numa longa trança que, naquele momento, pendia de forma atraente sobre seu peito, por cima do ombro. Aos seus pés, jazia um embrulho cuidadosamente enrolado numa lona verde e um grosso bastão um pouco envergado. Zeldybin parou diante do desconhecido, que continuava sorrindo agradavelmente, e perguntou num tom áspero:

— Quem sois?[12] — falou, corrigindo-se logo, achando que o uso do plural de segunda pessoa não era adequado a um asiano. — Como entrou aqui? Este lugar é proibido a estranhos — acrescentou, mas num tom menos assertivo, já que a cada pergunta sua o sorriso do recém-chegado ficava mais amigável e sincero, e Zeldybin, como todo covarde de natureza rude, não sabia como se comportar diante de pessoas desprovidas de agressividade e que demonstravam apenas compreensão por uma gratuita e inexplicável grosseria.

O visitante fez uma reverência, com os braços esticados junto aos vincos laterais das suas calças, mas — uma coisa que até um grosso como Zeldybin conseguiu perceber — havia naquela reverência mais compreensão pela sua falta de educação do que respeito pela sua pessoa. O asiano endireitou o corpo, tirou as luvas e disse, numa forma engraçada de pronunciar as consoantes e, vez por outra, trocando o "r" por "l":

— Vim plocular o chefe de oficina. Tenho uma calta do CDTP.

Ato contínuo, entregou a Zeldybin um amassado envelope lacrado.

O chefe da oficina quebrou o lacre com o emblema do Conselho de Delegados dos Trabalhadores de Petrogrado e retirou um papel carimbado, sobre o qual alguém escrevera com uma letra cuidadosa e quase infantil:

Em resposta à vossa carta, encaminhamos à vossa disposição o camarada Li Tian. O camarada Li Tian tem as mais altas recomendações do seu partido, tanto no que se refere à sua participação no movimento revolucionário

[12]Para compreender melhor o uso da segunda pessoa no plural por Zeldybin, favor remeter-se ao "Breve comentário do tradutor", no início do livro. (*N. do T.*)

quanto aos seus conhecimentos profissionais. O camarada Li Tian é um maquinista de primeira classe e está habilitado para conduzir trens, tanto de carga quanto de passageiros, até o peso total de mil toneladas. Favor inscrever o camarada Tian na lista dos que devem receber salário de acordo com a diretiva 17-a e fornecer-lhe os uniformes e cartões de racionamento equivalentes a essa função, além de lhe facilitar a procura por um local onde possa ficar aquartelado. Assinado: Prolenko — Secretário do CDTP.

Zeldybin olhou para o asiano com ar de espanto.

— Não fui informado de nada disso. De que se trata?

Tian voltou a sorrir, dando a impressão de que, para aquele homem, um sorriso era a solução para qualquer tipo de problema.

— O mecânico-chefe telefona para Tcheka. Eles explicalão.

Assim como todos que se defrontam com alguém que menciona o nome daquela temível instituição, Zeldybin imediatamente passou a tratar o visitante com maior respeito.

— E você... perdão... o senhor não pode me dizer de que se trata? — indagou humildemente.

Tian, num gesto decidido, estendeu a palma da sua mão na direção do peito do mecânico-chefe e recitou, como se estivesse lendo uma instrução para trabalhadores de Petrogrado:

— É ploibido falár detalhes. Telefone pala Tcheka. Ela dilá tudo. Eu só sei que tenho que levar locomotiva de um tlem especial e você deve me dar um bom ajudante, um bom opelador de fleios e uma boa locomotiva. O lesto você sabelá da Tcheka. — Pensou um pouco e acrescentou, já num tom menos formal e com um sorriso sincero, pegando amigavelmente o braço do mecânico-chefe e apontando para a imóvel máquina de manobra: — Mas se a sua locomotiva funcionar como isto, não vamos longe, você e eu.

Zeldybin afastou decididamente o braço e respondeu de forma rabugenta:

— Piadinhas desse tipo, camarada Tian, eu já ouço desses auxiliares que tenho. Mas, se algum deles pudesse fazer uma sugestão sobre o que fazer...

Tian voltou a sorrir, mostrando dentes pequeninos, regulares e alvos.

— Eu dar um jeito, mas diga àquele maquinista pala entlal na cabine.

Zeldybin ficou muito irritado:

— Entlal! Entlal! — ficou macaqueando, expelindo gotas de saliva ao seu redor. — Por que deveria lhe dar o comando desta máquina? Por acaso o senhor entende de locotratores? Quem sabe se não vai estragá-lo ainda mais?

Tian pegou com cuidado o embrulho e o bastão, colocando aqueles objetos — visivelmente importantes para ele — num lugar onde não pudessem ser pisados, e respondeu, evidentemente com um sorriso:

— Entende, e muito! É engenheilo. Telminou a Politécnica de Estocolmo. Tanto em maquinálio quanto em tlanspoltes.

Zeldybin olhou para ele com respeito e espanto:

— Mas aqui está escrito que o senhor é apenas um maquinista!

— Maquinista pala a levolução, mas quando é pleciso, engenheilo pala a levolução! — Olhou firmemente para o mecânico-chefe, fez um aceno afirmativo com a cabeça, girou sobre si mesmo com tanta rapidez que a sua trança descreveu um arco no ar, e pulou sobre o girador.

Zeldybin, aparentemente convencido pela segurança demonstrada pelo engenheiro de Estocolmo, fez um sinal na direção da cabine do locotrator:

— Artemon, deixe o engenheiro entrar na cabine! — gritou.

Tian subiu agilmente os três degraus e sumiu no interior da cabine. Momentos depois, a máquina de manobra silvou, soltou uma nuvenzinha de vapor, tremeu levemente e recuou cerca de dois metros. Tian inclinou-se para fora da cabine, avaliou o resultado da sua manobra e gritou para Nachimov:

— Expelimente... devagal... pala a esquelda.

Para grande espanto de Zeldybin e dos seus homens, a plataforma começou a girar. Momentos depois, o locotrator pôde deixar seu cativeiro. Tian saltou do girador e, com seus passos mágicos que davam a impressão de que flutuava sobre um tapete voador ou rolava sobre rodas invisíveis, em poucos segundos encontrou-se do lado do encantado mecânico-chefe.

— Viu? Semple coloque a máquina de manobla mais atlás do eixo do gilador, polque ele está mais gasto de um lado. É melhor tlocar o lolamento antes dele queblar de vez. E agola, telefone pala Tcheka.

Zeldybin nem pensou em discutir. Sonhava apenas com uma coisa: a meia garrafa de vodca guardada na escrivaninha do seu escritório. Sem dizer uma palavra, dirigiu-se para o telefone e tirou-o do gancho.

— Camarada telefonista? Ligue-me com a Tcheka.

Tcheka, gabinete de Feliks Dzierzynski, começo de março de 1918, 4h

"Que revolução mais complicada..." Deu uma tragada no cigarro, soltando fumaça pelas narinas, sentindo-se como o dragão de uma fábula. Sorriu para si mesmo. — "Parece fácil. Vamos começá-la. Ponhamo-la em marcha e vamos tomar uns tragos de vodca num bar. O resto virá por si. Eu sabia que a coisa ia ser perigosa, sem falar nas decisões precipitadas... O mais puro populismo. É inquestionável que é muito gostoso distribuir presentes pelo país, principalmente quando damos algo que não nos pertence nem nunca nos pertenceu. O decreto sobre as terras... o planejado decreto da paz. Nem as terras nem a paz são nossas. As terras pertencem ao tsar e a paz é uma propriedade de Deus. Mas o senhor Ulianov não apela para mentes, e sim para emoções. É óbvio!" Amassou cuidadosamente a guimba no cinzeiro. "Pão e circo — e os efeitos disso? Se me perguntarem, eles são visíveis por toda parte. Nem o diabo em pessoa conseguiria manter em suas trincheiras um exército agraciado com um território de tais dimensões. É preciso voltar para o nosso vilarejo e fiscalizar pessoalmente para não sermos roubados por ocasião da divisão das terras! Ainda vamos descobrir que o Ivanuchko,[13] que acabara de desertar ontem, está, neste exato momento, traçando suas fronteiras no meu chiqueiro. Meu Deus! Mais um pouco, e a nossa frente ocidental vai se dissipar como um monte de plumas sopradas pelo vento."

Levantou-se e se pôs a andar pelo seu comprido gabinete que mais parecia um vagão ferroviário, com uma absurda quantidade de janelas que

---

[13]Diminuitivo de Ivan, nesse caso usado por Dzierzynski para denominar um soldado russo qualquer, já que o nome Ivan é um dos mais populares na Rússia. (*N. do T.*)

davam para a congelada, sombria e misteriosa ponte Kuzniecka, sobre a qual andava, com passos monótonos, uma sentinela. Instalara-se naquele gabinete havia pouco tempo e não cessava de pensar nele com desprazer. No entanto, era mais seguro assim. Petrogrado ficava próximo demais da perigosa órbita alemã, e ele só viajava para lá em casos de extrema necessidade. Além disso, estava convencido de que o resto do governo também acabaria se mudando para Moscou. Ao andar assim pelo gabinete, a sua aparência parecia inadequada e ameaçadora, apesar de estar com os suspensórios caídos e os pés enfiados apenas em grossas meias de lã. Talvez por seu corpo ser magro e comprido, com membros também compridos e parecendo ter juntas e articulações em demasia, dava a impressão de um louva-a-deus que acabara de se acasalar.

"E ele se espanta com o fato de Moscou estar cheia de boatos. A verdade é que tudo parece ter sido feito segundo instruções provenientes de Berlim. Aquele boato sobre 'o ouro alemão' parece ser bem fundamentado, enquanto nós fuzilamos sumariamente todos que o espalham, considerando-o como a mais vil das propagandas. Aquilo tem que ter um fundo de verdade, nem que seja pelo fato de os alemães demandarem, de forma tão descarada, a nossa renúncia formal a quaisquer pretensões sobre os territórios da Polônia, Lituânia e Bielo-Rússia. Tal linguagem só é usada por alguém que tem a certeza de que a questão já foi resolvida e que essas discussões estéreis não passam de uma nuvem de fumaça. O problema reside no fato de um fidalgo intelectual se achar um representante do proletariado, sem pedir autorização ao proletariado em questão — e isso é um ato de usurpação."

Parou de caminhar pelo gabinete e afundou numa poltrona, colocando os pés sobre o polido tampo da escrivaninha. Amassou outra guimba no cinzeiro e esticou o braço para pegar um pequeno livro com capa de couro já gasto: *Sonetos para Laura*, de Petrarca. Nos últimos meses de constante atividade, eles davam uma estranha paz à sua mente atormentada. Nem que fosse este:

Meus dias, mais rápidos que a correria de um cervo,
Dissiparam-se como sombras. Não conheço, na perplexidade da vida,
Uma felicidade que durasse mais do que um piscar de olhos;

Só tenho na memória alguns claros momentos seus.
Oh, mísero mundo! Mutável e desaforado!
Cego é aquele que acredita em ti e se refugia na traição.

Fechou o livrinho, mas seus dedos magros e nervosos ficaram acariciando o couro gasto da sua capa ainda por algum tempo...

"Um fidalgo, intelectual e usurpador. Que combinação mais estranha!"

Lembrou-se de uma história que ocorrera com a participação de Lênin e Górki. Aquele último viera interferir em favor de alguns conhecidos seus que haviam sido presos, e quando, no fervor da sua argumentação, os chamou de "o cérebro da nação", o líder do Conselho dos Comissários Populares rebateu, no seu estilo característico: "Na verdade, isso não é cérebro, mas merda."

Acendeu mais um cigarro, soltando a fumaça pelas narinas do seu nariz estreito e aquilino.

"Na opinião do nosso grande líder, a dialética consiste na possibilidade de os argumentos poderem ser alterados a cada momento, sendo que os novos podem continuar sendo considerados como instrutivos, proletários e, até, marxistas. Três descrições e três idiotices. Como não lhe são convenientes os clássicos mecanismos do mercado, ele os chama de contra-revolucionários. A propriedade privada o repugna, e o fato de existirem ainda alguns sobreviventes que produzem por conta própria — algo que ele não conseguiu tirar ou roubar deles até agora — faz com que grasne do púlpito que... como foi mesmo que ele se expressou? Ah, sim... 'a propriedade privada dos meios de produção está condenada à extinção!' — e, como se isso ainda não bastasse, acrescenta que aquilo 'foi comprovado cientificamente'. Quando fala em público, jamais usa 'acho', 'penso', 'quero crer' *et cetera*, mas trombeteia: 'como foi decidido', 'como é amplamente reconhecido', 'como é do conhecimento de todos'. Um talento! Um talento claramente demagógico, graças ao qual ele consegue embaralhar tanto as coisas que nem o próprio diabo será capaz de distinguir o que é branco do que é preto, e quando o absurdo e a empulhação chegam a níveis inaceitáveis, ele puxa de uma arma de calibre mais pesado: 'a vontade das massas', apresentando-se como um coitadinho que executa apenas a vontade das massas. Um talento; um talento e tanto."

Com um suspiro de resignação, tirou os pés de cima da escrivaninha, já que estava chegando a hora de calçá-los e começar um novo dia.

"Mas tudo isso não tem importância. O que importa são os meus planos. O que importa é assumir o poder lá, no interior do país; construir algo por conta própria, sem se preocupar com quaisquer líderes e a sua dialética; depender apenas de mim mesmo e não destes daqui! E, para isso, seu espertalhão, é preciso ter duas coisas: inteligência e dinheiro. A inteligência não nos falta; quanto ao dinheiro — haveremos de consegui-lo."

Enfiou os pés aquecidos dentro das polidas botas de cano alto, esfregou as mãos, abriu a porta do gabinete e, numa voz baixa mas dura, gritou para o interior do escuro corredor, aclarado apenas por uma lâmpada sobre a mesa do oficial do dia:

— Chá, uma escolta e a minha viatura!

Moscou, estação férrea da linha Moscou—Kazan, março de 1918, 7h30

O dia amanhecia cinzento e sujo. O céu, sobre as cúpulas das igrejas ortodoxas de Kremlin, se avermelhava, enquanto o sol, raquítico e tímido, cobria a pátina dos telhados dourados dos demais edifícios. O frio, ainda ontem alegre e seco, transformara-se numa serpente úmida que, animada por um vento cortante, penetrava traiçoeiramente nas roupas e castigava os corpos das pessoas a caminho do trabalho. Ivan Kazedub olhou, pela centésima vez, para o seu relógio de pulso. O mostrador fosforescente de um excelente Dox (um presente de Dzierzynski) protegido por uma tênue malha de fios de aço brilhava ameaçadoramente na penumbra daquela manhã avermelhada. A Ivan parecia que os segundos corriam como loucos, ao contrário dos preparativos do trem e da sua carga. Enfiou a mão na grossa luva de pele e ficou por muito tempo batendo com ela contra o quadril a fim de reativar a circulação do sangue quase congelado. Sua garganta ardia por ter tido, desde as 22h, gritado sem cessar com seus subalternos, e pressentia que estava ficando doente. Se as coisas tivessem se passado como deveriam, ele teria tido tempo para tomar um caneco de chá. Chegou a imaginar o quente toque da borda do caneco nos seus lábios rachados pelo frio. Mas as coisas não se passaram como deveriam e aquele cretino, Zeldybin, merecia ser sumariamente fuzilado. Não fosse a capacidade técnica daquele maquinista chinês que, com uma rapidez extraordinária, conseguia consertar todos os erros de Zeldybin, a situação teria sido muito pior.

Ivan estava perplexo com a extraordinária dignidade e calma do asiano, já que todos os chineses que ele tivera a oportunidade de encontrar até então eram totalmente diferentes. Como, por exemplo, aqueles dois que ele mandara prender quando os flagrou dizendo às prostitutas qual fatia de pão elas deveriam cortar para eles a título de proteção. Desde aquele incidente, sua imagem de chineses era associada a unhas sujas de mãos gananciosas e negros casacos curtos demais, dentro dos quais pareciam funcionários de uma casa funerária de terceira categoria. E eis que surge diante dele um que é radicalmente diverso dos demais. Fora ele quem sugerira a Kazedub que mandasse colocar diante da locomotiva uma plataforma sobre rodas cheia de sacos com areia — ou, ainda melhor, duas.

— Camarada maquinista — perguntara-lhe Kazedub vivamente interessado, já que seus conhecimentos de ferrovias eram limitados —, para que vamos precisar destas plataformas?

— Pense, comandante — respondeu Tian, com o obrigatório sorriso estampado no rosto —, estamos numa guella e os tlilhos podem estar minados. Se estivelem... e nós não tivelmos estas platafolmas, eles vão explodir debaixo da locomotiva, descallinhando a locomotiva dos tlilhos. Aí, não tem solução. Por isso é bom ter platafolma... de plefelência duas.

Apesar das palavras do chinês mais parecerem balbucios de uma criança, os trabalhadores da oficina faziam que sim com as cabeças, concordando totalmente com as suas recomendações.

— É isso mesmo, está claro, que coisa! O chinês está coberto de razão — ecoavam vozes de aprovação por toda parte.

O comandante do destacamento de escolta, um cossaco louro chamado Sidorin, com um rosto simpático e adornado por um vistoso bigode, era quem estava mais impressionado.

— O diabo amarelo está certo — dizia, esfregando as mãos quase congeladas. — Se as plataformas descarrilarem, poderemos colocá-las de volta, mas se for a locomotiva, então estaremos fritos!

Fora Tian quem aconselhara que fossem colocados, na primeira plataforma, trilhos sobressalentes e um guindaste com uma giratória, o qual, no caso de descarrilamento de um vagão, poderia recolocá-lo nos trilhos, desde que vazio. Também fora ele quem sugerira a Kazedub que, em vez de uma segunda plataforma, fosse usado um vagão com metralhadoras no seu interior, com furos abertos nas suas paredes (tanto na da frente quanto nas laterais), através dos quais os homens de Sidorin poderiam dispará-las em total segurança. Finalmente, fora Tian quem conseguira persuadir Kazedub a não colocar no fim do comboio os dois vagões com a escolta, e quando Kazedub, não conseguindo compreender a razão disso, tentou defender sua idéia original, explicou-lhe, calma e eficazmente:

— Comandante pensa. Não sabe se uma cidade ou uma estação está livle de inimigos, então manda dois pelotões e velifica. Pala isso, é bom um dos vagões na flente, logo depois da locomotiva, e o outlo vagão no fim do comboio, ligando ao plimeilo com um fio de telefone. Comandante compleende?

Ivan já estava pronto a fazer uma observação jocosa quanto à forma pela qual o chinês se expressava quando se deu conta de que o que ele dizia fazia todo sentido. Além disso, sentia-se exausto, com dor de garganta e cabeça ardendo. Trabalhara sem descanso por mais de dez horas e, assim mesmo, ainda havia muito por fazer. Era preciso verificar os trincos e os lacres de 28 vagões, carregar mantimentos, munição, materiais de primeiros socorros e entrevistar os membros da tripulação, da qual conhecera apenas Tian e seu ajudante — um garoto calado e desengonçado, vestido com um imundo colete de lã de carneiro —, além de Sidorin, que se revelara um diligente soldado. Chegou até a sentir uma certa simpatia por este último, por causa da sua constante calma, bem coma da sua excepcional e contagiante energia, parte da qual serviu para incutir-lhe mais ânimo.

Quanto aos demais, chegou a ver de relance os responsáveis pelas comunicações — uma jovem e um imponente homem grisalho, na certa oficial do exército do tsar —, bem como a atendente do vagão de passageiros, que passara correndo, carregada de embrulhos e utensílios. Assim mesmo, pôde notar que ela era alta, esguia e excepcionalmente bem-feita de corpo, apesar de este estar coberto por um horrível traje de inverno e com os pés enfiados em botas de cano alto. Vai ser preciso verificar os seus papéis, pois, apesar de todos eles terem sido enviados pela Tcheka, o diabo não costuma dormir. Mas isso poderá ser feito mais tarde, quando finalmente conseguirem partir desta estação infernal. Além do mais, ninguém suspeito poderia ter chegado até ali, tendo que passar por duas barreiras de homens fortemente armados. Fechou os olhos por um instante, pois a febre cada vez mais alta fazia com que se sentisse tonto. E, quando os reabriu, viu diante de si a figura de Tian, que tinha uma surpreendente capacidade de tanto aparecer quanto desaparecer nos lugares mais inesperados. Às vezes, fazia aquilo como num passe de mágica, como se tivesse o dom de se esvaecer num determinado tempo-espaço, materializando-se logo em seguida em outro. Por onde andara naquele intervalo de tempo — só Deus sabia.

— O que o camarada deseja? — indagou Ivan, mal podendo mexer os lábios queimados pelo frio e ouvindo badaladas de um sino em brasa na sua cabeça.

— O comandante pelmite que eu escolha o opelador dos fleios? Li Tian vai escolher pessoalmente, está bom?

— Deixe que aquele Zeldybin designe um, ou... espere, é melhor que o camarada mesmo escolha.

Fez um gesto de resignação com a mão, mas, para satisfazer sua curiosidade, perguntou:

— Para que o camarada vai precisar de um operador de freios se já tem um ajudante na locomotiva?

Tian explicou, calmo e atencioso como sempre:

— O comandante vê aquele último vagão? Vê? — assegurou-se. — Ele tem uma casinha com um fleio pala todo o comboio. Quando pleciso, nós apitamos da locomotiva e ele ajuda a flear o tlem. O comandante compleendeu?

— Compleendeu — repetiu Kazedub, sem se dar conta de estar falando como Tian. — Pegue quem quiser, e se alguém se recusar, diga-lhe que eu o matarei pessoalmente, aqui, neste pátio! Compleendeu?

— Compleendeu — respondeu Tian, sorrindo amplamente desta vez e indo ao encontro de Zeldybin e os seus homens.

Kazedub virou-se sobre os calcanhares e pensou que ainda teria que ficar por mais de uma hora naquele frio infernal. De repente, notou que os dois cordões de guardas se perfilavam em posição de sentido, com uma energia fora do comum.

"Só me faltava isso!", pensou, olhando para o relógio e certificando-se de que o trem não partiria no horário previsto. E tudo por causa daquele palhaço. Fazendo um enorme esforço para aparentar uma energia que lhe faltava a ponto de mal poder erguer as pálpebras semicerradas, foi ao encontro do seu benfeitor, com a mão encostada na pala do seu quepe militar.

— Estamos atrasados, camarada comandante? — cumprimentou-o friamente Dzierzynski. — Já deveria estar partindo.

— Tudo por causa daquele idiota — respondeu Ivan, apontando com o queixo para Zeldybin e dando-se conta de que aquelas cinco palavras e o pequeno gesto na direção do mecânico-chefe representaram sua sentença de morte. No entanto, não se sentiu culpado. Naquele momento, sua única sensação era a de que estava ficando cada vez mais doente.

— Problemas? — perguntou azedamente Dzierzynski, olhando na direção de Zeldybin com o canto do olho. — Tomara que você, meu rapaz, tenha somente esse tipo de problemas. Desejo-lhe isso do fundo do meu coração.

Em seguida, pensou que, se a nova nação tivesse mais homens como este Kazedub que, tendo se atrasado por apenas uma hora, era capaz de confessar isso, a situação militar e econômica do país seria bem diferente. "Enquanto isso, o que nós fazemos? Ou melhor, o que faz Lênin? Aumenta a estrutura. Quando fica patente que um órgão não consegue cumprir as tarefas que lhe foram determinadas, em vez de amputarmos o membro gangrenado, criamos uma nova instituição que, em pouco tempo, também vai se revelar doente e incapaz. Alguns anos dessa política — e ninguém mais vai saber de que se trata e o que deve ser feito realmente; em compensação, todos estarão brigando entre si. Mas não devemos nos preocupar com isso agora; nosso maior problema no momento é a Alemanha. Se as negociações não chegarem a bom termo, teremos uma nova ofensiva, para a qual estamos despreparados, e aí o tratado de paz será firmado por um outro governo, ou mesmo pelos monarquistas. É por isso que temos que despachar esse ouro o mais rapidamente possível. Pelo menos existe a chance de podermos salvá-lo."

— Não se preocupe, Ivan — falou Dzierzynski, numa voz inesperadamente macia e calorosa. — Termine o que tem por fazer e parta; quanto àquele idiota, pode deixá-lo por minha conta.

9

S3/6. Via férrea Moscou—Kazan

BASTOU-LHE ENCHER OS CILINDROS de vapor e pôr a locomotiva em marcha para sentir a sua potência e estabilidade. A S3/6 parecia não sentir as quase mil toneladas do peso de trinta vagões carregados. Sentou-se confortavelmente na pequena poltrona forrada de oleado localizada do lado esquerdo da cabine, pensando na sorte de dispor de uma máquina como aquela. Ainda bem que ela estava nas mãos deles havia pouco tempo e eles não chegaram a deteriorá-la, assim como deterioraram todas as demais.

Tivera a oportunidade de observar o trabalho dos maquinistas russos. Dispunham de conhecimentos suficientes e uma grande intuição, mas nem um pingo de responsabilidade em relação ao maquinário que lhes fora confiado. Quando acabava a graxa e tinham que prosseguir a viagem, seguiam adiante até gastar os rolamentos, e, quando acabavam por parar, impossibilitados de continuar, ficavam aguardando por socorro ou por um milagre. Nesse fatalismo, eram muito parecidos com os chineses, desprovidos de qualquer capacidade de previsão ou de táticas corretivas. Primeiro — seguir em frente até o limite; depois — o que tiver de ser será. Agora, a situação era ainda pior, pois o maquinário não dependia mais das leis da física, mas de caprichos ideológicos. Uma falta de graxa ou uma quebra de peça podiam, a qualquer momento, ser consideradas como resultados de sabotagem, e o risco de ser um maquinista podia ser comparado ao de um competidor de corrida de automóveis — a qualquer momento podia-se perder a vida.

O comboio já saíra por completo do emaranhado dos trilhos da estação, de modo que ele avançou a alavanca que regulava a passagem do vapor, aumentando a sua velocidade. Fez um sinal ao seu ajudante, Ivanuchko, para que atirasse mais carvão dentro da fornalha. O carvão com o qual fora enchido o tênder era de excelente qualidade; no entanto, temendo qualquer imprevisto, decidiu não ultrapassar os sessenta quilômetros por hora. Sabia que os pisos dos vagões estavam sobrecarregados, que a via férrea estava em péssimas condições de manutenção e que ninguém se preocupava com o estado dos trilhos e da sinalização. Fora de fato uma sorte eles terem escolhido uma *Einheitslokomotive* alemã tão sólida, adaptada para uma bitola mais larga. Aquela, ao que parece, fora a única decisão sábia da excepcionalmente curta carreira daquele Zeldybin. Afastou os olhos do sombrio panorama do outro lado da janela e olhou, com satisfação, para o interior da cabine. Ao alcance de sua mão, tinha diante de si as alavancas do regulador de pressão e do freio; um pouco mais abaixo, na altura dos joelhos, a manivela de reversão. No lado direito da cabine, havia um outro jogo de alavancas, junto a uma idêntica poltrona para o ajudante. Ao erguer a vista, podia ver perfeitamente os iluminados mostradores dos manômetros que mostravam a pressão no interior da caldeira, nos cilindros e nos dispositivos de freios. Bem no centro, sobre a fornalha, havia dois indicadores do nível d'água — um, indicando o nível dentro da caldeira; e outro, o do reservatório. A cabine tinha ainda mais uma vantagem: havia sido construída de tal modo que protegia seus tripulantes do frio. Sua parede posterior era forrada de cortiça, e o carvão era retirado, conforme a necessidade, através de uma passagem especial. O ajudante, que ele escolhera provavelmente por causa do seu olhar claro e inocente e da sua tenra idade, também não podia ter sido melhor.

"Um rapaz como ele será fácil de ser conduzido, além do fato — não vamos nos iludir — de eu sentir prazer em olhar para jovens bonitos, de qualquer sexo. Este aí está ansioso para mostrar-se eficiente. Acho que acabará sendo alguém na vida, mas o que se passa na sua cabecinha adornada por longos cabelos louros só poderemos saber com o tempo. A distância para Kazan é de apenas novecentos quilômetros e, em condições normais, levaríamos em torno de três dias para chegar até lá. Só que as condições não são normais; pelo contrário, extremamente anormais. Não sabemos em que estado estão os trilhos e se encontraremos reservas de água e carvão suficientes, sem contar com a possibilidade de alguém ter minado os trilhos e nos fazer voar pelos ares."

Soltou um profundo suspiro e ficou matutando se não se precipitara ao aceitar essa empreitada. Mas as decisões têm que ser tomadas rapidamente, e os mandamentos de *Hagakure*, o centenário livro de instruções a guerreiros, nos diz que um guerreiro tem que se decidir no espaço de tempo de três respirações. De qualquer modo, enquanto não ficar clara a situação das Potências Centrais e Trótski* não negociar condições aceitáveis pelos vermelhos, tudo poderá acontecer, e é bem possível que, em pouco tempo, os membros desse governo estejam fugindo rapidamente por este mesmo caminho.

"Se isso vier a acontecer, então estarei de novo no centro dos acontecimentos e perto das fontes decisórias — o que sempre foi a minha missão. Além disso, a cada quilômetro percorrido, estarei mais próximo dos meus", pensou e, para afastar os maus pensamentos e os maus espíritos, puxou a alavanca do apito e a S3/6 silvou tão violenta e tristemente, que fez alçar vôo um bando de corvos que ciscavam a congelada terra perto dos trilhos.

* * *

Quando — não após uma hora como previra, mas após três, de uma trabalheira infernal — afinal partiram, só teve forças para chegar à sua cabine e, mesmo sem tirar as luvas e com o casacão no corpo e o quepe na cabeça, cair pesadamente sobre o beliche.

Pareceu-lhe que desabara num precipício escuro e que caía cada vez mais, girando em torno do próprio eixo, muito embora, por causa da escuridão, só pudesse supor que estava girando. A queda durou muito tempo. Não podia precisar se foram alguns minutos ou horas. Sabia que, lá no fundo, o aguardava algo de que tinha medo e que, em sua imaginação, adquiria formas as mais diversas. Ora lhe parecia concreto, corporal, com formas definidas, ora apenas um pensamento, um raio de medo irracional e obsessivo, sem forma, como o medo primitivo de uma criança febril. Ele já o sentira — ou, pelo menos achava que sim — na infância. Com uma nitidez surpreendente, veio-lhe à mente a lembrança de uma noite abafada, quando teve uma severa inflamação de garganta, com febre superior a quarenta graus. O pior de tudo era a sensação de que algo estava descendo em sua direção para, finalmente, pousar no seu peito. Algo — não alguém. Algo que, no início, não tinha forma, para, aos poucos, ir adquirindo o aspecto de um enorme bloco de pedra. Era como se ele tivesse caído num buraco na superfície gelada de um rio e se encontrasse debaixo de uma grossa camada de gelo. O bloco em questão — agora de gelo, não de pedra — pousava lentamente no seu peito, como se pressionado por alguém que desejava testar a resistência das suas costelas. Quando já estava achando que a sua caixa torácica se partiria como uma construção feita de palitos de fósforos esmagada por um ferro de passar, a pressão repentinamente diminuiu e o bloco de gelo pareceu partir-se em dois, transformando-se em vários rostos que, qual um véu de seda agitado por uma bailarina, deslizavam diante dos seus olhos. Com espanto, notou que os rostos foram ficando cada vez mais parecidos uns com os outros, como se estivessem sendo aplainados por uma lixa. A nebulosa de rostos começou a girar em torno do seu corpo, para se transformar num turbilhão escuro e sem contornos definidos. No fim daquele vórtice, algo o aguardava, algo que não queria adquirir uma forma concreta, estando demasiadamente longe para que Ivan pudesse reconhecê-lo. Fez um esforço sobre-humano e até quis gritar, mas aquilo foi se afastando mais e mais. De repente parou, transformando-se num retângulo em forma de porta aberta de par em par. Ivan reconheceu aquela porta de imediato; seu formato era ligado a algo definitivamente prazeroso. Era a porta de saída da escola. Por ela, o exausto estudante, após oito horas de aulas, podia alcançar a liberdade e ir brincar com os colegas no verde gramado à beira do rio. Ivan, encantado, entrou naquela mancha iluminada e o seu peito quase estourou de tanta alegria: do lado de fora da escola, aguardava-o seu pai. Como poderia deixar de reconhecer aquela silhueta adorada, muito embora o pai estivesse de costas e, apesar do dia ser claro e quente, a gola do seu escuro casaco de inverno estivesse erguida. Ivan correu na direção do pai, enquanto este se virava para ele lentamente e, também lentamente, abria os braços para cumprimentá-lo com carinho. Quando ficaram frente a frente, Ivan viu claramente o rosto do mecânico-chefe do pátio de manobras, deformado por furos de dois tiros disparados às pressas. Um dos tiros acertara na base do nariz e, do ferimento, escorriam pelo rosto do mecânico-chefe finos filetes de sangue que mais pareciam teias de aranha. O outro tiro destruíra a maior parte dos seus dentes, a ponto de poder-se olhar diretamente para dentro da sua garganta. Ivan, não podendo interromper o seu ímpeto, caiu nos braços do cadáver, enquanto Zeldybin, cuspindo gotas de sangue, balbuciava carinhosamente por entre os dentes destruídos:

— Ivanuchko, meu filhinho querido...

Ivan quis livrar-se daquele abraço, mas Zeldybin não o largava, quase o sufocando. Abriu a boca disforme e disse, numa voz inesperadamente calma, porém incisiva:

— O senhor precisa recuperar a consciência. Precisa despir-se. Não pode continuar assim.

Zeldybin-não-Zeldybin colocou uma mão agradavelmente fresca sobre a testa de Ivan, que abriu os olhos. O fuzilado mecânico-chefe do pátio de manobra transformara-se, num passe de mágica, numa jovem de cabelos louros e curtos, de corpo esbelto e trajando uma blusa cinzenta cuidadosamente passada, saia e botas de cano alto. A jovem, sentada na beirada do beliche, colocava uma toalha molhada e deliciosamente gelada na ardente fronte de Ivan, que, colocando sua mão sobre a dela, apertou-a com força contra a testa. Respirou com mais facilidade e o peso sobre o seu peito pareceu desafogar. Começou a pensar com mais clareza. Estava deitado sobre um beliche na sua cabine. No chão, ao seu lado, estava a mala ainda não desfeita. O trem estava em movimento. Pôde ouvir o som rítmico das rodas sobre os trilhos, mas não tinha a menor idéia de quanto tempo se passara desde o momento da partida. Com enorme dificuldade, conseguiu descolar um lábio do outro e, sobrepujando-se à dor na garganta, indagou:

— Que horas são?

— Quase cinco da tarde — respondeu a jovem, sem olhar para o relógio. — O senhor está deitado desde a madrugada. No começo, achei que o senhor não queria ser perturbado, mas aquele Sidorin ficou perguntando pelo senhor sem cessar e, depois, o senhor começou a gritar e a chorar.

— Chorar? — perguntou, envergonhado.

— O senhor está com febre e devia estar delirando. Foi por isso que decidi entrar. O senhor está muito doente. É preciso que tire a roupa e se deite normalmente, debaixo dos lençóis...

— Não vou conseguir — constatou Ivan, que, só de pensar em descalçar as botas e tirar o cinto com o coldre, voltou a sentir tonturas. — Mas como a senhora veio parar aqui?

A jovem não respondeu de imediato e, com a maior naturalidade do mundo, começou a despi-lo, tirando o seu cinturão, o coldre com o Colt, e começando a desabotoar as suas calças. Ivan não estava em condições de ajudá-la, nem mesmo de erguer os quadris, mas o fato de depender totalmente dela lhe causou uma sensação agradável que, até então, jamais sentira. Quando já estava começando a desconfiar que a jovem não respondera à sua pergunta de propósito, ela olhou nos seus olhos e disse:

— Fui designada para este vagão, camarada comandante. Na qualidade de camareira. Fazer as camas, arrumar, preparar chá... esse tipo de coisa.

Fazia sentido. Semicerrou os olhos e, quando ela o despiu até a roupa de baixo e o enfiou debaixo das cobertas, sentiu um forte alívio, mas o alívio provinha do contato com os lençóis frescos e não do fato de ela ter parado de tocá-lo com seus dedos delgados e ágeis, o que fora extremamente agradável. A jovem puxou as cobertas até o seu queixo e colocou um segundo travesseiro debaixo da sua cabeça. Para alcançá-la, junto com mais um cobertor, teve que subir numa escada, e ele, apesar do estado lastimável, não se negou a emoção de olhar por entre as suas coxas.

— Está bem assim? — perguntou, com um sorriso.

Foi aí que Ivan percebeu que a camareira era de uma beleza descomunal.

— Estou com sede — sussurrou.

— Já vou preparar um chá de flor de tílias com mel. Tenho, também, quinina e um termômetro. Vamos curá-lo. O senhor precisa descansar. No entanto, se a sua temperatura não baixar até amanhã de manhã, teremos que parar e procurar um médico, caso contrário o senhor pegará uma pneumonia. Por que vocês não pensaram em um médico ou, pelo menos, num enfermeiro?

Ivan voltou a fechar os olhos, porque não estava com vontade de lhe explicar que não cabia a ele pensar nesse tipo de detalhes e que já se acostumara ao fato da Tcheka não somente determinar as missões, como também alocar as pessoas necessárias à sua execução. Sentiu-se melhor e até chegou a fazer um gracejo:

— Por quê? A senhora não vai conseguir me curar?

— Vou tentar, mas o senhor terá que seguir as minhas recomendações. Imagine-me como uma enfermeira, está bem?

Ivan fechou os olhos num sinal afirmativo, enquanto ela molhava uma nova toalha, substituindo a que estava na sua testa. Depois, saiu da cabine, retornando minutos mais tarde com um fumegante caneco de chá de flor de tílias e um termômetro. Depois de ajudá-lo a beber e a engolir algumas pílulas de quinina, colocou o termômetro na sua boca.

— Só não adormeça e não coma o termômetro.

Ivan voltou a fechar os olhos, e quando ouviu-a abrir novamente a porta da cabine, deixou que ela tirasse o termômetro da sua boca.

— Não está tão alta quanto imaginava — disse a jovem. — Não adianta perguntar, porque não lhe direi. Amanhã, na certa o senhor vai sentir-se melhor. — Soltou um suspiro e acrescentou: — Agora, vou precisar dar um banho no senhor, para que não comece a feder. Mas não se preocupe comigo e continue dormindo.

Ivan chegou a ouvir o barulho de água sendo mexida numa bacia e o som de gotas caindo de um pano espremido. Depois, sentiu um toque úmido no seu corpo desnudo, já desprovido da roupa de baixo. Aquilo era tão agradável e aplacador que Ivan, apesar do embaraço (mais causado pelo sentimento de decência do que pelo que sentia de verdade), adormeceu. Adormeceu e sonhou que a mão da jovem, tendo abandonado a toalha umedecida sobre o seu peito, deslizava com discrição para baixo e, acariciando suavemente os pêlos no campo anterior à pelve, descia ainda mais e tocava levemente as macias e arredondadas rochas no seu fundo. Pareceu-lhe, mas era bem possível que estivesse sonhando, que o toque daqueles dedos era tão inseguro e esquadrinhador quanto o toque de um cego que deseja descobrir o formato de uma estátua de mármore na ala de um museu e que, sabendo que a sua exploração está sendo observada por aqueles que enxergam, o faz com cuidado, para que não haja naquele toque um evidente desejo de recognição.

* * *

Salomea estava feliz com o seu novo papel; feliz, encantada e excitada. A situação lembrava-lhe as colônias de férias dos clubes esportivos da juventude judaica, que, na verdade, não passavam de camufladas organizações político-educacionais, generosamente financiadas por pessoas envolvidas no desejo de criação de um futuro país. Havia correrias, apitos e algazarras nas quais ela, uma pessoa extremamente ordenada, se sentia às mil maravilhas, nem que fosse pelo próprio contraste. Sempre gostara de trens, sendo que Natan, que sònhara ter um filho, lhe dera de presente um fantástico modelo do "Rocket" de Stephenson. O modelo tinha sua própria caldeira, cujo vapor era produzido pela combustão de álcool etílico, o que permitia que a locomotiva, colocada sobre trilhos dispostos num círculo e puxando diversos vagões, ficasse correndo por vários minutos, soltando tênues colunas de vapor até esgotar-se o reservatório d'água.

Mais do que tudo, ficara impressionada com o vagão que lhe fora destinado. Tratava-se, de fato, de um vagão austríaco muito bem projetado, preparado para acomodar membros do Estado-Maior e construído pelas Indústrias Škoda-Krauss-Maffei, logo antes da guerra. Dispunha de oito confortáveis compartimentos com beliches, uma cabine de comunicações e de um comprido salão de conferências, com uma mesa e vários sofás, além de excelentes instalações sanitárias, uma minicozinha e um pequeno compartimento para os serviçais. Além disso, o vagão tinha seu próprio sistema de aquecimento, independente da locomotiva, bem como um gerador exclusivo, movido por um motor a querosene. Examinou detalhadamente todos os compartimentos, exceto o destinado aos serviçais, fechado à chave. O que lhe fora destinado ficava ao lado do das comunicações, equipado com um radiotransmissor Marconi e uma seqüência de baterias com estabilizador de voltagem, alimentada por um alternador ligado a um dos eixos do vagão. Bem perto, mas do lado oposto, se encontrava o compartimento do outro radiotelegrafista, um homem simpático, embora um pouco empertigado, e que, com a típica galanteria dos oficiais do regime anterior, se apresentou como Jakub Salomonovitch Weissenberg. Ao beijar a sua mão, Salomea pôde notar que, apesar do corpo esportivo e rosto jovem — o que a fez pensar que ele tivesse menos de 40 anos —, seus cabelos eram quase totalmente grisalhos. Quando ele se endireitou e, sem soltar a sua mão, olhou diretamente nos seus olhos, Salomea, sem mais nem menos, sorriu e recitou o fragmento de um romance de Dumas, de cuja lembrança ela até então nem desconfiara: *Monsieur D'Artagnan, com 40 anos de idade, tinha os cabelos entremeados de fios brancos, como sói acontecer a pessoas cuja vida fora demasiadamente intensiva ou infeliz, especialmente entre os de cabelos negros...*

O capitão Weissenberg sorriu de forma debochada e disse:

— Nos dias de hoje, as moças bem-educadas deveriam citar outros autores, embora deva confessar que a senhora me proporcionou uma imensa alegria ao demonstrar seus conhecimentos de literatura clássica.

Salomea liberou a sua mão das dele e, adotando o mesmo tom zombeteiro sugerido por ele, respondeu:

— Não sou uma moça bem-educada e, caso o senhor fosse consultar meu pai sobre essa matéria, ouviria dele que não tenho educação alguma. De qualquer modo, se o senhor inclui Dumas no panteão da literatura clássica, já vejo que teremos opiniões conflitantes — disparou, achando que ele não era tão empertigado como pensara anteriormente, mas até divertido, e que encontraria nele um ótimo companheiro na sua "aventura", como ela chamava no seu íntimo a sua missão.

"É uma pena que ele não seja mais moço. Caso o fosse, eu poderia aquecê-lo um pouco e verificar se ele estaria disposto a se interessar por uma doidivanas como eu. Por outro lado, graças à sua idade, ele deve ter muita experiência em radiotelegrafia, o que me será de grande utilidade."

Decidiu sondar Weisenberg na primeira oportunidade, convencida de que saberia fazer isso com competência e achando que a sua "missão secreta" demandava esse tipo de atividade. O fato de Salomea encarar a nova realidade como um romance policial *in statu nascendi*, era algo impressionante e absurdo ao mesmo tempo. O fato de milhares de pessoas morrerem de fome a cada hora chegava a ela da mesma forma como recebia a informação de que faltava limão para adicionar ao chá. Isso não era de se estranhar, pois, até então, Natan sempre a protegera de todos os golpes da realidade. Vivia afastada do mundo real. Diante disso, continuou a conversar sobre Dumas como se estivessem sentados num café literário e ficou pensando consigo mesma:

"Parece ser um pouco velho e cansado, ou ainda assustado, mas, de qualquer forma, é melhor do que um tedioso funcionário exemplar, do tipo daquele jovem e bem-apessoado comandante com brilho tresloucado nos olhos cansados e que olha para todos com severidade e desconfiança..."

— Com licença — ouviu-se repentinamente uma voz feminina às suas costas. — Os camaradas estão atrapalhando a passagem.

Salomea e o capitão entraram no compartimento livre mais próximo, dando passagem a uma jovem que carregava cuidadosamente um caneco fumegante.

— Será que poderemos tomar um chá? — perguntou Salomea, enquanto a jovem respondia, sem virar a cabeça:

— Mais tarde, camaradas; assim que salvarmos a vida do nosso comandante.

— Ele está doente? — perguntou Salomea, com uma repentina pena do belo, rígido e soturno oficial.

— Sim, e muito. Pegou um resfriado e temo que acabe tendo uma pneumonia — explicou a jovem, desaparecendo no vão da porta da última cabine.

Ficaram aguardando pelo seu retorno, animados com a perspectiva de um chá quente, e, quando ela reapareceu, Salomea perguntou:

— E se lhe aplicássemos ventosas?

— Seria ótimo, mas onde iremos encontrar ventosas e álcool?

— Comigo. Papai mandou que as trouxesse comigo; ele é tão precavido! — Salomea enrubesceu, dando-se conta da grandeza da mente de Natan.

— Você deve estar brincando! — Na sua pressa, Wanda deixou de lado a forma bolchevique do tratamento por "camarada". — Pegue-as imediatamente e venha ajudar-me.

— Quem sabe eu também posso ser útil? — indagou de forma solícita o capitão Jakub. — Principalmente na questão do álcool.

— Pode deixar que nós daremos conta do recado — respondeu Salomea, olhando agradecida para ele. — É melhor o camarada verificar o funcionamento do radiotransmissor; quem sabe se, depois das nossas ventosas, não vai ser preciso pedir um novo comandante a Moscou?

As duas jovens soltaram uma gargalhada, mas Jakub lançou-lhes um olhar cheio de uma dose de medo irracional, compreendido apenas por Wanda, que ficou imediatamente séria e, colocando as mãos sobre os altos ombros de Salomea, girou-a sobre os calcanhares e expediu-a para o seu compartimento, dizendo com severidade:

— Vá buscar as ventosas! E rápido!

* * *

Apenas uma das ventosas se quebrou, esmagada pela tampa da caixa. Em compensação revelou-se que Natan adicionara um pacote de algodão, um pequeno aquecedor a álcool, um pavio e uma caixa de fósforos. Wanda encheu o recipiente do aquecedor, acendeu o pavio e ordenou:

— Feche a porta e me ajude a virá-lo de barriga para baixo! Como você pode ver, ele ainda está inconsciente, mas pelo menos já não delira. Pode tocá-lo e sentir como está febril.

Salomea estendeu hesitantemente o braço e encostou o dorso da mão nas lisas costas do doente; estavam tão quentes que pensou que, caso fosse borrifá-las com água, as gotas começariam a dançar e a evaporar, como sobre uma chapa aquecida.

Enquanto isso, Wanda arrumou as ventosas sobre uma mesa e disse:

— Vou limpar as costas dele com o álcool. Passe-me o algodão!

Com gesto decidido, afastou as cobertas, deixando à mostra o traseiro de Ivan, que, deitado com a bochecha apoiada no travesseiro e com o longo e recurvado cílio do olho fechado, parecia lindo e indefeso ao mesmo tempo. Ivan soltou um suspiro de satisfação, enquanto Salomea, encabulada, fez o melhor que pôde para fingir que a visão do belo traseiro do comandante não despertara nela nenhum interesse. Não conseguiu o seu intento e Wanda resolveu vir em seu auxílio.

— Ele tem uma bundinha linda, você não acha? Vou lhe confidenciar que nunca vi uma tão bonita assim, e posso lhe garantir que já vi muitas.

Aqueceu a primeira ventosa e aplicou-a cuidadosamente nas costas de Ivan. Pegou a seguinte e prosseguiu com a sua estético-erótica tarefa, sendo que o acanhamento da Salomea lhe causava uma inesperada excitação.

— Depois de belas mãos e ombros largos, o que mais me agrada nesses animais são as suas bundas. E a você?

Salomea, com o intuito de retardar a inevitabilidade do diálogo em questão, adotou a expressão de um severo patriarca pronto para pronunciar um discurso moralizador, e pegou uma das mantas, cobrindo aquela visão.

— E então? — Wanda não se deu por satisfeita. — O que mais a atrai nos rapazes?

E, sem esperar pela resposta — e achando que teria uma satisfação ainda maior ao observar Salomea quando esta fosse confessar as suas preferências —, disse:

— Agora é a sua vez de colocar as ventosas. Você sabe fazê-lo?

— Não muito — respondeu Salomea, enquanto Wanda lhe passava a próxima ventosa.

— Então aprenda. Afinal, as ventosas são suas. Isso poderá ser-lhe útil nesses dias revolucionários. Nunca se sabe.

Salomea, feliz com a suspensão do tema ameaçador, trocou de lugar com Wanda, que, por sua vez, se deitou numa indecente e, pareceu a Salomea, provocadora posição no beliche oposto. Deitada de costas e com a parte superior do corpo apoiada nos cotovelos, entreabrira suas longas pernas, enfiadas em grossas meias de lã e atraentes botas de oficial. Sua saia, já curta em si, ficou ainda mais suspensa, e Salomea pôde ver uma faixa de pele dourada de uma coxa, entre a parte superior da meia e a borda de grossas calcinhas de algodão. Wanda não parava de falar, e fez uma nova pergunta:

— Você sabe para que servem as ventosas e a razão pela qual são aplicadas?

— Acho que sim — respondeu Salomea, aplicando com precisão a primeira ventosa de toda sua vida, ao lado das seis já colocadas por Wanda. — Elas sugam o resfriado através da pele, porque ao aquecê-las criamos vácuo no seu interior, não é isso?

Olhou interrogativamente para Wanda, que semicerrou os olhos como um gato e passou a sua língua pontuda pelos lábios ressecados.

— É isso mesmo, muito embora não se saiba exatamente por que os tecidos humanos interpretam essa sucção das ventosas como se fosse a penetração de um intruso — respondeu esta e, vendo que aquela palavra não dizia nada a Salomea, procurou por uma melhor. — É como se tivesse penetrado lá um micróbio ou outra coisa qualquer.

— E aí? — perguntou infantilmente Salomea, contente por ter aprendido com tanta rapidez a arte de aplicar ventosas.

— Aí, o corpo começa a produzir antídotos. Umas — novamente procurou por uma palavra adequada — toxinas, que poderão combater aquilo que nele penetrou, produzindo-as rapidamente e em grande quantidade. Deu para compreender?

— Claro! — afirmou Salomea, concentrada na aplicação da última ventosa sobre as largas costas de Ivan.

— Agora, cubra-o e vamos esperar até elas sugarem bastante. Enquanto isso, nós também vamos sugar algo — disse Wanda, mexendo com o corpo para retirar do bolso uma chata garrafinha de metal.

— Você toma licor de anis? — perguntou, desatarraxando a tampa.

— É lógico! — respondeu Salomea com desdém, querendo mostrar àquela linda e atípica jovem que o álcool, na sua vida, era uma coisa corriqueira. Na verdade, Natan, que volta e meia gostava de tomar uns tragos, não olhava com bons olhos para aquelas raras ocasiões em que a filha consumia bebidas alcoólicas. Jamais lhe permitira beber mais do que um cálice, sendo que as bebidas eram sempre escolhidas por ele. Portanto, Salomea conhecia muito bem o sabor do licor de anis fabricado por uma destilaria judaica. Cobriu Ivan com mais um cobertor e sentou-se no mesmo beliche de Wanda, adotando conscientemente a mesma postura e entreabrindo da mesma forma as suas pernas. Agora, ambas pareciam duas coquetes num bordel, impressão reforçada pelas paredes de veludo avermelhado da cabine. A única diferença residia no fato de ambas estarem vestidas discretamente e num estilo *militaire*.

— E o que vamos usar como copos? — perguntou, com os olhos brilhando.

Wanda olhou em volta e, com a sua costumeira presença de espírito, disse:

— Ainda sobraram algumas ventosas. Vamos transformá-las em copos. Imagino que ninguém ainda bebeu anisete dessa maneira. Que pena que o comandante não está funcionando, senão teríamos uma festa e tanto. Aposto que ele tem alguma garrafa na sua mala.

Alguém bateu de leve na porta da cabine e ambas, como se tivessem recebido uma ordem, sentaram pudicamente, puxando para baixo as suas saias, com Wanda escondendo sua garrafinha metálica.

— Pode entrar! — permitiu.

A porta se abriu e no seu vão surgiu Sidorin, examinando a cabine da qual emanava o cheiro acre-azedo de um corpo febril misturado com álcool.

— Como está ele? — indagou, olhando para Ivan embrulhado em cobertas e respirando pesadamente.

— Está dormindo — respondeu Wanda. — Está muito gripado, mas nós lhe aplicamos ventosas e ficaremos aqui até a febre baixar. Não precisa se preocupar. Não vamos deixá-lo morrer, mas não poderemos contar com ele por pelo menos uma semana.

— Muito bem — acalmou-se. — Se as camaradas precisarem de algo ou ele piorar, por favor batam na minha porta.

— Certamente! — respondeu Wanda com um sorriso, enquanto ele permaneceu ainda por algum tempo no vão da porta, deliciando-se com a extraordinária, para aquelas circunstâncias, visão de duas lindas jovens zelando um herói adoentado.

— Vamos ao anisete! — exclamou Salomea assim que o comandante do destacamento fechou a porta, e aquela frase, no meio do barulho das rodas do trem e do ameaçador uivo da locomotiva, soou tão provocadora que Wanda olhou para ela, tendo a impressão de que detectava algo de cuja existência ainda não suspeitara.

— Você gosta de beber? — perguntou.

Em vez de responder, Salomea apenas estendeu o seu recipiente.

— À nossa saúde! — brindaram com as ventosas com tanto ímpeto que o adormecido Ivan agitou-se no meio do sono.

— Durma, carneirinho — sussurrou Wanda, ajeitando melhor um dos cobertores —, e sonhe que já está curado.

O primeiro cálice, combinado com a atmosfera abafada da cabine, coloriu de vermelho as bochechas de Salomea, enquanto Wanda, diligentemente, serviu uma nova dose, que elas não tomaram de um só trago, mas ficaram bebendo em pequenos goles, deliciando-se com a sutil ardência do álcool nas suas bocas. Wanda cruzou as pernas, com o que sua pose pareceu a Salomea ainda mais licenciosa, imitando-a escrupulosamente. Aquilo foi tão teatral que ambas se entreolharam, sorrindo com carinho. Wanda olhou para o teto, como se esperasse encontrar nele inspiração para entabular uma conversa e, sem olhar para Salomea, perguntou:

— O que você pensa de mim?

Aquilo soara muito sério.

Salomea fez uma careta. Seu rosto era extraordinariamente expressivo, e a mais ingênua das caretas lhe dava uma aparência específica. Agora, com os lábios estufados e o cenho enrugado, parecia um estudioso analisando um problema complicado, para o qual não conseguia achar uma solução. No entanto, Salomea sempre adotava essa expressão quando desejava mostrar ao interlocutor que não estava segura do resultado das suas conclusões.

— Não tenho a mais vaga idéia do que pensar — respondeu finalmente, dosando com cuidado suas palavras.

Wanda, num gesto de mulher fatal cinematográfica, ergueu o braço e, borboleteando seus cílios, perguntou:

— Mas, pelo menos, eu lhe agrado um pouco?

Ao que Salomea, abandonando quaisquer entonações teatrais, respondeu à pergunta com uma outra, em tom sério:

— E cabe a uma mulher fazer esse tipo de pergunta a uma outra?

— Lógico que sim. Desse modo, sempre haverá uma chance de se descobrir realmente como somos percebidas por outras pessoas. E saiba que não se deve fazer uma pergunta dessas a um homem, pois, caso ele esteja interessado em você, jurará de pés juntos que você é a mais bela das ninfas do seu jardim.

Salomea apoiou o rosto nas mãos e, mudando de posição, virou-se no beliche.

— Você entende muito de homens? — perguntou, mais em forma de constatação que de pergunta.

— Sei muito de um, e isso me basta para não ser enganada por todos os demais.

— Por quê?

— Porque ele me deu uma mostra clara do resto da sua espécie — respondeu Wanda, entrando em detalhes que, para sua surpresa, estava disposta a revelar. — Ele era inteligente e maduro demais; para ele, as mulheres serviam exclusivamente para realizar os seus próprios intentos e, em função disso, era muito perigoso. A você, antes de você se dar conta, ele teria comido como um aperitivo.

Wanda levantou-se e ajeitou a saia.

— Penso que o nosso doente já não precisa mais das ventosas. O que você acha? Vamos tirá-las?

Salomea, curiosa, também se levantou e ficou observando Wanda remover as ventosas, que estavam tão fortemente grudadas às costas de Ivan que ele chegou a gemer, mas sem acordar. Quando terminou, cobriu-o cuidadosamente.

— Se tudo se passar como deve, a sua febre baixará até amanhã, mas ele continuará muito fraco. Uma de nós vai ter que ficar aqui, porque, se ele se descobrir, pegará uma pneumonia.

Salomea olhou para ela de forma suplicante, como uma criança que pede um bombom.

— Por que não ficamos ambas? Está tão gostoso e, além do mais, não temos nada melhor a fazer.

— Está bem — respondeu Wanda, tirando as botas, friccionando os dedos do pé e sentando-se sobre as pernas encolhidas.

— Só que esta reserva de anisete não durará por muito tempo. Será que o seu precavido papai não incluiu nos seus pertences uma garrafa de algo para protegê-la do frio?

— Espere um pouco — respondeu Salomea, erguendo os olhos e o dedo indicador da mão direita, como um padre durante um sermão. — Vou ter que olhar na parte de mantimentos da minha maleta. Natan é muito escrupuloso nessas coisas, e sempre fez minhas malas quando eu partia em férias. Você nem pode imaginar quanta coisa ele conseguia enfiar nelas.

Naquele momento, o seu rosto exprimia todos os sentimentos que nutria em relação ao pai. Saiu correndo pelo corredor, sem mesmo fechar a porta e retornando em questão de segundos com uma garrafinha de um quarto de litro feita de vidro escuro, como uma daquelas que se compra em farmácias.

— Álcool puro. Teremos que misturá-lo com algo. Por enquanto, feche a porta e sente-se aqui — disse Wanda, fazendo um gesto convidativo para um lugar ao lado do seu. — E tire estas botas. Os pés têm que respirar. Vou fazer-lhes uma massagem.

Salomea afastou-se rapidamente.

— Não precisa — respondeu timidamente e com rosto enrubescido.

Wanda, completamente à vontade, serviu-se de mais uma dose de anisete.

— Meu Deus, como você é infantil. Ninguém lhe fez ainda uma massagem nos pés? — perguntou, olhando para Salomea com um misto de ironia, espanto e... pena.

Salomea interpretou corretamente todas as implicações daquele olhar, mas decidiu que, por enquanto, não tiraria as botas. Afinal, conheciam-se há apenas algumas horas. Diante disso, respondeu:

— O papai...

— Se o seu problema é apenas o papai, quero que saiba que você nem pode imaginar como isso pode ser agradável — interrompeu-a Wanda, deixando de lado a ventosa com anisete e estendendo convidativamente as mãos. — Vamos, não precisa envergonhar-se.

— Está bem, mas só um pouquinho.

Estendeu, de forma hesitante, a perna direita em direção a Wanda, que se pôs a tirar lentamente a sua grossa meia de lã — lentamente e de forma provocadora, olhando direto nos seus olhos. Salomea pigarreou e fez um movimento como se quisesse recuar a perna, mas Wanda segurou-a com força surpreendente e ordenou:

— Fique quieta! Fique quieta e entregue-se a isso.

Salomea voltou a pigarrear e semicerrou os olhos, porque o calor das mãos de Wanda e o toque dos seus dedos sobre a pele desnuda revelaram-se extremamente agradáveis — e disse:

— Não consigo compreender por que você está querendo fazer isso.

— Não se preocupe com o que me dá prazer. Concentre-se no seu.

Salomea teve a sensação de que, naquela noite estranha, as coisas se passariam de uma forma inesperada e injustificável, principalmente porque os toques de Wanda agiam sobre a sua imaginação de uma forma cada vez mais forte e agradável. Fechou os olhos e inclinou a cabeça para trás, enquanto seu corpo, traiçoeiramente desprovido de qualquer resistência pelo toque sedutor, se entregou, com prazer e sem restrições, às experientes mãos da outra jovem.

10

Alguns dias mais tarde, nas cercanias de Shatsk, na linha Moscou—Kazan, cerca de meio-dia

O RITMO EM QUE PROSSEGUIAM era escandaloso. Nos primeiros dez dias, mal chegaram a percorrer cem quilômetros. O fato de o comboio dispor de prioridade máxima não significava grande coisa diante das avarias na linha e das constantes paradas, causadas pelo intenso tráfico de comboios militares, cujos comandantes, brandindo papéis, longas fitas de telex com ordens e até revólveres, demandavam prioridade de passagem e de acesso às reservas de carvão, água, provisões, medicamentos e munição. A bagunça generalizada, combinada com a soberba dos funcionários responsáveis pelos diversos trechos da ferrovia, complicava ainda mais a situação. Houve momentos em que dois trens — despachados simultaneamente em direções opostas — ficavam parados por horas, um diante do outro, soltando ameaçadoras colunas de vapor e mais parecendo dois touros soltos por engano na mesma arena. Em alguns casos, as disputas por prioridade resultavam em tiroteios com vítimas fatais, com o que, naqueles dias, os maquinistas revolucionários deveriam ser a espécie mais ameaçada de extinção na face da terra.

Tian suportava a via-crúcis férrea com o seu costumeiro estoicismo, sempre pronto a dar partida à locomotiva (conseguira passar apenas algumas noites dormindo numa das cabines do vagão de passageiros), e preenchendo as intermináveis horas das paradas com prolongadas conversas com seu ajudante. O garoto revelara um extraordinário interesse por pessoas e pelo mundo e, diante disso, as conversas, nas quais Tian contava ao subordinado aquilo que podia contar, transformaram-se em autênticas aulas, nas quais Tian se sentia tão bem na função de um professor quanto Ivanuchko na qualidade de um atento e obediente aluno, encantado com o seu preceptor.

— Camarada Tian — indagava —, parece que não há nada neste mundo que possa enervá-lo. Como o camarada consegue isso?

— Sabe o que é, Ivanuchko? Lá, no Oliente, há um livlo muito sábio. Quando ele é lido com muita atenção, pode aplender muita coisa. Eu ter o livlo aqui e nós vamos logo encontlar uma lesposta. — Tian mexeu nas suas coisas e tirou um livrinho encadernado em couro gasto. Mas, quando começou a folheá-lo, Ivanuchko só conseguiu ver uns símbolos que não pareciam com nada que tivesse visto antes.

— Que escrita é esta, camarada? Parecem desenhos numa tapeçaria.

Ivanuchko, incapaz de diferenciar um texto cuneiforme de uma fita perfurada de pianola, tinha uma impressionante sede do saber. Tian olhou para as páginas do livrinho e respondeu:

— São ideoglamas chineses.

— Ideo... quê? — Ivanuchko coçou a cabeça debaixo do seu gorro coberto de graxa.

— Ideoglama. Quer dizer que cada um destes sinais pode significar muitas coisas difelentes. Dez, ou até cem.

Ivanuchko espantou-se:

— Então, como o camarada pode saber concretamente o que um destes sinais significa?

Tian pensou nos caprichos do mundo que permitiam que debaixo daquele gorro de ajudante de foguista houvesse um cérebro capaz de formular perguntas tão bem elaboradas.

— É pleciso saber que outlo ideoglama está pelto dele. Tanto antes quanto depois... aí eu fico sabendo. Como explicar isto a você... — foi a vez de Tian coçar a cabeça sob o seu boné de couro. — Já sei. Imagine tlês sinais: GO, KO e DO.

Tian pegou a chave de parafusos da caixa de ferramentas e, com todo o cuidado, desenhou com ela três ideogramas sobre a camada de fuligem do piso da cabine, dando-se conta de que nunca antes executara uma caligrafia daquela forma. Ficou de pé, olhou criticamente para a sua obra e sentenciou:

— Enquanto você não juntar os tlês ideoglamas, cada um deles pode significar uma coisa difelente.

Ao ver no atento olhar do assistente uma sombra de dúvida, apressou-se em encontrar palavras adequadas:

— Ivanuchko, olhe pala este sinal! — disse, apontando com a sua unha limpa e bem cuidada (o que era digno de espanto, tendo em vista o tipo de trabalho exercido por um maquinista de trem) para o ideograma de cima, iluminado delicadamente pela luz das chamas que emanava por entre as frestas da portinhola da fornalha, pois, mesmo durante as paradas mais prolongadas, a fornalha era mantida acesa. Ivanuchko ficou olhando para o ideograma com tanta intensidade que seus olhos ficaram marejados de lágrimas, mas via apenas uma série de traços e vírgulas, cujo significado escapava de sua imaginação. Finalmente, olhou desorientado para Tian e disse:

— Camarada Tian. Isto não me lembra nada... talvez uma grua de um poço... — acrescentou, virando um pouco a cabeça, na esperança de que, sob um outro ângulo, pudesse vislumbrar algo conhecido.

Tian achou que, diante de um garoto que raciocinava como Ivanuchko, a coisa era inexplicável.

"Afinal, como ele poderia absorver isto, se só sabe ler e escrever em russo?", justificou Ivanuchko, sem desistir de achar um meio adequado.

— Polque ele não deve lemblar nada — disse finalmente. — Isto é GO e, quando é esclito em sepalado, ele pode significar... — pensou por um momento — que algo combina com outlo, ou que está de acoldo com outlo. O mesmo acontece com KO — disse, apontando o ideograma logo abaixo.

Para Ivanuchko, o KO pareceu claramente uma daquelas casinhas de apiário, com um telhado duplo. Diante disso, perguntou:

— Esta colméia?

— Sim, ele mesmo, só que ele não é uma colméia... quando ele está esclito sozinho, quer dizer que você é...

— Que sou o quê? — perguntou Ivanuchko, sem mesmo permitir a Tian formular os seus pensamentos e concluir a frase.

— Não o que você é, mas que você é, ou seja, que você existe, que está vivo, mas não somente...

— Que não somente vivo? — Ivanuchko tinha uma mente excepcionalmente aguçada e em constante desejo de absorver novos conhecimentos. Tian sentiu um grande prazer ao constatar que, para chegar a ela, não iria ter que vagar pelos tortuosos caminhos da sua própria mente. Portanto, armou-se da sua paciência oriental e fez questão de manter sempre um sorriso animador.

— Não, Ivanuchko, não somente que você vive, mas um outlo significado, compleende? Por exemplo: que alguém achou você polque você se peldeu, ou que você ficou para tlás... O que significa que você não está mais indo pala a flente, mas ficou palado, mas não somente que você ficou palado em algum lugar, mas que você continua sendo bom, que não se tlansfolmou em alguém mau, compleende? Quanto a este terceiro ideoglama, DO — falava rapidamente, não deixando que Ivanuchko o interrompesse —, é o caminho, a estlada — sorriu por ter encontrado uma palavra adequada —, é como um tlilho, como o de tlem, só que não somente isso.

Fez um gesto com a mão para reter a inevitável próxima pergunta e continuou:

— Isto pode ser uma obligação, mas também pode ser uma indicação de que você está aplendendo, ou que eu estou ensinando você, ou o caminho do seu pensamento, ou até de justiça.

Tian viu que tinha avançado demais e que, agora, Ivanuchko estava muito mais confuso do que no começo. Começou a ficar arrependido de se ter envolvido nessas especulações lingüísticas, quando, inesperadamente, Ivanuchko fez a pergunta fundamental:

— E qual o significado dos três ideogramas juntos, camarada Tian?

Tian espantou-se e chegou a ficar com pena de não poder mais conduzir o garoto pelos intrincados, mas apaixonantes, caminhos de ideogramas isolados. Por outro lado, deu-se conta de que aquilo era apenas um pequenino passo de uma longa viagem:

— Juntos, eles são *iaido*, Ivanuchko — sorriu inseguro, mas Ivanuchko era implacável.

— *Iaido*? — soletrou. — Quer dizer que GO, KO e DO não é "gokodo"? E qual, afinal, é o significado deste *iaido*? Que eu concordo em ficar parado na estrada?

Tian soltou um suspiro.

— É *iaido*, e não "gokodo", polque estes sinais podem ser lidos de folmas difelentes. Os chineses os lêem de uma folma, e os japoneses, de outla. Além disso, ele não significa que você concolda em ficar na estlada, mas significa... significa... como posso explicar... a alte de sacar uma espada. Uma alte muito antiga.

— De sacar uma espada? — insistiu Ivanuchko. — Para sacar uma espada é preciso de arte?

— Sim, Ivanuchko. Galanto-lhe que é pleciso.

Ivanuchko meneou a cabeça com incredibilidade.

— Agora, não entendi mais nada.

Tian fechou o livro e tirou o boné.

— Desça da locomotiva, e eu vou lhe mostlar.

Pulou agilmente para o chão e olhou em volta. Estavam parados num descampado, embora a algumas centenas de metros de distância se pudessem ver os contornos de uma serraria. O seu caminho estava bloqueado por um comprido trem de carvão, parte do qual Kazdub mandara transferir para o seu tênder. O trem de carvão parara porque alguns dos seus vagões haviam descarrilado numa das curvas da ferrovia e estava claro que teriam que esperar por vários dias até a chegada da equipe que pudesse recolocá-los nos trilhos.

Tendo escolhido um lugar apropriado, olhou para Ivanuchko e lembrou-se inesperadamente de um trecho de *Hagakure*:

> *Iin'emon Yamamoto, mesmo quando seus filhos eram ainda muito pequenos, aproximava-se deles e sussurrava:* Cresçam, para ficarem fortes e úteis ao seu mestre. *Parece que dizia ainda:* É muito bom sussurrar essas coisas nos ouvidos das crianças, mesmo quando são pequenas demais para entender o que está sendo sussurrado.

— Agola, plecisamos de dois bastões. Cola, Ivanuchko, pala aqueles albustos e tlaga dois deste tamanho — disse, mostrando com as mãos um comprimento de cerca de um metro.

Momentos depois, estavam um diante do outro com dois bastões que Tian aplainara com uma faca. Tian mostrou ao garoto como segurar o dele com ambas as mãos, segurando o seu com apenas uma.

— Agola, Ivanuchko, bata em mim com o seu bastão. Lápido! Não fique aí palado, mas bata logo! — disse Tian, sentindo uma onda de nostalgia pelo seu mestre e pela sala de treinamento a ponto de mal conseguir reter em si o gutural grito de *hahimeeee*.

— O quê? Eu devo bater no camarada? O camarada Tian ficou maluco? O camarada não sabe a força que eu tenho nos braços. Poderei feri-lo seriamente. Ademais, em qual parte do seu corpo deveria mirar?

— Mile pala onde quiser, mas bata com força!

Ivanuchko ajeitou o corpo para não escorregar na terra coberta de neve congelada e aplainada pelo vento, e aplicou um golpe tão forte na direção do crânio de Tian que o bastão chegou a silvar no ar. O golpe puxou-o para a frente, a ponto de quase perder o equilíbrio, pois no lugar onde estivera Tian no momento em que Ivanuchko desferira o seu golpe mortal havia somente vácuo. Para ser exato, Tian continuava parado no mesmo lugar, mas o seu corpo, num movimento harmônico e imperceptível para um olhar não treinado, girara levemente sobre o eixo dos quadris, e o bastão passou a uns milímetros da sua caixa torácica. Ivanuchko ficou pasmo.

— Como o camarada conseguiu fazer isso? Eu bati com força e rapidez!

— É muito simples, Ivanuchko. Precisa esperar o momento em que o golpe é desferido. Aí, você se desvia, porque o adversário já não pode mudar a dileção do golpe. Compreende?

Em alguns momentos, o russo usado por Tian ficava surpreendentemente correto, mas Ivanuchko não notava essas nuances. Naquele momento, estava totalmente fascinado, com o seu rosto juvenil corado de emoção.

— Vamos ver se o camarada conseguirá repetir isso mais uma vez! — gritou, erguendo o bastão.

Decidira, achando-se esperto, fingir aplicar o golpe numa direção e, quando Tian se esquivasse, acertá-lo de outro lado. No entanto, aconteceu algo que ele jamais esperava. Assim que levantou o bastão, Tian deu um passo decisivo para a frente, largou o seu, diminuiu a distância que os separava, agarrou os braços de Ivanuchko e, momentos depois, o garoto estava deitado, com seu peito pressionado pelo joelho do chinês e a cabeça quase tocando a neve, bastando a Tian dar um pequeno empurrão para quebrar a sua espinha dorsal. O mais impressionante de tudo era que aquilo se passara de uma forma fluida, com a velocidade de um raio e — como parecera a Ivanuchko — sem uso de força da parte do oponente.

— Largue-me, com todos os diabos! Está doendo!

Ivanuchko estava furioso; não pelo fato de o chinês lhe causar dor, mas por achar que ele quebrara as regras do jogo ao não se defender com o bastão, sem nem sequer pensar que ele, também, tentara enganar o adversário.

Tian, dessa vez sem sorrir, ergueu o garoto — e o fez sem nenhum esforço aparente, apesar de Ivanuchko ser musculoso e, por conseqüência, pesado.

Fingindo estar ofendido — embora a admiração ultrapassasse todos os demais sentimentos seus —, Ivanuchko ficou limpando suas calças salpicadas de neve, enquanto Tian, mantendo-se surpreendentemente sério, dizia:

— Você quis se mostlar. Pois então pode ficar bancando o ofendido.

O garoto interrompeu-o rudemente:

— Era para lutarmos com bastões, sem derrubar o adversário, e o camarada aplicou um daqueles métodos imperialistas!

Aquela comparação sem nexo desarmou Tian por completo. Olhou diretamente nos olhos do garoto e respondeu, com certa tristeza na voz:

— Como seria maravilhoso se todos seguissem as regras, mas a vida não é assim. Além disso, confesse que você também tentou me enganar, mudando a direção do golpe. Isso é muito bom, porque significa que você pensa e prevê. Você poderia tornar-se um grande guerreiro, desde que...

— Desde o quê, camarada Tian? Diga logo, por favor! — implorou Ivanuchko com os olhos brilhando e deixando claro que era um ajudante de foguista apenas por acaso e que o seu sonho era ser um guerreiro heróico.

— Desde que, meu garoto, você nunca fique ofendido com alguém que esteja disposto a lhe conceder a honra de ser o seu mestre... — Tian se deu conta de que estava falando corretamente e, imediatamente, voltou a usar o seu engraçado linguajar —, de outla folma, você jamais telá um mestle, e sem um mestle você chamais chegalá...

Ivanuchko não permitiu que concluísse a frase e, já em tom suplicante, perguntou:

— E o camarada não gostaria de me ensinar essa luta com bastões?

Tian pensou por um momento e respondeu:

— Os chineses costumam dizer: "Quando o aplendiz está plonto, semple encontlalá um mestle." De qualquer modo, não temos mesmo nada pala fazer; pelo menos falemos um exelcício. Venha, vamos plocular calvalhos. Telemos que fazer umas espadas. Em chinês, elas são chamadas *bokken*. Lepita!

11

No mesmo lugar, à mesma hora

— O QUE SERÁ QUE ELES estão aprontando? — indagava-se Kazedub, esfregando o embaçado vidro da janela da sua cabine. Aquelas duas figuras com bordões nas mãos o intrigavam. O que aquele engraçado maquinista chinês e seu ajudante de cabelos dourados pretendiam fazer com eles?

Sentia-se melhor, ainda que, após vários dias desde o momento em que conseguiu levantar-se do beliche, continuasse a ter acessos de tosse, dores de cabeça e tonteiras. Não conseguia dormir de noite, pois os efeitos da febre, aliados ao sistema de aquecimento do vagão (cujo regulador dispunha de apenas duas posições: máxima e mínima), dificultavam a respiração. Só conseguira dormir na noite anterior, quando, tendo-se queixado à camareira, esta lhe aconselhou que deixasse uma fresta aberta na janela. Além disso, entregou-lhe uma garrafa com óleo de fígado de bacalhau, recomendando que esfregasse com ele o interior das suas narinas.

Ivan não sabia como interpretar aquelas gentilezas da parte de Wanda. Achara-a a mais atraente mulher que encontrara até então e, quando começava a pensar nela, ficava excitado a ponto de ter dificuldade em acomodar o seu membro endurecido no estreito beliche da sua cabine. Imaginou-a nas mais diversas posições e chegou a masturbar-se, mas aquilo lhe trazia apenas um alívio passageiro. Desde o primeiro momento, a presença dela no trem o intrigara. Quando afinal conseguiu levantar-se, agradeceu-lhe formalmente e na presença de Sidorin. Aquilo soara excepcionalmente estúpido, pois a sua quase infantil forma de se expressar dera a impressão de que Wanda, ao ocupar-se tão zelosamente dele, prestara um serviço à revolução. Fizera-o assim por faltar-lhe coragem para um agradecimento mais íntimo e pessoal, temendo ser mal interpretado ou rejeitado — além de estar com medo dele mesmo e da sua crescente excitação. O fato de ela tê-lo lavado, tocando o seu corpo e até — como lhe parecera — acariciado algumas de suas partes de uma forma decididamente não esperada de uma enfermeira não criara nenhum vínculo entre eles, ao que parece pelo fato de Ivan não ter grande experiência com mulheres (as poucas que teve descreveremos mais tarde), enquanto Wanda tinha planos claramente definidos e, para realizá-los, a insegurança de Ivan era um excelente ponto de partida.

Nessa situação, Ivan sofria, admirando às escondidas o seu corpo esguio e o vigor do seu rosto infantil, querendo decifrar a razão do seu olhar firme e severo. Nos raros momentos em que seus olhares se cruzavam, lia nos seus olhos uma absoluta compreensão da sua inexperiência e desamparo, bem como uma sombra de ironia. Era assim que costumavam olhar para ele os professores, sabendo que ele fizera algo de errado e não tendo coragem suficiente para admiti-lo. Além disso, ela olhava para ele como se soubesse das suas práticas noturnas. Diante disso, Ivan ficava encabulado e sempre era o primeiro a baixar os olhos, sem encontrar nenhum ponto — nem pessoal, nem funcional — a partir do qual pudesse nivelar as chances naquele jogo tão desigual. Obviamente, ele poderia despachá-la de volta na primeira parada, mas a idéia de não poder mais vê-la no corredor do vagão, ou o fato de revelar-se um ingrato depois de ela tê-lo curado de uma doença grave, fez com que não tomasse uma medida tão drástica.

Olhando para as misteriosas evoluções do maquinista e seu ajudante, teve uma idéia. Foi até a cabine de Sidorin, e quando este se levantou de um pulo e ficou em posição de sentido, disse:

— Camarada Sidorin, providencie um grupo de seis homens armados.

Em seguida, antecipando-se à inevitável pergunta do comandante da escolta, acrescentou:

— Vamos dar uma volta pelas redondezas... — nesse ponto, fingiu que lhe ocorrera uma nova idéia naquele instante — ... e ordene àquela camareira que venha conosco. Talvez encontremos algo para comer, e eu não entendo desses assuntos. Devemos ter um estoque suficiente de cevada e toucinho, mas bem que poderíamos acrescentar a ele alguns vegetais ou legumes, não é verdade? De qualquer modo, mande os soldados levarem alguns sacos vazios; quem sabe se não encontraremos algumas batatas ou repolhos?

Sidorin ajeitou o seu cinturão e perguntou:

— Por que o senhor comandante deveria fatigar-se com isso? Os soldados poderiam fazer isso sozinhos.

Ivan não sabia mentir, e as suas orelhas foram ficando cada vez mais vermelhas.

— O camarada sabe de uma coisa? — respondeu num tom que, em sua opinião, continha certa cumplicidade. — Acho que um pouco de ar fresco me fará bem e, em caso de necessidade, o camarada poderá me substituir. Além disso — fez um gesto depreciativo com a mão —, não vamos ficar fora até amanhã.

— Ou até depois de amanhã — Sidorin permitiu-se sorrir com compreensão. — E quando o comandante deseja partir?

Ivan olhou para o relógio.

— Os homens devem estar prontos dentro de meia hora... Com a camareira — acrescentou, logo percebendo que aquele adendo fora totalmente desnecessário.

* * *

O vento cessara e o céu estava claro. Por trás de nuvens esparsas brilhava o magnífico sol invernal e, apesar do frio de mais de dez graus negativos, o ambiente era muito agradável. Até as gralhas grasnavam de uma forma mais otimista. A neve cantava por baixo das solas das botas e Ivan sentiu-se melhor. Ao seu lado, com suas botas de oficial chiando sobre a neve, marchava Wanda e, atrás dela, em ordem e sem falar entre si, seguia a escolta. Sidorin destacara para aquela patrulha seis letonianos obedientes e bem treinados. Kazedub jamais os vira em ação, mas sabia que se tratava de soldados de impressionante sangue-frio e de uma rara — quase fanática — predisposição a obedecer quaisquer ordens que lhes fossem dadas. Wanda caminhava em silêncio, com as mãos enfiadas nos bolsos de um curto casaco de pele, e a forma pela qual sorria para o sol e as árvores indicava claramente que a inesperada excursão lhe causara grande prazer. Kazedub, encorajado por isso, indagou:

— A camarada não está zangada pelo fato de a termos convocado para vir conosco? Talvez preferisse ficar no vagão aquecido.

A forma revolucionária adotada ao se dirigir a alguém não era a mais adequada para iniciar um namoro, e Ivan surpreendeu-se ao questionar se ela, emprestada da Revolução Francesa, não era extraordinariamente estúpida e desnecessária.

— Não, camarada — respondeu Wanda —, e estamos profundamente gratos por nos ter arrancado daquele vagão aquecido. Mas, diga-me, camarada, por que deveríamos continuar a nos tratar dessa forma estúpida, em vez de usarmos os nossos prenomes? Tenho certeza de que a revolução não será prejudicada por isso — tirou a luva e estendeu a mão. — Meu nome é Wanda e peço tratar-me assim, evidentemente não em serviço.

Ivan apertou calorosamente a mão estendida, mas, sentindo o bafo dos letonianos às suas costas, não sugeriu a Wanda que o tratasse pelo prenome. Não era a primeira vez que Ivan sentia que Wanda era uma pessoa capaz de causar problemas, especialmente por não ligar a mínima para quaisquer convenções e normas. Mas por que deveria ele zangar-se por isso? Quando ela lavara a sua bunda, estando ele com 40 graus de febre, deveria ter batido continência e pedido permissão? "O camarada comandante permite que eu lave o seu pau? E o cuzinho? Posso separar as suas pernas? Afastar um pouco os ovinhos?" Teria sido divertido, e Ivan voltou a pensar naquela noite, da qual se lembrava como se envolta em uma névoa e à qual coloria cada vez mais, querendo reavivar na sua memória todos os detalhes. Teve um quase incontrolável desejo de pegar na mão da jovem, sentindo que aquilo seria um acontecimento equivalente a um outro, do qual se lembrava desde a adolescência. Naqueles dias, quando ainda nunca havia tocado num seio de mulher, conseguir pegar na mão de uma menina com a qual se saía para passear era uma questão de vida ou de morte. Mas aquelas velhacas sabiam muito bem como aquilo era importante para Ivan, e, sob o menor pretexto, arrancavam suas mãos das dele. Houve ocasiões em que o passeio se resumia a suas frustradas tentativas de pegar na suada mão da garota. Ao pensar nisso, dava-se conta de que jamais conseguira controlar-se, ocultar a sua ansiedade e esperar até que a parceira lhe fizesse um sinal convidativo. Em regra, estragava tudo, avançando cedo demais com declarações, juras e pedidos. Também, nunca soube compreender os mecanismos que faziam as mais belas jovens correrem como loucas atrás de seus colegas, que, não tendo o seu inquestionável trunfo da beleza, apenas demonstravam desprezo ou falta de interesse por elas. Sempre fora bem-educado, atencioso, servil e prestativo e, apesar disso, as jovens mais bonitas do seu círculo de amizade ansiavam pelo amor daqueles espertalhões que fingiam não se interessar por elas. Ivan sempre sonhara participar desse jogo de sedução, mas não sabia como fazê-lo, a ponto de bastarem apenas algumas horas para a mais ingênua das mulheres conduzi-lo pelo nariz. De repente, ocorreu algo que o encantou e apavorou ao mesmo tempo, a ponto de não poder definir qual daquelas duas sensações fizera com que seu coração batesse em disparada.

— Não sabemos como começar? — indagou inesperadamente Wanda, enfiando sua mão no bolso do casaco dele e, ao mesmo tempo, olhando para os seus olhos e sorrindo com tal doçura que os raios solares pareceram formar centelhas nos seus cílios recurvados.

Como Ivan costumava andar com as mãos nos bolsos, suas mãos se encontraram. No gesto de Wanda havia tanto calor e benquerença que coros celestes ecoaram na cabeça de Ivan. Ficou encabulado e tentou olhar de soslaio para os soldados para testar sua reação, mas Wanda forçou-o a seguir em frente e apressar o passo.

— Estamos com medo de que eles informem aos seus superiores que se anda flertando com uma mulher subordinada a nós?

Aquilo teria sido um dito engraçado, não fosse o fato de Ivan, embora tivesse vergonha em admitir, estivesse realmente temeroso de que os seus avanços pudessem chegar aos ouvidos de Dzierzynski. Mas logo percebeu que isso não seria possível, a não ser que um dos letonianos fosse um agente de Feliks Edmundovitch; além disso, pensou, não estava fazendo algo errado, desde que os seus amores não prejudicassem a missão.

— Não sabemos como começar? Pode confessar sem medo. Aliás, devo admitir que isso é algo que até me agrada no senhor.

— De verdade? — não sabia o que responder, portanto esforçou-se para retardar qualquer comentário da sua parte. — O que em mim agrada tanto à camarada... quero dizer... à senhora?[14]

— O fato de o senhor ser tão tímido.

— E isso é tão encantador? — manteve a sua técnica.

— Não tanto encantador quanto raro — explicou gentilmente. — Um homem tão bem-apessoado como o senhor deveria ter mais autoconfiança diante do sexo frágil. Além disso, o senhor está armado e tem a patente de capitão. As mulheres deveriam desmaiar à sua passagem e soltar faíscas do meio dos seus joelhos, como de um eletromagneto. O senhor está lembrado das aulas de física na escola? O professor girava uma manivela e zzzzzz, bzzzzzz — imitou com perfeição o som de uma corrente elétrica de alta voltagem, encostando a ponta da língua no céu da boca. Ao mesmo tempo, apertou a mão de Ivan, como se, através do seu grosso casaco, também penetrassem impulsos elétricos.

— Quer dizer que a senhora acha que sou atraente?

— E, por acaso, o senhor vai querer me convencer de que não está ciente disso? O senhor não é somente atraente; é belo. Sei que não deveria dizer isso, mas o fato é que o senhor é de uma beleza extraordinária. Parece ter saído de um conto de fadas. Homens como o senhor não existem. Eu, pelo menos, nunca vi um que pudesse comparar-se ao senhor. E vou lhe dizer mais: a sua beleza, seja lá como for o resto da sua personalidade, não é banal nem popularesca. Ao criá-lo, Deus deve ter se enganado e, agora, deve estar com inveja do senhor. Portanto, cuide-se!

— A senhora acredita na existência de Deus? — interrompeu-a, pois os seus elogios... não, aquilo não foram elogios... o que ela dissera soara mais como uma acusação.

---

[14]Embora Wanda tivesse sugerido a Ivan que a tratasse pelo prenome, isto não significava que o autorizava a tratá-la por "você", mas por "senhora Wanda". A formalidade com a qual as pessoas se tratam na Europa está descrita em maiores detalhes no "Breve comentário do tradutor", no início do presente livro. (*N. do T.*)

— Não, não acredito, o que decididamente não quer dizer que Ele não exista. E vou lhe dizer mais: para que Ele exista, basta que um ser pensante nesta terra miserável acredite Nele.

Ivan sentiu-se desorientado. O comportamento de Wanda era tão imprevisível que ele não conseguia distinguir nas suas palavras o que era uma gozação e o que se referia a algo em razão do qual não cabia ofender-se. Diante disso, resolveu responder, com toda a franqueza:

— Não sei quando a senhora está se divertindo à minha custa e se, às vezes, não deveria ficar ofendido.

— Mas o fato de o senhor não saber não é tão desagradável assim, não é verdade? Não é maravilhoso não saber de nada e tudo ser possível? Ou será que o senhor gostaria de saber de tudo a meu respeito? Se soubesse, não é bem provável que o senhor não demonstraria nenhum interesse por mim?

Ivan, sem saber o que responder àquelas indagações, fingiu que precisava examinar as cercanias e, tirando a mão de Wanda do seu bolso, pegou o seu binóculo. Ao longe, um pouco à esquerda, o "trem de ouro" parecia um modelo na escala 1:72. O acúmulo de neve no caminho no qual se encontravam indicava com clareza que ele não fora usado recentemente e não lhes restava outra alternativa a não ser seguir em frente.

Ivan guardou o binóculo no seu estojo e fez um sinal ao mais graduado dos soldados.

— Dividam-se em dois grupos de três — ordenou. — O primeiro, com as armas engatilhadas, deverá seguir na frente, enquanto o outro, atrás de nós, para nos dar cobertura.

O letoniano obedeceu à ordem, pensando consigo mesmo que Kazedub tinha uma forma original de táticas militares. Quanto a Ivan, sua intenção era apenas a de afastar os soldados para que não ouvissem o que ele e Wanda conversavam. Assim que se puseram em marcha, com o coração batendo, pegou na mão da jovem e voltou a colocá-la no seu bolso. Não observou nenhum tipo de resistência e sentiu-se melhor. Como Wanda continuava calada, sentiu-se na obrigação de retomar a conversa:

— Nunca encontrei alguém como senhora — e, como ela não respondeu, continuou: — A senhora é sincera, aliás até sincera demais, e tenho a impressão de que a senhora diz sempre o que acredita ser apropriado.

Dessa vez, foi Wanda quem o interrompeu:

— Nisso, o senhor está certo. Efetivamente, sempre digo aquilo que acredito que deva ser dito, o que não quer dizer que estou sendo sincera.

— O que a senhora quis dizer com isso? — espantou-se Ivan. — Essas duas qualidades não são sempre complementares?

— É claro que não — riu Wanda alegremente. — O senhor não acha que há ocasiões em que é preciso mentir?

— É verdade — admitiu Ivan. — Não me dei conta disso, mas é que todas as jovens que conheci jamais conseguiram ser sinceras. O que a senhora acha?

Wanda respondeu de imediato, com o que voltou a espantar Ivan:

— Garanto ao senhor que elas conseguiriam, mas ou não quiseram ou o senhor...

— Eu o quê? — interrompeu-a, não querendo ou não conseguindo ser paciente.

— Ou o senhor não soube motivá-las a serem sinceras. Na qualidade de mulher, posso garantir ao senhor que sabemos ser sinceras, e sinceras a tal ponto que o senhor nem pode imaginar.

Ivan tentou imaginar, mas não conseguiu. Diante disso, fingiu entender, e disse:

— Pelo que pude compreender, a sua afirmação quanto à minha beleza foi sincera, é isso?

"Ele é mais esperto do que eu imaginava", pensou Wanda, decidindo responder à pergunta com uma outra:

— E o senhor teria preferido que não fosse? — e, sem esperar pela sua resposta, concluiu: — Pois saiba que fui; eis um exemplo da minha sinceridade.

Em seguida, olhou em volta e, constatando que não podiam ser vistos pelos membros da escolta, sapecou-lhe um beijo na bochecha.

Ivan enrubesceu e ela, olhando diretamente nos seus olhos, disse uma coisa que o deixou totalmente desorientado:

— Adoro beijar coisas lindas.

— Quer dizer que, para a senhora, eu sou uma coisa linda?

— Sim, mas, por favor, não fique ofendido. Eu disse aquilo porque sei muito pouco sobre o senhor, mas teremos bastante tempo no decurso da nossa viagem para nos conhecermos melhor. Mas, olhe, estamos chegando a uma construção.

Efetivamente, a um quilômetro de distância, se podiam ver algumas edificações cercadas por um muro de tijolos vermelhos. Ivan mexeu com a cabeça como se a gola da camisa estivesse apertando o seu pescoço e achou que, diante daquela jovem, se sentia completamente perdido e sem saber como agir. Wanda tinha muito mais experiência e maturidade do que ele, nada a tirava do sério e sabia, com apenas um gesto, tirar-lhe toda iniciativa e autoconfiança. Pensou ainda que se sentia como um aluno numa sala de aula e, o que era ainda pior, sem ter a menor idéia de como se contrapor a isso. Caso ela lhe ordenasse que abaixasse as calças e, com a bunda para cima, se deitasse sobre os seus joelhos para receber algumas palmadas, ele certamente obedeceria.

Os três soldados que estavam à frente pararam e claramente aguardavam por eles. Ivan mobilizou toda a dignidade do seu posto militar, enquanto Wanda, tendo sentido a determinação do comandante, removeu a mão do seu casaco.

Quando atravessaram o portão de ferro da propriedade, defrontaram-se com uma mansão branca térrea coberta por um telhado vermelho. Ao vê-la, Wanda sentiu os olhos marejados. Sua arquitetura lembrava-lhe as mansões que conhecera desde a mais tenra idade. Quanto a Kazedub, a arquitetura da construção — composta de uma varanda coberta por um telhado separado e apoiado sobre quatro colunas — pareceu-lhe fora de lugar no meio daquele descampado. As árvores que, nas estações quentes do ano, cercavam a casa com uma verdejante cortina protetora, estendiam agora sobre ela seus galhos ressecados, sobre os quais repousavam aves encolhidas de frio. Do lado esquerdo de um pátio espaçoso e agora coberto de neve, havia diversas construções também térreas — na certa cavalariças e cocheiras. Na ala direita do pátio havia outras edificações, no mesmo estilo da mansão, destinadas à guarda de objetos e maquinários típicos de uma propriedade rural.

Quando se aproximaram, foram recebidos por uma matilha ladradora. No entanto, os cães não pareciam ameaçadores e apenas cercavam os visitantes demandando carícias. Formavam uma pacata família de provavelmente três gerações de elegantes galgos, desde um filhote que mal conseguia andar até uma já grisalha cadela que parecia envergonhada pelo comportamento excessivamente jovial dos seus descendentes.

Quando Wanda, Ivan e os membros da escolta se encontravam no meio daquela algazarra canina, acariciando cuidadosamente os dorsos dos animais e ao mesmo tempo mantendo os dedos nas travas das suas armas, a porta da mansão foi aberta e dela emergiu um homem trajando um elegante casaco adornado por bordados na gola e nos bolsos e com presilhas em vez de botões. Aparentava ter mais de 60 anos, mas mantinha-se ereto e firme, olhando com atenção para o grupo armado. Wanda reconheceu nele imediatamente um típico oficial de cavalaria.

— Quem Deus traz a esta casa?[15]

O cavalariano tinha uma voz agradável e calma. Mesmo naquela frase tão inocente, podia-se perceber um fino traço de ironia. Existem dois tipos de ironia, ou melhor, dois motivos para ela. O primeiro exprime uma boa vontade daquele que ironiza, que, ciente de sua superioridade, garante dessa forma os interesses daqueles a quem se dirige. Caso não fosse irônico para com eles, poderia tornar-se extremamente perigoso. O segundo motivo é a sua impotência diante da realidade e, até, medo dela. Na ironia do dono da casa era o segundo motivo que predominava — e Wanda também se deu conta disso. Sorria de forma agradável e convidativa, mas seus olhos percorriam com preocupação o grupo e suas armas. Kazedub acariciou a cabeça da cadela ao seu lado e respondeu com a dignidade que o seu cargo exigia:

— Saudações, camarada. Podemos entrar?

O dono da casa afastou-se para o lado e apontou para a porta aberta:

— Por favor, entrem, muito embora eu não seja um camarada seu. Não me lembro de ter tido o prazer de termos sido apresentados e não sei exatamente como me dirigir ao senhor...

[15]Típica saudação polonesa (e russa) dirigida a quem se apresenta diante de uma casa. (*N. do T.*)

Wanda sorriu com aprovação, o que foi notado pelo dono da casa. Quanto a Kazedub, encontrou-se numa situação constrangedora. Já por mais de uma vez tivera a oportunidade de notar, ao se defrontar com pessoas fora do círculo do poder ou dos seus satélites, como eram absurdas as formas adotadas pela revolução pelas quais as pessoas deviam dirigir-se a outras. Pigarreou com dignidade, empertigou-se e, com os olhos fixos num ponto acima da cabeça do cavalariano, recitou:

— Ivan Kazedub, capitão da Tcheka. Esta aí é a camarada Laudowska e aqueles, os meus homens.

O cavalariano juntou os pés batendo os calcanhares e apresentou-se:

— Kovaks-Trelinski. Por favor, entrem. Podem deixar os fuzis no hall de entrada; ninguém irá tocá-los.

Wanda foi a primeira e entrar e, como limpou cuidadosamente as solas das suas botas no capacho, os soldados fizeram o mesmo. Kazedub, de forma ostensiva, passou por cima do capacho, o que provocou uma sardônica, mas de forma alguma espantada, elevação do supercílio direito de Trelinski.

Passando por uma larga e surpreendentemente clara ante-sala, entraram no salão, do qual se tinha uma bela vista do jardim, que, naquela época do ano, se resumia a um gramado adornado por algumas árvores e arbustos e que acabava num rio. Do salão, que formava o centro da casa, podia-se passar para os quartos, distribuídos nas duas alas da mansão. Ivan teve uma estranha sensação diante de um ambiente tão bem cuidado e planejado nos seus mínimos detalhes. Seu pai costumava dizer que o seu maior sonho era poder, um dia, ter uma confortável casa de campo, algo que a mãe sempre considerara uma grande bobagem. Ivan costumava escutar com atenção as discussões a esse respeito, embora o pai tivesse a capacidade de transformar tudo numa piada — até os seus devaneios. E deve ter sido por isso que nunca chegou a realizá-los. O seu salário permitia-lhes uma vida confortável na cidade, mas ele nunca soubera economizar, e a mãe jamais permitiria que ele se endividasse. Os olhos de Ivan ficaram marejados de lágrimas. Que os diabos levem isso tudo: aquele cretino do tsar, que deixara o império escorrer-lhe por entre os dedos como se fosse um punhado de areia, a guerra, cuja finalidade ninguém sabia, os bolcheviques, com a sua esperteza política, e tudo o mais. Se vivesse em tempos normais, agora poderia estar correndo atrás do seu pai por trilhas cobertas de neve ou, desembaciando um ponto numa vidraça exatamente como esta, mostrar ao seu próprio filhinho a superfície gelada daquele rio. E, junto daquele magnífico piano, estaria sentada a sua esposa, certamente não menos bela e desejável do que aquela jovem que, de modo tímido e reflexivo, olhava exatamente para aquele instrumento. E ela não estaria vestida com rudes roupas militares e um barato casaco de lã, mas com um maravilhoso vestido de veludo azul-marinho e exalando um doce perfume de lírio-do-vale. Deu-se conta de que tudo que lhe sobrara no mundo era o desejo de possuir aquela jovem e os poucos pertences guardados no compartimento daquele maldito trem. Pensou no seu apartamento, que, havia pouco, tanto o alegrara — e quase chorou. Engoliu a saliva amarga e voltou à realidade ao ouvir a voz de Wanda que, timidamente, se virara para o dono da casa.

— Posso experimentá-lo? — perguntou, indicando o piano com o queixo.

— A senhora é pianista? — indagou o cavalariano.

— Cravista — sussurrou Wanda, emocionada com a visão do instrumento.

— Não diga! A senhora estudou na Rússia?

O tom de voz de Kovaks parecia indicar que a informação de onde Wanda estudara realmente o interessava e que ele se esquecera por completo dos sete homens armados andando sobre um raríssimo tapete oriental, mas Ivan percebeu que isso não passava de um fingimento.

— Não, em Paris — respondeu Wanda, acariciando o polido tampo do piano.

O dono da casa esfregou nervosamente suas mãos finas e disse:

— Tenho certeza de que teremos o máximo prazer em ouvi-la tocar, mas antes... — o cavalariano fingiu que estava pensando no que dizer, mas, na verdade, já preparara as palavras corretas — ... mas antes gostaria de mostrar-lhes a minha casa e oferecer-lhes algo para aquecê-los, já que imagino que estejam com frio. Enquanto isso, os seus homens podem ficar nas dependências dos empregados; a empregada lhes fará um chá. Já vou dar as devidas instruções.

Olhou de modo interrogativo para Ivan, que fez um sinal de concordância com a cabeça, mordendo levemente seus lábios. Sentira um repentino desejo de um momento de normalidade, nem que este fosse uma encenação teatral provocada pelo elegante jogo iniciado pelo cavalariano. Achou que seria maravilhoso poder sentar-se numa poltrona confortável naquele interior simpático cercado por quadros e bibelôs e tomar um chá numa xícara de finíssima porcelana.

"Que par mais estranho", pensou Trelinski, que entendia de pessoas, provavelmente ainda melhor que de cavalos, sendo que estes últimos ele conhecia como ninguém no mundo, tendo passado a maior parte da sua feliz vida no meio deles, "e está claro que alguma coisa os une."

"A jovem é linda, mas a sua beleza é do tipo que deve ser olhada por muito tempo para ser devidamente apreciada", continuou pensando em Wanda e a analisando, com o olhar de um pintor, imaginando sob qual ângulo o sol matinal poderia melhor destacar o brilho da sua pele. Sentiu um desejo ardente de pintá-la nua e ficou conjeturando como seria o quadro. "Sem dúvida, será junto a um cavalo — ao lado de um cavalo ou montada num cavalo", muito embora esta última opção lhe tivesse parecido de mau gosto. Inesperadamente, deu-se conta de que, ao pintar cavalos, também pintara mulheres, mas que, em todas as suas obras, o cavalo sempre fora predominante, e que só agora, diante desta mulher, estaria disposto a pintá-la sozinha. A forma pela qual ela sorria — como se fosse apenas com os olhos e os cantos dos lábios — fez com que pensasse em algo em que jamais pensara antes: que chegara a hora de parar de pintar cavalos e começar a pintar mulheres ou, talvez, exclusivamente esta mulher.

Afastou seu olhar de Wanda, que, naquele instante, levava à boca uma xícara com chá de flor de rosas selvagens (o único chá que lhe restara), e olhou para o comandante bolchevique. Era evidente que o vermelho não desgrudava os olhos da jovem, sendo que o seu olhar tinha um misto de dedicação e medo. O bolchevique era, também, um expoente de beleza, mas, contrariamente à semi-oculta e embaçada beleza da jovem, a dele era clássica e perfeita. Trelinski pensou que, caso dispusesse de dois modelos tão belos por um a dois meses, poderia criar um ciclo nunca antes pintado. Seria um tríptico ou até uma série de quadros representando o desejo. Ficou excitado com essa idéia e chegou a pensar que já sabia exatamente onde colocaria a tensão que demonstrasse o tema. A parte mais importante daqueles quadros estaria no ar, pairando entre os dois, na interseção daquilo que os unia. Deu-se conta de que nem precisaria que eles posassem; bastaria, simplesmente, registrar na tela a interseção de duas forças, dos dois tipos de energia que emanavam de ambos. E isso era claro como água. O rapaz desejava a jovem e, ao mesmo tempo, a temia. Desejava-a fisicamente, acreditando que, ao possuir o seu corpo, asfixiaria o medo da sua mente, o que, era evidente, não passava de uma ilusão. Só que, para reconhecer essas ilusões, o rapaz teria antes que se queimar no fogo de múltiplos amores não correspondidos. E o que fazia aquilo tudo ainda mais interessante era o fato de a jovem, embora não fosse muito mais velha que ele (Trelinski acreditava que ela teria, no máximo, dois a três anos mais que o rapaz), parecer estar plenamente consciente do seu problema. Não brincava com o seu medo, mas controlava, incessantemente, a tensão existente entre eles. E o fazia não como alguém que já passara por muitas experiências e as compreendera — mas como se aquele controle lhe tivesse sido ensinado por alguém.

— Alguém já fez um quadro da senhora? — perguntou.

— Ainda não, mas vejo que o senhor gostaria — respondeu rápida e graciosamente.

— E o que a faz pensar que eu seja um pintor?

— É simples. Vi alguns destes quadros de cavalos num álbum na Polônia. Se não me engano, a série chamava-se *Cavalos pintados por Kovaks-Trelinski*, ou algo nesse sentido. Só que o álbum não era colorido e, agora, vejo como isso é importante. É melhor o senhor continuar pintando cavalos; não tenho nem a metade da beleza deles.

— A senhora é polonesa? Que coisa mais incrível! Será que poderíamos trocar algumas palavras em polonês? Sinto tanta falta da língua materna...

Para grande surpresa — tanto de Trelinski quanto de Wanda —, Kazedub, num polonês perfeito e sem nenhum sotaque, disse:

— E por que não? Podemos conversar em polonês.

O primeiro a reagir foi Trelinski:

— O senhor também é polonês? Então somos todos conterrâneos! Já vejo que preciso servir algo mais forte, para brindarmos a este encontro.

Levantou-se, e já estava se dirigindo à cristaleira quando Kazedub, cruzando as pernas e com ar desafiador, disparou:

— Que polonês, que nada! Não sou polonês! Sou um bolchevique!

Ivan queria que aquilo parecesse orgulhoso e convincente, mas não pareceu. Trelinski voltou a erguer sardonicamente a sobrancelha, enquanto Wanda — é bem provável que sem intenção — se apressou em justificar Ivan, dando-se conta de que, a cada palavra, piorava a situação em vez de melhorá-la.

— O que o camarada quis dizer é que as grandes idéias estão acima de nacionalidades.

— Eu disse exatamente o que quis dizer! — interrompeu-a Ivan. — Sendo que a existência da Polônia nunca teve nenhum significado para mim.

— Mas o senhor fala um polonês perfeito — observou Trelinski, cessando de espantar-se com um bolchevique falando polonês.

— Falo — respondeu Kazedub, já num tom menos agressivo —, porque a minha família emigrou da Polônia e, em casa, falávamos freqüentemente nessa língua. Meu pai sempre fez questão disso, muito embora não gostasse de ser considerado polonês.

— E o senhor também não gosta? — perguntou Trelinski, sem nenhuma entonação sardônica, mexendo na cristaleira e procurando uma garrafa digna para comemorar aquele evento.

Kazedub esticou as pernas, entrelaçou as mãos e inclinou-se para a fren te, o que lhe permitiu falar sem ter que olhar nos olhos dos seus interlocutores, e respondeu:

— A mim, isso não causa nenhuma alegria, porque não sei com que deveria me alegrar. Com o fato de que, depois de tantos anos, a Polônia não conseguiu se liberar do jugo de outras nações? Ou melhor... porque já sei o que o senhor vai dizer. Sim, sim, favor não me interromper, porque sei realmente!

O dono da casa desistiu de dar a resposta que tinha na ponta da língua e, mantendo a mão dentro da cristaleira, lançou um olhar encorajador a Ivan para que este continuasse.

— Sim! Sei exatamente quais serão os seus argumentos! Os levantes! O heroísmo! Os sofrimentos! E sabem o que eu penso disso? Que não passam de um monte de baboseiras! Ba-bo-sei-ras! — Repetiu a última palavra, separando as sílabas e adicionando, num tom provocador: — O senhor não me acredita?

— Como não, acredito, acredito — respondeu Trelinski, colocando na mesinha três cálices bojudos e, com mão firme, enchendo-os com um conhaque de primeiríssima qualidade. — E devo acrescentar que pretendia usar precisamente os mesmos argumentos que o senhor, de modo tão gentil, enumerou em meu nome e que não preciso repetir... — Ergueu o cálice. — Brindemos, então, a este nosso encontro!

Em seguida, virou-se para Wanda e, já num tom diferente, como se a recente troca de golpes jamais tivesse ocorrido, sugeriu:

— A senhora quis experimentar este instrumento... por favor, esteja à vontade, mas devo preveni-la de que a última vez que ele foi afinado foi ainda antes da revolução.

Wanda agradeceu com um sorriso. Sentindo que as futuras trocas de impressão entre aqueles dois tenderiam a ficar cada vez mais dramáticas, dirigiu-se ao piano, pensando no que tocar, apesar de todas as partituras que lhe ocorriam lhe parecerem inadequadas para a ocasião. Pensou em Chopin, mas logo abandonou aquela idéia, achando que poderia soar como uma manifestação. Os compositores russos também estavam fora de questão, muito embora tivesse grande predileção por Rachmaninov. "Eis os primeiros efeitos da influência da revolução nos repertórios de salão", pensou. "O envolvimento da política na música. Só me faltava isso!" Quando se sentou, sentiu como funcionava magnificamente — mesmo agora, após dois anos desde a sua última apresentação pública — o mecanismo da concentração, reforçado pelas rotineiras atividades de ajeitar as mangas e ajustar a altura e a distância do banco ao teclado e aos pedais. No entanto, continuava sem saber o que tocar. Diante disso, simplesmente colocou as mãos sobre o teclado e os dedos da sua mão direita começaram sozinhos, sem nenhuma orientação da sua mente, a desenvolver o tema de uma fuga de Johann Sebastian Bach.

Trelinski aceitou Bach com um alívio interno. "Que mulher extraordinária!", pensou. "Muito embora os alemães, ainda um mês atrás, andassem ameaçando Moscou, na certa aquele belo e perigoso ignorante não se deu conta de que ela escolheu um compositor alemão." Sorveu um gole do conhaque, e o sabor daquele líquido delicioso permitiu-lhe esquecer por alguns momentos o terror provocado por aquela visita inesperada. "A bem da verdade, o que devo temer a essa altura? Deveria ter pensado nisso mais cedo. Agora, preciso empacotar os quadros e os móveis mais valiosos, colocá-los num trem, e partir daqui para o mais longe possível, onde o sopro dessa peste não possa chegar. Os vermelhos iriam chegar aqui mais cedo ou mais tarde, e devo dar graças a Deus pelo fato de os representantes da nova ordem serem este par estranho, e não um bando de rudes camponeses em busca de bebidas e maçanetas douradas." Olhou para o bolchevique, na esperança de ver alguma pista no seu semblante, mas o rosto de Ivan demonstrava, naquele momento, apenas admiração e, talvez, inveja. Era bem provável que ele desconhecesse aquela faceta de Wanda. Trelinski resolveu fazer um agrado ao rapaz.

— O senhor tem uma extraordinária... colaboradora — sussurrou.

— Ah, sim... a camarada Laudowska... O que o senhor pode saber disso? — rosnou Ivan, esvaziando o seu cálice. Não estava com vontade de compartilhar seus sentimentos com o dono da casa.

Wanda esperou até que cessasse o último acorde da fuga e, esquecendo-se dos seus dois ouvintes, folheou a pilha de partituras. Encontrou algumas peças interessantes e começou a tocá-las a esmo. Kazedub esparramou-se deselegantemente na poltrona, adotou uma expressão que observara no seu chefe quando este, aparentemente de forma amigável e inocente, começara o interrogatório de um suspeito, e perguntou, indicando com um gesto da cabeça as paredes em volta:

— O senhor comprou ou herdou isto aqui?

No primeiro momento, Trelinski quis dizer que ganhara a propriedade numa partida de pôquer, mas resolveu responder de acordo com a verdade:

— Eu a construí.

— Sozinho?

— Bem, o senhor sabe... não fiquei misturando cimento nem carreguei tijolos, mas pode considerar-me como o principal arquiteto, investidor e executor.

Kazedub não se deu por satisfeito:

— E de onde o senhor tirou o dinheiro? Na certa, seu pai deixou-lhe uma fortuna.

— Imagine o senhor que a única coisa que ele me deixou foram as suas dívidas que, por sorte, não eram muito grandes. Quanto ao dinheiro, ganhei-o com estas mãos — respondeu Trelinski, mostrando a Ivan suas mãos fortes e bem cuidadas — e com pincel.

— O senhor não vai me dizer que se pode ganhar tanto dinheiro apenas com quadros.

Trelinski inclinou-se um pouco para junto de Ivan e explicou, num tom educado embora professoral:

— Depende do que se pinta, como se pinta e para quem, prezado senhor. Se o senhor for um artista... ou, pelo menos, um artesão competente... e conseguir cair no gosto do público ou impor o seu gosto a ele, então, garanto ao senhor, o senhor poderá ganhar muito dinheiro.

Kazedub pareceu entender, pelo menos foi isso que aparentou o tom da sua voz:

— E é por isso que o senhor pinta cavalos...

— Sim, meu caro senhor, é por isso que pinto cavalos. Mas tive outros motivos para isso. Fui educado no meio de cavalarianos. Os antepassados do meu pai sempre lidaram com cavalos, e a minha mãe, quando jovem, era uma amazona e tanto. Quanto ao aspecto puramente comercial da questão, que é a que imagino ser de mais interesse para o senhor, pode estar certo de que um pintor de cavalos tem o seu sustento garantido, assim como os seus colegas que esculpem figuras em sepulturas.

Trelinski notou que o bolchevique estava ficando confuso com as suas explicações. Diante disso, resolveu falar mais claro e lentamente:

— As pessoas sempre quiseram, querem e vão querer aprisionar o tempo. Pelo menos aquele que corre para eles e para os seus entes queridos. O senhor não gostaria de poder aprisionar o tempo? — perguntou repentinamente.

Ivan pensou que gostaria, e que esse desejo nascera nele recentemente, no momento em que se deu conta do que sentia por aquela jovem que mexia nas partituras. Deu-se conta, também, de que ser sincero com uma pessoa que acabara de conhecer era algo agradável e que lhe causava certo alívio, como se este recém-conhecido pudesse absolvê-lo de algo. Portanto, confessou:

— Acho que gostaria, mas o que tem isso a ver com cavalos e sepulturas?

— O senhor precisa compreender que um homem que encomendou um quadro do seu cavalo predileto ou, melhor ainda, um quadro eqüestre dele mesmo poderá, naqueles curtos momentos em que contempla a obra, ter a sensação de que conseguira deter ou, como disse antes, aprisionar o tempo. Essa sensação ilusória faz com que tenhamos a ilusão de sermos eternos e, embora saibamos que isso é apenas uma ilusão, damos a isso um enorme valor. O senhor nunca perdeu uma foto de uma namorada? Lembra-se do que sentiu naquele momento? Conheci um homem que, tendo deixado cair uma miniatura da sua amada, pulou atrás dela de uma ponte num rio profundo.

— E o que aconteceu com ele? — perguntou sinceramente interessado Ivan. — Conseguiu recuperar a miniatura?

— Morreu afogado — respondeu tristemente Kovaks, acrescentando logo em seguida já num tom objetivo: — o que deveria servir de lição para todos que querem, a qualquer preço, manter as ilusões que acabarão perdendo. Acho que ela se adapta também ao senhor, muito embora esteja convencido de que o senhor estará disposto a sacrificar a sua vida pelos ideais revolucionários, estou certo?

— E o senhor? — Ivan resolveu conduzir a conversa de uma posição de força, adotando um som metálico para sua voz e reproduzindo, com sucesso, o tom provocativo do dono da casa. — O senhor não sacrificaria a vida pelos seus? O que o senhor estaria disposto a se sacrificar para que tudo continuasse como antes, para que as coisas com as quais o senhor se acostumara permanecessem no mesmo lugar onde se encontravam? O que o senhor daria para poder atiçar seus cães sobre pessoas como nós? Por favor, responda... ou pelo menos pense bem antes de me provocar. Aliás, recomendo-lhe não passar das medidas. Vou responder-lhe de uma forma muito curta: sim, estaria disposto aos maiores sacrifícios para que tudo que os bolcheviques dizem sobre o futuro pudesse realizar-se. O senhor sabe de uma coisa? Eu nunca passei necessidade e não sei o que significa "passar fome". Uma fome verdadeira, daquelas que fazem um homem ser capaz de matar outro por um pedaço de pão. Mas posso lhe garantir que presenciei vários casos desses; aliás, não vários, mas centenas! Vi centenas de homens morrendo de fome ou vivendo como animais!

— Antes da guerra? — indagou Kovaks com jeito inocente, e Ivan ficou encabulado, dando-se conta de a razão da fome que presenciara ter sido precisamente a revolução.

— Isso não tem importância! — fez um gesto de impaciência com a mão. — O fato de isso ter ocorrido antes ou depois da guerra não importa, e não queira tratar-me como um idiota a quem a sua inteligência possa encurralar num canto e ridicularizar. Mesmo se não fosse antes da guerra e somente agora, daria na mesma. Se não tivesse existido o sistema anterior, não teríamos tido a guerra, e se o tsar não tivesse declarado guerra, provavelmente não teríamos tido a revolução. De uma forma ou de outra, a razão reside no passado e não no presente, mas não é disso que eu estou falando... — fez um novo gesto com a mão, tendo-se perdido nas suas divagações, enquanto Kovaks, malgrado a advertência de Ivan, perguntou novamente num tom inocente:

— E de que o senhor está falando?

— Da esperança — respondeu Ivan, enchendo o seu cálice de conhaque.

"Então é isso", pensou Kovaks, "vocês alimentam essas terríveis ondas que os carregam nos seus comícios com a ilusão de esperança! Não são os primeiros, nem serão os últimos a fazer isso, sendo que o preço por essas fantasmagorias será pago por pessoas como eu, que não têm nada a ver com isso e que, certamente, não podem ser consideradas responsáveis pelos desmandos dos Romanov. E qual é a minha culpa nessa história toda? O fato de ter, com o meu talento e trabalho, conseguido juntar um pouco de dinheiro? Além disso, boa parte desse dinheiro foi distribuída entre as pessoas que trabalharam comigo na construção desta casa e que cuidaram, por anos, de mim e dos meus cavalos. Foi essa a minha participação nas injustiças do regime anterior! É de enlouquecer qualquer um!" Nesse ponto, Kovaks percebeu que errara ao provocar o bolchevique. "Antes de tudo, tenho que encontrar um meio de sair inteiro dessa visita. Por que cargas d'água fui me meter em discussões políticas?"

Seus pensamentos foram interrompidos por Wanda, que, tendo terminado o seu recital, levantou-se do piano e fez uma profunda reverência, respondida com prolongadas palmas dos seus ouvintes. Em seguida, encheu o bojudo cálice com uma considerável dose de conhaque, bebendo-o de um trago, a ponto de Kazedub (caso tivesse ainda alguma dúvida) apaixonar-se por ela de vez. Wanda pigarreou e sentou-se ao lado do dono da casa.

— O senhor permite que eu segure esta linda espadinha? — indagou, apontando para a arma pendurada sobre a sua cabeça.

— Aquilo não é uma "espadinha", prezada senhora — respondeu o cavalariano, em tom ofendido. — Trata-se de uma espada legítima, do final do século XVII. De fato, não é muito comprida; o comprimento da sua lâmina não passa de 85 centímetros, portanto deve ter sido feita sob medida para um espadachim de baixa estatura. Mas está às suas ordens.

Levantou-se, tirou a espada da parede e entregou-a a Wanda. Era, realmente, uma arma extraordinária e, na certa, de grande valor. Seguindo a etiqueta, Wanda examinou cuidadosamente a proteção da empunhadura feita com entrelaçados fios de prata terminados em forma de botões de flores de lilás, além da empunhadura em si, enrolada por filigranas também terminadas por prateados botões de flores e adornada, na parte superior, por uma pequena ferradura de prata. Wanda lançou um olhar indagativo ao dono da casa e, quando este fez um movimento afirmativo com a cabeça, retirou a lâmina da escura bainha de couro endurecido e adornado apenas por delicados sulcos prateados. A lâmina era deslumbrante e, embora Wanda não fosse uma especialista nessa matéria, não pôde deixar de admirar as suas proporções e a agudeza do seu fio. O aço, perfeitamente preservado, brilhava com azulados efeitos damascenos, e a lâmina em si, dependendo do ângulo sob o qual era olhada, parecia mudar de estado, passando do sólido para o líquido. Kovaks, a quem o deslumbramento no olhar de Wanda causara uma enorme satisfação, como se ela estivesse encantada não somente com o seu objeto, mas com ele mesmo, perguntou:

— E então? Pode-se olhar para ela horas a fio, não é verdade? Ela foi fabricada por um mestre espanhol. Logo abaixo da empunhadura há uma marca, mas eu não consegui identificá-la em nenhum catálogo. A senhora entende de esgrima?

Wanda, em vez de responder, postou-se na terceira posição. Simulou estar cruzando a espada com a de um opositor imaginário, desferiu um golpe e, quando o inexistente adversário levantou o braço num instintivo movimento de defesa, baixou rapidamente a ponta da lâmina e empurrou-a para a frente, em segunda posição. Seu braço direito se estendeu e, ao mesmo tempo, seu pé esquerdo avançou, ficando a meio passo do direito. Encolheu a cabeça entre os ombros, deixando a parte superior do corpo apoiada sobre o joelho direito. Por fim, fingiu que recuava a ponta da sua arma do encontro com seu adversário solar, retornou graciosamente à terceira posição e, com um orgulho semelhante ao de um aluno que acabara de recitar corretamente um versinho, olhou para o dono da casa.

— A senhora é inacreditável! Não existem mulheres assim; deve ser uma miragem!

Wanda embainhou a espada e entregou-a a ele, mas era visível como era difícil para ela separar-se daquele belo objeto. Kovaks segurou as mãos que mantinham a espada e disse:

— Por favor, fique com ela. Não, não... peço que não recuse. Nesta parede, ela ficará pendendo inútil, enquanto nas mãos da senhora, quem sabe... — Trelinski voltou a ironizar, embora soubesse muito bem das possíveis conseqüências desta sua atitude —, se naqueles raros momentos em que a revolução não precisar dos seus serviços, ela lhe possa ser útil. Além disso, estou me desfazendo das minhas coisas. Os empregados foram embora. Distribuí os cavalos entre as famílias amigas. De qualquer modo, eu não tinha como alimentá-los e, se as coisas continuarem neste passo, serão eles que acabarão sendo comidos. Mas — ergueu os olhos e um dedo de uma forma engraçada — sobraram-me algumas dezenas de carruagens. *À propos*, não precisam de uma carruagem?

— Temos um trem — falou inesperadamente Kazedub e, tendo tomado a decisão definitiva, levantou-se e acrescentou —, mas faltam-nos legumes. Além disso, seria bom se o senhor pudesse nos fornecer um pouco de querosene...

Seus olhos brilharam de uma forma estranha, mas Kovaks não atentou para isso.

— Este último será mais difícil, mas sempre há de se encontrar um pouco. Dividirei com os senhores o que tenho de chucrute e batatas. Além disso, tenho algumas cebolas e, caso alguém esteja disposto a subir ao sótão, lá estão muitas maçãs de inverno.

Ivan apertou o cinto do seu uniforme, ajeitou o coldre e começou a dar ordens rápidas, que mais pareciam latidos. Wanda vestiu o casaco e ficou parada timidamente num canto, segurando nos braços o extraordinário presente. Kovaks mostrou aos soldados onde estavam os mantimentos e, em questão de minutos, os letonianos encheram os seus sacos. Depois, achou um latão de querosene e quis entregá-lo a Kazedub. Este abaixou os olhos e disse:

— Entregue-o aos soldados.

Em seguida, virou-se para o comandante da escolta e ordenou secamente:

— Queimem tudo isto!

O letoniano não demonstrou surpresa. Abriu o latão, cheirou o seu conteúdo para se certificar e começou a derramar metodicamente o líquido sobre móveis e cortinas. Wanda saiu correndo do seu canto:

— Ivan... Camarada comandante!

Ivan agarrou-a pela gola do casaco e empurrou-a violentamente contra a parede.

— Não se meta nisso! — berrou e, virando-se com cortesia para o empalidecido Kovaks, indagou. — O senhor vai sair ou ficar?

O dono da mansão, sobrepujando o medo, sorriu com grande dignidade.

— É óbvio que vou ficar. Nestes tempos, é sempre melhor ficar em casa.

Virou-se lentamente e encaminhou-se para o interior do seu tão duradouro sonho.

12

Moscou, gabinete de Lênin no prédio do Senado, primavera de 1918

— A VIDA ESTÁ DURA, GATINHO.

Acariciou seu bichano de estimação pela última vez e colocou-o cuidadosamente sobre o tapete. Levantou-se, foi até uma estante que cobria toda a parede e, delicadamente, deslizou seus dedos sobre os escuros e ricamente encadernados volumes de uma enciclopédia. Olhando para a porta que separava o apartamento da sala de reuniões do Comitê Central, voltou a dizer com tristeza:

— A vida está dura, gatinho.

Transferiu seu olhar atento para um gigantesco mapa do Império, que ocupava a parede oposta. O mapa era tão grande que mal deixava espaço para um retrato de Karl Marx, que parecia olhar de soslaio na direção do oeste, como se esperasse ver ali algo inesperado.

Virando-se para o retrato que, por motivos desconhecidos, se tornara repentinamente odioso, falou por entre os dentes:

— Agora, você está todo prosa. Quem sabe se não está querendo ver um dos seus? Realmente, tudo indica que já estão marchando. E acrescentou como se estivesse recitando num teatro: — "Com passos pesados e ritmados, enquanto a terra treme sob seus pés." Mas olhe com mais atenção e veja o que aconteceu. Isso, também, é obra sua. Aqui, a teoria, e uma tão furada como a sua, não basta. Não estamos numa cátedra de filosofia de Sorbonne; aqui, é preciso pensar.

Soltou uma risada perniciosa, pois a situação lhe parecera engraçada. Aproximou-se do mapa e, colocando as mãos entrelaçadas às costas, começou a balançar-se sobre os gastos saltos dos seus sapatos prediletos, dos quais, por alguma razão desconhecida, não conseguia se desvencilhar.

"Vamos ver como está a situação", pensou, puxando para perto do mapa a sua pesada poltrona preferida. Sentou-se nela e olhou de modo significativo para o gato, que, reconhecendo um convite naquele olhar, saltou agilmente para os seus joelhos.

— Pois é, gatinho. Aconteceu aquilo que tinha que acontecer.

As mãos de Lênin sentiam alívio em contato com o pêlo quente de Ivan, o Terrível (pois foi assim que, após uma reunião da família, o gato fora batizado).

"Então é isso", ficou matutando. "Os efeitos de várias crises ao mesmo tempo acabaram — como era de se esperar — juntando-se numa só, e definitiva. É o que costuma acontecer com alguém enfraquecido por uma doença que, ainda não se tendo curado de uma pneumonia e de um tumor no estômago, acaba morrendo de um ataque cardíaco, já que o coração não consegue resistir a muitas infecções simultâneas. Eis os efeitos de uma guerra prolongada com feridas aparentemente cicatrizadas que voltam a aparecer cobertas de pus. Tudo está desabando. Não temos comida suficiente. Não temos um exército. As estradas de ferro estão num estado deplorável."

"Sim. As estradas de ferro", continuava a matutar, acariciando o gato que, sob suas mãos, ronronava como um alambique. "As vias férreas são como artérias da revolução. Basta um engarrafamento, um coágulo — e tudo pode acabar num derrame cerebral —, o que significa que o Kremlin poderá voltar para as mãos de um Kerenski ou de um outro qualquer ou, pior ainda — do imperador em pessoa. Este, certamente, teve bastante tempo para refletir no seu cativeiro, e não será mais tão fraco e indeciso. E por quem ele vai começar? Certamente por mim. O nosso aparelhamento do Estado está — para usar as palavras de Trótski — "apenas se formando". Os alemães mantêm mão forte sobre Polônia, Lituânia, Letônia, Bielo-

Rússia e boa parte da própria Rússia em si. Isso sem mencionar a Ucrânia, que, basicamente, não passa de uma colônia austro-alemã." Deslocou os olhos mais para a direita, para o sudeste, e continuou a analisar a situação em seus pensamentos.

"Parece que, às margens do Volga, está se criando um Corpo Tchecoslovaco formado por antigos prisioneiros de guerra, sendo que nós, como uns idiotas de vilarejo, acreditávamos piamente que eles seriam os mais leais dos aliados. E não se trata de um Corpo qualquer, mas de um verdadeiro exército, muito bem armado. E isso não é tudo. Trótski diz que os membros do Alto Comando alemão lhe deixaram claro que, caso os brancos se aproximem de Moscou, eles jamais permitirão que se forme uma nova frente oriental e avançarão sobre Moscou, vindo do noroeste, dali" — apontou para o mapa, e o gato seguiu o seu olhar, de modo que ambos formaram uma estranha combinação: um homem e um gato com as cabeças erguidas.

— Então é isso! E como se isso não bastasse! — voltou a falar com o gato. — Os ingleses e os franceses estão ocupando o norte do país e, a qualquer momento, poderão chegar a Vologda. Mas isso, gato, não é tudo. Em Jaroslaw, está eclodindo um levante dos brancos. Dizem que são comandados por Savinkov,* mas eu sei quem está por trás daquilo, gatinho. Quer adivinhar? Está claro que Savinkov é apenas o comandante de fachada. Quem está por trás disso é o nosso aliado de há pouco, a máfia anglo-francesa. Por que em Jaroslaw? Mas que pergunta, gatinho! Isso é tão simples como a mente de um proletário. Para — recitou como um exausto professor diante de uma classe desinteressada — que os que virão do norte possam juntar-se àqueles que estão à margem do Volga: os tchecoslovacos e os brancos. E você achou que isso era tudo? Não senhor, seria simples demais! Veja o que está acontecendo nos Urais. O líder deles se chama Dutov* e conta com muitos homens. Trótski afirma que se trata apenas de um bando desorganizado, mas aquele doidivanas não sabe de merda nenhuma. Não é um bando, mas um exército, e esse tal Dutov é um guerreiro experimentado. Ah, se eu pudesse contar com meia dúzia de homens como ele! Homens educados, capazes de avaliar riscos e de pensar de forma estratégica. E o que eu tenho? Militantes políticos moscovitas! Guerreiros? Nem pensar! Arrastar alguém com o rosto nos paralelepípedos ou encostá-lo numa parede é uma coisa, enquanto enfrentar uma cavalaria em campo aberto é algo totalmente diferente. No sul, os cossacos estão inquietos. Só os poloneses souberam dominá-los. Nós começamos de uma forma demasiadamente agressiva, e um cossaco não gosta que se olhe para dentro da sua panela ou para a sua mulher. Conheço-os muito bem, meu gato, e gosto deles, porque eles são valentes e adoram a sua estranha compreensão da liberdade. Eu mesmo descendo de cossacos, mas, infelizmente, o conceito da liberdade cossaca não combina com os meus planos. Mas o que se pode fazer? O que foi feito, está feito. Deus nos livre de pisar no calo de um cossaco. E eles têm o seu ídolo, Krasnov,* que não faz questão de ocultar os seus sentimentos pró-germânicos.

Soltou mais um suspiro e voltou a falar com o gato:

— E o que dizer dos meus colegas socialdemocratas? Não passam de um bando de incompetentes. Devíamos tê-los espalhado pelos quatro ventos. Até assumirmos o poder, eles brigavam entre si como cães e gatos, o que, evidentemente, nos convinha. E agora? Agora, estão suspeitosamente cordatos. E o que eles querem, gato? Como, o que eles querem? Estão contando com um levante antibolchevique na frente oriental. Para quê? Como para quê, meu gato? Querem nos envolver na guerra com as Potências Centrais, para que nós e os alemães nos aniquilemos uns aos outros. Aí, como certamente estão pensando, chegará a vez deles. E você teve a bondade de notar o que formam todos esses elementos? Basta olhar; afinal, você é um gato inteligente.

Lênin levantou-se da poltrona sentindo-se fraco e, sempre aninhando Ivan, o Terrível nos braços, deu alguns passos para trás. Daquela distância podia-se ver com clareza — desde que alguém tivesse um pingo de imaginação, e Lênin tinha-a de sobra — que o ajuntamento dos levantes se transformava, lenta e inexoravelmente, num anel cujo centro era Moscou.

"Ainda bem", jactou-se intimamente, "que não precisei assinar aquele tratado. Se tivesse assinado, meus inimigos trombeteariam aos quatro ventos que eu sou o único responsável pelo nosso namorico com a Alemanha. Eles já trombeteiam isso assim mesmo, mas, pelo menos, não têm provas — pelo menos por escrito. Esse problema terá que ser resolvido de uma forma inteligente."

O mecanismo do novo regime era baseado em medo. Ele mesmo, no topo da oscilante pirâmide do poder, temia seus colaboradores mais próximos. Temia que eles se aproveitassem de um pretexto qualquer, de um pequeno deslize da sua parte, para assumir seu lugar. É verdade que eles também o temiam, o que podia perceber pelos elogios ou fingidos entusiasmos pelas suas idéias mais malucas, que ele lhes propunha propositalmente, para testar suas reações. Via como eles aguardavam por um erro qualquer — tanto dele quanto dos colegas. Notava como viviam procurando por um sinal de para onde sopravam os ventos e como estavam prontos a mudar de posição e, com isso, poderem, rapidamente e a tempo, passar para o lado de algum novo tsar. Estava quase certo de que, caso os bolcheviques perdessem o poder, todos os seus homens de confiança passariam, sem uma sombra de vergonha, para o lado do vencedor. Provavelmente todos, exceto aquele que sabia mais do que devia; mas este não agiria assim nem por motivações ideológicas nem pelas suas simpatias pessoais. Ele tinha lá seus objetivos próprios e seus próprios caminhos, sendo que a revolução lhe dava um tipo específico de poder e, provavelmente, uma forma específica de exercê-lo, algo que ele jamais teria tido em outra realidade. E era assim — cheios de medos e suspeitas — que eles formavam um grupo coeso, ideal para criar os mecanismos do poder. Esse fato, por sua vez, dava-lhes a possibilidade de aterrorizar os que estavam nos degraus abaixo deles. O absurdo de tal estrutura era reforçado pelo medo que todos, em mesmo grau de intensidade, tinham das massas dos assim chamados "cidadãos". Sim, as revoluções podem ser feitas pelas massas inteligentemente conduzidas pelas elites revolucionárias, mas, como ficou demonstrado na Revolução Francesa, o povo pode emancipar-se com impressionante rapidez, adotando seus próprios métodos extremamente destrutivos. É muito mais fácil arregimentar pessoas para destruir, violar e assassinar do que uni-las em positivos projetos comuns. Mas, e daí? Se analisarmos atenciosamente a história da Rússia, notaremos que desde o século XV, ainda nos tempos do reino de Moscou, sempre houve guerras e uma constante procura por novos inimigos. Isso já passou a fazer parte da alma russa. Se não há um inimigo, é preciso encontrar um novo. Deixamos de acreditar no inimigo alemão e ninguém foi capaz de nos mostrar um outro, que pudesse ser culpado pelas derrotas e pela falta de esperança. E bastaria à Sua Majestade apontar para alguns coitados socialistas e, como de costume — pois isso ocorre sem exceção em qualquer época e em qualquer ocasião quando é preciso encontrar um culpado —, as coisas continuariam como estavam. Sua Majestade poderia ter salvado o seu distinto traseiro e a dinastia — é verdade que esclerosada, mas sempre uma dinastia —, e seguido o exemplo dos britânicos, mantendo o país alimentado e o Império de pé...

O tilintar do telefone da linha especial soou tão inesperadamente que Lênin chegou a dar um pulo na poltrona. "Vou ter que pedir que abaixem o volume deste aparelho diabólico, senão acabarei tendo um infarto", pensou. Até Ivan, o Terrível assustou-se e pulou para o tapete, arranhando a mão do seu amo com suas unhas não recolhidas a tempo. Lênin soltou um palavrão e correu para o telefone, esfregando a mão arranhada.

— Sim, eu! — rosnou para o fone, para dar a entender àquele que telefonara que o líder máximo da revolução estava cansado e que a conversa deveria ser curta e objetiva, a despeito da importância do seu conteúdo. Mas aquele que telefonava não estava preocupado com os humores do seu líder, e Lênin, acalmado pela serena e precisa voz do interlocutor, passou a escutar com atenção, como sempre convencido de que a pessoa do outro lado da conexão não era apenas o mais competente, mas também o mais perigoso funcionário da revolução.

"Chegaram? Finalmente! Demorou mais do que esperava, mas não estou chateado. Sim, Feliks Edmundovitch, estou a par das condições das ferrovias... O ouro está seguro? Até o último grama? Fantástico! Eles estão de parabéns! Que voltem logo, para serem condecorados e receberem uma porção extra de batatas. Vamos precisar desse tipo de homens aqui, em Moscou.

Pensou um pouco e achou que Laudowska deveria permanecer em Kazan e ficar de olho no ouro, mas, antes que pudesse formular por completo essa nova idéia, a voz do outro lado antecipou-se:

— Acho que seria melhor, Vladimir Ilitch, que eles todos ficassem por lá, inclusive a tripulação do trem.

— O camarada acha que...

— Eu não acho nada. Basta olhar para o mapa.

Lênin, apesar de ter estado fazendo exatamente isso na última meia hora, voltou a olhar para o mapa e constatou que Kazan não era, como parecera no início, um lugar afastado o bastante das crescentes ameaças. Diante disso, falou no fone:

— Como de costume, o camarada tem razão.

— Além disso — a voz no fone soava ainda mais objetiva —, o camarada deveria saber que as autoridades de Kazan não são muito confiáveis nem capazes de agir com a devida energia e, por isso, deveriam ser discretamente substituídas por pessoas de confiança.

— Então, por que não fazemos isso logo? — preocupou-se Ilitch.

— Principalmente por estarem acabando os quadros nos quais podemos confiar. Meus homens mal se mantêm de pé. Por isso, é melhor que os nossos fiquem por lá. Mandei o Comitê de Kazan prestar-lhes toda ajuda na obtenção dos alimentos. De qualquer modo, tenho certeza de que eles saberão se virar. O mais importante de tudo é manter esse assunto em segredo. Por tal montanha de dinheiro, alguns dos nossos inimigos seriam capazes de mudar até as mais sagradas decisões estratégicas. Por isso, se eu pudesse recomendar ao camarada...

— Não sei aonde o camarada quer chegar... — respondeu Lênin, sentindo-se como um aluno flagrado olhando para fotos pornográficas numa sala de aula, pois percebeu que falara do ouro em demasia, e com muitas pessoas.

— Da necessidade da máxima discrição.

A voz no telefone fez esta constatação de forma educada, mas com a determinação de alguém que não via mais nenhuma necessidade de continuar a conversa.

Kazan, primavera de 1918

Sentia-se como o Dragão da Montanha, sentado sobre um tesouro e lançando olhares fulminantes para os atrevidos que queriam roubá-lo. E isso era muito mais exaustivo do que se podia imaginar. Desde o momento em que o ouro se encontrou no sólido cofre do maior banco de Kazan, que antes da revolução pertencera a uma sociedade franco-russa com o pomposo nome de Primeiro Banco da Administração do País, tornara-se preocupado e irascível. Havia dois motivos para isso. Ivan, mesmo sem se aperceber disso, tinha a natureza semelhante à de uma raça de cães siberianos chamada *łajka*. Podia passar horas deitado ao sol ou desperdiçar um lindo dia apenas sentado e pensando na morte da bezerra. Era capaz de ficar mastigando sementes de girassol ou folheando a esmo as páginas de uma revista ilustrada de terceira categoria e dedicada a assuntos que não o interessavam — mas tinha que ter uma tarefa para executar. O *łajka*, um cão tranqüilo e aparentemente preguiçoso, também precisava entregar-se a constantes esforços de caça e correrias atrás de um urso, senão perdia a energia, engordava e o seu pêlo deixava de ser lustroso. Em outras palavras, tanto o *łajka* quanto Ivan precisavam esfalfar-se vez por outra. E agora, na verdade, todas as obrigações de Ivan se limitavam a zelar pelo tesouro.

A distância da estação ferroviária de Kazan até o banco não era grande. A pé, andando rapidamente, poderia ser percorrida em menos de vinte minutos, mas a transferência do ouro revelara-se uma tarefa hercúlea. Graças à intervenção pessoal de Dzierzynski, Ivan conseguiu requisitar três caminhões e um trator adaptado para puxar canhões, mas, mesmo assim, o transporte durara três dias e três noites de trabalho ininterrupto (com os membros da escolta e os comunistas locais trabalhando em três turnos). Os caminhões Austin, gastos na frente da batalha, podiam levar uma carga de até meia tonelada, mas até esse peso parecia excessivo, especialmente quando tinham que subir por íngremes ruazinhas estreitas. Seus motoristas a toda hora tinham que se debruçar sobre seus motores, que se recusavam a funcionar. O trator, um Schneider francês de 16 toneladas destinado ao transporte de um canhão de 152 milímetros, comportara-se muito melhor, esmagando impiedosamente, com seus enormes pneus desprovidos de câmaras de ar, a pavimentação das ruazinhas de Kazan.

Ivan, apesar de ter informado ao seu chefe de que não faltava sequer um grama do ouro, não tinha tanta certeza disso. Ao planejar o transporte, resolveu destacar três guardas para cada carga, achando que os três teriam que fazer um pacto entre eles e os carregadores para roubar uma parte dela, o que, em sua opinião, não seria tão fácil. Além disso, conseguiu no banco lacre e cordas e, pessoalmente, lacrou (com um sinete emprestado de Sidorin) cada caixote e cada saco. Além disso, decidiu que os caminhões e o trator sempre seguiriam juntos, num comboio, o que facilitava o trabalho de supervisão. Colocou uma metralhadora no primeiro e no último veículo do comboio, fortificando suas cabines com sacos de areia.

Apesar de todas essas precauções, Ivan sabia que um roubo seria possível e a tentação — enorme. Alguns dos caixotes estavam num estado lastimável, tendo sido carregados nos vagões de qualquer maneira e em pilhas altas demais para suportar o seu peso. Um deles chegou a desfazer-se na rampa da estação e algumas barras se espalharam por entre os trilhos. Ivan viu os olhos dos soldados que as recolhiam e arrumavam sobre a rampa, sob o olhar vigilante do comandante da escolta. Havia neles uma clara chama de desejo, o que não era de se estranhar. Afinal, homens são homens, e apenas uma dessas barras de 22 quilos de ouro de pureza 999,9 poderia assegurar-lhes uma vida confortável até o fim dos seus dias.[16]

Seu temor era minimizado pelo fato de ser muito difícil esconder 22 quilos de peso, e abençoava os banqueiros que adotaram exatamente aquele padrão tão pesado para as barras de ouro destinadas a transferências interbancárias. Ninguém poderia esconder algo tão pesado num bolso sem dar na vista. Além disso, cada prancha com cinco barras tinha que ser carregada por quatro homens, o que requereria um verdadeiro complô para fazer desaparecer uma delas. As maiores possibilidades para eventuais ladrões estavam nos vagões no meio do trem, contendo caixotes e sacos menores, com moedas de ouro e prata, bem como barras de platina. No entanto, ao concluir um detalhado inventário após a operação de transferência, teve a impressão de que tudo estava em ordem. Notou, também, que os documentos que recebera do chefe ainda em Moscou mencionavam apenas o número dos caixotes e sacos, sem detalhar seu peso nem seu conteúdo. "Se eu quisesse", pensou, "poderia apropriar-me facilmente de algumas

---

[16]Nos dias de hoje, um único quilo de ouro com tal grau de pureza é vendido por cerca de 14 mil dólares. (*N. do A.*)

destas barras, e ninguém daria por falta delas." O fato de não tê-lo feito até então não era o resultado de uma vitória moral, mas sim da imagem que Ivan tinha de si mesmo, achando-se um devedor da revolução e um comunista exemplar. Isso, no entanto, não o protegia totalmente de um oculto desejo de sumir com algumas barras.

Gostava de ficar imaginando o que faria com aquele tesouro e, como as seguidas versões daqueles devaneios demandavam orçamentos cada vez maiores, a quantidade de barras das quais deveria apropriar-se (nos sonhos de Ivan jamais aparecia o termo "roubar") crescia incessantemente. Suas fantasias lembravam, por um lado, os cálculos do dono de um armazém planejando a diversificação do sortimento das suas mercadorias e, por outro, tinham ecos do famoso rol de objetos indispensáveis que Nemo enviara, às escondidas, aos náufragos de Júlio Verne na *Ilha misteriosa*. O formato daquelas fantasias poderia ser descrito como ingênuo e infantil, mas essa é a natureza de todos os devaneios. Havia neles casas, automóveis, brinquedos, bem como conceitos de poder e independência. Boa parte deles era ligada a Wanda, embora as relações entre eles, desde aquela demonstração de crueldade por parte de Kazedub, fossem para ele um motivo de contínuo estresse e preocupação. Curiosamente, todas aquelas quimeras estavam localizadas na Rússia, só que aquele mundo idealizado partia da premissa de que, após a vitória definitiva da revolução, aquela região do mundo se transformaria num Éden de cores tênues e suaves no qual membros da elite, em seus vistosos uniformes, olhariam benignamente para as massas trabalhadoras. Quanto a ele mesmo, mantinha-se um tanto à parte daqueles devaneios, a uma distância segura, que lhe permitia controlar as ações dos demais e intervir em caso de necessidade. Ao construir aquele ensolarado e semi-adormecido mundo desprovido de ventos e tempestades, Ivan não se dava conta de que seus sonhos estavam baseados nos irreais cânones de um mundo ideal, difundidos pela propaganda bolchevique. Diante disso, Ivan vivia tão obcecado por essas quimeras que todos os momentos nos quais precisava retornar à cinzenta realidade de Kazan lhe causavam profundo desgosto.

Tendo concluído a transferência do ouro para a caixa-forte do banco, não tinha nada mais a fazer além de zelar por ele. Kazedub dividira os seus homens em três grupos, que se revezavam a cada oito horas, sempre sob o olhar atento de três homens de confiança: Sidorin, o comandante dos letonianos e ele mesmo. Aproveitava seu turno para desejar desesperadamente Wanda e tecer seus sonhos dourados. Todos moravam no trem, que, desviado da linha principal e ligado à rede elétrica de Kazan, se revelou uma residência bastante confortável. Além disso, não tinham problemas maiores com a alimentação; alguns telegramas categóricos de Moscou fizeram com que não lhes faltassem pão, batatas e verduras. O Comitê de Kazan, novamente obedecendo a ordens provenientes da capital, chegou a pagar-lhes o soldo atrasado, de modo que dispunham de dinheiro para comprar frutas e peixes no mercado local. Os únicos problemas eram o tédio e a monotonia, além de uma certa ameaça, ou insegurança, que pendia no ar. Os jornais eram publicados irregularmente, todos controlados com rigor, de modo que não havia muito de concreto a ser depreendido deles. Tudo que Kazedub sabia sobre a situação provinha dos lacônicos telegramas de Dzierzynski, que não eram animadores.

O ambiente na cidade refletia a incerteza generalizada. Não se arruma nem se aprimora casas que poderão ter que ser abandonadas a qualquer momento. Os habitantes de Kazan viviam um dia após o outro, esforçando-se para atender às suas necessidades básicas, enquanto as autoridades concentravam seus esforços em permanecerem quietinhas no seu canto, para não chamarem a atenção aos potenciais aspirantes ao trono local. Nas ruas, no mercado, nos jardins e nos restaurantes — as pessoas sussurravam. Ivan, tendo combatido em frentes de batalha, não teve dificuldades em perceber que a moral dos homens sob o seu comando estava atingindo um nível crítico. Apenas uma coisa os vermelhos tinham em comum — sua predisposição para fugir, o que era claramente visível nos seus olhares, na forma de andar e nos movimentos sorrateiros das suas cabeças, como se aguardassem por um ataque inesperado a qualquer momento. O temor e a incerteza podiam ser sentidos no cheiro azedo de medo, no desleixo dos uniformes, com botões arrancados ou não abotoados. Mesmo as bandas militares, que meses antes soavam tão alegremente — agora, durante as apresentações preparadas para elevar a moral da população, soavam tristes e ameaçadoras, no meio das batidas das venezianas sendo fechadas com força.

Ivan teria suportado tudo isso não fosse a forma como era tratado por Wanda, que, embora sempre muito educada, tentava evitá-lo ao máximo, só tratando com ele de assuntos oficiais. Comportava-se como se nada tivesse ocorrido entre eles — tanto de bom quanto de ruim. Era como se a sua história em comum pudesse ser resumida num livrinho de poucos capítulos. O primeiro poderia chamar-se *A doença de Ivan*, e o segundo — *Um beijo num descampado*. Aquilo fazia com que ele sofresse terrivelmente. Logo agora, quando dispunham de tanto tempo livre, quando o tempo era tão lindo e os disparos tão pouco freqüentes...

Podia-se ir até a margem do rio, cheia de recantos secretos e aconchegantes, podia-se tomar banhos de sol, ver de perto como era a pele de Wanda e, de forma geral, como era a sua aparência quando vestida apenas com suas roupas de baixo ou fosse lá o que ela usasse para se bronzear. E, acima de tudo, podia-se conversar por horas, descobrir coisas um do outro, coisas até agora desconhecidas. Podia-se, nas horas de folga entre os turnos, passear ao anoitecer de mãos dadas, assim como naquele dia... Ah, podia-se, finalmente...

A pesada e dolorida ânsia por um contato físico fazia Ivan contorcer-se, pois, desde o momento em que se dera conta da importância dos seus sentimentos, deixara até de se masturbar. "Com os diabos!", pensava. "Nós dispomos de um vagão luxuoso no qual, de noite, pode-se passar de uma cabine a outra de uma forma totalmente discreta!" Sentia que houvera entre eles um grande desentendimento e, de forma instintiva (já que não tinha nenhuma experiência nessa matéria), pressentia o crescimento daquele estado de incompreensão. Milhares de pensamentos passavam pela sua cabeça. Por exemplo, imaginava-se novamente adoentado e Wanda, enternecida pelo seu estado, ocupava-se dele da mesma forma como o fizera naquela primeira noite no trem. Aí, ele recuperava a consciência, abria os olhos e a flagrava com... na mão.

No entanto, a imaginação sexual de Ivan não queria ir mais longe do que aquilo, e todos os seus sonhos eram desprovidos do ato final. Uma outra idéia — e devemos acrescentar que, na mente de Ivan, era uma idéia extremamente romântica e até bastante típica para homens jovens que se defrontavam com um amor não correspondido — era a de cometer suicídio. Ficava imaginando como seria lindo quando ela, ao abrir a cortina da sua cabine numa manhã ensolarada, visse o seu corpo estendido na plataforma e com a cabeça perfurada por uma bala. O absurdo dessa idéia não o incomodava. Os jovens desesperados que se suicidam não costumam pensar de uma forma lógica e prática. Eles são empurrados para esse ato pela mesma força que os faz exibir-se diante de outros através de feitos audaciosos e impressionantes, com o único intento de chamar a atenção para si. Essa inexplicável e absurda tendência suicida, típica dos russos e, provavelmente, dos demais eslavos, explica de certa forma a letra de uma popular canção dos brancos:

Após trinta anos devemos fiar rocas?
Para isso é preciso ter aptidão.
É melhor darmos um tiro nas nossas bocas.
O senhor não concorda, nobre capitão?

O mais engraçado de tudo era que Ivan estava propenso a transferir toda a culpa para a jovem e, com uma teimosia desconcertante, achava que agira de forma correta. O fato de ter matado um homem que não lhe fizera mal algum — nem à revolução —, e que não devia nada a quem quer que fosse, lhe parecia a coisa mais natural do mundo. É verdade que ficara um pouco irritado, achando que isso tinha algo a ver com a polonização dos assuntos discutidos. Se sua vítima não tivesse sido tão irônica, talvez aquela tarde tivesse terminado de outra forma. Além disso, Ivan achava que os novos tempos não precisavam de pessoas como Kovaks, que lembravam assuntos explosivos. Elas pensavam de forma demasiado independente, não se submetiam facilmente a novos líderes e eram refratárias a novas idéias. Mais cedo ou mais tarde, ele se tornaria um contra-revolucionário perigoso, de modo que foi bom ter sido liquidado. Além do mais, ninguém o forçara a entrar naquela casa em chamas. Poderia ter ido para onde quisesse, e é muito provável que Ivan não se opusesse a isso. No entanto, é preciso admitir que, ao tomar sua decisão, Ivan estava absolutamente convencido de que Kovaks ficaria. O que mais poderia fazer? Ele mesmo admitira que não havia lugar para ele na realidade bolchevique.

Tendo arrumado assim a questão na sua cabeça, Ivan não conseguia compreender a frieza de Wanda. Teria sido por ele tê-la empurrado com tanta força contra a parede? Mas ela não tinha o direito de se intrometer nos seus assuntos oficiais! A culpa por toda essa confusão era dele mesmo, que, em vez de se dedicar à missão que lhe fora confiada, foi meter-se em amores. Mas, por outro lado, qual é o mal de sentir algo por alguém? A revolução proíbe isso? Ivan gostaria muitíssimo de ter alguém com quem pudesse conversar, mas, num determinado momento, compreendeu que matara o único homem que, após a morte do pai, o teria escutado com atenção e, certamente, saberia lhe sugerir uma saída.

13

No mesmo lugar, à mesma hora

QUE OS DIABOS O CARREGUEM! Com o seu ato de merda, ele destruíra tudo que ela planejara com tanto cuidado. Precisaria apenas de mais alguns dias para que ele se prostrasse diante dela e beijasse cada um dos dedos dos seus pés. Bastaria um gesto seu para que ele abandonasse de vez esse negócio de bolchevismo e roubasse o trem, junto com ela. Bem, talvez isso fosse um leve exagero. De qualquer modo, ela poderia começar a usá-lo para os seus fins. Wanda sentiu-se como um artesão que trabalhara por meses preparando um instrumento de precisão, e eis que, repentinamente, ele, quase pronto, cai das suas mãos num ralo, para desaparecer para sempre nas profundezas dos esgotos. Pois aquele ato de Ivan já não poderia justificar sua entrega a ele, e se, apesar de tudo, ela cedesse, não poderia mais ter sobre Ivan o domínio que pretendia exercer. Wanda compreendera as razões do seu ato. Ele matara aquele homem simpático e sábio por dois motivos, sendo que nenhum tinha algo a ver com os dogmas bolcheviques. Matou-o porque quis mostrar a ela — a sua amada — que era um homem que decide e manda. Matou-o, também, porque queria ter sido como ele, enquanto não passava de um simplório que fora investido de poder demasiado e que, com sorte, só conseguiria aprender uma ironia tão delicada como a demonstrada por Kovaks daqui a cinqüenta anos —

isso se conseguisse algum dia. Que cretino. Agora vai ser preciso colar tudo de novo. Mas como?

Wanda, sentada no compartimento de serviço e arrumando os lençóis e fronhas que apanhara na lavanderia, matutava.

"Por que fui me meter nisso? Neste momento, poderia estar no terraço de um simpático hotel suíço junto com um bunda-mole qualquer que estaria me cortejando e salivando só de pensar nos meus encantos. Fora um desejo de aventuras? Patriotismo? Certamente que não! Fora o desejo de dar um andamento à própria vida como se dá um andamento a uma interpretação musical." Sorriu diante dessa concepção e, com a sua mão bronzeada, ajeitou a dobra de uma fronha.

Wanda estava lindamente bronzeada, pois, aproveitando o oceano de tempo disponível, passava dias inteiros pegando sol às margens do rio Kazanka. Encontrara um lugar ideal onde, protegida por um encrave na margem rochosa, podia ficar nua, sem poder ser avistada, nem de cima nem de baixo. Achara aquele cantinho quando, no começo de junho, passeara pelas redondezas. De lá, tinha uma visão maravilhosa, tanto para o Kazanka quanto para o largo arco do Volga e para as cidadezinhas espalhadas pelas diversas colinas. Não se entediava, apesar do pouco movimento no rio, basicamente reduzido ao desfile diário de um patrulheiro armado orgulhosamente com um canhão de campanha francês de 75 mm adaptado ao seu convés. Era provável que, do meio do rio, se pudesse notar que ela estava nua, já que, a cada passagem de *Wania-Komunist* (este era o nome que figurava no seu casco), pelo lugar onde Wanda estava, lhe parecia detectar um febril brilho de vidros de binóculos.

Estava encantada com Kazan. A cidade era exótica e, ao mesmo tempo, bela e extremamente colorida. Até o começo do século, o tsar investira muito na sua "russificação", já que a maioria dos seus habitantes não era russa, com mais de 30% da população sendo tártara. Diante disso, o tsar construíra igrejas ortodoxas em tal quantidade que Wanda, ao passear pela cidade, tinha a impressão de haver pelo menos uma em cada rua. Também não foram poupados esforços em prover a cidade de instituições transmissoras da cultura russa, o que resultou no grande prestígio desfrutado pela Universidade de Kazan. Aliás, nos anos oitenta, um dos alunos da Faculdade de Direito, até ser expulso por agitações políticas, fora Vladimir Ulianov. A beleza arquitetônica combinava harmonicamente com o exotismo causado pela maciça presença de muçulmanos. Antes da revolução, eles chegaram a representar mais de um décimo da população da cidade, mas mesmo agora podiam ser vistos e ouvidos nas ruas e nos mercados, sendo que a presença da sua cultura era visível a cada passo — tanto nas vitrines das diversas lojinhas quanto na quantidade de livros impressos com caracteres árabes e dispostos nas prateleiras das raras livrarias. Fora exatamente num mercado muçulmano que ela conseguira comprar um par de sandálias de couro cujas tiras podiam ser trançadas sobre as panturrilhas e uma blusa de linho com gola bordada, mais adequada para um pastor de gado do que para uma jovem elegante. Aquelas sandálias, uma saia militar de lona, um véu de seda com desenhos de flores (presente de Salomea) e a blusa acima mencionada constituíam todo o seu guarda-roupa de verão. Afinal, o plano fora o de chegar a Kazan e retornar em poucas semanas. Como não dispunha de roupas de baixo adequadas, resolveu o problema com a sua surpreendente praticidade — simplesmente, não usava nada por baixo.

Apesar de todos os encantos da cidade, nos dias de calor do final de junho Wanda sentia-se melhor à beira do rio. Passava lá horas a fio, virando o corpo para que ficasse bronzeado por igual e... matutando. Sua mente trabalhava sem cessar, ora tecendo planos preguiçosos, ora relembrando as mais agradáveis recordações parisienses. Meu Deus, como ela gostaria que Ernest estivesse ali, com o seu cinismo — tão inteligente e funcional e, ao mesmo tempo, estranhamente metafísico e preocupante — e com o seu conhecimento do mundo, do comportamento humano, da natureza do mal e... das mulheres. Tinha a impressão de que, caso ele surgisse diante dela ali, naquele seu recanto, ela poderia conversar e fazer amor com ele num nível totalmente diverso daquele em que o fez pela primeira vez. Pareceu-lhe que agora seriam parceiros de verdade, e não um par formado por um mestre e uma aluna insubmissa e permanentemente revoltada com os seus métodos. Talvez, agora, ela teria encontrado melhores motivos para apaixonar-se por ele de uma forma diferente, não como uma escrava que se apaixona pelo seu sábio e compreensivo amo exclusivamente por ele ser, na sua concepção, mais justo e inteligente do que os demais donos de escravos, mas por se dar conta de que, agora, a sua postura e o seu comportamento se apresentavam sob uma luz totalmente diversa.

Virou-se de costas. Nessa posição, era-lhe mais confortável pensar e sonhar, além do fato de uma pedra — que a incomodara na região do umbigo — ter encontrado um nicho aconchegante no suave arco na base da sua coluna vertebral. "Como fora aquilo? Afinal, fora a minha primeira vez. Lembro-me de todos os momentos e jamais os esquecerei." Fechou os olhos, e a sua mão deslizou, lenta e suavemente, pelo seu ventre bronzeado. Como fora? Engraçado e delicioso.

* * *

Quando ela arrancara impulsivamente aquela ridícula camiseta de bolinhas, pensou que Ernest se atiraria sobre ela como um Rudolf Valentino e tentaria colar avidamente seus lábios nos dela. No entanto, ele não fazia o gênero de galãs de cinema. De forma lenta e metódica, passou a dedicar-se à tarefa de despertar os seus instintos eróticos. Já quase não mais a beijava e, em compensação, passou a tocar intensivamente o seu corpo. Fazia-o de uma forma extremamente delicada, a ponto de a sua pele querer, ela mesma, encurtar aquela quase imperceptível distância que a separava do toque dos seus dedos. Começou pelas bordas externas das conchas das suas orelhas, tocando-as com ambas as mãos ao mesmo tempo e encontrando uma adequada e proposital função para todos os dez dedos. Das orelhas, passou para as bochechas e as abas das suas delicadas narinas. Ao mesmo tempo, murmurava palavras aparentemente desconexas, mas, hoje, ela compreendia que aquilo fora para que ela relaxasse por completo e parasse de aguardar pela dor e por algo inimaginável.

— Você sabia que, graças a métodos da medicina oriental, esses toques podem curar uma constipação? Bem, talvez não curá-la por completo, mas diminuir sensivelmente a quantidade de catarro.

Wanda abriu os olhos e quis responder-lhe à altura, mas todos os seus sentidos estavam preparados para captar os seus sinais.

— Não estou constipada — acabou respondendo.

— Está, só que não é uma constipação de catarro, mas uma constipação das suas emoções. Tente relaxar e imaginar-me como um eunuco perdido de amores pela mais bela das mulheres do harém.

— Eunuco? — perguntou de forma sonolenta, pois sua sensibilidade intelectual parecia derreter-se sob o efeito do toque narcótico dos seus dedos. — É um que... não pode?

— Isso mesmo. Imagine que eu não posso. Aí, você vai querer ainda mais.

— É que eu ainda não quero... Talvez amanhã. Está muito bem assim.

— E é por isso que você deve imaginar isso que estou lhe dizendo. Se você não quiser, não o farei contra sua vontade.

— Você promete?

Ernest não respondeu. Fez um sinal afirmativo com a cabeça e forçou-a a ficar de costas, enquanto ela, embora se submetesse a isso, achou que se curvava como um macarrão que não consegue caber numa panela. Após uma curta resistência, seu corpo cedeu, talvez em função daquela comparação culinária, em que uma oposição é sempre acompanhada pelo estalo do espaguete partido em dois. Ficou de costas e com a cabeça apoiada nas mãos, mas quando ele largou os seus ombros e começou acariciá-la mais embaixo, ergueu a cabeça com esforço e ficou observando-o de soslaio. Ernest tirara a toalha, ajoelhara-se na cama e, como um especialista em arqueologia que quer desnudar uma relíquia humana, começou a tirar as suas calcinhas. Fazia-o de forma tão cautelosa e lenta que o seu corpo, mais uma vez se opondo às suas declarações e temores, passou a ajudá-lo naquela tarefa. No entanto, as suas mãos se comportavam como se não quisessem nenhum tipo de ajuda, continuando a se mover com o mesmo tempo arqueólogo-professoral. A comparação era tão sugestiva que Wanda chegou a imaginar que ele, tendo finalmente tirado a última peça do seu vestuário, pegaria uma escova arqueológica e recolheria a imaginária poeira acumulada — como lhe parecera então — por séculos de virgindade. Ernest não pegou uma escova, mas, quando ela ficou completamente nua, passou a acariciar suas coxas e pés. Aquilo era tão excitante que ela teve a impressão de estar lidando com um profundo conhecedor de anatomia e de todas aquelas áreas que, quando tocadas, são capazes de despertar o demônio da sexualidade. Quando terminou aquela exploração cartográfica das suas longas pernas, forçou-a a virar-se de bruços. "Exatamente", lembrou-se, "forçou-me." Era uma exata definição do que ele fizera, já que, àquela hora, ela não queria que ele olhasse para a sua bunda assim como se olha para melões expostos numa barraca de feira. Na verdade, até que não tinha objeção a que ele olhasse para ela, mas temia que lá, mais embaixo, pudessem aparecer alguns pêlos, o que estragaria o efeito (já que sabia, tendo se mirado diversas vezes no espelho, que o seu traseiro era perfeito). "Como é engraçado", ficou pensando, "que em momentos como esses, que só temos a oportunidade de desfrutar uma vez na vida, nos venha à mente uma bobagem desse tipo. Mas o que se há de fazer? Uma mulher será sempre uma mulher. Acho que mesmo agora, quando ele me encostar à parede (o que não era de todo improvável), vou estar preocupada se estou bonita nesse último espetáculo e se os meus cabelos estão penteados."

Ernest começou a conquista do seu reverso com leves toques de dedos. Aquilo fora tão agradável que ela afastou rapidamente as mãos com as quais cobria suas nádegas e colocou-as sob o queixo. Semicerrou seus olhos felinos e entregou-se ao prazer de ser tocada. As analogias arqueológicas retornaram com mais força ainda. Era como se ele estivesse retirando da areia ou, mais precisamente, de uma camada de pó, dois valiosíssimos vasilhames de porcelana, deitados por séculos com o fundo para cima. Naquela hora, em comparação à leveza do toque dos seus dedos, até a escova arqueológica seria um instrumento demasiadamente bruto. O sol de Kazan era maravilhoso, mas as mãos daquele filho de uma cadela eram ainda mais primorosas e delicadas. Sentiu que ele se movera mais para cima e, não sem uma certa dose de pânico, constatou que a sua bunda não estava mais sendo acariciada pelas suas mãos, o que era ainda seria aceitável no estágio da educação sexual em que se encontrava, mas com os ainda mais delicados lábios e — que horror — a língua!

"Ele está lambendo o meu bumbum!"

Sua primeira reação foi a de virar-se, num acesso de pânico semelhante a de um nadador que nota repentinamente a sombra de um tubarão. Agora, lembrando-se do seu pavor, sorriu para si mesma, enquanto seus dedos, enfiados por entre as coxas, ajudavam a recriar o clima e as sensações daqueles minutos inesquecíveis.

A escalada das suas ações ultrapassava a sua imaginação das possibilidades da refinada expansão masculina. Assustada, deu-se conta de que ficar se agitando numa cama e contorcendo o corpo apavorado com sensações ainda desconhecidas era algo completamente estúpido. Afinal, ela não era uma donzela pura raptada e levada à força para a caverna de um tarado, mas alguém que concordara com a passagem das diversas etapas da sua iniciação sexual. A aceitação dos seus avanços lembrava um pouco aquele momento em que um cordeiro destinado a ser sacrificado numa cerimônia religiosa desiste de escapar das mãos do sacerdote e, dando-se conta da inevitabilidade do ritual, entrega-se à sua conclusão, junto com os extasiados acólitos. E Ernest sentiu isso. Sentiu-o pelo claro relaxamento dos seus músculos. Diante disso, separou delicadamente as suas coxas e, com a ponta da língua, começou a deslizar sobre aquela pequena cratera que conduzia ao interior do seu corpo. Wanda entregou-se a isso com alívio, sabendo que estava limpinha e cheirosa, mas sem confiar naquela penetração no seu corpo, ligada definitivamente ao conceito de profanação, à violação de uma indescritível santidade e à revelação dos mais ocultos segredos. Era como se alguém estivesse lambendo a sua alma. Não deve ter sido ela, mas o seu corpo, que se ergueu um pouco sobre os joelhos, entregando-se por completo àquela excitante e intensa penetração lingual. Agora, aquela língua, passeando na beira da cratera, começou a dirigir os movimentos do seu corpo, e Wanda quase não notou que tudo nela relaxara, umedecera e se aquecera, enquanto o experiente arqueólogo, aproveitando a abertura das folhas do portal, passou para um nível mais abaixo, onde tudo era ainda mais precioso e mais inesperado.

Tudo se baseia no fato de que, até então, ninguém a não ser nós mesmos tocou naquelas partes. Quando nos tocamos, somos, simultaneamente, os que tocam e os que são tocados. Podemos regular a profundeza e a intensidade do toque. Regulamos a nós mesmos. Sim, houve ocasiões em que ela, assim como a maioria das jovens, mexera com os dedos nos seculares mecanismos do gozo com resultados diversos — ora melhores, ora piores —, provavelmente por ela sempre tê-lo feito com um sentimento da impropriedade daquele procedimento oculto. Muito embora — e isso deve ser dito de uma vez por todas —, nem na sua casa nem mais tarde, ninguém tivesse alardeado um caráter pecaminoso de práticas masturbatórias. Seus pais eram demasiadamente cultos e modernos para isso e, fora de casa, por sorte, ninguém se metera na sua educação sexual. Wanda nunca tivera a desgraça de defrontar-se com as rígidas regras da clausura e dos desvios sexuais de freiras, e a atitude liberal da sua casa quanto às questões religiosas a protegeu das proibições dos zelosos protetores da Igreja. Sendo assim, pode-se dizer que, nessas questões, Wanda era simplesmente normal e pronta para receber os ensinamentos do primeiro mestre de verdade.

Em função disso, entregava-se às instruções da língua de Ernest com disposição cada vez maior e, para melhor efeito, passou a imaginar que a língua não era dele, mas dela. No momento em que teve a impressão de que a cama, junto com o seu corpo em brasa fosse explodir pelos ares, Ernest retirou a língua, deu um tapinha no bumbum de Wanda e caiu de costas, soltando um suspiro de satisfação. Colocou as mãos sob a cabeça e cruzou suas pernas esbeltas e musculosas.

— Está indo melhor do que esperava — disse —, e o Ernestinho fez jus a um cálice de conhaque. Sirva-se também, pois isso lhe fará bem quando passarmos para o próximo nível.

— Não haverá outros níveis — respondeu Wanda. — Estou mais morta do que viva. Por hoje, basta. Além disso, o que estamos fazendo não é... apropriado.

E quando ele, diante daquele distinto *proper* inglês, ergueu os cenhos de forma interrogativa, Wanda completou, mas sem grande convicção:

— Isso o que estamos fazendo; o que você está fazendo comigo.

Ernest ergueu o seu pesado torso sobre os cotovelos e indagou:

— Como você teve a bondade de formular isto? APROPRIADO? Essa é boa! Pare de inventar desculpas para conter os seus desejos. Além disso, isso é palavra para ser usada numa cama? A cama pode servir para acomodar um corpo e, se você quiser usar apenas essa definição, então lance mão dela somente para questões... metodológicas, sobre as quais acabei de lhe falar há pouco. Quanto às questões morais, religiosas, éticas e filosóficas, eu já aprendi a deixá-las no banheiro, junto com a pasta de dentes; algo que lhe recomendo com toda a sinceridade. Aí, as coisas se passarão de uma forma mais agradável. E, agora, pare de falar bobagens e encha os cálices, mas com moderação. Temos ainda muito trabalho pela frente.

Suas palavras soaram tão objetivas que mais pareciam a constatação de um chefe de turno que não dispusesse de tempo e pessoal para executar sua tarefa. Wanda fingiu não tê-las ouvido, estando ocupada em encher os cálices. Compreendera que desejava aquilo realmente e lhe estava grata por ter conduzido aquele jogo de forma tão suave e, ao mesmo tempo, com tanto tato. Também compreendera que um homem precisa ajudar uma donzela a tomar aquela decisão única e irreversível, e que só pode fazer isso de uma forma: conseguindo convencê-la da sua própria determinação. Veio-lhe à mente o que ele lhe dissera de forma jocosa alguns meses antes — sendo que agora percebeu que aquilo não fora um chiste: "Minha cara, um homem provido de inteligência e maturidade poderá ter qualquer mulher do mundo." E, quando ela arregalou os olhos de espanto, concluiu de forma definitiva: "Desde que saiba convencê-la."

Wanda compreendeu ainda que, caso ele, diante das suas evasivas e caprichos, tivesse vacilado por um segundo sequer, aquela brecha seria preenchida imediatamente por uma cunha que debilitaria a sua determinação e faria com que ela não lhe permitisse certas coisas. "Certas coisas...", pensou, "meu Deus, como estas 'certas coisas' soam tão ridículas quando tantas outras coisas se tornaram 'certas coisas', como por exemplo as 'certas coisas' daquela incrível pseudodoutrina dos bolcheviques. Em vez de dizerem 'vai ser preciso fuzilar os que especulam com alimentos', dizem 'teremos que resolver certas coisas'. Será que eu, pensando em ter o meu cuzinho lambido por um homem e chamando isso de 'certas coisas', não estaria agindo como uma doutrinária jurada, assim como eles? Com a única diferença de o ser por motivos sexuais, e não políticos. Mas qual é a diferença, quando se é jurado?"

Assim que terminaram de tomar o conhaque, Ernest voltou a falar naquele tom de chefe de turno:

— Agora, vou mostrar-lhe uma coisa.

Ergueu-se da cama e, ora puxando ora suportando os quadris de Wanda, colocou-a na beirada do móvel, ajoelhando-se entre as suas coxas. Seus dedos a separaram, algo a que Wanda, já ciente do como aquilo era gostoso, não se opôs, e ele anunciou àquela abertura e provavelmente a ela, já que usara a forma plural:

— Isso que iremos fazer agora já não será tão agradável, mas, se vocês me ajudarem, não vai durar muito tempo. Peço a sua máxima atenção. O seu papel é o de não entrarem em pânico e não se trancarem. Peço que confiem em mim e que reajam de forma oposta à minha. Se sentirem dor, peço que não fujam, mas venham ao meu encontro. Entenderam?

A primeira reação de Wanda foi a de pânico, tendo-se lembrado da sua primeira e única visita a um cirurgião, na qual fora dar pontos num corte na testa feito durante uma escapada na floresta, onde um idiota qualquer deixara os cacos de um pote de pepinos em conserva. A sua adorada e, via de regra, calma égua, Sistina, empinara e jogara-a no chão. Normalmente, Sistina era um animal sobre o qual se podia partir para uma batalha e que nunca teve medo de cães sem dono, atirando-se sobre eles com fúria, com o que estes, com os rabos entre as pernas, fugiam apavorados para dentro do mato. Treinada para caçadas, deveria achar que atritos com vira-latas, tão perigosos para um cavaleiro solitário, não passavam de brincadeira. Também não tinha medo das pessoas encontradas pelo caminho, apesar de pressentir sua presença mesmo antes de serem vistas pelo seu cavaleiro. Portanto, por que empinara naquele dia? Aquilo ensinara Wanda que até o mais adestrado dos cavalos pode empacar de repente e sem nenhuma justificativa. Sistina (a quem o pai de Wanda se referia teimosamente como Justina) empacara de uma forma tão violenta que Wanda caíra da sela e batera com a cabeça nos cacos daquele infeliz pote. Por sorte, a aventura terminou com apenas alguns pontos na testa. Quanto a Sistina, um animal inteligente, não fugiu e, parada, ficou olhando envergonhada para o resultado da sua travessura. Depois, permitiu docilmente que fosse montada, como se entendesse que a brincadeira não fora de bom-tom e que aquela criança, à qual ela tanto amava, tinha que ser levada o mais rapidamente possível para casa. De qualquer modo, sua roupa estava tão ensangüentada que teve que ser jogada fora; é impressionante a quantidade de sangue que irriga a pele do crânio — ao menor corte, jorram dele rios de sangue, como água saindo de uma calha numa tempestade primaveril. Foi preciso costurar o corte, e Wanda jamais esqueceu a primeira picada da agulha cirúrgica enfiada na pele do seu crânio. Aquilo doera de verdade, apesar da espessa camada de Novocaína.

Era com essa mesma sensação que Wanda aguardava a dor (que imaginava ser semelhante àquela), na beira da cama e paralisada de medo.

— Agora, vou lhe mostrar algo — falou inesperadamente Ernest —, e peço que não tente fugir. Garanto-lhe que isso também é difícil para mim.

Separou as pernas de Wanda a ponto de esta achar que suas juntas fossem se romper, umedeceu os dedos da mão direita com saliva e, por bastante tempo, penetrou-a com força, mexendo os dedos no seu interior.

— Agora, vou lhe mostrar algo — repetiu, provavelmente apenas para dizer alguma coisa, e Wanda pôde notar como ele, apesar de demonstrar autocontrole, estava excitado.

* * *

"Há algo de extraordinário nesta posição", pensou, voltando por um momento à realidade e separando ainda mais as suas pernas. "Agora, vai ser preciso um pouco de umidade." Umedeceu os dedos com saliva e falou em voz alta para as nuvens de Kazan, como se uma delas, com a aparência de um cavalo alado, estivesse sendo montada por Kazedub vestido com uma armadura:

— Ivan, você é um cretino e um incendiário criminoso e imaturo. Não fosse a sua cretinice, eu não teria que estar agora umedecendo os meus dedos e sonhando com algo que nunca mais vai me acontecer. Poderíamos estar juntinhos, experimentando as posições que nos fossem mais agradáveis. E eu estaria matando dois coelhos de uma cajadada: unindo o útil ao agradável. Porque realmente gosto de transar, embora não seja uma ninfomaníaca e faça isso apenas quando vejo que faz algum sentido. E, obviamente, não com qualquer bunda-mole. Da mesma forma, não me lanço sobre uma partitura qualquer e, mesmo que uma delas possa me agradar do ponto de vista gráfico, não quer dizer que eu vá tocá-la. Basta olhar para as partituras escritas por Johann Sebastian. Trata-se da mais clara comprovação do conceito que diz que aquilo que fica bem na partitura também soará bem na execução. Um homem não precisa ser bonito, mas tem que ser arrumado. Tem que ser arrumado em todos os sentidos: moral, intelectual, físico, estético. Tem que ter um certo equilíbrio.

"Em Ivan, não há equilíbrio de nenhum tipo, mas ele é tão bonito que dá vontade de lambê-lo. Além disso, ele me é imprescindível para que o ouro não chegue ao seu destino. Mas o que se há de fazer? O que aconteceu, aconteceu. Ele se revelou um bundão e, em função disso, preciso lembrar-me de Ernest (que também é um bundão, mas diferente) e ficar me masturbando. Definitivamente, há algo de extraordinário nessa posição. Basta entreabrir as coxas e já a nossa mente mergulha naquela brilhante piscina cheia de recordações agradáveis e excitantes. E quando não se tem ainda aquelas recordações agradáveis?... Assim mesmo, há algo de extraordinário nesta posição."

* * *

Nesse ponto, Wanda voltou às suas recordações daquela noite memorável. Lembrou-se do momento em que estava deitada, com o traseiro na beira da cama, com as coxas abertas ao máximo, apertando convulsivamente os lençóis hoteleiros e sentindo-se pronta para aceitar todas as surpresas do mundo. Pronta para começar uma nova parte da sua estranha vida. Sentiu que ele a tocava suavemente com a ponta do pênis e que aquilo era muito agradável, a ponto de ela começar a repetir cuidadosamente os seus movimentos milimétricos, que não a forçavam e, pelo contrário, causavam-lhe prazer. Algo a penetrava, mas muito pouco, e era algo quente, agradavelmente lúbrico e de modo algum violento. Sentiu que poderia ficar assim por horas e que o seu corpo, completamente liberado das suas resistências psicológicas, ansiava por absorver mais daquele membro. No entanto, a cada vez que queria aumentar a amplitude daqueles movimentos na direção dele, crescia uma inocente resistência nas inalcançáveis fronteiras da dor. Sabia que aquela dor viria e não podia esquecer-se dela, mas queria que ela se materializasse já, eliminando a sua expectativa. O homem que se movia delicadamente dentro dela deve ter sentido que chegara o momento culminante, pois seus movimentos adquiriram mais energia, e algo penetrou nela com uma força determinada, mas dosada adequadamente.

Que ninguém lhe diga que a defloração não dói. Dói, e muito, sendo uma combinação de ardência com a sensação de estar sendo rasgada e de um certo atordoamento, como se tivesse recebido um soco no nariz. Qual a primeira reação? A de girar os quadris, deslizar de debaixo do homem e fugir para um chuveiro. Wanda sentiu que queria fazer exatamente aquilo, para poder, na solidão do banheiro, sobreviver a algo irremediável. Mas Ernest não lhe permitiu. Na certa, ele deveria ter uma grande experiência em como agir "logo após". Reteve-a nos seus braços e, para se assegurar de que não teria que repetir aquela operação humilhante, penetrou ainda mais fundo — com o que, por mais estranho que isso pudesse parecer, a dor diminuiu, transformando-se num superficial e ainda não claro gozo — e agitou-se leve e delicadamente, como se quisesse calibrar o cano de uma espingarda. Depois, com a mesma delicadeza, retirou o seu membro e acariciou os cabelos de Wanda.

— Acabou — murmurou. — Aninhe-se nos meus braços. Isso lhe fará bem. Vamos ficar deitadinhos juntos e beber o resto daquele conhaque cheirando a ameixas.

— Ernest, você me ama? — perguntou Wanda.

Ele devia estar aguardando aquela pergunta, pois a resposta foi imediata:

— Estava pensando exatamente nisso. Mas, antes, quero saber se, se eu lhe disser que não, você vai fazer cenas com recriminações, batendo portas e colocando malas no corredor.

Obviamente, Wanda sentiu-se magoada, mas, na verdade, estava preparada para isso, e aquela resposta não a espantou.

— Não, não farei cenas.

— Está desapontada?

— Imagine que eu já esperava por uma resposta como essa, portanto não precisa sentir-se culpado. Eu quis que isso acontecesse, a despeito de você me amar ou não — respondeu.

Ernest pegou a garrafa da mesinha-de-cabeceira e, tendo sacado a rolha com os dentes, deu um longo trago que, a julgar pela expressão de deleite no seu rosto, lhe era devido havia muito tempo. Wanda, sem a menor cerimônia, tirou a garrafa das suas mãos e também sorveu um trago, constatando que aquela ação de beber completamente nua e desprovida de vergonha ou embaraço era algo agradável ao extremo. Ergueu-se um pouco sobre os cotovelos e olhou para o campo dos recentes acontecimentos.

— Sangue — constatou, dando uma risadinha boba e expulsando assim de si o resto das emoções e da tensão.

Ele também sorriu.

— O primeiro entre nós — disse e, olhando para ela com atenção, completou com voz surpreendentemente séria — e espero que seja o último. E quanto a você? Você me ama?

— Adoro, mas nunca tive a intenção de me apaixonar por você. Sendo um objeto de sonho das donzelas de boa família, você é demasiadamente perigoso.

— De onde vem esse cinismo numa senhorita de 19 anos?

— Vinte. É o resultado da convivência com pessoas inadequadas e das aulas de filosofia. Uma grande contribuição para a cristalização das minhas atitudes foi o meu relacionamento com aquele infeliz idiota sueco. Não disponho de tempo para sentimentos românticos. Pretendo realizar muitas coisas no decurso da minha vida, e já era tempo de começar.

Ernest olhou para ela com atenção e disse:

— Você é perigosamente prática. São poucas as mulheres que não sonham com um amor romântico. Cada uma de vocês gostaria que os homens caíssem aos seus pés, encostassem o cano da pistola à fronte, arrancassem os cabelos e outras coisas mais. Imagino que você saiba exatamente do que estou falando.

— Sei do que você está falando, mas tenho a impressão de que os amores românticos ou terminam com ela banhada em lágrimas e ele partindo para Petersburgo, ou...

— Ou...? — perguntou maliciosamente, preparando um sorriso nos cantos dos seus lábios.

— Ou com um matrimônio desesperador, com um monte de crianças e um marido de chinelos que, lenta e inevitavelmente, vai se transformando num capão abobalhado e começando a se parecer com a sua foto tirada na cerimônia do casamento — respondeu Wanda, soltando uma nova risadinha e pedalando com vigor com suas pernas desnudas, a ponto de a cama do hotel ranger perigosamente.

— Você não gostaria de ter filhos? Nem mesmo tão fantásticos como você?

Wanda ficou séria, mas apenas por um momento:

— Acho que até gostaria, mas, neste momento, não penso nisso. E, mesmo se quisesse ter um dia, não seria um bando, mas apenas um; e não uma menina, mas um menino. Talvez um que pudesse tornar-se tão cínico e vadio como você!

Bebeu o resto do conhaque e teve um impulso de atirar a garrafa dentro da lareira, mas se conteve. Ernest, também tomado por euforia causada pelo conhaque, ria alegremente olhando para ela com olhos encantados:

— Vadio? Eu? Você tem alguma idéia do trabalho mental e físico necessário para seduzir meninas mimadas e desvirginá-las?

Wanda atirou-se sobre ele e, agarrando os seus braços, colocou-o disposto em cruz sobre o lençol. E, como ele não se defendia e continuava encantado, ficou repentinamente séria e disse, com toda a sinceridade:

— Eu o amo, Ernest.

— E eu amo você.

Depois, ficaram se beijando, sendo que, de todos os beijos que trocaram antes ou depois, aqueles foram os que mais ficaram guardados na memória de Wanda.

Nunca mais aquelas palavras foram pronunciadas entre eles, e Wanda, em várias ocasiões, ficou se perguntando se eles estavam sendo sinceros naquele momento ou se aquilo havia sido apenas o resultado daquele instante tão especial e de um quarto de litro de conhaque. Também se indagava o que deveria significar a sua afirmação de que "pretendia realizar muitas coisas no decurso da sua vida". Naquele dia, sua interpretação era bastante clara: queria ser uma artista famosa. Famosa, antes de tudo. Estava menos preocupada com o fato de que deveria pensar mais na perfeição artística do que nas palmas da platéia, sendo que justificava aquela atitude pelo entendimento de que, para ser famoso internacionalmente, era preciso ser um grande artista, um grande escritor ou um político extraordinário. Agora, já sabia que era possível adquirir fama a despeito do valor daquilo que se faz — bastava fazê-lo de uma forma que empolgasse as massas. Era possível tornar-se um cínico ou um patife excepcional — desde que se fosse um cínico ou patife de qualidade e se tivesse a platéia adequada e capaz de apreciar aquele tipo de perfeição.

Com o tempo, chegou à conclusão de que queria fazer algo para o mundo, que queria que algo mudasse nas pessoas graças a ela. No início, tinha a impressão de que aquele objetivo poderia ser alcançado através da música, mas, assim que chegaram os primeiros sucessos, tal esperança se revelou ilusória. Com música, pode-se apenas mudar a música, mas não a si próprio e muito menos ainda as demais pessoas. As pessoas estavam dispostas a serem mudadas pela música apenas até certo limite, o que poderia ser notado claramente durante os concertos. Os ouvintes só aceitavam mudanças limitadas ao seu entendimento da interpretação. Se o intérprete não se desviar por um milímetro sequer dos cânones conhecidos e aceitos pelo auditório — tudo bem. As pessoas querem se emocionar e sentir a música, querendo, até, demonstrar a sua emoção: balançam as cabeças ao ritmo da peça tocada, fazem caras de entendidos, seguram-se pelas mãos e se entreolham com compreensão. Ao término do concerto, batem palmas e, andando pelo *foyer*, fazem comentários cultos. No entanto, caso o intérprete lhes propusesse algo novo, imediatamente se poriam em guarda, sendo que aqueles que de fato entendiam de música trocariam entre si olhares cúmplices, através dos quais expressariam a sua convicção de que o intérprete enlouquecera. E, no entanto, aquela nova forma de interpretação fora fruto de meses de preparação e não uma simples obra do acaso, mas o resultado de um estudo detalhado de cada nota, cada frase e, às vezes, do formato de cada som. Mesmo assim, o intérprete encontrava-se numa situação muito mais confortável que a do compositor. A época era propícia a novas técnicas e novas estéticas. Tudo que era conhecido e aceito ruía e ardia em chamas, como a mansão daquele pintor de cavalos. No entanto, as pessoas às quais aquelas mudanças estavam sendo propostas, mesmo antes de se permitirem externar suas próprias emoções e seus sistemas de avaliação e reconhecimento, olhavam em volta para ver a reação das demais. Suas mãos não se juntavam para bater palmas antes de ouvirem que alguém, lá das últimas filas, começara a aplaudir. Seus lábios não faziam um biquinho para soltar um assovio de desaprovação antes de algum outro ter começado a assoviar no auditório. As pessoas não queriam dar vazão aos seus próprios sentimentos. Não tinham confiança em si mesmos! Que tempos horrendos!

E era por isso que Wanda preferia tocar para um só ouvinte. Dessa forma, ela poderia, através da música, fazê-lo adquirir autoconfiança e passar a acreditar em si. Só que aquela não era a forma adequada para mudar as pessoas e o mundo e, além disso, aquele "único ouvinte", na maioria das vezes, fora Ernest, já que Sven costumava adormecer logo após os primeiros acordes. E Ernest? Para o seu gosto, ele era um ouvinte demasiadamente ativo. Metia-se em tudo e tinha uma intuição aguçada demais. Ela ainda não tivera tempo de concluir uma frase, e ele já queria discutir a forma pela qual ela deveria ser concluída. Oh, sim! Ernest podia ser transformado pela música, mas exclusivamente em um "doutor sabe-tudo". É bem possível que essa sua atitude se originasse do fato de ele não ser um grande pianista e ter inveja da extraordinária facilidade com a qual Wanda lia as partituras, não só as de piano ou de cravo. Com uma sensibilidade diabólica, ela era capaz de decifrar uma partitura extremamente complexa e sofisticada, muito embora nunca tivesse estudado aquela arte de forma sistemática. Portanto, era por pura inveja que ele sempre questionava a sua forma de interpretação. Afirmava que ela era... como ele dizia mesmo? Ah, sim — que ela não era EXPRESSIVA o bastante. Na verdade, Wanda nunca tivera uma queda por exageros emocionais nas suas interpretações, sem se dar conta de que aquilo que ela chamava de "exageros emocionais de mau gosto" costumavam ser muito apreciados pelo público.

Agora, quando Ernest, junto com algumas gotas do seu sangue virginal, saiu das suas entranhas, Wanda teve a sensação de que se entregara a ele como uma colegial ou uma pastorinha de um romance barato. Pensou também que, a partir daquele momento, nada seria igual ao que fora. Percebeu que a virgindade dava, realmente, uma força mágica a uma donzela. O fato de ninguém ter penetrado por entre as pernas de uma virgem dava a ela uma extraordinária vantagem sobre o mundo. Era como se uma barreira invisível impedisse a realidade de penetrar num ser puro e inocente. Sendo uma virgem, podia ser uma feiticeira — como Medéia. Ao perder a virtude, ela precisaria de um homem — ou, pelo menos, a presença da sua imagem na sua psique — para fazer as suas mágicas. Percebeu, não sem um engraçado e totalmente irracional terror, que, ao permitir que fosse rasgada por dentro, estava irremediavelmente condenada a agir através de homens, e que as suas relações com o mundo não seriam mais tão mágicas e lindas. Seriam prosaicas e — que horror! — eróticas. A partir daquele momento, tudo aquilo com que se ocuparia ou ao que se sacrificaria estaria ligado com o que acabara de se abrir. "Muito bem", pensou. "Se é assim que tem que ser, vai ser preciso conhecer a fundo essa matéria." Tal pensamento lhe devolveu a paz de espírito. Abordou o novo problema com o seu costumeiro pragmatismo. "Se algo é inevitável — tem que ser feito de forma perfeita. Portanto, é preciso começar a estudá-lo. Caso contrário, como poderei influir nos destinos do mundo?"

* * *

Aos poucos, foi retornando à realidade. O sol poente queria porque queria penetrar por entre as suas pálpebras cerradas, enquanto as aves selvagens que tinham seus ninhos à beira do rio faziam tal algazarra que era como se fossem elas que estivessem executando práticas ocultas.

— Vocês não precisam, passarinhos. Vocês têm os seus machos. Daqui a pouco, num piscar de olhos, terão que chocar uma dúzia de lindos ovinhos. Aquecê-los e ficar de olho num bolchevique aviário. Um daqueles que costumam ameaçar seus bicos com o seu dedo.

"O que eu ando falando comigo mesma?", espantou-se. Em seguida, recolheu a sua roupa e, sacudindo a areia do seu traseiro bronzeado, acrescentou, num tom que, em seu conceito, deveria soar como professoral e definitivo:

— Tudo isso porque, querida, você não tem com quem dormir. Portanto, minha cara, vai ser preciso encontrar um meio inteligente de envolver o comandante… e envolvê-lo tão profundamente que só ficará com as orelhas de fora.

Soltou uma gargalhada, enfiando seus cabelos louros debaixo do lenço e, lançando um olhar para o patrulheiro que desaparecia por trás de uma curva do rio, como se sua tripulação soubesse que Wanda iria se vestir inapelavelmente, acrescentou:

— Já vou lhe mostrar no que dá brincar com fósforos e querosene!

14

Kazan, meados de julho de 1918

PRECISAVA OCUPÁ-LOS de alguma forma. Dar-lhes algum objetivo ou uma diversão. A monotonia e a desesperança atormentavam os homens e a ele mesmo. Todos se tornaram excessivamente irascíveis e prontos a brigar sob qualquer pretexto. Ficar rondando uma montanha de ouro também não fazia bem à psique dos soldados, principalmente porque cada um deles se acostumara à idéia de que uma parte daquela incalculável fortuna lhe pertencia. A Kazedub parecia que podia ouvir o murmúrio traiçoeiro das suas mentes. Afinal, até ele já sonhara com uma parte do tesouro. Com certeza, durante aqueles longos e desesperadores turnos dentro do claustrofóbico ambiente da ante-sala da caixa-forte do banco, nas tediosas voltas em torno de edifício e nas vazias noites sem mulheres, os soldados, nas suas mentes ainda não devidamente formadas ideologicamente, deveriam tecer planos muito suspeitos. Em cada estrutura, cada formação, por mais controlada e organizada que fosse, era normal haver pessoas desonestas e desprovidas de ideais. Estes são os piores. O pai de Ivan lhe contara que tipos de homens atingiam altas posições na *Ohranka* para, depois, se revelarem quem eram de fato, sendo capazes de fingir por anos que eram diferentes. "E quanto aos meus? Esses letonianos, por exemplo? Dzierzynski afirma que não existem soldados melhores e mais confiáveis. É possível que esteja certo. Obedecem às ordens sem pestanejar. No entanto, toda essa situação ainda está fresca e as pessoas teriam todo o direito de ter dúvidas e se perguntarem. Isso era totalmente compreensível. Sim, creio que posso confiar nos letonianos, mas e quanto aos demais?" Por diversas ocasiões já tivera a necessidade de puni-los com turnos adicionais, já que sua disciplina e moral haviam decaído consideravelmente. Não costuravam de volta os botões arrancados e — o cúmulo dos cúmulos — houve casos em que suas armas ficaram em condições deploráveis de manutenção. Suspeitava também do envolvimento deles em jogatinas; embora não dispusesse de provas concretas, por diversas vezes vira que eles escondiam algo à sua aproximação — certamente cartas ou dados. Quem sabe se não estariam apostando seus supostos quinhões do tesouro do tsar? Tudo era possível. Se estivessem num navio e ele fosse o seu capitão, lhes ordenaria que lavassem o convés ou pintassem o casco, e tudo voltaria ao normal. Aqui, no entanto, não havia o que fazer. Não poderia mandá-los varrer sem cessar os pisos do banco.

Quanto ao trem, Ivan não estava preocupado. Estava entregue aos cuidados de Tian e, nessa matéria, o chinês era de plena confiança. Tendo criado um surpreendente bom relacionamento com os funcionários locais da ferrovia, chegara a formar uma equipe que reforçara os pisos dos vagões, enquanto ele, pessoalmente, zelava pela manutenção dos maquinários, conseguindo só Deus sabe como as necessárias graxas e peças sobressalentes. Dedicava atenção especial à locomotiva, tendo contagiado seu jovem ajudante com o amor por aquela máquina. Tian explicava ao seu atento aluno o funcionamento de todos os componentes da S3/6, desenhava esquemas complicados e detalhava os complexos processos que ocorriam no seu interior. Parecia ter realmente um impressionante conhecimento técnico e que, caso fossem permanecer em Kazan por alguns meses, o ajudante do chinês estaria preparado para passar no exame vestibular do Instituto de Tecnologia. Além disso, Ivan podia notar que os dois treinavam zelosamente uma espécie de esgrima chinesa, mas o faziam sempre num lugar mais afastado, longe de olhares curiosos, a ponto de um observador tão perspicaz quanto ele não poder decifrar o que de importante se poderia fazer com dois bastões de carvalho. Na verdade, aquilo não o incomodava; pelo contrário, até estava contente com seus treinos e seus estudos da locomotiva.

Assim, pelo menos, eles não estariam pensando em bobagens, e a S3/6 só teria a ganhar com isto.

Ivan também observava atentamente o comportamento dos dois radiotelegrafistas, já que ambos — a jovem e aquele grisalho (por sinal, muito simpático) oficial tsarista — não tinham muito a fazer. No intuito de manter um rígido controle sobre as telecomunicações, Ivan ordenou-lhes que mantivessem um registro completo de todos os telegramas, com as respectivas horas e datas em que foram recebidos e despachados. O livro de registros era mantido impecável, sendo que a cuidadosa letra de Salomea e os rebuscados e harmônicos rabiscos do seu colega mais velho proporcionavam a Ivan — um apaixonado pela simetria — um autêntico prazer.

Mantido à distância por Wanda, começou a olhar com mais atenção para a radiotelegrafista, visitando a cabine de transmissão com mais freqüência do que era necessário, mas sempre tendo um pretexto para fazê-lo. Assim, começou a fazer longos relatórios para o seu chefe, só para ter a oportunidade de conversar mais com Salomea e — acima de tudo — poder olhar para ela. Em pouco tempo, percebeu que isso aliviava o seu espírito e lhe permitia esquecer um pouco o seu obsessivo desejo por Wanda. Naquela encalorada atmosfera de Kazan, aquecida por um sol alto e suave, a beleza de Salomea parecia florescer. Tudo indicava que o seu corpo fenício, seus olhos semitas e sua pele síria haviam sido criados para desabrochar em climas quentes e se mostrar aos encantados olhares masculinos, algo que não tinha chance de ocorrer durante os intermináveis e soturnos dias gelados de Moscou. Kazedub notou, com espanto, que a pele de Salomea tinha exatamente a mesma cor de amêndoas mergulhadas em água fervente antes de serem descascadas. Também teve a impressão — e talvez fosse isso mesmo — que a pele da jovem tinha o cheiro daquele óleo de amêndoas que sua mãe costumava adicionar aos bolos. Aquele cheiro, mesmo no inverno mais rigoroso, parecia preencher a casa com uma sensação de calor e sossego. Notou também que os cabelos de Salomea, que formavam uma franja sobre a sua testa, pareciam ser azul-marinho. Olhara para eles dos mais diversos ângulos, mas a sua cor permanecia a mesma. Cabelos azul-marinho, pele de amêndoas, olhos castanhos, lábios nem finos nem grossos demais... tudo, naquela jovem, era lindo e harmonioso... até suas orelhas. Salomea era uma parceira ideal para se conversar; com extraordinária facilidade, podia-se diverti-la, espantá-la e assustá-la. Parecia ser uma dessas pessoas preparadas para captar os sinais emitidos por outras pessoas. Sabia ouvir graciosa e atentamente, sendo que as suas respostas — inteligentes e objetivas — não continham nem uma ponta do cinismo ao qual Wanda acostumara Ivan. Não soltava risadinhas bobas, quando uma piada ou uma observação não era engraçada o bastante para a sua inteligência ou o seu gosto, mas, sorrindo educadamente, ficava à espera de que seu interlocutor passasse para um outro assunto. Certamente, ela não era tão madura e experiente quanto Wanda, principalmente no que se referia a homens. Quando ocorria uma situação embaraçosa, ela interrompia a conversa, como um orador no Senado romano a quem uma réplica pegara de surpresa. Nessas ocasiões, dava a impressão de ser um esgrimista paralisado por um golpe inesperado do seu oponente. Abaixava os olhos, mas apenas por um instante, e, tendo-se recuperado rapidamente, voltava a "tomar posição" e retomava a conversa. Na verdade, aquilo ocorria muito raramente e era — como notou Ivan — muito agradável para alguém como ele, que sabia como observar o comportamento das pessoas. Cabe registrar aqui que Ivan, embora fosse um observador nato e pudesse ter feito uma bela carreira como ornitólogo ou estudioso de raros espécimes da fauna, não era um bom analista. Pensava de uma forma esquemática demais e não conseguia livrar-se da primeira interpretação de uma ocorrência, postura ou comportamento. Diante disso, não tinha a mínima idéia de como interpretar Salomea. Com Wanda, ele não teve como completar os seus conhecimentos naquele campo, já que Laudowska, mantendo um completo controle sobre ele e sobre si mesma, não lhe dava uma brecha sequer para nenhuma tentativa de interpretação. Fazia-o perfeitamente e com premeditação. Antes que ele tivesse tempo de pensar sobre o que uma dada palavra ou um olhar pudesse significar, vinha uma nova torrente de acontecimentos, réplicas e olhares, que deixavam Ivan numa situação semelhante à de um cavalo alimentado demasiadamente rápido com várias cenouras. Mal conseguira mastigar a primeira, e já lhe enfiavam a segunda na boca. Diante disso, reagia como o cavalo: as cenouras eram por demais tentadoras para recusar a seguinte, mas era cada vez mais difícil dar conta delas, quanto mais pensar que estava sendo o objeto de uma experiência — uma experiência que, na verdade, só era agradável para aquele que alimentava.

Já com Salomea, Ivan sentiu, pela primeira vez na vida, a força do macho oculta nele. Tivera aquela sensação exclusivamente porque Salomea não tinha intenções ocultas em relação a ele. Achava-o atraente e, caso ele não fosse o seu comandante e um funcionário da Tcheka (da qual já ouvira o bastante), olharia com nada mais do que uma compreensível reserva. Salomea era esperta o bastante para notar imediatamente que as visitas do comandante ao compartimento das telecomunicações eram mais freqüentes do que as necessárias para o simples controle dos telegramas. Além disso, Ivan era um péssimo ator. Ou seja: achava que podia ocultar facilmente seus pensamentos e intenções, pois nunca — até então — tivera a oportunidade de constatar que a sua convicção era ingênua e infantil.

Agradava também a Ivan o fato de Salomea, em qualquer momento do dia, estar sempre fresquinha e com cheiro de torta de amêndoas recém-saída do forno. Como ela conseguia isso? As blusas do seu uniforme eram sempre bem passadas, com todos os botões abotoados e com as suas dobras — apertadas por um largo cinturão militar — dispostas por igual e simetricamente, tanto na frente quanto atrás (e, como devemos estar lembrados, Ivan adorava simetria).

Quanto às saias, embora desbotadas por inúmeras lavagens, também não havia um detalhe sequer que pudesse ser questionado. As unhas dos seus dedos delgados estavam sempre cuidadosamente aparadas, limpas e esmaltadas. Na sua mesa com o aparelho transmissor-receptor, havia uma ordem exemplar. Por mais que tentasse, Ivan nunca pôde flagrar a jovem num deslize qualquer, nem que fosse um lápis sem ponta ou jogado de uma forma contra-revolucionária debaixo de uma pilha de telegramas. Antes, quando tivera a oportunidade de observar Wanda nos momentos em que ela não se dava conta disso, a flagrava em atitudes totalmente livres, em espreguiçamentos felinos, até futucando o nariz ou coçando sem cerimônia a cabeça. Já Salomea, mesmo sem saber que estava sendo observada, nunca, mas nunca mesmo, se permitia algo semelhante. A primeira — e, como costuma ocorrer nesses casos, errônea — interpretação de Ivan desse comportamento exemplar da jovem fora a da sua inocência e de uma educação primorosa.

O que ele não percebera era que ambas as jovens controlavam cuidadosamente o seu comportamento, sendo que cada uma o fazia por um motivo diferente. Salomea o fazia por não querer que nenhum membro da tripulação do trem (com a exceção de Wanda) soubesse algo mais sobre ela do que deveria. Já Wanda, controlando-se ainda mais, se comportava de tal forma para que um observador pudesse considerá-la como a jovem mais normal do mundo, capaz de coçar a cabeça, bocejar e até — que horror (pois até isto ela fazia) — soltar um pum. As duas só eram sinceras uma com a outra, e isso apenas quando se encontravam a sós. Em suma, a presença de Salomea tinha um efeito benéfico sobre Ivan. Ao observá-la durante os seus encontros, aos quais ele sempre tentava justificar por necessidades de serviço, ficou convencido de que Salomea era pura, no mais completo sentido daquela palavra, e, como tinha uma inclinação para sonhar e fantasiar, convenceu-se de que ela seria o melhor remédio para os insaciáveis desejos da sua psique. Era um mecanismo bastante simples. Consistia em convencer a si mesmo de que, diante de um ser mais humilde e indefeso, se é capaz de realizar aquilo que não se consegue diante de uma parceira mais forte e mais bem preparada para conter nossos avanços. Os homens rejeitados por uma mulher conhecem muito bem esse procedimento de sobrepujar a parceira seguinte, exclusivamente para poderem, num ato de vingança ao sexo oposto, abandoná-la logo após a conquista. Para os homens, aquilo é uma catarse, mas, por mais estranho que isso possa parecer, eles, ao procurarem por sua vítima, encontravam sempre no seu caminho mulheres determinadas ou fascinadas o bastante por aquele papel.

Portanto, Ivan decidiu seduzir Salomea, com o intuito de livrar-se de Wanda. Além disso, na sua imaturidade, queria demonstrar algo a Wanda. Não percebia que a adoção do método "espere, que vou lhe mostrar", costuma terminar como aquela sábia fábula russa sobre o lobo tolo e a esperta lebre. Aparentemente, Kazedub não lera a fábula em questão. E, sendo assim, precisava apenas inventar um papel convincente e interpretá-lo diante de uma platéia formada pela jovem radiotelegrafista.

A sorte pareceu lhe sorrir. No momento em que, andando pelo limitado espaço da sua cabine, procurava um pretexto verossímil para novos encontros com Salomea, alguém bateu na sua porta.

— Entre! — disse Ivan distraidamente, mas ao ver que era Salomea, enrubesceu até a raiz dos cabelos. Para esconder seu embaraço, virou-se rapidamente de costas, a ponto de sentir um estalo nas juntas do seu quadril. Salomea, trajando um quepe militar enfiado até o nariz, estava deslumbrante. Embora fosse civil, ficou em posição de sentido, bateu com os calcanhares das suas polidas botas de oficial e, com um gesto enérgico e decidido, entregou a Ivan um pedaço de papel, dizendo, com uma voz sonora que mais parecia soar como um trompete de campanha:

— Um telegrama para o camarada comandante. De Moscou e urgente.

A qualquer outro portador, Kazedub teria ordenado que aguardasse no corredor. No entanto, nesse caso não pôde privar-se do prazer de exercer seu comando sobre Salomea.

— Sente-se, camarada. Aqui — disse, apontando para o assento oposto ao seu. Em seguida, abriu o papel, dando-lhe um peteleco com ar extremamente digno e másculo. O telegrama era de Dzierzynski:

Symbirsk já está nas mãos dos inimigos da revolução. Nossos destacamentos estão recuando, sem combater, em todas as frentes. Desorganização e queda do espírito revolucionário. Esteja preparado para uma evacuação. Informarei a data num outro telegrama. Não confie nas autoridades de Kazan. Estão pensando em nos trair. Caso seja necessário, siga para o leste pela ferrovia Transiberiana. Não volte para Moscou. Grande possibilidade de o acesso ser cortado. Faça o que for possível para elevar o moral dos seus homens. Liquide fisicamente os suspeitos, não confiáveis e hesitantes. Faça-o imediatamente. Saudações.

— A camarada leu isto? — levantou os olhos do papel e logo percebeu a impropriedade da pergunta. — Desculpe-me; é lógico que a camarada leu.

Olhou para Salomea e notou nela um sincero desejo de cooperar. Diante disso, perguntou:

— O que a camarada acha disto?

Salomea deu um sorriso amarelo e, mordendo os cantos dos seus lábios lindamente delineados, admitiu com sinceridade:

— Estou com medo, camarada comandante!

— Medo de quê?

— O camarada sabe... — mordeu os lábios, o que a fez ainda mais bela.

Era a mais pura verdade. Ivan sabia muito bem de que se tratava, já que conversara muito sobre esses assuntos com o pai, que sempre fora (e, nesse ponto, deve lhe ser dado o devido crédito) um decidido adversário do anti-semitismo. Mas, a bem da verdade, nem o próprio Viktor Francovitch sabia exatamente como essa questão era tratada nos tempos do tsar. Segundo a "opinião pública", fosse o que fosse aquela expressão, os judeus que viviam no Império sempre sonharam, assim como os maçons, em derrubar a ordem nele existente.

Via de regra, costuma-se pensar nos judeus só quando algo começa a funcionar mal na máquina do Estado. A "mui esclarecida opinião pública" estava convencida de que a *Ohranka* mantinha uma severa vigilância sobre aquela parte da sociedade, cheia de conspiradores, terroristas e revolucionários. A famosa e malcheirosa questão denominada *Os Protocolos dos Sábios de Sião*, com a calúnia de que os judeus tinham um plano criminoso para sublevar o mundo, fora espalhada pelos ferozes anti-semitas a ponto de as pessoas acharem que o tal levante já se iniciara. Por outro lado, a tomada do poder pelos bolcheviques (no meio dos quais havia uma grande proporção de judeus) deu a impressão de ser o prenúncio dos *Protocolos*. O fato é que os métodos descritos nos *Protocolos* tinham uma estranha semelhança com os adotados pelos bolcheviques.[17]

Quando isso passou pela sua mente, Ivan pensou que o levante judaico do mundo já começara, e não haveria forças capazes de detê-lo. Olhou para a linda judia e imaginou ter diante de si o Anjo Exterminador. Sorriu para si mesmo e, deliciando o seu olhar com a beleza da radiotelegrafista, perguntou num tom exageradamente paternal:

---

[17]Embora, em maio de 1920, o *Times* de Londres tivesse publicado uma resenha da edição inglesa dos *Protocolos*, foi comprovado que a obra era pura fantasia apócrifa, publicada com o fim de reforçar os sentimentos anti-semitas do final do século XIX. (*N. do A.*)

— E então, por que a camarada está com medo?

— Posso ser sincera, camarada comandante?

— Tem que ser.

O rosto de Salomea ficou sério, perdendo seu ar infantil. Deixou cair os braços por entre os joelhos, como um operário exausto pelo seu pesado trabalho, e disse, olhando nos olhos de Ivan:

— Já vi muitas coisas. Sei que não é vossa culpa... Quero dizer que a revolução não tem culpa alguma nessa história... Mas...

Kazedub fez um esforço — com seu corpo, olhar e mente — para encorajar Salomea, parecendo um treinador preparando um cavalo para uma competição hípica. Nessas horas, quando um cavalo vê diante de si um obstáculo aparentemente intransponível, o treinador parece pular junto com o animal. Movido pelo instinto, ele dobra os joelhos e executa os movimentos adequados do pescoço e da cabeça. E foi algo semelhante a isso que ajudou Salomea a sobrepujar seu temor:

— As coisas se passam sempre de tal forma que os nossos acabam apanhando de ambos os lados.

— O que a camarada quis dizer com isso? — perguntou Ivan, embora soubesse muito bem a resposta que viria.

— Nos tempos do tsar, na ordem de então, vi várias vezes vitrines de lojas judaicas serem quebradas e judeus, agredidos. Meu pai sempre soube dar um jeito; contratava seguranças e tinha excelentes contatos com as autoridades. Tinha bastante dinheiro, porque sempre fora um fornecedor das Forças Armadas, mesmo antes da guerra. Esse assunto desagrada o camarada?

— Por que deveria? — Kazedub não sabia fingir-se de inocente.

— Bem, porque...

— Ah, já sei. A camarada está pensando naquilo. Não, aquilo não tem nenhum significado para mim. O passado só tem importância até certo ponto. Se alguém é dedicado à nossa causa, então o fato de quem foi antes da revolução ou o que fazia a sua família tem apenas um significado secundário.

Recitava aqueles truísmos, já que, envergonhado, estava ciente de estar justificando a si e ao seu pai. Chegou a querer confidenciar à jovem quem fora o pai. A idéia não lhe pareceu má, já que criaria entre eles um elo — uma espécie de pecado comum —, um entendimento. E quem sabe se isso não facilitaria a sua aproximação? No entanto, decidiu não dar ainda aquele passo, no que estava certo, já que sua interlocutora, mais à vontade e menos temerosa, passou a falar com maior desenvoltura:

— Após a abdicação, sob Kerenski, continuaram a bater nos nossos e a quebrar as vidraças que haviam sobrado, só que, como o camarada comandante deve saber, por outros motivos...

Salomea olhou atentamente para Ivan, já que não sabia se ele era maduro o suficiente para não se sentir ofendido na sua dignidade, mas como ele continuava animando-a com seu olhar e sorriso, decidiu dizer-lhe o que tinha em mente:

— Após a revolução, o motivo era simplesmente roubar. Então, passaram a atacar até pequenas lojinhas, sabendo que não encontrariam nelas mais do que alguns potes de pepinos em conserva. A seguir... — olhou para ele ainda mais atentamente — começaram a assaltar os ricos de verdade.

— Quem passou a fazer isso?

— Isso, camarada comandante, ninguém sabe. Naquela confusão, qualquer um que tivesse uma arma e um pedaço de papel com um carimbo se achava no direito de fazê-lo. Depois, quando se fica apenas de camisola e descalço, pois até os sapatos eram requisitados em nome... da revolução, não se tem mais vontade de lutar pelos seus direitos. O camarada deve saber o que é isso.

Kazedub meneou a cabeça em comiseração. Poucos poderiam saber melhor o que era aquilo. A ele, levaram o pai, e não umas colheres de prata ou uma estola de pele de raposa.

— Escutai-me, camarada — começou, sem saber como modificar aquela absurda forma de se dirigir a alguém, o que Wanda conseguira com tanta facilidade. — Escutai-me...

Ivan, na verdade, queria dizer-lhe algo totalmente diverso; que era muito bonita e que ele estava feliz por ela ter se aberto tanto com ele, seu superior hierárquico e quem, num piscar de olhos, poderia selar o seu destino. No entanto, acabou dizendo aquilo que cabia dizer, o que lhe foi desagradável e, de uma forma estranha, triste:

— A camarada sabe que uma revolução demanda vítimas...

Interrompeu-se, pois aquele chavão, extraído de um dos jornais do partido, lhe pareceu extremamente impróprio.

— O que quero dizer... — esfregou a testa num gesto que deveria denotar uma profunda reflexão, enquanto Salomea olhava para ele com seriedade e um tênue fio de esperança; uma esperança de que ele seria capaz de explicar-lhe algo e fazer com que seus temores cessassem, como pesadelos de uma criança. E, com efeito, Ivan decidiu abandonar discursos revolucionários e dizer-lhe algo íntimo e pessoal:

"O que quero dizer é que eu entendo disso. A mim, também tiraram algo... algo muito importante... em poucas palavras: levaram o meu pai — concluiu com surpreendente energia e soltou um suspiro de alívio, sabendo que palavras, uma vez ditas, não podiam mais ser recolhidas. Além disso, tinha certeza absoluta de que Salomea não era uma dirigente do partido que pudesse denunciá-lo por ter mágoas da revolução.

Salomea olhou para ele com pena e curiosidade.

— Quem o levou e por quê? — perguntou.

— E eu lá sei? É bem provável — nesse ponto sorriu, mas o seu sorriso só poderia ser compreendido por ele mesmo — que tenham sido os mesmos que me deram uma função na Tcheka.

— E o que o vosso pai fez a eles para o levarem? — perguntou, acrescentando imediatamente: — Talvez esse tema seja doloroso demais para o camarada. Podemos conversar sobre um outro assunto... isto é, se o camarada quiser...

Salomea estava confusa. Pela primeira vez via Kazedub como um ser humano. Até então, ele fora apenas o comandante e alguém muito bonito externamente. A única informação mais íntima que tivera dele lhe fora dada pela inesquecível visão do seu perfeito traseiro, quando, junto com Wanda, lhe aplicara as ventosas.

No entanto, Ivan, ansioso para conquistar a confiança da jovem o mais rapidamente possível, respondeu:

— Não, não mudemos de assunto. Até hoje, nunca toquei nele com quem quer que fosse.

Ao dizer isso, percebeu que estava falando a verdade. No início, com o coração na boca, esperava que esse tema e algum tipo de explanação surgissem no decorrer das freqüentes, e não exclusivamente funcionais, conversas com o seu chefe. Mas Dzierzysnki — algo que Kazedub não sabia — tinha lá os seus métodos. Aguardava o momento em que a necessidade de confidências e a curiosidade de Ivan chegassem a tal ponto que poderiam ser aproveitadas para solidificar sua dedicação à causa. Por isso, o tema referente ao destino de Viktor Francovitch, embora freqüentemente pairasse no esfumaçado ambiente do gabinete de Dzierzynski, nunca se materializara. Talvez tivesse gostado de abordá-lo com Wanda e, certamente, com aquele homem a quem queimara vivo e que, num espaço de duas horas, se tornara quase tão próximo dele quanto o seu pai.

— Nunca toquei nesse assunto com quem quer que fosse — repetiu. — A camarada sabe, as pessoas costumam falar de ideais, sacrifícios em prol da causa, necessidade superior...

Salomea interrompeu-o de uma forma surpreendentemente madura e objetiva:

— E que necessidade superior fez aqueles homens levarem o vosso pai? E por que o camarada permitiu que o fizessem?

— E o que eu poderia fazer? — respondeu quase gritando e, no mesmo momento, dando-se conta do que deveria ter feito, bem como dos motivos pelos quais não o fizera. Apesar disso, fez um esforço para justificar-se perante a jovem e perante si mesmo:

"Não me permitiram que fosse com ele. Ordenaram que ficasse onde estava e aguardasse... Que ficasse e aguardasse.

— E o camarada ficou e aguardou?

Ivan apenas fez um sinal afirmativo com a cabeça, sentindo-se tolo e constrangido por ter percebido que também agora permanecia e aguardava — porque fora exatamente isso que lhe ordenaram.

O resto da conversa foi conduzido por Salomea, e Ivan notou que aquela dominação lhe causava alívio e prazer. Alívio, porque estava fazendo algo como uma confissão purificadora, e prazer, por ter sentido repentinamente naquela situação um frêmito de excitação. Ficou imaginando aquela doce menina, cujo rosto poderia ser o do Anjo Exterminador, demandando dele alguns feitos e elogiando-o caso os fizesse corretamente. Concentrou-se ainda mais naquele devaneio passageiro. Imaginou-a o castigando por não ter demonstrado suficiente ardor por ela. Em que consistiria aquele castigo? Teria que ser algo excitante e que fizesse seu coração disparar, mas antes que pudesse dar vazão a essa fantasia forçou-se a retornar à realidade daquele momento e lugar. Tendo retornado, olhou para Salomea e teve a impressão de que ela, naquele curto momento divino, tivera os mesmos pensamentos, pondo-se no papel que ele lhe destinara. Ela devia ter percebido algo no seu olhar, mas fingira não notar, o que fez Ivan querer agradá-la ainda mais. Como ele gostaria de ter uma professora dessas! Bem-intencionada, compreensiva e, ao mesmo tempo, severa e dominadora. Lembrou-se de uma professora de geografia do quinto ano; uma certa Warakomska — provavelmente polonesa. Aquilo fora uma situação excepcional, pois, naqueles dias, professores do sexo feminino só davam aulas nas primeiras séries ou para meninas. Pois aquela Warakomska, uma mulher corpulenta e de pernas grossas — o que os alunos puderam notar quando amarrou os cadarços dos seus sapatos sem saber que estava sendo observada —, também tinha um rosto angelical. E aquele inesperado contraste entre o corpo matronal e os delicados, quase infantis, traços do rosto era — como costuma acontecer com esse tipo de contraste — extremamente excitante. A brincadeira começara de forma inocente. Ivan fizera um desenho da professora sem a saia e virada de costas. Passara o desenho a um colega, que, também sem nenhum talento em artes plásticas, acrescentara alguns detalhes mais explícitos. Os dois meninos ficaram rindo baixinho, esforçando-se para não chamar atenção e ocultar a excitação que se apossara deles, temendo serem chamados ao quadro-negro, quando o efeito da dita excitação ficaria explícito. Quis o destino que Warakomska chamasse o colega do Ivan para que, de frente para a classe, recitasse uma lição. Quando este se apresentou diante dela, curvado de uma forma estranha, com o rosto em brasa e contando atentamente os tacos do piso da sala, a professora notou a clara prova da aceitação dos seus encantos femininos, já que a tal prova não só fazia uma saliência nas suas calças como mostrava a sua arrogante presença debaixo da camisa do uniforme. A professora de geografia girou o colega de Ivan de costas para a classe para que os demais alunos não pudessem apreciar detalhes da sua prontidão erótica e, andando rapidamente sobre suas grossas pernas, aproximou-se da carteira de Ivan, estendendo a mão num gesto mais do que significativo. Ivan entregou-lhe a folha de papel, e Warakomska ficou admirando a obra conjunta dos dois meninos por bastante tempo. Em seguida, dobrou cuidadosamente o papel (não o amassou, como era de se esperar) e enfiou-o na estreita manga do seu simples vestido abotoado até o pescoço. Os acontecimentos seguintes foram rápidos e dinâmicos. A professora de geografia (que era uma mulher grande e, certamente, forte) pegou Ivan pela axila e quase o carregou para junto do co-autor, encolhido junto do quadro-negro. Em seguida, forçou suas cabeças para baixo, pegou uma régua usada nas aulas de geometria descritiva e — ao som de aplausos sarcásticos dos demais alunos — desferiu vários golpes nos seus traseiros. Ivan nunca esqueceu o sabor daquelas pancadas, que, por mais estranho que possa parecer, em vez de provocar dor, aumentaram a sua irracional excitação infantil. E, quando se empertigou, notou nos olhos da professora um encanto angelical pelo que acabara de acontecer. Entre a mulher que castigava e o garoto que recebia o castigo passara pelo ar a centelha de uma inacreditável e raramente alcançável satisfação mútua. Ivan nunca conseguiu decifrar o resultado daquele embate. Quem fora o dominador e quem fora o dominado? E quem castigara quem? Só Deus sabe. Um rastro daquelas lembranças se delineou claramente no rosto de Ivan, pois Salomea, meio desorientada, meneou a cabeça e disse:

— Compreendo. Mesmo assim, continuo com medo.

E, querendo mudar de assunto, perguntou:

— O camarada comandante tem alguma idéia de como elevar o moral dos soldados?

— Não — respondeu sinceramente Ivan. — E não creio que medidas disciplinares drásticas surtiriam um resultado satisfatório. Pode ocorrer exatamente o contrário, e aquilo que a camarada teme poderá ocorrer mais cedo do que esperávamos. E a camarada — inclinou-se para ela, espantado com o repentino desejo de acariciar o seu rosto — tem alguma sugestão?

— É claro que tenho — respondeu Salomea, ficando evidente que já pensara nisso havia muito tempo. — Deveríamos fazer um espetáculo.

Olhou para Ivan interrogativamente e, não tendo notado nele uma reação entusiasmada, apressou-se em prosseguir:

— O camarada sabe: Wanda tocará algo, formaremos um coro, apresentaremos o trecho de uma peça teatral. Os soldados participarão, convidaremos os moradores da cidade e aqueles simpáticos ferroviários de Tian com suas famílias.

Entusiasmada, ficou aguardando o que Ivan diria a esse respeito.

— Sabe de uma coisa, camarada? A idéia não é de todo má. A camarada Laudowska é uma excelente pianista, mas onde acharemos um piano? — respondeu este, um tanto perdido, já que o organizador e o funcionário se sobrepujaram ao visionário.

Já Salomea, uma estrategista nata, ficou entusiasmada, e seus olhos castanhos brilharam de satisfação.

— Pode ser um piano, um harmônio ou mesmo um acordeão. Ela é capaz de tocar qualquer instrumento. Além disso, tenho certeza de que haverá um piano nesta cidade. Poderemos requisitá-lo e, depois... devolvê-lo...

Interrompeu-se envergonhada, dando-se conta de como era fácil cruzar a fronteira entre aquilo que se pode e aquilo que não se deve, mas ansiava por organizar aquele espetáculo — e Kazedub concordou.

* * *

Enquanto isso, a cidade fervilhava de boatos, cada vez mais dramáticos e preocupantes. Ao se separar aquilo que era verdadeiro do que era mera especulação, emergia um quadro de completo caos. A logística de transportes não funcionava. As tropas vermelhas, formadas às pressas por soldados e voluntários civis e enviadas à força para o front, não estavam devidamente aprovisionadas de armas, alimentos e munição. Costumavam recuar do front sem mesmo disparar um tiro. Na verdade, ninguém sabia ao certo por onde passava aquela frente de batalha. O Alto Comando, no meio do qual não faltavam homens hesitantes ou simples carreiristas que aguardavam o desenrolar dos acontecimentos, estava em frangalhos. Os destacamentos que recuavam de Sibirsk não tinham linhas de comunicação entre si, nem com os que vinham de outras partes, em sua ajuda. Seus comandantes não tinham a menor idéia de quem era o comandante geral e onde achá-lo. Todas as formações eram ligadas por uma única idéia — a de estarem prontas para recuar a qualquer momento. Comentava-se — mais precisamente, sussurrava-se — que o inimigo estava muito bem organizado. E isso não era de estranhar. As forças dos brancos eram formadas, em sua maioria, por membros dos quadros de oficiais tsaristas. Havia companhias inteiras nas quais as patentes mais baixas eram as de tenente. Eram eficientes, determinados e, já tendo participado de várias batalhas, altamente experimentados. Uma companhia de guerreiros desse calibre era capaz de dissipar aos quatro ventos um batalhão inteiro de trabalhadores. Em contrapartida, os bolcheviques sentiam o solo arder sob seus pés. Ao chegarem à frente de batalha, mesmo os destacamentos recém-formados perdiam seu ânimo guerreiro e a motivação incutida pelos comissários de Moscou, entregando-se à atmosfera reinante no lugar. Tanto na cidade quanto nas suas cercanias, falava-se cada vez mais abertamente que os sovietes estavam acabados.

Diante disso, Ivan decidiu não aguardar por um telegrama de Moscou, mas transferir imediatamente o ouro de volta para os vagões do trem. Essa decisão lhe deu um alívio interno. Antes de tudo, ela retardava o momento em que seria preciso separar-se do tesouro, sendo que tudo indicava que a próxima etapa da viagem poderia vir a ser muito longa. Aquela perspectiva o alegrava, já que criara um vínculo com o trem e com a constante presença das duas mulheres que tanto desejava. Achou que, nesses casos, o tempo costuma ser um grande aliado e que, desde que não fizesse nenhuma bobagem, tudo ainda poderia acontecer.

As ruazinhas da cidade em direção à estação ferroviária voltaram a ressoar com o ronco dos motores dos caminhões que, dessa vez, Kazedub requisitara à força, com armas nas mãos. Tal fato quase provocou um tiroteio, já que as autoridades de Kazan só pensavam em fugir da cidade. O nome de Dzierzynski já não tinha aquela força mágica de dois meses atrás — e a que voltaria a ter alguns meses depois. Dessa forma, Ivan jamais poderia levar o ouro e carregá-lo nos vagões se não contasse com a bem organizada e fortemente armada escolta. Seus componentes, felizes por serem arrancados daquele monótono serviço de vigilância, readquiriram seu vigor e sua disposição, sendo que a força propulsora daquele mecanismo se revelou ser os inestimáveis letonianos.

Além de recarregar o trem, Ivan resolveu manter a permissão dada a Salomea para realizar o tal espetáculo. Ao anunciar tal decisão à jovem, esta lhe sapecou um beijo na bochecha e disse uma coisa que lhe causou um inesperado prazer:

— Gosto muito de vós. De verdade. Como da melhor das amigas.

Como aquilo ocorrera diante de testemunhas, Ivan tentou adotar uma postura formal, mas, pensando melhor, deu uma gargalhada e disse:

— Façam esse concerto. Ele será bom para todos nós. Mas sob uma condição: a de que seja realizado junto do trem. Sidorin poderá vos dar algumas telas de camuflagem que poderão servir de decoração. Vamos precisar de algumas plantas decorativas e... de uma bandeira. O palco poderá ser montado num daqueles vagões sem paredes. Tian poderá ajudar nisso. Temos energia elétrica, portanto não haverá problemas com a iluminação. Quando o programa estiver pronto, trazei-o e mostrai-o a mim. — Ivan adotou um ar sério. — E sem extravagâncias. — Olhou para ela significativamente e acrescentou:

"Para que não haja mal-entendidos.

Quando, alguns dias mais tarde, Salomea bateu na sua porta e entrou com uma pilha de papéis, Ivan indicou-lhe o mesmo assento da vez anterior e passou a examinar metodicamente o repertório.

Não devemos perder tempo,
Vamos logo esquartejar,
Todos os inimigos
Da revolução e das massas...

— Jesus Nazareno! Que poesia é esta?

Mas Salomea viera ao compartimento do comandante para defender as suas concepções artísticas, e não para se envolver em discussões acadêmicas.

— Isto, camarada comandante, é uma canção; mais precisamente, um hino.

— Hino de quem? — interrompeu-a, fazendo um esforço para não sorrir com demasiada ironia.

— Parece que é da cavalaria vermelha. Ele já estava pronto, porque os nossos camaradas vermelhos costumam cantá-lo, e Wanda, quero dizer a camarada Laudowska, disse que eles cantam muito bem e que deveriam apresentar-se.

Ivan soltou um pesado suspiro, tendo constatado que as demais estrofes, cujo texto Salomea copiara diligentemente, eram de teor semelhante ao que acabara de ler.

— Muito bem. Podem cantar. Mas quem irá acompanhá-los?

Os olhos de Salomea brilharam.

— Eles mesmos. Eles têm um conjunto completo! — exclamou, e vendo o interrogativo e incrédulo olhar de Ivan, apressou-se a esclarecer: — Pode ser que eu esteja exagerando um pouco. Um deles tem um acordeão, um outro tem uma balalaica, e um terceiro toca muito bem com colheres.

— Com colheres? — era ao mesmo tempo uma pergunta e uma constatação de Kazedub. — Está bem. E o que mais a camarada tem para me mostrar?

— Este monólogo. Este aí — tocou com o dedo no papel que mantinha sobre os joelhos, em função do que, mesmo através do papel, tocou na sua coxa, algo que Ivan estava convencido de que fizera de propósito.

— Um mo-nó-lo-go? — dividiu a palavra em sílabas, pois a concepção do espetáculo começava a lhe agradar cada vez menos. — Monólogo de quem?

— De Shakespeare, camarada. De *Júlio César*.

Ivan ficou sem saber como reagir, já que não lera *Júlio César*. Seu pai o levara para assistir a uma representação de *Macbeth*, e a tragédia lhe agradara a ponto de, ao retornar à casa, ter retirado da estante um empoeirado volume das obras de Shakespeare e lido *Macbeth* do início ao fim. Quanto à figura de Júlio César, esta nunca o atraíra. Imaginava-o sempre de perfil, com um nariz recurvado como o bico de um abutre, exatamente como nas reproduções existentes nos livros escolares de história, que sempre exploravam aquele reverso da moeda romana.

Mas Salomea já estava preparada com um novo argumento:

— A Biblioteca Municipal foi consumida pelo fogo ainda no inverno e as livrarias locais só têm livros sobre agricultura e um pouco de poesia árabe. Os sebos estão todos fechados. Por sorte, Tian tinha um exemplar de *Júlio César*.

— A camarada quer dizer... — Kazedub olhou perplexo para a empoeirada vidraça protegida por uma cortina com um desbotado brasão das Ferrovias Nacionais Russas. Levou certo tempo para coadunar seus pensamentos e formular uma pergunta objetiva:

"A camarada está querendo dizer que o nosso maquinista chinês lê Shakespeare em russo?

— Sim — respondeu Salomea, como se isso fosse a coisa mais natural do mundo. — Ele me disse que a versão russa reproduz melhor o espírito original da peça do que as que ele lera em outras línguas. Ele disse também... — nesse ponto seus olhos brilharam como os de uma criança a quem foi prometida uma festa de ano-novo — disse que poderá nos mostrar alguns truques com sua espada.

— Um mágico que lê Shakespeare. Quem sabe se ele não vai engolir fogo? Afinal, isso teria algo a ver com a sua profissão de maquinista de trem. E onde ele vai achar uma espada? Imagino que vai engoli-la e isso poderá ser interessante.

— Mas que idéia, camarada comandante! Ele disse apenas que vai nos mostrar um tipo de ginástica chinesa com espada e que, para isso, aquela espadinha da camarada Laudowska será ideal.

— Muito bem — rosnou Kazedub. — Mas quanto àquele monólogo de Shakespeare? Que monólogo é este e quem vai recitá-lo?

— Nós tínhamos esperança de que... — olhou para ele e agarrou a manga da sua camisa. — Por favor, camarada comandante! Concordai! Ninguém seria mais adequado para aquele papel!

Ivan tirou delicadamente a mão de Salomea do seu braço, não se negando ao prazer de retê-la na sua por alguns momentos. Esta não a retirou de imediato, mas a mão parecia estranhamente apática, como se a jovem tivesse conseguido desligar dela todos os nervos que moviam os músculos dos dedos.

— Qual papel? — indagou suavemente.

— O de Marco Antônio. Só o camarada é bastante formoso para ele.

— Não compreendo o que a formosura tem a ver com isso. Mas deixaime ver o texto!

Salomea entregou-lhe o livrinho e, como a passagem estava assinalada, leu em voz alta os primeiros versos:

Eu te imploro perdão, barro sangrento,
Por ser servil ante esses assassinos.

Passou os olhos nos demais versos e, embora não entendesse muito bem o que e a quem o shakespeariano Antônio queria comunicá-lo, o texto lhe agradou. Era másculo, claro, cheio de raiva e de desejo de vingança. Fechou o livrinho e disse:

— Muito bem. Serei Antônio, desde que a camarada me explique de que se trata e que não precise trajar uma toga.

— Lógico que não! — assegurou-lhe Salomea, com o rosto radiante. — Basta o uniforme. O texto trata de questões universais, atuais em qualquer época.

— Mesmo nesta época concreta? — indagou Kazedub, fazendo um gesto com o braço abrangendo o ensolarado mundo do outro lado da janela do vagão.

— Nesta? Mais do que em qualquer outra.

— Então, que a camarada me explique o que quis dizer com isso.

Kazedub acomodou-se confortavelmente e colocou as mãos entrelaçadas sobre a barriga, como um padre pronto para ouvir a confissão de uma penitente num canto da sacristia. Dava-lhe um imenso prazer olhar para Salomea, sobretudo para as mãos dela, que freqüentemente explicitavam melhor do que a voz o que ela queria dizer. Pensou que o entendimento geral de que os judeus falavam com as mãos não era desprovido de razão. Veio-lhe à mente uma piada-adivinha: como diferenciar um restaurante não-judaico de um judaico? No primeiro, vêem-se pessoas comendo e ouvem-se pessoas falando. No segundo, vêem-se pessoas falando e ouvem-se pessoas comendo. "Será que ela conhece essa piada? Aliás, qual será sua atitude diante de piadas sobre o Povo Escolhido? É óbvio que não posso perguntar-lhe isso. Estou certo de que ela come elegantemente e sem barulho, mas as suas mãos são efetivamente muito expressivas e, ao mesmo tempo, calmas e objetivas. Mostram apenas aquilo que ela quer dizer. São lindas, quase tão lindas como as daquela outra, embora mais robustas e fortes. De modo geral, ela não se parece com as demais judias que conheci; lembra mais uma egípcia. Se ela tivesse uma faixa nos cabelos... não, não uma faixa, mas uma peruca. Além disso, se ela estivesse trajando uma túnica e ficasse de lado, com um pé diante do outro, pareceria uma daquelas figuras egípcias que vi no Ermitage. Mas é melhor parar com essas divagações e ouvir o que ela tem a dizer."

Aos poucos, Ivan foi retornando à realidade e começou a escutar aquilo que, na certa, Salomea já dizia havia muito tempo:

— Isso, para mim, está claro como água. É uma peça sobre o exercício do poder ou, melhor ainda, sobre a responsabilidade de ter poder. O camarada sabe quem foi Júlio César? — concluiu a sua preleção.

— Claro. Como a camarada pode fazer uma pergunta dessas? — respondeu de forma ofendida, muito embora não soubesse muito. Ligava a sua imagem a uma certa Cleópatra que, disso tinha certeza, fora uma rainha egípcia. "Que na certa", pensou, passando por cima da sua ignorância da história, "não terá sido mais bonita do que esta jovem."

— De qualquer modo — continuou Salomea —, ele foi alguém que, após muitos anos de bagunça e de derrotas, devolveu a Roma o seu antigo esplendor. Roma voltou a obter vitórias e passou a reinar sobre uma boa parte do mundo.

Durante a fala de Salomea, Ivan fazia sinais afirmativos com a cabeça, esforçando-se para que seu rosto denotasse apenas a aceitação de um fato conhecido por qualquer pessoa de certo nível intelectual.

— Naturalmente, como costuma ocorrer nessas ocasiões — continuava Salomea —, ele conseguiu isso à custa de várias vítimas. Pompeu teve que ser eliminado, já que não é possível ter dois líderes ao mesmo tempo. O camarada comandante deve compreender isso, não é verdade?

O camarada comandante começou a compreender e não tinha nenhum ressentimento contra Salomea, mais precisamente contra aquele repetitivo mecanismo da história, que faz com que mudem apenas os nomes, as circunstâncias e as datas, mas sempre se trata de uma Roma qualquer e do desejo de dominá-la. Já havia experimentado o gosto do poder. Naquele instante, ele detinha o poder de vida e morte de todo aquele que não tivesse mais influência no Kremlin do que ele. E já fizera uso desse poder. E funcionara. Pela primeira vez, Ivan sentiu certo ressentimento por ter sido envolvido nisso. Não pelo fato de ter sido envolvido pelo passado do pai, ou por ter sido enredado por Dzierzynski. Não. Ele fora tragado por um turbilhão de mecanismos imutáveis e se dera conta disso. Ainda não estava tentando enfrentar aquilo, nem apreciá-lo ou lhe dar a importância adequada. Sentiu-se como um nadador, cuja perna estava sendo tragada por uma corrente submersa, à qual era impossível se opor. Sendo que ele, a despeito de como se avaliava, não era um exímio nadador. Sentiu um misto de gratidão e rancor em relação a Salomea por uma vez mais ser forçado a escolher e decidir numa situação que não tinha apenas um significado, como davam a entender os artigos publicados nas revistas bolcheviques. Interrompeu-a com voz cansada, como se, repentinamente, tivesse envelhecido um quarto de século. Ou quem sabe não envelhecera mesmo?

— Basta. Não é preciso explicar-me mais. Pelo que compreendi, caso o camarada Lênin aparecesse de repente no nosso espetáculo, ele consideraria que aquele monólogo era dirigido a ele, e eu teria que dar mil explicações. Por acaso, não é exatamente isso que a camarada gostaria que acontecesse?

— É claro que não! — assustou-se Salomea, tendo percebido que era exatamente isso que ela queria. Exatamente isso. Pôr aquele lindo rapaz numa situação dúbia e que o rapaz se revelasse um homem. Mas disse algo diferente:

"Acho, camarada, que não se deve pensar dessa forma.

— E de que forma? — interrompeu-a bruscamente.

— É que Shakespeare sempre tinha em mente o bem. Jamais escreveu uma letrinha sequer que pudesse enaltecer o mal, a falsidade ou o ódio. E se... — Salomea hesitou, mas Kazedub agraciou-a com um olhar animador — se a revolução é boa e deseja o bem-estar das pessoas, então ela não pode considerar Shakespeare um autor suspeito. Além disso, camarada comandante...

— Podeis falar livremente! — Kazedub não gostava de pausas retóricas e era impaciente.

— O camarada Lênin não é bobo e, certamente, leu e compreendeu a obra de Shakespeare. Estou convencida de que ninguém sabe melhor dos problemas derivados da detenção do poder do que o camarada Lênin. Se não fosse assim, ele não teria feito a revolução. Não podemos esquecer que ele mesmo sofreu um atentado. Além disso — Salomea sorriu para Ivan —, o camarada não o convidou para o espetáculo.

Ivan retribuiu o sorriso, já que Salomea fez melhorar o seu humor.

— Saiba, camarada, que não faltam dedos-duros neste país. Isso já é uma tradição nossa. Como deduravam no passado, então vão continuar dedurando agora. A camarada acha que estou exagerando?

— Não, não acho, só que...

Na testa da jovem surgiu um risco vertical e Ivan, involuntariamente, entristeceu-se junto com ela, que começou a pensar que tais análises e críticas da literatura clássica só poderiam levar a uma situação absurda. Daqui a pouco, vamos nos debruçar sobre Romeu e Julieta, vendo duas famílias em desacordo e fazendo uma analogia a uma coalizão de facções antagônicas durante a próxima reunião do partido. Começaremos a achar que o ciumento Otelo é uma alusão a um patife que, com suas suspeitas exageradas, poderá provocar uma tragédia no seio da direção do partido. E poderíamos seguir nessa linha até o infinito. Não só poderíamos, como podíamos, pois já começamos. A expressão no rosto de Ivan parecia significar que ele, também, pensava o mesmo.

— Sabeis de uma coisa? Tendes razão.

E, para mostrar que não era um ignorante, sacou de um argumento que lhe viera à cabeça.

— Tendes razão! Se nós pegássemos, digamos — fingiu estar procurando por um título qualquer —, um Macbeth, poderíamos achar que se trata de um ingrato rejeitado que quer assumir o poder. Vou recitar o monólogo de Antônio e aproveitarei a ocasião para explicar aos soldados de que se trata e qual é a causa pela qual lutamos... e se a camarada faz muita questão disso — olhou para ela de soslaio, incerto da sua reação —, estou até disposto a vestir uma toga... para causar mais efeito. Só que — voltou a buscar o seu olhar — a camarada terá que me ajudar.

E, quando viu uma expressão de espanto no rosto da jovem, apressou-se a completar:

— Na arte de interpretação. Inventar alguns gestos e expressões faciais. Vejo que a camarada tem muito mais conhecimento nesses assuntos do que eu.

Queria muito que ela concordasse. Seria uma oportunidade ideal para passarem mais tempo juntos e derrubarem as barreiras que ainda os separavam.

15

Kazan, 6 de agosto de 1918, fim da tarde

O ANOITECER DE 6 DE AGOSTO prometia ser extraordinário. O dia fora quente e abafado, o que, naquele lugar e naquela época do ano, não costumava ocorrer com freqüência. Já no meio da tarde, sobre as cúpulas das igrejas ortodoxas e os telhados das casas de Kazan foram surgindo do oeste nuvens iluminadas pelo sol poente, tingindo o céu com reflexos vermelho-dourados. Sua coloração lembrava (e, nesse ponto, pedimos desculpas ao distinto leitor pela comparação) a de uma ferida cheia de pus em um uniforme perfurado por uma bala e que ainda não fora lavado. Tal visão era muito estranha e ameaçadora. Uma parte do céu sobre a cidade estava banhada pelo sol, enquanto a outra era coberta por aquelas purulentas nuvens amarelo-avermelhadas. Estas, foram se elevando e expandindo cada vez mais, adquirindo um aspecto de horrendos e vivos chumaços de algodão colorido, ou um rebanho de monstruosos carneiros, tocados através de um estreito desfiladeiro e lutando entre si com suas cabeças desprovidas de olhos e chifres. Tais monstros, não cabendo mais na sua metade da abóbada celeste, pareciam elevar-se, enquanto suas barrigas repletas de água e eletricidade esmagavam o solo exaurido pelo calor. Tudo isso, que poderia ser contemplado por horas, ocorria de uma forma muito lenta, ressaltando a imobilidade dos acontecimentos vindouros. O lento pôr-do-sol não trazia nenhum alívio, nem aos céus, nem à terra. O ar foi ficando cada vez mais abafado, e as ameaçadoras nuvens transformavam os carneiros em bestas mitológicas montadas por demônios chifrudos, trazendo insegurança, medo e incertezas. Vale a pena ressaltar que o espetáculo decorria num silêncio sepulcral, no qual os sinos das igrejas e os cantos roucos dos muezins soavam grotescamente.

O local do espetáculo fora preparado com extremo cuidado, em parte graças aos esforços de Salomea e em parte pela criatividade de Tian. O palco era formado pelo piso de um dos vagões sem a parede dianteira, e prolongado por um estrado. O teto do vagão da escolta, o poste de sinalização e o suporte do elevado tanque d'água serviram para sustentar uma lona estendida sobre o palco e a platéia, onde os espectadores se acomodaram sobre bancos feitos de caixotes de conservas vazios e de tábuas. Havia também alguns bancos com retorcidos pés de ferro, trazidos do parque municipal. Nos últimos dias, a central elétrica de cidade falhava freqüentemente, de modo que Ivan mandou Tian ligar o gerador do trem, movido pelo vapor produzido pela locomotiva. Assim, a S3/6, colocada logo atrás do vagão da escolta, passou a emitir grossas colunas de fumaça negra que se juntavam às cada vez mais espessas nuvens carregadas de chuva. Os refletores giratórios, cobertos com celofane colorido, lançavam sobre as tábuas do palco faixas de luz de cor pastel. O público — formado pelos soldados de folga (Kazedub dispôs muitos deles em torno da área), um punhado de ferroviários com suas famílias e um pequeno grupo de comunistas locais — já se acomodara nos bancos, olhando com preocupação para o céu carregado de nuvens.

Ivan, tendo olhado pela última vez por trás da improvisada cortina, fez um sinal para Wanda, sentada ao piano. Os sons da *Internacional*, num arranjo livre e mais adequado para um concurso de piano, provocou diversas reações nos espectadores. Alguns se levantaram, outros tentaram cantá-la com vozes hesitantes, e outros ainda, sem saberem por qual motivo, bateram palmas. Ivan ajeitou o cinturão com o coldre, alisou as dobras do casaco do uniforme atravessado por uma faixa vermelho-brilhante e, com passos decisivos, foi para o centro do palco. Ficou em posição de sentindo e, batendo continência, permaneceu imóvel até a conclusão daquela estranha *ouverture*, esforçando-se para manter uma expressão marcial e não olhar para os olhos dos espectadores. A *Interancional* terminou e Ivanuchko, que naquela noite fora designado para manejar os refletores, dirigiu um deles diretamente para o rosto do comandante. Ivan semicerrou os olhos, que imediatamente se encheram de lágrimas, fez uma careta e protegeu-os com a mão. Ao mesmo tempo, deu um passo para o lado para se afastar da luz, mas o dedicado auxiliar de maquinista moveu o refletor, mantendo-o sob aquele brilho doloroso. Não vendo outra saída, Kazedub berrou com uma voz acostumada a comandar:

— Abaixai isto, desgraçado! Quereis cegar-me de vez?

Sua atitude provocou uma imediata onda de aplausos, e o ambiente ficou mais relaxado. Aquilo o deixou animado, a ponto de abandonar o discurso que memorizara com a ajuda de Salomea, e resolveu falar de improviso — sinceramente. Plantou-se com as pernas bem abertas, enfiou as pontas dos dedos por trás do cinturão e, sob a aba do seu quepe, olhou atentamente para a platéia, esperando que seus murmúrios cessassem. Movido pelo instinto, já que ninguém lhe ensinara, aguardou ainda por mais alguns momentos para maior efeito e, erguendo violentamente a cabeça como um cavalo de corrida quando os portões de partida são abertos, disparou:

— Camaradas. Camaradas e amigos. Na certa, estais indagando o que virá em seguida. Eu também. Minha vida não tem sido fácil, assim como a da maioria de vós. Ninguém está ocultando o fato de que a revolução corre sério perigo e, junto com a revolução, nós.

Nesse ponto, Ivan mudou inesperadamente de tom e passou a dizer aquilo que não só queria, como devia falar:

— Porque, camaradas, somos os seus filhos. Somos revolucionários. Ligamos o nosso futuro ao dela. Nosso e o dos nossos filhos. Não é hora para hesitações. Aparentemente, os inimigos do povo estão próximos. Nossas tropas combatem com valentia, mas o inimigo é mais poderoso. Podemos contar apenas conosco, pois recebemos uma missão e temos que cumpri-la. Não podemos ser lenientes conosco e com os outros. Todos estão cientes da responsabilidade que pesa sobre os nossos ombros e o que aconteceria caso aqueles que não querem a vitória das massas trabalhadoras assumissem o poder. E é por isso que eu demando de todos obediência e a mais estrita disciplina revolucionária.

Voltou a correr os olhos sobre as pessoas, e pôde constatar que nas suas expressões não havia nem uma sombra de entusiasmo ou aceitação por aquilo que queria lhes dizer. Apenas o escutavam e, no início — antes de ele começar a emitir chavões —, meneavam positivamente as cabeças. As pessoas tendem a compreender e aceitar melhor uma incerteza sincera do que uma falsa certeza. Com a primeira, elas têm como se identificar, enquanto com a segunda, serão capazes de ser seduzidas apenas por um momento. Ao perceber isso, Ivan abandonou os lugares-comuns e voltou a falar num tom pessoal e sincero — e o público recebeu com carinho essa nova postura.

— E agora... — fez uma pausa, como um dono de circo antes de anunciar um número com elefantes — vamos nos divertir! Esqueçamos por um momento as nossas preocupações! Passo a palavra para a camarada Szlifersztajn, que organizou o nosso programa!

E Kazedub, virando-se para os bastidores, começou a bater palmas, no que foi acompanhado pelos espectadores. Salomea entrou com a cabeça erguida e, ao passar por Ivan, trocou com ele um olhar de apreciação e tão cheio de significado que foi notado por Wanda, que, sentada junto do piano, observava atentamente o desenrolar dos acontecimentos.

"Ah, então é isso", pensou, martelando alguns acordes triunfais para reforçar o impacto da *entrée* de Salomea. "Quer dizer que você a deseja, garotinho? Pois vai tê-la. Pode deixar por minha conta. Você vai apaixonar-se perdidamente por ela. E não sem razão, porque ela é maravilhosa. E como você me privou da possibilidade de dirigi-lo, terei que fazer isso de uma forma diferente. Você vai ver como isso será divertido."

Sorriu para si mesma, apertando as teclas num pomposo acorde final. Enquanto isso, Salomea curvava-se graciosamente diante do relaxado público. As pessoas estavam felizes por não serem forçadas a ouvir discursos infindáveis, e o espetáculo prometia ser divertido. A atmosfera reinante no meio da platéia parecia a de uma feira, quando todos já terminaram suas transações comerciais e estão prontos para olhar — e aplaudir — mímicos, malabaristas e outros *performers*, tão comuns nas feiras russas. E não se decepcionaram. Salomea — com a voz de um sargento-mor — anunciou a entrada de um conjunto instrumento-vocal.

O conjunto Galo de Ouro (nome escolhido pelos seus próprios componentes) revelou-se muito bom. Estava claro que eles andavam se divertindo com isso desde a partida de Moscou, pois estavam afinados. Além disso, eram engraçados, nem que fosse pelo fato de o seu tenor ter uma inegável *vis comica*. Que o leitor se digne a imaginar um homem enorme e provido de pernas tortas e curtinhas, com nariz recurvado, braços extraordinariamente longos e desajeitados e um torso côncavo, do qual emergia um pescoço fininho, com um pomo-de-adão proeminente. Acrescente a isso uma cabeça pequenina como a de um passarinho e adornada por um par de olhos que piscavam alegremente.

O líder do conjunto, além da sua postura caricata, era um exímio dançarino, fazendo com o seu corpo algo extraordinário. Quando terminava uma estrofe e os seus companheiros cantavam o refrão, ele se punha a dar volteios rebuscados e, agachado, a atirar suas pernas para a frente à moda cossaca, fazendo tais malabarismos com total confiança de um profissional que sabe que aquilo dará certo e que lança um olhar triunfante sobre a platéia, como um gladiador diante do corpo inerte do adversário. O Galo de Ouro cantou, dançou e executou com colheres uma série de peças alegres e com textos picantes, que enumeravam as horripilantes formas pelas quais seriam destroçados os inimigos da revolução.

Quando cessaram os aplausos da entusiasmada audiência, o palco foi ocupado por Salomea com um solidéu na cabeça, um par de óculos no nariz — na verdade, apenas uma armação de arame feita por Tian — e trajando um xale de reza judaico com a suspeita aparência de uma cortina de vagão da primeira classe das linhas férreas tsaristas. Kazedub ficou preocupado, pois aquele número não constava do programa, mas quando Salomea, com perfeita entonação judaica, começou a contar piadas sobre judeus, mal conseguiu controlar-se e, junto com a platéia, contorcia-se de riso, a ponto de as lágrimas caírem dos seus olhos sobre o seu nariz. Salomea era uma atriz nata, sendo que a sua inteligência, aliada à ousadia, ao senso de humor herdado de Natan e à beleza — ressaltada pela sua indumentária —, a tornava irresistível.

Após sua saída de cena, as luzes abaixaram um pouco, e surgiu no palco Tian, trajando uma túnica de seda preta abotoada até o pescoço e com a espada de Wanda na mão. Fez uma curta reverência, inclinando apenas a parte superior do corpo. Em seguida, colocou a arma desnuda e com a ponta virada para cima em posição vertical ao longo do seu braço pendente. Separou os pés calçados com sapatos de lona negra e sola de corda trançada, de tal forma que os seus pés apontavam para o público. Dobrou levemente os joelhos e esticou o braço direito paralelamente ao piso, adotando uma posição como se o apoiasse sobre a cabecinha de uma criança de seis anos parada ao seu lado.

Quando, ainda nos bastidores, aguardava a sua vez, lhe passaram pela mente alguns pensamentos recriminatórios.

"Você sempre gosta de se exibir, como se não soubesse que o ato de se mostrar pode chamar a atenção para si, algo que, nessa missão, não é recomendável. Por outro lado, essa minha exibição pode ser uma inesperada oportunidade para confirmar o papel que me coube representar nessa farsa. Esses imbecis não sabem distinguir um machado de uma alabarda e para eles tanto faz se verão movimentos no estilo Jang ou uma dança circense com uma espada feita de madeira e coberta com papel aluminizado. Verão um maquinista chinês fazendo palhaçadas, e isso reforçará sua convicção de que sou aquilo que finjo ser."

No entanto, assim que sentiu a lâmina da espada junto do levemente dobrado cotovelo esquerdo, esqueceu por completo todos aqueles pensamentos. Há muito tempo que não treinava a seqüência do estilo Jang, muito embora, modéstia à parte, já tivesse sido um mestre naquela arte, que aprendera por acaso.

* * *

Certa vez, alguém lhe deu um velho *ken* chinês, uma simples espada de dois gumes cuja empunhadura perfeitamente balanceada tinha um quarto do comprimento da lâmina. No início, achara-a simples e rudimentar, mas, ao examiná-la com o olhar de especialista, teve que admitir que se tratava de um instrumento refinado e tão funcional quanto uma espada japonesa. Sua lâmina, embora não tão refinada do ponto de vista metalúrgico e dos efeitos sobre a sua superfície, não era apenas um pedaço do aço fundido, temperado, polido e, finalmente, afiado. Notou que a parte mais próxima da ponta era mais aguçada e muito elástica. Ao testá-la, executando um *chiburi* (um movimento para limpar a lâmina do sangue do adversário, semelhante ao que se faz para sacudir as gotas d'água de um guarda-chuva fechado), a espada mais parecera um chicote de tão flexível. Além disso, o seu gume era tão cortante quanto o de uma navalha. A parte central da lâmina, mais grossa e menos flexível, era também afiada, mas não tanto quanto a descrita acima. Finalmente, a última parte — a mais próxima da empunhadura coberta com pele de lagarto e enrolada por uma filigrana — era a mais grossa de todas e completamente sem fio, ao que parece feita para aparar os golpes do adversário. Dessa forma, cada uma das três partes da lâmina tinha finalidade distinta: a afiada e elástica ponta — para perfurar e ser usada em golpes curtos; a parte central — para golpes possantes desferidos com toda a força dos braços; e a parte sem fio — para defesa. Decididamente, não era uma ferramenta primitiva — e não é sem razão que aquela espada chinesa era chamada de "mãe das espadas japonesas". Achou que uma arma tão bem balanceada deveria servir para esgrima, mas só anos depois, na China — mais precisamente, em Harbin —, teve a sorte de encontrar o mestre que lhe mostrou a beleza do estilo Jang. Era um maquinista aposentado. Foi ao raiar de um dia, quando retornava para casa após o turno da noite. O velhinho exercitava-se num gramado e parecia estar desligado do mundo e das suas loucuras.

Os exercícios do velhinho pareceram-lhe familiares e lembravam alguns elementos de aquecimento para os exercícios de *kenjutsu*. Tinham a mesma propriedade de relaxar o corpo, regular a respiração e fazer circular a energia. Ao ser indagado, disse que aquilo era o sistema *tai chi chuan*, no estilo Jang. Alguns dias mais tarde, mostrou ao velhinho a sua espada, e o novo conhecido, que se apresentou como Jang Chung K'uei, inclinou-se com respeito diante da lâmina.

— É uma bela espada antiga. Onde o senhor a conseguiu, se é que posso perguntar?

A pergunta foi seguida por várias outras, sendo que as respostas não pareciam interessar muito a Jang, como se ele as conhecesse com antecedência.

— O senhor já tentou treinar com ela?

Depois, o miudinho chinês mostrou-lhe coisas de cuja existência ele nem suspeitara. Foi assim que tudo começou, e os muitos anos que passou em Harbin resultaram numa amizade e num razoável conhecimento de *tai chi chuan*, o que lhe foi de grande valia no aprofundamento dos seus estudos sobre as antigas escolas japonesas de esgrima.

"Que pena não ter aquela espada comigo. Mas não se pode viajar com um arsenal inteiro."

* * *

As séries de golpes se seguiam com a rapidez de um raio, e a audiência mal conseguia respirar. Tian sentia-se no sétimo céu, embora a arma européia não fosse adequadamente balanceada. Expirar... *Feiticeira apontando o caminho*... Aspirar... Mudança de posição e *Três anéis cobrindo a lua*... Desvio de um ataque, um golpe na direção dos joelhos do adversário e expiração... Aspiração... *Estrela cadente atinge a lua*... Nova mudança de posição... a ponta da espada virada para o leste... Aspiração... E agora... *Macaco branco entrega uma fruta*... E vamos terminar, porque estamos ficando exaustos... com um golpe final, adequado e poético: *Vento sopra de lado sobre flores de ameixeira*.

Tian, apoiado sobre o pé direito, girou rapidamente em torno do seu eixo. Abriu os braços. Abaixou o pé esquerdo e, segurando a empunhadura com ambas as mãos, desferiu um enérgico golpe para cima. Em seguida, retornou à posição *Deng San Bu*. Exalou o resto do ar dos pulmões e inclinou-se diante do público que finalmente também voltou a respirar, enquanto ele triunfava no meio de uma tempestade de palmas e gritos de encantamento e vendo que, mais uma vez, a estética das formas tradicionais deslumbrara os diletantes. "Eles não têm a menor idéia da função desses formatos, de onde provêm e a que parte do combate pertencem, e, no entanto, a sua beleza e a sua dramaturgia guerreiro-dançante os encanta", pensou Tian. No momento em que se retirava do palco, ressoou o primeiro trovão, e o ar, como se tivesse recebido um sinal, ficou extremamente abafado.

"Não consigo compreender por que não relampejou", indagou-se Ivan, cruzando com Tian. Pela segunda vez naquele anoitecer ficava olho no olho com o público. Só que, dessa vez, as pessoas estavam animadíssimas com a apresentação do chinês, e ele teve a sensação de que tudo se passaria às mil maravilhas. Ajeitou o cinturão com a pistola, da qual, por um motivo inexplicável, não conseguia se separar. Salomea conseguiu, a duras penas, convencê-lo a recitar o monólogo com a cabeça descoberta, afirmando que a sua bela cabeleira agradaria mais o público do que o suado quepe militar. Decidira apresentar a si mesmo, achando que aquela era a forma mais adequada e desejando introduzir Shakespeare com algumas palavras próprias.

— Camaradas! — começou formalmente. — Quando queremos testar o valor de um homem, ordenamos-lhe que lute. Só no calor de uma batalha podemos avaliá-lo. Quando queremos saber a força do amor que os outros nutrem por ele, ordenamos-lhe que morra. Só então poderemos saber quanto o amávamos.

Como se fosse para confirmar as suas palavras, o céu sobre Kazan foi rasgado por um relâmpago, seguido pelo estrondo de um trovão. Kazedub acalmou os rompantes da natureza com um gesto que, por certo, teria agradado um público shakespeariano, e continuou:

— Camaradas! A melhor forma de reconhecer o valor e o significado da revolução é lutar por ela. Mas o que valemos nós, os revolucionários, só saberemos quando alguém quiser destruir a revolução e matar os seus ideais. É disso que trata o dramaturgo do povo, que escrevia suas peças para o povo, o camar... o clássico dramaturgo Shakespeare. O que vou recitar é o monólogo de Marco Antônio, da peça *Júlio César*. Antônio era amigo de César e, como todos sabem, Júlio César queria fazer Roma ser novamente grandiosa. Não fiquem chocados, camaradas, com o fato de naquela Roma gigantesca e maravilhosa não haver a justiça social pela qual lutamos agora. Aqueles foram outros tempos, uma outra era. De qualquer modo, camaradas, César queria que os cidadãos romanos nunca mais sentissem fome nem humilhações e, em função disso, resolveu acabar com o governo existente. Um governo provisório, que não levava a lugar algum. Aparentemente, o mando era exercido pelo Senado, mas, na verdade, mandavam aqueles que dispunham de dinheiro e tropas. Sendo assim, César quis assumir o poder em nome do povo romano, ao que os senadores se opuseram e... — nesse ponto, Ivan fez uma pausa para maior efeito — ... o assassinaram.

O público suspirou condoído, o que fez Ivan sentir-se como se tivesse um par de asas às costas.

— Assassinaram-no, os filhos de uma cadela. Mataram-no a facadas. O melhor deles. Um grande líder. Um grande homem. Esfaquearam-no como se esfaqueia um porco. Até o seu mais dedicado camarada, Brutus, participou do atentado e desferiu o golpe mortal. E é daí que provém aquela frase que todos conhecemos: "Até tu, Brutus, contra mim?" — interrompeu o seu discurso, enquanto o público meneava compreensivelmente as cabeças —, o que significa, camaradas, que os revolucionários devem estar sempre em estado de alerta e que não se pode confiar em ninguém.[18]

Nos bastidores, Salomea sacudia a cabeça com admiração. Ivan se revelara um aluno aplicado. Pegara aquilo que ela conseguira enfiar na sua bela cabecinha, transformara-o num ato provocatório e, sem nenhum pejo, vendia-o para os ingênuos ouvintes. Salomea percebeu três coisas ao mesmo tempo, coisas que — como é fácil de imaginar — eram todas relacionadas a Ivan. A primeira, que ele era um cínico ilimitado e perigoso; a segunda, que era muito inteligente, embora não bastante instruído. Por fim, a terceira: que o fato de ele ser assim dava-lhe uma enorme satisfação. Enquanto isso, Ivan silenciou os murmúrios de aprovação e, abaixando a sua bela cabeça, atirou as primeiras palavras, que soaram surdas e depressivas, mas que, à medida que o declamador, agraciado por um belo timbre de voz e um talento inato, começou a se aquecer, foram adquirindo força e uma vida própria nas mentes da atenta audiência:

Eu te imploro perdão, barro sangrento,
Por ser servil ante esses assassinos.
És a ruína do homem mais nobre
Que jamais houve na maré dos tempos.
Pobre da terra que te derramou

---

[18]Caso Kazedub pudesse adivinhar o que ocorreria em Moscou no dia 30 de agosto (quando Lênin sofreu um atentado e levou dois tiros no braço), certamente teria usado definições ainda mais assertivas. (*N. do A.*)

O nobre sangue. E ante as tuas chagas —
Que abrem mudas os lábios de rubi
Pra pedir voz a esta minha língua —
Eu juro que uma praga há de abater-se

Nesse ponto, Ivan interrompeu sua fala, ergueu a cabeça e deu-se conta da importância das próximas palavras, a ponto de ficar assustado. Em função disso, recitou-as numa voz menos segura e trêmula, mas, por mais estranho que isso possa parecer, seu significado chegou até ele — e aos seus ouvintes — com muito mais clareza:

Fúria doméstica e luta civil
Virão cobrir a Itália toda inteira.
Tão comum serão sangue e destruição,
Serão horrores tão familiares,
Que mães irão sorrir ao deparar
Com o filho esquartejado pela guerra,
Sufocada a piedade pelo hábito:
E a alma de César pedirá vingança
Vinda do inferno, com Atê ao lado...

Ouviu-se um terrível silvo e, cinqüenta metros acima das suas cabeças, explodiu uma granada, lançando estilhaços sobre o teto de lona. O céu brilhou repentinamente, mudando a cenografia, que se tornou mais adequada a *Macbeth* (a cena com as Feiticeiras). Os projéteis seguintes, por sorte, explodiam cada vez mais longe — era evidente que a artilharia era destinada a outros alvos e disparara sobre a estação por engano. O público entrou em pânico, enquanto os homens de guarda, com os fuzis engatilhados, olhavam preocupados em volta, como se aguardassem a aparição da cavalaria branca galopando atrás dos edifícios. Kazedub, que por instinto chegou a se agachar, voltou a erguer-se e, rapidamente e engolindo o final das palavras, gritou o final do texto:

E com voz de monarca nestas plagas
Soltará com alarma os cães de guerra,

Até que este ato feda toda a terra
Com corpos podres a implorar enterro.[19]

E, tendo se refeito do susto, assumiu imediatamente o comando, enquanto seus homens, que ficaram paralisados, puseram-se, aliviados, a executar as ordens:

— Camarada Tian! Rápido! Aquecei a locomotiva! Sidorin, aos vagões! Vamos! Todos para dentro do trem!

Tian não esperou até os soldados entrarem nos vagões. Correu até a locomotiva, escalou como um gato os degraus da cabine, empurrou a alavanca e, assim que as rodas motoras cessaram de girar em falso e encontraram a resistência dos trilhos, pôs-se a atirar carvão na fornalha, ciente de que a pressão do vapor não duraria por muito tempo. No mesmo instante, sobre o piso de ferro da S3/6, surgiu o rostinho de Ivanuchko, encantado com o desenrolar dos acontecimentos.

— Ivanuchko, jogue calvão na folnalha! Não temos tempo a pelder! Plecisamos de vapor!

As duas pás trabalharam incessantemente por mais de um minuto. Depois, Tian atirou a sua num canto e pendurou-se no cordão do apito. Partiram às cegas, sem saberem se o semáforo estava aberto. A S3/6 foi arrancando as amarras da tenda com o cenário. Com o canto do olho, Tian chegou a ver o infeliz piano caindo e se despedaçando. O tempo urgia, já que mais granadas explodiam sobre a estação e, no lugar onde apenas segundos atrás estava o último vagão, caiu um projétil de um possante canhão de 155mm, levantando uma coluna de pedaços de terra e trilhos retorcidos.

"Eles não estão brincando", pensou Tian, debruçando-se da janelinha da cabine e tentando enxergar o semáforo através de uma torrente de água que os céus, com um suspiro de alívio, deixaram cair das pesadas nuvens.

Está lá! O indicador superior estava erguido, o que significava que, pelo menos em teoria, o próximo trecho a ser percorrido estava livre. O indicador inferior, na posição horizontal, comunicava "vá com cuidado", o que

[19]Tradução de Barbara Heliodora, Lacerda Editores, 2001. (*N. do T.*)

queria dizer, pelo menos em teoria, que o trecho seguinte estava fechado. Mas, na realidade revolucionária, a sinalização poderia significar qualquer coisa, inclusive que todos os funcionários responsáveis pela sinalização estavam bêbados e um deles brincava com as alavancas dos sinais. Buuuum! O projétil seguinte do possante canhão explodiu, com extraordinária precisão, logo atrás do comboio, o que fez Tian deixar de lado suas cautelas.

— É preciso aquecer a caldeira e ter esperanças de não batermos diretamente em alguns vagões que um patife qualquer desviara de outra via, para si ou para seus amigos. Conduza-me, Amaterasu![20] — murmurou por entre lábios ressecados e, com um gesto decidido, empurrou a alavanca da S3/6, que reagiu imediatamente como um cavalo esporeado.

[20]Deusa do sol, de quem reivindica descender a família imperial japonesa. (*N. do T.*)

16

Moscou, gabinete de Feliks Dzierzynski, 9 de agosto de 1918, meia-noite

"QUE PAÍS! QUE NAÇÃO! Isto não é um país, mas um gigantesco bordel, no qual não se sabe distinguir quem são as putas, quem é a dona e quem são os clientes. Isto aqui não é um país, mas um monte de merda! Não deveria ser tocado, mas deixado como está — apodrecendo aos poucos. Quem sabe se, ao apodrecerem até o fim e vendo serem ultrapassados pelas nações civilizadas, não teriam notado sua própria fragmentação? Duvido. Nós, também, não somos melhores. Sabemos morrer, sabemos pronunciar belos discursos aos pés do cadafalso e sabemos rasgar vestidos de baile para transformá-los em echarpes para revolucionários. E para que serve isso? Para nada. Se fôssemos uma nação inteligente, como por exemplo o Japão, os russos andariam direitinho na linha. Por que não há outros como eu? Por que ninguém pensou em adotar os métodos de Wallenrode* e dominar essa massa ignara de uma forma mais refinada do que a que nós — os poloneses — tentamos adotar por dezenas de anos?"

Colocou os suspensórios sobre suas costas recurvadas, deu um bocejo e retirou as pernas de cima do tampo da sua escrivaninha. Tirou um cigarro da sua cigarreira de prata e girou a rodinha de um isqueiro a gasolina, que brilhou com uma chama azulada. Já faltavam fósforos, e o pavio do isqueiro tinha que ser feito com um cadarço de sapatos. O estoque de cigarros também diminuía num ritmo assustador — tão rapidamente que ele, que fumava dois a três pacotes de 24 cigarros por dia, hesitava antes de acender um. Logo ele, que tinha tantos privilégios. "Eis mais uma merda. Os tais privilégios. Não há mais sabão no país? Não! Mas para vós, camarada, obviamente há de se achar. Pois vós deveis estar limpos. Porque tendes uma função tão importante. Deveis vigiar os sujos. Aqueles que já não têm sabão. Porque eles são menos importantes. Não têm privilégios. Portanto, não têm sabão e, não tendo sabão, reclamam do regime por não haver sabão para todos. Entre reclamar e conspirar o caminho é curto. Portanto, é preciso vigiar e estar pronto para reagir. Para estar atento, é bom tomar um banho de vez em quando, e para isso é preciso ter sabão. E os que não têm sabão sabem muito bem que nós — eu, o camarada Ilitch e toda a camarilha do Kremlin — temos sabão. Basta olhar para nós, comissários com roupas de couro, botas de cromo alemão, uniformes feitos com os melhores tecidos. Quanto mais tolos e interesseiros, mais emperiquitados. A forma substitui o conteúdo. Os oficiais tsaristas andavam enfeitados como donzelas à procura de cavaleiros, só que, naqueles dias, a patente e os privilégios dela decorrentes tinham outras dimensões. O uniforme tinha por função indicar a patente e a função. O apuro em se vestir e o asseio pessoal deviam servir de exemplo para as patentes inferiores e os recrutas. Um botão arrancado ou uma baioneta não polida o bastante podiam resultar em cadeia. E hoje? Qual a função de se emperiquitar, se todos devemos ser iguais? Para servir de exemplo aos soldados? Mas como eles podem se mirar no exemplo vindo de cima se a maioria nem sequer tem sapatos? Como isso pode agir em prol da igualdade entre todos? Como se livrar daquela simples solução através de privilégios? Andando também descalços e fedorentos? Como eles? Então, eles dirão que você ficou louco e quer agradar-lhes. Então, o que fazer? Aqui existe um provérbio: 'Podes tentar o que quiseres, mas jamais chegarás a ser o tsar.' Muito bom provérbio. O que quer dizer que o problema ao qual estou me dedicando não é tão novo assim. Deveria ocupar-me com questões sérias, e não com sabão."

Notou que o cigarro, deixado no cinzeiro e no qual dera apenas uma tragada, se transformara num delicado tubinho de cinza. Puxou um outro, vendo, com preocupação, que era o penúltimo do último pacote.

"E as questões sérias apresentam-se da seguinte forma: Lênin se acha um visionário, mas a sua capacidade de prever acontecimentos de fundamental importância não é lá muito desenvolvida. Dissolveu o Parlamento Provisório aos quatro ventos, sem antes ter tentado cooptar alguns dos seus membros. Mas não, ele sabe mais. E, no entanto, havia entre eles vários socialistas revolucionários, além de socialdemocratas, que tinham um plano semelhante ao nosso. Talvez não tão radical, mas que poderia ser adaptado para fazer um bolo a ser comido tanto por eles quanto por nós. Mas Vladimir não quer compartilhar o poder e faz um jogo perigoso, tendo poucos trunfos na mão. Um deles é a incrível lealdade dos letonianos, e o outro — o seu talento inato para ações ousadas. É bem provável que os historiadores do futuro digam que a nossa causa só teve sucesso graças à ousadia do seu líder. Uma ousadia que deixa seus adversários abobados, permitindo-lhe fazer com eles o que bem entender."

Nesse ponto, veio à mente de Dzierzynski uma indiscutível analogia: a de que, em muitos casos, uma virtuosa donzela é seduzida não pelo mais valente nem o mais rico nem o mais bem-apessoado — mas pelo mais ousado. Alguém capaz de apostar tudo numa só carta, fingindo que não está preocupado com o resultado e que não tem medo de perder. Soltou um suspiro e voltou a matutar.

"De qualquer modo, os dispersos socialistas revolucionários adquiriram novo ânimo e conseguiram juntar-se em Samara, à margem do Volga. Pronto! Temos um novo governo! Seria para rir, não fosse o fato de aqueles sujeitos engraçados terem se encontrado nos cafés de Samara e formado um gabinete. Existem pessoas (e, infelizmente, são cada vez mais numerosas) dispostas a admitir que aquele é o único governo legal da Rússia. Eis os frutos da famosa 'estratégia intuitiva' de Vladimir Ilitch! Isso já é uma verdadeira guerra civil! Isso não pode acabar bem!"

Feliks Edmundovitch esfregou os olhos avermelhados por falta de sono.

"Conseguiu hostilizar os que nos eram mais próximos, os social-democratas da esquerda! Além disso, não parece estar muito preocupado com a guerra civil. Sua preocupação-mor é outra: o trigo. Está dando tratos à bola para forçar os espertos camponios a entregar-lhe o que esconderam dele — trigo. Sem ele, uma revolução nas grandes cidades não tem nenhum sentido. Afinal, é preciso comer algo. Aí, o Grande Líder decidiu alimentar os trabalhadores com o que tirasse, *pardon*, com o que requisitasse — dos irmãos camponeses. Preferiu ter os trabalhadores satisfeitos à custa dos camponeses, em vez do contrário. Sente-se mais próximo dos trabalhadores, além de achar que é muito mais fácil pacificar os camponeses — basta mandar um batalhão de soldados. Quanto aos trabalhadores, não há mais nada que possa 'requisitar' deles. Os meios de produção, como diz o senhor Marx? Mas eles jamais acreditarão naquele conto de carochinha de que, na nova ordem, os meios de produção pertencerão a eles. Caso acreditassem, zelariam por eles. E o que fazem? Estão se lixando. Quebrou. Emperrou. Não é da minha responsabilidade. De uma forma geral, pensam como aquele... como é mesmo o seu nome? Aquele que foi preciso fuzilar para servir de exemplo... ah, sim — Zeldybin. Está claro que um campônio que esconde grãos é um 'inimigo do povo'. Ilitch cunhou essa expressão graças à sua inata habilidade de usar palavras acompanhadas de uma total barafunda no que se refere ao seu significado."

> *A ocultação dos estoques de grãos deve ser considerada como o maior de todos os crimes, sendo que cabe ao país adotar uma guerra impiedosa contra a burguesia rural e os demais elementos burgueses responsáveis pelo aumento do preço dos grãos.*

"Burguesia rural?! Só uma mente excepcional seria capaz de produzir tamanha sandice! Da mesma forma, se poderia dizer 'cachorrice felina' ou 'duplicidade individual'. Mas as pessoas a quem Lênin se dirige nos seus comícios aceitam tamanhas tolices! E mais ainda: o entusiasmo deles ultrapassa tudo que já se sabia sobre o entusiasmo das massas — um entusiasmo espontâneo, sem ser estimulado por baionetas. Se é assim, então se pode continuar nessa trilha. Tomemos por exemplo a 'ditadura do proletariado', mais um monstrinho da lógica. A ditadura consiste no fato de haver somente uma pessoa que manda, enquanto o proletariado é um grupo cinzento, um montão de merda. Que tipo de ditador seria o proletariado? O real ditador é o senhor Ulianov, mas como ele pode ser chamado de proletário? Os proletários não passeiam por Moscou em limusines e não fazem discursos inflamados. Os proletários, prezado senhor Ulianov, preocupam-se em como sobreviver no dia-a-dia e como conseguir comprar pão para seus filhos. Só que, no momento, vivem batendo palmas nos comícios, ouvindo as baboseiras que o senhor lhes diz e, ao primeiro sinal, lançam-se para saquear e fuzilar — ou seja, realizar a doutrina da ditadura do senhor —, o que torna totalmente justificado o seu desejo de lhes dar pão. O pior de tudo é que devo admitir que o senhor está com a razão: o exercício do poder é um processo que, por sua natureza, só pode ser exercido numa grande cidade. Na província, o máximo que se pode ser é um cacique."

Coçou sua cabeça e constatou que era preciso lavá-la. Para sua surpresa, tal pensamento o alegrou, como se achasse que, junto com a sujeira dos cabelos, poderia livrar-se dos seus pensamentos soturnos. Afinal, eles não eram adequados a um leal defensor da causa revolucionária.

"É bem possível que os que estão sendo explorados não consigam mais suportar a situação e comecem a desenterrar aquilo que enterraram em 1917. Sabemos que cada camponês tem escondido um fuzil e munição; os mais prevenidos, algumas granadas, e os mais sabidos, até metralhadoras. Basta que os nossos comissários os apertem demais e que apareça um líder esperto para termos um levante de camponeses. Para eles, tanto faz quem está sentado no Kremlin, desde que possam arar calmamente a terra e que ninguém fique olhando nos seus pratos. Um exército desses pode formar-se em pouco tempo e desfazer-se com a mesma rapidez. Os fuzis voltam a ser enterrados e os camponeses se enfiam debaixo dos seus cobertores, aninhando-se nos braços das suas mulheres. É por isso que a requisição do trigo poderá se vingar — e já está se vingando. O pavio já foi aceso. E o que ele fez? Conseguiu dividir os camponeses, criando os Comitês de Pobreza. Um autêntico Maquiavel! Usou aquela massa de ignorantes que sempre invejara os proprietários de terras e sempre se submetera a eles por uma tigela de trigo e vagas promessas. Aquela tigela de trigo passou a funcionar da seguinte forma: uma parte dos grãos 'requisitados' era distribuída publicamente entre os que denunciavam os demais. O resto dos grãos era levado para as cidades e atirado aos trabalhadores, que se juntavam como pombos numa praça. Quantos foram roubados e passados para trás pelo caminho? Só Deus sabe."

Ergueu-se e alisou a sua barbicha. De repente, percebeu que Lênin jamais se envolvera pessoalmente em todas aquelas coisas pelas quais poderia ser julgado e enforcado.

"Até o assassinato da família imperial. Não será Ilitch quem será julgado por ele, mas aqueles açougueiros dos Urais. Eles e... talvez eu, já que Trótski sempre quis que tudo fosse feito sob a aura da legalidade. Por um 'Tribunal Independente'. E onde o tal 'Tribunal Independente' foi realizado? No porão de Ipatiev. Estou curioso em saber se Ivan já sabe disso. Na certa, aquilo seria um choque para ele. Além disso, poderia sentir-se como um vigia de um tesouro roubado de um cadáver. É melhor que não saiba por enquanto. Que fuja para o leste o mais rápido possível. O garoto saiu-se muito bem ao não se deixar surpreender em Kazan; demonstrou iniciativa e retirou o ouro do banco, embora devesse ter aguardado por ordens específicas naquele sentido. Mas, nesse caso, vamos perdoar-lhe aquele excesso de iniciativa. Precisamos esconder aquele ouro e manter um rígido controle sobre ele. Se as coisas continuarem a se desenrolar a essa velocidade e nesse cenário..."

Kremlin, gabinete de Lênin, madrugada de 10 de agosto de 1918

O mapa que mandara trazer do seu apartamento no prédio do Senado parecia aquela tabuleta que registrava a temperatura de um doente num hospital. Seu Império estava com febre, e uma febre alta. Ele mesmo também não se sentia bem. Tinha dores constantes de cabeça e não conseguia pegar no sono. Seu corpo reagia de uma forma estranha à comida. Após cada refeição, seu rosto ficava avermelhado. Tinha dificuldade em se abaixar para amarrar os cadarços dos sapatos. Quando levantava uma perna para calçar uma meia, perdia o equilíbrio. Tornava-se cada vez mais pesado e sonolento. Mas só por um momento, pois quando se deitava para tirar uma soneca, a sonolência desaparecia como por encanto. Nem Ivan, o Terrível ajudava-o com o seu ronronar e, cá entre nós, irritava-o no mesmo nível que todas as outras coisas. Aliás, sua irritação era freqüente e imprevisível, de modo que se tornara perigoso. A execução da família imperial aguçara aquele estado a ponto de ele se tornar insuportável para seus colaboradores próximos. Ele mesmo, em algumas ocasiões, chegou a indagar-se se não estava sofrendo de uma doença psíquica — se não saía de dentro dele algo terrível e pavoroso, um monstro criado pela parte escura da sua alma normalmente serena e calorosa. Olhava para o que acabara de escrever e se perguntava se fora mesmo ele, e não algo que se instalara nele e o incomodava fazia semanas, que botara aquelas palavras no papel. A carta era dirigida à organização bolchevique em Penz:

> *Camaradas! O levante nas cinco regiões nas mãos dos chupa-sangues tem que ser abafado a qualquer custo! Isso é do interesse de* TODA *a revolução, pois, neste momento, estamos travando a batalha definitiva com os chupa-sangues em* TODO *o país. Temos que lhes dar uma lição que eles jamais irão esquecer.*

O resto era ainda pior, mas Lênin, tendo examinado o texto mais uma vez, resolveu não modificar uma palavra sequer. Demandava:

> *1. Enforcar (em praça pública) pelo menos cem sanguessugas e ricaços conhecidos por todos.*
> *2. Pendurar listas com os seus nomes.*
> *3. Confiscar todo o seu trigo.*
> *Fazer isso de tal forma que, num raio de centenas de quilômetros, as pessoas possam tomar conhecimento, assustar-se e dizer: estão estrangulando e hão de estrangular todos os chupa-sangues.*
> *Confirmar o recebimento desta por via telegráfica e* EXECUTAR.
> *Vosso, Lênin.*

Assinou com cuidado e pensou: "Vocês terão que encontrar alguns homens realmente duros."

"Os camponeses precisam ficar assustados. Não há outra saída. De outra forma, não terei pão para os trabalhadores. Na certa, muitos inocentes acabarão sendo assassinados. Mas, nos dias de hoje, quem pode ser considerado inocente? Eu? Já sou culpado por ter derramado sangue inocente. Sim, eu mesmo. Nenhum outro. De qualquer modo, sempre poderei dizer que uma grande causa demanda vítimas. Além disso, quem vai verificar? Culpado, inocente. O importante é que eles fiquem com medo. Não há mais nem tempo nem lugar para mais concessões. Em breve estaremos encostados na parede e não haverá para onde recuar. Por precaução, é preciso guardar aquele dinheiro num lugar seguro, mas de tal forma que se possa ter acesso a ele a qualquer momento. Onde estará agora aquele trem? As linhas férreas ainda continuam sob o nosso controle? Quem sabe se não seria melhor transferir aquele ouro para caminhões e trazê-lo de volta? Não, isso seria arriscado demais. Além disso, de quantos caminhões iríamos precisar? Quinhentos? Fora de questão. Quem sabe por via fluvial? Também arriscado. Um disparo de canhão, e o ouro se foi. Não vai ser possível mergulhar e chafurdar no lodo. Por enquanto, é melhor que Kazedub continue indo para o leste. O mais longe possível. Depois, veremos. Espero que Laudowska saiba o que está se passando e esteja controlando tudo. Já faz muito tempo que não tenho nenhuma notícia dela."

17

O "Trem de Ouro", 6 de agosto de 1918, tarde de noite, compartimento de Salomea

SALOMEA JAMAIS ESTIVERA NO FRONT E, pela primeira vez na sua vida, ouvira o trovejar de canhões. Durante as férias que passara no Báltico, ouvira algo semelhante quando eclodira um incêndio na base dos hidroplanos e, antes que pudesse ser apagado, explodira o depósito de munição no qual eram guardadas as bombas. Pelo menos fora isso que, na manhã seguinte, lhe explicara Natan, que gostava de estar sempre bem informado e sempre obtinha informações de primeira mão, além de, tendo sido por anos fornecedor das Forças Armadas, entender um pouco de todos os assuntos ligados à guerra.

Fechou a janela pela qual ficara olhando por bastante tempo, alisou as dobras da saia e sentou-se para, ao cada vez mais rítmico som das rodas do trem sobre os trilhos, avaliar a situação. Fora a primeira vez que alguém disparara contra ela — e ainda por cima com um canhão. No entanto, aquilo não a assustara de forma alguma. Fora algo excitante e, de certo modo, até agradável. Seu coração continuava batendo violentamente no peito, e ela constatou — não sem surpresa — que gostaria de ouvir aquele estrondo de novo e, até, ainda mais perto. Conscientizou-se de uma estranha verdade da qual, até então, nem suspeitara: a de que na guerra e nela mesma parecia existir o mesmo tipo de excitante energia.

Ou, então, que a guerra e aquilo misterioso que tinha dentro de si se alimentavam na mesma fonte.

E quanto a Ivan? Salomea gostara do seu comportamento. É verdade que de início, assim que explodiu a primeira granada, ele se agachou como um ganso e estendeu os braços como se fossem asas, mas logo se ergueu como uma mola e começou a dar ordens apropriadas. Era como se soubesse com antecedência o que viria. Além disso, ele levara o ouro de volta para os vagões a tempo. Se não tivesse sido tão precavido, estariam agora viajando num trem vazio, e o ouro estaria sendo carregado num outro trem, por aqueles que entraram em Kazan. Como estariam contentes! Com aquele montão de dinheiro daria para formar e armar um exército inteiro. A guerra é cara; ninguém mais do que ela, filha de um fornecedor do exército, sabia o quanto. Ivan crescera no seu conceito. Constatou que ele podia, ao contrário do que aparentava, revelar-se um homem decidido e capaz de agir rápido e energicamente. Antes, achava-o inseguro, hesitante e capaz de ser conduzido pelo nariz. Agora, dera-se conta que aquilo poderia ter sido apenas um disfarce e que Ivan fingia ser hesitante apenas para obter mais informações e sondar melhor seu interlocutor. Pensava naquele rapaz com prazer cada vez maior e, com prazer ainda maior, era tomada por aquelas sensações de admiração pela sua masculinidade. De repente, ouviu batidas na sua porta e, logo em seguida, sem aguardar por uma resposta, Wanda enfiou-se no compartimento, fechando rapidamente a porta atrás de si. Sentou-se ao lado de Salomea e perguntou preocupada, esperando pela reação da amiga:

— Você já sabe que o seu colega está morto?

— Quem? Iv...

— O capitão Jakub Weissenberg.

Mas, antes que Wanda pudesse completar a frase, Salomea pulou do assento, batendo fortemente com a cabeça no beliche superior. Apesar de seu fundo ser forrado com veludo (pois, uma vez desfeito, ele servia de apoio para cabeça), a pancada quase a deixou desacordada. Passou a mão sobre o local da batida, e pensou: "Quer dizer que eu penso tanto nele que não consigo me controlar?" Aquilo era algo que tinha que ser repensado, mas não era desagradável. Wanda olhou para ela com atenção, e repetiu:

— O capitão Jakub Weissenberg. Vi quando ele caiu dos degraus, com um furo na cabeça. Ainda ficou pendurado por um momento, mas acabou sendo puxado para baixo do trem. Talvez tenha sobrevivido, mas acho pouco provável. Deve ter sido atingido por um estilhaço. Agora, a nossa única linha de comunicação é você, portanto, minha cara, não deixe que a matem. Caso contrário, teremos que nos comunicar através de sinais de fumaça, como os sioux... Vamos, pare com isso, não chore!

Wanda sentou-se ao lado de Salomea e abraçou-a carinhosamente.

— Estamos em guerra. As pessoas morrem. Já é um milagre que ele tenha sido o primeiro — disse, apertando-a contra si, como se quisesse abafar o seu choro. — Ele era um homem bom e simpático. Não incomodava ninguém e fazia tudo com calma. Houve momentos em que cheguei a invejá-lo.

A última constatação Wanda fizera para si mesma, pois só naquele momento dera-se conta de que era verdadeira.

— Estamos em guerra — repetiu. — Acalme-se. Isso poderia ter acontecido com você... ou comigo.

Salomea também abraçou Wanda e desabou num choro compulsivo, em parte de pena pelo gentil e simpático colega, em parte de vergonha porque, no momento em que este, com um furo na cabeça, jazia nos trilhos empoeirados, ela estar pensando em coisas que não tinham nenhuma relação com guerra e morte e, finalmente, em parte pela sensação de alívio de que nada acontecera a Ivan.

Compartimento de Kazedub, à mesma hora

"Não haverá uma segunda vez."

Ivan esfregava nervosamente as mãos, como se daqueles projéteis tivesse emanado um vento polar. E, de fato, suas mãos estavam geladas.

"E, no entanto, deveria estar suando", pensou. "Vai ser preciso olhar um mapa e ver para onde fugir, muito embora fugir numa linha férrea seja como brincar de cabra-cega sem uma venda nos olhos. Mas devem existir alguns desvios, e não se deve fugir pelo caminho mais óbvio. Mas, de um modo geral, para onde ir? Preciso entrar em contato com a Central. Talvez lá saibam onde estão nossas tropas e onde está o inimigo. Duvido que saibam!"

Mordeu os lábios, sonhando com um banho quente que pudesse tirar-lhe das costas um tênue arrepio de medo do desconhecido. Caso eles soubessem realmente o que estava se passando, lhe teriam ordenado que fugisse da cidade muito mais cedo. Não conseguia acalmar-se e, continuando a sentir frio, resolveu beber algo forte para readquirir coragem. Em Kazan, perto de uma casa de banhos armênia da qual se lembrava com nostalgia, havia uma lojinha oriental, na qual, na verdade, só se podia comprar poucas coisas, além de melancias, pepinos em conserva e sementes para alimentar canários. No entanto, a lojinha, administrada por uma simpática — provavelmente em função da sua extraordinária obesidade — senhora de rosto gordo, escuro e coberto de marcas de varíola, cujos traços demonstravam a centenária mistura entre raças do Leste e do Oeste, merecia ser visitada por causa da sua *specialité de la Maison* — a extraordinariamente forte e aromática bebida, feita da seguinte maneira: dentro de uma alta garrafa de vidro escuro, derramava-se álcool de uvas e ameixas sobre pedaços das mais diversas frutas. Quando Ivan a examinava contra a luz, podia reconhecer (apesar do seu parco conhecimento das frutas da região) pedaços de pêssegos, damascos, peras e ameixas. Esse conglomerado de sabores e aromas frutíferos, maturando num meio de álcool de, no mínimo, 70%, era completado por um ramo de uma erva aromática com pequenas folhas elípticas, cujo nome ele jamais soube. De qualquer modo, aquele ramo misturava o seu cheiro agridoce com o aroma das frutas saciadas de sol. A bem da verdade, a bebida em questão oferecia muito mais aroma do que sabor, mas aquecia o sangue e, quando bebida com moderação, permitia ao seu consumidor esquecer os seus aborrecimentos. Ivan tinha uma dessas garrafas no fundo da mala. Tirou-a rapidamente, arrancou a rolha com os dentes e deu um gole diretamente do gargalo. Colocou a garrafa na mesinha e, com prazer, se desfez dos sapatos, das meias e dos elegantes culotes azul-marinho. Agora, bastava apenas aninhar nos braços a garrafa, desabar sobre o beliche e esticar confortavelmente as pernas. O segundo gole trouxe sensações ainda mais agradáveis, e Ivan relaxou por completo, apoiando a cabeça num rolo especialmente destinado a essa finalidade.

Exalou dos pulmões o ar cheirando a álcool puro e pensou que lhe faltava apenas uma garota. Não forçosamente para fazer... aquilo, mas para sentir o prazer de estar deitado ao lado de alguém cheiroso e simpático; alguém que não falasse muito por também estar cansado e com vontade de relaxar. Poder tocar os dedos dela com os seus e adormecer, sentindo apenas aquele doce e íntimo toque dos pés.

Era sempre nisso que Ivan pensava quando tomava uns tragos. Não o fazia com freqüência, mas apenas quando sentia um desejo imensurável disso. Era capaz de controlar o seu desejo por álcool, mas também podia, como poucos, deleitar-se com ele e alegrar-se com o efeito que ele causava. Possuía aquela rara capacidade de dosar o prazer com um absoluto controle sobre suas ações. Naturalmente, como todos os homens que enfrentaram os demônios ocultos numa garrafa, fora derrotado por eles na juventude, sendo que muitos incidentes daquela época, dos tempos da adolescência pediam para serem apagados da sua envergonhada memória. No entanto, muito cedo aprendera a domar o potro selvagem de vapores alcoólicos e forçá-lo a servir exclusivamente ao seu bel-prazer. Aquela extraordinária capacidade, que mais poderíamos chamar de uma dádiva dos deuses, provavelmente provinha dos genes recebidos do pai. Na sua casa bebia-se pouco, e quando se bebia, era de forma pouco refinada. Viktor Francovitch entornava com prazer alguns cálices de vodca pura, principalmente quando esse prazer podia ser ligado a umas postas de arenque — que haviam ficado por horas debaixo de uma camada de cebola — colocadas sobre grossas fatias de pão preto, generosamente untado com espessas camadas de manteiga irlandesa. Também não desprezava nenhum tipo de bebida caseira, mais apetitosas no outono e no inverno, e que demonstravam o seu efeito mais nas pernas do que na cabeça de quem as ingeria. As bebidas de marcas — conhaques, licores, brandy e gim, cujas garrafas enfeitavam as prateleiras da enorme cristaleira que cobria toda a parede da sala de jantar — atraíam-no menos, provavelmente por sempre produzirem os mesmos efeitos, o que não ocorria no caso das preparadas segundo as receitas caseiras. E Viktor Francovitch gostava de sensações novas e fora dos padrões preestabelecidos. Ivan tomara seu primeiro pileque aos 13 anos, por causa da sua avó, mãe de Viktor, que lhe serviu um vinho de frutas preparado por ela. A avó, que por razões incompreensíveis morava sozinha num agradável apartamento de dois quartos, adorava o neto, mimando-o de todas as formas. Freqüentemente, após uma tarde agradável passada no apartamento da bem-humorada velhinha, Ivan, ao enfiar a mão no bolso, encontrava nele moedas de prata que lhe asseguravam, para o resto do mês, a posição oficial do Creso da sua classe e, com isso, uma enorme popularidade entre os colegas. Naquela tarde específica, a avó não o deteve quando ele, encantado com o sabor do vinho de frutas, foi enchendo e entornando um cálice após outro. A história acabou como era de se esperar: em vômitos e na necessidade de deitar o neto na cama por algumas horas até que ele se recuperasse. A vovó não quis arriscar despachá-lo de volta para casa naquele estado deplorável. Além disso, revelou ser tão leal e digna que nunca, até o dia da sua calma morte, mencionou o ocorrido com quem quer que fosse, e, o que era mais importante, não o incluiu no pacote de histórias da família contadas nas raras, mas muito animadas, reuniões familiares. Ivan lhe ficou reconhecido pela lealdade, que o ajudou a firmar, a exemplo de Viktor Francovitch, um pacto de não-agressão mútua com Baco: "Eu não vou exagerar e você, por seu lado, vai me dar o máximo de prazer e não vai me obrigar a vomitar e cair de cara no chão." Graças a esse pacto, Ivan dosava a quantidade de álcool ingerido, o que lhe permitiu dominar os colegas com cabeças mais fracas. Havia apenas uma coisa que ele não conseguia dominar: a ânsia por uma companhia após ter tomado uns tragos. Agora, também ansiava por ela. Decidiu aprumar-se no banheiro do compartimento e, depois, procurar Salomea sob o pretexto de enviar um telegrama para Moscou. Então, quando estivessem sozinhos, tudo poderia acontecer.

Tomou mais um trago e fez manobras acrobáticas para lavar-se no minúsculo banheiro, no meio das sacudidelas do trem que não o auxiliavam naquela tarefa.

Compartimento de Salomea, à mesma hora

Devia haver algo suspenso no ar, algo que fez com que as duas jovens sentissem, no mesmo momento, exatamente o que sentia Ivan — a necessidade de álcool e de companhia. Ficou evidente que a gorda dona da lojinha tinha vários clientes no meio dos passageiros do trem, pois Salomea, sob o olhar de aprovação de Wanda, tirou de baixo do beliche uma garrafa suspeitamente parecida com a de Ivan. Talvez a combinação das frutas fosse diferente da que fora vendida a ele, mas o percentual de álcool certamente era o mesmo. Os primeiros brindes foram feitos com primitivos canecos de barro, decorados à mão com desenhos de videiras. Ambas esvaziaram os canecos de um só gole e se entreolharam com simpatia e aprovação. Wanda acomodou-se confortavelmente, tendo tirado as sandálias e sentando sobre suas pernas. Estendeu o caneco vazio para Salomea e perguntou:

— Está se sentindo melhor?

Salomea fez um gesto afirmativo com a cabeça, espantada com a rapidez com a qual era possível aceitar a morte de alguém. A imagem do falecido capitão, com a cabeça perfurada, as pernas estraçalhadas pelas rodas do trem e jazendo sobre trilhos empoeirados pareceu-lhe ilustração de um livrinho que podia ser fechado a qualquer momento e colocado numa prateleira. Lembrou-se de uma frase dita por Natan, cujo significado não conseguira entender direito até então: "Como demonstra a experiência, são sempre os outros que morrem." Meneou a cabeça como um rabino iluminado repentinamente pelo significado de um trecho do Talmude e, sem se dar conta, respondeu a Wanda com o ditado de Natan:

— Como demonstra a experiência, são sempre os outros que morrem.

Em seguida, perguntou:

— Você pode me dizer para onde vamos, e para quê?

— Isso, minha querida, você terá que perguntar ao comandante.

— E você acha que ele sabe? Duvido. Ele recebeu ordens e, diante disso, leva esse ouro como um burro de carga, mas acho que não tem a mais vaga idéia de para onde. Não podemos ficar fugindo para sempre, além de muitos já saberem da existência desse tesouro.

Abaixou a voz e ficou olhando para Wanda, como se esta fosse uma perita em informações confidenciais. Wanda inclinou a cabeça para trás e sorveu a última gotinha órfã:

— E o que você quer? Que saltemos do trem e deixemos esse ouro todo?

— Ainda vamos acabar perdendo a vida por causa dele... Vão nos matar. Você vai ver.

Sob o efeito daquela bebida diabólica, o rosto de Salomea adquirira uma cor avermelhada, que o tornava ainda mais atraente. Estava com calor e sentia-se sufocada, razão pela qual resolveu tirar a sua blusa que, à moda de Tolstói, era abotoada até o pescoço e saía pela cabeça. Em função disso, suas próximas declarações saíram abafadas debaixo dela:

— Assim como mataram Jakub... Você vai ver!

Conseguiu liberar-se finalmente da blusa e, vermelha como um pimentão, ficou apenas com uma camiseta de algodão que se levantava a cada movimento brusco, mostrando um pedaço de pele escura da barriga e o umbigo. Wanda, sem pedir permissão, encheu de novo o caneco e, tomando um trago, replicou:

— E você acha que eles não vão matá-la mesmo sem o ouro? Os brancos não morrem de amores pela sua raça...

Wanda, depois de umas doses de álcool, costumava ficar demasiadamente irônica e maldosa. Em função disso, acrescentou:

— Mas, antes, vão se divertir com você. Eles não vão deixar escapar uma belezoca dessas... pelo menos eu não deixaria.

— Divertir-se comigo? O que você quis dizer com isso?

Wanda sentou à moda turca e colocou as mãos sobre os joelhos, parecendo um jovem Buda:

— Não diga! Você não sabe? Como você é infantil! Vão deitá-la num sofá e, caso não haja um sofá, será no chão mesmo, abaixarão as calças e vão montar sobre você. Um atrás do outro, quantos forem. A não ser que você atraia a atenção de um oficial e ele queira ter exclusividade para si.

— EXCLUSIVIDADE?

— Isso quer dizer que somente ele irá divertir-se com você até ficar entediado, quando a entregará aos seus homens. Pode ser que eu esteja exagerando e os brancos sejam todos cavalheiros e comecem entregando-lhe os seus cartões de visita, levando-a, em seguida, ao seu saudoso papai. Não se deve generalizar. Na certa, há entre eles pessoas de bem, incapazes de fazer mal a uma donzela, mas, se é que eu entendo de pessoas, os brancos violam as mulheres com a mesma disposição dos vermelhos. Talvez de uma forma mais refinada. Afinal, os monarquistas são muito mais educados que os bolcheviques. Têm muitos oficiais, cadetes, membros da *intelligentsia*... Quanto aos vermelhos, basta olhar para os que estão conosco. Kazedub não passa de um esperto e talentoso ignorante. O único que era educado e simpático, aquele infeliz capitão, está morto. Os letonianos são assassinos profissionais e só servem para isso. Quanto aos demais — Wanda estufou os lábios com desdém —, são apenas uma massa ignara.

— E Tian? — interrompeu-a Salomea.

— Tian? Eis um mistério. Nem sei se ele é um homem ou uma mulher disfarçada. Ele passa o tempo todo naquela locomotiva, junto com aquele ajudante, que faria uma bela carreira em Taormina.

— Espere um pouco! — Salomea voltou a interrompê-la. — Não tão rápido. Que carreira? O que é Taormina?

Como não estavam com pressa para chegar a nenhum lugar, Wanda achou que poderia aproveitar o tempo explicando certas coisas à aparentemente ingênua Salomea. Além disso, o ato de explicar causava-lhe grande prazer. Contrariamente ao que lhe ensinaram, ela gostava de falar. Queria que alguém a escutasse e que aquilo que dissesse fosse algo novo e surpreendente:

— Taormina é uma cidade maravilhosa na Sicília, onde se pode, minha querida... ter um lindo garoto siciliano com menos de 15 anos por um par de liras. Você já viu alguma estátua de um efebo? Sim? Pois saiba que lá você poderá encontrar um efebo daqueles em cada esquina. Só que não de mármore, mas de carne e osso e com um cuzinho quente e ainda não arrebentado de todo.

— ARREBENTADO? — Salomea era partidária de uma definição precisa dos significados, e Wanda forneceu-lhe uma que ela só poderia adivinhar:

— Não alargado demais.

— Entendo — Salomea fez um gesto afirmativo com a cabeça. — E você acha que aquele Tian é... — interrompeu-se, sem conseguir achar uma palavra adequada.

— Eu não acho coisa alguma, mas pense um pouco. Ele tentou, alguma vez, olhar no seu decote ou ficou observando a sua bunda?

— Talvez ele seja simplesmente bem-educado — Salomea saiu em defesa do chinês, de quem gostava e cuja calma e dignidade respeitava.

— Talvez.

Wanda sorveu mais um pequeno gole, achando que aquela libação era uma idéia genial e que há muito não se sentia tão bem. Levantou-se com certa dificuldade e abriu a janela. Já haviam saído da tempestade e o ar estava deliciosamente fresco e perfumado. Naquela noite escura e fria, as fagulhas da S3/6 pareceram-lhe extremamente brilhantes.

— Não estou emitindo conceitos do que é certo ou errado — jactava-se, refrescando os ombros e o pescoço suado. — Ele pode transar com aquele garoto à vontade. É um problema dele. Você os viu treinar com aqueles bastões? Parece um balé — afirmou, e as fagulhas, como se quisessem confirmar as suas palavras, puseram-se a dançar de forma mais agitada. — Não consigo captar o significado daquela esgrima, mas confesso que a acho linda.

Ficou de costas para a janela; estava linda, com seus curtos cabelos agitados pelo vento, tendo por fundo a escuridão atravessada por fagulhas.

— E o que ele mostrou hoje, lá no palco, foi algo inacreditável. Nunca imaginei ser possível ter tal domínio sobre o corpo e a arma. Você não pode entender isso, mas eu entendo muito de esgrima; só que não uma como aquela — continuou tagarelando, mais para si mesma do que para Salomea. — Estou convencida de que, caso ele quisesse, me acertaria no primeiro golpe, mesmo antes de eu me mexer. Mas de que estávamos falando mesmo?

Salomea, que também estava sob os efeitos daquela bebida de Kazan, respondeu sem pensar:

— Sobre estupro.

— Ah, sim! — lembrou-se Wanda e, voltando a sentar-se, observou de forma sádica:

"Obviamente, você continua virgem.

Salomea enrubesceu:

— É tão visível assim?

— No seu caso, sim.

— E todos podem perceber isso?

— Você está pensando em homens? Não, não todos; só aqueles que tiveram a oportunidade de lidar muitas vezes com essa espécie em extinção.

Nesse ponto, Wanda olhou atentamente para Salomea:

— Você quer perder a virgindade sobre estas almofadas macias — Wanda acariciou de forma protetora o assento da cabine —, antes de perdê-la para os brancos sobre uma superfície mais dura? Muito bem pensado.

Salomea pegou ansiosamente nas mãos de Wanda, que retribuiu o aperto amigável, e começou a falar com rapidez, aguardando um sinal de compreensão e anuência:

— Você até pode achar engraçado, mas pressinto que essa nossa aventura vai terminar mal. Não podemos voltar, estamos indo para ninguém sabe onde e, ainda por cima, temos esse maldito tesouro... Antes de morrer, gostaria de experimentar algo normal, humano.

— Com Kazedub? — perguntou Wanda, alegrando-se no íntimo pelo fato de as coisas estarem se encaixando exatamente como ela queria.

— Com Kazedub — confirmou calmamente Salomea. — Talvez eu não o ame, mas sinto-me atraída por ele, e muito. Até neste momento, embora esteja me sentindo muito bem com você e o papo seja agradável, o fato é que... — virou a cabeça para a janela, como se tivesse vergonha do que queria dizer o seu olhar.

— O quê? — perguntou Wanda, feliz por Salomea ter se aberto com ela, já que, poucos minutos antes, quando falavam da missão e das perspectivas do mando bolchevique, não haviam sido sinceras.

— Penso na sua pele.

— Na pele dele?

— Sim — respondeu Salomea. — Na verdade, penso nela desde o momento em que lhe aplicamos as ventosas. É uma tolice, você não acha?

— Não — respondeu Wanda seriamente. — Não é uma tolice, sobretudo porque a pele dele é muito superior ao caráter.

E pensou, mas não externou os seus pensamentos: "Todo ele é bonito. Apenas malvado. Não, nem mesmo malvado, mas bobo. Jovem. Um jovem bobo. Mas o seu caráter é realmente ruim, sobretudo por se achar melhor do que é de verdade. Ele poderá ferir esta menina, e, se o fizer, será exatamente por ser bobo. Mas não é isso que está em jogo. Portanto, vamos ter que ajustar Salomea, e, quando ela estiver ajustada, ajustaremos também ele." E acrescentou, dessa vez em voz alta:

— Mas vai ser preciso melhorar o seu caráter.

— Está vendo?! — exclamou entusiasticamente Salomea.

— Vejo que você está disposta a atirar-se nos seus braços agora mesmo, sem nenhuma preparação; como uma tola.

— Então você está vendo certo, porque é isso mesmo que pretendo fazer.

Mas Wanda não lhe permitiu continuar:

— E isso seria a maior tolice que você poderia fazer. Não fique ofendida. Não quero magoá-la e não tenho nenhum ciúme daquele rapaz. Não dou a mínima para ele, mas não vou permitir que você se faça de idiota e que ele... acredite em mim, pois conheço esses tipos... vá se aproveitar disso para se sentir um grande conquistador. Sente-se e ouça por um momento o que tenho a lhe dizer. Depois, você decidirá por si mesma.

— Dez minutos? — sugeriu Salomea.

— Dez minutos. Palavra de honra. Encha os canecos e ouça.

Wanda sorveu um grande gole e pensou por onde devia começar. Decidiu adotar a forma pedagógica de *heúresis*, através da qual os alunos chegam às soluções através dos próprios esforços mentais.

— Você já teve algumas experiências com homens? — perguntou.

— Tive! — respondeu surpreendentemente Salomea. — Por quase um ano.

— Um ano? E você continua virgem? Um ano é tempo à beça. No decurso de um ano as pessoas conseguem apaixonar-se e tomar ódio uma pela outra por diversas vezes, e você nem chegou a perder a sua virgindade? O que vocês andaram fazendo por 365 dias?

— Ele era mais velho do que eu, embora não muito. Tinha quase 30 anos, separara-se da sua mulher e era uma pessoa importante no mundo teatral. Era um daqueles especialistas em tudo ligado ao que era impresso. Era muito bom e inteligente, além de ter um aguçado senso de humor. Sempre soube me fazer rir, mesmo nos momentos mais tristes.

Salomea perdeu-se nas suas reminiscências, mas Wanda chamou-a de volta à realidade.

— E como vocês se conheceram?

— Ele estava ajudando papai na redação de peças de propaganda da nossa empresa familiar. Um dia, papai mandou-me para a Ópera, para acertar alguns detalhes com Micha...

* * *

Salomea jamais esqueceria aquele momento em que o diretor literário da Ópera, chamado pelo porteiro, veio ao seu encontro. Viu um homem excêntrico, mas com uma aparência extremamente simpática. Seu rosto era escuro e firmemente delineado, sua boca, atraente e adornada por um fino bigode, e seus longos e bem cuidados cabelos caíam sobre seu colarinho, e já começavam a ficar grisalhos, apesar da sua pouca idade. Além disso, tinha um par de lindos olhos negros, mãos delicadas e um nariz perfeito — nem grande nem pequeno demais, nem demasiadamente reto ou exageradamente recurvado —, realmente único. Dava para se apaixonar somente por aquele nariz. O diretor literário estava vestido de uma forma estranha: calças de montaria cinza escuras, botas de cano alto e um negro jaquetão de pano cru, abotoado quase até o pescoço. Aqueles trajes destoavam por completo do clássico interior do teatro, seus pisos de mármore e seus candelabros de cristal. O gabinete de Mikhail Bujnicki (era este o nome do seu novo conhecido) também era pomposo, cheio de cartazes, anuários de programas, fotografias emolduradas de grandes solistas, além de partituras cuidadosamente empilhadas. Micha indicou-lhe a poltrona mais confortável, sentando-se ele mesmo atrás da sua escrivaninha coberta de papéis e livros.

— Quer dizer que esta é a filha do senhor Szlifersztajn — disse de forma agradável. — Jamais poderia imaginar.

— O que o senhor não poderia imaginar? — perguntara-lhe ela, ao que ele respondeu de imediato:

— Que a senhora fosse tão bonita.

O fato de ele ter sido tão direto e passado imediatamente ao ataque agradara Salomea, que se sentiu atraída pela sua impressionante aparência e seus olhos inteligentes que, naquele momento, lhe lembraram os de um urso caloroso e amigável. Quando terminaram de discutir o assunto que ela trouxera, Micha disse que terminara o que tinha por fazer naquele dia (embora a tarde tivesse apenas começado) e que teria o máximo prazer em acompanhá-la até a casa. Salomea não se opôs, pois tinha curiosidade em conhecer melhor aquele homem. O porteiro da Ópera não demonstrou surpresa ao ver o diretor literário sair do teatro àquela hora. Era evidente que aquilo era algo que ocorria com freqüência. Micha apertou educadamente sua mão e disse:

— Se alguém perguntar por mim, diga que fui para a gráfica.

— Sim senhor — respondeu o porteiro, e Salomea seria capaz de jurar que viu no seu olhar uma centelha de cumplicidade, o que a fez pensar que aqueles dois eram comparsas na ocultação das atividades extra-oficiais do diretor literário.

— O senhor pode sair assim, a qualquer hora? — perguntou-lhe quando já estavam na rua.

— Na verdade, não. Mas ninguém checa essas minhas "idas à gráfica".

— E aquele porteiro certamente deve ser um cúmplice do senhor nessas suas escapadas, não é verdade? — meio perguntou e meio afirmou Salomea.

— Obviamente — respondeu ele, pegando-a sem cerimônia pelo braço, e ela, encantada por aquela ousadia, não se opôs.

"Se as coisas continuarem nesse ritmo, ainda hoje estaremos nos beijando", pensou com excitação.

— Ele é viciado em guloseimas, mas com o seu salário e a sua numerosa família, não se pode permitir esse luxo. Alimento-o com chocolates e bombons e ele, em troca, mente para me proteger. Adquiriu tal maestria nesse campo que, conforme me disseram, chega a dizer ao próprio diretor geral da Ópera que fui a uma gráfica cujo nome ele inventa! A senhora consegue imaginar uma coisa dessas? É um homem dotado de grande talento, desperdiçado naquela função. Eu, no seu lugar, teria aberto uma agência fornecedora de álibis para maridos infiéis e ganharia muito dinheiro com isso.

— Uma agência de álibis? — espantou-se Salomea, mal conseguindo conter o riso.

— E por que não? Para isso é preciso ter um talento para mentir, exatamente igual ao dele. É preciso ser um mentiroso nato. Imagine-se... — falou olhando nos olhos de Salomea em busca de aprovação, enquanto ela, divertida ao extremo, sorria para ele com seus olhos, lábios e todo o seu ser. — Imagine-se como um marido infiel que quer passar alguns dias com a amante. A senhora anuncia em casa que vai partir para uma caçada com alguns amigos e, à hora combinada, pára diante da casa um coche cheio de espingardas, binóculos e cães de caça. Haverá alguém capaz de duvidar da veracidade de uma farsa dessas, planejada nos mínimos detalhes?

* * *

Salomea sorriu ao relembrar aquele dia, mas Wanda a trouxe de volta à realidade da cabine do trem.

— Você está falando muito. Em dez minutos não conseguiremos chegar ao fim dessa história, que promete ser muito interessante.

— Muito bem, vou lhe contar tudo. E com detalhes, porque gosto de relembrar aqueles momentos. Ficamos passeando por mais de quatro horas, até escurecer o dia, com ele falando sem cessar. Eu, também, fiquei tagarelando e permiti que pegasse na minha mão. Quando chegamos à minha casa, pensei que ele fosse me beijar, mas, em vez disso, cumprimentou-me respeitosamente e disse que me telefonaria dentro de três semanas, pois estava partindo em férias para a Finlândia. Você consegue imaginar uma coisa dessas? Eu estou ali, pronta para entregar a minha alma a ele, e ele parte em férias.

"É exatamente assim que se deve agir", pensou Wanda. "Onde já se viu um pescador que, tendo já um peixe fisgado, se atira na água junto com o seu caniço? Basta saber como recolher a linha, assim como fez esse Micha da história de Salomea."

Mas, evidentemente, não externou seus pensamentos, fazendo um movimento de compreensão com a cabeça:

— E posso imaginar que você passou aquelas três semanas com a cabeça nas nuvens.

— É verdade. Não sabia o que fazer comigo mesma. Se pudesse, teria passado aquele tempo dormindo, só para não me torturar com a constante pergunta: ele vai ou não vai telefonar?

— E ele telefonou? — Wanda demonstrou um fingido interesse, já que a resposta seria óbvia.

— Sim, só que não no dia em que deveria ter voltado. O patife. Só dois dias mais tarde. Dá para imaginar?

"Um rapaz esperto. Gostei dele", pensou Wanda. "Até gostaria de conhecê-lo um dia. Na certa, ele passou aquelas três semanas contorcendo-se de tesão e saudade. Mas a tática que adotou não poderia ter sido melhor, principalmente em relação a uma jovem tão bela, pura, emancipada e, sem dúvida — rica. Caso ficasse entoando serenatas debaixo da sua janela, ela não ia querer vê-lo nunca mais. Agora, ele a tinha prontinha para ser comida. Bastara apenas fazer aquilo. Ele estava de parabéns. Mas por que ela não se entregou a ele? Durante um ano? Vou ter que lhe perguntar isso, caso contrário ela descreverá um por um aqueles dias de espera."

— Que coisa! — fez uma cínica expressão de espanto. — E aí? Certamente, você o mandou à merda e nunca mais quis vê-lo.

— De jeito nenhum! Estava tão encantada que teria corrido ao seu encontro naquele mesmo dia.

— Mas não o recriminou por ter demorado tanto a telefonar?

— Nada disso! Decidi fingir que tudo estava normal e que nem reparei naquela demora.

— E ele fez o mesmo, de modo que nenhum dos dois tocou naquele assunto? — Wanda tomara a si a tarefa de concluir a essência da história, deixando Salomea totalmente surpresa.

— Como você adivinhou?

— Pelo fato de todas essas histórias serem como um jogo de xadrez. Quanto mais experientes os jogadores, a partida é mais demorada. Freqüentemente, apenas um deles é experimentado, enquanto o outro coloca seus peões a esmo, sem conhecer a regras, mas com grande entusiasmo e determinação e, embora esteja disputando a primeira partida da sua vida, acaba ganhando o jogo. Já posso adivinhar qual foi o final da história, mas continue contando enquanto temos ainda um pouco de bebida.

— Sabe de uma coisa? Você é muito inteligente — observou Salomea, enquanto seus olhos mostravam que estaria disposta a tudo para poder olhar para aquelas questões com tanta maturidade.

— Não sou inteligente, mas apenas bem escolada — respondeu Wanda com inesperada rudeza e, antes que Salomea pudesse perguntar-lhe o motivo daquela brusca mudança de tom, passou-lhe o caneco vazio e ordenou: — Continue.

A primeira reação de Salomea foi ser indelicada e insistir na questão das experiências da vida da sua amiga mais velha, mas ao olhar para seu rosto, mudou de intenção e retornou à sua história:

— Depois, as coisas se passaram às mil maravilhas. Micha começou a freqüentar a nossa casa. Papai gostou muito dele e aceitou a sua corte. Ele e Micha chegaram a tecer juntos alguns planos para o futuro, tendo tomado uns pileques por conta disso.

— E quanto a você? Não queria, também, traçar planos para o futuro?

— Não. Estava feliz com a situação no ponto em que estava. Era maravilhoso sair e ser vista com ele. Ele tinha muitos amigos interessantes e era sempre o centro de atenção em todos as reuniões. Era admirado pela sua inteligência e senso de humor. Mas, naqueles dias, eu não pensava em algo mais sério, além de me sentir incomodada pelo fato de ele ter sido casado.

— Compreendo — suspirou Wanda, achando que tinha diante de si uma idiota completa que deixara escapar, diante do nariz, provavelmente o mais perfeito companheiro que poderia encontrar. Mas, obviamente, não disse isso a Salomea, perguntando de forma ousada:

"E 'aquelas coisas'? Vocês se beijaram logo de saída? E depois, o que se passou? Só não me diga que vocês ficaram passeando de mãozinhas dadas por um ano inteiro.

— De modo algum. Começamos a nos beijar após alguns dias, e quando começamos... Por favor, não ria! — Salomea lançou um olhar suplicante cheio de inocência e carinho. — Assim que começamos, passamos a fazer isso sem parar. Bastava ficarmos sozinhos e não sermos observados.

Wanda deu um sorriso de entendida.

— Não tenho a mínima intenção de rir. Sei muito bem como essas coisas são tentadoras. E vocês não passaram de beijos? — acrescentou uma pergunta provocadora.

Salomea, pega de surpresa, nem pensou em ocultar algo naquela conversa, que, fazia muito tempo, já se tornara bastante sincera.

— Por quem você me toma? Fazíamos várias coisas. Micha tinha aquele dom de fazer com que eu concordasse rapidamente com as suas... idéias. Após algumas semanas, já podia despir-me por completo (cheguei a tirar os grampos dos meus cabelos que, naqueles dias, eram muito compridos) e fazíamos tudo o que podia ser feito, exceto a penetração. Imagino que você saiba do que estou falando e que não preciso entrar em detalhes.

Wanda sorriu como um compreensivo pedagogo quando o seu melhor aluno responde acertadamente uma questão:

— Não, não precisa. Vejo que você não é aquele inocente cordeirinho pelo qual todos a tomam.

— Meu Deus! O que nós não aprontamos! Ainda antes da chegada de Micha, eu tirava as minhas calcinhas debaixo da saia para que ele, assim que ficássemos sozinhos, pudesse me acariciar e beijar... Aquilo era maravilhoso! Imagine que... — Salomea passou para a parte descritiva da história — imagine que no meu quarto tinha uma janela através da qual se podia ver o portão e havia uma biblioteca com um nicho, do qual era possível olhar sem ser visto. Assim que Natan desaparecia por trás do muro, eu me apoiava na parede e colocava um dos pés no braço da poltrona — Salomea demonstrava precisamente os seus feitos. — Deu para compreender? — perguntou. — Desse modo, a qualquer momento poderíamos dar a impressão de que estávamos folheando alguns livros... Você sabe... Caso alguém entrasse no quarto de repente...

— Mas nunca ninguém encontrou — mais afirmou do que perguntou Wanda.

— Estou convencida de que Natan desconfiava do que estávamos fazendo, mas nunca lhe passaria pela cabeça tentar nos flagrar. Meu pai tem plena confiança em mim e está convencido de que as minhas decisões sempre são certas. Isso deve datar dos dias em que eu o ajudei em algumas operações de grande valor, nas quais ele ganhou um montão de dinheiro.

— Você entende dessas coisas? — espantou-se Wanda.

— E muito. Aquilo é muito simples, e eu não consigo compreender o motivo pelo qual grandes financistas perdem dinheiro com tanta freqüência. Natan me dizia como era a situação, o que, em sua opinião, poderia acontecer e o que era pouco provável que acontecesse. Então, eu o aconselhava a fazer exatamente o contrário do que ele pretendia. E, em muitos casos, os meus conselhos foram acertados e papai chegou a achar que eu tinha o dom de clarividência.

— Muito bem, mas por que você não se entregou a ele? Você disse que vocês se acariciavam sem cessar... não consigo compreender isso.

— Na verdade — Salomea coçou o seu belo pé mordido por um mosquito vagante —, eu também não sei. Por mais de uma vez estive realmente pronta e apenas aguardava que ele o fizesse. Sentia-me derretendo por dentro e não iria oferecer nenhuma resistência. Mas ele nunca... você sabe.

— Mas estava em condições? — perguntou Wanda, surpresa com aquela revelação.

— E como! Mal conseguia enfiar aquilo na boca... — nesse ponto, Salomea olhou com insegurança para Wanda, mas, tendo encontrado compreensão no seu rosto, continuou sua narrativa. — Aquilo estava pronto por horas a fio e eu estava pronta para ajudá-lo. Acho que muitos homens poderiam sentir inveja de Micha.

— Então, por quê? — Wanda continuava sem compreender e nenhuma justificativa vinha à sua cabeça.

— Acho que ele me amava em demasia. Provavelmente, queria que aquilo acontecesse somente depois de nos casarmos. Quanto a mim...

— Pois é, e quanto a você? — perguntou Wanda, surpresa por existirem ainda no mundo cavalheiros sem mácula.

— Bem... eu não podia fazer aquilo por ele. Mesmo por não saber direito como se faz. Sabia em termos gerais e que deveria bastar agarrá-lo, abrir mais as pernas ou simplesmente pedir-lhe, no entanto não tive coragem suficiente para isso. Quem sabe eu não queria ser conquistada à força? Talvez tivesse medo de ele me dar uns tapas no bumbum por oferecer resistência ou dúvidas? Não sei. O fato é que ele não fez aquilo. É uma pena, porque ele era um rapaz ideal, apaixonado e cheio de respeito por mim, e por quem eu sentia uma grande atração física.

— E foi por isso que você o largou?

Finalmente, todas as peças do quebra-cabeça se encaixaram.

— Exatamente por isso.

Wanda tomou mais um trago da bebida.

— Compreendo. Um motivo mais do que justificado.

Ficaram por um tempo em silêncio, ambas mergulhadas nos seus pensamentos e olhando para a dança das centelhas da locomotiva. Wanda colocou o caneco sobre a mesinha, mas não disse nada, embora pressentisse que Salomea aguardava pelo seu julgamento ou, até, por sua aceitação. Ou então, queria uma bênção, como um marinheiro partindo num mar desconhecido.

— E então? Posso entregar-me agora a Ivan? — a jovem não resistiu à pergunta, sendo que Wanda respondeu de imediato:

— É óbvio que sim. Você pode entregar-se quando quiser, mas eu não a aconselho a fazer isso.

— Por quê? Você tem algum argumento sensato para dizer isso?

Wanda achou que, naquele momento e naquele trem, era difícil encontrar um motivo sensato. Pensou também que era possível buscar um sentido numa situação completamente ilógica. Nem que fosse um sentido pequenino, só para saber que aquilo que se estava fazendo podia mudar algo — adiar ou descobrir alguma coisa.

— Não se coloque num altar como uma vítima. Para sermos vítimas, temos bastante tempo.

— E o que você me sugere?

Salomea estava ficando impaciente e furiosa pelo fato de Wanda ter conseguido desarmá-la e neutralizar seu desespero. Estava perdendo a energia emocional e o seu coração voltou a bater com menos força, no sensato ritmo dos Szilfersztajn.

— Permita que ele faça o primeiro gesto. Não se torture com aquela outra situação, estragada pela sua própria culpa. Agora, você quer fazer o que cabe ser feito por um homem. Só que, em minha opinião, somente porque o seu Micha não o fez...

Alguém bateu na porta do compartimento e, antes que as jovens pudessem responder, Ivan surgiu no seu vão. Seu rosto, olhar e uniforme estavam impecáveis e, nos seus olhos, várias coisas ao mesmo tempo: medo, incerteza, desespero e — algo que ele não conseguia ocultar de forma alguma — um ilimitado desejo carnal.

Na S3/6, à mesma hora

Passaram, como uma rajada de vento, por uma estaçãozinha. Tian, com os olhos lacrimejantes, conseguiu ler o seu nome: Korsa. Alguém corria na plataforma, fazendo sinais desesperados com uma lanterna vermelha, mas o trem estava a quase oitenta quilômetros por hora.

"Se continuarmos assim, o trem vai acabar descarrilando. Temos que reduzir a velocidade. Afinal, quer andemos rápido ou devagar, chegaremos ao nosso destino. E, quando não estamos seguros e sentimos perigo, vale a pena ir mais devagar."

Tian acionou a alavanca e a locomotiva respirou aliviada — estava claro que ela não aprovava aquele tempo alucinante, adotado assim que saíram da malha ferroviária de Kazan. O mapa, que tinha desdobrado sobre seus joelhos e cujo conteúdo estudava à luz oscilante da fornalha, indicava que viajaram por mais de setenta quilômetros e que, nos próximos duzentos, não havia nenhuma possibilidade de alterar a trajetória. Teriam que seguir até Izhevsk. A situação não permitia grandes chances de manobra. Podia-se seguir em frente, ou recuar sobre o caminho percorrido e cair nas mãos daqueles que dispararam os canhões. Na verdade, havia uma terceira possibilidade — a de saltar do trem e sumir na escuridão, deixando aquela máquina maravilhosa para Ivanuchko e aqueles imbecis vermelhos, mas, nesse caso, não poderia mais acompanhar o desenrolar dos acontecimentos. Graças à sua prodigiosa memória, Tian lembrou-se de uma passagem de *Hagakure*:[21]

> *Pode-se aprender algo com uma tempestade. Se fores pego por uma chuva torrencial, para não se molhar, corra o mais rapidamente possível pelo meio*

[21]O mais importante livro da essência do samurai. (*N. do T.*)

da estrada. Se tentares te esgueirar por entre árvores ou telhados de casas, também acabarás molhado...

"Portanto, sigamos em frente. Não precisamos nos esconder. Que pena que não pensei antes em todas as coisas que ainda pretendo fazer e que me dão tanta satisfação."

Puxou a cordinha, e a S3/6 apitou tão energicamente que o coração de Tian adquiriu novas forças e esperanças.

18

Ainda no "Trem de Ouro", na mesma noite, Compartimento de Salomea, à mesma hora

— POR FAVOR SENTAI-VOS, camarada comandante!

A gesticulação de Salomea era mais agitada que de costume, dando uma impressão um tanto teatral. Ivan sentou-se e examinou o ambiente com a sua costumeira competência profissional. O fato de Salomea estar apenas de camiseta e o umbigo de fora e de ambas as jovens estarem descalças e com os olhos turvados pelo álcool fornecera-lhe um vasto material para análise, muito embora ele não conseguisse chegar a nenhuma conclusão concreta. A razão daquele estado de relaxamento das jovens — a garrafa da bebida de Kazan — estava só pela metade, e o resto do seu conteúdo colorido balançava-se acusatoriamente ao ritmo das sacudidelas do vagão. Ivan alisou os cabelos e pigarreou, como se tivesse dificuldade em engolir a saliva:

— Estais festejando? Não as elogio por isso, mas também não me oponho — disse finalmente, acrescentando, com espantosa sinceridade. — Também andei tomando uns tragos dessa porcaria. Meu Deus! O que teria acontecido caso não estivéssemos preparados?! Apesar do calor, minhas mãos ainda estão geladas.

— Vossas mãos ficam frias quando estais com medo? — perguntou Salomea distraidamente, percebendo que a pergunta não era adequada, já que deveria estar tentando ajudar Ivan a ser másculo e destemido.

— Desde a infância; desde quando caí num buraco no rinque de patinação no gelo. Deve ter ficado algo aqui dentro — respondeu Ivan, apontando para sua cabeça.

— Deixai que eu as aqueça! — ofereceu-se Salomea, que, tendo derramado um pouco de álcool na mão, passou a esfregar as dele, que realmente estavam geladas como as de um cadáver.

— Não precisais incomodar-se — defendia-se com pouca intensidade Kazedub, mas sem retirar suas mãos das dela e absorvendo com prazer o calor, o aroma e o empenho demonstrados por Salomea.

Wanda sentiu-se uma intrusa e, embora as coisas não estivessem se passando da forma como ela planejara, resolveu deixá-los a sós. Por um momento, chegou a sentir um pouco de inveja ao imaginar o que aguardava aqueles dois e que, talvez, gostaria de estar no lugar de Salomea. Ivan, com seu medo infantil e suas mãos geladas sendo esfregadas, era muito sedutor, pois, pela primeira vez, estava sendo parcialmente sincero. O desamparo relaxara os músculos de seu rosto, e ele se tornara ainda mais atraente do que quando mantinha uma expressão marcial. A título de compensação, encheu seu caneco com a bebida, enfiou os pés nas sandálias e, carregando o recipiente consigo, abriu silenciosamente a porta do compartimento e saiu. Até o momento em que fechou a porta atrás de si, nenhum dos dois dissera uma palavra sequer. Salomea esfregava as mãos do rapaz com afã, como se daquilo dependesse a sua vida, enquanto este fingia não notar a retirada estratégica de Wanda.

Assim que ela saiu, Ivan retirou suas mãos das de Salomea, levou-as ao rosto e notou que elas, finalmente, não estavam mais tão frias.

— Será que ela se ofendeu? — perguntou.

— Acho que não. Ela é escolada demais para isso — respondeu instintivamente Salomea.

— Quer dizer educada?

Salomea não respondeu, fez apenas um sinal afirmativo com a cabeça, e Ivan não insistiu mais em nuances significativas; tirou do bolso um pedaço de papel dobrado em quatro e, desdobrando-o, disse:

— Vai ser preciso enviar isto para Moscou. Pelo menos, quero que eles saibam onde estamos.

— Devemos codificá-lo?

— Não sei ao certo — respondeu Ivan. — Nessa bagunça...

Salomea inclinou-se sobre o texto:

Camarada Dzierzynski. Moscou. Tcheka.

Carga e homens devidamente evacuados de Kazan. Cidade sob pesado bombardeio de artilharia. Tivemos vítimas fatais. Seguimos em direção de Izhevsk. Não temos notícias do inimigo. Precisamos urgentemente instruções. Kazedub.

— Vamos codificar. O texto é curto e não deve ser lido por pessoas não autorizadas. Não precisamos de problemas adicionais — sugeriu Salomea, pensando, ao mesmo tempo, que deveria tentar aproveitar a ocasião para enviar aquela informação a Natan. — Favor ficar aqui, tirar as botas e servir-se de uns tragos. No compartimento de telecomunicações não temos muito espaço e seria preciso ficar de pé enquanto eu codificava este telegrama, e isso vai levar uns 15 minutos.

Salomea tentava burilar as formas gramaticais, querendo evitar a estranha nomenclatura bolchevique, que, diante do que estava por vir, lhe parecera muito pouco romântica. Ivan olhou para ela de uma forma estranha, que ela interpretou como uma concordância à sua proposta. Ao passar por Kazedub, não conseguiu se conter, e acariciou levemente os seus cabelos:

— Já volto. Favor sentir-se como se estivesse em casa.

Tendo dito isso, saiu para o corredor. Ivan notou que ela foi para a cabine de telecomunicações descalça e com aquela despudorada e tão provocadora camiseta. Por um momento chegou a pensar em ir atrás dela, mas acabou desistindo, estirando-se confortavelmente no beliche, como um paxá turco, só que com um litro de álcool na mão. Teve a sensação de que poderia adormecer a qualquer momento, de modo que se levantou rapidamente e tirou as suas elegantes botas de cano alto. Por sorte, suas meias estavam limpíssimas, recém-saídas da mala. Voltou a acomodar-se no beliche e, com grande prazer, derramou na boca um gole do abrasador produto de Kazan.

"O que você está fazendo, Ivan Viktorovitch", ficou matutando. "Em vez de ficar no vagão da frente, junto de uma metralhadora e no meio dos seus fiéis homens, olhar para a escuridão à procura do inimigo, o senhor se instalou aqui, como num bordel, com uma garrafa de bebida na mão e, para piorar as coisas, com as piores intenções possíveis em relação àquela simpática e certamente pura menina." No mesmo instante, ficou tenso, dando-se conta de que aquela noite tão promissora poderia demandar dele a demonstração de certa experiência masculina da qual o seu conhecimento era mínimo e limitado a apenas dois encontros passageiros.

O primeiro (naquela época, Ivan mal tinha completado 18 anos) durara três meses e terminara com uma tentativa — aliás, bem-sucedida — de desvirginar uma jovem chamada Aleksandra. No entanto, a tentativa fora tão comprometedora e ridícula que Ivan não quis mais manter a relação. Na verdade, não sentira uma grande atração pela jovem em pauta e, se dedicou a ela tanto tempo, o fez exclusivamente para poder finalmente travar conhecimento com algo sobre o que apenas lera nos livros.

O segundo caso já foi mais complexo. A jovem em questão chamava-se Liliana e era dois anos mais velha do que ele. Quando um rapaz tem 19 anos e a sua parceira 21, a diferença é realmente significativa. Também é preciso acrescentar que a tal Liliana, uma jovem com rosto infantil, grandes olhos e nariz arrebitado, não era virgem, tendo namorado por anos um funcionário público, mais velho do que ela e decidido a fazer uma carreira espetacular. O relacionamento de Ivan com Liliana tornou-se um pesadelo para o jovem, que, sem saber das possibilidades de manipular uma outra pessoa, caíra nas garras de uma ninfomaníaca com ego inflado. A bem da verdade, Liliana também não era muito experiente na cama (aparentemente, o seu funcionário público se concentrava mais em subir novos degraus da sua promissora carreira), e nutria grandes esperanças na performance do bonito e sensível jovem.

Dificilmente se poderia encontrar uma situação pior do que aquela. Ivan jamais esqueceu aquela sensação de perda de controle, seguida pela desapontada pergunta da parceira:

— Por que parou? Estava tão gostoso...

"Por quê? Com os diabos! Porque ninguém ainda me ensinou que quando isso ocorre por excesso de tesão ou por um incontrolável desejo de satisfazer ao outro, deve-se...". Pois é. Caso perguntasse a Wanda, ela lhe diria que deveria descansar cinco minutos, beber um pouco de vinho e, delicadamente, mas com determinação, pegar na mão da jovem e levá-la ao seu instrumento, com o que, em 15 segundos, estaria pronto para tentar de novo. A experiência e o conhecimento técnico nessas questões não têm preço. Infelizmente, só dispomos deles quando eles cessam de ser importantes para nós.

Agora, na expectativa de ter que se revelar experiente na cama, Ivan não se sentia à vontade. O primeiro incômodo era o de sentimento de culpa. Afinal, era um bolchevique e revolucionário, e os seus superiores depositavam nele muitas esperanças. Confiaram-lhe uma montanha de ouro, e ele... Pois é. Olhem para ele. Adotou a pose mais atraente possível, e o que mais desejava era que a jovem, depois de despachar o telegrama e retornar à cabine, o achasse bonito e viril. Muito mais do que levar aquele ouro a um lugar seguro. Olhou para o relógio — passava das 23h. Será que Moscou enviará ordens e instruções? Além disso, qual seria o resultado concreto de ele ficar olhando para a escuridão? Ivan sabia que estava enganando a si mesmo. Provavelmente o fato de estar junto aos seus homens não resultaria em algo produtivo, mas aplacaria a sua consciência. A pergunta era: será que isso valia sacrificar o que estava por vir? Ele não era um mágico e dispunha apenas de um punhado de homens...

Tocou no seu quadril e percebeu que esquecera a arma no seu compartimento. Chegou a cogitar de ir correndo para ele, mas desistiu do intento. Só faltava isto: Salomea ter terminado a transmissão antes de ele voltar com a pistola na mão. O mais sensato era continuar deitado e aguardar o retorno da jovem. Estava curioso em saber como ela era realmente, já que, mesmo aninhando alguém nos nossos braços, tocando-o e, até, o penetrando, só sabemos dele aquilo que imaginamos num dado momento. E essa imagem pode ser totalmente diversa daquilo que na verdade é. Poderia ser uma grossa mentira. No entanto, não era possível que neste mundo louco não houvesse algumas impressões verdadeiras.

"Sei que a sua pele exala um aroma que me agrada e excita; uma mistura de óleo de amêndoas com algo amargo e misterioso. É assim que deve cheirar aquela flor exótica que seduz os insetos para comê-los. Além disso, ela não é boba e", Kazedub chegou a soltar um suspiro de satisfação, "me acha atraente. De outra forma, teria retido Wanda. Sim! Isso está claro; ela quer ficar a sós comigo."

Por via das dúvidas, afrouxou a fivela do cinturão e verificou se seria fácil abri-lo.

"Se não fosse toda essa revolução, eu poderia ter uma esposa como ela. Linda, inteligente, lida. Existe a questão da sua procedência, mas, considerando que seu pai é rico, aquilo não seria tão importante assim. Além disso, ela não tem a aparência de uma judia. Como serão os seus seios?" Seu desejo começou a borbulhar como água mineral cuja garrafa fora destampada repentinamente, o que o fez ficar preocupado e inseguro. A sensação fora tão forte que ele, só para se assegurar, tocou seu membro através do pano das calças e, para sua grande satisfação e alívio, constatou que tudo estava como devia. Esticou-se mais confortavelmente e deve ter adormecido, pois foi acordado por um leve toque nas suas coxas.

Ao abrir os olhos, viu o rosto de Salomea muito próximo do seu. Ivan sentiu-se paralisado como um inseto pego de surpresa pela sombra de um pássaro. Salomea, mantendo ar sério, quase severo, cerrou lentamente os olhos, aproximou-se, apertou ainda mais as suas mãos delicadas sobre as coxas de Ivan e começou a beijá-lo. Seus dentes revelaram-se lisos, como se estivessem cobertos por um esmalte de Fabergé. Sua língua, fria e um pouco — como pareceu a Ivan — pontuda, era coberta por minúsculas bolhas engraçadas, e Ivan chegou a pensar que elas fossem estourar sob o toque da sua língua, como as de um bolo crescendo sob a ação de fermento. Insistindo com maestria, ora avançando ora recuando, forçou-o a finalmente tomar a iniciativa, mas, assim que ele ficou muito agitado, com o intuito de lhe mostrar como era ardente e experimentado, imediatamente o acalmou com os lábios e a língua, fazendo-o retomar o suave ritmo anterior. No cérebro de Ivan começou a arder um sol cor de laranja, de cujo centro, como de um mágico embrião cósmico, começaram a emergir outros sóis, nos quais ele mergulhava sem medo e com uma crescente sensação de bem-querer e segurança. Quando achou que o próximo sol fosse explodir, destruindo todo aquele cosmo delicioso, Salomea afastou delicadamente os lábios até então colados, e terminou aquele preâmbulo magistral com um leve toque da língua no cantinho dos lábios de Ivan. Ao abrir os olhos, via-a ainda diante de si, mas ajoelhada no piso da cabine e apoiando o queixo sobre seus belos braços cruzados e repousados sobre os joelhos do seu par. Olhava para ele com uma curiosidade mais indicada a um cientista que aguardasse o resultado de uma experiência feita no seu laboratório. Ivan permaneceu calado. Apenas devolveu aquele olhar perscrutador. Salomea foi a primeira a falar:

— Está vendo como isso pode ser gostoso?

Em seguida, puxando Ivan pelas mãos, forçou-o a ir para o chão, ocupando imediatamente o seu lugar no beliche e apoiando seus pés desnudos nos ombros dele. Diante disso, não lhe sobrara mais nada a fazer a não ser colocar suas mãos sobre as coxas dela e encostar o rosto naqueles agradáveis músculos lisos e pulsantes. Ivan, por um momento, teve a impressão de que tinha nas mãos um modelo daquela parte do corpo feminino; um modelo que o Criador usara para desenvolver as demais partes das representantes do belo sexo. Salomea começou uma calma exploração sobre a negra cabeleira de Ivan. Certamente, era assim que Areta coçava a cabeça de Alcínoo na noite que precedeu o julgamento de Jasão e Medéia. E, mais uma vez, com gestos firmes porém delicados, forçou-o a navegar rio acima. Sob suas tímidas, mas ansiosas mãos, a saia militar começou elevar-se como uma onda diante da proa de um barco navegando contra a corrente, enquanto os pés desnudos de Salomea, com os dedos recurvados de evidente prazer, começaram a subir cada vez mais sobre os ombros de Ivan, adquirindo uma tal posição que poderiam ser facilmente calçados com sapatilhas de balé.

Não era assim que Ivan planejara tudo na sua mente. Aquilo deveria ser romântico e excepcional. Excepcional? Bem — é verdade que era. Estava beijando as quentes coxas de uma jovem de extraordinária beleza, que se entregava a isso com prazer. Entregava? Nada disso! Fora ela a inspiradora daquele espetáculo que, ainda alguns meses atrás, lhe teria parecido ser o cúmulo de devassidão. Provavelmente por não ter sido precedido por uma onda de suspiros, passeios de mãos dadas e demonstrações do seu valor diante do seu par. Não houve também a inevitável — como lhe parecera ser necessário até então — fase de brigas e de doces momentos de reconcilhação com perdões mútuos. A jovem ficara com ele na sua própria cabine e enfiara a sua cabeça por entre as coxas dela. Ao que parece, era exatamente isso que tinham em mente todos os escritores que ele lera, os quais costumavam chamar aquela situação de "momentos de elevação", de "ardor amoroso", ou vagavam por semelhantes eufemismos. O fato era que nenhum deles descrevera aquela situação de forma adequada. Em todos os romances que lera, quando chegava um momento semelhante ao em que ele se encontrava, o autor ou encontrava uma frase de efeito, do tipo "onda de desejo", ou saía discretamente da alcova, só retornando no dia seguinte, depois de tudo se ter passado... "E se surgisse agora um autor corajoso o bastante para permanecer com os seus heróis para sempre? O que escreveria ele?"

Ivan fez um esforço supremo para se desvencilhar do diabolicamente sedutor corpo de Salomea e deitou-a com delicadeza sobre o beliche. Em seguida, num gesto que espantou a ele mesmo, beijou a parte interna da lisa mão da jovem. Salomea não protestava, não demonstrava estar desapontada e não fazia perguntas desnecessárias. Os meses que passara com Micha a ensinaram a não se espantar quando um homem fazia algo inesperado. Ivan deveria ter lá os seus motivos para não tentar pegar aquilo que lhe era oferecido com tanta facilidade. Quanto a ela, abaixou rapidamente a saia (porque não queria que Ivan notasse que ela, precavidamente, tirara as calcinhas no compartimento de telecomunicações), colocou os braços atrás da cabeça e ficou aguardando com paciência os próximos passos do rapaz, olhando calmamente nos seus olhos.

Kazedub, sentado no piso da cabine, abraçou os joelhos e perdeu-se nos seus pensamentos. Sentiu-se repentinamente muito maduro e foi assolado por uma até então desconhecida sensação de responsabilidade por si mesmo, por aquela jovem e pelos seus homens. Por outro lado, não se sentiu responsável por aqueles 26 vagões com o inacreditável tesouro. Para ele, poderia estar igualmente conduzindo 26 vagões com carvão. Sentiu, também, que não era mais um menino, mas um homem feito que quer mandar no seu destino. Isso não significava que deixara de desejar Salomea. Não. Continuava a desejá-la, mas de uma forma diferente — Ivan percebeu que a amava, e isso, é preciso reconhecer, mudava completamente a situação.

Levantou-se do chão e sentou na beirada do beliche, mas perto de Salomea o bastante para sentir o calor do corpo dela junto ao seu. Salomea pegou as suas mãos e enfiou-as por baixo da camiseta, para que ele pudesse finalmente tocar os seus seios. E ele os tocou, mas de uma forma que surpreendeu a jovem — com o toque de quem é dono. Suas mãos não eram de um jovem inexperiente, mas de um homem que sabe muito bem o que lhe pertence. Não os apertou, mas começou de uma forma delicada — não se sabe como ele chegara a isso e quem o ensinara —, brincando apenas com as pontas dos seus dedos sobre os pequenos e surpreendentemente duros mamilos da jovem. Aquilo era delicioso, e Salomea sentiu-se feliz como uma criancinha. Soltou um suspiro semi-infantil e, aproximando a mão das calças de Ivan, começou a explorá-las de uma forma que aparentemente não tinha direção definida (como um alpinista que não consegue decidir qual trilha seguir para atingir o cume da montanha). E, assim, tocando um o outro, começaram a conversar, desfrutando naquilo um prazer raramente encontrado.

— Ivan — perguntou calmamente Salomea, mordiscando de leve seus lábios, que, naquele momento, tinham a coloração de uvas pretas maduras. — O que vai acontecer em seguida? Não podemos continuar viajando assim até o infinito...

— Por enquanto, precisamos.

A mão de Salomea acabou finalmente achando o caminho certo, segurando o membro enrijecido de Ivan através do pano das calças e provocando tal prazer que ele semicerrou seus olhos, cobrindo-os com seus cílios de príncipe caucasiano.

— Por que precisamos?

— Porque não podemos nem parar nem recuar. Não podemos sequer dar um fim a esse maldito ouro.

Salomea ficou se mexendo no beliche, procurando achar uma posição que lhe permitisse enfiar a mão nas calças de Ivan, por baixo do cinturão. Finalmente, perdeu a paciência e ordenou:

— Chegue mais perto! Assim... Está vendo?

O fato de a jovem não abrir a fivela, mas enfiar a mão como uma cobra à procura do esconderijo de uma marmota, era tão excitante que Ivan chegou a temer que a marmota, antes que a cobra a alcançasse, rasgasse o excelente tecido das suas calças de montaria.

— Maldito ouro — repetiu automaticamente, arfando de prazer e percebendo, ao mesmo tempo, que eles estavam condenados àquele tesouro e não poderiam tirá-lo das costas, assim como Simbad, que, na ilha encantada, foi montado por um velhote malvado que ficou grudado nas suas costas até o fim da sua vida. Diante disso, ele disse:

"Estamos condenados a ele. Essa é a nossa sina.

Salomea pareceu não ouvir aquilo, e Ivan ficou momentaneamente feliz com a idéia de ela parar com aquele interrogatório e concentrar-se na sua fascinante ocupação. Mas Salomea era capaz de falar e fazer amor ao mesmo tempo.

— Sabe de uma coisa, Ivanuchko? Fiquei atraída por você desde o primeiro momento, mas somente pela sua beleza.

A cobra atravessou a última barreira, formada pela roupa de baixo, e tocou a marmota delicadamente. Ivan engoliu em seco e ficou paralisado, temendo interromper aquele momento maravilhoso. Mas, assim que a mão começou a se movimentar suave e ritmicamente com aquele animal retesado em posição de sentido, ousou perguntar:

— Por que somente pela beleza?

— Porque você era cheio de empáfia. Mas logo depois ficou doente e aí passei a gostar de você de verdade.

— Você deveria ter dito isso antes — tentou brincar Ivan. — Aí, poderíamos estar dormindo juntos há meses — acrescentou, já meio incerto da propriedade da sua tentativa de ser jocoso.

— Não seja tolo. Cada coisa a seu tempo. Além disso, naqueles dias eu me sentia mais atraída pela Wanda — respondeu Salomea, sabendo que estava se arriscando, mas querendo descobrir até que ponto Ivan era avançado moralmente.

— Wanda? Ah.... sim. Uma bela mulher. Mas não compreendo... — disse este, irritado e afastando da mente qualquer possibilidade de algo que, na sua concepção, era depravado.

— O que há para compreender, Ivanuchko? Senti-me atraída por ela e basta. Quando você estava ardendo em febre, nós chegamos a ensaiar algumas coisas, mas aquilo não foi uma boa idéia. Talvez eu venha a lhe contar os detalhes um dia, se você se comportar direitinho. Por ora, você não gostaria de me tocar lá embaixo?

A pergunta foi dita num tom como o de alguém pedindo a um outro que lhe passasse o jornal, e Ivan, que já há um bom tempo se indagava como sinalizar à garota que parasse de se comportar de uma forma tão insolente, apressou-se a atender ao pedido. Os seus dedos, preparados para encontrar o tecido de uma calcinha, depararam com a úmida e claramente preparada Salomea.

— Você está sem calcinhas — espantou-se.

— É verdade — respondeu Salomea, com a maior naturalidade. — Para uma virgem, devo representar o cúmulo da nudez...

Sabia que estava sendo muito ousada, mas caso não tivesse adotado essa atitude, jamais teria tomado a decisão que tomara. Trocando olhares cheios de amor e desejo, passaram a se beijar ardorosamente, com beijos ainda mais gostosos, aromatizados pelo álcool de frutas. Salomea afastou-se por um momento de Ivan e, sem abandonar por um momento sequer o seu papel de jovem emancipada, decidiu:

— Vamos ter que nos despir, pois não iremos fazer amor de uniforme.

E, sem esperar pela aceitação da sua ordem, tirou completamente a roupa. Estava deslumbrante, pois somente a nudez permitia confirmar a falta de qualquer defeito, por menor que fosse, nas proporções e na estrutura do seu corpo. Olhando para Ivan, sob a sua franja egípcia azul-marinho, Salomea estava consciente da sua beleza.

— Ivan! Vamos! Tire a roupa! — ordenou.

— Sabe... estive pensando... — Ivan, constatando que as coisas se passavam de uma forma diversa do que havia imaginado, queria ganhar tempo.

— Deixe que eu o ajude — Salomea interrompeu as suas vacilações, enquanto ele se entregava às suas mãos, sentindo um alívio por não ter que pensar no que era e no que não era adequado.

Não deixava de ser estranho o fato de, diante daquela mulher, Ivan sentir-se incapaz de fingir. Tinha que ser assim como era; na verdade, não podia deixar de sê-lo, muito embora tivesse tentado por diversas vezes. Quando também ficou nu (o que aumentou ainda mais o alívio), Salomea fez com que ele se deitasse ao seu lado e, sem tocá-lo lá, passou a acariciar o seu peito com os músculos bem delineados, como numa armadura de bronze dos guerreiros da antiguidade. Ivan, por sua vez, também não procurava aquele lugar, deixando-se acariciar e aguardando o desenrolar dos acontecimentos.

— Está vendo como isso pode ser gostoso? Os nossos corpos têm que se acostumar um ao outro — murmurou Salomea, sem acrescentar que aprendera isso com Micha, que lhe contara que na Índia os recém-casados ficam deitados lado a lado sem se tocar até por três noites, e que isso lhes fazia muito bem.

— Acostumar para quê?

— Para que os corpos não se façam surpresas mútuas; para que confiem um no outro. Não basta confiar exclusivamente na alma... Isso pode até parecer pouco romântico, mas estou certa de que nos faz muito bem.

— E você confia em mim? — Ivan aproveitou a deixa para descobrir algo sobre ele mesmo.

— Isso vai depender.

— Depender de quê?

— Daquilo que você será para mim. Como um bolchevique você não me agrada muito. Por outro lado, você me agrada como um homem cheio de dúvidas, mas corajoso e muito decidido quando é preciso. Além disso, com todos os diabos, quero ver alguém capaz de dizer que isso não é verdade!

— O quê? — perguntou Ivan, sabendo muito bem do que se tratava, só que, dessa vez, não estava tão orgulhoso da sua bela aparência.

— Que você é absolutamente perfeito. Você tem um corpo maravilhoso e um rosto perfeito. E, para mim, isso é muito importante. Pode ser que eu venha um dia a desejar um homem exclusivamente por isto — disse Salomea, apontando para a testa de Ivan (e ele inesperadamente quis que ela aprendesse isso o mais rápido possível) — e por isto — apontou para o lugar do seu coração. — Mas, por enquanto, quero apenas você. Só não me agrada a sua porção bolchevique. Você realmente acredita naquela baboseira toda? O que o liga a eles?

Ivan respondeu, sem pensar:

— O que me liga? Eles mataram o meu pai... Tudo começou daí...

Salomea teve dificuldade em compreender o mecanismo daquela forma de pensar.

— Mataram o seu pai, e você, por causa disso, sente-se ligado a eles? Você realmente acha que isso é um bom motivo para participar da revolução? Talvez você ainda vá me dizer que sentiu pena da miséria do povo e que é um opositor a qualquer forma de despotismo?

— Tente compreender. Eles o mataram, mas deixaram que eu vivesse... E me deram um objetivo.

Ivan não estava certo de as respostas terem sido adequadas e se aquela conversa toda tinha qualquer propósito. Também se questionava se aquele momento, em que estava deitado nu e ao lado de uma jovem nua, era o mais apropriado para discutir os motivos que o levaram a se juntar à revolução. Aliás, a bem de verdade, ele não se juntara a coisa alguma — estava encantado por estar vivo e deter poder sobre outros, que o temiam. É lógico que ele, assim como qualquer outro ser normal, gostaria que as pessoas à sua volta fossem felizes. Mas a desgraça dos outros não o preocupava. Para sermos mais sinceros ainda — não dava a mínima para aquilo. A guerra, também, fora complacente com ele, e suas lembranças dela eram de momentos agradáveis, como uma viril e excitante aventura passada no meio de valentes companheiros de armas. É verdade que houvera ocasiões em que passara fome e frio, sofrera mordidas de piolhos e enfiara a cara na lama para se proteger das balas do inimigo. Vira a morte de perto, assim como atos de extraordinária bravura. No entanto, de modo geral, considerara a guerra como uma fase digna de ser vivida, que ajuda a transformar um garoto num homem. Teve que lutar, comandar soldados (e teve a sorte de ter sob o seu comando homens exemplares) e tomar decisões. Nunca recebera ordens de enforcar quem quer que fosse. Nunca lhe ordenaram que violasse mulheres e que incendiasse casas, nem que participasse de atos indignos ou corruptos. Sua obrigação fora a de, simplesmente, ser um bom soldado, o que ele foi. Tinha que matar homens com uniformes diferentes do seu, que tinham o mesmo objetivo em relação a ele. E era por isso que todos aqueles discursos bolcheviques sobre uma guerra contra a burguesia e luta de classes não o empolgavam.

Em função disso, ele, Ivan, jamais vira excessos ditatoriais nem flagrantes injustiças sociais no regime existente antes da guerra. Ele mesmo fizera parte daquele regime e — cá entre nós — aquele regime lhe agradara, possibilitando a ele e à sua família ter uma vida confortável e permitindo-lhe estudar e ter aspirações. O fato de seu pai ter sido um zelador daquele regime, e que freqüentemente arriscara a vida em sua defesa, também lhe agradara, sentindo-se orgulhoso por ter um pai assim. Muito mais orgulhoso do que os seus colegas, cujos pais eram simples engenheiros, médicos ou funcionários públicos. Na sua mocidade, nunca acontecera algo que o forçasse a questionar a realidade na qual lhe coubera viver. Diante disso, nunca sentira a necessidade de analisar os mecanismos daquela realidade e tentar avaliá-la.

Além disso, Ivan, do signo de Libra, sentia-se bem onde costumava estar bem. Para as pessoas daquele signo, que, segundo os estudiosos do zodíaco, adoravam viajar e defrontarem com mudanças inesperadas, tal característica era atípica — mas só até certo ponto. Quando forçamos um libriano a empreender uma viagem para longe, ele, após alguns dias e tendo-se recuperado do primeiro choque, fica encantado e excitado com a nova situação, e por nada deste mundo vai querer retornar. Era o que acontecia com Ivan. Desde o momento em que conheceu a guerra, nunca mais deixou de sentir saudades dela. Na verdade, para Ivan crescer e se desenvolver, precisava de atiçadores extremamente possantes. Além disso, desde a eclosão do movimento revolucionário, ninguém perguntara pelas suas convicções. Quando era preciso, ele as enunciava oficialmente, mas aquilo era apenas uma recitação mecânica de fórmulas emprestadas e que não exigiam dele nenhum esforço mental. Lembrou-se do dia em que perguntara ao pai a razão pela qual ele prendia os opositores do regime então existente e que tipo de pessoas eram elas. Viktor Francovitch ficou sério e, contrariamente ao tom brincalhão de sempre, respondeu de forma austera. Ivan teve a nítida impressão de que o pai desejava que ele compreendesse claramente o sentido das suas palavras. Aquela cena e aquelas palavras voltavam com freqüência à sua mente:

— Você me pergunta que tipo de pessoas são elas e por que devem ser isoladas? Pois vou lhe responder, mas você terá que me ouvir com muita atenção, enquanto eu dessa vez não vou gracejar nem inventar histórias da carochinha. Elas são de vários tipos. Às vezes, não passam de idiotas primitivos, a quem alguém disse que deveriam comportar-se daquela forma. Em outros casos, trata-se de pessoas de fato admiráveis: inteligentes, cultas e absolutamente convencidas de que estão agindo certo.

— Mesmo se atirarem bombas e dispararem contra policiais? — interrompeu-o Ivan.

— Mesmo isso — respondeu Viktor Francovitch, com voz grave e (como parecera a Ivan) triste. — E se você for lhes perguntar a razão pela qual eles achavam aquilo necessário (e eu lhes perguntava isso com freqüência), eles seriam capazes de explicar racionalmente aquela necessidade. E vou lhe dizer mais, Ivanuchko, só não comente isso com seus colegas: por mais de uma vez me flagrei concordando com os seus argumentos. Naqueles momentos, eu não tinha dúvida de que eram eles que estavam certos, e não nós, que os trancamos nas cadeias ou os enviamos para a Sibéria.

— Então, por que os prende? — perguntou febrilmente Ivan.

— Porque a questão de quem está certo e de quem está errado não tem significado no meu trabalho — respondeu Viktor Francovitch, lentamente e de forma definitiva. — Eu não sou pago para avaliar razões, mas para que o país que me paga o salário esteja seguro e possa exercer as suas funções. E vou lhe dizer ainda mais uma coisa, mas isso, filhinho, precisa ficar exclusivamente entre nós: caso seja verdade que são eles que estão com a razão e o futuro pertencerá a eles e não a nós, então... será a polícia deles que passará a nos caçar. Aliás, isso não é de todo impossível, pois costuma acontecer nessas situações, quando passaremos a ser os cães de caça da nova ordem, caçando a nós próprios. Basta que nos dêem um pedaço de salsicha e afaguem as nossas cabeças...[22]

Viktor Francovitch sorriu, pareceu recuperar o seu costumeiro bom humor e voltou a falar daquela forma divertida que Ivan tanto adorava.

---

[22]Viktor Francovitch revelou-se um profeta. Após outubro de 1917, um considerável número de policiais e funcionários da *Ohranka* passou para o serviço das novas autoridades, denunciando com afinco seus ex-colegas e colaboradores. A bem da verdade, é preciso registrar que muitos outros permaneceram leais ao governo anterior, engajando-se bravamente nas tropas anti-revolucionárias. (*N. do A.*)

— Nesse caso... — concluiu a sua preleção —, não temos com que nos preocupar. Vamos para o seu quarto. Comprei uma coisa muito interessante, mas só lhe darei se deixar que eu a monte com você.

Ao ouvir isso, Ivan esqueceu-se imediatamente da conversa, pois "a coisa" mencionada pelo seu pai só poderia ser um fantástico modelo para ser montado. Viktor Francovitch adorava montá-los junto com seu filho, sem se preocupar com o fato de o modelo ter custado tanto quanto a mensalidade de uma excelente escola. O seu prazer em comprá-los causava-lhe, no mínimo, prazer igual ao do filho ao recebê-los. Obviamente, nenhum dos dois jamais revelara à mãe o verdadeiro preço do brinquedo, e essa pequena conspiração solidária ensinou algo a Ivan: que as mulheres não precisam saber de tudo. Agora, quando pela primeira vez na sua vida sentia-se adulto diante de uma mulher mais jovem, aquela conversa lhe voltou à mente. "Quer dizer que eu sou igual ao meu pai? Estou servindo por ter recebido uma salsicha e ter a minha cabeça afagada? Pois, na verdade, estou me lixando para as massas trabalhadoras e a sua luta de classes. Sempre pensei, como penso agora, em mim e no meu bem-estar. Será que eu seria capaz de fazer algo com sinceridade? Só pelo ato de fazê-lo ou por outro motivo qualquer? Sem fingimentos e simulações? Por exemplo, peguemos esta jovem. Momentos atrás, seria capaz de jurar que estava apaixonado por ela. Mas será que eu a amo, ou amo a idéia de estar apaixonado? Ela é ideal, como um sonho. No entanto, quando ela me toca e sinto que está disposta a entregar-se a mim, começo a achar que amo mais o meu amor por ela do que ela mesma. O que não quer dizer", pensou com ironia, "que quando ela me abandonar, eu não vá sofrer tanto quanto alguém apaixonado sinceramente. Que coisa mais maluca! Se o amadurecimento consiste nisso, então prefiro permanecer imaturo."

* * *

Arrancou-se dos seus pensamentos e repetiu as últimas palavras:

— Tente compreender. Eles me deram um objetivo...

— E qual é o objetivo dos bolcheviques, Ivan? Você seria capaz de explicitá-lo de uma forma convincente? Porque eu não sou avessa aos ideais da revolução. Estou aberta a eles — respondeu Salomea, olhando para ele curiosa e querendo ver a sua reação diante da possibilidade de estar deitado ao lado de uma entusiasta da nova ordem.

— Eles querem formar uma nova sociedade; um novo homem — falou Ivan sem grande entusiasmo, sabendo que estava apenas repetindo frases feitas pelos bolcheviques.

— Uma nova sociedade? — espantou-se Salomea, e suas sobrancelhas formaram dois irônicos pontos de interrogação. — Então me diga: o que farão com a velha?

— Não entendi a pergunta.

— Ivan, isso é uma idéia linda. Criaremos novos homens. Nova ordem. Nova sociedade. Não haverá mais injustiçados. Nem pobres. E com que começaram esses "novos" todos? Você não sabe? Então eu lhe direi. Eles começaram com roubos, violações e assassinatos. Na certa, você vai me dizer que para isso é preciso de tempo? Vamos, diga!

Salomea agarrou as bochechas de Ivan, apertou-as com força e virou-o para si:

— Vamos, diga!

Este, sempre seguro pelas bochechas, balbuciou com dificuldade:

— Para isso é preeeeciso de teeeempo!

— É isso mesmo, camarada. De tempo. Antes, é indispensável que aquele "velho homem" morra, desapareça. Enquanto isso, meu pequeno revolucionário, vai ser preciso inventar, projetar e educar aquele "novo", que deixará de assassinar e queimar pessoas vivas. A propósito, parece que, antes de chegarmos a Kazan, você queimou um homem vivo. Você fez isso?

Ivan arrancou o rosto das mãos de Salomea e ergueu-se rapidamente sobre os cotovelos.

— Quem lhe contou isso?

— Ninguém precisou me contar. Não se esqueça de que estamos todos no mesmo trem e as notícias correm com a rapidez de um raio. Você tem alguma ilusão de que, amanhã, todos não estarão comentando as nossas travessuras? Se você realmente acha isso, então deverá assumir definitivamente o papel de um verdadeiro bolchevique.

Ivan quis ficar revoltado, mas chegou à conclusão de que a jovem tinha razão. Era exatamente assim que os bolcheviques imaginavam as coisas: que bastava fingir que nada acontecera e que as conseqüências dos seus atos desapareceriam por si mesmas e todos esqueceriam delas. Aquilo lhe lembrava a expressão popular "tapar o sol com a peneira". Então ela sabia o que acontecera com Kovaks... No entanto, se ela, assim mesmo, continuava deitada ao seu lado, isso significava que... Pois é. Vale a pena saber.

— Você me acha condenável?

Salomea sorriu com compreensão, e Ivan viu naquele sorriso a sombra do sorriso do pai.

— Eu não conhecia aquele pobre homem, mas sempre que alguém sofre desnecessariamente, tenho vontade de esganar quem causa isso.

— Então, por que...?

— E o que eu deveria fazer? Aplicar-lhe algumas palmadas no traseiro? É tarde demais para arrependimentos, e eu me envolvi com um incendiário. E lhe direi por quê. Porque quem fez aquilo foi um bolchevique, e não você. E você, até agora, ainda não sabe exatamente quem é. Não sabe e tem medo de se decidir. Não é verdade?

— Sim. Não só tenho medo, como comecei a tê-lo exatamente lá, na mansão de Kovaks. Porque ele queria que eu me decidisse. Ele queria... — as pupilas de Ivan se dilataram e Salomea achou que o rapaz começaria a chorar.

— Pois é. Eu, também, gostaria de ajudá-lo, mas quem me garante que você não vai me queimar viva?

Lágrimas começaram a escorrer pelas bochechas de Ivan. Felizmente, ele não fungava nem choramingava, pois as lágrimas eram viris e maduras. Eram lágrimas de alguém que percebera que algo passara irremediavelmente e que nunca mais voltaria, ou de um homem que, pela primeira vez, se deu conta de que fazia mal somente a pessoas que lhe queriam bem.

Salomea não lhe permitiu sentir pena de si mesmo e, sem mais delongas, ocupou-se do seu corpo e do dela. Ao que parece, chegara à conclusão de que o rapaz havia sido em parte lavado dos seus pecados e que, da próxima vez, tomaria decisões definitivas exclusivamente próprias, sem dar voz ao demônio vermelho com o qual fora inoculado. Com a boca cerrada e respirando pelo nariz (pois tinha medo da dor), puxou-o para si, erguendo os pés e apoiando as costas na parede do compartimento. Com um gesto que não admitia resistência, levou a marmota à sua gruta e, como exatamente no mesmo momento os freios do trem foram acionados com violência e a força da inércia acabou literalmente empurrando Ivan para dentro dela, nem chegou a sentir dor.

E foi assim que, nos primeiros dias de agosto, no final daquela noite abafada e ameaçadora, o trem de ouro, através do corpo do seu comandante, a fez mulher.

19

No convés do encouraçado *Emperor of India*, parte externa do ancoradouro no porto de Arkhangelsk, primeiros dias de agosto de 1918

O MAJOR ERNEST HEMMINGS, enrolado num grosso cobertor da Marinha britânica, dormitava numa poltrona de vime, à sombra da torre de popa dos canhões de 13,5 polegadas. Era o começo de agosto, o sol brilhava intensamente num céu desprovido de nuvens, mas, naquele ponto geográfico do Círculo Polar, o ar raramente era quente. As 26 mil toneladas de aço, estoques de combustível, carvão e munição vibravam imperceptivelmente com o regular ritmo das quatro turbinas Parsons, capazes de deslocar aquele gigante até a velocidade de 21 nós. O vaso de guerra era relativamente novo, tendo entrado em serviço apenas quatro anos antes e — que coisa mais surpreendente! — não tivera ainda a oportunidade de demonstrar seu poder de fogo. Pouco tempo depois de ter entrado em serviço, foi levado para um dique seco, exatamente no momento em que os 36 demais navios da Grand Fleet entraram em choque com as esquadras de Von Hipper e Scheer na batalha da Jutlândia. Seu irmão gêmeo, *Iron Duke*, o primeiro da série de quatro encouraçados, fora a nau capitânia do comandante da esquadra inglesa, o almirante Jellicoe*, e tivera a oportunidade de demonstrar as suas qualidades bélicas contra os alemães.

Agora, os dez excelentes canhões Vickers de 343 milímetros instalados no *Emperor* em cinco torres distintas não teriam muitas oportunidades de fazer barulho. Os bolcheviques continuavam atrelados ao tratado firmado com a Alemanha em março, e a sua frota estava praticamente desativada. No Báltico, cerca de setenta navios — quase todos pequenos e com apenas alguns cruzadores modernos — aguardavam não se sabe o quê, enquanto suas tripulações ora bebiam, ora tentavam encontrar uma maneira de escapar de uma convocação para servirem como fuzileiros navais, com os quais os bolcheviques tentavam reforçar suas unidades terrestres mais ameaçadas. Os únicos encouraçados russos dignos deste nome estavam no mar Negro, enquanto ali, no mar Branco, se podia eventualmente disparar nos barcos carregados com toras de madeira ou de contrabando. O *Emperor of India*, assim como todos os navios de guerra franceses, não passavam de uma inútil demonstração de força. Os alemães, após a sua duvidosa vitória em Jutlândia, não ousavam enviar seus vasos de guerra para aquela região. Restavam ainda as minas, mas estas, de acordo com a inteligência naval, foram colocadas principalmente no Báltico, para defender Petrogrado de um eventual ataque marítimo. Em outras palavras — nada para fazer, muito embora os navios mineiros russos fossem conhecidos pela sua eficiência. Essa parte da estratégia naval dos russos era muito desenvolvida, e até os ingleses poderiam aprender algo com eles. O próprio almirante Kolchak* era um experiente "mineiro". Quem sabe se ele não conseguiria agora fazer todos os bolcheviques voarem pelos ares?

O major Hemmings ajeitou-se na poltrona, ergueu a cabeça e viu aproximarem-se do encouraçado dois possantes rebocadores, com cabines extremamente altas colocadas sobre um casco desajeitado e pontudo.

"Como a vida pode ser cheia de surpresas", matutava, olhando em volta. "Desde a minha juventude sempre sonhei fazer uma viagem marítima, nem que fosse só de uma semana. Estar sozinho numa cabine e poder adormecer, olhando para o mar através da escotilha. Nesses sonhos, nem precisava haver uma mulher deslumbrante de longos cabelos louros — bastava ter uma cabine só para mim. E eis-me aqui, nesta viagem dos meus sonhos. Desde a nossa partida de Harwich o tempo esteve maravilhoso, e tenho uma excelente cabine no corredor dos oficiais, na popa deste gigantesco navio. E, exatamente como no meu sonho, posso ficar deitado numa espreguiçadeira, com uma garrafa de uísque e apenas olhando para os dorsos das ondas."

Não ventava e, com um tempo desses, o navio nem chegava a balançar. Podia-se calmamente, tendo escondido a garrafa debaixo do cobertor, ficar de papo para o ar e tomar uns tragos. Não havia nada neste mundo que desse maior prazer ao major Hennings do que ficar bebericando de uma garrafinha e olhando para a natureza. Não se considerava um alcoólatra — por várias vezes passara meses sem por uma gota de álcool na boca —, mas era raro que um outro prazer pudesse igualar-se àquele. Para que o quadro ficasse completo, o major precisava de belas paisagens e daquela descomprometida solitude que permite dar vazão a profundas meditações.

"É uma pena que não possa estar com os rapazes do general Graves,* enviados para ajudar os tchecos e controlar os movimentos expansionistas dos japoneses, mas eles já devem ter desembarcado em Vladivostok. Com eles, eu teria companhia para beber. Os britânicos também sabem beber, mas falta-lhes fantasia, de modo que poderiam, da mesma forma, beber chá. Além disso, as King's Regulations proíbem o consumo de bebidas alcoólicas nos navios de Sua Majestade Real. Que pena."

O major Ernest Hennings, como um cidadão americano, não se sentia tão obrigado a respeitar as proibições dos regulamentos reais, mas sendo um oficial da inteligência da US Army numa missão especial, compreendia a necessidade de respeitar regras, especialmente as dos aliados. Ergueuse da poltrona e caminhou até o parapeito do convés.

O panorama de Arkhangelsk era deslumbrante, como se um pintor-paisagista o tivesse criado especialmente para olhos ansiosos por vistas lindas e desconhecidas. Os rebocadores conduziam o encouraçado por um canal permanentemente dragado e destinado aos navios de maior porte, cercado por incontáveis ilhotas com centenas de pequenas construções nas suas beiras. A maioria delas eram serrarias, e uma boa parte das águas do porto pareciam cobertas de toras de madeira. Mais à esquerda, bem defronte dos olhos de Hemmings, fervilhava a pitoresca cidade em si, querendo aproveitar o curto verão. "Que pena que não se possa farrear por lá pelo menos uma semana", pensou Hemmings, um mulherengo inveterado e que ansiava por uma saia logo após os primeiros dias do celibato marítimo.

"Mas não vai dar. Vai ser preciso apressar-se ao máximo. Na verdade, a política é uma grande merda. E eu? O que posso fazer? Tenho que ficar enfiado nessa merda até as orelhas. E devo confessar que preferia mil vezes estar com Graves a ter que atravessar este país como uma toupeira e chegar ao meu destino. Daqui a algumas dezenas de anos, serão editadas coleções de mapas históricos, nos quais serão assinaladas com cores diferenciadas as regiões dominadas por diversos poderes. Os tolos estudiosos, a quem não interessa de qual guerra se trata, e para quem cem anos antes ou depois não têm nenhum significado no eixo da história, poderão ver claramente a quem — e quando — pertenceram determinadas partes desse país gigantesco. Só que para mim, agora, um atlas desses seria de grande ajuda, já que, para o meu gosto, há países demais envolvidos nessa guerra. Vamos espiar mais uma vez como se apresenta a situação."

Hemmings retornou à sua poltrona de vime e, pegando um elegante estojo de couro pendurado no braço da mesma, tirou um mapa do Império Russo cuidadosamente dobrado, publicado pela mesma editora que preparara o mapa pendurado no gabinete de Lênin. Sua única diferença consistia na escala, que no caso do de Hemmings era 1:2.250.000 e na qual os 1.200 quilômetros que ele teria que percorrer em breve ocupava mais de meio metro. O major sentou-se confortavelmente e, desdobrando o mapa sobre os joelhos, desviou seu olhar do panorama portuário que, naquele momento girava lentamente, à medida que os rebocadores colocavam o encouraçado na posição correta. "É isso mesmo. São 1.500 quilômetros em linha reta. Em tempos normais eu pegaria um trem, obviamente passando por Moscou. É verdade que o tempo de viagem seria mais longo, mas seria um trem noturno", sorriu diante daquela idéia. "Um com uma cabine exclusiva, champanhe, vodca, caviar e uma dessas garotas ideais para viagens; ou seja, uma que não fuma e não fica por horas trancada no banheiro. No entanto, os tempos não são normais e Moscou está fora de questão. A não ser que eu queira fazer uma visita de cortesia à Tcheka." A idéia de se ver sentado no gabinete de Dzierzynski, com as pernas cruzadas e totalmente relaxado, era tão engraçada que Hemmings começou a rir como um paciente na cadeira de um dentista a quem fora aplicado gás hilariante. "Na verdade, bastaria chegar a Viatka, onde deve estar Kolchak. Em linha reta, devem ser cerca de 750 quilômetros, e se os brancos não estiverem lá, eu teria a possibilidade de pegar um trem até Ekaterinburgo. Faz todo sentido. Só que, como chegar à tal Viatka? A cavalo, num pequeno grupo? Seria muito perigoso. Poderíamos ser pegos por qualquer destacamento vermelho. No meio dessa confusão, antes que você possa se explicar, já leva um tiro na cabeça. De automóvel? Impossível. Mesmo se rodasse cinqüenta quilômetros por dia, a viagem seria demorada demais. Como seria bom ter asas... Deve haver um gênio, ou talvez um deus ou anjo..."

O anjo em questão tem diversos nomes nas culturas do mundo. Num livro de Edgar Allan Poe, ele seria chamado de Anjo de Estranhos Acasos; entre os gregos da Antigüidade, de Gênio; e nas culturas do Oriente, de Ganesha — o deus-elefante da Índia, que elimina todos os obstáculos. Que o leitor o chame do nome que mais lhe agradar. O fato é que, quando a proa do *Emperor of India*, empurrado por um dos rebocadores, apontou para o fundo da baía, o major Hemmings viu algo que representava a solução para o seu problema — e a sua visão pareceu-lhe extremamente bela. A poucos metros de distância, estava ancorado um estranho navio. Era um cruzador leve, do tipo *Hawkins*, sobre cujo convés — desde a segunda chaminé até a popa — fora erguida uma armação que sustentava uma pista de pouso de quase sessenta metros de comprimento. Uma segunda pista, com metade de comprimento da primeira e sob a qual fora instalado um hangar para os aviões, enfeava a parte dianteira da nave. Aquela estranha e híbrida estrutura era o HMS *Vindictive*, e era o resultado da fracassada tentativa do almirantado britânico de ter aviação própria, sem construir porta-aviões.

Hemmings chegou a corar de satisfação. Queria desembarcar o mais rapidamente possível e examinar aquela recém-descoberta possibilidade de uma forma de transporte. "Obviamente, os britânicos, sendo como são, criarão uma série de dificuldades, mas tudo poderá ser resolvido se for tratado no nível adequado. Vai ser preciso lidar diretamente com o almirantado, e não com alguns bundas-moles daquela estranha aparição. Como vai ser excitante! Eu nunca voei antes!", pensou, dando-se conta repentinamente de que a contra-espionagem podia proporcionar estímulos e excitações impossíveis de serem encontrados em qualquer outro serviço. Aquilo compensou parcialmente seu desejo de estar com Graves e os seus homens, mas o general fora despachado a Vladivostok para, entre outras coisas, evitar que o trem de ouro avançasse demasiadamente para o leste, enquanto ele tinha que viajar rapidamente em direção de Kazan, no intuito de evitar que ele recuasse para o oeste. "Na certa, acabaremos nos encontrando", pensou. Olhou pela última vez para o cruzador-porta-aviões e foi correndo para a sua cabine.

À altitude de 1.500 metros, sobre a cordilheira Severnie Uvali, alguns dias mais tarde

Estava claro que os deuses gostavam do major Hemmings. Graças à sua excepcional benevolência, ele podia observar o panorama russo das alturas. Vestido com um pesado casaco de couro forrado de peles, um capacete de couro e óculos de aviador, e com o pescoço envolto por uma echarpe, estava sentado, até que confortavelmente, num assento de lona na cabine traseira de um Sopwith, comumente chamado "haste e meia". Tal nome estava relacionado ao fato de suas asas duplas (o avião era um biplano) serem interligadas por uma haste traseira e apenas meia haste na frente, presa à fuselagem. Aliás, os nomes de todos os aviões desenvolvidos por Sir Sopwith não eram muito rebuscados. Tomemos por exemplo um dos melhores caças que combatiam nos céus da Europa — *Camel* — ou o seu antecessor, que também incutia pavor nos pilotos alemães — *Sopwith Pup*. O "haste e meia" revelou-se, também, um dos mais bem-sucedidos aviões daquela guerra. Na sua versão de duas cabines, era um avião de reconhecimento, enquanto na de só uma, um caça-bombardeio. Dotado de um relativamente pequeno motor Clerget, era veloz e, dependendo das condições do vento, podia atingir uma velocidade de até quinhentos quilômetros por hora. No entanto, as suas reservas de gasolina não permitiam um vôo direto de Arkhangelsk a Viatka. O seu motor consumia cerca de quarenta litros de combustível por hora. Foi por isso que os especialistas do *Vindictive*, açulados por um telegrama do almirantado, desenvolveram a seguinte estratégia: a de enviar três "haste e meia", sendo dois armados — um com apenas o piloto, e o segundo com piloto e passageiro, na pessoa de Hemmings — e o terceiro, com apenas o piloto e mais 250 litros de gasolina. Para que este pudesse servir de avião-tanque, foi desprovido de tudo que pudesse ser tirado: o assento do observador, as metralhadoras, os dispositivos para lançar bombas e a câmera fotográfica. A cabine do observador e todos os espaços vagos foram preenchidos com tal quantidade de tonéis e galões com combustível que a catapulta a vapor do "porta-aviões", que se fizera ao mar especialmente para lançar os biplanos, mal conseguiu lançar a sobrecarregada máquina, a ponto de os que observavam sua decolagem terem a impressão que ele cairia na água assim que deixasse a pista.

Os três aviões voaram até os ponteiros indicadores do nível de gasolina aproximarem-se da letra *E* (de *empty* — vazio, em inglês). Então, o comandante da esquadrilha (ou, como eles chamavam — o *flight leader*) fez um gesto com a mão, indicando a necessidade de pousarem. Quase imediatamente (na certa de novo graças àquele deus elefantino) encontraram um local perfeito, e os três biplanos pousaram suavemente, sendo que as suas grandes rodas, de meio metro de diâmetro, não tiveram nenhuma dificuldade com as irregularidades do terreno e com as tocas de toupeiras ocultas no meio da grama.

Após o pouso, os três ingleses puseram-se a trabalhar com afinco, enquanto Hemmings — com uma pesada Browning automática debaixo do braço — ficava de guarda. Não precisava esforçar-se muito naquela atividade, já que a desolada região era habitada exclusivamente por milhares de grilos barulhentos. Uma hora mais tarde, tudo estava pronto para prosseguirem a viagem. Os ingleses, usando uma bomba manual, transferiram o conteúdo dos recipientes com combustível para os tanques dos dois aviões que deveriam decolar. Com o resto do combustível, molharam o terceiro biplano e o incendiaram, ficando em posição de sentido e batendo continência diante da valente máquina que, com o pano das suas asas adornado por círculos concêntricos azul-branco-vermelhos e impregnado de gasolina, ardia em chamas. Momentos mais tarde, os dois aviões restantes decolaram facilmente, deixando para trás a pira formada pelo sacrificado "haste e meia". A segunda etapa da viagem decorreu sem problemas e durou menos de duas horas, sendo que os biplanos, à medida que consumiam o combustível, foram ficando mais leves e podiam voar com mais velocidade.

Nos céus, não tinham com que se preocupar, pois a força aérea bolchevique ainda estava sendo formada e, voando à altura de 1,5 quilômetro, não podiam ser atingidos por fogo terrestre. O plano todo fora elaborado com perfeição, sendo que, com a chegada de Hemmings, os brancos ganhariam de presente duas excelentes máquinas multifuncionais, que lhes seriam muito úteis em vôos de reconhecimento e avaliação dos movimentos do inimigo.

Na opinião do major, a única falha naquela operação fora a de lhe terem permitido levar apenas um litro daquele impressionante estoque pelo qual ele tanto zelara desde a partida de Harwich.

20

Na cabine da S3/6, nesse meio-tempo

OS DEUSES, NO ENTANTO, não foram benevolentes com os passageiros do trem de ouro. Primeiro, Ivanuchko, puxando a manga de Tian, mostrou-lhe uma distante luzinha brilhando no horizonte. Tian interrompeu suas divagações sobre *Hagakure* e, precavidamente, diminuiu a velocidade da locomotiva.

Alguns minutos depois, quando acabaram de completar uma curva suave, viu ao longe, diretamente diante da S3/6 e das duas plataformas com soldados que ficavam diante dela, um forte ponto brilhante que fazia emergir da escuridão as finas linhas argênteas dos trilhos sobre os quais se deslocavam. Depois, o ponto se dividiu em dois, transformando-se em faróis de uma locomotiva que claramente ocupava os mesmos trilhos que eles. Em seguida, as coisas se passaram com rapidez. A algumas centenas de metros de distância, mais ou menos no meio do espaço que separava os dois trens, foi acesa uma fogueira no meio dos trilhos e, à sua luz, Tian pôde ver várias coisas ao mesmo tempo. O leito dos trilhos estava bloqueado por uma barreira feita com troncos de árvores, que até poderia ser atravessada facilmente pela S3/6, mas as chamas revelaram também que havia, em ambos os lados do leito, duas baterias de canhões, cujos canos — como parecera a Tian —apontavam diretamente para os seus olhos. Viu, também, muitos homens uniformizados e com fuzis nas mãos.

Tian percebeu tudo aquilo de uma só vez, graças aos seus olhos treinados para estarem atentos a todos os detalhes. A situação era clara e ele tinha que agir rapidamente. Não tendo outra escolha, puxou violentamente a alavanca dos freios e, no momento seguinte, inverteu o sentido da corrente do vapor, com o que a S3/6 lançou uma nuvem de faíscas, girando as rodas motrizes no sentido contrário. O trem, freado tão bruscamente, percorreu ainda algumas dezenas de metros para afinal parar, a apenas alguns metros da barricada e da fogueira.

— Cada um chega até onde deve chegar — sussurrou para si mesmo, e, aguardando o desenrolar dos acontecimentos, procurou com a mão o seu recurvado bastão envolto em panos que sempre mantinha no canto da cabine. Ao mesmo tempo, afastou da janela seu ajudante, em cuja valente alma a curiosidade sobrepujara o perigo.

"Não ponha a cabecinha para fora; ainda vai ter a oportunidade de ver tudo com calma.

Como costumava acontecer em situações de concentração provocadas por um perigo, Tian se esquecia da sua camuflagem lingüística e falava num russo perfeito. Mas Ivanuchko estava longe de deliberar sobre a milagrosa metamorfose do linguajar de Tian; morria de curiosidade de ver os homens que os pararam. Nem lhe passou pela cabeça a idéia de que aqueles homens poderiam ordenar-lhe que descesse da locomotiva e, mesmo sem perguntarem pelo seu nome, enfiar-lhe uma bala na cabeça. Ivanuchko era ainda muito jovem e não vira muito na sua curta vida.

Não foi preciso esperar muito pelo que veio a seguir. Do piso de ferro da cabine emergiu uma cabeça coberta por um gorro de caça, e uma voz ordenou:

— Para fora!

Quando ela apareceu tão de repente como se estivesse saindo de dentro do piso da cabine, Tian ficou pensando em como o corpo do qual ela era o topo, e que devia estar nos degraus que levavam à cabine da locomotiva, se comportaria sem ela. No entanto, afastou de si o forte desejo de conduzir aquele experimento, sem dúvida interessante de ponto de vista científico, mas também definitivamente perigoso. Diante disso, largou o seu bastão.

— Para fora, já disse! — repetiu a cabeça, desaparecendo em seguida.

Tian e Ivanuchko desceram da cabine e viram que a tripulação da primeira plataforma, que evidentemente estivera dormindo, já estava no leito dos trilhos, com as mãos para cima. Dos vagões da escolta começaram a descer os soldados vermelhos, claramente despertados pela violenta freada, mas com os fuzis nas mãos. No entanto, ao verem os canhões e as metralhadoras profissionalmente instalados em assentamentos protegidos por sacos de areia, sem demora atiravam os fuzis no chão e erguiam os braços.

"Quem poderiam ser eles?", indagava-se Tian.

Trajavam uniformes de campanha russos e portavam fuzis japoneses Arisaka, mas não eram nem russos nem japoneses. Muito embora aquela cabeça tivesse ordenado "Para fora!" em russo, agora os soldados conversavam entre si numa língua que não lembrava a Tian nenhuma outra. Embora empurrado violentamente com as coronhas dos fuzis, teve tempo para dar uma discreta olhada em volta. Os agressores já estavam entrando em todos os vagões, arrancando os lacres, sendo que alguns deles ocuparam a cabine da locomotiva. Diante do "trem de ouro" estava parado um trem blindado que — conforme lhe parecera — fora construído de forma caseira e por pessoas que não tinham muita experiência no assunto. Começava por uma locomotiva austríaca da série 229, com o que o canhão, instalado no vagão logo atrás, só podia disparar para os lados. Sua parte central era formada por quatro vagões de carga, em cujas paredes foram colocadas chapas de aço de meia polegada. Por último (e isso Tian já não podia ver com tanta clareza), foi anexado ao trem o vagão mais ameaçador, com duas torres de canhões de cem milímetros. A locomotiva, também blindada com chapas de aço pintadas de preto, estava adornada por bandeirolas branco-vermelhas.[23]

Ao longo da fileira dos vermelhos com as mãos para cima, caminhava com passos saltitantes alguém importante, com divisas de major e acompanhado de oficiais de patentes mais baixas. Sua aparência não agradara

---

[23]Embora o branco e o vermelho fossem as cores nacionais da Polônia, naquela época elas foram adotadas pelos tchecos (cujas cores nacionais são branco, vermelho e azul), enquanto as tropas polonesas que combateram na Sibéria adotaram a cor de amaranto. (*N. do T.*)

Tian. Tinha uma calvície precoce, olhos esbugalhados, bigodinhos cuidados e uma pose muito pretensiosa. Tian avaliou-o à sua maneira, considerando-o alguém que pensa demais nos seus próprios problemas. Em compensação, o homem que caminhava ao seu lado pareceu-lhe muito simpático. Tinha um rosto redondo e agradável e um traseiro um pouco pesado demais, mas movia-se com naturalidade. Além disso, sua expressão era inteligente e atenta e, ao mesmo tempo, seu olhar era alegre e irônico.

O major plantou-se diante de Tian, olhando com arrogância para ele e para o jovem foguista encolhido ao seu lado. Tian, sem elevar demais os olhos, registrou os detalhes do uniforme, as botas lustrosas, o cinturão com um coldre aberto, do qual pendia uma tira de couro presa à coronha de um possante Steyer de oito milímetros. A mão do major repousava de forma displicente sobre a coronha daquela desajeitada, porém eficaz pistola.

— Comunista? — latiu no rosto de Tian, ao mesmo tempo uma pergunta e uma afirmação, e, aguardando pela resposta, começou a balançar-se sobre os calcanhares, como um ursinho recém-desmamado.

— Maquinista — respondeu educadamente Tian, inclinando a parte superior do torso, e sem tirar os olhos do coldre.

— E este aí? — perguntou o major, apontando para Ivanuchko.

— Foguista. Meu ajudante — respondeu Tian ainda mais educadamente e voltando a se inclinar.

— Pare de se balançar. Você é chinês? Por que está com eles? O que tem nos vagões? — disparava o major, sem aguardar pelas respostas.

Tian respondeu calmamente, erguendo os olhos:

— Sou um engenheilo folmado. Não havia maquinistas. Pegalam a mim, e eu peguei um ajudante.

Tian voltou conscientemente a massacrar o russo, mas o major parecia não dar importância a isso.

— Muito bem. Você está com sorte. Não temos maquinistas. A partir de agora, você passa a ser um subordinado meu. Pode voltar para a locomotiva. Tenente Marek! — virou-se para o simpático oficial. — Reviste-os e destaque dois homens para ficarem de olhos neles dia e noite. Rápido! Estamos de partida. Depois, venha ao vagão principal. Ah, sim, favor trancar os bolcheviques e mantê-los sob guarda e, quando o senhor tiver feito isso, desmonte a bateria e mande carregar as armas no trem.

Pensou um pouco, com um esforço que demonstrava uma mente não muito brilhante, e completou:

— Tranque os oficiais e suboficiais em vagões separados.

Pensou por mais um momento, como se quisesse acrescentar algo, mas aparentemente desistiu, pois virou-se de repente e foi embora saltitante, seguido pelo seu cortejo.

Alguns minutos antes, compartimento de Salomea

Enfiado brutalmente em Salomea pelo vagão freado, Ivan só conseguiu registrar o grito fininho da jovem, logo interrompido quando ele bateu com a testa na parede do compartimento. Ao fim da violenta freada, o vagão, sob o efeito da força das molas dos amortecedores, executou um brusco movimento para trás, fazendo com que Ivan caísse de costas e fizesse um outro galo, dessa vez na parte posterior da cabeça. Salomea, gemendo fininho, encolheu-se de dor e puxou os joelhos para junto do queixo, parecendo um animalzinho ferido. Enquanto isso, o ainda deitado Ivan procurava entender o que acontecera, mas, ao ouvir som de botas no corredor, levantou-se de um pulo e começou a procurar com afinco a sua roupa. Mal conseguira enfiar os seus culotes de general e cobrir a chorosa Salomea com um cobertor arrancado do beliche, quando alguém começou a bater com punhos na porta. Nada pôde fazer a não ser destravar a fechadura e, recuando para o fundo do compartimento, exibir o seu torso desnudo diante dos espantados olhos dos soldados aglomerados no corredor, que apontavam os fuzis em sua direção, enquanto ele, encolhido num canto, secava as suadas palmas das mãos no tecido das calças de montaria. Os soldados, com uniformes de brancos — pelo menos era assim que Ivan os imaginava —, ficaram olhando para ele e para a soluçante Salomea debaixo do cobertor, sem saber como se comportar, enquanto suas armas começaram a se sacudir sob o efeito de risos abafados. Ivan, também, teve um estranho desejo de rir, tendo a sensação de que estava olhando para si mesmo como se fosse um daqueles soldados.

A situação não permaneceu assim por muito tempo, pois, afastando os seus subalternos, surgiu na porta o já conhecido pelos leitores major Frantisek Kravak. De início, também ele não soube como reagir, e ficou por mais de um minuto olhando para aquela incompreensível configuração. E, como as risadinhas dos soldados às suas costas se tornavam cada vez mais audíveis, decidiu agir. Entrou no compartimento e arrancou o cobertor de cima de Salomea. Ivan sentiu o seu corpo encrespar-se, pois Salomea, nua, encolhida e escondendo o rosto nas mãos, pareceu-lhe tão bela que seria digna de qualquer sacrifício. Kravak, com o cobertor na mão, ficou olhando para aquela visão que nunca mais esqueceria. Depois, com uma delicadeza que chegou a espantar a ele mesmo, voltou a cobrir a jovem, chegando a suavemente alinhar uma das pontas do cobertor que deixava à mostra um dos seus pés. Em seguida, mantendo, não se sabe por quê, a mão sobre a cabeça coberta de Salomea, olhou friamente para Ivan.

— Quem é ela e o que você lhe fez?

Ivan fez um esforço para erguer-se, sentindo na planta dos pés desnudos o carpete do compartimento. O major não esperava por respostas e, como era seu costume, continuava com o seu interrogatório. Ivan teve uma leve suspeita de que a intenção-mor do oficial era demonstrar o seu poder diante dos subalternos. No entanto, o auditório composto de soldados que se divertiam ao extremo não parecia lhe dar muita atenção. Aparentemente, conheciam muito bem o jeito do chefe.

— É sua esposa? Por que está chorando? Por que está nua? — indagou e, não conseguindo se conter, ergueu uma das pontas do cobertor para certificar-se de que nada mudara naquele intervalo de alguns segundos.

Kazedub recobrou os sentidos. Tirou a ponta do cobertor da mão de Kravak, assumindo com esse gesto a responsabilidade pela sua nudez.

— Peço que não a descubram — disse, acrescentando logo em seguida —, ela é a radiotelegrafista.

— Ah, radiotelegrafista — Kravak pareceu ruminar aquela informação. — Mas por que ela está chorando?

— Ela é minha namorada — completou Ivan, continuando com o seu absurdo desejo de rir.

— Sua namorada? Então tudo está claro! — suspirou aliviado Kravak. — Se eu estivesse no lugar dela, também choraria. Basta olhar para você.

Os soldados no corredor explodiram numa gargalhada, mas Kravak os silenciou com um olhar jupiteriano.

— Vamos sair daqui. Quanto à senhora, peço que se vista.

Saiu para o corredor, seguido por Ivan, a quem fizera um gesto com os dedos. Kravak apontou para o primeiro compartimento vago e este, obedecendo docilmente, entrou nele seguido pelo oficial com a mão na coronha da sua pistola. Kravak sentou-se confortavelmente e olhou em volta com jeito de quem apreciava.

— Lindo vagão — constatou, deslizando os dedos pela forração da parede. — Muito bem acabado. E você? Em qual dos compartimentos está instalado? No mesmo daquela senhorita? Não? Então em qual?

— No sexto — respondeu soturnamente Ivan, que continuava de pé, querendo a todo custo poder deitar-se e adormecer. Pensou já de forma totalmente absurda que estava sonhando e que, caso lhe permitissem dormir, certamente acordaria ao lado da ainda adormecida Salomea.

— E onde está a sua arma? No compartimento?

Ivan fez um gesto afirmativo, e Kravak gritou para o corredor:

— Svoboda! Reviste o compartimento número seis e traga-me tudo que achar digno de ser mostrado.

Em seguida, virando-se para Ivan, permitiu graciosamente:

— Pode sentar-se.

Kravak tirou uma fina cigarrilha escura da sua cigarreira de couro, mas não a acendeu, girando-a delicadamente entre os dedos e procurando ouvir os estalidos do tabaco provindos do seu interior.

— Agora — disse, deliciando-se com a situação —, vamos tratar do seu caso. Quem é você e o que você faz neste trem?

— Comando — respondeu Ivan.

— Comandava — corrigiu-o Kravak. — Quer dizer que você é um comunista?

Aquilo não fora uma pergunta, mas mais uma afirmação. Para Ivan, não fazia nenhuma diferença, de modo que respondeu de acordo com a verdade:

— Sou funcionário da Tcheka. Sem partido.

— Você fez uma carreira rápida. Um membro da Tcheka! Parabéns! — Kravak conseguiu ser irônico.

— Estive na guerra. Quatro anos. Antes disso, fui cadete na Escola Militar. Obtive a minha patente de capitão durante a guerra.

Kravak olhou para ele de uma forma mais simpática.

— Não diga. Quer dizer que mesmo naquela época éramos inimigos.

— E isso significa que continuamos sendo? — resolveu arriscar Kazedub, sabendo por experiência própria que excesso de intimidade com um interrogador pode terminar com a perda dos dentes. — Desculpe-me, por favor. É o senhor major que faz as perguntas, mas não consigo imaginar quem são os senhores e por qual motivo pararam o meu trem.

Kravak formou um biquinho engraçado com seus lábios:

— Pois já vai saber. Na atual situação, isso já não é mais segredo e, antes de morrer, você merece uma explicação, camarada. Nós somos a Legião Tchecoslovaca. Isso lhe diz qualquer coisa?

Ao receber a confirmação de que ia morrer logo, Kazedub sentiu-se mais calmo. Achou irônico ser morto como um bolchevique, logo após ter decidido despachar todo aquele bolchevismo aos diabos. "Vou morrer sem saber por que e em que posição ideológica. Como isso é estúpido! Só sinto que não poderei mais ficar amando Salomea", pensou, concentrando-se numa resposta:

— Sim, mas pelo que sei houve uma espécie de acordo, não?

— Houve — confirmou Kravak, encostando com carinho a cigarrilha à sua orelha. — Mas acabou.

— Há muito tempo? — perguntou Ivan, realmente interessado.

— Não lhe informaram disso? Bem, agora isso não importa — o major fez um gesto depreciativo com a mão. — O acordo foi rompido no final de maio.

— Por quê? Espero que o senhor major permita que eu pergunte.

Ivan, indignado por não ter sido informado daquilo, estava ficando cada vez mais convencido de que não queria morrer como um bolchevique.

— É uma questão complicada, mas creio que você merece algumas explicações.

O major estava tão encantado com a sua magnificência que teve vontade de se levantar e mirar-se no espelhinho do banheiro. Imaginava-se um herói de um romance de guerra. Fazia tudo o que era necessário, mas com que classe! Decidiu não enforcar o funcionário da Tcheka, mas fuzilá-lo, com todo o cerimonial, último desejo etc. Talvez devesse dar-lhe alguns momentos a sós com aquela belezoca? Por que não? Quem sabe se a jovem, tendo pranteado a morte honrosa do amado, não poderia vir a apreciar aquele gesto? Não lhe custaria nada e os resultados poderiam ser promissores. Kravak ficou imaginando várias coisas, mas voltou à realidade e retomou o papel que criara para si mesmo. Avançou na sua magnificência a ponto de dirigir-se a Ivan como a um igual:

— O senhor deve estar sabendo que o tsar está morto, não?

Ivan meneou a cabeça e semicerrou as pálpebras, como se quisesse proteger os olhos de uma luz brilhante. "Então eles o mataram. Não deveria ficar chocado com isso, pois não tinha nenhum motivo para adorá-lo enquanto vivo e não preciso pranteá-lo após a sua morte. Uma coisa é certa: agora, os bolcheviques não têm como recuar. Têm que ir para o tudo ou nada, já que somente os vencedores não são julgados."

— Quer dizer que nem disso eles o informaram — constatou o major, guardando com pesar a cigarrilha, já que, para treinar o seu caráter, tentava parar de fumar. — O senhor tem aí a melhor prova dos métodos bolcheviques. Afinal, quem mais do que o senhor, agente da Tcheka, deveria ser o primeiro a ser informado disso? O senhor não concorda, capitão?

A uma certa simpatia (porque Kravak respeitava os que combateram nas frentes de batalha), juntou-se o sentimento de compadecimento. Um rapaz tão jovem e tão bem-apessoado. Na certa proveniente de uma boa família e, no entanto, cego por essa utopia sangrenta. "Sim", saboreou a expressão na sua mente, "uma utopia sangrenta" — e decidiu incluí-la no seu livro de memórias que, certamente, iria publicar quando retornasse a casa. Já tinha até algumas notas com dezenas de idéias para o título do livro. Olhou atentamente para o seu interlocutor, como se esperasse que este fosse chorar, mas Ivan apenas meneou melancolicamente a cabeça. Não se sentia mais ligado aos seus superiores e não precisava justificá-los perante quem quer que fosse. Mesmo diante da morte.

— De forma geral, a situação se apresenta da seguinte forma — falou o major, de uma forma simpática, mas com estudada superioridade. —

Enquanto havia uma chance real da restauração da monarquia, os aliados esperavam introduzir na Rússia uma fórmula palatável para as democracias mundiais; o senhor sabe: algo constitucional, parlamentar. De qualquer modo, enquanto havia a esperança de que o tsar pudesse sobreviver a isso tudo, o mundo acreditava sinceramente na possibilidade de acabar com o bolchevismo. Como o senhor pode imaginar, uma empreitada dessas requer muito dinheiro. Além disso, é preciso que o senhor saiba que a Rússia tsarista tinha muitas dívidas. Não posso afirmar o montante exato, mas Nicolau se endividava a torto e a direito, e Kerenski seguiu o mesmo caminho. E agora, capitão, a Rússia deve 3 bilhões de libras somente à Inglaterra, uns 750 milhões de dólares à França, 300 milhões aos Estados Unidos, sem falar da Itália e do Japão. E o senhor sabe a que se destinava essa dinheirama toda?

— Para armas — respondeu imediatamente Ivan, querendo imaginar as dimensões daquelas somas e a sua proporção em relação ao tesouro sobre o qual ambos estavam sentados.

— Obviamente — disse Kravak, com uma expressão de um professor convencido da exatidão das suas informações. — Só de metralhadoras, foram encomendadas 1,5 milhão. E não é só isso. A encomenda foi entregue, assim como várias outras. E o senhor pode imaginar o que está acontecendo agora? Todos os fabricantes de armas, com a Vickers em primeiro lugar, atormentam os seus governos, exigindo serem pagas.

— E os bolcheviques? — perguntou Ivan, fascinado por aquelas operações financeiras.

— Os bolcheviques, meu caro capitão, declararam que não vão pagar um centavo sequer e que as obrigações de Nicolau e de Kerenski não têm nada a ver com eles.

— E Lênin? — voltou a perguntar Ivan, para quem toda aquela história não cabia na cabeça.

— Lênin, meu caro senhor, já recebeu, por fora, 500 mil libras.

— Para quê?

— Como, para quê? — respondeu Kravak, esparramando-se no assento. — Para que o tsar e a sua família pudessem sair em segurança da Rússia.

— E apesar disso...? — Ivan, que recebera do pai noções básicas de um comércio honesto, mal conseguia acreditar no que ouvia.

— Apesar disso, meu belo senhor. Eis a imagem dos bolcheviques em todo o seu esplendor. Não lhe basta? Pois vou lhe dizer mais. Ele se comprometeu a lutar contra os alemães, e o que ele fez? Firmou um tratado, apesar de ter recebido dinheiro exatamente para não entrar em nenhum acordo com eles. Que tal? O povo anda sussurrando que ele foi pago pelos alemães, mas a verdade é que ele levou dinheiro tanto dos alemães quanto dos ingleses. E o que o senhor tem a dizer a isso?

Ivan sentiu-se repentinamente fraco. Os efeitos do álcool, da noite de amor, das pancadas na cabeça e das revelações de Kravak — que apresentavam sua participação no movimento revolucionário sob uma nova luz — acabaram se acumulando.

— Desculpe-me — disse —, mas qual era a sua profissão na vida civil, se é que posso fazer essa pergunta?

Kravak entristeceu-se pelo fato de sua condição de oficial de reserva ser tão ostensiva. Convenceu-se de que teria que trabalhar ainda mais no desenvolvimento da sua postura e do seu estilo.

— Fui guarda-livros — respondeu num tom tão digno que encheria de orgulho todos os guarda-livros do mundo. — O senhor ainda tem dúvidas? — acrescentou de forma triunfante.

Por uma razão totalmente desconhecida, aquela conversão de um bolchevique para a fé verdadeira momentos antes de fuzilá-lo lhe dava uma grande satisfação missionária. É bem possível que aquilo fosse fruto da sua paixão de ensinar, algo que fazia sempre quando surgia uma oportunidade. Era o mesmo prazer que sentia ao examinar os registros contábeis ou naqueles momentos divinos para todos os contadores do mundo, quando podiam convocar à sua presença um funcionário que fizera um erro — ou falsificara de propósito um lançamento contábil — e, apontando com o dedo para o lançamento em questão, olhavam para ele de forma interrogativo-acusatória.

— Prezado senhor capitão — voltou a falar. — Caso nessa barafunda internacional não se tratasse de dinheiro e do fato de o material bélico já ter sido entregue, pelo menos parcialmente, ninguém viria interferir aqui.

O senhor acha, por acaso, que o mundo dá a mínima para quem governa vocês; se Nicolau II ou... — nesse ponto Kravak parou para pensar um pouco e, depois, soltou uma risadinha irônica — ou... ha, ha, ha... Vladimir III, o Ignóbil?

Kravak divertiu-se tanto com a sua *boutade* que precisou contorcer-se no assento para tirar um lenço do bolso das suas calças apertadas e enxugar com ele seus olhos marejados de lágrimas. Ivan também relaxou, pensando: "Se é assim que deverá ser esse maravilhoso mundo novo, então é mesmo melhor que eu não faça parte dele", e perguntou em voz alta:

— Muito bem, mas se vocês, os tchecos, receberam permissão para formar um exército e partir para Vladivostok, por que se deixaram envolver nessa... como o senhor mesmo chamou... barafunda?

Kravak enxugou mais uma vez os olhos e assoou ruidosamente o nariz. Em seguida, dobrou cuidadosamente o lenço, como se estivesse guardando nele uma relíquia em vez da sua secreção nasal, e esclareceu:

— Nós não nos deixamos envolver em coisa alguma. Trótski, num acesso de burrice, achou que os ingleses e os franceses poderiam nos convencer a mudar de lado e, por via das dúvidas, decidiu nos desarmar. Só que... — nesse ponto, Kravak voltou a rir ironicamente —, só que não é muito fácil desarmar 35 mil profissionais, tendo apenas alguns milhares de amadores. Nós temos homens nossos infiltrados no seu Estado-Maior, e o senhor pode me acreditar ou não, quase conseguimos pegá-lo, lá em Kazan. O senhor sabia que aquele judeu não se chama Trótski, mas Leiba Bronstein? Mas isso não tem importância. O fato é que o nosso homem nos informou que aquele líder judaico estaria, numa determinada hora, inspecionando um posto avançado de artilharia. Então, nós começamos a disparar para aquela posição no momento exato em que ele lá se encontrava. No entanto, como nos informou um outro espião nosso, não conseguimos acertá-lo, muito embora ele tenha sido obrigado a fugir daquelas trincheiras, arrastando-se como uma toupeira.

— Quem sabe alguém rezou por ele? — observou Ivan.

— O quê?! — Kravak estava realmente chocado. — Por um bolchevique? A propósito — acrescentou um tanto encabulado —, o senhor é crente?

— Nem eu mesmo sei — respondeu Ivan —, mas porque o senhor... Ah, já sei... Não precisa preocupar-se com isso; poderemos dispensar cerimônias religiosas.

— É mesmo? Que bom! — disse o major, com sincera satisfação. — É que não temos um padre. Uma parte dos meus homens é protestante e uma outra não quer acreditar em mais nada além de no desejo de retornar a casa o mais rapidamente possível, o que não me espanta. Os poloneses têm um padre, mas na maioria do tempo está embriagado. Imagine o senhor: um alcoólatra irremediável que tropeça nos próprios pés. Uma vergonha. Mas os poloneses têm uma verdadeira adoração por ele e não o trocariam por nenhum outro. Acho que eles o consideram uma mascote.

O major falava sem parar, querendo ocultar o seu embaraço de ter que, daí a pouco, convidar aquele rapaz simpático e triste, e que afinal de contas não lhe fizera nenhum mal, para que o acompanhasse até um muro.

— Bem. Tivemos uma conversa agradável, como nos bons velhos tempos, mas acho que já expliquei tudo ao senhor. O senhor... antes de... tem algum desejo especial?

Ivan pensou consigo mesmo que teria pelo menos um, mas que ele requereria uma fada com uma varinha de condão, nem que fosse a Fada das Migalhas de Pão da suíte *Quebra-nozes*, à qual costumava assistir levado pelo pai. "Uma pequenina e modesta fadinha, que pudesse liquidar este idiota tcheco e me transportar para um maravilhoso hall de teatro. E que eu pudesse ter de novo sete anos de idade e o papai me segurasse pela mão — não, melhor ainda — que o pai estivesse comprando um sanduíche de presunto, com uma fatia de presunto grossa e úmida, com pedaços de gordura nas bordas." Ivan, com pavor, deu-se conta de que não comia algo parecido com isso havia muito tempo, e que nunca mais iria comê-lo. Por um instante, teve a intenção de comunicar ao major que não permitiria ser morto antes de receber um sanduíche de presunto. No entanto, não precisou fazer isso, pois no vão da porta apareceu a fada — na pessoa do soldado Svoboda.

— O que você quer? — rosnou Kravak, embaraçado pelo papel que teria que representar, mas Svoboda, sentindo-se importante com a informação que tinha e, imbuído de espírito conspiratório, respondeu em tcheco:

— Reporto ao senhor major que, ao revistarmos o trem, encontramos uma outra jovem. Quisemos trancá-la com os demais bolcheviques, mas ela disse que precisa falar urgentemente com o senhor. Antes da guerra, no pátio de carga da estação de Praga, a polícia também encontrara uma jovem num vagão de passageiros que ia ser reformado, mas a jovem arrumara um dos seus compartimentos de tal forma...

— Deixe isso para lá, Svoboda. Você terá oportunidade de contar-me essa história em outra ocasião. Diga a ela que me aguarde; isso aqui não vai demorar.

Lançou um olhar conspiratório para Kazedub, como se quisesse fazê-lo co-responsável pela eficiência do que estava por vir.

— Com todo o respeito, senhor major, é que ela diz que o assunto é urgentíssimo e não pode ser adiado — insistiu Svoboda.

Kravak já tivera, por várias vezes, vontade de enfiar um pano na boca de Svoboda. Agora, esse desejo voltou a assolá-lo, mas acabou cedendo.

— Muito bem — disse. — Vou ter com ela. Quanto a você, entre no compartimento e fique de olho neste camarada. Não quero ouvir depois nenhuma desculpa por você ter-se virado por um momento.

— Sim senhor!

O gordo Svoboda bateu continência e, em seguida, tentou passar pela porta ao mesmo tempo que o major tentava sair. Depois de esbarrarem um no outro por diversas vezes, Kravak conseguiu sair para o corredor e, assim que viu quem o aguardava, endireitou-se e, num gesto mecânico, alisou os seus ralos e já perfeitamente arrumados cabelos. Sem querer desviar os olhos da visão que tinha diante de si, tateou com as mãos às costas a maçaneta da porta, no intuito de fechá-la e não ter que ouvir as palavras de Svoboda que, por cortesia, passou a falar em russo:

— Pois é. Aquele vagão deveria ser reformado, já que o forro dos seus assentos estava gasto e alguns viajantes mal-educados haviam levado a bacia do banheiro como um suvenir. E aquela jovem já era conhecida da polícia e os seus papéis não estavam em ordem....

Kravak fechou a porta com estrondo e o blablablá de Svoboda chegava a ele como um abafado zumbido de uma mosca insistente:

— Assim, ela resolveu receber seus clientes num lugar discreto...

Kravak, adotando seu melhor e mais educado sorriso, encaminhou-se para a jovem. Pareceu-lhe que ela não combinava com o ambiente, sendo que estaria menos surpreso se tivesse diante de si um marciano. Wanda tinha os olhos deliciosamente inchados pela bebida de Kazan ingerida recentemente e por ter chorado um pouco. Estava descalça e descomposta, já que havia sido retirada direto do beliche, sendo que, no seu caso, tal aparência a tornava ainda mais atraente. Ciente do efeito devastador do seu estado sobre a mente de homens, não fez nenhum esforço para se aprumar. Quanto a Kravak, desprovido há meses de companhia feminina, aquela visão acabou turvando por completo sua mente, já significativamente perturbada pela imagem do corpo desnudo de Salomea. De tão encantado, chegou a agachar-se e parecia deslizar sobre patins de gelo em direção de Wanda. Chegou quase a beijar a sua mão, mas recuperou-se a tempo lembrando-se do seu papel.

— A senhora deseja falar comigo? — perguntou.

Wanda procurou ver alguém atrás de Kravak, para se certificar de que era mesmo com ele que deveria tratar e, tendo constatado que sim, seus olhos se iluminaram de satisfação. Suas experiência e intuição conseguiram defini-lo exatamente come ele era: um palhaço encantado com a importância do seu papel. Isso, obviamente, facilitava as coisas.

— Sim, pois o senhor é a autoridade máxima neste trem — respondeu, observando atentamente a sua reação e vendo nos seus olhos aquilo que esperava neles encontrar. — Talvez o senhor possa convidar-me para um dos compartimentos? Quase todos estão vazios e poderemos conversas calmamente.

Kravak agitou-se como um flamengo pronto para alçar vôo e, com um gesto violento que quase deslocou o seu punho, abriu a porta do compartimento vizinho ao que servia de prisão provisória — para sermos mais exatos, a cela de morte de Kazedub.

Enquanto isso, na cela de Kazedub

— Que tal conversarmos um pouco? — sugeriu educadamente Svoboda, colocando displicentemente seu fuzil japonês entre os joelhos e tateando os bolsos da camisa do uniforme à procura do seu cachimbo. — Assim, o tempo passará mais rápido.

— Inclusive o meu? — perguntou Ivan, com um sorriso.

— Tempo é tempo — disse filosoficamente Svoboda. — Mesmo se sobra pouco dele, sempre vale a pena aproveitá-lo.

— Em conversas com você sobre aqueles vagões?

— E por que não? Sempre vale a pena conversar com alguém, pois de cada conversa se pode aprender algo.

— Não posso imaginar o que poderemos aprender com aquela história da jovem no pátio de carga.

Svoboda considerou aquela observação como um convite para continuar:

— Como ia dizendo, aquela senhorita recebia lá os seus clientes, embora o fizesse sem o conhecimento das autoridades ferroviárias. Imagine o senhor que ela estava exercendo aquela atividade quando a comissão encarregada de examinar os vagões para reforma entrou naquele compartimento.

— Isso é uma alusão a algo? — Ivan teve vontade de atirar-se sobre o narrador.

— Já disse para o senhor — continuou calmamente Svoboda — que qualquer história, por mais banal que seja, pode ser instrutiva.

— E qual é a moral desta? — perguntou Ivan.

— De que sempre, antes de entrarmos em algum lugar, devemos bater na porta. De outro modo, podem surgir sérias complicações. Uma história semelhante ocorreu num certa cervejaria de Praga; na verdade, não tão semelhante assim, mas...

— Espere um pouco! — interrompeu-o Ivan. Não queria passar seus últimos minutos de vida em conversas bobas com aquele simpático tcheco de rosto redondo e gordo, mas gostaria de esclarecer certas coisas antes de morrer. Assim, pelo menos, seria mais inteligente no outro mundo. — Espere! Prefiro que me diga como vocês vieram parar aqui e o que pretendem fazer em seguida. Porque o seu major não foi muito claro sobre esse ponto.

Svoboda acomodou-se mais confortavelmente:

— O que pretendemos fazer, na certa não vou contar para o senhor, já que se trata de segredos militares. Mas, quanto ao resto, posso lhe responder. Eu fui aprisionado por vocês e, cá entre nós, era exatamente o que eu queria.

— Como?! Você quer dizer que...

— Isso mesmo. Depois de dois anos correndo de lá para cá e de cá para lá, achei que seria melhor ser capturado e aguardar o fim da guerra num campo de prisioneiros do que ficar se esquivando das balas nas trincheiras. E fiz bem, porque o tempo que fiquei lá não foi tão duro assim. Aliás, e lhe digo isso em confidência, muitos dos meus patrícios fizeram o mesmo. Chegou ao ponto de batalhões inteiros se renderem, assim que avistavam quem pudesse aprisioná-los. Em função disso, tornamo-nos conhecidos em todos os exércitos do tsar. Aquilo, meu senhor, não era uma guerra nossa. Alemães? Austríacos? Por favor, batam-se à vontade, mas a nós, tchecos, e aos poloneses, aquilo não deveria interessar. O senhor chegou a pensar nos tchecos como inimigos? Pois então.

Ivan interrompeu-o, achando que aquele simpático tcheco devia saber de muitas coisas.

— Para ser sincero com o senhor, eu mesmo não sou totalmente russo; o meu pai era polonês.

— Está vendo?! — Svoboda ficou tão feliz como se tivesse encontrado num casamento um primo distante a quem não via fazia muito tempo. — Então o senhor deve compreender o que estou dizendo. Aquilo foi muito proveitoso para mim: aprendi russo e conheci muitas pessoas interessantes, como por exemplo aquele Jarlav Marek. O senhor precisava conhecê-lo. Um escritor. Um homem muito culto. O senhor iria gostar dele.

— Infelizmente não terei tempo para isso.

— Ah, sim... é verdade. Desculpe. — O tcheco ficou encabulado e era evidente que sentia pena de que duas pessoas tão simpáticas como eles não tivessem a oportunidade de se conhecer melhor. — Agora, estou na Legião Tcheca. E também estou satisfeito. Aliás, de um modo geral, eu me sinto bem em qualquer situação. Devo ter a natureza de um vagabundo. Além disso, aqui as coisas são muito diferentes do que nos exércitos do Excelentíssimo Amo — Svoboda fez uma careta tão engraçada que chegou a divertir o condenado. — Os oficiais fazem de tudo para que não seja assim. Chegaram a insistir para que nos dirigíssemos a eles por "irmão", mas isso não pegou. Imagine o senhor alguém dizendo: "Informo ao irmão capitão que as provisões não foram entregues...". O senhor acha possível? Não estamos num convento, mas num exército. Não faz nenhum sentido. Quanto a eles, esse negócio de "irmão" também não funcionava muito bem. Como eles podiam nos passar uma descompostura? "Irmão recruta, sua besta cretina, novamente dormindo no serviço?" Aí, nós pedimos para que nos tratassem como sempre trataram. O exército exige disciplina, caso contrário, vira bagunça. Mas é preciso reconhecer que estamos entre gente nossa e que as coisas se passam de forma diferente. Ninguém esbofeteia um recruta, nem o amarra a um poste para ser chicoteado...

"Tagarele à vontade", pensou Ivan, a quem aquele falatório de Svoboda trazia uma inesperada calma, como se a simples presença daquele simpático soldado de bom coração não permitisse ao anjo da morte olhar pela janela para dentro do compartimento. "É impressionante como é tênue a membrana que separa a vida da morte, e como é fácil atravessá-la. Ainda meia hora atrás, meu corpo vibrava com vida. E agora? Basta uma palavra de um cretino tcheco qualquer, e já estarei do outro lado."

Algo pareceu sussurrar na cabeça de Ivan — talvez fosse a voz do seu pai —, e o tal sussurro soara mais fortemente que um grito: "Está vendo, Ivanuchko, como é fácil matar uma pessoa? Basta uma palavra."

Em poucas palavras: que pena, caro leitor, que Ivan tenha que morrer dessa forma. Principalmente porque ele, embora tarde demais, aprendeu duas coisas importantes: a amar e a duvidar.

No compartimento ao lado, no mesmo espaço de tempo

— Então a senhora afirma que trabalha para os ingleses? — perguntava Kravak, olhando com admiração para a beleza da jovem descalça sentada à sua frente.

Embora fosse um ignorante, sabia dar o devido valor à fineza com a qual fora cinzelado aquele corpo escultural e moldado aquele rosto infantil.

— É isto que estou dizendo. Para ser mais exata, para o serviço de contra-espionagem.

— E como posso verificar isso? — perguntou o major, olhando de soslaio, para que ela não notasse que, mais do que na expressão do seu rosto, ele estava interessado no lindamente bronzeado joelho e na delgada perna que conduziam seu olhar para o descalço e empoeirado (e, por isso mesmo, ainda mais excitante) pé.

— Da forma mais simples do mundo — respondeu Wanda, conseguindo captar o olhar de Kravak e levá-lo de volta para o seu rosto. — Vou lhe dar o meu código de identificação, e o senhor poderá contatar-se com a unidade britânica mais próxima.

— Se isso for verdade, minha cara senhora... — Kravak não conseguiu negar-se o prazer de apertar a sua mão, mantendo-a segura por mais tempo do que o devido. — Se isso for verdade — repetiu, para fins exclusivamente retóricos —, então estamos do mesmo lado. Teremos que conversar sobre isso, mas antes preciso resolver um assunto pendente. Aquela pessoa não precisa ficar esperando por tanto tempo.

— O senhor tem em mente o comandante bolchevique deste trem?

— Não se preocupe com isso. Resolverei o assunto em poucos minutos e logo voltarei a ter com a senhora — respondeu Kravak.

— E, com isso, cometerá um grave erro — Wanda decidira agir severa e decididamente.

— A senhora quer dizer que não deverei voltar? — o major parecia, no mínimo, desorientado.

— Não, que o senhor não saia... agora — respondeu Wanda, erguendo mentalmente as mãos aos céus e se perguntando num sussurro: — Por que será que, no caminho da minha vida, só tenho encontrado ultimamente idiotas? Primeiro, um jovem, e agora, um velho!

Kravak, é óbvio, não ouvira aquele murmúrio, mas a sua subseqüente pergunta soara estranhamente apropriada:

— Não quero parecer um idiota aos olhos da senhora, mas pelo que entendi, a senhora sugere que eu fique aqui...

— Sim — cortou-o Wanda, decidindo dirigir-se a ele sempre de forma curta e precisa. — Ficar aqui. Não enforcar o bolchevique. E conversar comigo.

Aquele "conversar" soara misterioso e, como até lhe parecera — promissor. É bem possível que Karak ouvisse apenas aquilo que quisesse ouvir. De qualquer modo, recuperara a razão.

— Prezada senhora, não sou um bárbaro — disse, com real revolta. — Vou apenas fuzilá-lo — arriscou uma piada, mas logo se deu conta de que o seu dito não fora engraçado. Wanda teve a mesma impressão e fez um esforço para não demonstrar o seu desprazer.

— Tanto faz. Morte é morte, e o capitão Kazedub poderia ser de grande valia para nós... para o senhor e para mim, bem como aos meus chefes. Matá-lo, neste momento, é totalmente desnecessário. O senhor terá condições de fazê-lo mais tarde, e nós não sabemos como a situação irá se desenrolar.

— A senhora pensa assim? — o tcheco coçou seus ralos cabelos no topo do crânio.

— Penso — respondeu Wanda, avançando imediatamente pela cunha aberta por aquela pergunta. — Penso que, quanto mais penetrarmos na floresta, mais cogumelos encontraremos para colher. Por enquanto, a situação não está ruim. Os bolcheviques estão recuando, mas a história nos ensina que uma revolução já começada dificilmente poderá ser recolhida de volta para dentro de um saco. Não sei de onde tirei essa frase de efeito, mas ela é verdadeira. Uma revolução, senhor major, é como a água. Nós não podemos saber se a água que destrói barragens e inunda os campos é boa ou má em sua essência. O que importa é que é difícil de ser controlada. Além disso, eu conheço pessoalmente o homem que a dirige e... por favor, acredite em mim: ele não é um homem a ser desprezado. Trata-se de um muito inteligente e excepcionalmente bem instruído patife da pior espécie. E vou dizer algo que, ao que parece, o senhor não sabe: o seu irmãozinho, um anarquista muito mais ingênuo do que ele, foi pego pelo regime anterior na preparação de um atentado ao tsar. Pelo que sei, ele até não participou daquilo, mas apenas, como se diz, "esteve envolvido". Mas isso bastou para que fosse enforcado. Afirmo ao senhor que Lênin é um patife cruel, incapaz de recuar do que quer que seja para manter-se no poder. E vou dizer mais uma coisa para o senhor: Lênin é um animal político.

— O que a senhora quer dizer com isso?

— Que ele tem instinto. É capaz de pressentir o que poderá acontecer, de como reagirão as massas e quais as medidas que deverão ser adotadas. Nem sempre age segundo a lógica, e é por isso que, com tão poucos meios, conseguiu resultados tão retumbantes.

— Embora não saibamos por quanto tempo — observou Kravak, muito embora tudo o que dissera Wanda o fizera pensar de uma forma diferente quanto às chances da revolução.

Diante disso, resolveu perguntar:

— E como a senhora sabe disso tudo?

— Dormi com ele — respondeu Wanda, com a cara mais inocente do mundo, e olhando diretamente nos olhos do seu interlocutor. — Aliás, com a recomendação da sua amante parisiense. Por favor, não faça perguntas ingênuas. Como o senhor acha que eu vim parar aqui? O senhor acha que eu simplesmente comprei um bilhete de segunda classe e embarquei num trem com quinhentas toneladas de ouro?

Os olhos do major pareciam saltar das suas órbitas. Finalmente perguntou, mal acreditando no que perguntava:

— Lênin?

— Sim, prezado senhor. Estou aqui por ordens expressas de Lênin em pessoa, mas peço que essa informação fique restrita a nós dois.

Wanda ficou se indagando se a imagem de uma fria e "vampesca" agente secreta com a qual se apresentara a Kravak fora a mais adequada, mas a expressão estampada no rosto do major confirmou o acerto da sua estratégia. O tcheco estava deliciado com o destino que, por mero acaso, colocara no seu cinzento caminho de guarda-livros uma mulher tão excepcional.

— Mas é claro. Tudo o que conversamos ficará entre nós, mas espero que a senhora não fique ofendida se eu pedir o seu código de identificação.

— De modo algum, e ficarei muito mais tranqüila dispondo da plena confiança do senhor. Por favor me dê a sua mão.

Quando ele estendeu a mão, Wanda virou-a com a palma para cima e, com sua unha, traçou nela quatro letras: B-A-C-H.

— Isso é tudo? — espantou-se Kravak.

— Sim, isso é tudo. Favor acrescentar às letras a data de hoje, acrescentando 12 a cada algarismo.

— E qual será a confirmação?

Wanda traçou mais quatro letras: D-C-F-E na palma ressecada do major, e acrescentou:

— Eles farão a confirmação com a data, mas de tal forma que cada algarismo será o resultado da subtração do numeral 12.

— Muito bem — disse o major, feliz porque a cooperação com a agente britânica traria mais excitação aos longos dias que ele e os seus homens tinham pela frente. — Agora, por favor, me esclareça por que deveríamos tratar bem aquele bolchevique.

"Isso, meu caro, levará um certo tempo", pensou Wanda, travando ostensivamente a fechadura da porta da cabine. "Mas só o suficiente para que você, durante o resto da viagem, não possa pensar em outra coisa a não ser no que virá em seguida. Quanto a você, meu tolo Ivan, caso eu realmente consiga livrá-lo, jamais poderá pagar a sua dívida comigo até o resto dos seus dias. Além disso, existe uma chance de você nunca mais matar alguém de uma forma tão insensata e desnecessária."

21

O sonho do almirante: 20 de outubro de 1916, ancoradouro do porto militar de Sevastopol

O NAVIO FORA CONSTRUÍDO a um custo equivalente a 21,5 toneladas de ouro puro — ou seja, 28 milhões de rublos — para ter um papel de destaque nos devaneios da Grande Rússia. Há anos que a frota do mar Negro se adaptava para desempenhar a sua missão histórica — a de fazer um desembarque-surpresa em Bósforo e ocupar ambas as margens do estreito. No entanto, para realizá-lo, era preciso ter domínio sobre o mar. Quatro anos antes da eclosão da guerra, o almirantado recebera a informação do *attaché* naval de Londres de que os turcos haviam encomendado aos estaleiros ingleses um navio de tal porte que todos os planos de desembarque teriam que permanecer na esfera de planos. O *Reshad V*, com o peso de 21 mil toneladas e velocidade de 21 nós, disporia de dez canhões de 356 milímetros. A notícia foi seguida por uma outra, ainda mais ameaçadora: a encomenda de mais duas unidades, de mesmo peso, mas equipadas com canhões de 305 milímetros. Os três vasos de guerra deveriam estar prontos em meados de 1914, o que significava que, para defender as regiões fronteiriças meridionais do Império, a frota do mar Negro teria que lançar mão de navios lentos e ultrapassados tecnicamente. Portanto, a necessidade de construir encouraçados modernos e capazes de fazer frente aos encomendados pelos turcos se tornara indispensável. O Senado russo não perdeu tempo em discussões inúteis e, já em 1911, alocou ao orçamento 150 milhões de rublos para a construção de três encouraçados, dez contratorpedeiros e alguns submarinos. A entrega do primeiro encouraçado, *Imperatriz Maria* foi prevista para junho de 1915 e, mesmo antes de ser lançado ao mar, recebeu a visita do tsar em pessoa.

"Dispomos até de uma fotografia que registrou aquele evento, com Nicolau II trajando evidentemente um uniforme da Marinha de Guerra — aliás, bastante discreto: um cordão dourado, quepe e apenas duas medalhas. Ao seu lado, os diretores do estaleiro Naval, e mais longe, atrás das costas de Nicolau, no meio de diversos oficiais, a quem vemos? A nós mesmos, embora ainda com as discretas divisas de vice-almirante. Dá para ver apenas um pedaço do bigode e o olho direito. Deveríamos ter ficado na ponta dos pés."

O almirante se via atrás das costas do tsar como se estivesse debaixo do pano do fotógrafo — sempre de cabeça para baixo, era somente depois de um certo tempo, quando passava para a segunda parte do seu sonho, que a imagem preto-e-branca girava lentamente, para que o tsar e sua distinta companhia pudessem ficar de pé sobre o encerado piso do convés. Depois, tudo se repetia com uma insuportável precisão, como se alguém, instalado dentro da cabeça do almirante, preparasse sempre o mesmo cenário. O tsar Nicolau II, com movimentos de um fantoche, estendia suas mãos vestidas com luvas brancas na direção da objetiva, parecendo uma lebre de lata no estande de tiro de um parque de diversões. Naquele ponto do sonho, o almirante deixava de ser o fotógrafo e transformava-se em comandante da esquadra. O tsar estava ao seu lado e, batendo de modo amigável no seu ombro, perguntava (sendo que a pergunta soava exatamente igual em todos os sonhos):

— E então, Aleksandr Vasilievitch, o senhor está absolutamente certo de que tudo está nos conformes?

E ele sempre, com a mesma confiança e o mesmo entusiasmo, respondia invariavelmente:

— Mas é óbvio, Vossa Alteza Imperial. Verifiquei tudo pessoalmente. Por duas vezes.

Depois, Nicolau II, ainda com as mãos estendidas como se tivesse sido arrancado dos braços de uma amante e com o corpo deslizando sobre trilhos invisíveis, reassumia sua posição na fotografia. Assim terminava a primeira parte do sonho — a mais agradável. A segunda começava e se desenrolava sempre da mesma forma: o almirante levantava-se assustado do beliche na sua cabine na popa e, vestindo-se às pressas, corria para o convés do encouraçado. Eram 6h e tudo estava imerso na escuridão, mas o ar outonal era quente, como se estivesse aquecido. O almirante, tropeçando nas abas do seu capote, corria pesadamente para a proa. Tinha que percorrer cerca de 150 metros do convés. Corria arfando cada vez mais e passando pelas mastodônticas construções das torres dos canhões. Quando passou pela ponte de comando, sentiu cheiro de queimado e viu filetes de fumaça emergindo dos tubos de ventilação dos depósitos de munição localizados na proa.

"Aconteceu", pensava o almirante no seu sonho, enquanto descia as apertadas e íngremes escadas. O calor era cada vez mais intenso e o ambiente estava cheio de fumaça. Arfando pesadamente, corria abaixado pelo estreito corredor, para não bater com a cabeça na profusão de tubos presos ao teto. Essa parte do sonho também terminava invariavelmente naquele ponto, e de uma forma que fazia com que o almirante acordasse apavorado e coberto de suor, com o coração batendo de forma desenfreada.

A terceira parte do sonho começava com a chegada do almirante ao depósito dos projéteis de 130 milímetros e com a violenta abertura da sua porta de aço. No centro, sobre os caixotes da munição, estava sentado um homem de paletó preto e com as costas viradas para a porta. O intruso tinha um crânio calvo e brilhante e orelhas pontudas. Mas o que mais surpreendia o almirante era o fato de que, estando num lugar onde aparecer com uma chama resultava em anos de cadeia, ele estivesse fumando calmamente e atirando a cinza direto sobre as pontas dos projéteis. O almirante agarrava o careca pelo braço e exclamava:

— O senhor quer que todos voemos pelos ares?!

Ao que o intruso, sem virar a cabeça, respondia de forma simpática e calma:

— Vocês foram displicentes!

Em seguida, atirava sobre os projéteis mais cinzas do seu cigarro. Então, sempre e invariavelmente, em todas as edições do sonho do almirante, ocorria uma explosão cor de laranja e ele, também invariavelmente, tinha a impressão de os fragmentos do destroçado corpo do careca passarem voando perto do seu rosto. Em algumas versões, imaginava reconhecer um olho com olhar sardônico e uma boca retorcida. E então sempre, assim como agora, o almirante acordava e apertava com as duas mãos o seu coração em disparada.

Omsk, quartel-general do almirante Kolchak, começo de novembro de 1918, logo antes do alvorecer

"Não tive culpa alguma naquilo. Não fui eu quem projetou o *Imperatriz Maria* e não fui eu quem teve a idéia de instalar, algumas polegadas abaixo do depósito de munição, um cano com vapor de alta pressão. Não cabia a mim ter o cuidado de colocar uma manta de proteção — nem que fosse de asbesto —, já que a temperatura debaixo dele chegava a 80 graus Celsius!" Os culpados, certamente, poderiam ser encontrados entre os acionistas do estaleiro, no meio dos quais se achariam até sobrenomes de membros da família imperial. Diante do preço global daquele navio, o custo daquele isolamento poderia ser considerado irrelevante. No entanto, alguém metera aquele dinheiro no bolso, e outro alguém, responsável pelo recebimento daquela unidade, não atentou para esse detalhe. Como resultado disso, naquela manhã de outubro, às 6h30, apenas dois minutos antes de terem sido notados os filetes de fumaça que emergiam dos dutos de ventilação, uma explosão destruiu a proa do mais possante encouraçado do mar Negro, sendo que o espesso piso de aço blindado do convés abriu-se como uma lata de sardinhas, numa extensão de cinqüenta metros. Sobre o porto, elevou-se uma gigantesca coluna de fumaça. Por sorte, todo o ímpeto da explosão fora para cima, deixando intactos o casco e o fundo do *Imperatriz*. O almirante conduzira pessoalmente a ação de salvamento e, quando tudo parecia sob controle, uma nova série de explosões abriu um buraco no casco e o *Imperatriz Maria*, mais parecendo uma baleia atingida por um arpão, virou-se para o lado direito e afundou no porto, com as chaminés e os mastros enfiados no lodo, a apenas vinte metros de profundidade.

Para piorar as coisas, o lodo de Sebastopol engoliu também 230 homens da tripulação e das equipes de resgate. De acordo com as normas vigentes, o almirante deveria ter sido removido do posto do comandante da frota, mas... foi decidido que ele o manteria até o fim da guerra.

"Eu deveria ter renunciado naquela hora. Renunciar e pedir para ser transferido, de preferência para o comando de um navio mineiro. Ali, eu teria ficado calmamente até a chegada da revolução, quando os tortuosos caminhos da minha vida teriam se endireitado por si mesmos. Eles teriam posto a bordo um oficial político, e eu estaria agora lançando minas no Báltico..." — o almirante apagou a lâmpada da mesinha-de-cabeceira. Desde a explosão no *Imperatriz Maria*, dormia sempre com a luz acesa. Ergueu o torso pesado de sono e olhou pela janela, por trás da qual nascia um cinzento dia siberiano. "Devo estar imaginando coisas. Nada na minha vida é simples. Naquele dia, ninguém me agradeceu pelo fato de o incêndio não ter destruído o porto e, até, a cidade inteira. A única coisa que contava era o fato de TERMOS SIDO DISPLICENTES."[24]

Esse famoso "não ser displicente" russo! Soltou um suspiro e deitou-se de costas, olhando para o teto decorado com desbotados motivos silvestres. Pareceu-lhe que, naquela posição, os pensamentos poderiam vir mais livremente à sua cabeça. "Essa corrente de dependências, favores, proteções, negociatas... Nem o próprio diabo saberia orientar-se nessa confusão. Também fomos displicentes com a Rússia. Primeiro, como se saindo da boca de um dragão, surgiram os bolcheviques e se espalharam como vermes sobre o corpo do país, destroçado pela guerra, trazendo consigo idéias utópicas e contagiantes. Depois... depois vieram todos, de todos os

[24]Credita-se a Kolchak a seguinte declaração, muito embora não se saiba se ela é verdadeira: "Na qualidade de comandante, é-me mais cômodo aceitar a versão de que a explosão foi acidental. No entanto, como um cidadão honesto, estou convencido de que aquilo foi um ato de sabotagem." Em 1933, uma comissão especial chegou à conclusão de que o perpetrador da explosão fora um agente alemão. (*N. do A.*)

lados e ao mesmo tempo. Lutar contra os vermelhos, salvar os Romanov, democracia — tudo isso não passa de desculpas esfarrapadas. Cada um dos intrusos quer assar as suas castanhas na nossa fogueira. E quanto a mim? Em qual ponto do meu caminho me encontro neste momento? Estou para completar 50 anos e tudo por que já passei daria para escrever vários romances biográficos."

O almirante resolveu levantar-se e se vestir. Ao passar os suspensórios sobre seus braços musculosos, olhou para um espelho pendurado na parede e viu um rosto maciço, com um queixo quase quadrado, um par de lábios lindamente delineados — mas permanentemente contorcidos num sinal de insatisfação —, bochechas acinzentadas e um nariz com base sólida. Para completar o quadro, olhos bastante separados um do outro, debaixo de sobrancelhas retas como uma linha traçada na testa e, para contrastar, com pesadas bolsas na sua parte inferior, causadas pelo excesso de trabalho e crônica falta de sono. "À primeira vista", pensou, "um rosto destes deveria pertencer a alguém cheio de energia e força de vontade; um homem decidido e convicto dos seus ideais." Como se espantariam os estudiosos de fisionomias caso soubessem o que se ocultava por trás daquele olhar cheio de desdém e empáfia. O fato de o dono daquele rosto ter conseguido, em espaço de tempo surpreendentemente curto, formar um exército de 4 mil homens e ter conseguido deter os avanços do usurpador de Moscou certamente confirmaria a crença que liga queixos quadrados a energia interna e capacidade de comando. Por outro lado, o fato de aquele rosto ocultar um homem apavorado com os veredictos do mundo e dos homens deveria ser uma negação daquela teoria. O almirante Aleksandr Vasilievitch Kolchak estava com medo. Apavoravam-no as forças que despertara, os espíritos dos homens que matara pelas mãos dos seus soldados e o círculo dos demônios da intervenção, que o apertava cada vez mais com suas garras. Suas pesadas pálpebras ocultavam olhos cansados, nos quais, como numa lâmpada coberta por um pano, tremulavam tênues luzes de pânico.

Decidiu enfrentar o novo dia com o rosto bem barbeado. Às vezes, assim como para a maioria dos homens atingidos por acontecimentos trágicos, lhe parecia que uma pele bem lisa lhe permitiria um sorriso, por mais breve que fosse; um sorriso que não esticasse a pele retesada e não transformasse o rosto numa máscara teatral. E, se conseguisse dar um sorriso sincero, quem sabe se a sua sorte não mudaria? Atento para não arrastar os pés, foi até o banheiro, acendeu a luz e, cuidadosamente, fez espuma de sabão com seu pincel de barba preferido. A prosaica atividade de se barbear trouxe-lhe um certo alívio, o que, no estado em que o almirante se encontrava, era algo muito valioso. A guerra e a detenção do poder levaram-no a um estado em que se costumam encontrar homens enamorados perdidamente, ou, para sermos mais exatos — enfeitiçados — por uma mulher. Talvez, nem mesmo pela mulher em si, mas pelo próprio sentimento de estar enfeitiçado. Os homens nesse estado costumam sentir a proximidade de uma catástrofe emocional: a de serem abandonados e desprezados.

A exemplo desses homens, o almirante também sentia a aproximação de uma catástrofe. Não estava assustado com o fato de que estava perdendo. Temia o momento em que suas emoções não pudessem mais se alimentar nem com a guerra nem com o poder. Aquilo parecia ser ainda mais terrível pelo fato de Aleksandr Vasilievitch ter sido feito pelo Criador de uma forma tão estranha que não podia funcionar caso não tivesse uma missão a cumprir. Em tudo o que fazia, engajava-se por completo, sem quaisquer compromissos ou atalhos. Além disso, o almirante não tinha — algo que chegava a lamentar — nenhum talento conspiratório, aceitando apenas situações com um só significado e claramente definidas.

* * *

Quando o tsar renunciou e, em Petrogrado, assumiu o Governo Provisório (aliás favoravelmente inclinado a pessoas como o almirante), o primeiro impulso de Aleksandr Vasilievitch foi apresentar seu pedido de demissão. No entanto, a figura imponente do almirante angariara a simpatia de todos os membros daquele Governo (inclusive a de Kerenski), e ele foi enviado para os Estados Unidos. O motivo oficial daquela partida seria zelar pela entrega das minas e torpedos para a frota, encomendados naquele país, mas a causa real fora a delicada e tola “Operação Dardanelos”. O almirante, como comandante daquelas águas, seria a pessoa mais indicada para aquela missão. Contudo, não lhe permitiram desembarcar como a um moderno Ulisses, muito embora, cá entre nós, os aliados pretendessem usá-lo exatamente como um cavalo-de-tróia.

Em vez de ficar aguardando pacientemente o desenrolar dos acontecimentos, o almirante resolveu regressar. Ao que tudo indica, chegara à conclusão de que sem ele "o pessoal de casa não daria conta do recado". Piadas à parte, o verdadeiro motivo para a não tão sábia decisão fora aquele infeliz sentimento de obrigação. Foi preciso dar, novamente, uma volta no mundo, pois no Atlântico voltaram a operar os adormecidos por anos submarinos alemães.

Quando Aleksandr Vasilievitch chegou a Yokohama, a revolução no seu país estava pronta para eclodir. Tal notícia teve nele o efeito de um toque de esporas num cavalo. A possibilidade dos bolcheviques assumirem o poder não coadunava com a sua visão de valores. Os oficiais da frota imperial russa pertenciam a uma classe social totalmente separada das demais. Eram muito instruídos, geralmente em boa situação financeira, e tinham diante disso grandes perspectivas de serem promovidos. Na certa, eles não tinham de que reclamar da ordem existente no país. Eram ligados à frota por laços quase familiares, o que garantia um lugar na Marinha e promoções na mesma aos seus filhos e netos. Tinham seus clubes exclusivos e traíam as suas esposas aristocráticas com amantes também provenientes de famílias nobres. Para eles, uma revolução que pusesse nos seus adorados navios comissários de unhas sujas era algo totalmente fora de propósito.

Em Yokohoma, o almirante sentiu-se inútil e preocupado com o destino do seu país. Aproveitando-se dos seus vastos conhecimentos e amizades (e tinha-as muitas) conseguiu convencer o embaixador britânico em Tóquio a enviá-lo para a Palestina, onde, trajando um uniforme de simples soldado raso (seu patriotismo chegava a esse ponto), pudesse disparar contra turcos, aliados dos alemães. Cheio da inabalável crença do que o Bem venceria o Mal, partiu nessa aventura, mas chegou apenas até Cingapura. Lá, foi informado de que os desorganizados batalhões turcos estavam abandonando os campos de batalha e que, a bem da verdade, ninguém sabia quem estava lutando com quem.

Desesperado, voltou a pedir para servir no Exército britânico, tendo sido aconselhado a, antes, passar novamente pelo Japão. Tendo solicitado aos japoneses que avaliassem a situação, estes, como sempre fora o seu costume, não lhe disseram nada que ele já não soubesse, além de não lhe prometerem nenhuma espécie de ajuda. O almirante compreendeu que o Império aguardava o desenrolar dos acontecimentos, achando que as intermináveis discussões entre as forças que deveriam formar uma frente única contra os bolcheviques se resolveriam por si mesmas, deixando o campo livre para os japoneses manobrarem à vontade. Assim mesmo, seus interlocutores foram gentis a ponto de lhe sugerir um período de descanso no Japão, obviamente à custa do governo. Pela segunda vez, o almirante teve a oportunidade de esquecer-se de tudo e, colocando uma espreguiçadeira no terraço de um luxuoso hotel ou albergue, ficar admirando os picos das montanhas distantes ou as calmas superfícies dos mares. E é preciso que o leitor saiba que os panoramas de certos locais do Japão são extremamente pictóricos e, provavelmente, inigualáveis em todo o mundo.

No entanto, o demônio patriótico no peito do almirante não lhe permitiu apreciar paisagens marítimas ou picos nevados. Aleksandr Vasilievitch resolveu partir para o Oriente Próximo, onde combatiam ainda as tropas alemãs. Porém os emissários do destino o alcançaram em Cingapura e, literalmente, arrancaram-no das escadas de um navio britânico. Não se sabe quais foram os argumentos utilizados pelos emissários. Quem sabe se não lhe disseram que, em Omsk, o aguardava um trem carregado com quinhentas toneladas de ouro?

* * *

"O ano de 1919 passou com a rapidez de um raio, parecido com um sonho", pensou o almirante, passando a mão pelo seu rosto bem barbeado. Decidiu fazer um passeio antes do café-da-manhã, e repensar a situação, já que tudo indicava que a estranhamente torcida trilha do seu maldito destino preparava-se para novos ziguezagues e desvios imprevisíveis. "Caso pudesse ter um pouco de tempo livre para escrever um livro sobre aquele ano, lhe daria o título de *1919 — para lá e para cá.*" O almirante vestiu um pesado capote de excelente lã inglesa e colocou na cabeça com cabelos rentes um quepe de aba curta e copa larga. Usava-o sempre reto, de forma que mal se podiam ver seus olhos debaixo da aba, e jamais lhe passara pela cabeça a idéia de incliná-lo de uma forma ousada. Com toda calma, apertou o cinto com a tira de couro que atravessava diagonalmente o seu peito e arrumou as já impecáveis dobras do capote. Assim equipado, pegou um simples bastão que gostava de usar nos seus raros passeios e saiu para o corredor, no qual já estava em posição de sentido o seu ajudante-de-ordens.

— Vou dar um passeio, tenente — disse. — Não preciso de escolta.

Deu alguns passos na direção da porta e, com evidente prazer, saiu do prédio, sentindo nas suas lisas bochechas o cortante e úmido ar matinal. A dois passos dele vinha correndo o ajudante-de-ordens, rapidamente abotoando os últimos botões do seu uniforme. Ultrapassando respeitosamente o almirante e olhando para ele com preocupação, queixou-se:

— Por que o senhor almirante não me avisa com antecedência dos seus planos? O senhor precisa ter sempre uma escolta, e sabe muito bem disso. Não estamos nos tempos de outrora. Peço que o senhor aguarde... em questão de segundos despacharei alguns homens para acompanhar o almirante.

O almirante meneou a cabeça, com evidente má vontade:

— Sei disso, tenente. O senhor tem razão. Vou esperar.

Porém não esperou e, conhecendo a eficiência do oficial, seguiu em frente. E, com efeito, em menos de 15 segundos se ouviu, às costas do almirante, passos do pelotão da escolta. O almirante nem se dignou olhar para trás; sabia que o pelotão seria formado pelos infalíveis poloneses. Agradava-lhe a sua companhia, pois eram bem-educados e não contavam entre si piadas vulgares às suas costas. Eram eficientes, corteses e sempre capazes de levantar a sua exausta psique. No entanto, em várias ocasiões, quando eles achavam que não estavam sendo observados, o almirante pôde notar a rapidez com que desapareciam seus sorrisos amáveis e os seus rostos adquiriam ares soturnos, como se estivessem sendo devorados por um veneno interior. O almirante ergueu a gola do seu capote, pois a fria umidade queria penetrar no seu uniforme. O tempo não era adequado para passeios, mas o almirante desejava refrescar-se antes da reunião matinal com seus comandantes.

"E eu queria entrar na cidade montado num cavalo branco...", sorriu amargamente para a sua gola levantada. "Há um ano, isso até parecia possível", ficou pensando, apressando o passo para reanimar seu corpo ainda semi-adormecido.

Olhou para os poloneses, que retribuíram o seu olhar apenas tanto quanto lhes demandavam as convenções militares.

— Digam-me uma coisa, senhores... — indagou de modo tão repentino que a escolta instintivamente retesou os músculos, como se quisesse ficar em posição de sentido. O almirante acalmou os soldados com um sorriso tristonho, um sorriso que se dá somente às pessoas que sabem muito bem como estamos nos sentindo.

— Digam-me, senhores, por favor... mas com toda a sinceridade... — procurou palavras que relaxassem os poloneses e não os trancasse para ele —, digam-me...

O almirante queria lhes dizer que não falassem com ele como o comandante-em-chefe, mas como um colega de armas, mas achou que tal proposta não seria a mais apropriada. Diante disso, decidiu ser direto:

— Digam-me, por favor... porque já tive a oportunidade de notar isso várias vezes... por que vocês estão sempre tão tristes quando acham que não estão sendo observados?

Os poloneses se entreolharam e indicaram com os olhos aquele que deveria representá-los.

— Estamos cansados, senhor almirante...

O almirante adotou um tom animado:

— Um homem cansado não precisa, forçosamente, ser triste. Vocês não têm diversões? Não estão satisfeitos com o serviço? — ficou perguntando, sabendo muito bem que, tanto no caso deles quanto no dele, cansaço e tristeza eram um mesmo estado de espírito.

— Simplesmente estamos cansados — repetiu o soldado de olhos azul-celeste, ajeitando o fuzil às costas e olhando para os colegas em busca da confirmação das suas palavras.

O almirante coçou o seu queixo quadrado.

— Compreendo — disse —, mas vocês não gostariam de voltar? Estar de volta em casa, cuidando dos seus afazeres?

O soldado respondeu com uma pergunta:

— E o senhor almirante não gostaria?

Aleksandr Vasilievitch, sem pensar, disparou rapidamente em direção ao deprimente rio:

— Eu já voltei...

E, no mesmo instante, deu-se conta de que, contrariamente a estes exaustos e tristes rapazes, ele não tinha para onde voltar, porque tudo o que gostaria de ver e sentir mais uma vez estava do outro lado daquele rio venenoso, e que ele tinha que permanecer ali, no lado em que se encontrava naquele momento.

— Voltemos — disse, fazendo um esforço para desviar os olhos do rio Irtish, cuja superfície começava a congelar. Teve a impressão de que lá, do outro lado, veria vultos soturnos, e que esses vultos ansiavam imensamente poder olhar no seu rosto. Diante disto, virou-se violentamente, ergueu ainda mais a gola e, enfiando os polegares por trás do cinturão, encaminhou-se para o seu quartel-general.

Quinze minutos depois, tomava o café-da-manhã, aguardando a chegada dos seus comandantes e lendo os jornais dos últimos dias, nos quais o seu dedicado ajudante-de-ordens marcara com um lápis vermelho os pontos que, em sua opinião, eram dignos da atenção do almirante. Este, confiando no discernimento do subordinado, começou a leitura pelas partes assinaladas. O *Cossaco Siberiano* (um jornal de quinta categoria) do dia anterior, num artigo com o arrasador título: *Tenham juízo!*, acalmava a população de Omsk:

"A situação é séria, mas não desesperadora. Por enquanto, a cidade não corre nenhum perigo. Os vermelhos não estão mais perto de Omsk do que Denikin* de Moscou...". No entanto, na edição seguinte, o mesmo redator, de nome J. Semkov, alarmava: "Às armas, cidadãos! Omsk não pode cair nas mãos do inimigo...", sendo que no parágrafo seguinte, acalmava (num clássico exemplo do que os ingleses chamam de *wishful thinking*):

"E não cairá!" Como foi possível ao redator saber que não cairia é algo que permanecerá para sempre um mistério jornalístico.

"Se os jornais escrevem que a situação é séria, mas não desesperadora" — pensou o almirante —, "isso é a mais eloqüente prova de que chegou a hora de nos prepararmos."

Minutos depois, repetiu exatamente as mesmas palavras aos oficiais do seu Estado-Maior quando, olhando pesadamente para os rostos tão lhe conhecidos, voltou a pronunciar a frase final:

— Chegou a hora de nos prepararmos.

22

O "trem de ouro", trinta quilômetros antes da estação de Nizhneudinsk, manhã de 18 de dezembro de 1919

— ... QUATRO MIL NOVECENTOS E CINQÜENTA E NOVE caixotes com moedas de ouro de cinco, dez e 15 rublos. Isso pesa... — somava rapidamente as colunas dos números escritos com letra caprichada, numa operação nada fácil, já que o vagão, embora provido de molas, chacoalhava violentamente. Era pleno inverno, e os espaços entre os trilhos davam seus sinais de vida. Ajeitou-se mais confortavelmente e continuou a contar: 197 caixotes com barras de ouro. Isso representa 838 *pud*,[25] ou seja...

Ivan, usando uma outra folha de papel, converteu os *pud* em quilogramas. Como o resultado apresentava muitas casas decimais após a vírgula, arredondou o resultado e registrou-o na folha anterior.

— Isso resulta em 13.746 quilogramas. Além disso, temos 1.689 mochilas militares americanas (os barris foram se desfazendo e foi preciso transferir as moedas para outro tipo de embalagem) e sacos com moedas. Isso pesa... Não tem jeito, vai ser preciso arredondar... digamos, uns 5 mil *pud*, o que deve dar quase 82 toneladas. É, deve ser isso.

Largou o lápis e recostou-se no assento.

---

[25]Antiga medida de peso russa, equivalente a 16,38 quilos. (*N. do T.*)

— O resultado final é que ainda nos restaram 411, digamos 412, toneladas de ouro. O que se há de fazer? Uma guerra é cara. Armas, munições, alimentos, soldos. Além disso, temos aqui alguns registros bastante misteriosos, como por exemplo, "13 sacos de ouro despachados para Vladivostok". Ainda ontem os transferimos para o trem postal, e pronto... E eu tenho a certeza de que eles foram parar na conta particular do almirante, num banco japonês. Jamais vi uma fatura de tal montante. Mas manda quem pode e obedece quem tem juízo, e é ele quem manda, muito embora, caso o meu faro não esteja me enganando, esteja mandando cada vez menos.

Ivan ergueu os olhos dos papéis e passou a observar o deslumbrante panorama invernal, iluminado por um sol brilhante. O "trem de ouro" subia com esforço um aclive, e como os trilhos dobravam para a esquerda, pôde ver a locomotiva — pequena, àquela distância — atirando aos céus uma grossa coluna de fumaça negra. A coluna era tão real que dava a impressão de ser dura, passível de ser cortada ou retorcida.

— Que coisa! Pode-se dizer que nada mudou. Continuo no mesmo compartimento e olho pela janela; exatamente como no começo. Aparentemente, nada mudou, no entanto tudo mudou, inclusive o valor do tesouro. Ao partir de Moscou, levava 633 milhões de rublos em ouro, e agora? Agora, respondo com a minha cabeça por isso que está nesta folha de papel.

Ivan perdeu-se nos seus pensamentos, voltando para aquela noite em que Salomea... Aquilo era doce e amargo ao mesmo tempo. "Aquela cadela Wanda revelou-se uma agente britânica. Dede o início eu suspeitei de que havia algo estranho. Ainda em Moscou. Se, naquele dia, eu não estivesse doente, teria verificado melhor as suas credenciais."

— Você não teria verificado coisa alguma — sussurrou uma voz na sua cabeça —, porque você, naquele tempo, era um idiota que se achava muito sabido. Ainda pior do que esse Svoboda, com quem você tem que compartilhar esta cabine, e que o leva à loucura com suas histórias mirabolantes. Esse Svoboda, pelo menos se mantém distante de tudo, inclusive dele mesmo. E você? Você leva tudo a sério, principalmente a si próprio. O fato de estar a um passo da morte não lhe ensinou coisa alguma. Em vez de ser grato a Wanda por ter salvado a sua pele, você está revoltado pelo fato de ela o ter enganado um dia. Pense um pouco: tanto ela quanto você eram soldados, com a única diferença de que você tinha um uniforme, e ela, não.

Ivan não podia esquecer seu espanto quando o major tcheco, tendo retornado ao compartimento, comunicou-lhe algo tão definitivo quanto uma sentença:

— Prezado senhor bolchevique, decidi dar-lhe uma chance.

Diante do olhar espantado de Ivan — que já se acostumara com a idéia de que iria morrer e imaginava como seria aquela sensação —, o major reagiu com um sorriso zombeteiro que, naquele momento, lembrou a Ivan o sorriso de uma criança que, tendo cortado ao meio uma minhoca, olhava como ela se contorcia em sofrimento.

— Decidi não fuzilá-lo — disse o major, acrescentando logo —, mas peço que não me agradeça.

O pedido fora totalmente desnecessário, já que Ivan não tinha a menor intenção de cair de joelhos e beijar as mãos do oficial. Na verdade, chegou a sentir um certo absurdo desapontamento por não poder verificar pessoalmente aquela sensação de passar da vida para a morte.

— Peço que não me agradeça — repetiu o major —, porque o senhor pode estar certo que se trata de um adiamento, não de uma absolvição. Para ser absolvido, o senhor terá que trabalhar... e muito.

— De que forma? — interrompeu-o Ivan, suspeitando que lhe mandariam fazer algo que era contra a sua consciência ou a sua dignidade.

— Da mesma forma que até agora. Obviamente, o senhor terá que se livrar destas estrelinhas vermelhas do seu uniforme — respondeu o major. E, vendo que Ivan continuava sem saber de que se tratava, perguntou: — O senhor não mantinha controle sobre este ouro?

— Evidentemente que sim. Não podia ser diferente. Ele é da propriedade do governo — respondeu Ivan, dando-se conta de que, na atual situação, a definição "governo" não era das mais adequadas. Mas Kravak pareceu não notar aquele detalhe e disparava novas perguntas:

— Se formos comparar o último levantamento... Aliás, quando o senhor fez um inventário pela última vez?

— Quando carregamos o trem em Kazan.

— E então?

Ivan compreendeu perfeitamente a intenção daquele "e então", mas não deixou isso transparecer.

— E então o quê, senhor major?

— O senhor sabe... Não faltava nada?

— Em meu entendimento, nem um grama, muito embora a listagem que me foi fornecida em Moscou, quando assumi o comando, não fosse muito precisa.

— Está vendo?

— Vendo o quê, senhor major?

— Que, se o senhor cuidou tão bem deste ouro, deveria continuar a cuidar dele; só que para mim, e não para Lênin. O que o senhor tem a dizer a isso?

Para as possibilidades da sua psique, a velocidade com qual os acontecimentos se desenrolavam era demais, e Ivan teve a sensação de que iria desmaiar. Sentiu falta de ar e suas têmporas latejavam furiosamente. Sentiu-se como se estivesse prestando um exame no colégio e, ainda por cima, de uma matéria da qual tinha pouco conhecimento. Deveria assumir um papel heróico, recusar a oferta e se deixar fuzilar? Não, isso seria uma burrice. Na verdade, continuaria com a mesma missão: a de zelar pelo ouro. Na certa, essa era uma solução mais adequada do que ser morto em nome da honra e ideais. Diante disso, perguntou, olhando atentamente para os olhos do major:

— O senhor pretende confiar em mim?

Kravak soltou uma risadinha:

— Sim, mas não completamente. Somente na medida em que isso for indispensável. Veja o senhor, vamos fazer o seguinte: os seus homens ficarão aqui. Enviei-os aos seus antepassados... — o major sorriu de forma desagradável, a ponto de centelhas vermelhas brilharem de forma animalesca nos seus olhos. — Sem os seus soldados e sem a arma, o senhor não representa nenhum perigo; em compensação, poderá ser-me muito útil.

Ivan não desgrudava os olhos do major, que, sem se incomodar com isso, passou a explicar o seu plano, apropriando-se da idéia que nascera na cabeça de Wanda.

— O senhor tem que compreender que tal quantidade de dinheiro seria uma tentação para os meus homens. O zelo de um Cérbero como o senhor, que provém de uma outra estirpe, será muito mais difícil de ser enganado. Não vamos nos iludir. O fato de o senhor não se ter apropriado nem permitido que alguém se apropriasse de um só grama de ouro pode ser considerado como um milagre, só que eu, meu prezado senhor, prefiro acreditar que o senhor foi criado para ser o zelador deste ouro. E é por isso que o senhor permanecerá neste trem. Além disso, se eu desconfiar, por um momento sequer, que o senhor abusou da minha confiança, mandarei enforcá-lo no primeiro semáforo. Caso eu fosse enganado ou roubado por um dos membros da Legião Tcheca, teria que convocar um tribunal, provar a culpa, ouvir testemunhas. Já no caso do senhor, não teria que cumprir nenhum desses rituais, mas lhe prometo que, enquanto o senhor não me desapontar, continuará vivo. Por outro lado, caso o senhor me desaponte... — Kravak olhou para suas brilhantes botas e sacudiu com a luva uma quase invisível partícula de pó. — Se o senhor me desapontar, será exclusivamente por culpa sua. Estou sendo claro?

— As condições do senhor major são extremamente severas. O que acontecerá caso surja um engano, algum mal-entendido no qual eu não tenha culpa alguma? Como poderei provar isso para o senhor?

— A sua cabeça está em jogo para que não haja nenhum mal-entendido — respondeu Kravak. — E agora, vamos tratar de alguns aspectos práticos. O senhor receberá um uniforme nosso, mas sem divisas, e o senhor terá que andar sempre com uma braçadeira branca, para que todos saibam que o senhor é um prisioneiro. O senhor poderá permanecer neste compartimento, mas terá que compartilhá-lo com Svoboda — nesse ponto, o major sorriu sardonicamente. — Espero que o senhor já tenha adquirido uma certa simpatia por ele. Durante as paradas, o senhor deverá fazer uma inspeção diária dos vagões. Vou lhe dar homens de confiança que o acompanharão nessa atividade, sendo que lhe peço que mantenha um olho vivo neles. O senhor terá o direito de revistá-los, caso ache isso necessário; darei ordens nesse sentido. Diariamente, na parte da manhã, o senhor se apresentará a mim, mostrando a relação do conteúdo do trem, bem como me informando sobre quaisquer observações ou suspeitas. O acesso ao ouro ficará restrito ao senhor, a mim e ao chefe da contabilidade, o major Stip, a quem o senhor terá a oportunidade de conhecer. Cada recibo pelo ouro retirado deverá ter... o senhor está ouvindo?... inapelavelmente três assinaturas: a minha, a do senhor e a do major Spit. A propósito, o senhor tem algum carimbo? Não? Não faz mal, vamos providenciar um; os meus homens são muito habilidosos e capazes de fabricar qualquer coisa. O senhor vai se convencer disso. A balança que o senhor vai usar deverá ser regulada constantemente. Naturalmente, o senhor terá direito às rações de alimentos, tabaco e material de higiene pessoal. Caso o senhor não seja um fumante... ah, sim, eu já pude notar que o senhor não fuma, receberá o equivalente em dinheiro. Se eu notar que o senhor está se esforçando para me agradar, talvez venha a lhe pagar um discreto soldo. Ah, tem mais uma coisa: mantenha-se longe de mulheres. O senhor deve saber muito bem do que estou falando!

A Ivan, naquele momento, a última condição do major parecera ser a mais pesada. Mas como?! Logo agora, quando lhe acenavam com a possibilidade de continuar vivendo com uma relativa e suportável liberdade, deveria renunciar àquilo que mal começara?! No entanto, Kravak a apresentara de tal forma que não permitia dúvidas, e era um homem que aparentava não aceitar nenhum ato de insubordinação. Portanto, não havia saída a não ser aceitar a sua proposta.

Ivan tinha uma surpreendente capacidade para adaptar-se aos caprichos do destino. Sua personalidade lembrava o conceito de "O pequeno engenheiro" — um brinquedo comprado pelo pai que, à medida que Ivan adquiria mais prática como construtor, podia ser acrescido de novos elementos. No início, Ivan limitou-se a seguir as instruções contidas na embalagem, mas, já aos seis anos de idade, passou a fazer construções segundo suas próprias idéias e planos. Em várias ocasiões, teve que interromper o modelo que pretendia fazer por falta de elementos essenciais. No entanto, em outras, chegava a construir objetos tão interessantes e funcionais que poderiam ser facilmente recomendados ao fabricante para que os incluísse nos modelos a serem montados. Naqueles dias, nenhum sentimento lhe proporcionava maior euforia do que quando uma construção era completada com sucesso, nem maior sentimento de derrota quando, no meio da construção, ficava cada vez mais evidente que ela acabaria em fiasco. Era bem possível que aquele inocente mas tão útil brinquedo inglês tenha ensinando Ivan a ter paciência na construção dos seus objetivos e, diante disso, ele resolveu construir o seu novo mundo com os elementos de que dispunha. Já que não lhe era permitido pensar em mulheres, tinha que ocupar sua vida de tal forma que pudesse delas esquecer.

Tendo isso em mente, Ivan decidiu preencher seu tempo com a atividade de zelar pelo tesouro que, para ele, não era mais o mesmo que carregara no trem. Tinha que se conformar com a idéia de que aquele ouro jamais retornaria a Moscou, sabendo que os tchecos e os brancos começariam a usá-lo e que, a cada dia, seu volume ficaria menor. Ao mesmo tempo, deixou de sonhar com ele e com a idéia de apropriar-se de uma parte para si. Certamente, essa atitude era causada pelo fato de seu destino ser obscuro e duvidoso e não fazia sentido tecer planos para futuro. Por enquanto, a única coisa real eram os tchecos e, assim que partiram, Ivan teve a oportunidade de conhecer melhor aquela comunidade militar.

Pelo que ouvira falar, eram cerca de 60 mil. Dispunham de vários trens e, praticamente, de toda a malha ferroviária transiberiana, bem como de uma parte da sino-oriental. Quando os bolcheviques, na primavera de 1918, concordaram com a sua evacuação, partiram ordenadamente para o leste e, em pouco tempo, mais de 12 mil soldados se encontraram em Vladivostok. De acordo com o que dizia Svoboda — cuja boca jamais se fechava —, o comando da Legião Tcheca não pensava somente na guerra e na evacuação via Vladivostok. Logo após o rompimento com Lênin, começaram atividades comerciais e de transporte em escala internacional. Entendiam — e não sem razão — que, tendo nas suas mãos uma ferramenta tão preciosa como a ferrovia Transiberiana, estavam em condições de ditar as regras do jogo comercial. No início, concentraram suas atividades na comercialização do algodão do sul da Rússia e, com o tempo, passaram a ocupar-se, também, da exploração das inúmeras minas da Sibéria. Os preços que ditavam eram adequados e os negócios prosperaram, trazendo grandes lucros. Segundo Svoboda, os tchecos esperavam ficar independentes em pouco tempo, criando a sua própria nação. Sentiam-se seguros, já que os bolcheviques, à medida que foram se afastando das frentes de batalha, tornavam-se menos reais, a ponto de Ivan chegar a imaginar que eles nunca existiram e que tudo aquilo em que fora envolvido não passara de uma fábula para crianças. Até já pensara no seu título: O *esperto Ivanuchko e o carro de ouro*.

Na primavera, começaram chegar do front notícias de inacreditáveis vitórias das tropas do almirante Kolchak. Ivan teve a oportunidade de vê-lo pessoalmente por mais de uma vez, já que o belíssimo vagão principal do "trem de ouro" era usado pelo seu Estado-Maior por ocasião de reuniões mais importantes. A figura do almirante exercia sobre ele um estranho sentimento de admiração, provavelmente pelo fato de ele ter, na sua postura — nos olhos, movimentos e no tom da voz — algo que Ivan jamais conseguira: gravidade, modéstia e uma certa severidade sombria. Além disso, no caso do almirante, todas essas características davam a impressão de serem totalmente naturais, como se aquele homem não pretendesse ser alguém que não era de fato. E isso, Ivan lhe invejava do fundo da alma. Caso ele quisesse apresentar-se de uma forma tão digna diante dos seus subordinados, teria que se esforçar — e muito. Tais esforços, graças aos quais poderia adotar uma postura heróica e ameaçadora, beiravam sempre o ridículo e somente as pessoas mais simples não se davam conta disso. Já no caso do almirante, ele era de fato uma estátua heróica ambulante e, na certa, nem se dava conta disso. Ivan bem que gostaria de conhecê-lo melhor, sentindo nele aquela espécie de sabedoria calma e irônica com a qual já se defrontara por duas vezes. No entanto, na situação em que se encontrava, aquilo era algo totalmente inimaginável. Kolchak estava sempre na companhia da sua escolta de poloneses, que, pela forma como se comportavam, conheciam muito bem o seu ofício.

No vagão principal, Ivan viu rostos de muitos oficiais tchecos, aos quais, é claro, tinha que ceder passagem no corredor, com os olhos respeitosamente abaixados. Quanto a Wanda e Salomea, via-as quase diariamente. Wanda abandonara seus trajes modestos e, agora, andava num muito bem ajustado uniforme — certamente feito com um tecido de primeira qualidade por um alfaiate tcheco. Usava uma gravata militar e, quando saía do vagão, colocava sobre a sua loura cabeleira um gorro de pele de carneiro, que a tornava ainda mais atraente. Ivan notou, não sem um certo espanto, que ela portava, num coldre de couro polido preso ao cinturão, uma pistola automática. Ivan era um grande conhecedor de armas, de modo que pôde reconhecer, apenas pelo seu formato, que se tratava de uma excelente, pequena e leve Browning belga. Tal arma era mais do que adequada para uma mão feminina, pesava — pelo que Ivan se lembrava — um pouco mais de meio quilo, e era infalível. Quando se cruzavam, Wanda sempre adotava um sorrisinho irônico no rosto e nunca baixava os olhos, esperando que o seu ex-chefe o fizesse antes dela.

Com quase a mesma freqüência, Ivan via Salomea, que continuava ocupando-se da radiotransmissão em revezamento com um oficial tcheco, o que era motivo de dor e preocupação para ele, já que o tcheco era um jovem simpático e bem-apessoado, sempre com um sorriso gentil estampado na face. Ivan notou que ele tratava Salomea como uma colega, sem fazer-lhe galanteios ou sendo demasiadamente servil. Kazedub achou que aquela atitude deveria agradar à jovem. Quando cruzava com ela no corredor, baixava os olhos e não fazia nenhum esforço para falar com a sua recente amante (se é que podemos usar essa descrição). Sabia que tal atitude seria comunicada imediatamente a Kravak. Salomea também permanecia calada, só que Ivan não sabia se a sua atitude era uma conseqüência de instruções do major. Nas vezes em que conseguia captar o seu olhar, via nele uma espécie de ressentimento, ou apenas tristeza? Notou que ela emagrecera e que isso lhe fizera bem. A cada noite em que podia aproveitar os raros momentos em que Svoboda não roncava demasiadamente alto, voltava a seus pensamentos aquela única e última noite que passara com ela. Daria muito para saber como estava o seu rosto no momento em que atingiram o cume da montanha que mal começaram a escalar. Também daria muito para ouvir como ela gemia, ou apenas suspirava. Imaginava aquele rosto, sempre acalmando a sua ansiedade com o simples método solitário, a ponto de criar um repetitivo estereótipo.

Sofrendo de noite, resolveu dedicar-se de corpo e alma ao trabalho durante o dia. Em pouco tempo, graças à sua excepcional capacidade de adaptação, atingiu um grau obsessivo de zelar pelo tesouro e inventariá-lo. Seu dia começava pelo minucioso registro, num livro de capa dura e páginas pautadas, de todas as retiradas de ouro. E elas eram muitas, pois tanto os tchecos quanto Kolchak conduziam diversas operações comerciais e financeiras. Aproveitava cada parada para verificar os lacres dos vagões. Dispunha de um carimbo, igual aos únicos outros dois, que ficavam em poder de Stip e Kravak. Tinha que tê-lo sempre consigo, pendurado no pescoço, debaixo da blusa do uniforme. Quando as paradas eram demoradas, fazia exaustivos e detalhados inventários físicos, além de examinar as condições dos vagões que transportavam o ouro. Com a ajuda dos tchecos, fazia reforma naqueles que achava que deveriam ser reformados, ou substituía outros que, em sua opinião, estavam em condições muito precárias. A descoberta de cada vez mais ocupações ligadas àquelas tarefas e o obsessivo pedantismo com o qual as executava traziam-lhe um alívio, e Ivan, com freqüência cada vez maior, sentia algo semelhante a ser feliz. Esse estado era oriundo, principalmente, do fato de estar contente com o que fazia. "Será que o meu verdadeiro destino é ser zelador de um tesouro?", perguntava-se ironicamente, mas, na verdade, sentia orgulho disso.

"Nesse caso, eu não nasci na época certa, nem com a forma adequada. Deveria ser um dragão, ter asas e soltar fogo pelas ventas. Só que esse dragão ficaria furioso se alguém ousasse lhe roubar nem que fosse um minúsculo diamante, e quanto a mim?", se indagava. Respondia a si mesmo, com certa dose de espanto: "Eu não dou a mínima para o fato de a quantidade de ouro estar diminuindo, assim como me lixo para o fato de que, com ele, se poderia alimentar todas as crianças famintas da Rússia e do resto do mundo, enquanto é usado para comprar canhões e fuzis."

Na cabeça de Ivan, uma voz fininha e baixa indagava com genuína curiosidade:

— E por que você se lixa para isso, Ivanuchko? Pode-se saber?

Ao que Ivan respondia, dentro da sua cabeça:

— Porque ninguém me pediu para ser um herói e salvador do mundo. Minha obrigação foi a de transportar esta porcaria até Kazan... E eu a cumpri. O que mais vocês querem?

A voz fininha continuou a sussurrar algo, mas de forma tão inaudível que Ivan nem se preocupou em respondê-la. Alguns dias depois de o trem ter caído nas mãos da Legião Tcheca, ocorreu algo que enervou e intrigou Ivan. Um dos compartimentos do vagão principal foi ocupado por um corpulento major americano, que imediatamente se pôs a orbitar em volta de Wanda. Esta, por sua vez — algo que ele notou imediatamente —, se comportava como se conhecesse o americano há muito tempo. Não só como se o conhecesse, mas como se tivesse sido íntima dele. Ivan chegou a flagrá-los de mãos dadas. Abraçavam-se no corredor, riam, sussurravam segredos, parecendo esquecer quem eram e o que estava ocorrendo à sua volta. Aquilo irritava Ivan, que se acostumara à idéia de ambas as jovens lhe pertencerem. No entanto, não lhe restava nada a não ser observá-los discretamente. O americano, também, por mais de uma vez olhara para Ivan com um olhar perscrutador e capaz de registrar todos os detalhes, por menores que fossem.

O compartimento do major Ernest Hemmings

— Diga-me, minha cara, por que aquele bonitão com a braçadeira branca fica olhando tanto para nós?

O major Hemmings olhava com prazer para a jovem a quem desvirginara com tanta satisfação e por causa da qual estava ali, tendo viajado milhares de quilômetros para isso. Wanda embelezara. Com as mulheres, antes de atingirem a idade na qual surgem as primeiras rugas no rosto e celulite nas coxas, ocorre algo semelhante ao que acontece com o melhor uísque. Alguns anos de maturação melhoram o sabor da sua beleza. Tudo indicava que Wanda continuaria a chamar a atenção pela sua formosura ainda por muitos anos. A delicada rede de veias azuladas fininhas nas têmporas e a etérea pátina das minúsculas rugas nos cantos dos olhos aumentavam ainda mais a sua beleza.

— Ivan? — respondeu Wanda, feliz por estar junto de Hemmings. — Deve estar com ciúmes de você. Ele é um daqueles tipos de homem que não conseguem conformar-se com a perda do estado de posse.

Hemmings sentiu uma pontada na região próxima do coração, mas seu rosto não demonstrou nenhuma alteração.

— Devo entender que ele foi um seu... hmm... possuidor?

Aquele "hmm" fora acompanhado por uma discreta, mas claramente irônica, careta. Wanda ficou séria, como se somente agora avaliasse a sua relação com Kazedub.

— Faltou pouco...

— Quão pouco?

Hemmings adotava um tom zombeteiro, chegando a indicar, com o espaço entre o dedo indicador e o polegar, o quanto faltara, mas a atitude de Wanda o irritou. Ela nunca havia sido tão madura na sua forma de falar e pensar. No passado, ela conseguira interpretar Bach com extraordinária precisão, mas pela primeira vez ele percebia como ela era capaz de interpretar pessoas de forma tão amadurecida, equilibrando-se com habilidade à beira do cinismo.

— Ele revelou instintos assassinos, e isso não me excita de forma alguma. — Wanda sorriu para si mesma. — E é preciso que você saiba que ele está vivo exclusivamente graças a mim — acrescentou, esperando uma expressão de interesse no rosto de Ernest.

Como, no entanto, o major apenas sorriu gentilmente, resolveu esclarecer:

— Os tchecos queriam enforcá-lo.

O major tamborilou o tampo da mesinha com a ponta dos seus dedos.

— No que eles estavam cobertos de razão — disse. — Por que se meteu nesse assunto? Naqueles dias, todos os semáforos e todas as árvores chegavam a se curvar sob o peso dos comunistas. Cheguei a ver centenas deles. É surpreendente a rapidez com que este povo é capaz de despertar em si tamanho ódio bárbaro. Provavelmente, a mesma rapidez com a qual se embriaga. Não têm um pingo de refinamento.

Wanda recostou-se no assento e, com olhos semicerrados, ficou olhando para o panorama gélido e ensolarado ao mesmo tempo.

— Eles têm, para esse estado, uma palavra muito bonita: *zapoj* — respondeu finalmente. — Não sei como traduzi-la para o inglês, mas *zapoj* é um estado quase místico. Um homem tomado de *zapoj* é como alguém beatificado, e ninguém lhe fará mal. Pelo contrário, encontrará simpatia e apreciação dos demais, muito embora possa tornar-se violento e, nesse caso, o melhor é sumir da sua frente. A força destrutiva de *zapoj* é inimaginável. E ele pode assolar tanto um simples soldado quanto um membro do séquito do tsar.

— Você disse "um estado místico"? — quis assegurar-se Hemmings. — Como o estado cataléptico dos iogues? Gostei desta! Acho que estive muito próximo de algo semelhante...

— Impossível! — interrompeu-o Wanda. — Isso só pode ser alcançado com vodca russa. O seu uísque não se presta a isso, muito embora, conhecendo a quantidade que você consegue ingerir, acredito que possa ter chegado perto.

— E quanto a este russo? — voltou a indagar Ernest. — Você vai me dizer que, num acesso de piedade, subiu no cadafalso e cobriu a sua cabeça com um lenço? Ainda bem que aquele tcheco não a obrigou a casar-se com ele... e que não verificou se você continuava casta.

Wanda não ficou zangada, sabendo que as piadinhas de Ernest eram uma inteligente, embora digna de pena, tentativa de revanche. Além disso, ficou impressionada com a sua memória, já que fora ela quem lhe falara, havia muitos anos, daquele antigo sistema polonês de salvar a vida de um condenado à morte.

— Não. Apenas achei que ele poderia nos ser útil. Além disso... — olhou para ele com seriedade, sem saber se ele seria capaz de compreender os seus motivos —, é possível que você ache graça, mas pensei que, dessa forma, poderia lavar a sua totalmente confusa alma vermelha e pecadora...

Hemmings compreendeu de imediato:

— Para que ele não voltasse a assassinar?

Wanda apenas assentiu com a cabeça, enquanto Hemmings ficava pensativo. "Ela quer salvar uma alma vermelha. Não seria mais convertê-la do que salvá-la? Por que ela faria uma coisa dessas? Será que se sente também pecadora? Ela sempre foi cínica e desprovida de escrúpulos. Nunca teve uma ideologia, e a única coisa que a movia era alcançar o sucesso. Ela quis... Pois é... O que ela quis de verdade?"

Os pensamentos de Hemmings foram interrompidos com o aparecimento do rosto redondo de Svoboda, que, batendo continência, informou formalmente:

— O senhor major Kravak mandou dizer que estamos chegando a Krasnoiarsk, e que o senhor major Hemmings e a senhorita Laudowska são convidados a participar, daqui a meia hora, de uma importante reunião de guerra.

E, tendo dito isso, Svoboda acrescentou confidencialmente que a reunião contaria com a presença do almirante Kolchak, querendo adicionar algo alegórico da sua parte, mas o major despachou-o com um gesto de desprezo digno do próprio tsar, e Svoboda recuou rapidamente, decidindo compartilhar a informação com o seu espantosamente paciente colocatário.

Hemmings pôde, finalmente, formular a tese que se cristalizava na sua mente: "Já sei o que ela quer e o que é o mais importante para ela." Olhou para Wanda, que, com o seu queixo infantil apoiado num punho fechado, continuava olhando pela janela.

Os raios do sol caíam sobre seus curtos cabelos louros, e o major teve a impressão de enxergar, por um breve momento, uma auréola envolvendo a sua cabeça. Tinha a aparência de uma santa e, caso Hemmings não conhecesse o lado obscuro da sua alma, estaria pronto a fazer qualquer gesto patético apenas para cair nas suas graças. Wanda notou que Hemmings olhava para ela com admiração, e retribuiu com um olhar carinhoso e perscrutador ao mesmo tempo, reafirmando a conclusão à qual chegara o major a seu respeito. "Esta jovem quer ter influência no desenrolar dos acontecimentos, sendo que não está atrás de dinheiro ou de um verbete numa enciclopédia. Ela quer decidir os destinos das pessoas, e isso lhe traz uma enorme satisfação. Antes, ela pôde aprisioná-las com a sua música e, agora, aprendeu a puxar os fios sobre os quais foram penduradas almas humanas, tirando daquilo uma satisfação parecida com a de um marionetista que conseguiu fazer algo excepcional com seus fantoches."

— Você quer consertar o mundo? — perguntou num tom que pretendia ser ingênuo, mas que soara sardônico.

— E por que não? Ele também é meu — respondeu, vindo-lhe à mente a imagem de Lênin olhando desoladamente para a bicicleta destruída pelo táxi parisiense. Pensou que Ivan era como uma bicicleta atropelada por um veículo mais pesado do que ela, e que valia a pena ser consertada para que outras pessoas pudessem desfrutar o seu uso.

— E você acha que ele vai lhe ficar grato? — Ernest interrompeu seus pensamentos, e ela, embora soubesse muito bem a quem ele se referia, respondeu com uma pergunta:

— Quem? O mundo ou aquele "bonitão de braçadeira branca", como você o chamou?

Ernest não levou em conta aquela provocação sarcástica. Caso fosse aceitar todos os desafios intelectuais que ela lhe fazia, a conversa entre os dois começaria a parecer um esquete de um cabaré universitário. Em vez disso, respondeu com seriedade:

— Não se iluda. As pessoas não gostam de ter dívidas, sendo que a mais difícil de ser paga é aquela na qual o valor da promissória foi deixado em branco. O preço de uma vida pode ser muito mais alto do que você imagina.

— Você acha que teria sido mais simples matar aquele devedor?

Ernest não respondeu, enquanto Wanda espreguiçou-se deliciosamente, pois o incisivo sol de inverno a relaxara e enchera o seu corpo com algo quente e comichoso — uma sensação da qual se lembrava ainda da infância quando, nas manhãs de domingo, os galhos das árvores estavam cobertos de neve e não havia necessidade de levantar-se imediatamente. Olhou para Hemmings, perguntando-se como era agora, após esses anos, o corpo dele, e se ele continuava sendo tão agradável como fora no passado.

— Você não acha que, depois dessa conversa toda, poderíamos beber algo na sua cabine? — perguntou objetivamente.

No compartimento de Kazedub, ao mesmo tempo

Svoboda acomodou-se confortavelmente no assento próximo da janela e, munido de uma agulha especial, se pôs a mexer num aquecedor a querosene, sobre o qual, com grande concentração e conhecimento de causa, preparava refeições com cheiro muito agradável. Nessas ocasiões, Ivan costumava ficar observando os feitos culinários do gordão com mal contido ódio, mas, ao ser convidado para prová-los, jamais recusava, não conseguindo resistir ao seu aroma e constando que invariavelmente eram também muito gostosos.

— Quase esqueci — começou Svoboda. — O senhor major mandou que o senhor estivesse presente, junto com os seus livros, naquela reunião.

— Terei o máximo prazer — respondeu Ivan, com fingido entusiasmo.

Mas o gordo legionário não se deixou enganar, e uma chama zombeteira emanou dos seus olhos pequeninos, porém inteligentes.

— O senhor não precisa fingir, diante de mim, que tudo lhe agrada. Eu já presenciei muitas coisas e compreendo outras. Transformaram o senhor num cão de guarda e, para piorar as coisas, o senhor tem que olhar a constante redução da quantidade do seu ouro...

— Aquele ouro não é meu! — interrompeu-o Ivan, querendo adicionar "aquele ouro pertence ao povo". Mas conseguiu se conter, e disse: — Aquele ouro pertence à Rússia e aos russos.

— Pois é! — Svoboda parecia aguardar apenas por aquela deixa. — Aos russos! Só que gostaria que o senhor me dissesse a quais russos, porque eu, nas minhas andanças, me defrontei com muitas variedades deles: vermelhos, brancos, socialdemocratas da esquerda, socialdemocratas da direita, mencheviques,[26] generais rebeldes, vários gabinetes, ditadores locais e simples bandidos. Então, a quais russos se refere o prezado senhor?

Ivan acalmou-se. Não fazia nenhum sentido ficar ofendido ou lançar mão de palavras grandiosas. Disse algo que soou muito pouco entusiástico:

— É a mim que o senhor pergunta isso, senhor Svoboda? Não poderei responder ao senhor, pelo simples fato de não saber.

— O senhor não sabe? — Svoboda estava cada vez mais satisfeito consigo mesmo. — Pois eu lhe direi. É preciso aproveitar-se da experiência, e esta ensina que quem leva o ouro é aquele que detém o poder naquele momento. E vou dizer ao senhor mais uma coisa: é preciso orientar-se e pegá-lo o mais rapidamente possível assim como faz o vosso Lênin.

Svoboda aguardou que Ivan levantasse a luva, mas, como ele permaneceu calado ostensivamente, voltou a tagarelar:

— Esse Lênin sabe agir rapidamente e levar vantagem em tudo. Lembro-me de quando havia, em Praga, lutas de boxe nas quais se faziam apostas em dinheiro. Acho que eram ilegais, porque só eram freqüentadas por um grupo de pessoas. Eram lutas selvagens, sem regras ou juízes, e sem luvas, só com os punhos cerrados. Ganhava aquele que conseguia sair do ringue sobre suas próprias pernas. Entre os lutadores, havia um, o senhor

[26]Facção oportunista dos socialdemocratas russos, surgida em 1903 e que se opunha à concepção de Lênin do partido dos trabalhadores. (*N. do T.*)

Ruzicki, que durante várias temporadas fora imbatível. Até o dia em que surgiu um oponente mais esperto que, ainda no vestiário, antes de começar a luta, desferiu-lhe um golpe na cabeça com tanta força que Ruzicki, ao entrar no ringue, mal conseguia enxergar e, evidentemente, caiu logo nos primeiros minutos. O senhor, certamente, vai dizer que aquilo foi uma atitude antiesportiva e que não se pode agir daquela forma. E eu responderei ao senhor que, naquela situação, o que o rival de Ruzicki fez foi a melhor jogada da sua vida... para ele e para os que nele apostaram. E o senhor acha que Ruzicki se queixou ou ficou magoado? Pois eu lhe direi que não. Apenas aguardou a sua oportunidade e, quando numa outra luta seu oponente estava vestindo os calções, desferiu-lhe um golpe com tal força que este nem chegou a subir no ringue. Então, Ruzicki ganhou por WO e voltou a ser campeão, só que, a partir de então, antes de sair do vestiário ou do banheiro, olhava atentamente para todos os lados, para evitar que alguém estivesse escondido e lhe desse uma porrada. Onde estão em jogo dinheiro e poder, não há lugar para sentimentos. Já sei o que o senhor vai me dizer: que não se deve tirar conclusões de fatos dos quais não participamos pessoalmente. Este seu Lênin sabe muito bem disso e, por esse motivo, certamente permanecerá no ringue por muito tempo. Só que desse ouro sobrará muito pouco para ele. Mas isso, como dizem, será devido "às exigências do momento".

Ivan não respondia. Pensou que havia muito de verdade naquilo que Svoboda dissera. Tudo indicava que os bolcheviques, embora devagar, estavam recuperando as posições perdidas, e que isso se devia exclusivamente ao pragmatismo e ao discernimento de um só homem. Era algo para ser examinado com calma, mas Ivan não estava disposto a perder tempo com divagações filosóficas. Haverá um tempo adequado para tomar decisões; por enquanto, deveria ficar de tocaia — como aquele Ruzicki da história de Svoboda. Diante disso, meneou a cabeça e perguntou:

— O senhor sabe a razão pela qual devo estar presente apenas no começo da reunião?

— Deve ser para prestar contas do ouro. Depois, os senhores generais vão discutir a estratégia da guerra, mas isso já será um assunto estritamente militar — respondeu Svoboda.

Ivan deu-se por satisfeito com a resposta. O fato de participar da reunião, mesmo que parcialmente, deixou-o contente. Talvez visse Wanda e olhasse mais de perto para Kolchak, que tanto o intrigava. Quem sabe se, ainda na sua presença, será dito algo sobre o real impacto da ofensiva bolchevique? É preciso aproveitar todas as oportunidades. Mais aliviado, pegou os livros de registro, para poder arrumar na cabeça todos os dados relevantes para aquela situação.

"Gostaria de saber como eles me vêem. Todos eles. Como um empregado? Ou talvez me vejam como um inimigo? Ou talvez nem pensem em mim, pensando apenas em como encher os seus bolsos com o ouro e se encontrarem o mais distante possível do Kremlin?"

— E quanto a você, Ivanuchko? Você não sente volta e meia a mesma tentação? Vamos, confesse. Pode ser sincero consigo mesmo. Afinal, você não vai se apresentar voluntariamente diante de um tribunal revolucionário... — a voz fininha na cabeça de Ivan era muito tênue, mas nem por isso deixava de ser sardônica.

— É óbvio que não vou me apresentar voluntariamente — respondeu instintivamente e em voz alta.

Svoboda olhou para ele, incerto do seu conhecimento da gramática russa.

— O senhor falou comigo?

Ivan sorriu com altivez:

— Não. Estava falando comigo mesmo.

23

Nizhneudinsk, 18 de dezembro de 1918

— OS SENHORES PERMITAM que eu apresente todos os participantes. General fulano, coronel beltrano...

Sobrenomes e patentes fluíam como uma onda murmurante no meio de conversas de salão. O major Frantisek Kravak, trajando um uniforme impecavelmente passado a ferro por Svoboda, parecia estar no sétimo céu. Seu rosto muito bem barbeado harmonizava com a sua calva. O interior do vagão podia ser facilmente adaptado para qualquer ocasião, e os seus móveis eram feitos de tal forma que poderiam ser juntados nas mais diversas configurações. Para a importante reunião, a mesa central fora coberta com um pano verde e, diante de cada participante, foram colocados um bloco de papel e um discreto, porém bonito, conjunto de pires e xícara para café, adornado com as iniciais das ferrovias nacionais. Alguém pensara em colocar verdejantes ramos de pinheiro num vaso de cristal e que cada jogo para café fosse completado com um pratinho com biscoitos ingleses — daqueles que tão deliciosamente se derretem na boca, formando uma papa doce e aromática. O sabor dos biscoitos em questão podia ser melhorado se estes fossem mergulhados num recipiente com geléia de frutas de rosas silvestres. No entanto, como a quantidade da geléia era pouca e o recipiente um só, este teve que aguardar pacientemente até que alguém decidisse aproveitar do seu doce conteúdo.

O primeiro a ousar isso foi o general Knox,* já que o chefe do seu Estado-Maior — um homem bigodudo, olhos obedientes e crânio estreito coberto de cabelos engomados — não se dera conta de que deveria ter aliviado seu chefe daquela tarefa. Knox levantou seu pesado traseiro (fruto de horas sentados diante de mapas e consumo de grandes quantidades de saladas de maionese) e, numa posição engraçada e incômoda, mergulhou um biscoito no recipiente da geléia colocado no limite do seu alcance. As azuladas bolsas sob os olhos do general revelavam um modo de vida não muito higiênico. Knox, a exemplo do seu chefe do Estado-Maior, tinha os cabelos engomados e estava vestido com primor, com um uniforme de tecido de inverno e adornado com fitinhas de diversas condecorações, que combinavam perfeitamente com o seu olhar orgulhoso e com as estrelinhas de general nas lapelas. Com grande dificuldade, o general conseguiu o seu intento de levar o biscoito à boca. Como se tivesse esperado pela feliz conclusão da delicada missão geléica do seu aliado, o general Janin* bateu com a colher no seu pires, e todos os olhos se viraram na direção do francês. O general se levantou, apoiando-se numa fina bengalinha, e só então foi possível notar a sua impressionante altura. Janin estava de luto, e a larga braçadeira negra na manga esquerda da sua jaqueta azul-celeste reforçava a simplicidade do seu uniforme, sem nenhum adorno nem condecoração. O general era impressionante também sob o ponto de vista cromático: tinha bigodes negros, um par de espessas sobrancelhas pretas e cabelos totalmente grisalhos.

— Senhores oficiais! — começou com ênfase, mas logo notou que, no meio dos militares, encontrava-se uma mulher, por sinal, muito bonita. Janin, normalmente muito à vontade e charmoso nos salões, não soube muito bem como corrigir a sua gafe. Acabou recuando, como um maquinista que entrou com o seu trem numa ferrovia errada.

"Prezados participantes! — recomeçou e, para que ninguém tivesse dúvida de que a *mademoiselle* Laudowska fazia parte daquele distinto grupo, bateu com os calcanhares por baixo da mesa e inclinou sua vasta cabeleira grisalha em sua direção.

Wanda agradeceu a gentileza com um breve sorriso. Mas, antes que o general continuasse sua fala, na outra ponta da mesa ergueu-se uma mão, saindo da manga cáqui de um uniforme americano. Era a do coronel Barrows,* que, embora falasse perfeitamente o francês, não via o motivo pelo qual, diante da predominância de patentes cujas línguas maternas eram o tcheco, o inglês e o russo, a reunião tivesse que ser conduzida em francês. Depois de algumas controvérsias, ficou decidido que Janin faria o discurso de abertura na língua de Molière, com Hemmings traduzindo-o para o inglês, e que depois, já que Janin também falava aquela língua, o resto da reunião seria conduzido em inglês. Todos concordaram com aquela solução, e Kazedub, cujo conhecimento do inglês deixava a desejar, preferiu não se manifestar, principalmente porque ninguém pediu sua opinião.

Já se passara mais de meia hora, e o almirante, que odiava todas as questões ligadas a protocolo, começava a se impacientar. Esperava pelo pior, pois os aliados (se é que ainda podia chamá-los assim) não lhe pediram que presidisse a sessão. Aquilo fora um sinal importante, e o almirante — que não era tão ingênuo assim — ficara, a partir daquele momento, tenso e atento, muito embora não se pudesse notar no seu rosto nada mais do que um educado interesse misturado com tédio. Numa reunião, logo no início da guerra, lhe fora pedido que avaliasse as chances de uma vitória. Ele respondera que os homens se dividem em otimistas, pessimistas e... realistas, e que ele fazia parte destes últimos. Na qualidade de um experiente "mineiro", sabia muito bem calcular as chances de sucesso na difícil arte da guerra. Com um prazer quase mórbido, achou que Janin estava pisando num terreno minado e que, a qualquer momento, poderia voar pelos ares, levando consigo alguns dos presentes. O interesse dos países representados naquela sala — Inglaterra, França e Estados Unidos — era comum apenas na aparência. Eles não haviam sido enviados para cá — junto com tropas bem treinadas — para falar abobrinhas ou discutir os hábitos dos ursos siberianos. Foram enviados para tratar de interesses concretos, por trás dos quais havia um, também concreto: uma enorme quantidade de dinheiro. Além disso, não havia um representante do Japão que — se for levada em conta a quantidade das forças intervencionistas — seria o país que mais teria a dizer.[27] Mas os japone-

[27]Segundo diversas fontes, o Império japonês enviara para a Sibéria entre 70 e 100 mil soldados, e o general japonês K. Otani, fora, em 1918, o comandante-em-chefe de todas as forças conjuntas, formadas por americanos, ingleses, franceses e, evidentemente, japoneses. (*N. do A.*)

ses tinham outras e, como de costume, muito precisamente formuladas prioridades. Caso contrário, não teriam enviado uma força tão poderosa. Talvez a diplomacia não fosse o seu forte, mas sempre conseguiam introduzir no jogo algo que lhes pudesse garantir aquilo que haviam planejado. Sabiam que teriam custos e perdas em vidas, mas sabiam calculá-los com precisão. Sim, quando os japoneses se envolviam em algo, o faziam por completo. Aquilo lembrava um pouco a filosofia da sua esgrima: se fores aplicar um golpe, não importa se o fizeres de baixo para cima ou de cima para baixo; aplica-o para matar. Quem sabe o fato de não terem um representante naquela reunião não fosse apenas obra do acaso? Quem sabe se eles, a essa altura do jogo, não iriam querer sentar-se à mesa com os britânicos? Afinal, nos últimos anos, a política japonesa queria mostrar ao mundo que a Ásia pode tomar conta de si mesma, sem a ajuda — ou a interferência — de Albion. O almirante se aprofundara tanto nos seus pensamentos soturnos que a voz de Janin, que já falava por bastante tempo, chegava a ele aos poucos, como a de alguém que está se aproximando do seu ouvinte:

— Acredito que hoje não há quem possa duvidar do fato de os comandantes das forças aliadas, guiados pela amizade por aquela parte desta magnífica nação russa que decidiu livrar-se do jugo bolchevique, fizeram tudo que lhes era possível para participar da vitória definitiva. Infelizmente, apesar do compromisso formal, tanto da parte do governo de Sua Majestade como o da República Francesa e o dos Estados Unidos...

O almirante compreendeu que o francês não diria algo de concreto e que todo o seu discurso era pura encenação. Aparentemente, os aliados se reuniram apenas por um motivo, e este motivo era a pessoa de Aleksandr Vasilievitch Kolchak. Diante disso, o almirante parou de escutar e reteSou-se internamente, como um homem cercado de bandidos num desfiladeiro. Não podia saber que a solidariedade dos impérios aliados não passava de uma jogada política e de propaganda. No início, eles se engajaram para terem uma chance de cobrar as dívidas do tsar e, depois, para não perder os vultosos contratos de venda de material bélico ao Governo Provisório. Seus representantes sentavam-se à mesa como jogadores profissionais de pôquer, sabendo de antemão que todos, também profissionais, iriam roubar. Diante disso, ninguém confiava em ninguém. Os americanos suspeitavam que a Inglaterra e a França, saindo da guerra como vencedores, passariam imediatamente a querer ampliar as fronteiras dos seus respectivos impérios. Os ingleses não tinham nenhuma confiança nos franceses, achando que estes, tendo derrotado a Prússia, iriam querer dominar a Europa pós-guerra, recriando o império napoleônico. Os britânicos e os franceses achavam que os democráticos Estados Unidos haviam se envolvido em ações no Velho Continente apenas para fazer um bom negócio.

— Talvez o senhor almirante queira apresentar aos presentes a sua avaliação da situação — a impertinente voz de Janin interrompeu os soturnos pensamentos do almirante Kolchak, que se levantou da cadeira e mandou que fosse desenrolado um mapa. Os soldados tchecos penduraram-no num cavalete improvisado e o almirante teve que tomar cuidado para não derrubá-lo ao apontar num dos seus pontos.

— A situação é muito grave. Fomos punidos pela nossa falta de coordenação. Denikin e o exército voluntário estão sofrendo derrotas após derrotas e não podemos contar mais com nenhum auxílio da parte dele. Temos que partir da premissa de que seremos derrotados em todo o sul da Rússia.

O almirante pigarreou e olhou para os rostos dos presentes, querendo ver as reações às suas palavras. Mas os participantes da reunião sabiam muito bem qual era a situação, e os seus olhares cheios de compreensão não o enganavam.

— De acordo com os informes do nosso serviço de inteligência, as nossas forças no Sul dispersaram-se em diversos grupos e já não atuam como um exército unido.

O almirante virou-se para o mapa.

— O grupo mais poderoso naquela região é o formado por membros do exército de Don, que luta do lado esquerdo do rio. Um outro grupo conseguiu chegar à Criméia, e aqui — o almirante tocou com cuidado o mapa —, à margem direita do Don, um terceiro grupo continua resistindo bravamente...

— Queira desculpar, almirante — interrompeu-o Knox, alisando com um gesto impensado e tolo as fitinhas das suas condecorações. — Todos sabemos qual é a situação. Nós preferiríamos, se isso fosse possível, ouvir a sua análise do desenrolar dos acontecimentos.

— Pois não — o almirante inclinou levemente a cabeça na direção de Knox. — Infelizmente, isso é muito simples. Se os senhores me perdoarem a firmeza da minha conclusão, devemos presumir que nos próximos meses, se não em semanas, tudo irá para o diabo.

— O que o senhor quer dizer com isso? — insistiu Knox, não se dando por satisfeito.

Aleksandr Vasilievitch Kolchak, irritado por aquele constante alisar das fitinhas por Knox, não hesitou:

— Exatamente o que o senhor teve a bondade de ouvir. A ofensiva bolchevique vai continuar, ora mais ora menos rapidamente. Pode ser até que nós, aqui ou ali, obtenhamos algumas vitórias, mas o curso dos acontecimentos é irreversível. Nós já perdemos esta campanha, e se, como imagino, o envolvimento dos aliados continuar sendo como o atual, então...

O almirante procurou por palavra adequada em inglês. Mas não a encontrou. Diante disso, resolveu formular sua opinião da forma mais direta possível:

— Então, a Rússia pertencerá a Lênin por muitos anos, e ouso afirmar que os senhores é que merecem o mérito por termos chegado a essa situação.

O almirante retornou ao seu lugar, sentando-se tão pesadamente como se levantara. Sentia-se pesado de modo geral, como se seu corpo tivesse absorvido todas as desgraças e os dramas dos últimos meses. Sofria no corpo e na alma e, volta e meia, não via nenhum motivo para continuar vivendo.

Após as últimas palavras, todos ficaram em silêncio, como numa sala de aula quando o professor exige que os culpados por alguma travessura confessem sua participação, e todos os alunos, fingindo que aquilo não lhes diz respeito, permanecem calados solidariamente. Por fim, o coronel Barrows perguntou:

— E o senhor não se sente culpado de nada?

O almirante animou-se.

— É muito difícil para mim, senhor coronel, julgar os meus erros e acertos. Só posso lhe dizer que tentei fazer o máximo para executar da melhor forma possível a nossa tarefa mútua e, como o senhor bem sabe, estivemos próximos de uma vitória definitiva.

— É verdade — replicou Barrows. — Os senhores estiveram.

Barrows se expressava como um advogado de defesa que, quando conseguia absolver um cliente, dizia: "Ganhamos!" e, no caso de este ser condenado, informava: "Infelizmente, o senhor perdeu."

— Mas gostaria que o senhor me explicasse — continuou — nem que seja uma coisa tão simples...

— Por favor, pergunte — o almirante olhou com atenção para o americano.

— Por que o senhor não quis reconhecer os direitos dos poloneses e dos finlandeses? Caso os poloneses tivessem agido com mais disposição, não haveria mais nem Lênin nem os bolcheviques.

O almirante, agora, estava ciente disso. Na primavera-verão de 1919, muita coisa dependia dos poloneses. Em maio, quando Denikin ameaçava Moscou e a frota britânica estava pronta para atacar Petrogrado, os poloneses, que — como parecia — poderiam ter efetivamente mudado o curso da guerra, ficaram de braços cruzados.

— Vocês não os incentivaram com muito afinco! — devolveu a acusação com uma outra, enquanto Barrows enrubescia.

— Mas o senhor, almirante, e o general Denikin não quiseram reconhecer seus postulados.

O almirante se cansou daquela conversa, que não passava de adiamento de algo inevitável. Diante disso, resolveu não poupar o ianque.

— Nessa questão, tivemos claras recomendações dos governos aliados, inclusive do seu, coronel. O senhor deve lembrar-se disso, nem que seja por uma questão de cortesia. Não vale a pena, meus senhores, perder tempo discutindo os hipotéticos resultados de chances desperdiçadas.

Barrows, como um aluno pego numa mentira, bem que gostaria de manter aquele duelo verbal, mas Janin o reteve, metendo-se na conversa:

— O almirante Kolchak está com a razão. Isso não faz nenhum sentido. Vamos nos ocupar com questões práticas e mais urgentes.

O almirante agradeceu-lhe com um olhar, muito embora tivesse sentido uma grande satisfação em continuar massacrando o americano.

"Que coisa mais incrível! Agora, me deleitaria até com uma vitória desse tipo. Acho que chegou a hora de acabar com toda essa palhaçada", pensou, e inesperadamente lhe vieram à mente os tempos de férias escolares, passadas no maravilhoso lago Sventes, único na Letônia. O almirante sentiu repentinamente que não desejava nada além do que estar num barco a remo, balançando-se nas profundas e cristalinas águas daquele lago.

Mas Janin continuava, com uma insistência rabugenta:

— Peço ao senhor almirante para nos informar sobre o atual... hmm... estado das suas forças. Além disso, seria bom ouvirmos a prestação de contas das finanças. Acredito que essa questão seja de interesse de todos.

Aleksandr Vasilievitch teve que retornar rapidamente do lago da Letônia, mas prometeu a si mesmo voltar para lá assim que Janin o soltasse das suas garras.

— No que refere à situação dos meus destacamentos, só disponho de dados de alguns dias atrás e, como os senhores sabem, muita coisa pode mudar em questão de dias.

Hemmings, que sabia muito bem o motivo pelo qual o almirante não tinha informações mais frescas, sentiu pena dele e resolveu vir em sua ajuda:

— Por que o senhor não recebeu os telegramas mais recentes?

— Por um motivo muito simples: a estação radiotransmissora do trem não está funcionando. Pelo menos, foi o que me disseram — respondeu o almirante, com um triste sorriso.

Kravak, que pessoalmente retirara algumas válvulas do aparelho, apres sou-se a dizer:

— Isso poderá ser consertado rapidamente.

O almirante, tendo se conformado com a falta de outras opções naquele festival de mitômanos, fez um aceno gentil com a cabeça:

— Estou certo disso, senhor major — respondeu. E, querendo retornar o mais rapidamente possível ao seu barco no lago, recitou: — Estamos recuando em toda a frente e estamos nos reagrupando ao longo da via férrea, tentando, na medida do possível, trazer para cá outros destacamentos desgarrados. De modo geral, faltam-me alimentos e munição, com o que uma parte das minhas tropas, deixada à sua própria sorte, irá se dissipar.

O almirante parou por um momento, pensou um pouco, e completou educadamente:

— "Dissipar-se" é uma expressão elegante, mas, sem um adequado suporte numa retirada de homens, eles acabarão fugindo em pânico e serão caçados pelos bolcheviques e os seus guerrilheiros. É apenas uma questão de tempo. Uma desmoralização completa; os senhores sabem o que ocorre nessas situações. Inapelavelmente, isso faz parte de todas as derrotas.

O almirante pensou em como era fácil ocultar com frases elegantes acontecimentos ocorridos a centenas de quilômetros daquele confortável vagão. Mas o que diriam seus homens ao ouvir o seu adorado chefe — o chefe de único gabinete legal da sonhada Rússia Branca — descrever sua situação dessa forma? Cuspiriam no seu rosto? Será que o atirariam na neve e pisariam no seu corpo até ouvirem seus ossos estalarem? Ele os decepcionara? Aquelas centenas de milhares de homens maravilhosos? Os jovens cheios de entusiasmo e energia vital e os grisalhos veteranos dos exércitos tsaristas, inteligentes e capazes de usar com sabedoria os conhecimentos adquiridos em outras tantas guerras? Os voluntários, inseguros e inexperientes, mas cheios de esperanças por um futuro melhor? E, finalmente, os simples soldados, ansiosos por saques, mulheres e medalhas? Haveria algo pelo que ele pudesse achar-se culpado? Certamente! E chegara a hora de desabafar isso tudo diante daquela platéia engalanada! Afinal, que mais tinha a perder?

— A tragédia de milhares de meus homens não pesa sobre os ombros deles, prezados senhores, mas sobre os meus — disse. — Acredito que não preciso esforçar-me para convencê-los de que fiz tudo o que poderia ser feito. Fiz tudo... com os diabos! Mas o que poderia fazer tendo os aliados que tinha? Não! Favor não me interromper! Basta dessas desculpas esfarrapadas. Paremos de fingir. Aquilo não foi um jogo limpo e vocês sabem disso tão bem quanto eu. Portanto, se querem culpar alguém, culpem a si mesmos. Desculpe, mas tive que desabafar... Quanto à prestação de contas das finanças, o major Kravak dará as devidas explicações.

O almirante sentiu falta de ar. Com um gesto violento, desabotoou o colarinho do seu uniforme e, arfando pesadamente, lançou um olhar esbugalhado sobre os presentes. Era um olhar semelhante ao de um touro numa arena, que, exaurido até o limite, não sabe que o seu desespero é uma parte cuidadosamente planejada do espetáculo.

24

Em algum lugar do trecho entre Nijneudinsk e Irkutsk, no compartimento de Hemmings, final de dezembro de 1919

— NÃO ENTENDI DIREITO o que vocês têm a ganhar com isso e de que forma aquilo deveria, como você disse, "limpar a situação".

Wanda tentava afastar com seus pés desnudos as coxas e chegar às partes íntimas do major Ernest Hemmings, que, trajando apenas cuecas e uma camiseta militar de algodão, estava sentado no assento diante dela, tentando decifrar o texto de um jornal bolchevique mimeografado. A temperatura no compartimento era elevada, contrastando com os desenhos quase natalinos feitos na vidraça pelo frio siberiano.

— Pare com isso — respondeu este, num tom usado com crianças entediadas que querem, a todo custo, envolver um adulto nas suas brincadeiras.

— Afinal, o que você está lendo? Esta porcaria? Para que perder tempo com isto? Além do mais, o seu conhecimento do russo não dá para ler um jornal.

— Pois é — respondeu Hemmings, realmente interessado no conteúdo do jornal. — Este distinto periódico se chama *Si-bir-skaja Prav-da* — soletrou com dificuldade — e, como você pode ver, este exemplar é da semana passada. É muito interessante. Ganhei-o dos tchecos. Quanto ao tempo, nós o temos de sobra. Mas devo admitir que não consigo entender muita coisa. Veja, por exemplo, este discurso de Lênin: "E isso é verdade" — conseguiu soletrar, enfiando debaixo do nariz de Wanda o papel amarelado que fedia a tinta de impressão.

— Deixe que eu o traduza para você. Caso contrário, seu ignorante, você ficará tentando decifrá-lo a noite toda — disse Wanda, recolhendo o seu ousado pé explorador e cobrindo-o com o cobertor, enquanto Hemmings se servia com parcimônia dos restos dos "estoques de Harwich", num copo de cristal russo decorado.

— "Isso é verdade" — traduziu rapidamente para o inglês as pomposas palavras. — "A paz à qual chegamos encontra-se no seu nível máximo de instabilidade. Esse momento de alívio poderá ser rompido a qualquer momento, tanto do Oeste quanto do Leste; quanto a isso, não há dúvida. A nossa situação internacional é tão crítica que temos que envidar todos os nossos esforços para persistirmos o quanto pudermos, enquanto amadurece a revolução no Ocidente, que está amadurecendo de modo muito mais lento do que esperávamos e..." — Wanda interrompeu a tradução, procurando pelo termo e o tempo de verbo adequado — "e... e...", ah, sim... "que desejaríamos."

Hemmings, que, numa fingida tensão, escalava com Wanda a tão elevada frase de Lênin, respirou aliviado.

— Que coisa! — Wanda não resistiu a comentar o artigo. — Para ele, não basta que uma coisa seja instável. Ele precisa dizer que ela se encontra no seu nível máximo de instabilidade. Isso é bobo, mais funciona. Já pensei muito sobre isso e cheguei à conclusão de que, quando é preciso despertar emoções, a gramática tem importância secundária. Você compreende o que quero dizer?

— Lógico que sim. Basta ouvir os políticos americanos. Isso ocorre em qualquer parte do mundo, talvez com a exceção da Câmara de Lordes britânica, pois lá não importa o que dizem, mas COMO dizem. Mas o que ele tem em mente quando fala da "revolução no Ocidente"? Já posso ver os operários da Ford atacando a Casa Branca — respondeu Hemmings, sorrindo debaixo do seu bigode.

— Vocês, ianques, são incorrigíveis. Lembre-se da vossa Guerra Civil.

— Lá, pelo menos, ninguém se metia e nós lutávamos pelos direitos dos homens — respondeu Hemmings, dando-se conta (mas sem confessar isso a Wanda) de que os seus antepassados, do Sul dos Estados Unidos, lutaram do lado que não queria conceder esses direitos.

— Eles também estão lutando pelos direitos dos homens — lembrou-lhe Wanda, sem entusiasmo excessivo.

Hemmings olhou para ela com atenção.

— Não! Não vou me deixar enganar. Você vai me dizer que acredita nessa baboseira?

— Não; sobretudo por tê-lo conhecido pessoalmente, mas como o número dos seus adeptos cresce e o bolchevismo está vencendo, deve haver algo nisso.

— É verdade que o número dos seus adeptos está crescendo, mas isso é porque ele tem cada vez mais poder e já estar em condições de forçar as pessoas a demonstrarem entusiasmo pela sua causa.

— Pode ser. Mas, quanto àquela questão de uma revolução no Ocidente, ela não é tão irrisória quanto você acha. Ele me disse certa vez que queria que o mundo todo se tornasse... como foi mesmo que ele chamou isso?... Ah, sim... uma Federação de Repúblicas Soviéticas. Lá, na terra de vocês, isso seria algo impensável, mas numa Alemanha ou nos Bálcãs, quem sabe?

— Ele não passa de um louco! — exclamou Hemmings, entornando com um só gesto o precioso líquido na sua boca.

— Mas um louco eficiente. E quando os seguidores da sua loucura forem a maioria no mundo, tudo poderá acontecer. Você não acha?

— Não — respondeu Hemmings calmamente. — Os governos democráticos jamais permitirão que isso aconteça.

Wanda não pareceu convencida:

— Os governos democráticos já demonstraram de que são capazes. E, por falar nisso, talvez você pudesse ter a gentileza de me explicar por que vocês se comportaram como... como — não conseguia achar a descrição adequada. Em polonês, teria dito "como porcos", mas isso não soaria forte o bastante em inglês. Diante disso, resolveu dizer: — Por que vocês jogaram tão sujo com Kolchak? Ele não é um homem sensacional? O que vai acontecer com ele?

— Imagino que você queria dizer *just like scumbags*. Quanto a ele, por que me pergunta isso? Como posso saber? Nós não temos nada a ver com ele. Formalmente, ele está sob a proteção dos tchecos e daquele bunda-mole francês. Você notou como aquele comedor de rãs[28] se senta empertigado? Deve ter medo de que suas hemorróidas estourem.

Wanda soltou uma gargalhada involuntária, imaginando as hemorróidas de Janin estourando. Por certo tempo não conseguiu controlar o riso, já que a visão que surgira na sua mente era excepcionalmente sugestiva.

— Responda com seriedade. Hoje, você não escapará de me contar a verdade.

Hemmings ficou sério e triste:

— Não conheço a verdade. Só posso tentar deduzir algumas coisas. Além disso, tenho as minhas ordens, mas lá você não encontraria algo verdadeiro, muito embora sempre seja possível descobrir alguma coisa, lendo nas entrelinhas.

— Então me diga o que descobriu. Como num confessionário, porque, caso eu desconfie de que você está mentindo, nunca mais faremos amor.

A ameaça soara séria, de modo que Hemmings também adotou um tom sério.

— Muito bem, mas não se esqueça de que você é uma agente britânica, de modo que não posso lhe contar tudo.

— Conte somente o que pode contar, mas sem meias-verdades.

— De acordo. Só que você terá que me ajudar nisso, porque há coisas que eu mesmo não entendo. Você sabe por que os tchecos se rebelaram, ou ainda melhor, você sabe por que deixaram que eles formassem um exército?

— Não estamos numa escola — respondeu Wanda, com indignação. — Se você sabe de algo, então diga... Se não, você já sabe o que vai acontecer.

Hemmings sabia muito bem que nada aconteceria, já que, nos últimos tempos, fazer amor era o que eles andavam fazendo com muita freqüência. Mas, mesmo sabendo disso, fez a adequada expressão de pavor e co-

---

[28]*Frog eaters*, em inglês — expressão pejorativa dos ingleses com relação aos franceses, certamente pela predileção destes últimos por aquela iguaria. (*N. do T.*)

meçou a explicar tudo detalhadamente, contente por poder com isso também iluminar certas coisas na sua mente:

— Permitiram-lhes formar uma Legião para que executassem duas missões. A primeira deve ser do seu conhecimento. Depois de saírem da Rússia via Vladivostok, deveriam retornar às frentes da Europa e ajudar os comedores de rãs e os ingleses a finalmente tirarem os seus traseiros das trincheiras e avançarem um pouco. No entanto, em minha opinião, aquilo não passava de um pretexto, já que alguns milhares de homens não poderiam criar um avanço numa frente em que, por mais de dois anos, forças significativamente maiores não conseguiram avançar um metro sequer. De qualquer modo, Lênin concordou com isso por não confiar nos tchecos e por ter assumido o compromisso de desarmá-los, algo que não seria tão fácil assim. Diante disso, aceitou a proposta de Masaryk* de evacuar os tchecos para o Extremo Oriente.

— Muito bem — disse Wanda, ajeitando a cabeleira loura que lhe caíra sobre a testa. — Mas qual era o verdadeiro objetivo?

— Não soube a partir de nenhum documento oficial, mas acho que era o de liberar a família imperial ou, pelo menos, ajudar naquela tarefa, e assumir o controle sobre a via férrea, facilitando assim a sua evacuação para o Oriente.

— Mas os bolcheviques não mataram o tsar?

— Porque ficaram com medo de que os tchecos, que se rebelaram, numa estranha coincidência, nas proximidades de onde a família imperial estava presa, pudessem realmente liberar Nicolau.

— Agindo de acordo com as instruções de vocês.

As peças do quebra-cabeça começaram a encaixar-se. Hemmings corrigiu-a imediatamente:

— Não nossas, mas certamente segundo instruções. As ordens em questão devem ter sido emitidas por escalões acima da minha competência.

— Quer dizer que a situação se apresenta da seguinte forma. — Wanda sacudiu a cabeça e avançou a mandíbula de uma forma engraçada, dando-lhe uma aparência animalesca: — Vocês queriam liberar o tsar, para que ele lhes pagasse o que devia e, agitando-o como um ícone num pedaço de pau, esperavam com isso unir o país contra os vermelhos. Mas, então, por que os tchecos atacaram o nosso trem?

— Porque eles paravam todos, sendo que o de vocês era o mais importante de todos. Eles tinham planejado pôr as mãos no ouro em Kazan, para que Nicolau tivesse dinheiro para pagar os aliados, mas esse seu... como é mesmo o seu nome?... Kazedub foi mais rápido. A morte de Nicolau, da qual vieram a saber mais tarde, modificou por completo a situação. Imagino que você pode compreender isso.

— Bem... nem tudo...

— O quê, por exemplo?

— Por que os tchecos não foram recuados?

— Porque o novo chefe deles, naquele novo país... — Hemmings olhou atentamente para a jovem. — Kravak não lhe disse que eles, finalmente, conseguiram formar um país independente?

Wanda fez um sinal afirmativo com a cabeça.

— Mencionou algo nesse sentido, mas muito por alto, pois dedicava todo o seu tempo a puxar o saco de Janin, a olhar para as mãos de todos... exceto para as de Kazedub, em quem, não se sabe por quê, confiava totalmente... e a olhar babando para um joelho desnudo, meu ou de Salomea.

— Salomea? — espantou-se Hemmings, mas logo respondeu para si mesmo: — Ah, sim, aquela linda radiotelegrafista.

— Você também a acha linda?

— Ela é excepcional — respondeu Hemmings, mas não querendo que Wanda percebesse o quanto Salomea lhe agradara, acrescentou logo, com o seu costumeiro tom de zombaria — e, não fosse a nossa longa amizade, eu já estaria há muito tempo jazendo aos pés dela, pronto para dar um tiro na cabeça caso fosse rejeitado.

— O que significa que você ainda tem alguns princípios, ao notar a inconveniência de tentar seduzir uma jovem na presença de outra, a quem você desencaminhou. Embora isso não passe de um superficial bom-tom social, já é alguma coisa. E é ainda mais digno de admiração pelo fato de eu, aos seus olhos, dever parecer muito mais velha e feia — respondeu Wanda, lançando-lhe um olhar coquete e desejando, no fundo da sua alma, que ele a contradissesse.

Hemmings não respondeu de imediato e, tendo colocado o seu copo de lado, pegou o seu pé desnudo (perguntando-se, ao mesmo tempo: "como ela consegue manter seus pés tão bem-cuidados numa época dessas?") e beijou-o com uma reverência semelhante à que usaria caso estivesse beijando a mão de um cardeal.

— Você nunca esteve mais bela e mais desejável. Mas, considerando a minha experiência com mulheres, isso... — interrompeu-se, porque gostava que as mulheres exigissem elogios da sua parte.

— Isso, o quê? — Wanda não o desapontou.

— Isso durará ainda por muitos anos e, na certa, você poderá me incluir na extensa lista dos seus admiradores.

E, para que Wanda não pudesse sentir-se demasiadamente segura de si, acrescentou, de forma negligente:

— Sobretudo pelo fato de termos tantas coisas em comum, como o mesmo gosto no que se refere a mulheres.

Wanda começou a resmungar:

— Será que você, mesmo numa fútil conversa com uma jovem, precisa sempre entrar sobre uma triunfal biga de argumentos zombeteiros e irrefutáveis? Quando se fica muito tempo em sua companhia, tem-se vontade de algo mais simples e menos espirituoso... — Wanda deixou o resto da frase em suspenso, querendo que Hemmings caísse na armadilha que lhe preparara e respondesse da forma como imaginara, pois dispunha de um golpe mortal na ponta da língua.

— Você tem razão — respondeu ele, passando a mão num ponto mal barbeado no seu queixo. — Às vezes, passo das medidas, e isso é muito tolo.

Wanda riu, pois ele, ao ceder, voltara a ganhar o duelo. Era grande.

— E, além disso, você sabe parar quando é preciso — disse.

— Volta e meia, é preciso dar uma pausa à nossa magnificência e ocupar-se com algo diferente, nem que seja para relaxar. A propósito... — olhou para ela na esperança de ver um sinal de confirmação da sua predisposição a um relaxamento.

Mas Wanda compreendera o significado daquele olhar, e respondeu:

— Não tão rápido. Você ainda não me explicou tudo. Primeiro a política, depois o amor. Então, por que os tchecos não foram recuados?

— Ao que me parece, por duas razões. Primeiro, pelo fato de Masaryk já ter estado nos gabinetes dos mandatários da Europa e dos Estados Unidos, entre outros, chegou a falar com o presidente Wilson, e estes, na certa, lhe fizeram algumas promessas. Segundo, pelo fato de os tchecos, não tendo conseguido salvar Nicolau, terem encontrado um outro objetivo, dessa vez por sua própria conta e sem nos consultar.

— O ouro? — perguntou Wanda.

— Obviamente. Eles são muito empreendedores e decidiram que, já que teriam que retornar por uma via tão tortuosa, valeria a pena encher seus bolsos pelo caminho. Você mesmo pôde ver como eles desenvolveram os seus negócios. De modo geral, tudo que há nas proximidades da linha férrea está nas mãos dos tchecos, inclusive os salões de beleza.

— E o que os aliados, incluindo aí o seu Wilson, têm a dizer sobre isso?

Hemmings fez uma careta, pois esperava por aquela pergunta:

— Eles são 60 mil e têm objetivos pelos quais vale a pena lutar: retornar a casa e ficar com o ouro. Não podemos atirar neles. Na verdade, deveríamos estar satisfeitos por termos conseguido enfiar no seu comando aquele Janin. Formalmente, ele é o comandante-em-chefe, como representante dos aliados e o oficial de patente mais alta. Mas isso apenas formalmente, porque a verdade é que eles fazem o que bem entendem e ele assina as ordens apenas *post factum*.

— E quanto ao almirante Kolchak?

— Pois é...

— Pois é o quê?

— É um problema. Como se não bastassem as complicações das quais lhe falei, ainda apareceu esse Kolchak. Você disse que o acha um homem maravilhoso e eu compartilho sua opinião, mas quando se trata de guerras civis e internacionais... hmm... as ações (quis dizer: negociatas) não são ditadas por patriotismo.

— Ernest — disse Wanda, pegando a sua mão quente nas suas, frias e delgadas. Ao mesmo tempo, inclinou-se em sua direção, alegrando-o com a visão dos seus seios. — Você é um homem inteligente; provavelmente o mais inteligente de todos que conheci. Diga-me por que homens com objetivos dignos... não, simplesmente homens que querem fazer algo de bom e que puderam juntar em volta de si outros homens que querem o mesmo, sempre acabam mal?

— Acho que você está exagerando. Não o transforme num Cristo russo, muito embora haja certas semelhanças... Aquele também não convinha nem aos romanos nem ao Sanhedrin.[29]

— Ernest! Você sabe de algo sobre isso. Vamos, coooonte-me! — exclamou Wanda, estendendo a vogal de forma engraçada. Após tantos meses de confinamento naquele trem, sem livros, teatro, música e companhia, ela estava sobremaneira propensa a ouvir fábulas.

Hemmings ajeitou-se no assento, de forma que pudesse olhar para seus olhos e seios:

— Bem, não sei se você fez por merecer...

— Conte, Ernest. Você não vai se arrepender. Talvez eu também lhe conte algo.

— Muito bem — Ernest deu-se por satisfeito. — Acontece que sei algo sobre isso, porque ainda em Harwich comprei, numa pequena livraria católica, um comentário acadêmico de São Marcos. Não tendo nada melhor a fazer naquele encouraçado, li-o de ponta a ponta e depois, com raiva, atirei-o no mar. Nem consigo lembrar quem o escreveu. No entanto, aquela pequena obra ficou na minha memória, porque, de uma forma muito estranha, misturava fé com uma argumentação política e econômica. O autor demonstrava que o povo escolhido sempre sofrera de uma doença provocada por escrituras sagradas e profetas, além dos fariseus que infernizavam a vida de todos para que os preceitos contidos naquelas escrituras fossem seguidos à risca. Se, por um lado, aquilo tinha aparentemente algo positivo, já que as escrituras unificavam o espírito da nação e permitiam sua sobrevivência, por outro, por causa desses policiais ortodoxos, as mesmas escrituras poderiam acorrentar o espírito da nação; limitá-lo e atrapalhar o seu livre desenvolvimento. Está claro?

Wanda fez um sinal afirmativo com a cabeça, e Ernest continuou:

— Com o passar do tempo, aqueles rituais superficiais que, na sua origem, tiveram importantes razões históricas, religiosas, étnicas, dinásticas e até simplesmente higiênicas, como a obrigação de lavar as mãos e

[29]A mais alta corte jurídica e eclesiástica do antigo Israel. (*N. do T.*)

utensílios, a circuncisão, o Sabath, o comprimento das franjas no xale de rezas, tornaram-se mais reais do que as que os originaram. Mas tais origens são importantes, pois elas é que determinam as razões pelas quais esses rituais devem ser mantidos. E daí que se forma um sistema de valores de uma certa cultura. E, quanto mais os membros daquela cultura ou daquela sociedade compreendem o elo que liga o motivo com o costume ou, melhor ainda, quanto menos aquele elo se apaga, mais fácil é seguir aqueles preceitos que, na verdade, são normas ou princípios que evitam que uma parte daquela sociedade se atire sobre as gargantas da outra. Além disso, os ortodoxos acreditam piamente que todas essas regras complicadas devem ser seguidas, sobretudo para que a nação esteja unida no momento em que, finalmente, Deus aparecer e precisar dela para realizar seus desígnios divinos. E foi em função deste objetivo que surgiram multidões de diversos Messias e profetas no meio do povo escolhido, que competiam entre si na conquista de adeptos através de promessas, teorias e milagres. Acontece que o povo escolhido era ignorante, assim como a maior parte dos povos que acha que, por um motivo ou outro, é o escolhido. Além disso, os judeus acreditavam que tinham o dom de reconhecer dentre os falsos profetas aquele que se revelaria o verdadeiro. Tal dom era baseado em diversas experiências, algumas, como você deve saber, muito sangrentas.

Ao notar uma sombra de incompreensão nos olhos de Wanda, Ernest acrescentou com grande afã:

— Eu lhe contarei isso numa outra ocasião, mas o fato é que, no meio daqueles estudiosos de escrituras e de questões messiânicas, surgiram alguns totalmente insanos, como um dos membros da família real dos macabeus, que mandou matar, ou crucificar, três mil fanáticos. Mas deve-se presumir que a espera pelo Messias era uma forma de manter a nação numa boa condição religiosa; afinal, o Messias conduziria seu povo para dominar o mundo por mil anos. Além do mais, isso mantinha todo o sistema em equilíbrio, e a estrutura do país era tão estável que os romanos decidiram conceder-lhe uma posição excepcional no seu império, dando-lhe bastante autonomia e permitindo-lhe manter a sua diferenciação. Aquilo era bom, tanto para os que governavam Roma quanto para os que governavam Jerusalém.

Ernest notou, mais uma vez, que precisaria entrar em mais detalhes:

— Para o povo escolhido, aquilo era bom porque não precisava manter um exército para defender as suas fronteiras e lutar com os vizinhos. Dessa forma, podia dedicar-se ao comércio e acumular capital. Para Roma, por seu lado, aquilo era conveniente por poder enviar para lá, como seus representantes, homens decentes e instruídos, e não alguns selvagens sedentos de dinheiro e saques. Pôncio Pilatos foi um homem extraordinário e muito culto. Para que o sistema funcionasse perfeitamente, Roma concordara que houvesse lá um poder local forte, representado pelo Conselho que, de certa forma, funcionava como o Senado romano. Quando um dos membros do Conselho morria ou pedia demissão, seu lugar era ocupado por um outro, aprovado pela unanimidade dos seus membros. O Conselho era formado por sacerdotes mais influentes, reconhecidos intérpretes das leis e outros membros importantes da comunidade. Partindo do princípio de que o povo era inculto, o Conselho não lhe dava voz em questões realmente importantes para o país. O povaréu poderia divertir-se nas festas por ocasião da colheita e decidir sobre a absolvição de um dos três ou quatro bandidos condenados à crucificação. Também, segundo a tradição, poderia conduzir julgamentos, não raramente sangrentos, de pequenas causas, com a participação de todos, que, graças a isso, se sentiam prestigiados. Isso ocorre em todas as partes do mundo e todos os governantes sabem muito bem disso. Por todas as razões acima, aquele Conselho, ou seja, o Sanhedrin, não via com bons olhos o aparecimento de um novo Messias, apesar de ter... veja que interessante... a espera do Messias inscrita nos cânones religiosos.

— Como é triste notar que tudo na história tende a se repetir — suspirou Wanda, encantada com a preleção de Hemmings. — Isso é praticamente igual ao programa dos bolcheviques.

— O que você tem em mente? — interessou-se Hemmings, tendo descoberto em si uma veia de professor.

Wanda fez um esforço para desenvolver o tema que lhe parecera fascinante, sem ter que se envergonhar pela simplicidade do seu raciocínio:

— Os bolcheviques também têm certos princípios inscritos na sua religião. Um deles é o da igualdade entre os homens... mas tente fazê-los lembrar-se dele. Imediatamente, eles virão com argumentos revolucionários, invocarão "necessidades superiores" e você terá sorte se não acabar em Lubianka[30] ou encostado num muro.

— O que é Lubianka? — interessou-se Hemmings.

Wanda sorriu misteriosamente e respondeu:

— Pergunte a Kazedub.

O major olhou para ela de soslaio, mas, como a piadinha de Wanda não parecia fazer sentido, retomou o fio da meada:

— Como você mesmo disse, há uma grande distância entre o códice e a realidade. Mas, além de tudo que já foi dito, há ainda uma questão muito importante: lá havia muito dinheiro...

— Lá onde? — perguntou Wanda, puxando os joelhos para baixo do queixo, já que estava cansada da posição anterior.

— No Templo, que era um só e ficava no centro de Jerusalém. E esse dinheiro, aparentemente em grande quantidade...

— Um momento, meu querido. De onde surgiu aquele dinheiro no Templo?

Hemmings não se lembrava exatamente daquele detalhe, mas, sendo um homem muito inteligente, respondeu de acordo com a sua inteligência — e não se enganou:

— Como, de onde? Não se esqueça de que cada membro pio do povo escolhido faz peregrinações ao Templo. Ele traz oferendas e a riqueza cresce, porque o Templo começa a fazer seus próprios negócios. Ah, sim! — lembrou-se da passagem que tratava daquele assunto. — Havia lá, no pátio e diante do Templo, suas próprias lojas. Além disso, prestavam serviços bancários, um *factoring* primitivo, compravam e vendiam ouro etc. Podiam até emitir cheques de viagem para os mais diversos bancos do mundo mediterrâneo, já que viajar com dinheiro vivo, tanto por terra quanto por mar, era muito perigoso.

— Então era a eles que Ele quis expulsar do Templo... os santos banqueiros... E eu, que sempre pensei que Ele açoitara aqueles vendedores de

---

[30]A mais temível das prisões de Moscou. (*N. do T.*)

bugigangas, santinhos, rosquinhas e algodão-doce, como nas quermesses de hoje... — disse a jovem, imaginando-se lá, absorvendo pelas narinas o cheiro de uma tarde quente, incenso, poeira, comidas de festa e suor de animais...

— Aqueles, Ele na certa não açoitara... — Hemmings confirmou as deduções de Wanda. — De qualquer modo, deveria haver muitas pessoas interessadas naquele dinheiro. Na própria Roma não faltavam espertalhões que bem que gostariam de pôr as mãos naquele tesouro, mas eles precisavam de um excelente pretexto. E um excelente pretexto seriam distúrbios provocados por um líder popular. Um Messias bondoso e fácil de agarrar, de preferência um que pudesse realizar milagres, como ressuscitar um morto ou transformar água em vinho seria alguém ideal para eles, você não acha?

— Certamente. Para você, ele seria mais convincente se transformasse a água num uísque de 16 anos... Lógico que seria, só que apenas como uma ferramenta e por pouco tempo! Estou certa?

Hemmings, que adorava mulheres inteligentes desde que não fossem feias, elogiou-a sinceramente:

— Como se você lá estivesse. Na verdade, todos sabiam que Ele era completamente inocente, mas todos tinham um interesse concreto em livrar-se Dele. Até uma boa parte do povo escolhido, ansiosa para ver como morreria um milagreiro e um grande mestre. Não se esqueça de que, naqueles dias, não havia nem teatro nem cinema. Eis aqui uma parábola que mostra a forma pela qual um homem que acredita em ideais dignos e nobres pode tornar-se um instrumento nas mãos de patifes ansiosos por poder ou dinheiro. E saiba que a ânsia por poder e dinheiro é tal que se costuma saciá-la a qualquer preço. Mesmo se for para ter essas duas coisas apenas por um momento. E, agora, tire este cobertor e me beije.

Wanda empurrou Hemmings de tal forma, que as suas mãos, já estendidas na direção daquilo que desejava fazia alguns minutos, voltaram a desabar sobre o beliche.

— Calma. O interrogatório ainda não terminou. Tudo o que você me contou foi muito interessante, mas eu lhe fiz perguntas concretas. Não estamos em Jerusalém, mas a caminho de Irkutsk. Portanto, quero saber o que eles vão fazer com o almirante.

Hemmings espreguiçou-se preguiçosamente e bocejou. Preferia que a conversa tivesse tomado outro rumo.

— Formalmente, ele esteve sob a proteção dos tchecos, sendo que agora, quando foi transferido para o trem de Janin, ele continua, também formalmente, sob a proteção de quatro potências.

— Essa proteção formal lembra uma prisão domiciliar. Por que ele foi transferido para outro trem?

O major começou a ficar irritado com a persistência da jovem, bem como com o fato de não saber responder a todas as suas perguntas. Suspeitando quais eram as intenções de Janin, sua resposta não foi muito clara:

— Não sei exatamente a razão, mas suspeito que foi para mantê-lo longe do ouro. Você não ouviu quanto ele conseguiu gastar? Este trem está mais leve em quase 150 toneladas.

— Mas ele não o gastou com mulheres e caviar, mas na guerra, a qual vocês, Messias, apoiavam e que, de certa forma, conduzia em nome de vocês. Além disso, não foi só ele que andou gastando. Pelo que sei...

Mas Hemmings interrompeu-a:

— E aqueles caixotes despachados para Vladivostok e os depósitos feitos numa conta particular? — perguntou agressivamente, muito embora sua simpatia tendesse mais para o soturno Kolchak do que para os demasiadamente espertos tchecos ou a franco-britânica comitiva de Janin, a quem considerava um politiqueiro engomado. Em sua opinião, Janin era mais adequado para gerenciar uma loja de material de limpeza do que para comandar uma delicada operação multinacional que requeria intuição e capacidade de tomar decisões corajosas.

— Que argumento mais tolo! — respondeu Wanda. — Será que ele queria se precaver, ou pagar para si o soldo de comandante-em-chefe? Além disso, todos roubam e, provavelmente, Kazedub é o único que tem as mãos limpas. Não entendo dessas coisas, mas do ponto de vista da lógica e dos direitos internacionais, não se sabe realmente a quem aquele ouro pertence. E você, seu espertinho, não pensou nos poloneses? Quem sabe se não caberia a nós receber aquele dinheiro? Afinal, nós carregamos nas costas a família imperial por tantos anos... Isso não vale trinta vagões de ouro? Mas voltemos à questão crucial: o que Janin fará com ele?

Hemmings soltou um suspiro profundo. Estava claro para ele que aquela conversa não acabaria tão cedo, pois Wanda não era uma pessoa que desistia facilmente:

— Só posso lhe dizer uma coisa: ele não lhe fará mal algum. Só lhe faltava um novo mártir, depois de Nicolau. Pode ser que o almirante seja internado em algum lugar pelo caminho. Não sei. Pelo que pude perceber, um Kolchak derrotado é muito menos atraente para todos do que um Kolchak vitorioso. Caso tivesse vencido a ofensiva da primavera, provavelmente seria ele quem transferiria Janin para um outro trem, sob a proteção formal de alguém. Por enquanto, tudo indica que devemos nos apressar, porque os bolcheviques não estão brincando e cooptam cada vez mais adeptos, enquanto à nossa frente se multiplicam os tais "socialistas revolucionários". Só o diabo sabe quem são eles, mas, para mim, devem ser uma variante daquela doença vermelha. Portanto, não temos quem simpatize conosco, nem atrás, nem à frente, e temos que depender dos tchecos, o que não me agrada de forma alguma. Preferiria estar mais perto dos nossos destacamentos e de Graves; assim, pelo menos, teria com quem beber. Aqui, sinto-me totalmente deslocado.

Hemmings tagarelava apenas para poder colocar distraidamente a mão no joelho de Wanda, mas esta bateu na sua mão como num mosquito, e ele a recuou, muito embora ansiasse por tocar de novo o seu corpo.

— Portanto, você acha que ele não corre perigo? — perguntou Wanda, não podendo livrar-se do sério e soturno olhar do almirante.

Os olhares que ele lhe lançara com freqüência durante aquela reunião pareciam indicar que esperava encontrar nela — a única mulher presente — um pouco de compreensão pelo seu cansaço e pela sua indiferença quanto ao desenrolar dos acontecimentos. Hemmings, com um gesto decidido, sentou-se ao seu lado e abraçou-a carinhosamente, aninhando a sua cabeça no seu largo peito. Havia, naquele gesto, um misto de emoção de amante com uma postura protetora de pai.

— Tenho certeza de que nada de mau lhe acontecerá da parte do governo dos Estados Unidos — falou. — Acredito que o mesmo se aplica aos japoneses, mas o que inventarão os seus chefes, o comedor de rãs e aquele bando tcheco? Por eles, não posso garantir coisa alguma. No que se refere aos britânicos, você deve saber mais do que eu, já que, afinal de contas, você trabalha para eles.

Wanda ajeitou sua cabeça no aconchegante peito de Hemmings e respondeu:

— Foi você que me envolveu nesse trabalho. Está lembrando? Basicamente, você me forçou a aceitá-lo. Agora, eu já nem sei para quem estou trabalhando. Imagino que não tenho mais nenhuma utilidade para os britânicos, mas quer saber de uma coisa?

— O quê?

— Às vezes, tenho a impressão de que poderia trabalhar para Lênin.

Wanda assustou-se um pouco com o que acabara de dizer, pois aquilo não parecera uma piada. No entanto, continuou a falar com desenvoltura daquela idéia inesperada, principalmente pelo fato de Hemmings não só não protestar como fazer atentos sinais positivos com a sua cabeça, enquanto ouvia as suas palavras.

— E você sabe por quê? Imagino que isso possa soar muito estranho, já que o considero um homem perigoso que poderá algum dia explodir o mundo todo, mas... sinto-me atraída por ele, uma vez que, sendo bom ou mau, louco ou menos louco, sanguinário ou pacífico, não interessa, ele mudará o mundo. Pois disso ele é capaz. Basta observar como as coisas e as pessoas já mudaram apenas pelo fato de que ele assim quis.

Hemmings interrompeu-a como se interrompe uma criança que inventa histórias irreais:

— Vamos com calma. É verdade que esse seu Lênin sabe puxar as mais diversas cordinhas políticas e sociais, mas nem todos os fantoches dançam no seu teatrinho da forma como ele gostaria. Além disso, ele não conseguiu me convencer de que está em condições de prever todas as conseqüências da sua utopia. Finalmente, não consigo compreender uma coisa: você realmente acha que isso seria um bom motivo para segui-lo?

Havia, naquela pergunta, uma certa dose de inveja masculina, pois Hemmings nunca sonhara em dominar almas. E eis que, agora, se deu conta de isso ser algo possível. Para isso, é preciso ser muito motivado, determinado e ter uma boa causa, e ele jamais teve vontade de juntar essas três coisas. Até então, a junção dos seus valores sempre funcionara, com ótimos resultados, sobre as mulheres — e isso lhe bastava.

— Você não quer compreender isso por ser demasiadamente acomodado, mesmo no seu jeito de raciocinar. Mas é um excelente motivo: estar próxima de um demiurgo. É como dispor de uma parte do seu poder.

— Não será por isso que os anjos se agrupam tanto em torno de Deus?

— Certamente que sim e, ao que parece, foi por isso que um deles se opôs a Ele — respondeu Wanda, mudando logo radicalmente de assunto: — Ernest, você me contou uma história muito interessante e eu lhe prometi contar uma outra, também capaz de cativar o seu espírito...

— A de como você depravou aquela radiotelegrafista?

— Meu Deus! Como você pode saber disso? Só se dormiu com ela! Ela lhe contou? — Wanda estava muito impressionada.

— Quer dizer que acertei? É óbvio que não sabia. Como poderia? Mas sempre achei que você iria querer experimentar também isso e não estou nem um pouco espantado, pois também tenho uma natureza lésbica — respondeu Hemmings, olhando para ela de soslaio, aguardando sua reação.

— O quê?! — exclamou Wanda, não entendendo a sua piada.

— Adoro mulheres! — respondeu imediatamente, soltando uma risada.

Para sua surpresa, Wanda não achou graça e ficou repentinamente séria.

— Acho que eu também — disse. — Às vezes... nem sempre. Os homens não podem compreender isso, a não ser aqueles que... você sabe... que fazem aquilo entre si.

— Sei — ajudou-a de imediato. — Não precisa ficar envergonhada. Eu também já tive uma experiência dessas, que não deixou seqüelas e sobre a qual nunca tive vontade de falar. Não foi nem um pouco excitante, e além disso... — pensou por um momento. — Na verdade aquilo não passou de uma bobagem; uma tolice cometida depois de uma bebedeira. Não tenho nenhuma tendência para aquilo, mas estou contente por tê-lo tentado. É preciso saber dessas coisas, pois isso é muito melhor do que ficar conjeturando e suspeitando de si mesmo.

— Então você já fez isso? Que bom, porque assim você compreenderá melhor do que estou falando. E agora, abrace-me com força e pode tocar-me delicadamente... assim... mas apenas assim.

25

Ainda no compartimento de Hemmings

WANDA GOSTAVA DE RELEMBRAR aquela noite, portanto falar dela causava-lhe prazer. Além disso, é preciso acrescentar que, até ela se mudar para o compartimento de Hemmings, não foi só uma noite, mas várias — e Wanda não sabia dizer qual delas deveria ser considerada como a mais apetitosa e mais digna de ser relembrada. Diante disso, resolveu aproveitar o relato para fazer uma compilação. A verdade não sofreria com isso, enquanto a narradora soaria muito mais atraente.

— Foi assim — começou. — Quando os tchecos tomaram o trem, tivemos que ficar todos no vagão principal. Além disso, as minhas "obrigações de agente secreta", ou seja, preparar o chá e fazer as camas foram assumidas por aquele tcheco gordo, que as executava muito melhor do que eu. Tendo deixado de ser uma serviçal, pude abandonar o meu compartimento de empregada e passar para o compartimento de Salomea. Era um compartimento como este, com seu próprio banheiro, e ficava perto da cabine de retransmissão. Você não pode imaginar como ela o transformou num lugar tão aconchegante. Aquela jovem tem um talento inato para isso. Na vida civil, ela deveria ocupar-se com decoração de interiores; só que, quando os bolcheviques assumirem o poder de vez, não haverá o que decorar. Ainda em Kazan, ela comprou algumas tapeçarias, tapetes, utensílios caseiros e frutas secas, transformando-o num cantinho extremamente agradável. Além disso, Salomea é uma excelente dona-de-casa. Você precisava ver os potes de geléias, picles, cogumelos. Ela tem até um fogareiro a álcool, no qual pode cozinhar o que quiser.

* * *

Wanda ficara realmente surpresa com os dons da colega, tentando imaginar de onde teria vindo aquele talento todo, já que ela nunca soubera acumular bens, acreditando que, para viver, bastavam apenas as coisas indispensáveis. É verdade que gostava de vestidos caros e adorava sapatos de luxo, mas aquilo somente se poderia desejar em tempos normais. Por outro lado, jamais lhe passara pela cabeça fazer um estoque de provisões.

— Sal, para que você precisa de tantos potes de cogumelos?

Salomea, ocupada com a arrumação da despensa no beliche superior (o compartimento era para três passageiros), olhou para a amiga de uma forma superior; era um olhar com que costumamos agraciar as pessoas que não compreendem os evidentes, embora mínimos, detalhes da vida cotidiana.

— Eu mesma me tenho perguntado isso por mais de uma vez. Deve ser por influência de Natan. O fato é que eu gosto disto, de arrumar e administrar uma casa e, quando estou fazendo isso, penso melhor.

— Seu pai também é tão precavido? — perguntou Wanda, tentando imaginar Natan Szlifersztajn fervendo potes e fazendo conservas de cogumelos.

— De uma forma extraordinária. Lá em casa... obviamente antes da chegada dos bolcheviques... havia de tudo o que você pode imaginar. Mas o que o papai fazia para que nunca tivesse demais ou de menos, isso não posso lhe dizer. Ele deve ter feito um curso de administração de armazéns — o que não me espantaria de todo, pois ele sabe de muitas coisas.

— O que você quer dizer com "havia de tudo"?

Salomea deixou os potes em paz e sentou-se ao lado de Wanda:

— Imagine-se voltando do teatro. É tarde da noite. Em princípio, é tarde demais para comer, mas você tem um desejo repentino de beliscar algo, de preferência lendo um livro que tem folheado ultimamente. Aí, digamos que você gostaria de...

— Comer pêssegos em calda e tomar uns goles de um excelente licor de menta! — Wanda conseguiu antecipar-se à Salomea.

— Então você vai à sala de jantar, abre a parte superior e a inferior de um maravilhoso armário de amendoeira. De cima, tira uma garrafa de Chartreuse e, de baixo, uma lata de pêssegos.

— Você não está me gozando? — perguntou Wanda, deitando-se de costas, com a cabeça apoiada nos braços erguidos.

— De modo algum — afirmou Salomea, acrescentando logo em tom de reprimenda, pois embora tratasse Wanda de uma forma amigável, considerava-se dona do compartimento: — Por que você está deitada de botas?

— Porque gosto de me deitar de botas, imaginando que alguém possa apiedar-se de mim e tirá-las dos meus pés.

Salomea entendeu a indireta e tirou as botas da amiga, colocando-as arrumadas num canto. Wanda colocou os seus pés vestidos com grossos meiões de lã — grandes demais, mas limpos e cheirando a sabão militar — no colo de Salomea.

— Você está sofrendo por causa daquela noite? — perguntou.

Aquilo não fora muito delicado, mas, desde o momento em que os tchecos tomaram o trem, nem uma nem outra tiveram coragem de abordar o assunto que se passara naquela noite. Salomea pareceu estar aguardando por esse momento.

— Não consigo lidar com aquilo — respondeu e, fingindo que estava agindo involuntariamente, começou a brincar com os delicados dedos dentro dos meiões da amiga, que, de uma forma engraçada, pareciam ajustar-se aos movimentos da sua mão.

Wanda decidiu aplicar a melhor das terapias possíveis. Uma demonstração de compaixão ou tentativa de consolo se revelaria um erro. Nessas horas, é preciso de força e apoio:

— Mas, afinal, o que se passou? Você conseguiu adestrar o garoto?

— Não! Na verdade não aconteceu quase nada.

Salomea não estava certa de que Wanda devesse conhecer todos os detalhes.

— Quaaaase? — Wanda prolongou a vogal, grata pelas carícias nos dedos dos seus pés através dos grossos e rudes meiões e sonhando com o toque da mão da Salomea sobre a sua pele desnuda. — Mas não preciso mais chamar você de "donzela Salomea", não é verdade?

— Não, não precisa — respondeu Salomea, enrubescendo lindamente e adicionando, como se quisesse justificar o seu rubor —, mas a verdade é que, por dentro, sinto-me completamente pura; como se nada tivesse acontecido, porque quase nada aconteceu.

Wanda protegeu os olhos com a mão, incomodada pelo brilho da lâmpada do teto da cabine, e olhou atentamente para sua "co-locatária".

— Você está abusando deste termo "quase". Exatamente como aquele guarda a quem o chefe de polícia perguntava como estava indo a caça a um assassino.

E, como Salomea não demonstrou um grande interesse no desenrolar daquela história, Wanda completou-a:

— Ele sempre respondia: Excelência, ele quase está nas nossas mãos!

Mas Salomea apenas sorriu com o cantinho dos seus lábios sírios, e perguntou:

— E o que aquele "quase" tem a ver com o meu "quase"?

— Tudo — respondeu Wanda, continuando a proteger os olhos. — A perda da virgindade é como saltar de um trem. Pode-se saltar, ou ficar. Não é possível "quase" saltar.

— Muito bem — a mão de Salomea apertou os pés de Wanda com uma força inesperada. — Não tenho mais aquele pedacinho de pele, se é disso que se trata, mas isso é tudo. Nem cheguei a sentir direito.

— E você queria ter sentido direito?

— Lógico que sim. Não se esqueça de que fui eu que o provoquei.

— Sim. Estou lembrada. Você estava excitadíssima. Mas por que não deveria estar? Você é fogosa e, como pude depreender dos seus relatos sobre aquele teatrólogo...

— Dramaturgo! — corrigiu-a Salomea, que gostava de dar a pessoas e coisas a terminologia adequada.

— Que seja! Pelo que pude deduzir, você ansiava por aquilo havia muito tempo.

Salomea não lhe permitiu continuar. Tinha um problema e procurava ajuda:

— Quer saber de uma coisa? Um pouco antes e um pouco depois, tive a impressão de que amava Ivan; cheguei a dizer-lhe isso.

— E agora? — Wanda daria uma grande psicanalista.

— Agora, parece-me uma grande tolice, mas há dias e momentos em que me sinto mal e daria tudo para que aquilo não tivesse acontecido. Dá para entender isso?

Os pés de Wanda aconchegavam-se às mãos da outra jovem como filhotes de cachorro de poucas semanas; como se quisessem brincar e ser acariciados. Naquele momento, por exemplo, Wanda esforçava-se em reter a mão de Salomea entre eles, como se eles fossem aqueles pauzinhos que os japoneses usam em vez de talheres.

— Só poderei entender quando você, finalmente, criar coragem e me disser o que a aflige além da perda da virgindade.

— Pois nem eu mesma sei por que isso é tão desagradável.

— Vá contar isso para outro — respondeu Wanda num tom quase agressivo. — Você sabe muito bem, só está com vergonha.

— Vergonha de quê?

— De o motivo poder parecer... hmm, como posso dizer isso?... pequeno-burguês... sim, creio que essa é a palavra adequada. Tenho certeza de que você não quer parecer uma babaca com preconceitos tolos. Estou certa?

Salomea não respondeu e, segurando os agitados filhotes nas mãos, fez um aceno positivo com a cabeça, enquanto duas lágrimas apareciam nos cantos dos seus olhos.

— Peguei você — disse Wanda, mas na sua voz não havia triunfo por ter resolvido a charada. — É exatamente pelo fato de ter vergonha dessas reações vulgares que poderá transformar-se numa babaca pequeno-burguesa. Não se deve ter vergonha dessas coisas. Você está com pena porque Kazedub foi o primeiro? Que foi exatamente ele e que não haverá mais castidade para ser oferecida a um São Jorge ou um outro bundão qualquer digno desse nome?

Wanda fazia preleções com grande prazer, como costuma acontecer quando isso é fácil, mas também porque agia em causa própria. Entendia como podia ser doloroso dar-se conta de que não vai ser mais possível oferecer a castidade a alguém a quem realmente se aguarda e com quem se deseja passar o resto da vida. Ela mesma permitira que aquele "pedacinho de pele", como Salomea o chamara, fosse rompido por um homem que não era adequado para ser um parceiro de muitos anos. Ernest era um grande amante e o homem mais bem-dotado de humor do mundo, mas jamais lhe passara pela cabeça passar o resto da vida com ele, ter filhos com ele e envelhecer ao seu lado. Seria como se ligar a uma foca amestrada capaz de fazer malabarismos com pratos em cima de pauzinhos. Haveria muita diversão — e pouca utilidade.

— É isso mesmo — respondeu Salomea, aliviada pelo fato de seus motivos não terem sido ridicularizados, mas compreendidos. — Estou com pena, e você nem pode imaginar o quanto.

— Em sua opinião, Kazedub não merece o título de ser o primeiro homem da sua vida? — perguntou Wanda, semicerrando os olhos porque as mãos de Salomea tocaram num ponto extremamente sensível do seu tornozelo.

— E você viu como ele se comporta? — queixou-se Salomea. — Praticamente baba nos ovos de Kravak. De bolchevique, transformou-se no principal guarda-livros tcheco.

Wanda resolveu tirar os meiões, mas sem a ajuda das mãos. Para tanto, enfiou um dos dedos por baixo da aba de lã e, contorcendo-se no beliche, começou a executar a complicada tarefa.

— Bolchevique?! Ele?! Sal! Caia na real! O seu papai é mais bolchevique do que ele! Ele é um camaleão. Se este trem tivesse sido tomado por marcianos com antenas verdes nas cabeças, Ivan daria um jeito de colocar um par delas na sua e, com a mesma dedicação, zelaria por este ouro para eles como o faz para os tchecos. Ele não vale nada, e talvez eu não devesse ter salvado a sua vida, mas estava pensando em você. Ele me interessa tanto quanto a neve do inverno passado. Eu não trocaria um só fio do seu cabelo por uma dúzia desses Kazedubs. Muito embora...

— Muito embora o quê?

Salomea decidira aceitar o jogo de Wanda e passou a ajudá-la a tirar os meiões. O que estavam fazendo poderia continuar sendo uma ajuda amigável normal: uma jovem massageando os pés exaustos de outra (mas por que eles haveriam de estar exaustos?) e ajudando-a a tirar os meiões. No entanto, ambas sabiam que as aguardava um momento no qual a conveniente camuflagem de pura amizade se tornaria inútil. Por ora, nenhuma das duas queria dar o primeiro passo, embora ambas estivessem excitadíssimas.

— Muito embora deva confessar que me desarma a sua excepcional beleza, além do fato de nós duas termos tratado dele quando esteve doente. Você se lembra? Provavelmente, aquilo influiu na minha decisão de convencer Kravak a poupá-lo. E quero que você saiba que aquela besta tcheca não é apetitosa.

— Você não se entregou a ele! — exclamou Salomea, horrorizada com a imagem da sua bela amiga nos baços do engomado guarda-livros.

— Não. Mas, para conseguir isso, tive que permitir que ele me apalpasse um pouco... evidentemente por cima da roupa. Você há de convir que isso não foi um preço muito alto pela vida do belo conformista. Quanto a Kravak, ele é uma vítima ideal para uma agente secreta. Em menos de dois minutos estava de joelhos diante de mim, babando como um cão terra-nova. Cheguei a temer que ele fosse satisfazer a si mesmo, através daquelas suas calças impecavelmente passadas.

— O que é cão terra-nova?

— Não sei muito bem. É uma raça de cães que são exímios nadadores e mergulhadores. Nunca vi um, mas imagino que tenham pêlos curtos e lisos e que babem muito. De qualquer modo, é possível pensar que Kravak seja parecido com eles, tanto no focinho quanto no caráter — respondeu Wanda. — Não me diga que você ficou com ciúmes. Você sabe muito bem que eu gosto de fazer amor e que, para isso, basta que eu ache o homem um pouquinho atraente. Você acha isso reprovável?

— Eu não disse nada parecido — defendia-se Salomea. — Só acho que eu não conseguiria.

— Porque você nunca tentou. *Pardon*! Tentou, mas logo teve que meter na sua cabeça que estava apaixonada e agora fica sofrendo como se tivesse acontecido algo importante. Foi uma pena esse tcheco ter interrompido vocês, pois gostaria de saber como você se comportaria caso pudesse exercitar-se um pouco mais com Ivan. O que foi? Eu estava brincando — Wanda se conteve, porque Salomea, num gesto repentino, retirara as suas mãos deliciosas dos seus pés. — Não fique chateada. Não pare... é tão gostoso. Gostaria de tirar as meias de baixo, as de seda. Você tem algo contra isso?

— Por que haveria de ter? Este trem está aquecido demais. Vai ser preciso falar com o maquinista para diminuir o aquecimento.

Salomea falava mais do que era preciso para ocultar a excitação e o quase incontrolável desejo de tirar as meias de Wanda, olhando fascinada o seu erguer dos quadris e o desabotoar das presilhas.

— Onde você conseguiu estas meias? São de seda pura?

— Puríssima. Ganhei de Kravak, junto com um montão de outras coisas. Eles devem tê-las tirado de algum armazém que continha objetos roubados anteriormente pelos vermelhos. Entre outras coisas, ele me deu lindas roupas de baixo, na esperança de me ver nelas, mas pode ficar esperando. Você gostaria de experimentá-las?

— Mas que idéia! — respondeu Salomea, meio recusando, meio interessada.

— Não faça cerimônia. Você não está lembrada de que me deu algumas roupas em Kazan? Sal! Pare com isso! Trata-se apenas de roupas de baixo! Não estou lhe propondo um colar de diamantes. Além disso, na certa elas são roubadas. Pare com essas suas bobagens e vamos fazer um desfile de moda — falou enfaticamente Wanda e, levantando-se de um pulo, dirigiu-se para a prateleira sobre a porta, na qual estavam as suas malas.

* * *

— Não! Não acredito que vocês fizeram isso! — interrompeu-a Hemmings.

Imaginou uma noite siberiana. Do lado de fora, um frio insuportável e escuridão total, cheia de perguntas, dúvidas e distantes — porém palpáveis — demônios da incerteza. Em outras palavras: nada de concreto, além dos trilhos diante do trem e que, de qualquer modo, poderiam estar minados, ou até já retorcidos. Em compensação, no interior do aconchegante compartimento, uma porção de coisas excepcionais, mágicas e desejáveis: duas jovens de rara beleza experimentando luxuosas roupas de baixo. O major Hemmings, muito embora fosse, nas últimas semanas, um homem até excessivamente acalmado do ponto de vista físico, começou a ficar excitado, sendo a sua excitação mais provocada pelo contraste daqueles dois mundos imaginários do que por um mero desejo sexual.

— E por que não? Você nunca brincou de transformista quando criança? Nunca tirou do armário roupas dos seus pais ou do seu irmão mais velho e ficou se mirando no espelho, admirando a sua nova aparência?

Wanda estava zangada por ter sido interrompida na construção da sua narrativa feita com tanto esforço. Quanto a Hemmings, não se preocupou com a sua irritação, nem chegou a corrigi-la dizendo que não tinha um irmão, mas uma irmã mais velha.

— Claro — respondeu. — Todas as crianças brincam disso, mas fazer um desfile de modas no trecho entre Omsk e Irkutsk da ferrovia Transiberiana, isso já não é tão comum assim...

Wanda lançou-lhe um olhar de fúria:

— Você está aqui há apenas algumas semanas e já está ficando bobo de tanto beber, amar, se entediar e falar de política. Nós já estamos aqui há dois anos. Talvez você não queira acreditar nisso, mas o fato é que não tem como fugir deste trem. Fugir para onde? Para uma imunda sala de espera de uma estação qualquer, com vidraças partidas através das quais você poderá ver os pés de um enforcado e onde poderá, a qualquer momento, ser atacado por um dos diversos exércitos que combatem por aqui? Cada um de nós terá que chegar ao lugar que lhe foi predestinado. E não pense que você está numa situação privilegiada só por estar no time que está ganhando. Compreendeu? — explodiu.

E, quando Hemmings fez um sinal afirmativo com a cabeça, voltou a falar:

— Então, tente imaginar o que este comboio fez conosco! Imaginou? Então, dê-se por satisfeito por eu não estar latindo e não estar pulando como um macaco de uma rede protetora de bagagens para outra, ou por não ter organizado um golpe palaciano, *pardon*, ferroviário. Seria um ditador, como aquele infeliz almirante, e nomearia Salomea como minha assistente para questões de aprovisionamento de pepinos e cogumelos. Introduziria regras rígidas de disciplina: a cada manhã, todos teriam que ter aulas de piano e compor versinhos engraçados sobre Kravak; os melhores seriam premiados com moedas de ouro, e os piores, atirados para fora do trem, para morrerem de frio. Quaisquer conversas políticas seriam passíveis de cinco anos de fuzilamento, ou algo ainda pior, como, por exemplo, uma lavagem intestinal. Portanto, peço-lhe que não me interrompa, pois descobri algo que me dá prazer: contar. Quem sabe se, em vez de ser uma cravista, não deveria ter sido uma escritora? Além disso — Wanda mudou repentinamente de tom —, quem lhe deu permissão para parar de me tocar?

* * *

Na seqüência do relato, Hemmings soube que Salomea tinha objeções a despir-se na frente da amiga. Diante disso, Wanda sugeriu:

— Você está com vergonha? Compreendo. Espere um momento, enquanto eu escolho algumas peças. Depois irei para o banheiro, muito embora, para tirar as calcinhas naquele espaço, vá ser preciso plantar bananeira.

Salomea permaneceu com os olhos abaixados, aguardando que Wanda escolhesse as peças do vestuário e recolocasse a maleta no lugar. Pouco tempo depois, quase no mesmo instante em que acabou de se vestir, soaram na porta do pequeno banheiro leves pancadas, e uma voz fininha anunciou:

— Estou pronta.

Momentos depois, estavam uma diante da outra. Embora não tivessem combinado, ambas escolheram roupas pretas. Wanda trajava curtos calções adornados nas suas bordas por um delicado rendado, que chegavam à metade das suas coxas, e uma camiseta de seda que chegava à sua barriga, suspensa nos ombros por duas fitinhas. As duras pontas dos seus mamilos se destacavam claramente através do fino e ondulante tecido. Salomea escolhera uma cinta delicada, à qual prendera um par de meias de renda mais apropriadas para uma cantora de cabaré, um sutiã bordado e, sobre isso, uma sobrecapa com gola de renda que lhe chegava até o meio das coxas. O traje era completado por uma minúscula calcinha preta que, de tão pequena, parecia nem existir. As jovens ficaram se admirando mutuamente, sendo que Wanda chegou a fazer uma pirueta para mostrar o reverso da sua combinação. Quando terminou o passo de dança, Salomea segurou-a delicadamente pelos ombros e deu-lhe um caloroso beijo na bochecha. Depois, as duas sentaram-se no beliche e, como se tivessem combinado, encolheram as pernas debaixo de si.

— Está se sentindo melhor? — indagou Wanda.

— Sem dúvida — respondeu Salomea com satisfação, sentindo-se leve e alegre como não se sentia havia muito tempo. — A tal ponto — acrescentou — que acho que vale a pena beber algo.

Wanda foi até a sua mala mágica com os presentes de Kravak, dela retirando uma misteriosa garrafa verde com o rótulo impresso numa língua estranha para ambas.

— Mais um presente do major. Ao que parece, é uma especialidade tcheca. Você se lembra daquela bebida que compramos em Kazan? Que coisa horrível... mas aquilo era coisa de amador. Aqui, temos diante de nós uma bebida profissional. Ainda não a experimentei e não sei se é boa ou não, mas todas as experiências são válidas.

— Pois vamos nos sacrificar em prol da ciência. O que representam as nossas míseras vidas diante dos resultados dessa experiência? — respondeu Salomea, levando o rótulo para perto dos olhos (porque era míope). — Pelo que entendo de química orgânica, isto é uma excelente *sliwowica*[31] tcheca.

— E como se bebe isto? — interessou-se Wanda.

— Em cálices de cinqüenta mililitros. De preferência junto com uma cerveja clara, algo que não temos. Por que você não vai pedir a Kravak? Basta que lhe mostre metade da sua bunda e ele lhe dará uma cervejaria inteira. E, para tira-gosto, o melhor seria uma salsicha tcheca com pãezinhos brancos, obviamente com muita mostarda; daquela que arde na língua.

— Não estou com vontade de me vestir e, nestes *dessous* não é recomendável andar pelos corredores. O pobre Kravak poderia ter um infarto. Pelo que sei dos costumes deste trem, Svoboda e Kazedub estarão no vagão-restaurante. Você não está surpresa em ver como aqueles dois estão se dando tão bem?

Sem esperar pela resposta de Salomea, Wanda tagarelava sem parar, sabendo que não podia dar tempo à amiga para refletir, já que esta poderia recuar ou, o que também era indesejável, entristecer.

---

[31]Vodca feita de ameixas, muito popular em todos os países da Europa Oriental. (*N. do T.*)

— Teremos que nos conformar com os seus cogumelos e outras coisas que você possa ter. A propósito, qual é o teor alcoólico desta bebida? — interessou-se como uma alcoólatra querendo calcular quantas horas de felicidade etílica poderia haver naquela garrafa.

— Deve ser bastante alto — respondeu Salomea, tirando a garrafa das mãos de Wanda e destampando-a com destreza. — Vamos beber, pois sinto-me tola só com roupas de baixo. Gostaria de já estar com a cabeça girando.

— Então, à saúde!

Wanda pegou a garrafa das mãos de Salomea e sorveu um longo gole diretamente do gargalo, inclinando a cabeça para trás, como um camponês russo iniciando o seu *zapoj* semanal.

— Muito bom! — declarou, reconhecendo a habilidade dos fabricantes de bebidas tchecas.

Em seguida, soprou nas suas mãos formadas em conchas, para verificar como cheirava o seu ar expirado. Cheirava a um misto de cevada com geléia de ameixas.

— Agora é a sua vez. Não se acanhe, e tenha em mente as suas tradições familiares.

Salomea pegou a garrafa e tomou um trago com a mesma bravura de Wanda.

* * *

— Que pena, Ernest, que você não esteve lá, naquele compartimento, e precise depender do meu relato. Você já me viu com roupas de baixo, mas tente imaginar nós duas, praticamente nuas e olhando-nos mutuamente com simpatia. E não só com simpatia, mas com esperança.

— Esperança do quê, com todos os diabos?

Embora Hemmings a tivesse interrompido pela segunda vez, a vontade de Wanda em continuar com a sua história era tão grande que ela nem chegou a reclamar. O fato de Ernest lhe fazer perguntas revelara-se um complemento, que lhe permitia olhar para o seu feito com certo distanciamento. Teve a impressão que aquilo que estava contando se inscreveria para sempre na matriz daquela parte da memória que, nos cérebros de pessoas extremamente talentosas, responde pelas tendências literárias.

O que ela não sabia é que uma coisa não transcrita imediatamente sobre papel e apenas guardada no arquivo da memória começa a sofrer sua própria dissolução temporal. No entanto, a literatura, que de qualquer modo haverá de emergir um dia daquelas superficiais anotações mentais, só teria a ganhar com isso. O tempo age sobre aquela riqueza literária como a maturação de uma bebida alcoólica num tonel de carvalho: adiciona-lhe sabor e aroma. Além disso, coisas desnecessárias e não literárias se depositam nas paredes daquele tonel temporal, transformando-se em substâncias etéreas incapazes de serem absorvidas pela mente, e quando, anos depois, se mergulha no tonel uma medida e se derrama o seu conteúdo, ele é um destilado literário tão perfeito que nem precisa de revisão.

— Esperança do quê? — retornou à questão. — Mas isso é óbvio. Salomea tinha a esperança de que, graças àquilo que estava por acontecer e que ela pressentia, iria conseguir esquecer Ivan. Quanto a mim, esperava ter a oportunidade de vivenciar algo que, para mim, sempre fora um mistério e um desafio. Além disso, meu caro — completou a frase de forma totalmente prosaica —, você ainda não tinha chegado, nem eu tinha a menor idéia de que você poderia entrar no nosso trem. Por causa dessa maldita missão, estava completando quase dois anos de celibato, se é que posso usar essa palavra. Por isso, ao escolher os papéis a serem desempenhados naquela noite, decidi que o de Sal seria o do homem. Dá para compreender a razão da minha escolha, ou preciso explicá-la a você?

— Explique, por favor — pediu Ernest, com toda a naturalidade. Sem saber como acabaria a história, preferira não fingir que entendera a razão.

— É muito simples. Naquela noite, eu precisava de um homem. Quanto a Salomea, achei que ela deveria, pelo menos uma vez na vida, sentir que estava dominando seu parceiro...

— De ponto de vista terapêutico?

— Evidentemente.

— Você é uma mulher excepcional — concedeu Ernest, com humildade e respeito.

— Se você acha isso, então mereço mais empenho da sua parte nessas suas carícias. Está me tocando de uma forma mecânica. Pense em mim como num delicado instrumento musical que requer técnica refinada para ser tocado. Por exemplo, não se pode manter sempre o mesmo tempo, como você está fazendo nos últimos cinco minutos. Precisa de alguns *au ralenti* ou *diminuendos*. De qualquer modo, é preciso colocar nisso mais alma e coração. Afinal, uma mulher é o mais belo dos instrumentos. Depois, Ernest, seria bom se você umedecesse um pouco os dedos, pois, além do prazer, você me causa dor. Será possível que eu, a sua melhor aluna, preciso lhe ensinar essas coisas?

Hemmings encheu-se de brios e dedicou-se à sua interpretação com tal afinco que Wanda mal conseguia acompanhá-lo. Mas, apesar disso, continuou com a sua narrativa:

* * *

— Tendo tomado a *sliwowica* de pé, ficamos nos entreolhando com grande satisfação, sendo que nenhuma de nós queria sentar-se primeiro.

Ernest, sentindo um duplo prazer — o de tocar Wanda e o que provinha da sua narrativa —, apenas sacudia a cabeça, querendo imaginar tudo da melhor forma possível. Tinha aquela sensação agradável de quando se lê um texto fascinante, quando queremos que ele dure o máximo possível e ficamos tristes com a certeza de que irá terminar. Entendia perfeitamente o temor de Wanda de que Salomea interpretasse o fato de sentar como um gesto provocador da próxima fase daquela noite. Salomea temia que, caso fosse a primeira a sentar, Wanda pudesse interpretar aquilo como um gesto de concordância e submissão. Era uma situação comumente chamada de "beco sem saída", e Wanda foi a primeira a compreendê-la.

— Então — disse —, como dizem na Polônia: "à outra perninha".

Tomou a garrafa das mãos da amiga e sorveu um novo gole, após o qual o compartimento pareceu ficar mais claro, e o soturno quadrinho pendurado sobre o beliche inferior representando uma paisagem invernal russa adquiriu mais vida.

— "À outra perninha"? — perguntou Salomea, pegando de volta a garrafa. — O que quer dizer isso?

— É uma expressão polonesa. Para você não perder o equilíbrio num pé só e cair de cara no chão.

— Ah, compreendi. Então, "à outra perninha" — disse Salomea, tomando um trago, após o que as duas, como se movidas por uma ordem, sentaram simultaneamente no beliche.

Era evidente que nasciam entre elas, embora invisíveis, mas nem por isso claramente sentidos, elos de empatia. Wanda, tendo se apercebido disso imediatamente, voltou a colocar os seus pés sobre as coxas de Salomea. Esta, por sua vez, com um suspiro de alívio, voltou a brincar com os seus dedos. Dessa vez, os pés de Wanda não estavam mais cobertos por nenhum tecido.

— Estamos bebendo de novo... Você não acha que isso está virando um costume?

— Só que, toda vez que bebemos, nada de bom resultou daquilo.

Wanda pensou um pouco:

— Ah, sim. Você deve estar pensando na última bebedeira, após a qual perdeu a virtude e os tchecos invadiram o trem. Mas o que de ruim ocorreu após a primeira, quando estávamos aplicando ventosas em Ivan?

E, antes que Salomea pudesse responder, respondeu a si mesma:

— Já sei. Ele sarou. Mas, sabe de uma coisa? Não consigo entender essa sua mudança em relação a Ivan. Primeiro, você se insinua a ele como uma colegial e, depois, faz um esforço para odiá-lo e torná-lo o mais repulsivo possível. Deixe isso para lá. Tudo vai se arrumar por si mesmo. Tenho uma proposta muito melhor para você.

— E qual seria? — indagou Salomea, aliviada pela mudança do tema.

— É que existe entre nós uma certa desproporção. Eu inventei um diminutivo para você: Sal, e o uso sempre quando quero lhe dizer algo simpático.

— E daí?

— Daí, você poderia também inventar um diminutivo para mim. Só lhe peço que não seja uma "Wandeczka" ou uma "Wandziula", para que eu não tenha que quebrar na sua cabeça esta garrafa de *sliwowica*.

— Não vai ser fácil — respondeu Salomea, deslocando as mãos para os maravilhosos joelhos de Wanda.

— Sei disso, mas se você conseguir inventar um nome bonito, eu poderia usá-lo para sempre, lembrando-me de você. E, se ele me agradar de verdade, então eu lhe permitirei muito mais do que estou permitindo agora.

Olhou para Salomea de soslaio, mas a parceira ainda não era experiente em jogos emocionais e eróticos, de modo que poderia ser surpreendida com facilidade. Não se dava conta de que era Wanda que ditava o ritmo dos acontecimentos, distribuindo papéis, levantando as questões adequadas e impondo a sua interpretação. Era um jogo perigoso porque, dependendo do nível de excitação, os papéis poderiam mudar repentinamente. Em função disso, nem passou pela cabeça de Salomea pedir um esclarecimento sobre aquele "muito mais", preferindo concentrar-se na procura do diminutivo.

— Como são mesmo esses diminutivos poloneses? Além disso, por que você quer ter um deles? Para mim, Wanda já é muito bonito.

— Já lhe disse que os diminutivos poloneses soam ridículos. Quanto ao meu nome, embora eu não o ache bonito, sei que é muito adequado à minha beleza.

— E como sabe disso?

— Porque isso foi me dito por todos os homens, sem exceção.

— Pois eu gosto do nome que tenho e nunca fiquei me indagando se ele reflete a minha personalidade.

— E o que lhe dizia aquele teatrólogo?

— Dramaturgo — corrigiu-a mecanicamente Salomea, acrescentando: — Micha gostava do meu nome. Quero dizer: ele nunca disse se o achava bonito ou não, mas afirmava que o seu som o excitava. Chegou a me explicar a razão disso, mas, naquelas horas, eu não prestava muita atenção ao que ele dizia. Imagino que você pode compreender isso.

— Que seja — interessou-se Wanda. — Mas como ele se dirigia a você naqueles momentos... você sabe... naqueles momentos em que se costuma falar várias coisas, querendo exprimir algo com elas?

— A que momentos você se refere? — perguntou Salomea, sabendo muito bem de que se tratava.

— Daqueles, por exemplo, em que você mantinha uma perna erguida junto da estante, e ele a beijava naquele lugar. Você me falou disso. Como ele a chamava naquela hora? Ou, ainda, como ele chamava aquele lugar que estava beijando?

Salomea fechou os olhos, e tudo veio de volta à sua mente — os livros, cujas lombadas lhe eram tão conhecidas enquanto Micha a beijava. Na verdade, olhava somente quando abria os olhos para ver se tudo estava em ordem e se ouvia os passos de Natan no quarto adjacente.

— Mi. Ele me chamava de Mi, e àquela coisa de "Pequena Mi".

— E o que este "Mi" tem a ver com Salomea?

— Não sei. Ele nunca conseguiu explicar. O apelido surgiu sem mais nem menos, mas eu acho que ele tem muito a ver com o nome Salomea e comigo mesma. E com Micha, pois ele também era "Mi" e eu costumava chamá-lo assim, antes e depois das nossas carícias. Aquilo me agradava, porque nos unia de uma certa forma e, às vezes, tive a impressão de que nunca poderia separar-me dele e que ficaríamos juntos para sempre, como irmãos siameses.

— Incrível — concluiu Wanda. — Acho que já lhe falei que gostaria de ter conhecido este seu Mi. Ele me agrada muito... Mas voltemos ao cerne da questão.

Segurou as mãos de Salomea, não lhe permitindo avançar acima dos seus joelhos, que, apesar do inverno, continuavam bronzeados.

— Nem um milímetro mais — ameaçou. — A não ser que invente algo realmente bonito. Quer tomar mais um trago para aguçar a sua mente?

Sem esperar pela resposta, Wanda levantou-se do beliche, foi até a mesinha e, com a habilidade de um barman profissional, serviu duas doses da especialidade tcheca. A Salomea não restou outra coisa a não ser tomar um trago e começar a pensar. Wanda ficou olhando para aquele esforço intelectual e, sentando-se junto da janela, começou a brincar com os dedos dos pés nas franjas de um cobertor de lã comprado pela amiga ainda em Kazan. Fazia aquilo com habilidade, como se estivesse se exercitando, sendo que os seus pés traziam à mente a imagem de patas de um camaleão. Quanto à Salomea, vinham-lhe à mente coisas inadequadas e não conseguia concentrar-se. Esforçava-se para formar abreviações ou diminutivos atraentes, mas sua mente produzia apenas monstrinhos aleijados. Sentia que não seria capaz... pelo menos naquele momento.

* * *

Hemmings ousou interrompê-la pela terceira vez:

— Posso saber por que você a atormentava tanto?

— E você não sabe? — respondeu Wanda, num tom usado por professores quando seus pupilos, apesar de exaustivos exercícios, não conseguem concluir determinada tarefa. — É muito simples. Em primeiro lugar, aquelas torturas são deliciosas, e você as conhece muito bem, tendo praticado esse procedimento divino com a pobre Wandeczka. Em segundo, eu queria que aquela coitada jovem, desvirginada de forma tão dramática e desnecessária, aprendesse a lidar com homens como se lida com um cavalo bravo.

— O que quer dizer...? — Hemmings ergueu os cenhos de forma sardônica.

— Com gestos delicados de pura intenção, imperceptíveis para um observador. Puxar as rédeas ferindo a boca com os freios, ou furar a barriga com as esporas, ou açoitar o dorso com um chicote... isso, qualquer um sabe fazer. A verdadeira arte consiste em fazer movimentos tão delicados que o garanhão fique desorientado e, em função disso... — Wanda interrompeu a frase para lhe dar um efeito mais dramático — possa efetuar uma pirueta em pleno galope.

Os olhos de Ernest brilharam, mas não havia sinal de gentileza naquele brilho:

— Você quer matriculá-la num curso da escola superior de adestramento de homens? Isso é algo que não me parece adequado.

Embora quisesse ocultar seus sentimentos, estava realmente chocado. E isso não era de estranhar, pois Hemmings — assim como todos os machos aparentemente esclarecidos — era um chauvinista declarado. Wanda sabia disso, e o fato de o estar azucrinando lhe causava um prazer quase erótico. Era semelhante à sensação que teve quando, no decurso de uma aula de esgrima em Paris, conseguiu derrotar seu mestre, exclusivamente por ter treinado com afinco uma série de golpes. O professor, pego de surpresa, pediu uma revanche, mas acabou derrotado pela segunda vez, pois presumira que a aluna aplicaria o mesmo golpe, mas Wanda havia preparado outro. Caso aquele combate tivesse sido real, sem máscaras e com floretes pontudos, ele estaria ostentando um belo furo na testa. Depois, nunca mais conseguiu surpreendê-lo — ele se mantinha atento e, provavelmente, treinava mais e bebia menos. E foi aí que Wanda, pela primeira vez, se deu conta de que a arte de manipular pessoas não se diferenciava do adestramento de cavalos ou da prática de esgrima. Tudo se resumia a conhecimento da técnica adequada e a sua cuidadosa e impiedosa aplicação nos momentos exatos, além de prática constante e reflexos rápidos. Percebeu também que — tanto na prancha de esgrima quanto na vida — não se deve deixar nada ao acaso, a um golpe de sorte; é preciso sempre, mas sempre mesmo, estar atento.

Obviamente, Wanda não disse nada disso a Ernest. Ele não acharia graça naquilo e ficaria muito desgostoso caso compreendesse que ela amadurecera a tal ponto que, caso fossem medir suas forças, era mais do que provável que ela saísse vencedora, enquanto ele teria que se conformar com a amargura de um mestre ultrapassado por um discípulo talentoso demais. Diante disso, disse apenas:

— Ela já concluiu o primeiro semestre e não há nada que impeça verificar do que é capaz.

— Realmente nada, a não ser aqueles socialdemocratas da direita e da esquerda que estão na nossa frente, manadas de vermelhos atrás, cossacos rebeldes dos lados e cem mil japoneses atrás daquelas montanhas. Além disso, já bastam os problemas que tenho com você.

— Ah, é? — Wanda espreguiçou-se como uma gata. — E que tipo de problemas lhe trouxe uma pobre, pequena e insignificante agente de um grande império? Vamos, admita! Fomos maus com você?

Ernest não estava se sentindo à vontade. A nova imagem de Wanda não lhe agradara, e ele teria preferido que ela continuasse se apresentando no papel de uma filhinha obediente e querida. Mesmo o seu cinismo era semelhante ao que ele usava em ocasiões semelhantes: delicado e inteligente.

— E então? Que tipo de problemas? Estamos nos sentindo abandonados e não apreciados o bastante?

Não era fácil esquivar-se daquele golpe. Diante disso, Ernest resolveu agir como lhe ensinaram nas aulas de jiu-jítsu: ceder e aproveitar a força dela para obter uma vitória.

— Pare com essas tolices. Sinto-me muito bem com você.

— Então fique quieto e escute, porque está chegando a parte mais interessante.

* * *

— Qual é o seu sobrenome? — perguntara inesperadamente Salomea.

— Laudowska.

— Então, sempre que quiser dizer-lhe alguma coisa especialmente simpática, eu a chamarei de Laudowska.

Wanda foi pega de surpresa pela proposta. Em princípio, ninguém, exceto um bobo professor de contraponto no Conservatório, jamais a chamara pelo sobrenome. Ficou por um certo tempo imaginando como soaria aquele nome nos mais importantes momentos que estavam por vir.

— Laudowska? Genial! Gostei — disse, virando-se de costas sobre o beliche e liberando as pernas das mãos de Salomea. — Pode chamar-me assim. Agora, sirva-me mais um pouco desta bebida, e depois...

— E depois...? — perguntou Salomea, pegando na garrafa de *sliwowica* com o afã de um amante a quem, após meses de tentativas, foi permitido beijar a mão enluvada da sua escolhida.

— Depois...? — o tom e o tempo, propositalmente lentos e irritantes, aumentavam a crescente tensão entre as duas jovens. — Depois, sirva-se também, e vamos erguer um brinde ao meu novo nome: Laudowska. Como isso é romântico. Você não acha?

Salomea, repentinamente privada da área de exploração pela repentina virada de Wanda, sentou-se com a metade do bumbum (pois era somente esse o espaço que Wanda lhe deixara no beliche), sem saber se deveria recolocar as mãos — dessa vez sobre o reverso das ainda mais atraentes pernas da amiga. Era bem provável que ela passasse os próximos 15 minutos falando bobagens para camuflar a sua indecisão, mas Wanda, extremamente capaz de captar aquelas cadências e minipausas, sugeriu-lhe com gentileza:

— Ajoelhe-se em cima de mim.

E, tendo colocado na mesinha o copo vazio, colocou os braços numa posição que lhe permitiu apoiar o queixo nas mãos. Daquele jeito, parecia um louva-a-deus que acabara de devorar o parceiro. Uma chama de alegria percorreu o coração de Salomea, mas, por via das dúvidas (o que pode significar a timidez e a boa educação!), fingiu não ter entendido direito:

— O quê? O que você quer agora?

— Ajoelhe sobre mim; assim será mais fácil para você.

Salomea não precisou que a solicitação fosse feita pela terceira vez; ajoelhou-se sobre a amiga, sentindo as coxas frescas de Wanda encostadas nas suas.

— Muito bem. Estou ajoelhada — disse. — O que vai ser mais fácil para mim?

— Quero que você me a-ca-ri-ci-e — a divisão da palavra em sílabas deveria servir para indicar a lentidão com a qual as carícias deveriam ser feitas e em pouco tempo ficou claro que surtira o efeito desejado. — Pode me tocar onde quiser. Não quis começar por beijos, pois nem todas as jovens gostam de se beijar. Na verdade, nem eu mesma sei se quero beijá-la, pois nunca beijei uma mulher. Acho que quero, mas tenho medo de que isso possa assustá-la. Por isso, é melhor que você me explore antes. Você já explorou alguém? Mas que pergunta mais boba! Aquele teatrólogo foi a sua primeira vítima e cobaia. Já sei: não teatrólogo, mas dramaturgo.

Wanda ajeitou os cabelos, deixando seu pescoço à vista e parecendo ter acabado de sair de um banho.

— Toque-me como gostaria de ser tocada — continuou. — E tente ouvir o meu corpo, sem deixar de prestar atenção aos seus desejos, por mais ocultos que sejam. E não se envergonhe deles. Aprenda a sentir o que o outro quer, seja um homem ou uma mulher. Isso ainda lhe será útil no futuro, e você vai me abençoar. Você vai ver.

E foi assim que, com os olhos semicerrados, Salomea começou a explorar as costas de Wanda.

Na exploração de um corpo de alguém através de toque e da visão, ocorre algo semelhante às explorações de terras e mares desconhecidos. Há aquelas que são quase infantis, simples e óbvias, durante as quais as paisagens e o clima se amoldam perfeitamente às expectativas. No entanto, há outras, cheias de surpresas, dificuldades e obstáculos, cuja superação dá ao explorador uma satisfação indescritível. As costas de Wanda eram a mais perfeita combinação da aparente facilidade de uma expedição que poderia ter sido organizada por qualquer agência de viagens, com algo extremamente complexo, cheio de perigos, obstáculos imprevisíveis e violentas mudanças climáticas.

No início, tudo se passou de acordo com a topografia imaginada por Salomea. Suas mãos, tendo afastado alguns duros e não eletrizados cabelos, apalparam cuidadosamente a base da cabeça e os surpreendentemente bem desenvolvidos músculos dos ombros. Depois, deslizando simetricamente pelos lados e penetrando em lugares de mais difícil acesso, os dois viajantes sírios de unhas bem cuidadas se defrontaram com uma enervante barreira representada por duas alças de seda fininhas. Os dedos, tendo examinado cuidadosamente a natureza do obstáculo, não conseguiam se decidir sobre a forma pela qual ele deveria ser transposto, tendo diante de si apenas duas opções, o que, para os indecisos peregrinos, poderia representar uma derrota definitiva logo no início da exploração. A primeira solução, que consistia no simples ato do afastamento das alças, exigia o deslocamento dos braços, colocando-os ao longo do corpo e, com isso, garantindo apenas um sucesso parcial. A segunda, mais radical, consistia em livrar-se da camiseta através de uma ação mais simples: tirando-a pela cabeça. Não havia tempo para hesitações, já que as mãos de Salomea sentiram um delicado, mas bastante ostensivo, tremor no corpo de Wanda. Caso Salomea tivesse a mesma experiência que Wanda em caçadas com cães, teria imediatamente reconhecido aquele tremor como o que estes sentem logo antes de serem soltos das coleiras — o da impaciente prontidão para agir.

— Você não está com frio? — indagou por via das dúvidas, apenas para ouvir a impaciente resposta:

— Pelo contrário. Estou com calor. Tire logo isto de cima de mim.

As coisas iam se encaminhando bem, sendo que a ajuda de Wanda em livrar-se da incômoda camiseta preta fora inestimável. Salomea, apesar de ter um corpo que sugeria graciosidade de movimentos, não era muito destra com as mãos e não podia substituir a falta daquela destreza com experiência anterior em situações semelhantes. Diante disso, houve uma certa agitação, com as duas jovens arfando pesadamente. Wanda, que gostava de desdobrar todas as manobras em etapas (um hábito que adquirira nas aulas de esgrima) e tendo finalmente se desembaraçado da camiseta, voltou a apoiar o queixo nos antebraços. Aquele gesto fora um misto de satisfação com desafio. Salomea fazia o que podia, mas sentia-se lamentavelmente incapaz. Wanda, conhecedora daquela sensação de incompetência, resolveu vir em sua ajuda:

— Vamos mudar de posição. Você se deita, e eu vou lhe mostrar como se faz. Mas não pense que vou ficar nisso. Não sou um homem e preciso de muito mais do que aqueles crocodilos. Você está se saindo bem, mas poderia ser muito melhor e, para isso, precisa confiar mais nas suas intuições. É preciso descobrir o que dá mais prazer ao seu parceiro. E mais ainda: quando descobrir, deve fazer aquilo de tal forma que ele estará convencido de que era exatamente com isso que ele sonhara e que só esperava por isso. O que quer dizer esse seu ar de espanto? Isso aqui não é uma revolução socialista. É preciso aprender rápido. Reagir! Caso contrário, aquele que você pretende seduzir vai se vestir, dar de ombros e ir para casa.

A Salomea não restou outra coisa a não ser tirar rapidamente a curta combinação negra e, cobrindo os seus pequenos seios arfantes de emoção e adornados por pequenos porém duros mamilos quase azul-marinho, ocupar o lugar aquecido pelo calor do corpo de Laudowska.

Embora ela tivesse sido ousada e livre diante de Ivan, a presença de Wanda a intimidava. Laudowska, assim como a maioria das mulheres que tocam instrumentos musicais, era uma maestrina do toque. Suas mãos não eram apenas mãos — eram dois instrumentos de precisão, cuidadosamente calibrados para sentir as menores vibrações ou nuances capazes de despertar e provocar sensações. Era capaz de reter a ponta dos seus dedos a uma fração de milímetro da pele a ser tocada. Podia, quando queria, dosar a freqüência, a direção e a força do toque. Sabia o que era um retardo, uma cadência, uma culminação e um retesamento em que se é levado além do limite normal de emoções. Sabia como devia entrelaçar temas. Sabia como interpretar uma fuga, na qual uma das mãos, que conduzia o tema, cooperasse com a outra que, deslizando ao lado, introduzia o relaxante contraponto. Trinta segundos depois daquela fantasia tátil, Salomea começou a arfar e, depois, já desprovida de escrúpulos, a gemer e ronronar como um animal doméstico acariciado de forma adequada. No momento culminante, quando chegara a hora de tirar as calcinhas, o aprendizado — para o profundo desapontamento do aprendiz — foi interrompido.

— Agora você já sabe do que se trata. Eu também quero arfar e gemer como você, e quero que saiba que não pretendo fingir e sou extremamente exigente quando se trata de tocar alguém. Portanto, para cima!

Voltaram a trocar de posição e, dessa vez, a segunda performance de Salomea já foi bastante melhor. Obviamente, ela não dispunha da maestria e *finesse* da professora, mas compensava isso com o seu afã. Para Laudowska, a revelação da porção lésbica de Salomea compensava as suas deficiências técnicas. Sabia que só agora Salomea se tornaria uma mulher em toda sua plenitude. Tian, certamente, confirmaria isto fazendo uma observação sobre a interdependência dos elementos *yin* e *yang* — no que estaria coberto de razão. Os esforços de Salomea foram logo recompensados e, em pouco tempo, no compartimento ecoaram gemidos e gritos de satisfação e encantamento. A exploradora, por sua vez, foi sentindo cada vez mais prazer ao descobrir os seculares mecanismos. Dessa forma, aos gemidos provenientes das terras exploradas, uniram-se outros, provenientes da viajante sentada em cima destas e apertando com suas coxas as coxas da sua amiga Wanda conhecia o suficiente do comportamento de mulheres para saber que eles não eram fingidos. Talvez o que emanava da caixa torácica de Salomea não fosse adequado para uma novela de salão, mas certamente era sincero e espontâneo.

Salomea estava chocada com as reações do seu organismo. Jamais tivera a oportunidade de manifestar tão livremente o seu prazer através do corpo e da voz. Mas não era só isso; havia a temperatura, o tempo da respiração, o tremor de partes específicas de músculos, o arrepio dos pelinhos no pescoço e em outros lugares, a contração dos dedos dos pés e dos músculos da bunda (algo que Wanda podia sentir muito bem, já que Salomea estava sentada no meio das suas coxas). Os sons que emitia tinham características eminentemente infantis — uma mistura de prosaicos sons de uma garota cuja sola do pé é acariciada por uma pena, com o incontrolável arfar de um menino que, pela primeira vez, sentia o prazer proveniente do ato de masturbação. Embora já conhecesse o prazer causado por ser tocada, jamais imaginara que o prazer de tocar alguém pudesse ser tão intenso. Por quantas vezes ela não acalmava o seu dramaturgo, deslizando a sua língua síria sobre o membro intumescido. No entanto, tudo que sentira até então parecia uma brincadeira de colegial em comparação ao que estava sentindo com uma pessoa do mesmo sexo que ela. O fato de o sexo do(a) parceiro(a) parecer não ter importância deixou-a confusa e ela procurou por uma explicação:

— Laudowska... — sussurrou, tendo que pigarrear, pois as emoções e a *sliwowica* de Kravak eram aliados naturais do aquecimento do vagão. — Laudowska, explique-me por que estou me sentindo tão bem. Você sabe que nunca me senti tão bem em toda a minha vida?

Wanda, que também teve que pigarrear, respondeu:

— Meu Deus! Como você gosta de palavras grandiosas! Não lhe basta sentir? De estar vivendo este momento? Por que precisa desesperadamente compreender isso? Dar-lhe um nome? Será que, com isso, esses prazeres não se tornariam mais superficiais? Acho que estamos demasiadamente sóbrias para termos uma conversa dessas. Passe-me esta *sliwowica*.

O másculo gole do álcool clareou a cabeça de Wanda:

— Sal. Se você quer realmente saber o que eu acho disso tudo, você tem que permanecer aí, em cima, como agora.

— Para dominar?

— Mais ainda.

— O que você quer dizer com isso?

— Tente compreender, Sal. Você tem natureza masculina. Por favor, não me interprete mal — Wanda estendeu as mãos para trás e acariciou os joelhos da amiga. — Mesmo quando estiver se relacionando com homens, o que acredito que acontecerá na maioria das vezes...

Salomea enrubesceu, pois aquilo que Wanda dissera num tom tão afirmativo não lhe parecera tão óbvio assim.

— Mesmo naquelas situações, você deverá estar no comando da situação. Acredite em mim. O fato de você ser tão linda e doce não permitirá que nenhum homem desconfie. Na verdade... você nem deveria se preocupar com isso, para não acabar como eu.

— Ou seja, como? — quis saber Salomea.

— Eu nasci para ficar embaixo. Para ser conquistada e seduzida; para entregar a fortaleza após semanas de sítio. E, no entanto, o destino quis que eu fosse sempre a que toma a iniciativa, e os homens aceitam isso encantados, sem se importarem com o fato de eu fazer deles o que quiser, conduzindo-os pelo nariz. Mas, hoje, eu quero ser uma menininha que não precisa comandar quem quer que seja e não ter que dizer o que deve ser feito... e você vai me ajudar nisso.

— E você acha que serei capaz?

As perspectivas eram extremamente sedutoras, mas Salomea não conseguia livrar-se dos restos de acanhamento e vergonha. Sentia-se tão ligada a Wanda que fazer amor com ela tinha algo de incestuoso, como se estivesse fazendo avanços sobre a própria irmã ou, sentada no colo de Natan, o animasse a avançar os limites de carícias paternais. Wanda não respondeu e, com os olhos fechados, apoiou a bochecha nos braços. Salomea também cerrou os olhos e, adotando a postura de uma pianista pronta para executar um acorde complicado que exige o uso de ambas as mãos, começou tocar nas costas de Wanda.

A execução da pianista deve ter sido perfeita, pois Salomea sentiu o corpo da amiga — talvez devêssemos chamá-las de amantes — relaxar e se distender sob as suas mãos. Os viajantes sírios começaram a se deslocar para o suave vale da coluna vertebral, cujos declives eram rijos e elásticos. Os muitos anos passados em exercícios musicais e de esgrima fizeram com que os aparentemente delicados músculos de Wanda estivessem em excelente forma. Ou ela andara fazendo regulares exercícios físicos no chão do seu compartimento, ou os deuses a dotaram de um extraordinário mecanismo de fisiologia. Quanto mais os sírios desciam pelo suave declive, mais os fascinava a perspectiva do que iriam encontrar debaixo das calcinhas pretas.

Salomea descobria com cuidado aquela última e muito especial parte da roupa de Wanda, como se estivesse descortinando uma janela, e os seus emissários sírios puderam encantar-se diante da perfeição do que estava sendo revelado. No decurso daquela emocionante exploração, Salomea teve que deslizar para baixo, mal cabendo no beliche, demasiadamente curto para tais extravagâncias corporais. Aos dois viajantes de unhas aparadas juntou-se um novo admirador de paisagens desconhecidas, e Wanda pôde sentir — na região do cóccix, onde a espinha dorsal se transforma no que nos restou dos nossos antepassados símios — o delicado toque de um par de lábios quentes e de uma língua surpreendentemente fresca.

Para usarmos a linguagem de estratégia militar, Salomea lançara mão de artilharia pesada e não tinha mais nenhuma dúvida ou resistência. Pelo contrário — sua ousadia e determinação para atingir objetivos táticos chegou a pegar de surpresa a parceira, a ponto de essa nem notar que as calcinhas pretas se encontravam no chão do compartimento, e aquele terceiro viajante (que chegara mais tarde), aproveitando-se da atividade exploratória dos sírios, penetrou no estreito vale. De início, com cautela e desconfiado, como se temesse encontrar uma serpente venenosa oculta na gruta. Depois, com ousadia cada vez maior, num ritmo mitigador, sob cujo efeito as paredes da gruta pareciam pulsar. No meio da crescente onda de prazer, Laudowska tentava se lembrar de um outro viajante que penetrara as outrora virginais regiões. Mas aquela exploração fora apenas uma pálida sombra do que ocorria agora com o seu corpo, lá embaixo, muito perto daquele pontinho do cérebro que comanda as sensações e, ao mesmo tempo, muito longe. Talvez no meio de pios de aves numa selva tropical, talvez nas ensolaradas estepes ucranianas, ou talvez num outro lugar ainda mais distante.

26

Irkutsk, prisão provisória na ala esquerda do Palácio Sibiriakov, 7 de fevereiro de 1920, 1h

NÃO FOSSE O AR ESTAR TÃO ABAFADO — e as janelas, atrás das quais se revezavam os guardas em movimentos pendulares, não poderem ser abertas —, o ambiente seria até suportável. Talvez nem estivesse tão abafado assim; afinal o quarto era espaçoso e de pé-direito elevado. Era bem possível que aquela sensação tivesse sido imaginada pelo almirante, que adorava manter as janelas abertas ou pelo menos entreabertas, mesmo nas épocas mais frias do ano. O costume russo de manter seladas no inverno as vidraças duplas das janelas sempre o incomodara.

No quarto, cujas quatro janelas davam para o pátio do Palácio Sibiriakov, não havia muitos móveis. Uma mesinha com material de escrita e uma cadeira simples, para que o almirante pudesse escrever suas últimas cartas (que na certa jamais seriam enviadas), uma cama de campanha com um cobertor militar (mas quem iria dormir numa noite dessas?), uma bacia e um vaso com água e, junto deles, uma toalha de algodão bordado com alegres imagens de galos azuis. Como a energia elétrica de cidade era desligada à noite, a única iluminação consistia em uma lamparina a querosene que, pela sua forma, indicava que fora retirada de um trenó. A lamparina tinha um pavio feito de pano retorcido, com o que a sua chama raquítica oscilava como um bêbado a quem a vodca tirara qualquer sentido de equilíbrio.

Volta e meia, dava a impressão de que iria se apagar, o que seria fatal, já que não lhe deram fósforos, certamente por medo de que ele comesse suas cabeças. De qualquer modo, em Irkutsk, há muito tempo ninguém mais via uma caixa de fósforos.

A parca iluminação não ajudava o almirante no seu estado de espírito, além de não lhe permitir admirar a glória do classicismo que adornava orgulhosamente o teto e os frisos de gesso. E era uma pena, pois, embora o autor daquelas maravilhas tivesse permanecido anônimo, sabia-se que ele estivera lá muitos anos atrás, tendo sido despachado por uma das mais prestigiadas oficinas arquitetônicas de Petersburgo. O espaçoso local na ala esquerda do palácio servira, por muitos anos e até recentemente, de gabinete para os seguidos governadores-gerais da Sibéria Oriental. O almirante estava grato — se é que podemos dizer assim — por aquele gesto, já que, através das janelas, podia-se ver a espessa camada de gelo que cobria o rio Angara. Devido à sua baixa estatura, o almirante tinha que ficar na ponta dos pés, mas a visão da água, embora não salgada e totalmente coberta de gelo, lhe dava certo alívio. Nunca deveria ter-se afastado da água salgada, que, como é sabido, tem propriedades mágicas. Os gregos acreditavam que os maus espíritos, que não davam a mínima para rios e riachos, jamais ousavam aventurar-se em águas salgadas. Caso estivesse agora na ponte de comando de um contratorpedeiro, os espíritos malignos com cara de vermelhos, mas também de outros, com faixas e estrelinhas (em que as cores dominantes seriam o azul, o vermelho e o branco), não teriam como chegar a ele. Deveria ter permanecido no mar, ou pelo menos nas Ilhas Maternas.[32] Não o haviam convidado? Deveria ter aceitado e, agora, estaria em segurança.

A terra firme não era um lugar adequado para Aleksandr Vasilievitch. Que pena que a última campanha da sua vida não pudesse ter sido travada no mar, numa honesta batalha com canhões e torpedos. No mar, tudo é mais claro. Vence aquele que tem a frota mais possante e os mais modernos sistemas de disparos. Lá, em função do isolamento de unidades espe-

[32]Denominação dada às quatro principais ilhas do Japão: Hokkaido, Honshu, Shikoku e Kyūshū. (*N. do T.*)

cíficas, é muito mais difícil ocorrerem traições, alianças de apenas alguns dias e complôs de qualquer espécie. Também, em caso de derrota, não há para onde fugir, a não ser para o fundo do mar, ou num escaler que tenha escapado do fogo cerrado. Os almirantes têm ainda o privilégio de cometer uma espécie de suicídio honroso, quando, mantendo as mãos trêmulas de emoção no radiotransmissor, decidem permanecer na ponte de comando do navio que afunda e aguardam a água esverdeada partir as vidraças e cobrir as bainhas das elegantes calças dos seus uniformes. Em questão de dias, se transformam em esqueletos desprovidos de carne e, mesmo depois de mortos, podem servir para algo, como para os seres marinhos que se aproveitam dos buracos nas caveiras para neles fixar a sua residência.

Sim. Em terra firme, um almirante é tão mal entendido como um marechal-de-campo num oceano. É verdade que houve na história vários comandantes que se revelaram eficientes tanto ali quanto cá, mas isso faz parte da história antiga, bem diferente da do século XX, no qual depositamos tantas esperanças. Parecera-nos que um avanço tecnológico tão enorme em tão pouco tempo traria felicidade aos seres humanos e levaria a um bem-estar de todos. No entanto, esse avanço revelou-se uma dolorosa necessidade de especialização.

Sem nenhuma razão visível, veio à mente do almirante um bobo provérbio da infância que, agora, não lhe parecia tão tolo assim: "Se não és capaz, não queira figurar num cartaz." Por outro lado... faltara pouco para que, junto com o pomposo título de "grão-mandatário de toda a Rússia", tivesse vindo o comando real e efetivo sobre a nação. "Teria vindo?", o almirante sorriu sarcasticamente diante desse pensamento. Agora, sabia que não teria. Em sua mente, ficava cada vez mais claro que havia feito papel de bobo e que, em grande parte, o fizera por vontade própria. É óbvio que cometera erros. Deveria ter mudado totalmente a sua postura em relação à gente simples do povo. Não soldados. Não políticos. Não pensadores e ideólogos. Devia ter imaginado em que pensava um operário pendurado de cabeça para baixo na entrada de uma fábrica, antes de o sangue que invadia a sua cabeça fazer com que não pudesse mais pensar.

"Mas, com todos os diabos, o que eu deveria ter feito com eles, se eles atiravam nos meus homens pelas costas ou os assassinavam em emboscadas noturnas? Além disso, os do outro lado faziam exatamente o mesmo — ou ainda pior — com os meus homens. Por que a guerra desperta esses atos animalescos e cruéis em pessoas essencialmente normais e sadias? Não, não animalescos, pois os animais não são cruéis. Se do nosso — ou seja, humano —, ponto de vista um tigre prolonga desnecessariamente a agonia da sua presa, ele o faz por estar entediado e querer ocupar-se por mais tempo com a ação de matar. O crocodilo quebra os ossos da sua vítima e a arrasta sobre raízes das árvores exclusivamente para tornar sua carne mais macia e saborosa. E nós? O que fazemos com esse circo dos mais diversos procedimentos, anúncios de sentenças e com execuções em praça pública? Também queremos nos divertir à custa das nossas vítimas? Não deveríamos acabar com aquilo tudo da forma mais rápida possível e não dar tempo de pensar ao condenado? Deveríamos; mas o que fazemos é transformar aquelas noites que antecedem uma execução em uma parte da pena. Para que ele possa dar-se conta de que chegou a sua hora, repensar a sua vida e apresentar-se diante do inevitável como um homem ciente do significado de cada segundo e de cada respiro. E, também, para que ele possa nos invejar pelo fato de termos — os que lemos a sua sentença — muito tempo pela frente. Só que, na verdade, cada um tem tanto tempo quanto deveria ter. Nem um segundo a mais — ou a menos."

O armazenamento do tempo, se é que podemos nos expressar assim, é menos importante do que a forma com a qual ele deve ser usado. Houve pessoas que, dispondo de apenas alguns minutos, fizeram muito mais do que outras, às quais foram dados meses e anos para a mesma tarefa. O mais engraçado de tudo, Aleksandr Vasilievitch, é que o senhor nunca tentou defrontar-se com tal possibilidade. Caso o tivesse tentado, quem sabe se agora não lhe teria sido mais fácil?

O almirante sorriu tristemente diante desse pensamento, lembrando-se de como, nos livros lidos na mocidade, costumava pular as páginas nas quais se chegaria "aos finalmente", preferindo retomar a leitura algumas páginas depois. Agora, via com clareza que aquilo fora uma estupidez, e que estava despreparado para atender a uma convocação que sempre evitara. Mas era tarde demais para se lamuriar. Tinha diante de si ainda algumas longas horas e deveria decidir a que destiná-las. Talvez escrever uma carta? Mas para quem? À família? Somente para que, anos depois, alguns dos seus membros gastassem os seus olhos tentando decifrar as linhas desbotadas e imaginar o que ele sentira ao escrevê-la? Não seria melhor que eles soubessem o mínimo possível sobre o que acontecera com ele? Por que deveriam passar pelo mesmo sofrimento que ele? Não, não para a família. Mas, então, para quem? Haveria alguém a quem ele quisesse escrever? Nem que fosse para que esse alguém soubesse em que o almirante pensara naquele momento?

A resposta veio rapidamente e de uma forma completamente natural, sem nenhum esforço especial da sua mente. O almirante chegou a surpreender-se com o fato de ter tido alguma dúvida. Esfregou as mãos para aquecer os dedos enrijecidos pelo frio, afastou a cadeira da mesinha e sentou-se para escrever. Por sorte, não lhe tiraram a sua caneta-tinteiro preferida, cuja tinta preta lhe pareceu adequada para o momento e para o caráter formal que queria dar à carta. O ato de escrever envolveu-o rapidamente no seu ritmo e proporcionou-lhe um prazer até então jamais sentido, a ponto de o almirante lamentar não ter tido antes a oportunidade de desfrutá-lo. Agora, estava convencido de que, caso tivesse tido aquela oportunidade, teria passado a vida inteira preenchendo folhas de papel com linhas formadas por letras cuidadosas e pedantes e, graças a isso, ter sido feliz.

O almirante não pensou, nem por um momento, se alguém teria a coragem de entregar a carta ao seu destinatário. Era bem provável que fosse informado da sua existência e, com isso, haveria a chance de ele a ler. Mas isso não era tão importante assim. Ao escrevermos uma carta a alguém, estamos, com a mesma intensidade, escrevendo a nós mesmos; portanto, o trabalho não teria sido em vão.

Senhor Vladimir Ulianov
Moscou
Kremlin

Depois de refletir um pouco, o almirante riscou cuidadosamente a palavra "senhor", substituindo-a por "camarada". Depois, não fez mais nenhum erro, correção ou mancha.

Fiquei pensando em como me dirigir a vós, o destinatário desta missiva. O termo "senhor" não me pareceu o mais adequado, e tenho certeza de que vós não tereis, Vladimir Ilitch, nenhuma objeção ao "camarada". O cabeçalho é algo muito importante, porque ele sinaliza — e nisso acredito que vós concordareis — a relação que queremos estabelecer com o destinatário. Isso, como bem podeis imaginar, não significa de forma alguma que eu queira, no último momento, me juntar à revolução bolchevique. Trata-se apenas de uma dolorosa aceitação das mudanças que ambos — vós e eu — estamos experimentado e das quais, voluntariamente ou não, ambos fazemos parte. No entanto, dou-me conta (permitais que eu vos chame de Vladimir Ilitch) de que a minha Rússia está se transformando num nada, e mesmo se não for em um nada — então em muitos anos de caos e desgraças. O lugar que deixaremos atrás de nós — quer nos agrade ou não — será inapelavelmente ocupado por vós, Vladimir Ilitch, e todos aqueles a quem conseguistes convencer ou forçar a tomar o vosso partido. Estou convencido, e peço que me seja dado esse pequeno momento de satisfação, de que toda a situação pendia por um fio e que vós também, Vladimir Ilitch, não tínheis certeza de como se desenrolaria o grande final e quem sairia vitorioso do confronto definitivo. Agora, as coisas estão mais claras; pelo menos para mim, porque tenho certeza de que vós, como um gladiador triunfante na arena da qual acabaram de retirar o cadáver do seu adversário, somente agora começais a ter dúvidas. Pelo menos, é isso que espero. Não vos iludais. Diante de vós, Vladimir Ilitch, surgirão novos confrontos, e ouso afirmar — embora a minha opinião possa vos parecer exageradamente pessimista — que essa coisa, tão espetacularmente iniciada por vós, terá outros desdobramentos. A vitória sobre os vossos, Vladimir Ilitch, inimigos, não resolve coisa alguma. Conseguistes derrotar os soldados, mas eles são apenas uma pequena fração daquela parte da nação russa para a qual o vosso mando e as bases nas quais ele é assentado são inaceitáveis. Não desejo apresentar-me diante de vós e de vossos princípios na qualidade de um mentor, principalmente por não ter o que pudesse justificar tal atitude. O que não seria o caso se eu tivesse vencido, algo que — admitais, camarada — não era de todo improvável. Aí, provavelmente, seríeis vós que estaríeis escrevendo uma carta para mim, exatamente no mesmo tom. Portanto, não quero — como já disse — fingir-me de vosso mentor. Mas não nos iludamos, Vladimir Ilitch. Ambos conhecemos os mecanismos da história. E estes não podem ser alterados. É mais conveniente nos adaptarmos a eles. Do que li sobre vós e dos vossos textos, pude deduzir — peço desculpas pela franqueza — que vós sois um cínico. Não! Favor não protestar. Não vos cedo a palavra. Entendo de cinismo político, pois sou uma das suas vítimas. Além disso, num certo sentido, também sou o vosso reflexo num espelho. Agora, neste momento cuja importância imagino que podereis reconhecer, posso confessar que eu, nas minhas ações, nem sempre fui movido por motivos que eu mesmo pudesse chamar de nobres. Em várias ocasiões, tive que me aproveitar, assim como vós, dos instintos, sentimentos e anseios das — como vós costumais chamar — massas. Tanto vós quanto eu sabemos muito bem que o único líder efetivo deste país poderá ser aquele que, como um virtuoso pianista capaz de emocionar multidões, sabe quando é preciso, num determinado momento, bater nas teclas adequadas para despertar os seus sentimentos, desejos, esnobismos, invejas e devaneios. Só que, Vladimir Ilitch, nós tocamos músicas diferentes. A minha é baseada na harmonia tradicional, o que não quer dizer forçosamente que é melhor do que a vossa. Ambos, Vladimir Ilitch, deixamos muitos cadáveres atrás de nós. Uma montanha deles. Algumas daquelas mortes foram necessárias, outras não puderam ser evitadas, mas, Vladimir Ilitch, há entre elas uma porção de mortes desnecessárias — cadáveres que poderiam não ter existido. Não vos ocorre, camarada, acordar no meio da noite, assustado com aquela montanha de corpos mais ou menos inocentes? O camarada não vê que eles estendem suas mãos descarnadas e vos convidam a, munido do seu estandarte, escalar aquele monte? Para chegar ao seu topo e enfiar numa caveira vazia, desprovida do cérebro, o símbolo do ideal lançado por vós? Não tendes esses pesadelos? Muitas daquelas mortes foram obras suas, camarada. Sim, sim. Não sorriais. Obras suas e minhas, porque eu não renego as minhas. Pessoas como nós, camarada, costumam confrontar-se com o mesmo dilema, porque achamos que os mecanismos da história teriam agido da mesma forma, com ou sem a nossa participação. Mas será que vós se parásseis para pensar, camarada, em como estaria a Rússia se vós não tivésseis tentado conquistar o poder num momento que vos parecera adequado? Se vós e os vossos subordinados tivessem permitido ao povo expressar-se através de eleições democráticas? Sabeis que tenho em mente o fato de não terdes consentido que as asas do legalmente estabelecido Governo Provisório se estendessem. Quem sabe como tudo se teria desenrolado caso aquela raquítica e incompleta democracia tivesse tido a oportunidade de representar a verdadeira vontade da nação? Pois, depois do gabinete de Kerenski (que fora um ministro de Nicolau), certamente viriam outros, mais sensatos. Bastava permitir que isso ocorresse, ligando-se democraticamente aos mecanismos do poder. Mas isso não seria de vosso estilo, Vladimir Ilitch! Vós sois um lobo, o líder de uma alcatéia que apenas aguarda por um momento da sua vítima e sabe muito bem como aproveitá-lo (tanto o momento quanto a vítima). Vós direis que eu, também, quis assumir o poder. E daí? Poderíamos passar horas discutindo qual desses poderes seria o mais legítimo do ponto de vista histórico e legal e, na certa, jamais chegaríamos a um acordo.

Acreditai-me! Por quantas vezes eu não tive a vontade de abandonar tudo, comprar um veleiro e passar o resto da vida velejando nas águas quentes do Japão! Não temais que eu venha a vos escrever sobre responsabilidades históricas, ideais e outras bobagens semelhantes. Sabeis muito bem, camarada Ulianov, que ao assumirmos um poder, colocamos sobre nossos ombros um peso terrível, e que não é tão fácil assim livrar-se dele. Quando se detém poder, imediatamente começam a formigar aos nossos pés matilhas de predadores menores, ansiando por caçar sob o nosso comando iluminado. Não é fácil livrar-se deles. Com o tempo, eles se alimentarão sob a nossa bandeira, adquirirão coragem e sentirão o momento adequado para se lançar sobre nós, mordendo os nossos pés e esperando pelo instante em que cairemos, quando poderão nos devorar com toda a segurança. E é por isso que é preciso — algo que sabeis muito bem, camarada — de vez em quando agarrar pela garganta o mais ousado deles e acabar com ele diante da manada, para servir de exemplo. Aí, poderemos carregar calmamente aquele peso por mais alguns anos.

O que desejo, camarada Vladimir Ilitch, é que vós compreendais o que quero vos transmitir. Eu compreendi isso tarde demais, somente agora. Provavelmente, neste exato momento no qual vos escrevo, sem ter a certeza de que querereis ler estas linhas. Em toda essa questão, não se trata de justiça histórica ou — como vós costumais chamá-la — social. Trata-se de coisas às quais nos acostumamos e das quais nos é muito difícil se separar. Além disso, trata-se — e isso parece ser ainda mais importante — da esperança no futuro, e é bem possível que vós a tivésseis dado ao povo numa perspectiva mais atraente da que eu tinha a lhe oferecer. Até agora, achei que ela fosse apenas um detalhe insignificante, mas hoje sei que ela poderia ter sido um fator decisivo, e que vós a apresentastes de uma forma muito melhor. Eu nunca tive um plano concreto de como incluir os camponeses na minha visão da democracia, e talvez por isso — pela falta de um plano — quis ser honesto e não propus nada. Vós, também, não tínheis um plano — e ouso afirmar que ainda não o tendes —, mas, mesmo assim, conseguistes convencer os camponeses a disparar nas nossas costas. Na certa, direis: vós deveríeis, também, lhes ter feito algumas promessas. Só que, com a vossa permissão, quero vos afirmar que é exatamente nisso que nos diferenciamos. Não consigo ser tão cínico quanto vós. Um típico exemplo dessa nossa diferenciação é o caso dos poloneses e dos países bálticos. Eu não quis concordar com as suas reivindicações num momento em que não tinha certeza de poder cumpri-las mais tarde. Compreendeis isso? Vós agis de uma forma totalmente oposta: primeiro, prometeis — e só depois se preocupais com o fato de poder cumprir, ou não, as vossas promessas. Eu jamais seria capaz de fazer uma coisa dessas.

Sobrou ainda uma questão a ser abordada: o ouro. Imagino que vós compreendais, Vladimir Ilitch, todos os meus esforços de evitar que ele caísse nas vossas mãos. Não fiqueis zangados por isso. Este ouro, a despeito do que dirão os vossos ideólogos, serviu à causa da Rússia. Mesmo aqueles poucos caixotes que consegui despachar para o Japão não serão usados para fins particulares. Dei as devidas disposições para que ele formasse um fundo de ajuda aos nossos conterrâneos, aos quais a vossa tempestade atirou para aquele agradável país que, ao contrário do que certamente pensais, nutre uma grande simpatia por nós. Não quero, e nunca quis, nenhuma parte dele para mim. No entanto, quero que saibais — e o faço exclusivamente por ter sido traído — que, caso ele suma, deverá ser procurado em Praga, Londres e Paris. Caso consigais se manter no Kremlin, não perdoeis os tchecos. E nunca — não digo isso como vosso inimigo, mas como um homem vendido por eles — confieis nas suas promessas. Eles não merecem isso. Merecem apenas o direito de retornar às suas casas depois da guerra, uma guerra que não era deles. De qualquer modo, a questão de merecerem ou não merecerem não tem grande significado, já que, em pouco tempo, todas as vias de transporte estarão sob o controle dos japoneses, dos quais não conseguireis dar conta.

Caso vós tivésseis a possibilidade — ressalvo, no entanto, que se trata apenas de uma suposição minha —, perguntaríeis como seria o meu gover-

no. E essa pergunta, Vladimir Ilitch, seria muito pertinente. Quando os meus soldados estavam nos vossos calcanhares, por mais de uma vez pensei nisso. É uma pergunta pertinente, porém difícil de ser respondida. Vós, certamente, estais cientes de uma real debilidade política da nossa nação. Ela nunca tivera nenhuma experiência democrática. Sempre teve o tsar. Além disso, para as massas populares, como vós as chamais, a projeção daquele conceito ocorre em todas as camadas de poder e da vida social. Para os campônios siberianos, o novo tsar será um comissário nomeado por vós, e eles não farão nenhuma objeção aos seus mandos e desmandos. Ouso até imaginar que ficarão encantados, assim como o fizeram seus pais e avôs. Isso faz parte da mentalidade do nosso povo, algo que vós sabeis manipular muito bem. Estes vossos comícios e reuniões são excelentes oportunidades para o populacho gritar, pular e brigar à vontade. Nossos camponeses sempre brigaram após a missa e, para eles, não faz diferença alguma se perderam alguns dentes numa reunião do partido ou após o sermão dominical. Esse defeito é, ao mesmo tempo, um trunfo da nossa nação. Ela é facilmente cooptada em torno de um símbolo, de uma idéia espetacular. Sabemos ambos que, no início, vós lhes permitistes que gritassem e escolhessem alguns conselhos ou comitês, somente para que vós pudésseis governar sozinho — para ser o seu tsar, só que não com uma coroa, mas com este horrível boné na cabeça. (Cá entre nós, Vladimir Ilitch, deveríeis substituí-lo por algo mais digno para o fundador de uma nova dinastia. Quem sabe se não por um quepe militar? Perdoai essa observação jocosa, mas, nessas horas, vêm-nos à mente muitas coisas. Incrivelmente muitas. Algumas importantes, e outras, não).

Mas voltemos à questão do formato político que eu tinha em mente para a Rússia Branca. Pois vos direi, e vos asseguro que não tenho nenhum motivo para, num momento desses, tentar vos enganar. Pelo contrário, nutro uma tênue esperança de que, com isso, possa inocular em vós algo daquilo que eu tinha em mente para esta nação e este país. É claro que eu não entregaria o poder de imediato, expondo-me ao resultado de uma eleição que poderia facilmente ser forjada. Por um inevitável espaço de tempo eu seria um ditador. Assim como vós sois agora. Mas só para poder endireitar o país. Depois, e aos poucos, eu convidaria a vós — ou seja, meus inimigos — para participar do governo. Provavelmente, na base de um parlamento contratual. No entanto, não deixaria de ficar atento, eliminando imediatamente quaisquer focos de insurreição ou golpe palaciano. Tivemos muitos deles na nos-

sa história e vós conheceis perfeitamente os seus mecanismos. Depois, à medida que isso fosse possível, me esforçaria para estabelecer uma boa representação do governo e da oposição e, caso conseguisse isso, arriscaria promover uma eleição geral e, com um suspiro de alívio, entregaria o poder ao vencedor da mesma. O problema é que o nosso povo nem sempre está preparado para isso e vós, Vladimir Ilitch, sabeis disso muito bem. E é por isso que estais condenado a uma derrota, mesmo se o sistema tão bem imaginado por vós estiver funcionando. É bem possível que eu, também, não conseguisse me manter no poder por muito tempo, mas já havia decidido renunciar aos meus poderes ditatoriais, exatamente dois anos após tê-los assumido. Acredito que isso é a última coisa que desejo vos dizer, tendo em mente os destinos deste infeliz país.

Aleksandr Vasilievitch Kolchak

O almirante sublinhou a linha da assinatura e, dobrando cuidadosamente as folhas, colocou-as num envelope cinzento, o qual, depois de alguns momentos de hesitação, resolveu não lacrar. Restava-lhe ainda algum tempo, e teve que se esforçar para arrumar os pensamentos que se acumulavam na sua cabeça. E havia tantas coisas a pensar! Lembrou-se de uma antiga técnica japonesa que sempre funcionara naquelas situações. Imaginou seus pensamentos como sendo um bando de gansos selvagens assustados por um gavião e que, batendo desesperadamente as asas, se elevavam de forma desordenada aos céus. Cerrou os olhos, e permitiu que sua mente designasse um ganso-pensamento para ser o líder do bando. Momentos depois, o disperso bando transformou-se numa autêntica esquadrilha, com um gordo ganso-pensamento assumindo a liderança. Este, para sua grande surpresa, em vez de se concentrar no seu tão próximo fim, partiu para o tranqüilo lago Sventes. O almirante ainda conseguiu afastar aquelas reminiscências, mas o ganso-pensamento conseguiu impor sua vontade aos assustados membros do seu bando. Diante disso, o almirante se deixou levar por aquele riacho calmante, concordando até que suas últimas horas fossem preenchidas por lembranças livres e distantes daquilo que estava por vir.

Os deuses que haviam criado aquele remoto paraíso tiveram o cuidado de não permitir que o conforto dos seus visitantes fosse perturbado por insetos, como moscas-berneiras ou mosquitos. Os primeiros, certamente por não haver gado nas redondezas. Já os mosquitos — ao que tudo indicava —, foram exterminados pela prolongada seca na região. O almirante se lembrava de que a seca era tão intensa que, ao retornar do lago à sua casinha, levava consigo sempre uma garrafa de cerveja cheia de água, para saciar a sede das flores nas jardineiras diante das janelas da sua dacha. Em algumas ocasiões, chegava a fazê-lo por mais de uma vez ao dia e, mesmo ao anoitecer, quando saía da sauna construída à beira do lago, jamais se esquecia de encher a garrafa, para que no dia seguinte, logo de madrugada, pudesse molhar as sedentas plantinhas que, gratas por alguém zelar tanto por elas, erguiam suas cabecinhas. Aquilo lhe dava um grande prazer, muito embora jamais houvesse tido queda para jardinagem.

O almirante retornou do lago por um momento e, abrindo os olhos, certificou-se de que os guardas continuavam a caminhar de forma pendular do lado de fora da janela, e que ainda estava escuro. Tudo estava como deveria estar, e o único ponto mais claro era o trêmulo reflexo dos raios da lua sobre a baioneta da sentinela, balançando-se ao ritmo dos seus passos. Enquanto permanecesse escuro, podia-se sonhar e arrumar os pensamentos. Afinal, aquela coisa costuma ser feita de madrugada, já que seus executores devem enxergar claramente o que estão fazendo. Por um instante, indagou-se se fizera bem ao permitir que seus pensamentos navegassem sobre o lago. Não seria mais indicado ficar imaginando como a coisa se passaria? Seria ele capaz de comportar-se com dignidade, ou o seu corpo e sua mente, apesar da decisão anterior, irão querer — por sua própria conta — protestar contra o inevitável? Seria muito ruim, tanto do ponto de vista pessoal quanto histórico, caso ele começasse a se agitar, beijar os pés e as mãos dos soldados e, implorando por misericórdia, ser arrastado como um porco até o poste. Diante disso, resolveu confiar na sua intuição e permanecer no lago, a fim de ter o menor tempo possível para pensar em detalhes daquilo que o aguardava. Pensou no fato de que, lá fora, fazia um frio horrendo e que, em função disso, ele certamente tremeria, o que poderia ser interpretado incorretamente. Não seria melhor sair agasalhado? Mas será que lhe permitiriam isso? Um casaco pesado poderia amortecer o impacto das balas e aumentar seu sofrimento. Normalmente, as pessoas são fuziladas em mangas de camisa.

O almirante protegeu os olhos da trêmula luz da lamparina. Aquela tremulação e as mariposas douradas debaixo das suas pálpebras cansadas ajudaram-no a retornar ao lago, cuja superfície costumava brilhar de forma semelhante, principalmente no verão. Ah, se ele pudesse mergulhar, nem que fosse por um momento, naquelas águas cristalinas! O sol estaria desenhando reflexos dourados no seu fundo arenoso e, apenas enfiando a cabeça debaixo d'água, seria possível imaginar que se estava voando sobre um deserto, no qual o vento formara regulares e arredondadas dunas de areia. Ao mesmo tempo, ao se olhar mais para o fundo, ver-se-ia uma imensidão verde, cada vez mais escura e menos hospitaleira. Aquilo não era agradável, portanto o almirante decidiu não olhar para a parte mais funda do lago, como se temesse ver emergir de lá algo tão ameaçador e inevitável como a aproximação da madrugada.

* * *

O almirante preocupara-se à toa com a possibilidade de sentir frio. Os que vieram buscá-lo também não queriam ficar expostos a ele. Agarraram-no brutalmente pelos braços, arrastaram-no para um imundo porão e, jogando-o sobre o piso de cimento, fizeram vários disparos na sua cabeça. Em seguida, enfiaram seu corpo num saco lastreado com alguns projéteis de canhão e atiraram-no num furo na camada de gelo que cobria o Angara — exatamente no mesmo ponto que ele conseguia enxergar das janelas do Palácio Sibiriakov.

Sua carta dirigida a Lênin foi entregue no Kremlin — só que seu destinatário nunca chegou a vê-la. O testamento político de Kolchak foi lido cuidadosamente por outra pessoa, a quem agradou a forma apartidária com a qual fora abordado o tema do poder na Rússia. A pessoa em questão, antes de queimar a carta no cinzeiro, pensou sobre o destino do condenado que a escrevera, e disse a si mesmo:

— Assim é a vida... Quem tem medo de lobos jamais colherá cogumelos.

27

Irkutsk, nas cercanias da Igreja Ortodoxa do Salvador, no prédio número 13, algumas horas mais tarde

O TENENTE MAREK LARGOU O LÁPIS, espreguiçou-se a ponto de estalarem os ossos dos seus braços e deu um bocejo tão violento que por pouco não deslocou sua mandíbula. Gostava de escrever à noite, reforçando o seu afã criativo com álcool. Sua veia literária era imensa e, às vezes, chegava a achar que sua vida não seria longa o bastante para transpor para o papel todas as suas idéias. O álcool era necessário para forçá-lo a sentar e escrever. Quando havia uma garrafa junto do papel ou da máquina de escrever, era-lhe mais fácil suportar a idéia de ter que extrair da cabeça mais uma seqüência de palavras. O tenente voltou a bocejar e, vendo que o resto do conhaque mal cobria o fundo da garrafa verde, gritou para dentro do soturno apartamento:

— Svoboda! Você está aí?!

Da cozinha provinham sons que indicavam claramente que o destinatário da chamada estava zelosamente ocupado junto do fogão.

— Svoboda! Não me faça mugir como um quebra-gelos envolto num nevoeiro! Você está aí?

Svoboda emergiu da cozinha. Seu rosto rechonchudo brilhava de satisfação.

— Informo respeitosamente ao senhor tenente que sim, e que estou preparando o café-da-manhã para nós dois. As omeletes serão de ovos em pó, pois as galinhas parecem não querer botar ovos numa época revolucionária. Na verdade, não estou espantado com isso. Acho que elas estão aguardando até que a situação fique mais clara.

— Ótimo! — interrompeu-o Marek, olhando com prazer para alguém que, não importa a situação em que se encontrasse, estava sempre pronto para tagarelar. — Traga, então, esse café e me diga se temos ainda algum estoque de álcool.

— Informo respeitosamente ao senhor tenente que não temos um estoque, mas sobrou ainda uma garrafa daquela vodca colorida que ganhamos dos franceses. Tomei a liberdade de experimentá-la... só uns goles... para não expor o senhor tenente a surpresas desagradáveis, bem como para, ao ser indagado pelo senhor tenente, poder responder se gostei do seu sabor.

— E então, gostou? — interessou-se Marek, queimando seus lábios com o café. Só Deus sabe onde Svoboda aprendera a fazer um café tão aromático e tão forte. Além disso, tinha ele o simpático costume de adicionar-lhe, já no fim, após ter sido servida nos canecos, grandes quantidades de leite condensado. Aquilo produzia um efeito especial, e até Marek, que não costumava tomar café com açúcar, começou a apreciar o espesso licor preparado pelo subordinado que, durante a obrigatória parada em Irkutsk, exercia com perfeição as tarefas de empregado, cozinheiro e ordenança.

Svoboda, tendo colocado sobre a mesa pratos, canecos e cestinhas, sentou-se acanhadamente diante do tenente. Marek, que tinha uma visão liberal da disciplina militar, principalmente no que se referia às relações entre os oficiais e praças na Legião, nem reparou naquela intimidade.

— E então? — repetiu.

— Ela me lembra o nosso licor de anis, mas é doce demais e forte de menos. Não sei por que eles adicionam a um álcool de primeira qualidade alguma porcaria marrom. E, pelo amor de Deus, que o senhor tenente não derrame isso sobre o seu uniforme, porque ele ficará todo pegajoso. Mas por que o senhor tenente me pergunta isso? Antes do anoitecer, eu conseguirei para o senhor um conhaque decente ou, no pior dos casos, uma vodca russa. Por que o senhor tenente deveria arruinar sua saúde com essa porcaria?

— É que, Svoboda, eu preciso de álcool agora... — respondeu Marek.

Svoboda não lhe permitiu concluir a frase:

— Jesus e Maria, o senhor tenente vai beber de madrugada?! — exclamou e, olhando ostensivamente para os restos do conhaque, acrescentou de forma protetora: — Sem sequer um intervalo? Isso não é bom para a saúde. O que o senhor tenente deveria fazer é sair para dar uma volta, olhar para a paisagem, para a superfície gelada do rio... para ver se, por acaso, debaixo dela não emerge um almirante qualquer...

Svoboda olhou para o tenente, querendo saber se as suas piadinhas matutinas não teriam estragado o apetite do seu superior hierárquico.

— O quê?! — Marek ficou sério e afastou o seu prato. — Quer dizer que eles o mataram? Como você soube disso?

Svoboda soltou um profundo suspiro e, espalhando manteiga com sal sobre sua torrada, respondeu:

— Tenho os meus meios, senhor tenente. Basta ter as devidas conexões com o pessoal do telégrafo. Os vermelhos só sabem estragá-lo e precisam do suporte técnico tcheco. (Isso teria soado orgulhosamente, se Svoboda não tivesse feito a sua costumeira careta de zombaria.)

— Aonde você quer chegar, Svoboda?

Svoboda terminou a torrada, tomou um gole de café e respondeu:

— Achei que o senhor tenente, sendo um literato e redator de crônicas, gostaria de ver os textos dos telegramas...

Os olhos de Marek brilharam. Percebeu que não apreciara devidamente o seu factótum.

— E você os tem?! Passe-os para cá!

Svoboda, arrastando os pés, foi para a cozinha, retornando logo em seguida trazendo um caderno com algumas páginas escritas a lápis.

— Mandei que eles os copiassem. O tenente há de compreender que eles tiveram que queimar os originais.

O tenente folheava as páginas. Já o primeiro telegrama despertara o seu interesse. Enviado pelo Centro Político Menchevique dos socialdemocratas, era dirigido às unidades a ele subordinadas:

Em função dos relevantes serviços prestados à Rússia, permitir, sem obstáculos ou revistas, que seja carregado nos navios tudo o que os tchecos quiserem levar consigo.

— Olhe só, Svoboda — o tenente bateu com a unha no texto. — Está claro como água. Nós os subornamos para que não nos atrapalhassem. No entanto, algo me diz que esta não foi a melhor forma de se gastar dinheiro.[33] O que você acha?

— Acho que o senhor tenente, como de costume, está com razão. É como aquela história daquele dono de um prédio em Praga, um certo Vaculka...

Marek semicerrou os olhos, sabendo que teria que ouvir mais uma das instrutivas histórias de Svoboda. Contudo, chegou a pensar de que valeria a pena anotá-las.

— Na verdade, ele não era dono de nenhum prédio, mas um impostor que, tendo observado a hora em que o empregado do verdadeiro dono coletava os aluguéis dos seus inquilinos, foi cobrá-los antes dele, coletando um bom dinheiro, já que o prédio tinha trinta apartamentos. Depois, os locatários ficaram surpresos com a visita do verdadeiro cobrador, que exigiu que lhe pagassem os aluguéis devidos, o que fez os inquilinos o jogarem escadas abaixo. O juiz escolhido para julgar a ação impetrada pelos inquilinos contra o dono do prédio por este querer cobrar duas vezes o mesmo aluguel ficou sem saber o que fazer, principalmente porque Vaculka, antes de ser preso, gastou todo aquele dinheiro em bebida.

— E você, Svoboda, pensa que nós, também, pagamos a quem não deveríamos?

Svoboda pigarreou, porque um pedaço da torrada arranhara a sua garganta.

— Eu não penso nada, senhor tenente. Para pensar, temos um Estado-Maior inteiro. Mas, cá para mim, acho que essa despesa foi realmente desnecessária. De uma ou outra forma, nós nunca cheiraremos nem sequer um grama daquele ouro. Outra pessoa encherá seus bolsos com ele.

— Você acha que alguém, lá em cima, está roubando?

— Eu não acho nada, senhor tenente, mas digo ao senhor que numa guerra sempre se roubou e sempre se roubará. É como diz aquele ditado:

---

[33]Marek, na certa, tinha em mente o fato de o Centro Político Menchevique ter permanecido no poder em Irkutsk apenas até 21 de janeiro de 1920, quando o mesmo foi assumido pelo CDTCS (Conselho dos Delegados de Trabalhadores, Camponeses e Soldados). (*N. do A.*)

"a ocasião faz o ladrão", e o senhor tenente não poderá fazer nada contra isso. Todos roubam, só que na medida das suas possibilidades.

— O que você quer dizer com isso?

— Veja o meu caso, tenente. O que posso roubar? Uma lata de fumo de uma prateleira do armazém onde vou comprar o conhaque do senhor? Já um Kravak, em conluio com Kazedub, poderia facilmente desatrelar um, ou até dois vagões daquele trem e, nessa bagunça, ninguém notaria. Estamos em tempos de guerra.

Svoboda fez a última afirmação com uma expressão no rosto como se tivesse feito uma grande descoberta. Marek ficou olhando para ele com incontida admiração. Finalmente, falou, de forma enigmática:

— Sabe de uma coisa, Svoboda? Você deveria ser temido por todas as patentes acima de capitão, incluídos aí todos os Estados-Maiores.

— Por que, senhor tenente? — indagou o gordão.

Marek fez um gesto com a mão na qual segurava o garfo:

— Não vou lhe explicar isso agora, mas posso lhe dizer que, se todos os exércitos fossem formados por homens como você, as guerras seriam impossíveis.

— Continuo sem entender, senhor tenente.

— Não faz mal — Marek voltou à sua omelete. — Quando um dia você ler aquilo sobre o que estou trabalhando, vai compreender num piscar de olhos, pois, pelo que vejo, você não é tolo.

Svoboda agradeceu o elogio com um olhar e, apontando para o caderno sobre a mesa, sugeriu:

— Seria bom o senhor tenente dar uma espiada nos demais telegramas. É um verdadeiro circo.

Marek puxou o caderno para perto do prato. O primeiro telegrama, assinado pelo Comitê Revolucionário Siberiano, tinha o seguinte teor:

Para o Comitê Executivo em Irkutsk: Diante da possibilidade de Irkutsk ser tomado pelas forças inimigas, torna-se imperativo executar imediatamente as atividades previamente definidas. Aguardamos confirmação. Possibilidade de falta de comunicação nos próximos dias.

Marek leu mais uma vez o texto do telegrama, piscando com seus olhos míopes. Depois, ergueu-os para Svoboda:

— Este "atividades" é...?

Svoboda fez um aceno afirmativo com a cabeça.

Marek coçou seus rentes cabelos e disse:

— E daí? O que há de estranho nisso? Queriam acabar com ele... e acabaram. Estavam com medo de que não conseguissem fazê-lo a tempo. Totalmente compreensível.

Olhou para o ordenança, procurando por uma confirmação nos seus olhos. Mas Svoboda apenas coçou os seus também curtos, mas já grisalhos, cabelos.

— O fato de os bolcheviques quererem matar o almirante é público e notório, mas o que o senhor tenente não sabe é que todas as ligações estão nas nossas mãos — disse numa voz tão triunfante como se isso fosse um mérito exclusivo dele. — É a única ligação de Irkutsk com o resto do mundo, senhor tenente.

Marek lançou um olhar perdido para a janela, atrás da qual caíam flocos de neve.

— O que você quer dizer... — todo o horror daquele ato ignóbil pelo qual ele, na qualidade de um membro da Legião Tcheca, tinha que se sentir co-responsável foi chegando até ele, de uma forma lenta, porém inexorável. — Você quer dizer...

Svoboda, já sem nenhum sinal de triunfo, mas com grande tristeza, fez um sinal afirmativo com a cabeça, a qual não cessava de coçar com seus dedos gordos.

— Sim, senhor tenente. Se os nossos não quisessem que ele morresse, bastaria não entregar o telegrama. Afinal, o Quinto Exército queria levá-lo vivo para Moscou, talvez para mostrá-lo numa jaula, como um urso ou uma mulher barbuda...

Marek sentiu uma ardência nas pálpebras e teve que fechar os olhos por um longo tempo.

— Venderam-no, Svoboda. Trocaram-no por aquele ouro e pelo que saquearam pelo caminho. Santos Pais! Pelo resto dos meus dias vou me arrepender de ter participado disso!

Svoboda não tentou animar seu superior hierárquico, pois também se sentia constrangido. Portanto, disse apenas:

— E o que senhor achava, meu tenente? Que mudaríamos somente por sermos livres e que, em vez de cantarmos o hino austríaco, cantaríamos o nosso? Que, de repente, pares de asas emergiriam das nossas costas? O que o senhor poderia ter feito? O senhor nem sabia de nada... e é melhor que continue sem saber. Este caderno tem que ser queimado, senão o falecido ainda poderá nos causar complicações.

— Não! São documentos importantes! É preciso escrever sobre isso.

— Desista disso, tenente — respondeu Svoboda, pegando o caderno e ocultando-o dentro da blusa do seu uniforme. — Agora, o que importa é que possamos retornar às nossas casas. E o senhor mesmo, tenente, há de compreender que, se continuarmos a levar conosco esse ouro de Judas, poderemos ter sérios problemas. Se o senhor tenente começar a falar disso, vamos acabar sendo atirados do trem sobre a neve, ou acabaremos como o almirante... debaixo de gelo.

— Talvez você tenha razão, Svoboda. Façamos de tudo para voltar a ver a nossa dourada Praga.

28

Irkutsk, sede do CDTCS no Palácio Sibiriakov, começo de março de 1920

— O QUÊ?! O CAMARADA deve ter endoidado de vez! Como "não se sabe quanto"?!

Os olhos de Ivan, em função daqueles urros, pareciam querer saltar das órbitas. O chefe interino do renascido Conselho dos Delegados de Trabalhadores, Camponeses e Soldados, Vsivolod Mikhailovitch Sibircev, foi ficando cada vez mais pálido. Meio de raiva, meio de pavor. Não era covarde e passara por muitas coisas, mas aquele bonitão que se comportava como um *sátrapa* oriental diante de prisioneiros atirados no chão incutia-lhe um terror indescritível. Até então, em toda a sua carreira revolucionária, ninguém gritara com ele daquela forma. Nem durante o levante armado em Petrogrado, nem durante os duros meses de inverno passados em Vladivostok, onde conseguira formar o Comitê Militar do CDTCS local, nem mesmo quando, no final da primavera de 1918, foi preso pelos tchecos e enviado para um campo de concentração provisório do qual mal escapara com vida. Não por ter sido maltratado, mas por não ter o que comer, onde dormir, e não ter como se esconder dos mais diversos insetos, alados ou não.

"Mas eu, também, tenho uma parcela de culpa nisso", pensava febrilmente. "Deveríamos ter metido uma bala na sua cuca três semanas atrás, quando os tchecos o deixaram sair do trem."

Embora Ivan, naquela ocasião, tivesse dito que ficara em Irkutsk por sua livre e espontânea vontade, nada indicava que aquilo fosse verdade. Além disso, ele, com extraordinária autoconfiança, afirmava ser plenipotenciário de Dzierzynski e que estava munido de plenos poderes, só que não tinha nenhum papel para comprovar suas afirmações, e as comunicações com Moscou ainda continuavam inoperantes. Por via das dúvidas, colocaram-no no mesmo porão no qual Kolchak fora assassinado e mantiveram-no a pão e água por três semanas, obrigando-o a ficar olhando para as enegrecidas manchas do sangue do almirante.

"Deveríamos ter metido logo uma bala na sua cabeça e tê-lo jogado debaixo do gelo", voltou a pensar Sibircev. "Depois, encontraríamos uma desculpa ou forjaríamos uns documentos comprobatórios da sua traição. Agora, após o recebimento do duro telegrama de Feliks Edmundovitch, ordenando que o poder fosse passado a esse bundão, não há muito a fazer. Só nos resta ouvir o que ele tem a dizer e obedecer humildemente aos seus gritos."

— O que quer dizer este "não se sabe quanto"?![34] — berrava Ivan. — Você não sabe, seu idiota siberiano, que esse ouro pertence ao povo? Para vocês, um vagão a mais ou um a menos não tem qualquer significado!

— Ninguém, camarada capitão, nos deu nenhuma ordem ou inventário, e os tchecos... — Sibircev conseguiu interrompê-lo.

— O que tem os tchecos? Bastava ir até aquele porão e me perguntar! — Ivan sentiu-se exaurido e, puxando uma cadeira para junto da escrivaninha do chefe interino, sentou-se pesadamente. — O que tem os tchecos? Vamos, fale logo! — pediu com voz já mais calma, o que deixou Sibircev ainda mais assustado.

— Os tchecos, camarada capitão, estavam em vantagem. Tinham aquele trem blindado cheio de poloneses malucos, de modo que, se olharmos sob esse ponto de vista, eles não precisavam pedir opinião de quem quer que fosse. Assim mesmo, ainda bem que deixaram uma parte do comboio.

[34]De acordo com fontes soviéticas, foram recuperados em Irkutsk 2.200 *pud*, ou seja, cerca de 36 mil quilos de ouro. Mas os dados referentes a esse tema, fornecidos pelas mais diversas fontes russas, tchecas e eslovacas, não conferem. (*N. do A.*)

Ivan agarrou o chefe interino pelo braço.

— "Uma parte" quer dizer quanto?

O chefe interino ficou ainda mais pálido.

— Alguns vagões...

— Levaram alguns ou deixaram alguns?

— Deixaram alguns — admitiu humildemente Sibircev, tendo a nítida sensação de que Ivan iria agredi-lo. O interessante é que Ivan realmente teve um grande desejo de fazê-lo, mas os meses que passara submisso às ordens de Kravak ensinaram-lhe algo.

— Muito bem — disse calma e lentamente. — Arrume uns homens de confiança e vamos dar uma espiada no trem.

Quando, meia hora mais tarde, Ivan fez uma avaliação superficial das perdas, pôde, sem um pingo de dúvida, agarrar o chefe interino pelas golas do seu casaco e, soprando ar gélido pelas narinas, rosnar:

— Eles levaram aproximadamente a metade do que sobrou depois de Kolchak e Kravak. E isso, camarada chefe interino, significa que levaram cem por cento demais. Estais compreendendo?

— Compreendo — respondeu este, que, devido à sua baixa estatura e erguido pelas mãos férreas de Ivan, teve que ficar na ponta dos pés.

— E o telegrama?

— A qual telegrama o camarada capitão se refere?

Ivan depositou gentilmente Sibircev no chão. O chefe interino sacudiu o casaco, como se quisesse livrá-lo dos flocos de neve que caía realmente, mas, na verdade, querendo readquirir um pouco de dignidade. Uma boa parte daquela dignidade lhe fora tirada pelo telegrama de Dzierzynski, que transformava o ex-prisioneiro em alguém que tinha o poder de decidir pela sua vida ou morte.

— Permita, camarada Kazedub, irmos até o escritório. Pelo caminho, vos explicarei tudo.

E explicou. Para Ivan, que tinha uma simpatia oculta por Kolchak — muito embora nunca lhe tenham permitido trocar com ele uma palavra sequer —, os acontecimentos revelaram-se como uma grande patifaria. Sibircev, esforçando-se para acompanhar os passos do alto e impaciente oficial da Tcheka, acabou tendo que correr, arfando pesadamente e com os bigodes cobertos de gelo de uma forma engraçada. Ivan chegou a pensar que, caso agarrasse o chefe interino pelos bigodes congelados (que davam a Sibircev a aparência de um bisão preocupado), eles se partiriam como dois sincelos. Quando Ivan imaginou como ficaria o rosto de Sibircev após aquela operação, olhou para ele e não conseguiu conter o riso. O chefe interino resolver fingir-se de ofendido:

— O camarada acha os meus bigodes engraçados?

— Não. Desculpai-me. Esse vosso porão afetou o meu senso de humor. Além disso, como se pode alimentar alguém por três semanas exclusivamente com cevada e trigo? O camarada se dá conta dos gases que isso provoca? Na verdade, tudo aqui é engraçado.

Ivan sentiu lágrimas de riso escorrendo pela sua face e se deu conta de que faltava pouco para ter um ataque histérico; que iria dançar e cantar. E que o interino não teria outra opção a não ser chamar os guardas, e trancá-lo novamente no porão, do qual nunca mais sairia à luz do dia. Diante disso, fez um esforço sobre-humano para se controlar e, aplicando no rosto punhados de neve cristalina, perguntou, com voz abafada:

— O camarada estava me dizendo que recebeu um telegrama da vossa central. O que dizia ele?

— Isso, camarada capitão, causou espanto também a mim. Primeiro, não havia nenhum telegrama. Todas as comunicações estavam cortadas. Aí, de repente, numa madrugada, os tchecos trouxeram um telegrama. Pareciam estar com pressa. No telegrama estava escrita claramente uma ordem para que não os impedíssemos de levar com eles o que quisessem. Depois veio aquele outro, informando que os brancos estavam vindo do oeste e que, bem, o camarada sabe... para acabar aquela coisa do almirante.

Sibircev dissera aquelas palavras com um respeito instintivo, e Ivan sentiu um nó na garganta.

— Dizeis que aquilo vos espantou. Por quê?

— É que... — o interino coçou a cabeça — havia naquilo coincidências demais.

— O que entendeis por isso? — perguntou gentilmente Ivan, apenas para o interino confirmar aquilo que imaginava.

— Acho que... só que não fiqueis zangado, camarada, pois se trata apenas de especulações minhas.

— Podeis falar livremente — acalmou-o Kazedub. — Não vou vos meter num porão por um motivo fútil, como vocês fizeram comigo. — E voltou a rir, mas logo conseguiu controlar-se, escutando o que Sibircev tinha a dizer.

— Eu acho, camarada Kazedub, que eles, lá em cima, chegaram a um acordo quanto ao preço, em ouro, pela cabeça do almirante. Caso contrário, os tchecos não nos teriam entregado o telegrama. O que achais vós? — o chefe provisório olhou de soslaio para Ivan.

— Eu acho, camarada chefe interino, que, se os tchecos quisessem levar o ouro e o almirante, nem o vosso diabo siberiano... como ele se chama mesmo? ah, sim, Susiedka... poderia impedi-los. Eles são soldados de primeira categoria; não ficam debatendo, apenas disparam.

— Então, por que houve aquela negociação, camarada?

— Eu vos direi, mas guardai isso para vós. O almirante era um estorvo, tanto para os tchecos quanto para Janin. Sabeis por quê? Não sabeis? Então vos direi, porque aprendi a conhecê-los bastante bem. Mas guardai isso somente para vós.

O chefe provisório ficou atento, e Ivan — com um quase imperceptível ar de superioridade — lhe expôs os seus argumentos:

— Teriam que dividir o ouro com ele. Talvez não de imediato, mas caso conseguissem chegar a Vladivostok, o almirante, certamente, demandaria a sua parte. Ele tem lá... quero dizer... tinha lá muitos amigos e se dava muito bem com os japoneses. Uma vez lá, os tchecos não seriam mais tão fortes, porque toda a operação da sua evacuação marítima estaria nas mãos dos aliados. O camarada há de convir que eles não poderiam adentrar um navio com um trem blindado. Além disso, é quase certo que teriam que deixar para trás os seus canhões e todo o armamento pesado. Duvido que alguém estivesse disposto a transportar tudo aquilo para o outro lado do mundo.

É preciso admitir que Kazedub, quando queria, podia ser um bom analista estratégico. No caso em pauta, ele até poderia adotar uma postura de neutralidade, pois, no fim, Kravak se comportara com ele de uma forma muito decente. Quando tudo estava pronto para a partida, convocou Ivan à sua presença e, sentando-o diante dele, olhou-o de modo paternal (pelo menos, era assim que o major imaginava):

— Ivan, você está livre. Pode fazer o que quiser. Quanto a nós, estamos voltando para casa. Não temos mais nada a fazer aqui.

Ivan mal conseguia acreditar nos seus ouvidos:

— Posso voltar para Moscou?

Kravak sorriu tristemente. Sabia como eram os bolcheviques e os métodos das guerras:

— Já lhe disse que você está livre. Se é isso que você deseja, então volte para Moscou, mas não estou certo de ser uma boa idéia.

Ivan olhou para o major com verdadeira simpatia. Teve ocasião de passar a gostar dele.

— O senhor acha isso?

O major fez um sinal afirmativo com a cabeça, e disse:

— Chegamos a um acordo com os bolcheviques locais. Estes, por sua vez, obtiveram a permissão da sua central. Não nos criarão nenhuma dificuldade. Tudo está acertado. Chegamos a receber uns papéis carimbados.

— E o ouro? — perguntou instintivamente Ivan, percebendo que a pergunta não fora diplomática, além de ser perigosa.

Os olhos do major brilharam, e ele apenas repetiu:

— Tudo está acertado.

Kazedub compreendeu que não deveria tocar mais naquele assunto. Deu um sorriso forçado e disse, mais precisamente, se assegurou:

— Então posso voltar?

— A qualquer momento. No entanto, meu rapaz, eu tenho uma proposta a lhe fazer... — e, antes que Ivan tivesse tempo para se espantar, esclareceu: — Você pode voltar conosco.

— Não compreendo — disse Ivan.

— Você pode voltar conosco — repetiu o major, e como Ivan não demonstrou nenhum entusiasmo e não fez perguntas, passou a desenvolver uma idéia que lhe viera à cabeça havia pouco tempo: — Entre na Legião. Você receberá soldo e poderá participar dos nossos negócios. Poderá viver feliz na Tchecoslováquia; o país é lindo e as pessoas, extremamente gentis.

Ao ver que Ivan queria interrompê-lo, passou a falar rapidamente, pois queria que esse belo rapaz, desprovido de princípios e por isso mesmo perigoso, continuasse viajando com eles.

— E o que eu teria de fazer?

— Pouca coisa — respondeu negligentemente Kravak. — Apenas apresentar de forma adequada a nossa participação nessa guerra. Provavelmente, dar algumas entrevistas à vossa nova imprensa. Como um ex-bolchevique... — Kravak hesitou e corrigiu-se: — Na qualidade de um observador neutro, e russo ainda por cima, lhe será mais fácil convencer os incrédulos.

O major continuou tagarelando sobre a maravilhosa vida de Ivan na Tchecoslováquia, enquanto este pensava tristemente, tanto sobre si quanto sobre o interlocutor:

"Quer dizer que você já me considera um ex-bolchevique? Na verdade, seu espertalhão, você está coberto de razão. Nem chego a ser um ex-bolchevique, mas apenas um pedaço roto de pano e, certamente, não pretendo esfarrapá-lo ainda mais, mentindo para você e para os seus comparsas nos jornais tchecos."

E foi assim que ele teve que abandonar o trem com o qual se acostumara tanto a ponto de considerá-lo como seu próprio lar, saindo para a plataforma varrida pelos ventos gélidos de Irkutsk e caindo diretamente nas mãos dos homens do chefe interino. Nem teve tempo de lançar um olhar para Salomea, muito embora, quando o trem estava começando a ganhar velocidade, pareceu-lhe (mas isso pode ter sido apenas o efeito da sua crescente histeria) ter visto o seu rosto numa das janelas do vagão principal e que, à luz espectral das poucas lâmpadas da estação, o rosto lhe parecera morto.

— Mas, até Vladivostok, há um longo caminho a percorrer. Compreendeis? — Ivan bateu com a ponta do dedo no peito do chefe interino. — E ainda muita coisa pode acontecer. De qualquer modo, eu não vou deixar as coisas como estão. De quantos homens dispondes?

29

Hailar, pátio de cargas da ferrovia da China Oriental,[35] 30 de março de 1920, antes do amanhecer

Na noite da Ressurreição, o poder de Deus
Defrontará com obstáculos repentinos.
Nem tudo se passará na terra e nos céus
Conforme imaginam os desígnios divinos.[36]

As noites primaveris de Hailar costumam ser extraordinariamente belas. Esta, a de sábado para domingo, no decurso da qual, lá longe — na Europa, Estados Unidos ou Austrália —, Cristo erguia-se do Seu túmulo, parecia a mais bela de todas. A combinação da proximidade do cinturão dos montes do Grande Khingan, localizados mil metros acima do mar, com o clima continental, que conseguia aquecer a terra até quarenta graus positivos no verão e, no inverno, resfriá-la a quarenta abaixo de zero, fazia

---

[35]Caso o "trem de ouro" estivesse se dirigindo para Vladivostok nos dias de hoje, teria prosseguido a viagem pela ferrovia Transiberiana, através do território russo. Em 1920, o caminho mais curto para aquele destino era via Hailar e Harbin, pela ferrovia da China Oriental. (*N. do A.*)

[36]Trecho do poema "Nos Tempos da Ressurreição", do poeta polonês Boleslaw Lesmian. (*N. do T.*)

com que ali fosse possível passar horas contemplando o céu estrelado e ouvir o silêncio, que ali soava de uma forma única. O sussurro apaziguador da Grande Noite de Hailar, que tinha a cor azul-marinho, silenciava tudo ao seu redor. Apenas o rio Argun, ainda coberto por uma grossa camada de gelo, respondia baixinho aos quase inaudíveis murmúrios das incontáveis e jamais congeladas cascatas distantes.

O céu também dormia, ou talvez fingisse dormir, pois, se alguém se dispusesse a olhar para ele com mais intensidade, poderia notar a atenção com a qual as estrelas observavam tudo que se passava, até nos planetas mais distantes. Os longínquos mundos pulsavam com uma vida atenta e cristalina. Graças ao ar parado e seco, o frio, de apenas algumas dezenas de graus negativos, era quase imperceptível. Tinha-se a impressão de que, entre a superfície da terra e a exibição de jóias dispostas sobre um fundo azul-marinho e formada pelas estrelas, havia apenas um vácuo sereno. Essa imensidão desértica permitia sentir o tempo em todas as suas dimensões, e que, uma vez penetrado o suficiente, deixava que fosse manipulado. Fingia que parara, nem que fosse para que pudéssemos desfrutar a ilusória e temporária impressão de que havíamos vencido por um momento a sua constante dominação. Depois, voltava a andar, deixando o observador para trás, apenas para chamá-lo de volta e forçá-lo a se entregar ao seu ritmo. Ali, em Hailar, podia-se mergulhar por completo no cosmo. Nem que fosse apenas por um momento, no qual poderíamos nos desconectar dos contextos de pessoas e coisas, da inevitabilidade, da morte, dos desejos, do poder, do dinheiro. Em suma, de todas aquelas coisas que mantêm a nossa consciência grudada à congelada superfície terrestre.

* * *

Tian não sabia dizer ao certo o que fizera com que ele observasse aquela noite de dentro da cabine da S3/6, olhando alternadamente ora para o firmamento cristalino e frio, ora para as quentes chamas alaranjadas da fornalha, à qual, no intuito de ter vapor em caso de necessidade, atirava vez por outra uma pá de carvão. Ao mesmo tempo, evitava fazer qualquer barulho, para não acordar seu assistente, que, enrolado num canto aquecido da cabine, dormia como um cachorrinho de estimação. O brilho da fornalha da atenta locomotiva não era na verdade alaranjado, mas emitia uma coloração semelhante à despejada pelo luar junino quando começa a percorrer seu caminho sobre o céu. Aquela lua era totalmente diversa dessa dali, azul-argêntea, despertando na boca do observador um metálico sabor de aço polido. Era a tonalidade que deveria ter a liga definitiva da lâmina de uma espada ao ser retirada da parte superior do forno, antes de ser mergulhada em água morna, na qual já formam temperadas dezenas de outras lâminas. E mergulhada de tal forma como se fôssemos cortar delicadamente e com carinho a superfície da oleosa e escura água cheia de reflexos, mas de forma fluida, para que a sua parte mais dura, logo abaixo de *shinogi* — a linha de defesa da espada — pudesse ser esfriada antes do resto da lâmina, envolto numa espessa camada de barro. Então, haveria uma chance de a espada — como dizia o *Katana Kaji*[37] de Fukuoka — não pular, ou seja, não girar como uma hélice, em virtude da má disposição das diversas tensões do aço.

Até se ter tornado assistente de mestre, Tian não tinha a menor idéia de como era pesado o trabalho de temperar a lâmina de uma espada. Sua obrigação fora a de zelar pelo fogo, pois ela não requeria nenhuma qualificação, resumindo-se à tediosa tarefa de derramar carvão sobre a peça a ser forjada, para que o calor penetrasse por igual na complicada estrutura da lâmina. Por sorte, o fole era movido por uma espécie de roda primitiva, acionada pela água de um riacho. Nos poucos momentos em que não precisava zelar pelo fogo, Tian observava como três homens fortes e munidos de malhos pontudos aproveitavam aqueles segundos divinos durante os quais a lâmina, com diferentes concentrações de carvão e resfriando com a rapidez de um raio, permitia ser unida numa estrutura praticamente única. O aço só podia ser golpeado até começar a escurecer, adquirindo a cor de cereja madura. Então, era preciso enfiar a peça de volta no forno, até que ela readquirisse a devida temperatura, repetindo a operação *ad infinitum*. Na realidade, ao dobrar e fundir duas camadas por mais de dez vezes e, a

---

[37]Mestre na arte de fabricação de espadas. (*N. do T.*)

cada vez, fazendo-as adquirir a forma de uma panqueca, transformava-se aquela mistura de materiais duros e moles numa só, formada por dezenas de milhares de microcamadas.

O trabalho não parecia ser excessivamente cansativo, já que o processo se resumia — pelo menos, era isso que Tian achava — a esperar que as peças atingissem a temperatura exigida. No entanto, quando ficou entediado com aquela tarefa e ofereceu-se para assumir a posição de um dos três ferreiros, descobriu que, no decurso daqueles poucos segundos, teria de dedicar a si e à espada todas as reservas das suas energias. Aquilo era muito exaustivo e mesmo ele, com décadas de treino e acostumado a dosar adequadamente a energia e a respiração, sentiu-se fisicamente esgotado após apenas duas seqüências daqueles poucos segundos. Mais tarde, quando participou das demais seqüências do processo, acabou compreendendo finalmente que golpes limpos e certeiros com o malho, assim como os de *iai*, não requeriam força, mas apenas treino e concentração.

Obviamente, nunca lhe passara pela cabeça atingir a perfeição naquela arte, mas, quando o *Kaji* lhe sugeriu que fabricassem uma espada especificamente para ele, não pôde resistir à tentação. Trabalharam apenas os dois, sozinhos, passando aquela longa noite de agosto com os olhos fixos na fornalha e hipnotizados pelas chamas dançantes no seu interior. Para aquela ocasião especial, o mestre Hakuo desencavou, de dentro de uma enorme pilha de sucata atrás da casa, um minério especial. Afirmara que ele provinha de um meteoro e que caíra da Lua. Tian jamais esqueceu o sorriso maroto do mestre ao colocar aqueles pedaços disformes de minério sobre a pá.

— O senhor terá uma espada lunar, jovem mestre — dissera. — Deste ferro, caso consigamos adicionar-lhe a quantidade exata de carvão, emergirá a superfície de uma lâmina com gume extremamente afiado. Já tive a oportunidade de fazer uma espada dessas, com um fio como o da melhor das navalhas.

Foi então que ambos decidiram fabricar uma espada excepcional. Não para ficar exposta num lugar de honra em casa, impressionando os visitantes. Não deslumbraria as pessoas com a leveza e a harmonia de *hamon* — o efeito dos reflexos sobre o aço polido. Não despertaria a cobiça de outros com uma bainha cara. Seria uma espada amiga. Uma espada com a qual se podia viajar. Para tanto, ao formar a lâmina, fez com que ela tivesse apenas menos de dois *shaku*, ou seja, sessenta centímetros.

Sua fabricação foi tranqüila, pois o *Kaji* decidira dobrar a lâmina apenas 11 vezes, sendo que, assim mesmo, se formaram mais de 2.500 camadas, cada uma com menos de um centésimo de milímetro de espessura. O fato de a lâmina ser mais curta facilitou a sua têmpera. Não foi preciso aquecê-la por partes e o perigo de ela "saltar" também foi menor. Depois, já de madrugada, quando Hakuo cobria a lâmina com escória fumegante para que — como disse — ela se estabilizasse, Tian não conseguia acreditar que aquele pedaço imundo de aço aquecido se tornaria uma espada maravilhosa, absorvente de toda a luz do dia e com um fio incomparável. Foi quando ele perguntou a Hakuo:

— Por que o senhor me chama de mestre?

— Porque o senhor sempre almeja algo mais. Não sabe parar.

Tian, desarmado pelo sorriso do armeiro, também sorriu, enquanto este continuava:

— O senhor deveria concentrar-se numa só coisa. Por que não fica aqui, como um aprendiz meu? Daqui a vinte anos, o senhor fabricará a mais bela das espadas do Japão! O senhor tem esse dom; sente aquilo que há dentro do aço, e ele sente o senhor. É a primeira vez que vejo tamanha compreensão entre as partes.

Tian sorriu ao lembrar-se daquela madrugada, quando bebericavam chá e conversavam, enquanto a espada continuava a absorver o calor daquele cobertor de sucata sobre o qual seria possível aquecer a água do vilarejo por uma semana.

— Sei que a sua proposta é sincera — respondeu ao *Kaji*, um homem já avançado em anos e que não tinha filhos homens. — E não quero que o senhor pense que eu não gostaria de ficar e ser seu aprendiz. Sentir-me-ia honrado com isso, mas preciso aperfeiçoar-me numa arte totalmente diferente, da qual não lhe posso dar maiores explicações.

Três meses mais tarde, Tian recebeu a espada. Hakuo não aceitou nenhum pagamento por ela, dizendo:

— Foi o senhor quem fez a espada; eu apenas fui o seu assistente.

Seu rosto iluminou-se, e era evidente que o encantamento do novo proprietário da espada lhe causara uma enorme satisfação. Com quase dois *shaku*, era mais comprida do que uma *wakizashi*, a mais curta das duas portadas pelos samurais de elevada condição social. Os efeitos mais espetaculares foram feitos pelo mestre ao afiá-la, uma atividade na qual Hakuo não permitiu que Tian o assistisse. A sua decoração, *yaki-ba*, consistia no característico desenho de três cedros, todos de mesma altura e que se repetiam em seqüências regulares até a sua ponta, onde os cedros se subdividiam em brilhantes linhas, conforme exigem as melhores regras de *kaen*, um dos clássicos tipos de afiamento de pontas de espadas. Protegida por uma discreta *shira-saya* — uma bainha de carvalho avermelhado —, a espada tinha uma aparência inocente, como se fosse uma curta e levemente curvada bengala.

— Eis o seu *katsu jin ken*, ou seja, "a espada que dá vida". Estou certo de que ela lhe será muito útil nas suas viagens. Peço apenas que a use exclusivamente para o bem — disse Hakuo baixinho, porém com ênfase.

O que poderia ser dito em resposta a isso? Na hora, nada viera à cabeça de Tian, de modo que ele permaneceu inclinado por mais tempo do que o devido a uma reverência de agradecimento. Mais tarde, pensou muitas vezes no significado daquela dedicatória, a qual fazia parte do antigo refrão relativo a espadas que, "trazendo morte, dão vida".

A espada recebida do mestre Hakuo nunca fora posta à prova num combate mortal, e sua lâmina só via a luz do dia durante os treinos, ou quando era preciso limpá-la e untá-la com óleo de botões de cravo. Com o tempo, a sua bainha, embora feita de uma espécie extremamente dura de carvalho japonês, tornou-se um registro das suas viagens, com a madeira já escurecida, gasta e com marcas em diversos pontos. Agora, de pé, num canto da cabine, ao lado do adormecido Ivanuchko, parecia um gasto cajado de um viajante. Não era à toa que o seu nome — *shikomi-zue* — significasse exatamente isto: "espada-bengala".

* * *

Tian aspirou o seco e frio ar das montanhas e sentiu algo doce e agradável. Talvez fosse apenas a satisfação de estar próximo de lugares que conhecia tão bem, ou ainda, o que era mais provável, a deliciosa sensação da proximidade do país no qual viera ao mundo e no qual pensava invariavelmente com uma espécie de humilde encanto, como se pensa numa mulher deslumbrante ou num rapazola de extraordinária beleza. Tal sensação, embora quase o sufocasse, era também agradável e excitante, como a que sentira havia muito em Harbin, onde tivera uma namorada chinesa de 15 anos. A garota era extremamente bela e tinha um corpo escultural. Ocultando o seu namoro dos olhos dos pais e de conhecidos, visitava-o exclusivamente às manhãs, com a desculpa de fazer compras de alimentos na feira. Tian se recordava precisamente de que, a cada noite precedente àqueles encontros, não conseguia dormir de verdade desde as duas da madrugada, ficando naquela situação de quase-dormir, na fronteira entre realidade e sonho. Aqueles momentos de semiconsciência eram tão agradáveis quanto os encontros em si, no decurso dos quais os amantes se entregavam a carícias em plena parceria, às vezes suaves e às vezes impetuosas.

E foi com grande dificuldade que Tian conseguiu afastar aquelas lembranças que persistiam em retornar à sua mente. Sabia que os últimos passos antes de adentrar a casa costumavam ser os mais perigosos. Naquele momento, não se pensa em mais nada a não ser na casa, no descanso e nos entes queridos, quando é mais fácil ficar desconcentrado e não perceber nenhum sinal de perigo. Quantos guerreiros experientes não morreram atacados nos jardins das suas propriedades, antes mesmo de terem tido tempo de tirar seus sapatos empoeirados! Não conseguiram ser defendidos pelos famosos "três escudos" dos samurais, nem por anos de treinamento, nem pelos regiamente remunerados guardas pessoais. Mas, apesar de todos os esforços nesse sentido, a mente de Tian voltou a se desviar para trilhas de sonhos e lembranças já apagadas pelo tempo.

"Gostaria de saber como andam as coisas em Harbin. Afinal, passaram-se tantos anos..." Nos tempos em que lá trabalhara, dizia-se que Harbin era uma cidade sem passado, mas com um futuro promissor. Naqueles dias, interessavam-no duas coisas: belas jovens — às quais seduzia com uma dedicação digna de uma causa mais nobre, e o excepcional rio Sungari, que, na versão chinesa do seu nome manchu, significava "rio das flores" e era tão majestoso que, em comparação a ele, todos os rios da sua terra natal não passavam de meros riachos.

Naqueles dias, estava sendo construída a ferrovia da China Oriental. Construíam-se pátios de carga, estações, longos trechos de trilhos. O pátio de carga de Hailar, no qual se encontrava naquele momento, fora, em parte, uma obra sua. Daquilo de que se lembrava, deveriam estar lá, no meio daquela escuridão cristalina, os armazéns gerais. Tian fixou o seu olhar naquela direção com tal intensidade que chegou a enxergar faíscas coloridas. Mas foi o seu corpo — e não a sua mente — que o fez agachar-se repentinamente. Aquilo não eram faíscas coisa alguma, mas projéteis disparados da escuridão sobre a S3/6 e dirigidos diretamente ao seu rosto. Só depois de um certo tempo, após os projéteis ricochetearem sobre o aço da cabine e as proteções laterais da caldeira, foi que chegou aos seus ouvidos o inconfundível som de uma metralhadora Lewis. Ainda agachado, Tian pegou na espada e sacudiu os ombros do adormecido Ivanuchko. O jovem ajudante esfregava os olhos, com uma cara de quem acabara de acordar num hotel de luxo e apenas aguardava a camareira trazer-lhe o café-da-manhã.

— Ivanuchko! — sussurrou Tian, sem saber a razão de estar falando baixinho. — Esconda-se no tênder e não saia de lá. Compreendeu?

Ato contínuo, empurrou o ainda semi-adormecido ajudante para dentro do tênder, cujas paredes eram feitas com aço de 12 milímetros e impossíveis de serem atravessadas por balas de metralhadoras. Os tiros provenientes dos armazéns revelaram-se apenas uma amostra do que estava por vir. Ouviu-se um silvo e, no momento seguinte, um projétil antitanque cravou-se na terra, ao lado do trem, porém sem explodir. Pelo som que fizera, podia-se perceber que o canhão que o disparara era digno de respeito. "Na certa, um canhão antitanque montado num vagão", pensou Tian, "já que, no inverno, ninguém iria transportar um canhão de tal porte sobre estas estradas. Só que não consigo compreender por que eles estão disparando projéteis antitanque."

Como em resposta à indagação mental de Tian, um trem blindado polonês[38] — parado nos trilhos vizinhos aos do trem de ouro — pareceu

[38]A Quinta Divisão Siberiana Polonesa teve um importante papel na proteção da ferrovia Transiberiana dos ataques dos vermelhos durante a evacuação da Legião Tcheca. (*N. do A.*)

adquirir vida. Com um suave suspiro, os ganchos que ligavam seus vagões se retesaram, e o trem blindado, adquirindo velocidade, partiu para o leste. Aparentemente, os poloneses estavam atentos e, presumindo que os projéteis antitanque foram disparados contra eles, queriam uma revanche. Tian ouviu um novo silvo vindo da escuridão, e o projétil, passando a poucos centímetros (pelo menos, fora o que lhe parecera) da cabine da S3/6, acertou o vagão principal. As paredes do vagão não eram grossas o bastante para interromper a trajetória da granada, mas esta o acertara obliquamente, de modo que ricochetou, acertando a plataforma da estação e explodindo com estrondo. No vagão, todas as vidraças se partiram, enquanto, apesar do bombardeio, alguns idiotas acenderam as luzes no seu interior.

A canhonada só podia partir de um trem blindado vindo de Harbin. Mas quem estaria nele? A julgar pelo tempo decorrido entre o impacto do projétil e o momento do disparo, deveria estar a um quilômetro de distância e, embora disparasse sem ter um alvo específico, o efeito dos disparos era aterrador. De repente, a noite ficou clara como dia, pois no céu azul-marinho explodiu um projétil iluminador, logo seguido por um segundo e um terceiro.

Tian saltou para o outro lado da cabine, apenas para ver as distantes luzes vermelhas do último vagão do trem dos poloneses. A leste, os disparos dos dois trens blindados frente a frente brilhavam com uma estranha luz néon azulada. Os poloneses atiravam sem cessar, pelo jeito do primeiro vagão e diretamente em frente. O outro trem poderia estar antes de uma curva, o que significaria que toda aquela canhonada seria um puro desperdício de pólvora, mas os poloneses não levavam isso em consideração e pareciam satisfeitos com o mero fato de estarem combatendo. Das cilíndricas proteções laterais de ambos os trens, emergiam, parecendo água jorrando de regadores, longas fileiras tracejadas de projéteis de pesadas metralhadoras CKM, cruzando-se no ar e formando um quadro belo e assustador. As paredes do tênder não poderiam resistir ao impacto de balas de cem milímetros, de modo que Tian retirou dele o seu encolhido ajudante.

— Ivanuchko! Entre debaixo do tênder e fique lá até eu o chamar! Rápido! — gritou.

Sabia que a coisa mais sensata a fazer era entrar debaixo do tênder junto com o ajudante. O trem deveria permanecer parado, pelo menos até os poloneses se chocarem com o inimigo. O pátio não tinha mais do que algumas centenas de metros, após o que, pelo que ele se lembrava, todos os pares de trilhos se juntavam num só. Os poloneses, sendo poloneses, não iriam recuar, mesmo depois de terem batido no outro trem. Para eles, aquilo era uma questão de honra, e aquela estranha e freqüente suicida determinação de lançar-se contra um inimigo custasse o que custasse parecia ser algo atávico. Ele não saberia agir daquela forma e, na verdade, invejava-os por aquilo. Sempre soubera o que deveria ser feito, e por quais razões — e sempre soube em que ponto deveria parar. Era isso que ensinava o *kenjutsu*.

Quando Ivanuchko sumiu debaixo do tênder, Tian, munido da sua espada, saltou silenciosamente da cabine, do lado onde estivera o trem blindado polonês. Protegido pela sombra dos vagões, correu na direção do fim do comboio. Após percorrer algumas dezenas de metros, agachou-se e ficou aguardando o desenrolar dos acontecimentos. O canhoneio dos trens cessara repentinamente; em compensação, as rajadas de metralhadoras continuavam, disparando mais para o leste. Do lugar onde estava, pôde ver e ouvir abrirem-se as portas dos vagões e que várias pessoas, fazendo perguntas umas às outras, saltavam do outro lado, sobre a plataforma da estação. Chegando à conclusão de que a situação estava mais clara, passou por baixo dos vagões para o outro lado.

— Tian! Finalmente alguém com bom senso!

O major Hemmings tinha uma aparência engraçada: de chinelos, com um pijama cor de areia aparecendo debaixo de um casaco forrado de pele e um enorme Colt automático na mão.

— O senhor pode me dizer quem está disparando e em nome de quais ideologias? — Hemmings, mesmo vestido daquela maneira absurda e em condições tão inesperadas, não perdia o seu costumeiro bom humor, muito embora o fato de se ter dirigido ao maquinista em inglês indicasse uma certa confusão na sua mente.

Antes que Tian pudesse responder, apareceu Wanda, trajando apenas uma deliciosa camisola e um decorado casacão militar atirado sobre os ombros desnudos. Bocejava de forma descarada, dizendo por entre os bocejos:

— Ainda bem que os vidros que se partiram foram os do corredor, mas de qualquer modo, o frio ficará insuportável. Ernest, quero que você me leve imediatamente para a África. Diretamente sobre o equador!

O maquinista exibiu o seu costumeiro sorriso e, num inglês com sotaque sueco, respondeu gentilmente ao seu auditório, que, enquanto isso, aumentara com a chegada da totalmente vestida Salomea, Kravak (com uma ridícula rede de proteção noturna de bigodes, a qual o fazia parecer um personagem de *vaudeville*) e diversos oficiais tchecos:

— Atiravam de lá — apontou para o leste, na direção do avermelhado sol nascente, que fazia com que os nevados picos das montanhas adquirissem um colorido róseo. — De um trem blindado. Mas já pararam. Os poloneses foram enfrentá-los.

— E estas metralhadoras? Também de lá? — perguntou Kravak, sem se dar conta de que passara, também, para o inglês.

O maquinista, sem parar de sorrir, ficou escutando por um momento.

— Sei tanto quanto o senhor major — respondeu —, mas tenho a impressão de que estão disparando na direção do nosso trem blindado, e que os nossos estão disparando de volta.

Como se fosse para confirmar suas palavras, voltou a se ouvir os sons de canhões pesados, completados pelo *staccato* das CKM e o suculento contraponto de projéteis de três polegadas.

Kravak arrancou a rede do rosto e, brandindo-a como um bastão de comando, assumiu a postura de um heróico comandante num campo de batalha. A presença de mulheres na platéia reforçara aquela sua intenção.

— Tenente Marek! Envie imediatamente dois pelotões com CKM e granadas para aqueles armazéns. É melhor o senhor ir com eles e retornar imediatamente com um relatório da situação.

Marek, abotoando o seu casacão, correu na direção dos seus homens, que, sendo soldados profissionais, já estavam formados e, sem mesmo terem recebido uma ordem naquele sentido, ajustavam baionetas aos seus fuzis. Svoboda, agitando pesadamente o seu gordo traseiro, trotou atrás dele, desenrolando um cabo telefônico de um carretel preso à sua mochila. Parecia uma atrapalhada aranha saída de um livro infantil, extraindo finíssimos fios do seu abdome. Kravak seguiu-o com os olhos por um certo tempo e, depois, ajeitando o seu quepe, falou:

— Sim, senhoras e senhores. Em pouco tempo, tudo ficará claro. Seria melhor se todos retornassem ao vagão.

E depois acrescentou, de uma forma surpreendentemente sensata:

— Mandarei os meus homens acharem algum papelão para substituir as vidraças.

Wanda olhou para ele de uma forma quase gentil:

— Não deveríamos, senhor major, aguardar o retorno dos poloneses?

Kravak olhou para ela com um interesse que as pessoas mais bobas costumam demonstrar diante de outras, que pensam mais rápido e melhor. Pretendia dizer algo inteligente e que demonstrasse sua capacidade de avaliar com precisão acontecimentos militares, quando a primeira bala de fuzil zumbiu junto do seu ouvido, enquanto outras levantavam engraçadas nuvenzinhas de pó no cimentado piso da plataforma. Dessa vez, os disparos vinham do oeste. Era Kazedub que, querendo fazer um ataque de surpresa, parara seu destacamento a um quilômetro da estação e, agora, lançava seus duzentos homens num ataque ordenado e impetuoso. Seus gritos de "hurraaaa!", embora diluídos pelo frio, chegavam até o trem, assustando um bando de gralhas, que alçaram vôo, grasnando furiosamente.

— Para os vagões! Protejam-se! — ordenou Tian.

O maquinista resolvera assumir a iniciativa, pois Kravak ficara paralisado, meneando a cabeça e não conseguindo entender o que se passava. Espantado, olhava para os escuros vultos dos vermelhos de Irkutsk. O projétil seguinte arrancara o seu quepe e fizera um ferimento superficial na sua cabeça, o que bastou para que o major se dobrasse como um Pinóquio e — com os braços e pernas estendidos de forma engraçada e a ensangüentada cabeça pendente — sentasse sobre o chão coberto de neve.

Um dos projéteis atingiu Salomea, no exato momento em que ela colocava um dos pés sobre o degrau do vagão. O impacto fez com que desse alguns passos e se ajoelhasse pesadamente, registrando com seu olhar já quase apagado os complicados dados escritos na placa do vagão: o peso total, a carga sobre os eixos e a pressão máxima dos tubos pneumáticos de interligação. O tiro fora fatal. A bala penetrara sob a sua axila direita (pois Salomea erguera o braço para agarrar o corrimão), atravessara o pulmão e, tendo passado entre as suas costelas, fizera um impressionante furo no corpo da jovem. A uma distância de 150 metros, uma bala de fuzil Mosin tinha força extraordinária e era capaz de fazer grandes estragos.

A primeira a tentar socorrê-la fora Wanda, sem saber o que fazer. O que seria mais recomendável: amparar o corpo da amiga ou depositá-lo cuidadosamente sobre a neve? O projétil, ao sair da sua caixa torácica, destruíra a presilha do seu sutiã, expondo seus lindos seios. Continuavam tão lindos que Wanda nem se preocupou em cobri-los.

"Que morte mais estúpida", pensou, com uma risada nervosa. "Ela viajou por milhares de quilômetros, só para ser morta por uma bala perdida em Hailar, de cuja existência provavelmente nunca soube." Hemmings, que também viera correndo, lançou um olhar de reprovação para Wanda e ergueu Salomea nos braços. Entendia o suficiente de ferimentos para saber que naquele corpo, que tantas vezes admirara nos corredores do vagão e do qual sabia apenas o que lhe contara Wanda, restavam apenas alguns segundos de vida. Com um esforço final, Salomea ergueu as pálpebras prestes a se fechar para sempre e, com seus olhos, procurou pelo maquinista. Este, como se estivesse aguardando pelo seu último desejo, agachou-se no piso da plataforma, olhando docemente e com atenção para os seus olhos.

— Sempre... gostei... do senhor... — a voz de Salomea foi ficando cada vez mais fininha e sussurrante. — Como do papai...

O maquinista agraciou-a com o mais caloroso e compreensivo sorriso de que era capaz, e ela retribuiu-lhe o sorriso, partindo de vez, contente por levar consigo algo tão ameno e gentil.

* * *

Depois, várias coisas ocorreram ao mesmo tempo. O trem blindado polonês retornou ao seu local de partida e, com um barulho ensurdecedor, abriu suas portas blindadas, despejando pelotões de ataque que, com grande disciplina e sem nenhum grito, tomaram posição ao longo dos trilhos. Ao mesmo tempo, ecoaram do leste uma nova série de tiros e melodiosos gritos de comando. Estes últimos pareceram derreter o coração no peito do maquinista. Ergueu-se de um pulo e, sem tentar se proteger, começou a agitar os braços e a gritar:

— *Utsuna! Watashitachi-ha mikata-da!*[39]

De acordo com as regras segundo as quais o inevitável destino comanda aquele tipo de situação, o maquinista deveria ser atingido por uma bala. Mas não foi. E ele, continuando a agitar seus braços e gritando, correu para o leste, na direção dos destacamentos japoneses, com seus característicos gorros de pele e capuzes de pano atirados sobre suas costas. Os japoneses eram muitos e, atrás dos que se aproximavam, podiam-se perceber muitos mais. Os vermelhos de Irkutsk pararam inseguros. Alguns tiveram vontade de fugir, enquanto os fuzis lhe pesavam nas mãos, como se fossem algo vergonhoso e comprometedor. Ninguém mais disparava, e os dois grupos adversários foram se aproximando com cuidado do local onde jazia o corpo de Salomea, flanqueado por Wanda e Hemmings, e onde continuava sentado Kravak, apalpando estupidamente sua careca.

Ivan, com uma pistola na mão, olhava hesitantemente para os seus homens, que, tendo diminuído o ritmo do ataque, fizeram com que ele ficasse alguns passos à frente deles. Os tiros do lado esquerdo dos armazéns também cessaram, aparecendo logo em seguida o tenente Marek com os seus tchecos, conduzindo um grupo desarmado de homens que — com cabeças abaixadas e expressões de incerteza quanto ao seu destino — deviam fazer parte da guerrilha local, provavelmente formada por trabalhadores da via férrea.

O círculo de homens armados fechou-se em torno do pátio de manobras de Hailar, sendo que os últimos espaços livres foram ocupados pelos poloneses. Caso alguém tivesse disparado um tiro acidental, na certa ocorreria um massacre de proporções indescritíveis, já que a maioria dos homens portava armas automáticas, e quase todos — granadas. Kravak — com a expressão de um idiota completo — permanecia sentado, e nenhum

[39]"Não atirem! Somos amigos", em japonês. (*N. do A.*)

dos seus conterrâneos parecia ter pressa em vir em sua ajuda. Ivan não tinha a mais vaga idéia do que fazer. Olhava para o corpo de Salomea, sentindo um misto de desespero atrasado e fúria prematura.

— Está morta? — dirigiu a pergunta a Wanda.

Esta, erguendo os olhos para Kazedub, respondeu lentamente, sem nenhuma conotação de reprimenda:

— Ela estava viva há poucos minutos. Estava ótima, até vós aparecerdes novamente, camarada. E, no entanto, poderia continuar vivendo calmamente. E quem sabe não poderia ter-se tornado sua esposa? O que achais disso, camarada? Ela ansiava por voltar. Para o seu pai. Quem sabe teria voltado com você? E quanto a você? Será que toda essa merda amarela nestes vagões vale a vida dela? Pode-se comprar com ele a sua ressurreição? Não? Então não vale...

E, sem esperar por uma resposta, pediu a Hemmings:

— Leve-a para o compartimento.

Em seguida, ergueu-se pesadamente, como se, naqueles poucos minutos, tivesse envelhecido vários anos e, diante dos curiosos olhares dos soldados tchecos e japoneses, encaminhou-se, arrastando os pés enfiados em chinelos, para o vagão principal.

É bem possível que tudo tivesse se passado de forma diferente não fosse o fato de os tchecos que carregavam o corpo de Salomea serem tão desajeitados a ponto de quase o deixarem cair no chão. Um deles conseguiu agarrá-lo a tempo, mas a inerte e bela mão de Salomea tocou o solo, como se o cadáver quisesse levar consigo, como lembrança, um punhado de cascalho misturado com neve. Aquilo bastou para que Kazedub — que olhava para tudo que se passava à sua volta como um touro esperneando no meio de uma arena — sentisse uma espécie de vórtice que, girando em volta dele cada vez mais rapidamente, levasse consigo a sua mente e a sua consciência. Aquela mão — cujo formato, calor e tímida energia não lhe saíra da cabeça no decurso das incessantes sessões da absurda nostalgia pelo seu toque — o fez perceber o despropósito dos últimos dois anos. Naquele momento, Ivan passou por uma experiência única: imaginou que alguém, que até então acreditava estar oculto nele, era ele mesmo e que, saindo dele, parara por um momento ao seu lado. Era como se o seu corpo e a sua mente tivessem perdido a nitidez, como um quadro visto com olhos marejados de lágrimas. Quando tudo voltou a ficar nítido, Ivan se sentiu exatamente como quando recitara o monólogo de Antônio, sem saber exatamente onde terminava Shakespeare e começava ele mesmo. Diante disso, deu dois passos à frente e, num tom de superior hierárquico, fez uma pergunta simples e óbvia à pessoa conhecida mais próxima:

— Tian! O que está se passando aqui?

O maquinista também se adiantou e, segurando a sua *shikomi-zue* com as duas mãos como uma vela votiva numa igreja, sorriu com altivez.

— Não sou Tian — disse com certa tristeza, pois involuntariamente se acostumara ao seu papel. — Sou o capitão Eiso Kidera.

— Você é um espião! — exclamou Ivan, com fúria.

— Fui — corrigiu-o Kidera, fazendo uma pequena mesura. — Mas agora, como o senhor pode ver, retornei ao seio do Exército Imperial.

— E o que vocês pretendem? O senhor e o seu Exército Imperial?

Ivan mantinha-se contido, embora sentisse que estava se balançando à beira de um precipício. Kidera, por seu lado, era a gentileza em pessoa, muito embora sua voz, em alguns momentos, lembrasse o sibilo de uma serpente irritada:

— O senhor teve a oportunidade de notar que a composição das forças sofreu uma alteração. Diante disso, acho que o melhor é cada um partir para o seu lado.

Ivan colocou delicadamente o polegar no cão do seu revólver.

— O senhor, para lá — Kidera, sem tirar as mãos da *shikomi-zue*, indicou com o queixo a direção de Irkutsk — e nós, para lá — apontou para o leste com a cabeça.

Ivan afastou o cão, com um quase inaudível clique.

— E o ouro? — perguntou, não se dando por vencido.

Kidera balançou a cabeça com uma estudada tristeza.

— Como o senhor pode ver, estamos em superioridade numérica...

Ivan sacou da arma, querendo — não se sabe por quê — mirar na cabeça do japonês. Kidera então — sendo um profundo conhecedor da determinação humana e certo de que Ivan dispararia — esperou até que a mão com a arma estivesse erguida o bastante e, num movimento fluido que era uma continuação do ato de desembainhar a espada, aplicou o golpe *giakuto*, de baixo para cima, decepando a mão de Kazedub, junto com a sua arma. O revólver, com a mão agarrada na coronha, virou uma cambalhota no ar e caiu entre as coxas de Kravak, que continuava sentado apalpando sua cabeça. Kidera girou a espada no ar com o intuito de aplicar um golpe fatal na têmpora de Ivan. No entanto, mudou de idéia e, deixando cair sobre a neve algumas gotas de sangue cor de rubi, embainhou a sua arma. Nem olhou para Ivan, enquanto os soldados japoneses, por via das dúvidas, inclinaram suas armas, parecendo um bando de galos de briga.

Kidera fez-lhes uma mesura, e quando eles se afastaram com respeito, encaminhou-se lentamente para a locomotiva. O sol já estava acima das montanhas, mas a sua cor era de um vermelho atípico. Do límpido céu de Hailar, começaram a cair pequenos flocos de neve seca.

30

No convés do vapor Takanami-Maru, mar do Japão, maio de 1920

— NÃO CONSIGO COMPREENDER. A senhora tinha tantas opções... Poderia ter partido com o major Hemmings para os Estados Unidos ou prosseguido com os tchecos; em menos de um mês, a senhora estaria em casa.

Wanda virou-se de costas para o sol, tocando no seu rosto que já começava a arder. Não ventava, e o mar, apesar do nome do navio,[40] estava totalmente calmo.

— Ah, sim, o major Hemmings... — Wanda hesitou por um momento. — Quero crer que o papel do major Hemmings na minha vida já foi esgotado. Houve até vários bis e boas críticas, capitão.

— Major — corrigiu-a Kidera suavemente, mas sem ocultar o orgulho. — Acabei de receber o telegrama com a promoção, mas onde vou arrumar as insígnias?

O novo major fez uma careta de preocupação, mas o fez exclusivamente para ter o prazer de ver Wanda sorrir. Que mulher deslumbrante! Imaginou-a no *entourage* da sua casa. Com trajes japoneses. No jardim. No ba-

---

[40]Em japonês, *takanami* quer dizer "onda alta". (*N. do A.*)

nho. Bastava apenas que existisse. No entanto, aquela mulher não era capaz de limitar-se somente a "existir". Era orgulhosa, guerreira, ardilosa e interesseira. Cheia de sexo, delicadeza, piedade e compreensão. Tinha, também, seus desejos secretos e era muito hábil. Em outras palavras: era ideal, sendo que a delicada teia de pequenas rugas perto do nariz arrebitado aumentava ainda mais aquela idealidade. Com um vestido de cetim preto que comprara em Vladivostok, um chapéu de palha adornado por uma fita, os pés enfiados em sandálias de salto, e com um rosto bronzeado pelo sol e pela brisa do mar, chamava a atenção de todos os homens do navio. Kidera estava orgulhoso pelo fato de viajar em sua companhia.

Quanto a Wanda, também olhava para ele com grande satisfação. Sem aquela trança manchu, com os cabelos aparados rentes e metido num discreto uniforme cor-de-oliva da Infantaria Imperial, dava a impressão de ser muito jovem e — pode-se dizer — esterilizado. Talvez fosse pelo contraste entre a estreita faixa do seu impecavelmente branco colarinho com o resto do uniforme abotoado até o pescoço, ou então pelos incrivelmente alvos dentes, nos quais Wanda nunca antes prestara atenção. Seu rosto cuidadosamente barbeado lembrava, de perfil, um pouco a imagem de um índio que adornava a caixa de cigarros da Virgínia fumados por seu pai. Era um rosto que a atraía, assim como as suas mãos. Aparentemente, eram delicadas, com dedos compridos e bonitos; no entanto, quando colocou a sua sobre elas, sentiu nelas força e habilidade. Ainda não sabia se teria vontade de levá-lo para a cama, mas de uma coisa tinha certeza — a de que tinha um imenso prazer em conversar com ele, apesar de ele falar pouco, dizendo apenas o necessário para ser compreendido.

Kidera cobriu a mão de Wanda com suas mãos amigas e protetoras, mas não olhou para ela. Estava olhando para Ivanuchko, afastado alguns metros deles. O garoto, trajando um terno europeu, parecia um ser de outro mundo. Somente agora, naqueles trajes, se podia apreciar a fineza dos seus traços e a beleza do seu corpo, devidamente exercitado por anos de trabalho na alimentação de fornalhas de trens. "Também terão inveja de mim por causa dele. E quando tiver os dois do meu lado..."

O major mergulhou nos seus devaneios. Nunca almejara uma felicidade na expressão prosaica do seu significado. Não ansiava por coisas ou dinheiro. Em compensação, dava um grande valor à possibilidade de conviver com pessoas que lhe agradavam. Ou melhor — com aquelas que o excitavam, fosse pela aparência, fosse pela força do seu espírito. Agora, aquilo lhe fora dado, e ele sentia-se grato por isso. Graças ao seu dinheiro e às suas conexões, Ivanuchko seria aceito numa excelente escola e, no futuro, se tornaria um espião tão bom quanto ele mesmo. O garoto já sabia lutar e pensar por si mesmo. Precisaria de educação, conhecimento de línguas e técnicas especializadas. Tudo isso teria de ser ensinado, bem como a melhor forma de aproveitar-se de mulheres e homens. Ele, Kidera, assim como Wanda, lhe seriam excelentes mestres nesses assuntos. Sorriu para si nos seus pensamentos, ou melhor: sorriu para os seus pensamentos. A mão de Wanda, dentro das suas, estremeceu. Imediatamente se virou para ela, com um gentil sorriso estampado na face.

— O que o senhor acha, major? Uma vez lá, terei a oportunidade de dar concertos?

Kidera viu nos olhos de Wanda que aquilo era muito importante para ela. Diante disso, respondeu de imediato, pois já havia pensado nisso antes:

— Acredito, cara senhora, que o governo do meu país, sentindo-se devedor da senhora pela sua atuação nos últimos meses, lhe garantirá muito mais do que apenas a possibilidade de fazer concertos.

Aquilo soara muito misterioso, de modo que Wanda lhe lançou um olhar indagador.

— Os japoneses são um povo extremamente musical e... e isso garanto à senhora... grandes amantes de arte. No entanto, jamais conseguiremos ser "cidadãos do mundo" se continuarmos ouvindo exclusivamente *koto* e *shiamisenu*. Pelo que sei, a senhora é uma excelente concertista, portanto, acho que terá todas as condições para abrir uma escola de música. Caso a senhora concorde — nesse ponto inclinou-se elegantemente diante dela —, farei de tudo para que isso ocorra.

— Isso seria muito bacana.

A expressão coloquial desarmou Kindera por completo. Soltou um suspiro de satisfação, como um homem que vê realizados todos os seus sonhos e suas aspirações. E, sejamos sinceros, chegou a ficar comovido.

Wanda aproveitou o momento para lhe dizer:

— Gostaria que o senhor me respondesse a mais duas perguntas. Suas respostas são muito importantes para mim, pois quero saber a sua opinião. Depois, prometo ao senhor que só falaremos de coisas agradáveis e o senhor poderá me falar sobre o Japão.

Pela expressão do seu rosto, Wanda viu que ele não tinha nenhuma objeção à sua proposta, de modo que perguntou:

— Foi preciso decepar aquela mão? Isso foi, realmente, indispensável?

Kindera nem chegou a pensar na resposta, como se estivesse esperando por aquela pergunta:

— Nada na vida é indispensável, exceto uma coisa: é preciso respeitar as formas. As boas. As adequadas. As formas ancestrais. Estas, têm que ser observadas a qualquer custo. Além disso... caso eu não tivesse feito aquilo, ele teria disparado diretamente na minha cabeça. Já estava apertando o gatilho. A senhora não viu que ele não tinha medo de morrer?

— Mas então, nesse caso, não teria sido melhor cortar fora a cabeça?

Kidera entristeceu:

— Sem uma cabeça, ele não teria a possibilidade de repensar a sua vida e tentar viver sem uma das mãos. Se ele sobreviver, talvez isso o faça pensar de forma diferente... Talvez lhe mostre um outro caminho. Mas isso já não nos diz respeito. Qual é a segunda pergunta?

— O senhor acha que esse bolchevismo poderá se manter? Que a nação se submeterá a ele? Conheço Lênin e sei que lá, no Kremlin, estão sentados políticos profissionais. Foi por isso que a revolução chegou a esse ponto, mas a minha pergunta é se ela poderá se manter por muito tempo. O que o senhor acha?

Kidera olhou para o horizonte, como se esperasse vislumbrar as Ilhas Maternas no meio da neblina. E, sem nenhum motivo aparente, veio-lhe à cabeça um dos últimos fragmentos de *Hagakure*:

Quando os mestres Owari, Kii e Mito ainda eram meninos de uns dez anos, o senhor Ieyasu, ao passear com eles numa floresta, derrubou acidentalmente uma colméia. Quando de dentro dela emergiu um exame de insetos furiosos, Owari, Kii e Ieyasu se assustaram e fugiram. Só Mito não fugiu. Ficou agarrando as abelhas que picavam o seu rosto. Uma a uma — e atirava-as para longe.

EPÍLOGO

Kazedub sobreviveu. Salvou-o um dos vermelhos que não entrara em pânico e que se revelara um estudante de medicina. Fez um torniquete logo acima do coto e cauterizou os vasos sangüíneos com um ferro em brasa. Além disso, a rigorosa temperatura abaixo de zero foi uma aliada do corpo ferido, pois as artérias e as veias se contraíram imediatamente após o corte. Apesar dos gentis conselhos do chefe interino, resolveram retornar com o que restara do ouro. Em junho de 1920, estavam de volta. Embora Ivan estivesse preparado para o pior, o *Guerreiro da Revolução*[41] não só não mandou que ele fosse fuzilado sumariamente, como recebeu-o de braços abertos. Com a sua satânica intuição, achou que a tragédia que se abatera sobre o seu fiel funcionário poderia ser aproveitada para seus próprios objetivos, e que este, tão cruelmente atingido, seria ainda mais cruel com seus inimigos.

Dzierzynski não se enganou. Em pouco tempo, Ivan tornou-se famoso pelos seus métodos. Nos círculos ligados a Lubianka — e aí temos em mente não só os funcionários da Tcheka alojados nos andares superiores do prédio, como os que estavam nos seus porões —, Kazedub passou a ser chamado carinhosamente de o "Bandido Maneta". Uma das primeiras ações de Ivan foi encontrar e assassinar Natan Szlifersztajn, com o que, na verdade, proporcionou um alívio ao desesperado pai sem notícias da filha. Se formos explorar os motivos daquele ato... Talvez fosse melhor não explorá-los, pois o leitor acabaria desacreditando de todas as teorias nas quais os filósofos de boa-fé afirmam a inevitável predominância do Bem sobre o

[41] Nome que o jornal *Pravda* usou no necrológio de Dzierzynski. (*N. do A.*)

Mal. A única coisa que se pode suspeitar é que, com essa ação, Ivan quis liberar a sua alma da última sombra agradável de um amor fracassado.

O corpo de Salomea, novamente graças à baixa temperatura, chegou a Harbin em condições razoáveis e lá, com a ajuda dos tchecos e de Kravak, Wanda o enterrou num discreto túmulo de um cemitério judaico, construído numa bela colina às margens do Sungari, perto do bairro habitado por alguns milhares de judeus, forçados a emigrar da Rússia ainda na época do tsar.

O major Hemmings retornou aos Estados Unidos junto com uma parte das forças expedicionárias americanas. Não desistiu da carreira militar, mas, graças a uma excelente posição de professor numa das renomadas academias militares, pôde continuar os seus estudos da história das doutrinas religiosas e, em pouco tempo, publicou várias obras sobre esse tema, obtendo grande sucesso, tanto nos meios acadêmicos quanto no meio dos leitores, encantados por tão inovadora abordagem dos mesmos.

E o ouro? Bem, como sempre ocorre com o ouro, logo começaram a surgir boatos, acusações, especulações e, finalmente, deslavadas calúnias.

Em maio de 1920, o jornal *Wlast Truda*, de Irkutsk, informava triunfalmente que, após a execução de Kolchak, foram recuperados 20 mil *pud*, ou seja 327,6 mil quilos de ouro, o que representava cerca de 410 milhões de rublos.

Na década de 1990, os jornais soviéticos, principalmente o *Komomolskaia Pravda*, afirmavam que haviam chegado à Tchecoslováquia trinta vagões. Como cada vagão de 15 toneladas costumava ser carregado com até 16 toneladas de ouro, era uma fortuna considerável, grande demais até para os propagandistas bolcheviques. Obviamente, os tchecos negaram tais informações, sendo que o presidente do Banco Nacional Tcheco teve a gentileza de confessar que os tchecos conseguiram apropriar-se de apenas 12 toneladas. Por outro lado, o jornal inglês editado em Kobe, *Japan Adviser*, mencionou "centenas de toneladas de ouro" carregadas pelas Legiões Tchecas no vapor *Legion* (comprado com o ouro, assim como outros vapores). Aparentemente, tratava-se de um grosso exagero. Mais digno de fé soou um artigo publicado pelo *Izvestia*, no qual o jornalista afirmava que um novo banco tcheco — o Legio-Bank — fora fundado com o ouro confiscado. A mídia tcheca evidentemente negou tudo. De acordo com ela, os legionários trouxeram para Praga um tesouro que valia apenas algumas dezenas de milhões de coroas tchecas da época.

Ao que parece, os japoneses é que ficaram com o menor quinhão do ouro, o que seria totalmente desproporcional aos esforços que empreenderam para obtê-lo. Afinal, haviam enviado para a Sibéria quase cem mil homens. Não se sabe ao certo. O *Komomolskaia Pravda* escreveu sobre "apenas" oitenta caixotes, citando fontes japonesas.[42]

Os poloneses, como de costume, foram os que saíram pior de toda esta história. Apesar de toda a coragem demonstrada na proteção da ferrovia Transiberiana durante a evacuação dos tchecos, tiveram que se render ao Exército Vermelho em janeiro de 1920. Muito embora os comissários bolcheviques lhes tivessem prometido que poderiam regressar à sua pátria, foram enviados para os campos de concentração na região de Krasnojansk, onde passaram fome e não tiveram nenhuma assistência médica. Boa parte dos seus oficiais permaneceu presa, e somente alguns puderam deixar a Sibéria, junto com os tchecos.

A S3/6 conduziu o "trem de ouro" até o oceano e, depois, após uma reforma, foi incorporada ao sistema ferroviário japonês no continente asiático, transportando provisões para os destacamentos militares. Sua nova atividade durou apenas uma semana. Numa certa noite de abril, ao passar pelos montes Grande Khingan, saltou dos trilhos numa curva, despencando num precipício e levando consigo vagões cheios de soldados e provisões. É de se supor que ela o fez porque, na noite anterior, os seus novos proprietários, movidos por uma incompreensível crueldade, queimaram vivos na sua fornalha três membros do Conselho Militar Bolchevique.

[42]Baseadas no relato de um soldado japonês que participou da transferência do ouro, feito ao historiador Yoshiyaki Hiyama. (*N. do A.*)

Caso o major Eiso Kidera viesse a ser informado disso, na certa não se teria espantado. Ele sempre tratou a máquina com profundo respeito e sempre suspeitou que a locomotiva tivesse uma alma.

A *shikomi-zue* jaz na mesa sobre a qual escrevo. A sua maravilhosamente polida lâmina atrai o meu olhar, e os reflexos sobre a superfície de aço poderiam ser apreciados infinitamente. Eu, no entanto, fecho os olhos e — mesmo sabendo que não deveria — toco delicadamente o seu gume. Será que espero sentir sob os dedos alguns restos de sangue derramado há tanto tempo?

Varsóvia, dezembro de 2004

ÍNDICE ALFABÉTICO DOS PERSONAGENS HISTÓRICOS

Armand, Inessa (1874-1920) — feminista e uma das maiores defensoras da revolução russa, foi amante de Lênin, continuando a participar ativamente da sua vida e chegando a tornar-se amiga da sua esposa, Nádia Krupskaia.

Barrows, David Prescott (1873-1954) — reitor da Universidade Berkeley da Califórnia, serviu como coronel nas Forças Expedicionárias Americanas na Sibéria, abandonando a vida militar em 1937, com a patente de major-general.

Denikin, Anton Ivanovitch (1872-1947) — tenente-general do Exército Imperial russo, foi um dos mais importantes generais do antibolchevique Exército Branco. Derrotado definitivamente a cerca de quatrocentos quilômetros de Moscou, refugiou-se em vários países, fixando residência na França, em 1926. Aprisionado pelos alemães em 1940, apesar de sua constante oposição ao governo comunista da Rússia, recusou-se a cooperar com os nazistas, que acabaram deixando-o em paz, num exílio rural.

Dutov, Aleksandr Ilitch (1879-1921) — comandante geral dos contra-revolucionários cossacos. Refugiou-se na China, onde foi assassinado.

Dzierzynski, Feliks Edmundovitch (1877-1926) — filho de aristocratas poloneses, participou de todas as revoluções socialistas anteriores à de outubro de 1917, tendo sido preso seis vezes e duas vezes deportado para a Sibéria. Passou 11 anos na cadeia, tendo escapado diversas vezes. Em dezembro de 1917, foi nomeado chefe da polícia secreta do novo regime

— Tcheka (da qual fora o criador) — e comissário para Assuntos Estrangeiros. Considerado o mais confiável colaborador de Lênin e, mais tarde, o mais fervoroso apoiador de Stálin, Dzierzynski figura nos anais da história da Rússia e da Polônia como o símbolo máximo do mais cruel e ilimitado terror político.

Fukushima, Yasumasa (1852-1919) — marechal japonês e pioneiro das atividades de contra-espionagem nipônicas na Europa no final do século XIX. Fez estágios nos Estados Unidos, Coréia e China, tendo sido *attaché* militar na China e em Berlim.

Graves, William Sidney (1865-1940) — general americano, comandante da Força Expedicionária Americana na Sibéria, enviada para garantir o funcionamento da ferrovia Transiberiana.

Ipatiev, Vladimir Nikolaievitch (1867-1952) — químico russo, membro da Academia de Ciências da União Soviética, em cuja casa foi executada a família imperial russa.

Janin, Pierre Thiébaut Charles Maurice (1862-1946) — general francês, chefe da missão francesa na Rússia e comandante-em-chefe da Legião Tcheca.

Jellicoe, Sir John Rushworth (1859-1935) — almirante britânico, comandante-em-chefe na batalha naval da Jutlândia (1916). Nomeado governador-geral da Nova Zelândia (de 1920 a 1924), recebeu o título de conde, em 1925.

Kerenski, Aleksandr Fiodorovitch (1881-1970) — membro do Congresso russo desde 1912, foi o primeiro-ministro da jovem República Russa. Após o assalto ao Palácio de Inverno por bolcheviques, emigrou para a Europa Ocidental. A partir de 1940 viveu nos Estados Unidos, onde faleceu.

Knox, Sir Alfred William Fortescue (1870-1964) — major-general britânico que, mais tarde, foi membro do Partido Conservador no Parlamento. Fluente em russo, foi adido militar na Rússia durante a Primeira Guerra Mundial.

Kolchak, Aleksandr Vasilievitch (1874-1920) — almirante-em-chefe da esquadra tsarista do mar Negro, foi demovido daquele posto na revolução de 1917. Por ocasião do golpe de Estado de Omsk (1918), assumiu, embora com relutância, a liderança dos contra-revolucionários russos brancos e, em 1919, tornou-se o líder supremo da Rússia, instituindo uma rígida ditadura militar. Após vários sucessos contra o Exército Vermelho, acabou sendo derrotado, preso e fuzilado.

Krasnov, Piotr Nikolaievitch (1869-1947) — tenente-general dos exércitos tsaristas, foi um dos líderes contra-revolucionários. Durante a Segunda Guerra Mundial cooperou com os nazistas, ajudando-os na organização das unidades cossacas e de russos brancos. Em maio de 1945, foi entregue pelas autoridades britânicas à União Soviética, onde foi enforcado.

Lênin, Vladimir Ilitch (1870-1924) — personagem central da Revolução Russa e mentor do regime comunista, foi condenado ao degredo na Sibéria, viveu na Suíça, retornou à Rússia para novamente exilar-se, na Finlândia, Suíça e França, até retornar definitivamente à sua pátria, em 1917. A revolução consumou-se com a criação do Conselho de Comissários do Povo presidido por Lênin. A partir daí a história da União Soviética e do movimento comunista internacional estarão ligados ao nome de Lênin: a fundação da III Internacional (1919), o enfrentamento das agressões internas e externas contra o novo regime (1918-20), a instauração da Nova Política Econômica (1921) e a criação da União Soviética (1922). Teve morte natural em 1924.

Masaryk, Tomás Garrigue (1850-1937) — filósofo e sociólogo tcheco, eleito, em 1920, como o primeiro presidente da recém-formada República Tchecoslovaca.

Motojiro, Akashi (1864-1919) — tenente-general e vice-chefe do Estado-Maior do Exército Imperial japonês, cooperou ativamente com os revolucionários bolcheviques durante a guerra russo-nipônica e foi o sétimo governador-geral da província de Taiwan (na época pertencente ao Japão), onde faleceu.

Savinkov, Boris Viktorovitch (1879-1925) — escritor e terrorista, foi um dos responsáveis por assassinatos de oficiais tsaristas, entre 1904 e 1906. Após a revolução de outubro, tornou-se contra-revolucionário, tendo colaborado com o Serviço Secreto britânico. Suicidou-se na prisão de Lubianka.

Trótski, Leon (Liev) Davidovitch (1879-1940) — comissário do povo (ministro) de Negócios Estrangeiros, criador e comandante do Exército Vermelho e fundador e membro do Politburo. Afastado por Stálin do controle do partido, foi expulso da União Soviética, tendo-se exilado no México, onde foi assassinado por um agente de Stálin.

Wallenrode, Konrad von (?-1392) — grão-mestre dos cavaleiros teutônicos, que dominaram a Prússia e as regiões vizinhas (inclusive a Polônia) nos séculos XIII e XIV.

Este livro foi composto na tipologia Revival565 BT,
em corpo 11/15, e impresso em papel
off-white 80g/m² no Sistema Cameron da Divisão
Gráfica da Distribuidora Record.

58,00